Né en 1960 en Angleterre, mais ayant presque toujours vécu en Irlande du Nord, Ian McDonald découvre la science-fiction dès l'enfance. Auteur de nombreuses nouvelles et d'une vingtaine de romans, il a reçu la plupart des prix dédiés au genre, aussi bien dans le monde anglo-saxon — prix Hugo, prix Locus, prix Philip K. Dick, prix Theodore Sturgeon, prix John W. Campbell, British Science Fiction Association Award (à trois reprises, pour *La maison des derviches* et *Le fleuve des dieux*, parus dans la collection Lunes d'encre des Éditions Denoël, et pour *Brasyl*, paru aux Éditions Bragelonne) — qu'en France, où *Roi du Matin, Reine du Jour* a été récompensé par le prix Imaginales du meilleur roman étranger de *fantasy* et le Grand Prix de l'Imaginaire, ce dernier prix ayant également couronné *Le fleuve des dieux* en 2011 et *La petite déesse* en 2013.

LA LUNE DU LOUP

L'Almanach du paysan utilise les mêmes noms de mois que ceux donnés par les Amérindiens de l'actuel nord-est des États-Unis.

La Lune du loup est celle de janvier, celle du froid et de l'obscurité maximum, celle où la faim et le manque font hurler les loups.

Après la chute

Bélier 2103

« Envoyez-moi sur Terre », dit Lucas Corta. Les équipières le dessanglèrent et le sortirent de la capsule de la boucle lunaire pour le traîner, en anoxie, hypothermie et déshydratation, à l'intérieur du sas.

« Vous êtes à bord du cycleur VTO *Saints Pierre et Paul*, senhor Corta, l'informa la responsable de sas en verrouillant hermétiquement les portes pressurisées.

— Asile », murmura Lucas Corta avant de vomir. Il avait tenu bon cinq heures pendant que sa capsule fuyait la destruction de Corta Hélio. Pendant que des frappes ciblées anéantissaient son empire industriel dans les mers de la Lune, que des logiciels d'attaque gelaient ses comptes bancaires, que des lames Mackenzie pillaient sa ville. Tandis que ses frères dégainaient leurs lames pour défendre la maison Corta, lui avait pris la fuite, d'abord sur la mer de la Fécondité, ensuite hors de la Lune.

Sauve l'entreprise, lui avait dit Carlinhos. *Tu as un plan ?*

J'ai toujours un plan.

Cinq heures à s'éloigner en tournoyant de la destruction de Corta Hélio, à la manière d'un débris d'explosion. Puis le réconfort de mains, la chaleur de voix, la solidité d'un vaisseau autour de lui – d'un *vaisseau* et non d'un bricolage d'aluminium et de plastique – détendirent ses faisceaux musculaires crispés et il vomit. Le personnel de quai VTO apporta des aspirateurs.

« Ce sera plus facile en vous tournant dans ce sens, senhor Corta », conseilla la responsable de sas. Elle enveloppa Lucas d'une couverture de survie le temps que ses subordonnées le relèvent et l'introduisent dans l'ascenseur. « Nous allons très vite vous faire retrouver une gravité lunaire. »

Lucas sentit la cabine se mettre en mouvement et la gravité artificielle du cycleur lui saisir les pieds. *La Terre*, voulut-il dire. Le sang étouffa ses mots. Des alvéoles éclatées lui crépitaient dans la poitrine. Il avait respiré le vide, en bas sur Mare Fecunditatis, quand Amanda Sun avait essayé de le tuer. Il était resté sept secondes sans protection à la surface de la Lune. Sans combinaison. Sans air. Expulse ton air. C'était la première règle des coureurs de Lune. Vide tes poumons. Il avait oublié, n'avait plus rien eu en tête sinon le sas de la station de la boucle lunaire devant lui. Ses poumons avaient été atteints. Lucas Corta était un coureur de Lune, à présent. Il devrait avoir l'insigne : Dona Luna, peau noire sur la moitié du visage, crâne blanc sur l'autre. Il se mit à rire. Un instant, il crut qu'il allait s'étouffer. Des glaires ensanglantées tombèrent sur le plancher de l'ascenseur. Il fallait qu'il s'exprime clairement. Il fallait que ces femmes Vorontsov comprennent.

« Emmenez-moi en pesanteur terrestre, exigea-t-il.

— Mais, senhor Corta…, commença la gestionnaire de sas.

— Je veux descendre sur Terre. J'ai besoin d'aller sur Terre. »

Il était allongé sur la couchette de diagnostic du centre médical, avec un short comme unique vêtement. Il avait toujours détesté les shorts. Ridicules et infantiles. Il avait refusé d'en porter, même quand c'était devenu la mode, ce qui n'avait pas manqué de se produire puisque, sur la Lune, elle suivait des cycles. Il aurait préféré être nu. La nudité ne l'aurait pas privé de sa dignité.

La femme se tenait au pied de la couchette, entourée telle une divinité de bras détecteurs et injecteurs. Blanche, d'âge mûr, fatiguée. Et totalement maîtresse de la situation.

« Galina Ivanovna Volikova, se présenta-t-elle. Je serai votre médecin personnel.

— Lucas Corta », répondit-il d'une voix rauque.

L'œil droit de la docteure Volikova palpita tandis qu'elle consultait l'interface médicale. « Collapsus d'un poumon. Microhémorragies cérébrales multifocales… vous étiez à dix minutes d'un hématome cérébral sans doute fatal. Des lésions cornéennes, un épanchement sanguin à l'intérieur des globes oculaires, des alvéoles éclatées. Plus un tympan perforé. Que je vous ai rebouché. »

Au sourire amusé qu'il la vit esquisser, Lucas comprit qu'il pourrait s'entendre avec elle.

« Combien de temps… », croassa-t-il. Crissement de verre brisé dans son poumon gauche.

« Au moins une orbite, avant que je vous laisse

sortir. Et ne parlez pas. » Une orbite : vingt-huit jours. Dans son enfance, Lucas avait étudié la physique des cycleurs : les orbites intelligemment choisies pour consommer le moins d'énergie possible autour de la Lune, deux révolutions avant de repartir par fronde gravitationnelle en direction de la Terre. Le processus était appelé « orbite à retournement ». Lucas n'en comprenait pas les calculs mathématiques, mais comme Corta Hélio se servait de cycleurs, lui-même avait dû en apprendre les principes, à défaut des détails. Des boucles autour de la Terre et de la Lune, toutes deux tournant autour du soleil, lui-même lancé, accompagné de toutes ses planètes, dans sa danse d'un quart de milliard d'années autour du centre galactique. Tout était en mouvement. Tout participait à la grande danse.

Une nouvelle voix, une nouvelle personne au pied du lit, moins grande, plus athlétique que la docteure Volikova.

« Il m'entend ? » Une voix féminine, argentine et musicale.

« Absolument.

— Il parle, même », réussit à ajouter Lucas. La silhouette sortit de l'ombre. Les deux mondes connaissaient la capitaine Valentina Valeryovna Vorontsova, qui se présenta néanmoins dans les règles.

« Soyez le bienvenu à bord du *Saints Pierre et Paul*, senhor Corta. »

La capitaine Valentina était de constitution solide et carrée : des muscles terrestres, des pommettes russes, des yeux kazakhs. Les deux mondes savaient aussi que sa jumelle Yekaterina commandait le

Notre-Dame de Kazan. C'étaient deux femmes de légende que les capitaines Vorontsova. Selon la première légende à leur sujet, on avait implanté leurs fœtus de vraies jumelles dans deux mères porteuses ne vivant pas dans la même pesanteur. L'une était née dans l'espace, l'autre sur Terre. Une deuxième légende, tenace, affirmait qu'il existait entre elles une télépathie innée, une identité intime qui allait au-delà de la communication, et ce quelle que soit leur distance physique. De la magie quantique. D'après la troisième légende, elles s'échangeaient régulièrement le commandement des deux cycleurs VTO. De toutes les histoires qui circulaient sur les capitaines jumelles, c'était la seule à laquelle Lucas croyait. Laisser ses ennemis dans l'incertitude.

« Sauf erreur de ma part, on ne vous a pas encore informé de la situation sur la Lune, dit la capitaine Valentina.

— Je suis prêt.

— Je ne crois pas, non. Lucas, j'ai la pire des nouvelles possibles pour vous : tout ce que vous connaissiez a disparu. Votre frère Carlinhos a été tué en défendant João de Deus. Boa Vista a été détruite. Rafael est mort dans la dépressurisation. »

Cinq heures, seul dans une orbite de transfert de la boucle lunaire les yeux fixés sur la paroi de la capsule : l'imagination de Lucas l'avait emmené dans les plus sombres des endroits. Il avait vu sa famille morte, sa ville anéantie, son empire en ruine. Il avait eu beau s'attendre à ce que venait de lui annoncer Valentina Vorontsova, le choc fut brutal et laissa un grand vide.

« Dépressurisation ?

– Évitez de parler, senhor Corta, intervint la femme médecin.

— Les lames de Mackenzie Metals ont fait sauter le sas de surface. Rafael avait envoyé tout le monde dans les refuges. Nous pensons qu'il était à la recherche des retardataires au moment où l'habitat a dépressurisé.

— M'étonnerait pas. Quand il y a un truc noble et idiot à faire… Luna ? Robson ?

— Les Asamoah ont secouru les survivants, qu'ils ont emmenés à Twé. Bryce Mackenzie a déjà déposé à la cour de Clavius une demande d'adoption officielle de Robson.

— Lucasinho ? » Il disposait à présent de la rigueur émotionnelle, du contrôle physique de son corps, pour prononcer le nom qu'il voulait crier en premier. Si Lucasinho était mort, il quitterait cette couchette pour sortir par le sas.

« Il est en sécurité à Twé.

— On a toujours pu se fier aux Asamoah. » Savoir son fils sain et sauf fut une joie aussi brûlante que le soleil : de l'hélium à température de fusion.

« La garde du corps d'Ariel l'a aidée à s'enfuir dans Bairro Alto. Elle se cache. Tout comme votre frère Wagner. La meute de Méridien le protège.

— Le loup et la handicapée, murmura Lucas. Et l'entreprise ?

— Robert Mackenzie a commencé à absorber les infrastructures de Corta Hélio. Il a proposé des contrats à vos anciens employés.

— Ils seraient idiots de refuser.

— Ils ne refusent pas. Il a annoncé une nouvelle

filiale : Mackenzie Fusible. Dirigée par son petit-neveu Youri Mackenzie.

— Les Australiens, au bout de deux ou trois, je commence à les confondre. » Lucas gloussa de sa propre et triste blague, un gloussement plein de sang venu du fond de son corps. Plaisanter, c'est souffler de la poussière au visage de ce qui vous accable. « C'était les Sun, vous savez. Ils nous ont montés les uns contre les autres.

— Senhor Corta, prévint à nouveau la docteure Volikova.

— Ça leur a bien plu de nous faire nous entre-tuer. Ces gens-là prévoient leurs coups des dizaines d'années à l'avance.

— Taiyang exerce un grand nombre d'options sur des terrains qui longent l'équateur, indiqua la capitaine Valentina.

— Ils comptent transformer toute la ceinture équatoriale en centrale solaire », siffla Lucas. Des fragments se détachaient de son poumon. Il cracha encore du sang. Des bras robotiques s'activèrent pour éponger.

« Ça suffit, capitaine », intima la femme médecin.

Valentina Vorontsova serra les doigts en pince et inclina la tête, même si elle était une femme de la Terre.

« Je suis désolée, Lucas.

— Aidez-moi, répondit Lucas Corta.

— VTO Space et VTO Earth gardent leurs distances avec VTO Moon, expliqua la capitaine Valentina. Nous avons des vulnérabilités bien particulières. Protéger notre catapulte électromagnétique au point de Lagrange et nos installations de lancement terrestres est primordial. Entre les Russes, les Chinois et les Indiens, les regards jaloux ne manquent pas. »

Les bras robotiques remuèrent à nouveau. Lucas sentit soudain le picotement d'une pulvérisation sous son oreille droite.

« Capitaine, j'ai besoin que la Lune me croie mort. »

La capitaine, la femme médecin, les bras lents et dévoués de l'unité médicale s'estompèrent dans un blanc confus.

Il n'aurait pu dire à quel moment il prit conscience de la musique, mais il émergea en elle comme un nageur qui traverse un ménisque. Elle l'entourait comme de l'air, comme les eaux de la naissance, et il ne demandait pas mieux que rester en elle, yeux fermés, à respirer sans douleur. La musique était noble, saine d'esprit, ordonnée. Un genre de jazz, conclut Lucas. Ce n'était pas sa musique, ce n'en était pas une qu'il comprenait ou appréciait, mais il en reconnaissait la logique, les motifs qu'elle traçait dans le temps. Il resta longtemps sans bouger à s'efforcer de n'avoir conscience de rien d'autre.

« Bill Evans », annonça une voix féminine.

Lucas Corta ouvrit les yeux. La même couchette, les mêmes robots médicaux, la même lumière douce et diffuse. Le même bourdonnement de la climatisation et de l'alimentation électrique qui lui disait qu'il était dans un vaisseau, non sur un monde. La même femme médecin évoluant aux limites de son champ de vision.

« J'ai examiné votre activité neuronale, dit-elle. Vous réagissez bien au jazz modal.

— J'aime bien. Vous pouvez en passer quand vous voulez.

— Ah vraiment ?» Il entendit l'amusement dans sa voix.

« Comment je vais, docteure ?

— Vous êtes resté inconscient quarante-huit heures. J'ai réparé les dégâts les plus importants.

— Merci. » Il essaya de se redresser sur ses coudes. De la chair se déchira dans son corps alors même qu'avec un petit cri Galina Volikova se précipitait pour l'obliger à se rallonger sur la surface souple.

« Il faut que vous récupériez, senhor Corta.

— Il faut que je travaille. Je ne peux pas rester ici jusqu'à la fin des temps. J'ai une entreprise à reconstruire et des finances limitées. Et j'ai besoin d'aller sur Terre.

— Vous êtes natif de la Lune. Aller sur Terre est impossible, pour vous.

— Ce n'est pas impossible du tout. Il n'y a rien de plus facile. Sauf que c'est mortel. Mais tout est mortel.

— Vous ne pouvez pas aller sur Terre.

— Je ne peux pas retourner sur la Lune. Les Mackenzie me tueront. Je ne peux pas rester ici. L'hospitalité des Vorontsov n'est pas inépuisable. Soyez gentille, docteure. Vous qui êtes spécialiste en médecine de microgravité… dites-moi ce que permet la théorie. »

Une nouvelle mélodie, bondissante et modale. Piano, basse, chuchotis de percussions. De si petites forces. Un si grand effet.

« En théorie, avec un soutien médical et une préparation intensive, il n'est pas inenvisageable pour un natif de la Lune de survivre deux lunaisons dans des conditions terrestres.

— Toujours en théorie, quatre lunaisons, ce serait possible ?

— Il faudrait de nombreuses lunaisons de conditionnement physique.

— Combien, docteure ? Toujours en théorie. »

Il la vit hausser les épaules, entendit son petit soupir exaspéré.

« Au moins un an. Quatorze ou quinze lunaisons. Quoi qu'il en soit, les chances de survivre au décollage ne dépasseraient pas les 50 %. »

Lucas Corta n'a jamais été joueur. C'était plutôt un vendeur de certitudes. En tant que vice-président de Corta Hélio, il avait transformé des incertitudes en faits. À présent que le harcelaient des certitudes solides comme le roc, son seul espoir était de parier.

« Dans ce cas, docteure Volikova, j'ai un plan. »

1

Vierge 2105

Le garçon tombe du sommet de la ville.

Il est fin et souple comme une ligne électrique. Sa peau cuivrée est parsemée de taches de rousseur sombres. Il a des yeux verts, des lèvres larges et charnues. Sa tignasse de dreadlocks couleur rouille est maintenue par un bandeau vert citron. Deux traits de gloss blanc soulignent chacune des pommettes, un autre divise ses lèvres à la verticale. Il porte un collant de sport mandarine, coupe basse, et un T-shirt blanc trop grand, marqué FRANKIE SAYS…

Il y a trois kilomètres entre le sol et le plafond de la grande cavité de lave qui abrite Reine-du-Sud.

Les gamins couraient au sommet de la ville, franchissant en freestyle les vieux niveaux industriels automatisés, se balançant dans le gréement du monde avec une grâce et une habileté à couper le souffle, sautant depuis les rampes et les madriers, bondissant d'un mur à l'autre et au troisième, jaillissant, se retournant, basculant, volant au-dessus des abîmes, sans jamais cesser de monter comme si le poids était un combustible qu'ils brûlaient pour retourner la gravité contre elle-même.

Le garçon est le plus jeune de l'équipe. Il a treize ans, il est agile, plein d'audace, attiré par les hauteurs. Il s'échauffe avec ses copains traceurs en bas sur le sol boisé de Reine-du-Sud, mais n'arrive pas à empêcher son regard de se tourner vers les grandes tours et de les suivre sur toute leur hauteur, jusqu'à l'endroit où elles rejoignent la ligne solaire. Étirer les muscles, enfiler des gants et chaussons antidérapants. Quelques sauts pour se détendre, puis il monte sur un banc et, d'une pensée, le voilà plus haut de dix mètres. Cent. Mille, il danse le long des parapets et grimpe par bonds de cinq mètres sur les cages d'ascenseur. Jusqu'au sommet de la ville. Au toit de la ville.

Une erreur infinitésimale suffit, une réaction trop lente d'une fraction de seconde, un millimètre qui manque, un doigt qui n'agrippe pas avec une force suffisante. Sa main glisse sur le câble et il tombe dans le vide. Aucun cri, rien qu'un petit hoquet de surprise.

Le garçon tombe. Le dos vers le sol, les pieds et les mains cherchant à attraper les mains gantées qui se tendent depuis l'enchevêtrement de tuyaux et de canalisations au bord du toit de Reine-du-Sud. Les traceurs ont un instant de stupeur en prenant conscience de ce qui s'est passé, puis jaillissent de leurs perchoirs pour foncer vers la tour la plus proche. Ils ne seront jamais assez rapides pour battre la pesanteur.

Il y a des règles, pour tomber. Avant même de sauter, de grimper, de franchir, il a appris à tomber.

Règle numéro 1 : se retourner. Si tu ne vois pas ce qu'il y a en dessous, tu vas au mieux te blesser gravement, au pire te tuer. Il tourne la tête, plonge le regard dans les vastes espaces qui séparent les cent tours de Reine-du-Sud. Il force son torse à pivoter, lâche un cri lorsqu'il se déchire un muscle abdominal en faisant suivre le mouvement au reste de son corps. Il voit sous lui au milieu des gratte-ciel l'entrecroisement mortel des passerelles, des ponts, des chemins de câbles ou de fibre. Il faut qu'il passe au milieu de tout cela.

Règle numéro 2 : maximiser la résistance de l'air. Il écarte bras et jambes. La pression atmosphérique dans un habitat lunaire est de 1 060 kilopascals. À la surface, l'accélération de la pesanteur est de 1,625 mètre par seconde au carré. La vitesse terminale d'un objet qui tombe dans l'atmosphère est de 60 kilomètres-heure. S'il percute le sol de Reine-du-Sud à cette vitesse-là, le garçon a 80 % de risques de mourir. S'il le percute à 50 kilomètres-heure, il a 80 % de chances de survivre. Son T-shirt claque dans le vent. Et FRANKIE SAYS, Frankie dit : c'est comme ça que tu vis.

Règle numéro 3 : appeler à l'aide. « Joker », prononce-t-il. Le familier du garçon se matérialise sur la lentille de son œil droit, dans l'implant de son oreille gauche. Les vrais traceurs se passent d'assistance IA. C'est trop facile, pour un familier, de déterminer le meilleur itinéraire, de dénicher des prises invisibles, de donner des conseils sur les conditions microclimatiques. Le parkour, c'est l'authenticité dans un monde complètement artificiel. Joker analyse la situation. *Tu es en danger de mort. J'ai alerté les services de secours.*

Règle numéro 4 : le temps est ton allié. « Combien de temps, Joker ? »

Quatre minutes.

Le garçon a désormais tout ce dont il a besoin pour survivre.

Quand il ôte son T-shirt, ses abdominaux trop étirés lui font un mal de chien et quelque chose cède dans son épaule gauche. Pendant quelques secondes, n'ayant plus les bras et les jambes écartés, il tombe nettement plus vite. Le vent tire sur le T-shirt. Si le garçon le lâche, s'il le perd, il meurt. Il a besoin de faire trois nœuds pendant qu'il tombe à la vitesse terminale. Les nœuds sont la vie. Et le pont du 77e niveau est là, *là !* Il redéploie ses membres avant de faire comme on lui a enseigné : il cambre le torse, relève les bras, fait passer son centre de gravité au-dessus de son centre de poussée. Position de dérive. Elle le décale et lui permet d'éviter le pont de quelques mètres. Des visages se tournent vers lui. Et le regardent à nouveau : ils ont déjà vu des hommes volants. Mais il ne vole pas. Il tombe.

Il noue le cou et les manches du maillot pour former une espèce de sac.

« Combien de temps ? »

Deux minutes. J'évalue que ton impact se fera à…

« La ferme, Joker. »

Il rassemble deux poignées de tissu. Tout est question de timing. Trop haut et il manquera de manœuvrabilité pour éviter les passerelles et canalisations entre les tours. Trop bas, et son parachute de fortune ne lui aura pas permis de réduire suffisamment sa vitesse pour espérer survivre. Et il veut atterrir à beaucoup moins de 50 kilomètres-heure.

« Préviens-moi une minute avant, Joker. »

Entendu.

La décélération sera brutale. Elle pourrait lui arracher le vêtement des mains.

Et alors il mourra.

Il ne peut imaginer pareille chose.

Il peut imaginer être blessé. Il peut imaginer tout le monde baisser les yeux sur son cadavre en versant des larmes sur cette tragédie. Cela lui plaît, mais ce n'est pas la mort. La mort n'est rien. Pas même rien.

Il replie ses bras à nouveau pour glisser sous le téléphérique du 23e niveau.

Maintenant.

Il tend brusquement le T-shirt en avant. Celui-ci claque avec bruit dans le vent. Le garçon glisse la tête sous ses coudes et lève les bras. Le vêtement noué se gonfle. Le freinage est soudain, brutal. Il crie de douleur quand son épaule se déboîte. Tiens bon tiens bon. Dieux dieux dieux que le sol est près. Le parachute tressaute comme s'il se débattait, luttait contre lui, contre quelqu'un qui veut le tuer. La tension dans les bras et les poignets est atrocement douloureuse. S'il lâche prise maintenant, l'impact sera violent et dans la mauvaise position : avec les pieds en avant, ses hanches et ses cuisses fracassées iront s'enfoncer dans ses organes. Tiens bon tiens bon. Il glapit sous l'effort, la gorge serrée de frustration.

« Joker, hoquète-t-il. Ma vitesse… »

Je ne peux que l'estimer en me basant sur…

« Joker ! »

48 kilomètres-heure.

C'est encore trop rapide. Le garçon voit à quel endroit il va s'écraser, dans seulement quelques secondes. Un espace libre sous les arbres, un parc. Les gens courent sur les chemins axiaux, certains en direction de ce qu'ils estiment être le point d'impact, d'autres en direction inverse.

Des robots médicaux sont en chemin, annonce Joker. Qu'est-ce que c'est que ce machin brillant, cette grande chose volumineuse ? Des surfaces. Dont saillent des trucs. Un pavillon. Peut-être pour la musique, les sodas ou il ne sait quoi. C'est en tissu. Ça pourrait le ralentir des quelques kilomètres-heure dont il a besoin. Attention quand même aux supports et aux étais qui en saillent. S'il tombe sur l'un d'eux à cette vitesse, il se fera transpercer de part en part. Mais de toute manière, s'il tombe à cette vitesse, il risque de mourir. Il ne faut pas qu'il se trompe de moment. Il tire d'un côté sur son parachute de fortune pour essayer de dévier vers le pavillon. C'est si difficile, si difficile. Son épaule se tord et lui arrache un nouveau cri tandis qu'il s'efforce d'obtenir un ultime mouvement latéral. Le sol se précipite à sa rencontre.

À la toute dernière seconde, il lâche le T-shirt et essaye de s'incliner en écartant bras et jambes pour maximiser sa superficie. Trop tard et trop bas. Il percute le toit du pavillon. C'est violent, très violent. Une fraction de seconde de douleur et de stupéfaction, puis il passe à travers. Sa dérive lui permet d'éviter le contenu du pavillon. Il projette ses bras devant son visage et percute le sol.

Aucun impact n'a jamais été aussi violent. Un poing gros comme la Lune pulvérise d'un coup la moindre respiration, la moindre sensation, la moindre pensée. Obscurité. Puis le garçon revient à lui, essaye de respirer, n'arrive pas à bouger. Des cercles. Des machines, des visages, et à mi-distance, ses copains traceurs qui se précipitent dans sa direction.

Il inspire. Ça fait mal. La moindre côte crisse, le moindre muscle gémit. Il roule sur le flanc. Des médbots à turbines montent et flottent. Il essaye de se décoller du sol.

« Non, petit, ne bouge pas », conseille un des visages autour de lui, mais personne ne tend la main pour l'immobiliser ou lui porter assistance. Il est une merveille brisée. Avec un cri, il se hisse à genoux, s'oblige à se relever. Il peut tenir debout. Il n'y a rien de brisé. Il fait un pas en avant, frêle et maigre en collants mandarine.

« Joker, murmure-t-il, à quelle vitesse j'ai percuté ? »

38 kilomètres-heure.

Il serre le poing en un geste de victoire, puis ses jambes se dérobent et il bascule en avant. Des mains et des robots jaillissent pour le retenir, lui, Robson Mackenzie, le garçon qui est tombé du sommet du monde.

« Alors, ça fait quel effet d'être célèbre ? »

Hoang Lam Hung s'appuie à la porte. Occupé à caresser sa renommée soudaine, Robson ne l'a pas entendu arriver. La rumeur avait fait deux fois le tour de la Lune depuis l'hospitalisation de Robson en clinique. Le garçon qui est tombé sur Terre[1]. Il

1. *The boy who fell to Earth*, référence à *The Man who Fell to Earth* (en français : *L'homme qui venait d'ailleurs*), le film de Nicholas Roeg avec David Bowie dans le rôle éponyme, et

n'est pas tombé sur Terre. Ce n'est pas la Terre. Il est tombé par terre. Sauf que ça ne sonne pas aussi bien. Et ce n'était pas une chute, il y a eu glissade. Et pour le reste, descente dirigée. Robson s'est relevé. Il n'a fait qu'un pas ensuite, mais il l'a fait. Quoi qu'il en soit, toute la Lune parlait de lui et il a demandé à Joker ce que le réseau avait sur lui comme photos et articles. Il s'est vite rendu compte que la plupart des gens partageaient et repartageaient les mêmes. Certaines de ces photos étaient très anciennes, elles dataient de l'époque où il était un gamin, un Corta.

« Au bout d'une demi-heure, ça commence à devenir lassant, répond-il.

— Tu as mal ?

— Pas du tout. On m'a fait prendre plein de trucs. Mais j'ai eu mal. Putain que j'ai eu mal. »

Hoang lève un sourcil : il n'apprécie pas ces grossièretés que Robson apprend de ses copains traceurs.

Quand Robson avait onze ans et Hoang vingt-neuf, ils ont été mariés quelques jours. Tia[1] Ariel avait annulé leur mariage avec ses superpouvoirs juridiques, mais leur seule nuit ensemble avait été amusante : Hoang avait préparé à manger, et ce qu'il prépare est toujours spécial, puis appris des tours de cartes à Robson. Aucun des deux ne voulait vraiment se marier. Cela avait été un arrangement dynastique, une manière de contraindre un

au roman de Walter Tevis dont il est adapté, publié en français sous le titre *L'homme tombé du ciel. (Toutes les notes sont du traducteur.)*

1. Voir le glossaire.

Corta à rester au cœur du clan Mackenzie. Un otage traité avec tous les égards. Les Corta n'existent plus, dispersés, vaincus, morts. Robson a désormais une autre situation familiale : il fait partie des adoptés de Bryce Mackenzie. Hoang est donc un frère, et non un oko. Un frère, un oncle, un gardien.

Robson est toujours otage.

« Bon, t'arrives ? »

Le visage de Robson exprime l'incompréhension.

« On va à Creuset. Tu avais oublié ? »

Robson avait oublié. Ses couilles et son périnée se contractent de peur. Creuset. Hoang l'a emmené à Reine-du-Sud pour le soustraire aux appétits de Bryce et à la politique de la famille Mackenzie, mais la plus grande crainte de Robson est qu'on tire sur la ficelle qui les ramènera, Hoang et lui, dans la citadelle des Mackenzie.

« La fête ? » rappelle Hoang.

Robson se laisse retomber sur les oreillers. Le cent cinquième anniversaire de Robert Mackenzie. Un rassemblement de la maison Mackenzie. Hoang et Joker ont transmis dix, vingt, cinquante rappels, mais il n'avait d'yeux que pour les semelles antidérapantes et les prises de main, la mode traceur et les moyens de faire son premier freerun avec style, de perfectionner sa condition physique et atteindre son poids de course.

« Merde.

— Je t'ai imprimé un truc à mettre. »

Hoang lance des vêtements sur le lit. Robson ouvre l'emballage. Le parfum du tissu tout juste sorti de l'imprimante. Un costume Marco Carlotta bleu pastel, un T-shirt noir à col en V. Des mocassins. Pas de chaussettes.

« Les années 1980 ! » se réjouit Robson. C'est la nouvelle tendance, après les années 2010, 1910 et 1950. Hoang sourit avec coquetterie.

« Tu as besoin d'un coup de main pour t'habiller ?

— Non, ça va. » Robson repousse le drap et sort ses jambes du lit. Les robots de diagnostic battent en retraite. Il se hisse sur ses pieds. Pâlit. Crie un peu. Il sent ses genoux flancher. S'appuie au bord du lit. Hoang est à ses côtés, le soutient. « Plus ou moins.

— Tu es violet des pieds à la tête.

— Ah oui ? »

Joker accède à une caméra de la chambre et montre à Robson sa peau brune tachetée de noir et de jaune, une constellation de contusions se déversant les unes dans les autres. Robson grimace quand Hoang lui glisse les bras dans les manches de la veste. Enfiler les mocassins le transperce de douleur. La touche finale, une dernière surprise au fond du sac de vêtements : une paire de lunettes de soleil, des Ray-Ban Tortuga Aviator. « Oh, génial. » Le garçon les pose sur son nez, ajuste la position d'un petit coup d'index entre les verres. « Aïe. Même elles, elles font mal. »

La toute dernière touche. Il remonte les manches de sa veste Marco Carlotta au-dessus des coudes.

Une lumière éblouissante sur l'horizon : les miroirs de Creuset qui concentrent le soleil sur les hauts fourneaux du train de dix kilomètres. Enfant, Robson adorait cette lumière, signe qu'il ne restait plus que quelques minutes avant l'arrivée à Creuset. Il se précipitait dans la bulle d'observation de l'autorail, plaquait ses mains sur le verre, savourant à l'avance l'instant où il allait passer à l'ombre de Creuset et lever les yeux vers les milliers de tonnes d'habitats, de hauts fourneaux, de chargeuses et de transformateurs au-dessus de sa tête.

À présent, il a tout cela en horreur.

L'air était vicié – lourd de CO_2 et de vapeur d'eau – quand les faisceaux lumineux de l'équipe de secours VTO sont venus transpercer l'obscurité vide et glacée de Boa Vista. Dans le refuge, prévu pour vingt personnes, ils étaient trente-deux à s'entasser, à respirer et bouger le moins possible. De la condensation glacée dégoulinait de la moindre arête, emperlait la moindre surface. *Où est paizinho ?* a-t-il hurlé quand l'équipe VTO l'a fourré dans la capsule de transfert. *Où est paizinho ?* a-t-il demandé à Lucasinho une fois dans le vaisseau lunaire. Lucasinho a regardé Abena Asamoah à l'autre bout de la soute bondée, puis emmené Robson à l'avant. Ces mots-là ne devaient pas être partagés. *Wagner se planque. On ne sait pas où est Ariel, Lucas a disparu, il est présumé mort. Carlinhos est pendu par les talons à un carrefour de São Sebastião Quadra. Rafa est mort.*

Son père était mort.

Les batailles juridiques ont été acharnées et, pour la Lune, de courte durée. Une lunaison plus tard, Robson traversait Oceanus Procellarum à bord d'un autorail de Mackenzie Metals, Hoang Lam Hung assis en face de lui, des lames déployées à distance respectueuse sans autre raison que d'incarner la puissance de Mackenzie Metals. La cour de Clavius avait tranché : Robson Corta était un Mackenzie, désormais. À onze ans et quelques mois, Robson ne pouvait reconnaître l'expression sur le visage de Hoang. À treize, il sait que c'était celle d'un homme qu'on a obligé à trahir ce qu'il aime. Il a ensuite vu l'étoile brillante sur l'horizon, la lumière de Creuset qui flamboyait dans un midi éternel, et qui ne lui a plus paru synonyme de bienvenue, mais d'enfer. Robson se souvient des orixás de Boa Vista, de leurs immenses visages de pierre sculptés dans la roche brute, présence permanente garantissant que la vie résistait à la brutalité glacée de la Lune. Oxalá, Iemanjá, Xangô, Oxum, Ogum, Oxóssi, les jumeaux Ibeji, Omolú, Iansã, Nanã. Il se rappelle encore quels saints catholiques ils ont pour homologues et peut donner la liste de leurs attributs. La religion personnelle des Corta contenait peu de divinité, encore moins de théologie et pas la moindre promesse d'enfer ou de paradis. Un éternel retour. C'était naturel, les esprits étaient recyclés, tout comme le carbone, l'eau et les minéraux d'un cadavre l'étaient par les zabbalins. L'enfer était inutile, cruel et inhabituel. Robson n'arrive toujours pas à comprendre pour quelle raison un dieu voudrait infliger un châtiment éternel à quelqu'un, puisque cela ne peut produire aucun effet positif.

« Content de te revoir », a lancé Robert Mackenzie des profondeurs du système d'assistance vitale qui le gardait en vie. Le tube enfoncé dans sa gorge pour l'aider à respirer a frémi. « Tu es l'un des nôtres, maintenant. » Près de son épaule gauche, son familier Chien Rouge. Sur sa droite, son épouse Jade Sun, avec son propre familier qui, comme le veut la tradition de Taiyang, est un hexagramme du Yi

King, en l'occurrence Shì kè. Robert Mackenzie a ouvert les bras, déplié ses doigts crochus. « On prendra bien soin de toi. » Robson a détourné la tête lorsque les bras se sont refermés sur lui. Des lèvres sèches lui ont effleuré la joue.

Il y a ensuite eu Jade Sun. Cheveux parfaits peau parfaite lèvres parfaites.

Puis Bryce Mackenzie.

« Ravi de ton retour, petit. »

Hoang n'a jamais dit quels marchés il a passés pour déménager Robson de Creuset au vieux manoir familial de Kingscourt à Reine-du-Sud, mais Robson est certain que le prix a été élevé. À Reine-du-Sud, il pouvait courir, il pouvait être qui il aimait être, il pouvait choisir ses amis. À Reine-du-Sud, il pouvait oublier qu'il serait à jamais un otage.

Et voilà qu'il revient à Creuset. L'éclat des miroirs du grand train s'intensifie, devient aveuglant, même de derrière le verre photochromique de la bulle d'observation. Robson lève la main pour s'en protéger, puis c'est l'obscurité. D'un clignement de paupières, il se débarrasse des images rémanentes. À gauche comme à droite s'élèvent les bogies qui transportent Creuset au-dessus de la ligne Équatorial Un : il y en a mille en file indienne devant lui, ligne courbe allant se perdre derrière l'horizon tout proche. Des moteurs de traction, du câblage électrique, des quais de service, des portiques, des échelles d'accès : un robot de maintenance escalade à toute vitesse une structure de soutien, suivi des yeux par Robson. Les étoiles de ce ciel sont les lumières des usines et des modules d'habitation au-dessus de lui.

Membre de la troisième génération née sur la Lune, Robson ne comprend pas comment on peut être claustrophobe – les espaces confinés, c'est le confort, la sécurité –, mais aujourd'hui, les fenêtres, projecteurs, gyrophares de Creuset pèsent comme une main sur son crâne, dont il n'arrive pas à sortir l'idée qu'au-dessus de ces lumières modestes, il y a celle chauffée à blanc des miroirs des hauts fourneaux et des creusets de métal fondu. L'autorail ralentit. Des grappins descendent du ventre de Creuset. Robson ne perçoit qu'une infime secousse quand ils se referment sur l'autorail et le hissent en douceur vers le quai.

Quelqu'un lui touche l'épaule : Hoang. « Viens, Robson. »

Le voilà, le voilà !

La porte du tramway s'ouvre sur des visages tous tournés vers lui. En moins de cinq pas, Robson est cerné de jeunes femmes en robe de soirée : court et moulant, jupes boules et à volants ; bas brillants, talons mortels, cheveux crêpés en auréole. Lèvres fuchsia, yeux ailés d'eye-liner, pommettes soulignées de fard.

« Aïe ! » Quelqu'un lui a donné un petit coup. « Oui, ça fait mal. » Les filles le conduisent en riant au fond de la voiture, lieu de rassemblement des jeunes. Le jardin d'hiver – « Fern Gully », pour les Mackenzie – est assez grand et complexe, avec ses chemins sinueux et ses zones de plantation, pour permettre une dizaine de fêtes secondaires. Des serveurs louvoient entre les grandes fougères courbées avec des plateaux chargés de 1788, le cocktail emblématique des Mackenzie : Robson a tout soudain un verre dans la main. Il le vide, ravale l'amertume, apprécie la chaleur qui se répand dans son corps. Les fougères bruissent, les climatiseurs brassent l'atmosphère humide. Des oiseaux vivants picorent les frondes, on les entrevoit qui volettent d'une bractée à l'autre.

Robson est entouré de vingt jeunes Mackenzie.

« Je peux voir tes bleus ? demande une fille qui, en équilibre précaire sur de dangereux talons, ne cesse d'essayer de faire redescendre son étroite jupe rouge vif en stretch.

— D'accord, ouais. » Robson ôte sa veste, soulève son T-shirt. « Là et là. Graves traumatismes des tissus.

— Ils montent jusqu'où ? »

Robson fait passer le maillot par-dessus sa tête et se retrouve avec des mains sur tout le corps, masculines aussi bien que féminines, et des yeux que fait s'écarquiller l'étendue jaune des contusions sur son dos et son ventre, comme une carte des sombres mares de la Lune. Chaque contact lui tire une grimace de douleur. Du frais se promène sur son ventre : une des filles orne ses abdominaux d'un *smiley* en gloss rose. Dans la seconde qui suit, filles et garçons ont dégainé leurs cosmétiques pour l'assaillir de rose et de fuchsia, de blanc et de jaune citron fluorescent. En riant. En riant tout le temps.

« T'es vachement maigre, s'étonne un Mackenzie roux à taches de rousseur.

— Pourquoi tu ne t'es pas cassé en petits morceaux ?

— Ça, ça fait mal ? Et ça ? Ça aussi ? »

Robson se recroqueville, bras autour de la tête, dos tourné vers les tubes de rouge à lèvres qu'on lui enfonce dans la peau.

« Allons, allons. »

Une petite tape sur l'épaule, avec la tige en titane d'une vapette.

« Laissez-le. »

Les mains reculent.

« Couvre-toi, chéri. On a des gens à voir. »

Darius Mackenzie n'a qu'un an de plus que lui, mais les gamins battent en retraite. C'est le seul fils de Jade Sun-Mackenzie encore vivant. Il est petit, pour un troisième-gén, basané, d'une physionomie davantage Sun que Mackenzie. Personne à Creuset ne le croit produit par le sperme congelé de Robert Mackenzie. Mais il parle avec le même ton autoritaire que le vieux maître.

Robson renfile son T-shirt, récupère sa veste.

Il n'a jamais compris l'affection que lui porte Darius : il est du sang qui a tué son frère Hadley dans l'arène de la cour de Clavius. Mais s'il compte un ami, dans Creuset, c'est bien Darius Mackenzie. Qui, chaque fois que Robson revient de Reine-du-Sud – pour les anniversaires, les hommages tacites de Hoang à Bryce –, ne met que quelques minutes à apprendre son arrivée et à venir le retrouver. C'est une relation qui n'existe qu'à l'intérieur de Creuset, mais Robson apprécie d'être dans ses bonnes grâces. Il a dans l'idée que Bryce lui-même en a peur.

C'est cela qu'il déteste à Creuset : la peur. La peur brute et viscérale qui infeste chaque geste, chaque mot, chaque pensée et chaque respiration. Creuset est un générateur de peur. D'un bout à l'autre de ses dix kilomètres, des lignes de peur sinuent et chuchotent, tirent sur les hameçons des secrets et des dettes enfoncés dans la peau de chacun des membres d'équipage du grand train.

« Ils sont jaloux, en fait, dit son ami en tirant une grande bouffée de sa vapette tout en le prenant par la taille. Allez, viens. On a des gens à voir. Tout le monde te réclame. Te voilà devenu une célébrité. C'est vrai qu'aucun de tes copains coureurs n'est venu te voir à la clinique ? »

Darius sait bien que oui, mais Robson lui répond quand même. Il sait pourquoi Darius Mackenzie a posé la question. Les lignes de peur vont de Creuset jusqu'aux quadras de Reine-du-Sud. Même les jeunes traceurs connaissent la légende : les Mackenzie vous rendent trois fois la monnaie de votre pièce.

« Robbo ! »

Robson déteste ce diminutif australien et affable de son prénom. Il ne reconnaît pas cette clique de jeunes Blanches à la chevelure volumineuse et aux vêtements dernier cri, mais elles se conduisent comme si elles avaient un lien de parenté avec lui. Leurs cheveux sont intimidants.

« Ton costume, Robbo. Marco Carlotta, classe. Bien joué, les manches relevées. T'as eu un petit accident, il paraît ? »

Elles s'esclaffent. Robson se lance dans le récit de sa mésaventure, récolte des *oohs* appréciateurs et des yeux qui roulent, mais Darius a repéré le prochain groupe à saluer et, invoquant le protocole, emmène Robson.

Sous une canopée de frondes de fougères, Mason Mackenzie et d'autres jeunes hommes discutent handball, un 1788 tenu d'une main nonchalante. Chez les Mackenzie, les femmes et les hommes bavardent dans des groupes séparés. Mason est le nouveau propriétaire des João de Deus Jaguars. Il vient de recruter Jojo Oquaye des Twé All-Stars et se vante auprès de ses amis de la manière dont il a crevé les yeux de Diego Quartey à Twé. Robson déteste l'entendre parler de son équipe. Ce n'est pas et ne sera jamais l'équipe de Mason. Ce ne sont pas et ne seront jamais les Jaguars – c'est quoi, d'ailleurs, des jaguars ? –, ce sont les Moços. Les garçons, les filles. On peut voler une équipe, pas un nom. Le nom est enfoncé dans le cœur. Robson se souvient de son pai le soulevant sur la rambarde de la loge de la direction et lui remettant le ballon. Qui s'est logé de manière très naturelle dans sa main, plus lourd que Robson ne s'y attendait. *Lance-le sur le terrain.* Tout le monde le regardait dans Estádio da Luz, joueurs comme fans et visiteurs. Un instant, il a failli pleurnicher pour que paizinho le repose par terre, loin de tous ces yeux. Puis il a levé haut le ballon et l'a jeté de toutes ses forces. Le ballon est parti beaucoup plus loin que Robson aurait cru possible, survolant les visages levés dans les gradins plus bas, se dirigeant vers le rectangle vert.

« Les Moços ne gagneront jamais pour toi », lance-t-il. Son interruption fait taire les conversations. Un instant de colère, puis le groupe reconnaît le gamin tombé du sommet du monde.

Darius passe à nouveau son bras autour de celui de Robson. « Bon. Ça suffit. » Il a repéré un plus gros gibier à l'ombre des frondes. « Le sport, c'est ringard, de toute façon. » Cousins et parents plus éloignés complimentent au passage Robson sur sa tenue, sa célébrité et sa survie. Personne ne demande à voir les contusions maculées de brillant à lèvres. Un groupe joue de la bossa-nova. Celle-ci n'a fait que gagner en importance depuis la chute de Corta Hélio : une musique globale. Guitare, basse acoustique, balais de percussion.

Robson se fige. Entre le groupe et le bar se sont rassemblés Duncan Mackenzie, ses okos Anastasia et Apollinaire, le PDG de Mackenzie Fusion Youri Mackenzie, ses demi-frères Denny et Adrian, ainsi que l'oko de ce dernier, Jonathon Kayode, l'Aigle de la Lune en personne. Darius tire doucement Robson par le bras.

« Chauffe la salle. »

Anastasia et Apollinaire prennent un plaisir enthousiaste à entendre Robson raconter son aventure. Elles le serrent dans leurs bras, l'embrassent, le font pivoter dans un sens puis dans l'autre pour inspecter ses blessures – *il a meilleur teint que toi, Asya.* Youri sourit sans paraître impressionné, Duncan exprime sa désapprobation – tomber du toit du monde constitue une atteinte manifeste à la sécurité de la famille –, mais personne ne s'en soucie. Il n'a plus la moindre autorité depuis que son père Robert a repris le contrôle de Mackenzie Metals. Youri est le PDG de la compagnie d'extraction d'hélium 3 que Mackenzie Metals a fondée sur le cadavre de Corta Hélio. Denny est un garçon tendu à la mâchoire crispée, une énergie spasmodique aussi contrainte que l'hélium dans un champ de confinement pour la fusion. Denny est un maillon d'une chaîne de vengeance : son oncle Hadley a été tué par Carlinhos dans la cour de Clavius, lui-même a égorgé Carlinhos pendant le sac de João de Deus. Empare-toi de l'arme lâchée par ton ennemi et retourne-la contre lui.

L'Aigle de la Lune veut savoir le secret de Robson. *Tu te relèves après une chute de trois kilomètres ?* Le garçon est ébloui. Il ne l'avait jamais vu en chair et en os et ne l'imaginait pas aussi grand : l'homme a presque la taille d'un troisième-gén, mais est bâti comme une montagne. Son agbada de cérémonie ne fait que magnifier sa majesté.

Le secret ? Darius répond à la place de Robson, qui a perdu sa langue. *Éviter de toucher le sol.*

« Sage conseil. »

La voix est calme et raffinée, douce et grave, mais fait taire même Jonathon Kayode. Les hommes Mackenzie inclinent la tête. L'Aigle de la Lune saisit et baise la main tendue.

« Dame Sun.

— Jonathon. Duncan. Adrian. »

De temps immémorial, on appelle Dame Sun la Douairière de Taiyang. Personne ne sait quel âge a vraiment Sun Cixi… personne n'oserait poser la question. Peut-être vit-elle depuis aussi longtemps que Robert Mackenzie lui-même. La mode rétro des années 1980 n'est pas pour elle : elle porte un tailleur en fausse laine de 1935, constituée d'une jupe qui couvre le genou et, tombant sur les hanches, d'une veste à large revers et bouton unique. Chapeau mou à large bandeau. Le style classique ne se démode jamais. C'est une petite femme, même pour une première-gén, et elle paraît encore plus petite à côté de ses gardes du corps, de beaux Sun des deux sexes, souriants, rapides et en forme, vêtus de costumes Armani bleu pastel à la mode et de formidables pardessus Yohji Yamamoto. Elle attire tous les regards. Le moindre de ses mouvements communique volonté et intention. Rien n'est irréfléchi. Elle est résolue, électrique, crépitante de puissance. Ses yeux d'un noir brillant voient tout et ne réfléchissent rien.

Une main tendue, un cocktail vient se loger à l'intérieur. Un dry martini très peu chargé en vermouth.

« J'ai apporté mon propre cocktail », dit Dame Sun en prenant une gorgée. Pas la moindre marque de rouge à lèvres sur le verre. « D'accord, c'est extrêmement impoli, mais je suis incapable de boire cette pisse que vous appelez un 1788. » Elle braque ses yeux perçants sur Robson.

« Tu es le garçon qui est tombé d'en haut de Reine-du-Sud, me dit-on. J'imagine que tout le monde te trouve formidable d'avoir survécu. Je trouve, moi, que t'es vraiment bête d'être tombé. Si un de mes fils faisait je ne sais quoi de la sorte, je le déshériterais. Pendant un mois ou deux. Tu es un Corta, non ?

— Robson Mackenzie, qiansui, répond celui-ci.

— Qiansui. Voilà bien des manières de Corta. Vous avez toujours été onctueux, les Brésiliens. Les Australiens manquent de finesse. Fais bien attention à toi, Robson Corta. Vous n'êtes plus très nombreux. »

Robson place en pince les doigts de sa main droite et incline la tête comme le lui a appris madrinha Elis.

Ses bonnes manières Corta font sourire Dame Sun. Un bras autour des épaules de Robson, une grimace de douleur. Darius l'emmène ailleurs dans la fête.

« Ils vont parler politique, maintenant », lui explique-t-il.

Robson sent Robert Mackenzie avant de le voir. Ni les antiseptiques ni les antibactériens ne réussissent vraiment à masquer la pisse et la merde. Le garçon reconnaît l'odeur huileuse et vanillée de l'électronique médicale neuve, puis lui parviennent celles de gomina, de vieille sueur, d'une dizaine de mycoses et d'autant de fongicides employés pour les combattre.

Connecté et branché à son unité environnementale, Robert Mackenzie habite la pergola de fougères vertes qui bruissent au milieu de son jardin. Des oiseaux gazouillent et passent à toute vitesse entre les plantes, laissant entrevoir leurs couleurs vives. Ils sont brillance et beauté. Robert Mackenzie est plus vieux que son âge, que les limites de la biologie. Il occupe un trône de pompes et d'épurateurs, de câbles et de moniteurs, d'alimentations électrique et nutritionnelle, homme-bourse de cuir au cœur d'un entremêlement frémissant de tuyaux et de câbles. Robson ne supporte pas de le regarder.

Derrière Robert Mackenzie, l'ombre derrière le trône, Jade Sun-Mackenzie.

« Darius.

— Maman.

— Darius, cette vapette. Non. »

La chose dans le fauteuil croasse et est agitée par une toux sèche.

« Robson.

— Sun qiansui.

— Je déteste que tu m'appelles comme ça, comme si j'étais la vénérable grand-tante de je ne sais qui. »

Des mots sortent à présent de la chose sur le trône, si lents et si grinçants que Robson ne comprend pas tout de suite qu'ils lui sont adressés.

« Bien joué, Robbo.

— Merci, vó. Joyeux anniversaire, vó.

— Y a rien de joyeux là-dedans, petit. Et t'es un Mackenzie, alors parle anglais, bordel.

— Pardon, papy.

— Mais bon, bravo, tomber de trois kilomètres et se relever. J'ai toujours su que t'étais des nôtres. T'en as profité ?

— Profité ?

— Pour choper de la chatte. De la bite. Ou ni l'un ni l'autre. Comme ça te plaît.

— Je n'ai que…

— On n'est jamais trop jeune. Faut toujours capitaliser. C'est la manière Mackenzie.

— Papy, je peux te demander un truc ?

— C'est mon anniversaire, je suis censé me montrer magnanime. Qu'est-ce que tu veux ?

— Les traceurs… mes copains qui font du free-run. Tu ne t'en prendras pas à eux ? »

Le vieillard sursaute de surprise sincère. « Pourquoi je ferais ça ?

— Parce qu'ils étaient là. Et qu'un Mackenzie

aurait pu mourir. Rendre trois fois la monnaie de la pièce, c'est la manière Mackenzie.

— Exact, Robbo, parfaitement exact. Les copains avec qui tu fais du sport ne m'intéressent pas. Mais si tu veux que je l'officialise : je ne toucherai à aucun de tes freerunners. Chien Rouge, sois-en témoin. »

Le familier de Robert Mackenzie tire son nom de la ville d'Australie-Occidentale où celui-ci a fait fortune. Au début, il ressemblait à un chien de chair et d'os, mais il a changé au fil des itérations et des décennies, à l'instar de son propriétaire. Il se compose désormais de triangles : des oreilles, une géométrie qui évoque un museau, un cou, des yeux en barre oblique, bref, une tête de chien abstraite. Chien Rouge authentifie les paroles du vieillard et les transmet à Joker, le familier de Robson.

« Merci, papy.

— Essaye de ne pas le dire comme si ça allait te faire vomir, Robbo. Et embrasse ton papy pour son anniversaire. »

Robson sait que son arrière-grand-père le voit fermer les yeux pour effleurer des lèvres la peau squameuse et craquante comme du papier.

« Ah oui. Robbo, Bryce veut te voir. »

Le ventre du garçon se crispe en une douloureuse contraction musculaire. Un creux semble s'ouvrir dans son estomac. Il se tourne vers Darius pour quémander son aide.

« Darius, accorde donc cinq minutes à ta mère, lance Jade Sun. Je ne te vois presque jamais, ces temps-ci. »

Je te rejoindrai, transmets celui-ci par l'intermédiaire de Joker. Robson envisage un instant de se cacher dans le labyrinthe de sentiers et de fougères de Fern Gully, mais Bryce a anticipé pareille réaction : Joker affiche sur la lentille de son propriétaire un itinéraire entre les robes courtes, les costumes à large carrure et les chevelures encore plus volumineuses.

Bryce est en conversation avec une femme que Robson ne reconnaît pas, mais dont la taille, le manque d'aisance en gravité lunaire et la coupe de vêtements laissent penser qu'elle vient de la Terre. De la République populaire de Chine, décide-t-il en constatant qu'elle semble sûre d'elle et habituée à donner des ordres. La femme s'excuse. Bryce s'incline devant elle. Pour un homme aussi grand, aussi immensément grand, il est agile. Délicat.

« Tu voulais me voir ? »

Son grand-oncle Bryce a huit adoptés. Parmi lesquels Byron, son protégé au service des finances, est le plus âgé, avec ses trente-trois ans. Quant au plus jeune, Ilya, dix ans, il a perdu ses parents dans une défaillance d'habitat à Schwarzchild. À laquelle lui-même a survécu en passant huit heures dans un refuge-cercueil enfoui sous un tas de cadavres et de rochers. Robson peut comprendre. Le réfugié, le nécessiteux, l'abandonné, l'orphelin : tous intégrés à la famille de Bryce Mackenzie. Tadeo Mackenzie s'est même marié, et à une femme, mais ces mêmes lignes de pouvoir que Robson sent renforcer le squelette blanchi au soleil de Creuset sont cousues dans la peau de chaque fils adoptif. Un petit coup sec dessus suffit à tous les rassembler.

« Robson. »

Le vrai prénom. La joue tendue, les baisers filiaux.

« Je suis très très en colère contre toi, tu sais. Ça va peut-être me prendre du temps pour te pardonner.

— Je vais bien. Juste quelques bleus. »

Bryce le regarde des pieds à la tête. Robson se sent comme déshabillé.

« Oui, les garçons sont des êtres extrêmement résilients. Capables d'absorber une quantité de dégâts phénoménale.

— J'ai raté une prise. J'ai fait une erreur.

— D'accord, et l'exercice physique est vraiment très important, mais franchement, Robson. Hoang était responsable. Je t'ai confié à lui. Je ne peux tout bonnement pas prendre une nouvelle fois ce risque. Tu seras plus en sécurité à Creuset. »

Robson se demande si son cœur ne s'est pas arrêté.

« Je t'ai acheté un cadeau. » Robson entend l'excitation dans la voix de son grand-oncle. Il pourrait vomir de peur et de dégoût.

« Mon anniversaire n'est pas avant Balance, réplique-t-il.

— Ce n'est pas pour ton anniversaire. Je te présente Michaela. »

Ladite Michaela coupe court à la conversation à laquelle elle participait pour se tourner vers eux. C'est une petite Joe Moonbeam blanche à la musculature compacte. Elle a appris les usages Mackenzie, depuis son arrivée sur la Lune : elle salue d'une brève inclinaison de la tête.

« C’est ton coach sportif.
— Je ne veux pas d’un coach.
— *Moi*, je veux que tu en aies un. Tu as besoin d’épaissir. J’aime que mes garçons aient du muscle. Tu commences demain. »

Bryce s’éloigne, lève les yeux. Robson se rend compte à son tour que la lumière ne tombe plus sous le même angle.

La lumière ne bouge jamais. C’est ce qui fait la puissance de Creuset : un soleil de midi inébranlablement concentré sur les hauts fourneaux au-dessus de leurs têtes.

La lumière a bougé. Continue à bouger.

« Robson, viens avec moi, si tu veux vivre. »

Bryce n’est pas seulement agile, il est rapide. Il agrippe le garçon par le bras et s’envole presque : de grands bonds lunaires tandis que les sirènes se déclenchent, qu’en surimpression chaque lentille affiche le message d’alerte. Évacuation générale. Évacuation générale.

La lumière du soleil atteint Duncan Mackenzie, qui lève la tête. Tous les Mackenzie présents dans Fern Gully en font autant, le visage soudain rayé par les ombres des frondes. Dame Sun hausse un sourcil.

« Duncan ? »

Au même moment, Duncan entend Espérance, son familier, lui murmurer à l’oreille les mots qu’il a toujours redoutés.

Pluie de fer.

Le mythe apocalyptique de Mackenzie Metals : le jour où les tonnes de terres rares en fusion pleuvront des hauts fourneaux. Personne à Creuset n'a jamais cru cela possible. Tout le monde à Creuset connaît ces trois mots.

« Dame Sun, il faut évacuer... », dit-il, mais déjà l'entourage de la Douairière de Taiyang s'est resserré autour d'elle et lui fraye avec détermination un passage dans la foule surprise. Il écarte Jonathon Kayode de son chemin, aussi les gardes du corps de l'Aigle adoptent-ils une formation compacte en tendant la main vers le fourreau de leurs lames.

« Laissez tomber, sortez-nous d'ici ! » leur crie Adrian Mackenzie. Le mouvement en direction du sas de la voiture suivante est en train de se transformer en bousculade. Et les cris en hurlements. « Pas par là, bande d'idiots ! Les capsules d'évacuation !

— Adrian, que se passe-t-il ? demande l'Aigle de la Lune.

— Je n'en sais rien », répond son oko, à couvert derrière le cercle des gardes du corps. Couteaux tirés, ceux-ci avancent en repoussant les gens perdus, abasourdis. « Ce n'est pas une dépressurisation. » Ses yeux s'écarquillent alors, car son familier lui murmure les mêmes mots : *Pluie de fer*.

« Monsieur Mackenzie. » La responsable de Creuset est une Tanzanienne de petite taille à la musculature de Joe Moonbeam. « Nous avons perdu le contrôle des miroirs.

— De combien de miroirs ?

— De *tous*.

— Hein ?

— Monsieur, dans un peu plus de soixante

secondes, la température atteindra deux mille kelvins. »

La lumière qui filtre à travers les fougères est aussi chaude et brillante que des lames tout juste forgées. Plus le moindre bruit d'oiseau ou d'insecte ne se fait entendre. L'air brûle les narines de Duncan.

« Mon père…

— Monsieur, je suis chargée de votre protection.

— Où est mon père ? Où est mon père ? »

Bryce Mackenzie a une poigne d'acier. Sous la masse, il y a du muscle. Il propulse hors de son chemin les filles et les garçons présents à la fête – maquillage étalé, talons brisés – sans cesser de tirer Robson vers les cercles de lumière verte qui clignotent à l'entrée des capsules d'évacuation.

« Qu'est-ce qu'il y a, qu'est-ce qui se passe ? » demande Robson. Autour de lui, d'autres voix posent la même question, de plus en plus fort, l'incertitude se muant en peur, puis en panique.

« Pluie de fer, petit.

— Mais c'est impossible. Je veux dire… »

La lumière s'intensifie et les ombres raccourcissent.

« Bien sûr que c'est impossible. Ce n'est pas un accident. C'est une attaque. »

Hoang, lui murmure Joker avant d'en laisser apparaître le visage sur sa lentille.

« Robson, tu es où ? Ça va ?

— Je suis avec Bryce », crie Robson. Les voix sont épouvantables, à présent. Des mains l'agrippent, tentent de l'arracher à Bryce et à sa place dans la capsule. Bryce Mackenzie le libère d'une traction. « Toi, ça va ?

— Je suis dehors. Je suis dehors. Robson, je te retrouverai. Promis. Je te retrouverai. » Le visage de Hoang explose en un nuage de pixels. *Réseau hors service*, annonce Joker. Un silence terrible remplit un instant Fern Gully. Tous les familiers ont disparu. Tout le monde est déconnecté. Tout le monde est seul, contre tous les autres. C'est à ce moment-là que les hurlements commencent vraiment.

« Bryce ! » glapit Robson en tirant sur la main de son grand-oncle. Autant essayer de déplacer la Lune.

Une arrière-garde de lames défend le sas, sur deux rangs, couteaux dégainés.

« Bryce, où est Darius ? »

Elles s'écartent pour les laisser passer. Elles repoussent les invités qui déferlent, paniqués. La porte extérieure du sas est ouverte, l'anneau de lumière palpite en vert.

« Bryce ! » Robson essaye de libérer sa main. Bryce s'arrête, se retourne, les yeux saillant de stupéfaction.

« Stupide petit morveux ingrat. »

La gifle assomme presque le garçon. Sa mâchoire craque, son champ de vision s'emplit d'étoiles. Il sent le sang lui jaillir des narines. Chacune de ses contusions proteste. Il titube, puis des mains le saisissent par sa veste et le tirent à l'intérieur de la capsule.

« Allez, allez », crie le sexagénaire. Les oreilles bourdonnantes, Robson tombe sur la banquette rembourrée. Six lames se précipitent à l'intérieur de la capsule, dont la porte se referme en ciseau.

Largage dans dix secondes, annonce l'IA. Bryce vient s'attacher à côté de son petit-neveu, qui se retrouve coincé entre lui et un imposant garde ukrainien. *Neuf.*

« Robbo. Robbie. Robson. »

Le garçon essaye d'y voir clair. Darius, sanglé juste en face de lui. Il a les yeux écarquillés, le visage blême de terreur. Il serre sa vapette dans son poing.

« Darius. »

Deux, un. Largage.

La capsule se détache d'un coup du monde.

La porte intérieure du sas se referme, l'extérieure s'ouvre. Jade Sun s'assied d'un mouvement très comme il faut dans la capsule. L'unité d'assistance vitale de Robert Mackenzie manœuvre pour franchir le sas étroit. La porte intérieure résonne comme un gros tambour sous les multiples coups de poing. Les constructions Mackenzie sont conçues pour la Lune : elles ne craignent rien des mains humaines, même nombreuses et désespérées. Dans les secondes qui suivent, les miroirs vont concentrer la lumière du soleil sur Fern Gully, sur chacun des mille wagons de Creuset. Douze mille miroirs, douze mille soleils. Les constructions Mackenzie ne peuvent résister à la lumière de douze mille soleils.

Ensuite, les coups de poing sur la porte cesseront.

Cinquante secondes avant la Pluie de fer, l'avertit son familier. Le réseau est hors service, mais le familier de Robert Mackenzie n'aura pas manqué de lui transmettre la même information. « Jade, aide-moi, femme. Je n'arrive pas à bouger cette saloperie. »

Elle se carre plus confortablement sur la banquette rembourrée dans le sanctuaire de la capsule.

« Jade. » Un ordre, non une demande.

Elle se sangle. Dans le sas, Robert Mackenzie se débat et se démène de toutes ses maigres et fragiles forces, comme si son poids de moineau pouvait faire bouger l'imposant trône d'assistance vitale.

« Mais pourquoi ce truc bouge pas, bordel ?

— Parce que je ne veux pas qu'il le fasse, Robert. »

L'abdomen de Duncan Mackenzie tressaille quand les crampons s'écartent, lâchent la capsule. Jonathon Kayode le regarde de l'autre bout du cercle de sièges. L'Aigle de la Lune est gris de peur. Ses doigts sont étroitement entremêlés à ceux de son oko. Aucun de ses gardes du corps n'a réussi à entrer dans la capsule avec lui. Celle-ci tombe pendant quelques secondes sur ses câbles, puis les freins se déclenchent : une soudaine décélération qui arrache à l'Aigle de la Lune un gémissement effrayé. La capsule atterrit en douceur sur ses roues. Les verrous explosifs sautent pour la libérer de ses câbles, série de petits tressautements. Les moteurs ronflent : la capsule s'écarte à toute vitesse de Creuset à l'agonie. Le grand train est une ligne courbe et aveuglante sur l'horizon : un lever de nova.

« Mon père est en sécurité ? veut savoir Duncan Mackenzie. Est-ce qu'il est en sécurité ? »

Le fauteuil ne bouge pas. Robert Mackenzie agite son corps délabré pour tenter de se faire obéir de l'unité d'assistance vitale. Ses yeux, les muscles de sa mâchoire qui renferment les dernières réserves de sa redoutable volonté, les veines sur sa gorge, ses poignets, ses tempes, tout cela se contracte et saille. Le trône le nargue.

« Nous avons hacké ton unité, Robert, lui apprend Jade Sun. Il y a longtemps. Tôt ou tard, nous l'aurions désactivée. » La capsule vibre, légèrement ébranlée chaque fois qu'une de ses semblables est larguée par sa nacelle. « Les miroirs ne sont pas de notre fait, mais une Sun digne de ce nom se doit de saisir une occasion quand elle se présente, pas vrai ? »

Un épais filet de salive s'étire aux coins de la bouche de son mari tandis qu'il lève les mains vers les tubes enfoncés dans son cou.

« Tu ne peux pas te débrancher, Robert. Tu en fais partie depuis trop longtemps. Je ferme le sas. »

Chaque respiration que prend Jade Sun est brûlante. *La température de l'air à l'intérieur de Creuset est de 460 kelvins*, l'informe Shì kè.

Le martèlement sur la porte extérieure a cessé.

« J'essaye. Pas. De me. Débrancher », grogne Robert Mackenzie. Ses griffes s'agitent sur son col. Un mouvement flou : Jade Sun se rejette en arrière dans son siège rembourré anti-impact quand elle aperçoit un minuscule objet qui se précipite sur elle en bourdonnant. La douleur d'une piqûre soudain dans son cou. Elle lève la main vers celui-ci, la laisse retomber. Son visage se relâche, ses yeux et sa bouche s'ouvrent. Les neurotoxines AKA sont rapides et infaillibles. Jade Sun s'affaisse, retenue par son harnais. La mouche-assassin bourdonne sur son cou.

« T'aurais dû fermer le sas tout de suite, salope, crache Robert Mackenzie. On peut jamais faire confiance à ces connards de Sun. » Son croassement de défi se transforme en un effroyable hurlement, le reflet des miroirs atteignant le vieillard qui, comme tout et tout le monde dans Fern Gully, s'embrase. Le titane, l'acier, l'aluminium, le plastique de construction ploient, fondent, coulent dans la chaleur intense, puis jaillissent vers le haut et l'extérieur en une pulvérisation de métal fondu dans la dépressurisation explosive de Creuset.

Quand il est tombé d'en haut de Reine-du-Sud, Robson Mackenzie a eu peur. La plus grande peur de sa vie. Il ne pouvait en imaginer une plus grande. Il en existe une. Robson est sanglé à l'intérieur de celle-ci tandis que Creuset fond au-dessus de lui. Au cours de sa longue chute, sa mort et sa survie dépendaient de ses choix et de son habileté. Là, il est impuissant. Il ne peut rien faire qui le sauverait.

Robson est projeté en avant, retenu par son harnais. Il a un haut-le-cœur. Un instant de chute libre, puis la capsule heurte avec force le sol. Elle bouge, essaye de s'éloigner à une distance sûre, mais dans quelle direction, à quelle vitesse et combien de temps cela prendra, Robson n'en sait rien. Quelque chose le propulse sur sa gauche, puis sur sa droite. Bruits de ferraille et embardées. Grincements, craquements et gémissements. Robson n'a aucune idée d'où il est ni de ce qui se passe. Des bruits, des impacts. Il veut voir. Il a besoin de voir. Tout ce qu'il voit, ce sont des visages autour de lui, des gens qui se regardent mais sans jamais laisser leurs regards se croiser, sous peine de vomir de peur.

La capsule s'immobilise. Un long crissement grave. Puis la capsule repart, très lentement.

Robson se retrouve dans la même situation qu'à Boa Vista, à la fin, quand il n'y a plus eu de courant, plus eu d'éclairage, plus rien eu à voir sinon les visages qui s'entre-regardaient dans la lueur verte des biolumières d'urgence du refuge. Des bruits. Robson se souvient des détonations, il se souvient qu'à chacune, tout le monde fermait les yeux en craignant que la prochaine fasse voler le refuge en autant d'éclats qu'un verre à thé se fracassant sur le sol. Une grande explosion, puis un bruit horrible comme si le monde se déchirait en deux, le refuge qui remuait et s'agitait sur ses amortisseurs, tout le monde trop terrorisé pour hurler, le grand bruit a cédé la place au silence, qui a fait comprendre à Robson que Boa Vista était exposée au vide. Qui lui a fait comprendre que son père était mort.

Nous ne risquons rien. Madrinha Elis serrait fort Luna contre elle, lui répétait cela en boucle. *Tu ne risques rien. Les refuges ne peuvent pas sauter. Ils ont fait sauter Boa Vista*, a pensé Robson, mais sans le dire, il savait que cette étincelle provoquerait une panique incendiaire qui ravagerait le refuge bondé, en consommerait d'un seul coup tout l'oxygène.

Les refuges ne peuvent pas sauter. Les capsules peuvent survivre à tout.

Quand il a vu les faisceaux des torches balayer l'obscurité, il n'a pas su si c'était celles de sauveteurs ou de tueurs.

Robson gifle le bouton qui le libère du harnais et se hisse à la fenêtre d'observation.

Il ne peut pas mourir dans une bulle d'acier. Il faut qu'il voie. Qu'il voie.

Creuset meurt en lentes éruptions : une courbe de lumière fondue. L'extrémité du train est derrière l'horizon, mais Robson voit des larmes luisantes de métal fondu, chacune aussi grosse qu'une capsule de sauvetage, monter en arc de cercle à plusieurs kilomètres d'altitude, tournoyer, rouler sur elle-même, se diviser. Il s'abrite les yeux. Les miroirs continuent à bouger, à suivre le soleil, ils enfoncent leurs lames à 2 000 kelvins dans les bogies et les piliers de soutien. Qui ne résistent pas à cette sape. Les étais ploient, les convertisseurs se déforment et se répandent. Pluie de fer. Les terres rares s'écoulent. En flots luisants de lanthane, en nappes de cérium et de fermium, en longues flaques de rubidium incandescent. Des poches d'air détonent, de belles machines complexes explosent. Du métal fondu pleut sur l'océan des Tempêtes.

Les miroirs s'effondrent à leur tour, faute de soutien. Un par un, ils se distordent et s'affaissent, balayant de leurs épées de lumière le ciel et la mare, fondant la poussière de Procellarum en croissants de verre. Robson voit une première puis une deuxième capsule mourir, ouvertes par un de ces mortels et inévitables faisceaux de lumière concentrée que renvoient les miroirs. L'un après l'autre, les douze mille miroirs de Creuset tombent. Chacune de ces chutes installe un peu plus d'obscurité. Jusqu'à ce qu'il ne reste plus que la lueur du métal fondu et les balises de détresse des capsules en fuite.

Robson s'aperçoit qu'il pleure. De grosses larmes d'impuissance. Sa poitrine se soulève, sa respiration tremble. De chagrin. Il détestait Creuset, détestait ses manigances, ses secrets, sa peur en liberté, sa politique et l'impression que tous les gens qu'il y croisait avaient un plan dans lequel il figurait comme proie. Mais c'était un endroit où il pouvait être chez lui. Pas comme Boa Vista auparavant : rien ne pourra plus jamais être comme Boa Vista, aucun retour en arrière n'est possible. C'était un endroit où il pouvait être chez lui et qui a désormais disparu, il est mort, comme Boa Vista avant lui. Mort. Détruit. Les deux chez-lui qu'il a eus ont été détruits l'un et l'autre. Quel est le facteur commun ? Robson João Baptista Boa Vista Corta. Quelque chose ne doit pas bien aller dans sa tête. Le garçon incapable d'avoir un chez-lui. On n'arrête pas de le lui enlever. Comme on lui a enlevé paizinho, et sa mãe, et Hoang. Son pai l'a envoyé à Reine-du-Sud, à Creuset où Hadley a essayé de faire de lui un zashitnik. Quand il est revenu à Boa Vista, paizinho lui a lancé des ballons de handball dessus, avec assez de force pour lui faire mal, lui laisser des marques, susciter la haine en lui. Tout. Toujours. Lui est. Enlevé.

La pluie d'acier a cessé. La capsule fonce sur la mare parsemée de métal, se coordonnant avec des centres de secours, des bases minières, des habitats sur tout Procellarum. Les miroirs ont un regard fixe et brûlant, là où ils sont tombés. La destruction de Creuset dégage assez de lumière pour être visible de la Terre. Le ciel rayonne de constellations en mouvement, éclats lumineux que Robson sait être ceux des propulseurs d'appareils en approche. VTO a déployé tous ses vaisseaux de recherche et de secours. Inutile de chercher, rien à secourir. Soit vous vivez, soit la Lune vous tue.

Robson s'aperçoit qu'il a un objet dans la main. Bords carrés, coins arrondis, de l'épaisseur et du poids. Il baisse les yeux dessus. Le paquet de cartes que Hoang lui a donné quand ils étaient okos et qui ne l'a pas quitté depuis. Il le coupe, lentement, délibérément. Il y a du réconfort et de la certitude à manipuler ces cartes. Cela, il peut le maîtriser. Les cartes, il peut les contrôler.

2

Vierge – Balance 2105

Des corps dans toutes les salles, dans tous les tunnels, corridors et sas. Des corps assis, accroupis, allongés, jambes croisées, tête baissée. Des corps appuyés les uns aux autres. Des corps en tenue de soirée : Chanel, D&G, Fiorucci, Westwood. Des corps qui parlent peu et bougent encore moins, en attente. Des corps qui respirent à l'économie. Les salles, tunnels, corridors et sas de Lansberg vrombissent des respirations superficielles et synchronisées des survivants. Toutes les quelques minutes, un sas s'ouvre dont sortent de nouveaux évacués en tenue de soirée. Ils prennent une grande inspiration d'air humide, puant, trop respiré, avant que leurs chibs basculent en mode d'urgence et réduisent le réflexe respiratoire à un bruissement. La gorge sifflant dans leur recherche d'air, ils dénichent au milieu des petits groupes et amas de survivants des endroits où s'asseoir pour attendre.

Lansberg est l'entrepôt affecté par VTO à la maintenance de sa ligne Équatorial Un pour le centre de Procellarum : une place forte creusée sous le cratère Lansberg pour les robots, les véhicules de service et les équipes d'ouvriers du rail qui se relaient toutes les deux lunaisons. Son unité environnementale est conçue pour cinquante personnes en cas d'urgence. Ils sont vingt fois plus nombreux à s'entasser dans ses salles humides et froides. Huit heures après la Pluie de fer, des capsules d'évacuation continuent à entrer lentement dans le sas, leur réserve d'énergie quasiment épuisée, pour dégorger des survivants anoxiques, déshydratés et morts de peur. Les ingénieurs de Lansberg impriment des épurateurs à CO_2, mais le système de recyclage d'eau commence à donner des signes de faiblesse. Les toilettes ne fonctionnent plus depuis des heures. Il n'y a rien à manger.

Darius Mackenzie envoie avec un soupir de frustration les cartes voler dans le corridor. *J'y arrive pas*, transmet-il par l'intermédiaire d'Adélaïde, son familier. Robson ramasse les cartes. Il égalise le paquet et montre à nouveau, lentement, le tour à Darius. Le petit mouvement du pouce, le glissement en empalmage Tenkai. Il fait voir sa main, écarte les doigts. Tu vois ? Tout est dans l'angle relatif entre la main et la carte, qui se retrouve complètement masquée. C'est un des plus difficiles tours de passe-passe. Robson s'est entraîné des heures et des heures devant une caméra. La mémoire corporelle est stupide, elle n'apprend pas vite : ce n'est qu'à force de répétitions qu'on fait entrer le mouvement, l'enchaînement, la chronologie dans les fibres musculaires. Aucun tour n'est plus répété qu'un tour de passe-passe. Un prestidigitateur l'effectuera dix mille fois avant d'affronter un public.

Bryce s'était brièvement assuré du bien-être de Robson avant de réquisitionner un vaisseau lunaire

VTO pour se rendre à Reine-du-Sud. Creuset est tombé, Mackenzie Metals doit tenir. Cinq heures se sont écoulées depuis. Robson et Darius ont passé la première dans les bras l'un de l'autre, abasourdis par l'énormité de la destruction. Puis Robson a osé le réseau. Des horreurs ont afflué. Des chiffres, des noms. Des noms qu'il connaissait, ceux de gens qui lui avaient souri, parlé, qui avaient innocemment tâté ses contusions et écrit leur nom au gloss sur ses côtes, ceux de gens à la volumineuse chevelure et aux vêtements de soirée. Quatre-vingts morts, des centaines de disparus. Robson s'est rassis, pesant chaque inspiration dans sa frêle poitrine, incapable d'assimiler ce qu'il entendait. Trois heures durant, il a écouté les bulletins d'information. Puis il a sorti ses cartes.

Je veux t'apprendre à empalmer une carte, a-t-il chuchoté. *C'est la base de la prestidigitation. La carte est là, mais cachée, juste devant tout le monde, et je peux la faire réapparaître quand je veux.*

Il a montré à Darius l'empalmage classique, le Hungard et le Tenkai, tandis que de nouveaux réfugiés passaient en prenant soin de ne pas marcher sur leurs jambes tendues, que des équipes médicales et d'approvisionnement en eau de VTO parcouraient les corridors dans les deux sens.

Essaye encore.

Darius prend le paquet, soulève la carte du dessus entre l'index et le majeur, effectue le mouvement factice et replie les doigts pour insérer la carte entre la base et l'extrémité de son pouce. Quelque chose attire son attention et l'empêche d'aller jusqu'au bout du tour. Les cartes lui tombent de la main. Robson plisse les yeux pour mieux voir dans l'atmosphère moite et poussiéreuse. Dame Sun et son entourage, qui enjambent précautionneusement les réfugiés couchés sur le ventre. Elle respire aussi profondément et aussi souvent qu'elle veut grâce à un masque à oxygène relié à une bonbonne que porte un de ses gardes du corps. Elle éloigne ce masque de ses lèvres.

« Darius. Allons, debout. »

Elle agite les doigts : lève-toi. Darius obéit, les jambes mal assurées. Deux gardes du corps viennent l'encadrer et le soutenir sans paraître gênés par les restrictions de respiration. Dame Sun l'embrasse. Robson serre les dents en voyant se refermer sur son ami les bras de la vieillarde, aussi maigres que ceux d'une personne famélique et terminés de longs doigts osseux.

« Oh mon petit chéri. Mon tout petit chéri. Je suis tellement désolée.

— Maman... », dit Darius. Dame Sun pose un index filiforme sur les lèvres de l'adolescent.

« Ne dis rien. » Elle plaque le masque sur sa bouche, puis sur celle de Darius. « Un autorail nous attend. Tu seras à l'abri, au palais de Lumière éternelle. »

Les jolis garçons et les belles filles entourent Darius comme pour le protéger. Il jette un coup d'œil derrière lui à Robson, dont Dame Sun semble alors s'apercevoir de la présence.

« Robson Corta, je me réjouis de te voir sain et sauf. »

Robson met ses doigts en pince, incline la tête de la manière qui, pour sa famille, indique le respect. Dame Sun sourit. Un rapide tour de passe-passe, et il offre la moitié de son paquet de cartes à Darius, qui la glisse dans sa veste. Les gardes du corps le poussent déjà dans le couloir, lui dégagent un passage en repoussant ou bousculant les Mackenzie qui ont entendu le mot *autorail*. Darius regarde une dernière fois en arrière, puis l'entourage de Dame Sun le fait entrer dans le sas d'accès à la gare.

Je ne te reverrai plus, pas vrai ? murmure Robson.

Corps après corps, Lansberg se vide. Les poumons de Robson se dilatent, respiration après respiration. Des annonces de train, des gens qui se lèvent et s'en vont. Du personnel VTO demande : vous partez ? *Non, j'attends.* Vous attendez qui ?

Il n'y a plus que lui dans le corridor, à présent. Mais il y reste parce qu'on ne peut ni aller à la gare ni en revenir sans passer par là. *Il* viendra forcément par là. Finalement, Robson s'endort, parce que attendre est une douleur sourde et malsaine, comme un acouphène de l'âme.

Un coup de pied dans sa semelle. Un autre.

« Hé. »

Hoang, qui s'accroupit devant lui. Hoang lui-même, en personne.

« Oh tu es là… » Robson se jette dans ses bras. Ils tombent dans le corridor vide. « Où t'étais ? Où t'étais ?

— J'ai pris un train et j'ai abouti à Méridien. Ça m'a pris un temps fou d'en trouver un pour Lansberg. Une éternité. » Il étreint avec force le garçon, un amour à vous déboîter les articulations. De nouvelles contusions par-dessus les anciennes.

« J'avais si peur, lui murmure Robson à l'oreille. Tout le monde… » Les mots ne suffisent pas.

« Viens. On va te nettoyer. Depuis quand tu n'as rien mangé ? Je t'ai apporté à manger. »

Là où les mots ne suffisent pas, les choses font l'affaire.

Quand on est vieille, il faut s'asseoir au soleil. Un rayon en tombe sur chacun des sièges qui entourent la table. La poussière flotte dans cette lumière. Le jeu est d'un âge vénérable, mais il vaut la peine d'être joué : remonter un de ces rayons de miroir en miroir jusqu'aux cent points réfléchissants qui brillent comme le soleil dans l'ombre perpétuelle du cratère Shackleton, puis jusqu'au phare flamboyant en haut du palais de Lumière éternelle. De l'obscurité éternelle à la lumière éternelle. Du tape-à-l'œil avec des miroirs, pour le plus grand amusement de ceux qui connaissent le truc, même si elle continue à être un peu impressionnée quand les miroirs bougent dans le noir, captent la lumière et s'embrasent.

Quand les miroirs bougent, la réunion du conseil d'administration de Taiyang a commencé.

« Dame Sun ? »

Douze visages, chacun éclairé par son soleil personnel, se tournent vers elle.

« On les a mis en pièces. »

Vous croyiez que je n'écoutais pas, vous me preniez pour une vieille idiote qu'on laisse uniquement s'asseoir au soleil par respect pour son grand âge, vous me voyiez comme une vieillarde sénile avec la chaleur du soleil sur son visage.

« Je vous demande pardon, grand-tante ? lance Sun Liqiu.

— Les frères se sont toujours détestés. Il n'y

avait que la compagnie qui les gardait unis. Et leur père. Robert est mort, Creuset une flaque de métal fondu sur l'océan des Tempêtes. Nous n'aurons pas de meilleure occasion de rafler le marché pour la ceinture solaire.

— Bryce a entamé les négociations sur le stock de Mackenzie Fusible à L_5 », annonce Sun Gianyin, le yingyun de Taiyang. La forte lumière qui tombe d'en haut creuse les visages d'ombres dures et profondes.

« Oh, pas question qu'on le laisse faire, dit Dame Sun. Il nous faut un moyen de pression sur lui.

— Un homme redevable est un homme obéissant », énonce Tamsin Sun, la directrice des services juridiques de Taiyang. Son intelligence fine et ambitieuse inspire beaucoup d'admiration et de méfiance à la vieille femme.

« S'il y a arrangement, qu'il soit sécurisé, dit Sun Liwei. Sans rien qui puisse le relier à nous.

— Tout le monde devinera que c'est nous », dit Amanda Sun. Cette lumière tombante est plus ingrate avec elle qu'avec les autres membres du conseil. Les ombres dans ses yeux et sous ses pommettes disent *tueuse*. Tu t'en sers bien, pense Dame Sun. Mais je n'y crois pas. Tu n'as pas le talent ou les capacités pour tuer Lucas Corta. Non, non, petite tueuse, la seule personne dont tu veux vraiment la mort, depuis toujours, c'est moi. Tu ne m'as jamais pardonné ce nikah cruel qui t'a enchaînée à Lucas Corta.

« Et alors ? » demande Dame Sun.

Les regards se tournent à présent vers Sun Zhiyuan, shouxi de Taiyang.

« Je suis d'accord avec ma grand-mère. Diviser pour régner. Comme nous avons fait avec les Mackenzie et les Corta. »

Les Corta avaient du style. Dame Sun regrette souvent qu'il ait fallu les détruire pour une aussi inélégante raison que le profit.

Abena Maanu Asamoah ne prend pas ses appels vocaux. N'envoie pas de message, n'interagit dans aucun des forums sociaux. Ne reconnaît pas l'existence de Lucasinho Corta dans son univers. Il contacte des amis et des amis d'amis. Il demande à la famille. Il envoie chez elle des lettres manuscrites sur papier artisanal parfumé. Il paye sa cousine pour les écrire. Lucasinho Corta ne sait pas écrire à la main. Il poste des excuses. Il poste des trucs mignons, kawaii, des emojis. Il envoie des fleurs et des papillons parfumés. Il devient trop sentimental, il devient consternant, il rabat ses cheveux sur ses yeux, pince légèrement ses lèvres pleines à la manière qu'il sait irrésistible, il devient coléreux.

Finalement, il se rend à son appartement.

De toutes les villes lunaires, Twé est la plus déroutante : la moins structurée, la plus organique, la plus chaotique. Tout est parti d'un groupe de tubes agricoles enfoncés dans Maskelyne qui ont, au fil des années et des décennies, étendu dans la roche des tunnels, des lignes électriques et des tuyaux, reliant, connectant, soufflant des bulles d'habitation, creusant de nouveaux puits et cylindres en direction du soleil. C'est une ville de couloirs oppressants qui débouchent dans des silos verticaux et brillants de miroirs par lesquels le soleil est renvoyé sur chacun des multiples niveaux de cultures. Des faisceaux lumineux issus de ces miroirs s'égarent parfois au plus profond du labyrinthe qu'est la ville, illuminant les murs, s'enfonçant à certains moments de la journée à l'intérieur des logements et cages d'escalier. Dans la longue nuit lunaire, la lumière magenta des matrices de LED s'échappe des fermes tubulaires jusque dans le dédale des tunnels et passerelles. Lucasinho adore ce rose sale, sexy. Qui transforme en zone érogène chaque tunnel et chaque puits.

Les espaces publics sont rares et encombrés de kiosques, de stands de restauration, de petites imprimeries et de bars. Trop étroits pour les lapas, les tunnels et rues de Twé sont dangereux à cause des scooters et planches électriques. Tout le monde crie, joue du klaxon ou de la sonnette. Twé est une cacophonie, un arc-en-ciel, un festin. La moindre surface est recouverte de graffitis, de slogans, d'adinkras, de versets de la Bible. Lucasinho adore le chahut de Twé, sa finalité, le fait que se tromper délibérément de direction puisse le conduire à de nouveaux endroits, à de nouveaux visages. Par-dessus tout, il adore l'odeur. Humidité, moisissure, plantes et pourriture, égouts et eau profonde. Poissons, plastiques. La senteur unique de l'air traversé depuis longtemps par une lumière forte. Parfum et fruit.

Depuis son arrivée à Twé, dix-huit mois auparavant, Lucasinho Corta est un prince en exil qui profite de la protection et de la considération des Asamoah. Lucasinho adore Twé. Aujourd'hui, Twé n'adore pas Lucasinho Corta. Les amis détournent les yeux, ou refusent de croiser son regard, ou bien se dispersent à son approche… quand ils ne se fondent pas dans la foule ou n'activent pas leur planche électrique pour partir dans la direction opposée.

Il en conclut que tout le monde sait, pour Adelaja Oladele.

L'appartement de colloque d'Abena est situé au vingtième niveau de l'habitat Sekondi, un cylindre d'habitation de cinq cents mètres au milieu duquel pousse un verger vertical d'abricotiers, de grenadiers et de figuiers. Un ensemble de miroirs sous le toit en verre expédie de longs éclats lumineux dans leurs feuilles. Abena a emménagé là quand elle est devenue membre de Kwame Nkrumah, le principal colloque en sciences politiques de Twé, mais Lucasinho préférait son appartement précédent. Il était personnel. Moins d'occupants, et ceux qu'il y croisait ne portaient pas en permanence un jugement sur lui pour manque d'il ne savait quels idéologie, privilèges ou opinions politiques.

Il faisait beaucoup plus l'amour, dans l'appartement précédent.

La porte ne me répond pas, lui indique Jinji, son familier. Lucasinho vérifie dans sa lentille de quoi il a l'air, se passe un coup de peigne, ajuste le nœud de la cravate blanche qu'il porte sur une chemise noire. Il a tous ses piercings, chacun dans son trou. Ils plaisent à Abena. Il plie les doigts, tape à la porte.

Du mouvement à l'intérieur. Ils sauront qui est là-dehors sur la galerie.

Il frappe une deuxième fois. Une troisième.

« Abena ! »

Une quatrième.

« Abena, je sais que t'es là.

« Abena…

« Abena, réponds-moi.

« Abena, je veux juste parler. Promis. Juste parler. »

Le voilà à présent appuyé à la porte, la joue plaquée au bois, sur lequel il frappe doucement du majeur droit replié.

« Abena… »

La porte s'ouvre juste assez pour laisser voir des yeux. Qui ne sont pas ceux d'Abena.

« Elle ne veut pas te parler, Lucas. » Afi est la camarade de colloque la moins méprisante avec lui. *On progresse*, pense-t-il.

« Je suis désolé. Vraiment. Je veux juste que tout se passe bien.

— Ah, tu aurais peut-être dû y réfléchir avant de coucher avec Adelaja Oladele.

— Je n'ai pas couché avec Adelaja Oladele.

— Ah bon ? Cinq orgasmes en trois heures, c'est quoi, alors ?

— De l'*edging*[1]. Sache qu'il est extrêmement doué pour ça.

— Et donc, l'*edging*, ce n'est pas de la baise. »

Pourquoi a-t-il l'impression que Abena souffle ses répliques à Afi ?

« Non, c'est de l'*edging*. Avec la main. Rien d'intime comme quand on baise.

— La main d'Ade trois heures sur ta bite, ce n'est pas intime ? »

1. L'*edging* est une technique de contrôle de l'orgasme qui consiste à s'« arrêter au bord » de celui-ci afin de prolonger et intensifier le plaisir.

Adelaja Oladele a des mains d'ange, Lucasinho doit bien le reconnaître. Trois heures. Cinq orgasmes.

« C'est… juste pour s'amuser. Des trucs de garçons.

— De garçons. Super. »

Lucasinho ne peut pas l'emporter. Il faut qu'il se retire en limitant au maximum les dégâts.

« Ce n'est pas comme si…

— Comme si quoi ?

— Comme si je l'aimais ou un truc du genre.

— Et tu m'aimes. L'aimes. Abena.

— Je n'aime pas Adelaja Oladele. »

De l'intérieur lui parvient un sanglot. Afi jette un coup d'œil par-dessus son épaule. « Allons, Lucas, va-t'en.

— Je m'en vais donc. »

J'aurais pu t'aider, lui dit Jinji tandis qu'il reste les yeux fixés sur la porte fermée.

« T'es une IA, lui répond le garçon. T'y connais quoi, aux filles ? »

Davantage que toi, apparemment, conclut le familier.

Mais Lucasinho a un plan. Un plan romantique, brillant et parfait. Quand il arrive au tunnel d'accès du niveau 12, il court si vite que les pans de sa veste Armani restent à l'horizontale. La planche électrique qu'il loue par l'intermédiaire de Jinji vient à sa rencontre à l'intersection du 8e et de Down. Lucasinho s'accroupit au maximum, bras tendus pour assurer son équilibre, les plis de son pantalon claquant dans l'effet de souffle. La planche semble danser dans les flots de piétons et de machines. Il s'arrête devant chez tia Lousika, bras croisés, la nonchalance en Armani.

Le temps que l'espace cuisine se déploie, le jeune homme n'a plus rien sur le corps.

« Luna, sortons prendre un jus de fruit glacé », dit madrinha Elis. La passion de Lucasinho pour la nudité ne plaît pas à tia Lousika, mais celle-ci n'est presque plus jamais chez elle : ses obligations en tant que nouvel Omahene du Tabouret doré la retiennent à Méridien. Luna s'est habituée à voir son cousin dans le plus simple appareil. Ce qui les fait sortir, sa madrinha et elle, c'est que Lucasinho se mette à cuisiner. C'est une diva.

Il s'approche nu du plan de travail. Il a la recette, il a les ingrédients, il a le talent. Il inspire à fond, passe les mains sur la fermeté de ses abdominaux, la concavité incroyablement tonique de son cul, les muscles inflexibles de sa région lombaire. Je vais t'en mettre plein la vue, Abena Maanu Asamoah. Il fait jouer ses biceps et craquer ses phalanges. Soulève la farine dans son tamis en plastique, la laisse retomber lentement en neige dans le saladier. Substance miraculeuse. Lucasinho en connaît le coût et la rareté. C'est une œuvre d'amour, un art au-delà de l'artisanal. Il plonge ses mains dans le saladier pour savourer l'écoulement soyeux de la farine : on dirait presque un liquide qui lui contourne les doigts. Il la soulève et la regarde redescendre, nuage dont se détachent des grumeaux et petits amas là où elle s'est agglomérée.

Il enfonce l'index dans la farine en train de se redéposer, souligne d'un trait chacune de ses pommettes. Il en trace un autre, vertical, au milieu de son front. Il s'en tamponne aussi un peu sur chaque mamelon. Termine par un cercle blanc sur la peau brune de son chakra svadhishthana. Créativité, sexe, passion, désir. Interaction, relations, mémoire sexuelle. Il est prêt.

« En piste. »

Avec de la crème, il la décore. Un peu sur la gorge, autant sur chaque mamelon, le ventre, le nombril. Elle intercepte son doigt chargé de crème à mi-distance entre ce qui reste de gâteau et sa vulve.

« Tu es en train de m'enduire les chakras ? » demande Abena Maanu Asamoah. Lucasinho se penche pour déposer une noisette de crème sur le capuchon de son clitoris.

Abena inspire entre ses dents, surprise par le froid et l'audace. Elle prend la main de Lucasinho, suce les restes de crème sur ses doigts.

« Qu'est-ce que je vais manger, maintenant ? » dit Lucasinho, et Abena a un petit rire rauque et obscène tout en se tortillant pour lui offrir ses seins. Un petit grondement s'élève de sa gorge tandis qu'il lui lèche les mamelons.

« Anahita, manipura, svadhishthana », récite-t-elle. Elle pose avec douceur mais fermeté la main sur la nuque du jeune homme pour le diriger entre ses cuisses désormais ouvertes. « Muladhara. Gardes-en pour la suite. »

Argenté de bruine par le système d'hydratation du verger vertical, il a attendu un quart d'heure devant la porte. L'eau s'est condensée sur le carton à gâteaux qu'il tenait à la main, puis en a dégouliné. Elle a trempé et dégonflé sa mèche roulée en banane. Elle a mouillé son costume Issey Miyake avant d'arriver à en traverser les plis. Elle a goutté du moindre piercing en argent qu'il s'était enfoncé dans la peau. Quand la porte s'est ouverte, Abena était derrière.

« Tu ferais mieux d'entrer avant d'attraper mal. »

Ne réprimait-elle pas un sourire ?

Elle a essayé de faire comme si elle ne voyait pas le gâteau qu'il posait à côté de lui sur la méridienne. Il s'est efforcé quant à lui de ne pas remarquer l'absence de tous les camarades de colloque d'Abena.

« Je t'ai fait un gâteau.

— Tu t'imagines que c'est la réponse à tous les problèmes ? Tu déconnes, tu fais un gâteau et ça répare tout ?

— Presque tout.

— Pourquoi t'as couché avec Adelaja Oladele ?

— Je n'ai pas couché avec lui.

— C'était une branlette…

— De l'*edging*.

— Oui, il est génial pour ça. Tout le monde le dit.

— Il est vraiment génial. Ce serait dommage de passer à côté, à ce qu'il paraît. Et comme apparemment tu…

— Je quoi ?

— Eh bien, t'es toujours occupée…

— Ne t'avise *pas* de rejeter la faute sur moi. Ne t'avise *pas* de dire que la seule raison pour laquelle tu t'es fait branler par Adelaja Oladele, c'est que je travaillais.

— OK. Mais on était d'accord. Tu étais d'accord : rien d'exclusif entre nous. On peut sortir avec d'autres.

— Parce que tu as insisté.

— Je suis comme ça. Tu le savais avant qu'on se mette ensemble.

— Tu aurais pu demander, a reproché Abena. Tu aurais pu demander si ça m'allait que tu fasses ça avec Ade. J'aurais peut-être voulu y assister. Voir deux garçons ensemble, tu sais. »

Lucasinho ne cessait d'être surpris des capacités d'Abena à le surprendre. À la fête de course-Lune, juste avant qu'on tente d'assassiner Rafa, quand elle avait mis le piercing spécial dans son lobe d'oreille et savouré son sang. Au mariage, quand il s'était servi du pouvoir secret de ce même piercing pour réclamer protection auprès des Asamoah au lieu d'épouser Denny Mackenzie : Abena l'attendait derrière la plaque de verre à la gare de Twé. Quand Boa Vista est tombée, elle a aussitôt enfilé sa combinaison pour l'accompagner à bord du vaisseau VTO en attente et lui a tenu la main pendant toute la durée du vol. Et elle est descendue dans l'enfer vide et obscur qu'était devenu l'endroit où il avait vécu.

C'était une héroïne, une déesse, une étoile. Et lui, un idiot doué pour la pâtisserie.

« Je peux enlever ces fringues humides ?

— Pas tout de suite. Pas avant un bon moment, senhor. Je te connais : tu montres tes abdos et tu te crois pardonné. Je me laisserais sans doute tenter par un bout de gâteau, par contre. »

Lucasinho a ouvert le carton.

« C'est à la crème fouettée et à je ne sais pas quel fruit.

— Comment ça, tu ne sais pas quel fruit ?

— Je ne connais son nom qu'en portugais.

— Dis-le-moi. »

Ce qu'il a fait. Abena a fermé les yeux de plaisir. Elle adorait la musique du portugais des Corta.

« Fraise. J'adore. Donc oui, j'aimerais un morceau de ton gâteau à la fraise.

— Et à la crème.

— N'en rajoute pas, Lucasinho. »

Dans l'espace cuisine – tellement plus grand que celui de tia Lousika, tellement moins bien équipé –, il a découpé avec soin des tranches – de petites portions, il est plein d'espoir – et préparé du thé à la menthe.

« Tu trembles ? »

Il a hoché la tête. La précipitation l'a glacé jusqu'aux os.

« On va te sortir de ces fringues trempées. »

C'est à ce moment-là qu'il a eu l'excellente idée de jouer avec la crème fouettée.

Après le gâteau, les jeux et la réconciliation sur l'oreiller, Abena s'est collée en cuiller à Lucasinho pour finir de le réchauffer. C'est la froideur de son absence qui le tire du sommeil.

Elle a emporté le gâteau.

Il la trouve assise jambes croisées par terre dans la salle commune, le dos courbé par la concentration. Elle a enfilé un T-shirt ample et un short minuscule, attaché ses cheveux sur sa nuque avec un bandeau de tissu vert. Il admire la pureté et l'intensité de sa concentration. S'il autorisait Jinji à se connecter à son familier, il verrait une pièce remplie de fantômes et de politiciens : son forum. C'est, lui a-t-elle expliqué, un groupe de personnes engagées qui explorent de nouveaux avenirs pour tout le monde. Lucasinho est incapable de penser à l'avenir. De son point de vue, quelle que soit la direction dans laquelle il regarde, le sien est morne comme la mer de la Tranquillité. Chaque heure que passe Abena hors du colloque semble occupée à discuter en subvocalisation avec ses amis politiques. Des trucs en train de se passer, lui dit-elle. *En bas. Sur Terre.*

Les Corta ne font pas de politique. Ils ont essayé une fois. Ils en sont morts.

Il pose une main entre les omoplates de la jeune fille et l'autre au creux des reins pour rectifier sa position. Elle lâche un petit cri de surprise.

« Tu te tiens horriblement mal.

— Luca… »

Il adore qu'elle l'appelle par son nom le plus intime.

« Reviens te coucher.

— Ça n'est pas terminé.

— Creuset.

— On en est à 188 morts. Robert Mackenzie et Jade Sun sont portés disparus.

— Ils ont brûlé. Tant mieux.

— Les forums sont déchaînés. Les marchés perdent la tête. Sur celui de l'hélium, il y a des achats paniqués que je suis à la trace. » Elle se rend alors compte de ce qu'il vient de dire. « "Tant mieux" ? Des gens sont morts, Luca.

— Ils ont DP Rafa. Ils ont pendu Carlinhos par les talons. Ils ont cassé la colonne vertébrale d'Ariel. Wagner se planque et personne ne sait si mon père est encore vivant. Ils ont envoyé des lames me tuer. Tu n'as pas oublié, tout de même ? Ils ont été carbonisés.

Je ne peux pas avoir de la peine pour eux. Tu as vu Boa Vista. Tu as vu Rafa, là-bas.

— Il est en sécurité. »

Lucasinho secoue la tête, surpris par la digression, trébuchant sur une faille émotive dans le monde.

« Hein ? Qui ça ?

— Ton cousin. Robson.

— Robson est à Reine-du-Sud.

— Il était à la fête de Robert Mackenzie. Il est en sécurité. Mais tu ne le savais pas. »

Lucasinho se laisse retomber sur la méridienne. Abena se déconnecte de son forum.

« Luca, il est de ta famille. »

C'est une vieille conversation, bien rodée, aux bifurcations affectives bien marquées.

« Tu crois que je ne le sais pas ? Tu crois que je ne voulais pas empêcher Bryce Mackenzie de le prendre ? Je n'ai pas pu. J'ai dix-neuf ans. Je suis l'héritier. Le dernier Corta. Je n'ai même pas pu garder Robson avec moi. Je n'ai même pas pu assurer sa sécurité.

— Tu n'es pas juriste, Luca.

— La ferme. Tu as toujours raison. Vous les Asamoah, vous avez toujours raison, vous êtes toujours raisonnables, vous savez toujours quoi répondre, vite fait bien fait. Ferme-la et écoute-moi. J'ai peur. Quand les Mackenzie voudront faire porter le chapeau à quelqu'un, où est-ce qu'ils chercheront en premier ? Chez les Corta. J'ai tout le temps peur, Abi. Avec Adelaja, ce n'était pas sexuel : c'était pour passer trois heures sans avoir la trouille. Tu sais ce que ça fait, de l'avoir en permanence ? »

Abena comprend qu'elle habite un monde qu'elle peut toucher et façonner, un monde où ses mots et pensées ont du pouvoir, du poids. Lucasinho vit dans un monde duquel il est responsable et qu'il est pourtant dans l'incapacité de changer, un monde où on lui reproche des choses qu'il n'a pas faites. La distance va croître et finir par les séparer. Abena s'en rend clairement compte. Elle voit aussi un garçon désemparé et vulnérable qui a vécu des choses inimaginables pour elle. Un garçon qu'elle ne peut pas aider, si bien qu'elle le comprend, étant elle-même sur ce point responsable et impuissante.

Elle le prend dans ses bras.

C'est ainsi qu'Afi les trouve, en rentrant pas très droit de son cocktail, quand elle vient se faire un thé pour se nettoyer l'estomac. Mieux que du thé : du gâteau. Elle se coupe une tranche. C'est sûrement le garçon qui l'a fait. Ils sont mignons, tous les deux, endormis l'un contre l'autre sur la méridienne. Il est très beau, à la manière gauche brésilienne, mais jamais elle ne pourrait s'investir dans quoi que ce soit d'aussi gravement endommagé.

Toujours est-il que son gâteau est délicieux.

Le mixologue de Mackenzie Metals a créé un cocktail commémoratif. Vodka industrielle à l'ancienne, sirop d'hibiscus, citron vert, quelques brins d'acacia australien et une boule de gel saveur cannelle-myrtille, qui envoie des vrilles orange s'enfoncer progressivement dans le rose. La vie illustre de Robert Mackenzie commémorée dans un verre. Les serveurs sont tapis près des portes avec des plateaux chargés de ces choses, qu'ils mettent dans les mains des nouveaux arrivants.

« Qu'est-ce que c'est ?

— Un Red Dog, madame. »

Dame Sun prend le verre, renifle, tente une gorgée, le passe à quelqu'un de son entourage. De mauvais goût, que ce soit le verre, le mélange ou le nom. Tellement Mackenzie. Un de ses gardes du corps lui verse un dé à coudre de son gin personnel. Réconfortée, elle se glisse dans le salon pour se joindre à la veillée.

Le mausolée l'a surprise. Aucun Mackenzie n'a jamais manifesté de sentiment religieux, pourtant le cœur de Kingscourt, le vieux palais à Reine-du-Sud, renferme un petit reliquaire : une salle totalement blanche, cube parfait de trois mètres d'arête. Duncan est entré seul, puis a invité parents et amis à rendre un dernier hommage. La curiosité a eu raison de Dame Sun. L'intérieur était minuscule – on n'y tenait qu'à trois – et immaculé, ses parois blanches parsemées de disques colorés de dix centimètres. Dame Sun a eu l'impression d'être dans une pièce à pois. Chaque disque était, figé dans des circuits en céramique, le familier d'un Mackenzie mort. Le corps était recyclé, l'âme électronique restait. Pour Robert Mackenzie, il s'agissait d'un disque rouge foncé serti au milieu du mur du fond. Son familier s'appelait Chien Rouge, s'est rappelée Dame Sun. Elle l'a effleuré en s'attendant presque à un frisson électrique de données, à un écho de la colère et de l'ambition dont brûlait le patriarche. Ce n'était rien d'autre qu'un disque de verre dopé d'une douceur de velours.

Après les obsèques, l'événement important : la

réception. Dame Sun a sorti son pense-bête pendant le trajet en tramway depuis le palais de Lumière éternelle. L'ordre des préséances est important.

Tout d'abord Yevgeny Vorontsov, entouré de ses filles. Ossature solide, mais consanguinité et stupidité. Trop de radiations se sont faufilées dans leur ADN.

« Yevgeny Mikhaïlovitch. »

Le PDG de VTO Moon est un homme massif aux cheveux longs, à la barbe épaisse, aux vêtements et à la personne impeccables. Dame Sun admire plus particulièrement sa chemise damassée. Il tient à la main un verre de vodka sans eau. Cette main tremble. Les informateurs de Dame Sun murmurent que son problème d'alcool est chronique et que le commandement de VTO est passé à une génération plus jeune, plus dure. Est passé à… ou a été pris par.

« Dame Sun. Mes condoléances.

— Merci. Cette tragédie n'a épargné aucune maison, apparemment.

— Nous avons nous aussi subi des pertes, Dame Sun. »

Jade Sun avait été l'œuvre de toute une vie, des décennies de manœuvres et manipulations soigneuses anéanties par la chute d'un soleil ardent. Jade était l'arme affûtée : Amanda n'avait jamais eu la radicalité, la subtilité et la patience de sa grande sœur. Lucas Corta s'était montré plus malin qu'Amanda sur tous les plans. Elle aurait dû la marier à Rafa, même comme troisième oko, mais les Trois Augustes avaient soutenu que c'était Lucas Corta qui dirigerait un jour Corta Hélio.

« C'est une époque bien sombre, Yevgeny. »

Yevgeny Mikhaïlovitch Vorontsov sait se rendre compte qu'on lui donne congé.

Au tour de Lousika Asamoah, élégante et fatale en Claude Montana. La politique AKA reste hermétique pour Dame Sun, mais elle comprend que Lousika est l'Omahene actuel du Kotoko, qui est une sorte de conseil d'administration, et que ce poste tourne au sein du Kotoko, dont les membres ne cessent de changer. Ce que Dame Sun trouve horriblement compliqué et inefficace. Les Asamoah gardent les secrets de tout le monde. Elle n'a rien besoin de savoir de plus.

« Ya Doku Nana. » Son familier l'informe que c'est la manière dont on s'adresse normalement à l'Omahene.

« Dame Sun. »

Elles parlent de leurs familles, de leurs enfants et petits-enfants, de la manière dont la Lune rend chaque génération plus étrange que la précédente.

« Votre fille est à Twé, dit Dame Sun.

— Luna, oui. Avec sa madrinha.

— Je n'ai jamais compris cette tradition Corta, encore moins pourquoi vous l'importeriez telle quelle à Twé. Pardonnez sa franchise à la vieille femme que je suis.

— C'est ce à quoi elle est habituée.

— J'imagine. Je vois combien il est utile d'avoir quelqu'un pour s'occuper d'elle quand vous n'êtes pas à Twé, ce qui vous arrive souvent depuis que vous occupez le Tabouret doré. Dites-moi, qu'est-ce que ça vous fait ? Que l'enfant que vous concevez soit porté, mis au monde, allaité par une autre femme. »

Dame Sun détecte une pointe d'irritation sur le

visage aussi parfaitement composé que maquillé de Lousika Asamoah et se délecte de la goutte de sang qu'elle a fait couler. Les Asamoah gardent les secrets, moi, je les découvre. Un jour, quand le besoin s'en fera sentir – ce qui n'arrivera peut-être jamais –, elle glissera un coin dans cette plaie minuscule et s'en servira pour fendre Lousika Asamoah en deux.

Dame Sun s'est débrouillée pour l'amener aux limites de l'espace de Bryce Mackenzie, aussi n'a-t-elle aucun mal à changer d'orbite sociale. Ne s'étant pas physiquement retrouvée en sa présence depuis des années, elle n'arrive qu'à grand-peine à cacher son dégoût. C'est une horreur. Une monstruosité. Elle ne parvient à tolérer sa proximité qu'en considérant sa taille comme une forme perverse d'art corporel. Seulement deux mignons avec lui, aujourd'hui. Des garçons très soignés. Le plus grand doit être trop âgé pour lui, à présent.

« Bryce. » Elle pose ses mains sur les siennes. Elle a bien fait de mettre des gants. « Il n'y a pas de mots pour ça. Vraiment pas de mots. Quelle terrible, terrible perte.

— Pour vous aussi.

— Merci. Je n'arrive toujours pas à croire que j'étais là-bas… j'y étais tout comme vous. Quelle tragédie, quelle abomination. Quelqu'un l'a provoquée. Cela ne peut pas être un accident.

— Nos ingénieurs enquêtent. Les indices matériels ne sont pas faciles à récupérer et VTO veut rouvrir Équatorial Un le plus vite possible.

— Mais Mackenzie Metals continue. Comme toujours. Nous étions là les premiers, votre père et moi. Vous avez le commerce d'hélium, au moins.

Loin de moi l'idée de dire à quelqu'un de quelle manière gérer ses affaires, mais parfois une rapide déclaration autorisée calme un marché nerveux. En attendant que les dernières volontés de votre père soient connues.

— Les affaires des Mackenzie ne regardent qu'eux, Dame Sun.

— Bien sûr, Bryce. Mais au nom de la vieille affection qui lie nos familles, rendez-nous visite au palais de Lumière éternelle, de temps en temps.

— Le palais de Lumière éternelle. C'est là où vous avez emmené Darius ?

— Exactement, et là où il restera, répond Dame Sun. Je ne vais pas laisser ce garçon devenir un autre de vos petits chouchous. » Les adoptés de Bryce s'agitent, mal à l'aise. Leurs sourires de commande se crispent.

« C'est un Mackenzie, Dame Sun.

— Darius est avant tout un Sun et il le sera à jamais. Nous pourrions toutefois être disposés à offrir un dédommagement. »

Bryce incline la tête en un salut aussi peu marqué que possible, et Dame Sun passe à sa dernière cible. Duncan Mackenzie s'appuie à la rambarde, sur laquelle il a posé son cocktail Red Dog en équilibre. Les tours de Reine-du-Sud sont ornées de drapeaux et de couleurs, de banderoles, ballons et créatures mythologiques, préparatifs pour la grande fête de Zhongqiu. Dans le chaos de la Pluie de fer et de ses conséquences, Dame Sun avait oublié. Au palais de Lumière éternelle, les lasers vont rivaliser dans le traditionnel concours de sculpture sur glace de la Fête des gâteaux de Lune.

« Je vous ai toujours envié Kingscourt, lance-t-elle. Nous avons laissé votre père avoir le site central. J'aurais dû me battre plus durement.

— Sauf votre respect, Dame Sun, ce que mon père possédait, il s'en était emparé. »

Elle se souvient de Robert Mackenzie déclarant sur ce même sol en pierre qu'il établirait là son quartier général. La cavité de lave n'avait pas encore reçu d'atmosphère quand il a fait venir ses constructeurs et entrepris d'édifier les premiers niveaux de Kingscourt. Reine-du-Sud avait été l'endroit logique pour enfoncer des racines dans la Lune – une cavité de lave longue de cinq kilomètres et haute de trois, près de la glace du cratère Shackleton –, mais les Mackenzie avaient fait vite, d'abord Hadley où ils avaient construit leur premier haut fourneau, puis cette chose d'une ambition folle qu'était Creuset, tournant sans jamais s'arrêter sous le soleil implacable. Kingscourt, la cour du Roi, est resté l'endroit où les Mackenzie mettaient au monde et éduquaient leurs enfants, où se construisaient leurs dynasties. Au fil des décennies, Dame Sun l'a vu grandir jusqu'au plafond, et il sert à présent de colonne vertébrale à une forêt, à une cathédrale de piliers.

« Je suis désolée, Duncan. »

Duncan Mackenzie porte comme d'habitude du gris, et son familier Espérance est gris, mais pour Dame Sun, cela ressemble moins à une teinte choisie qu'à une couleur qui s'écoule de son âme, à un durcissement de l'esprit.

« Robert Mackenzie. » Duncan repose le cocktail. « Je ne peux pas lever un verre de cette pisse en l'honneur de mon père. »

Par l'intermédiaire de son familier, Dame Sun appelle un de ses gardes du corps, une jeune femme qui leur remet deux verres minuscules. Dame Sun sort la flasque de son sac à main.

« Voilà qui sera digne de lui, je pense. »

Ils trinquent et engloutissent le gin.

« Je vois que même en pleine catastrophe, les affaires de Mackenzie Metals continuent. Votre père serait fier. Bryce est en train de stabiliser les variations de cours sur les marchés terrestres de l'hélium 3. Très ingénieux. La division terres rares va mettre du temps à relancer sa production. C'est une bonne idée, de gagner de l'argent avec l'hélium.

— Bryce a toujours été un directeur financier plein d'initiative », répond Duncan. Dame Sun remplit à nouveau leurs verres.

« Une main ferme à la barre. Qu'il y ait quelqu'un à la barre. Les Terriens aiment bien ça. Ils nous prennent pour une bande d'anarchistes, de criminels et de sociopathes. Les marchés ont une sainte horreur de l'incertitude. Et la succession n'est pas garantie. Nous ne savons que trop bien à quelle vitesse tournent les rouages de la loi lunaire. » Elle lui tend le deuxième verre de gin pur.

« Je suis l'héritier de Mackenzie Metals.

— Bien sûr. La question n'est pas là. » Elle lève sa boisson. « Elle est plutôt : qui dirige, Duncan ? Vous ou votre frère ? »

Dame Sun retourne au cœur de la réception. Un salut ici, un compliment là, une rebuffade ou un soupir. Elle laisse passer un intervalle de temps respectable avant d'approcher avec nonchalance de Sun Zhiyuan.

« Satisfaisant, nainai ? demande celui-ci.

— Bien sûr que non. Cet endroit pue les laowais.

— Les boissons sont horribles.

— Lamentables. » Elle se penche sur son sunzi. « J'ai placé le combustible. À toi d'y mettre le feu. »

Les Mackenzie de Kingscourt vont festoyer dans ce salon. Des piñatas remplies de présents pendent au plafond. Le bar est installé. Voilà l'estrade pour l'orchestre. D'ici quelques jours, ce sera Zhongqiu : des filles en jupe boule, des garçons avec des épaulettes et des asexuels en robe élégante boiront danseront se drogueront se peloteront dans cette pièce. Les jours qui viennent verront des Mackenzie arriver d'un peu partout sur la Lune, présenter leurs respects et gagner le bar. Les gens ont la mémoire courte. Les morts enterrent les morts.

Bryce Mackenzie complote, à présent. Il a convoqué quatre cadres dirigeants de Mackenzie Metals. Ils ont le pouvoir, l'expérience, l'autorité. Ce sont tous des hommes. Vingt niveaux plus bas, le monument à la mémoire de Robert Mackenzie se livre à ses circonvolutions de respect et d'hypocrisie.

« Vous êtes là parce que je vous connais et vous fais confiance, indique Bryce. J'ai des offres fermes pour nos réserves d'hélium 3 à L_5. » Il conserve un stock dans les limbes gravitationnels du point de Lagrange L_5, pour se prémunir des fluctuations des cours.

« Sur quelles quantités ? demande Alfonso

Pereztrejo, le directeur financier de Mackenzie Fusible.

— Sur la totalité.

— Ça va faire baisser les cours.

— J'espère bien. Je ne veux pas que l'extraction d'hélium 3 terrestre soit rentable. On n'est pas en mesure d'avoir de la concurrence. Notre capacité de production ne dépasse toujours pas 30 %.

— Fecunditatis, Crisium et Mare Anguis ne produisent toujours rien », indique Jaime Hernandez-Mackenzie, le directeur de l'exploitation de Mackenzie Metals, jackaroo expérimenté aux poumons à moitié pétrifiés par des décennies de poussière. Terres rares, hélium, matières organiques, eau : confiez-lui la Lune et il en tirera de l'argent. « L'ancien bastion de Corta Hélio. Il y a des traces de sabotage. Ces Brésiliens sont rancuniers.

— Alors je veux qu'on soumette João de Deus, dit Bryce Mackenzie. Quoi qu'il en coûte. Je veux que d'ici deux lunaisons, MH soit revenu à 100 % de ses capacités de production.

— MH ? » demande Rowan Solveig-Mackenzie, l'analyste en chef de Mackenzie Metals : jeune, intelligent et ambitieux, un modèle des vertus du capitalisme.

« Mon père est mort, rappelle Bryce. Mackenzie Metals – la société qu'il a fondée et que nous avons connue – est morte. L'époque de l'entreprise familiale est révolue. Les métaux, c'est terminé. On est dans l'hélium, maintenant.

— La succession est donc réglée, conclut Rowan Solveig-Mackenzie d'un ton sec.

— Si on attend les avocats, la compagnie est foutue.

— Sans vouloir vous offenser, si la succession n'est pas réglée, on ne peut pas se refinancer. » Dembo Amaechi est le chef de la sécurité. C'est le plus calme des présents, le seul qui n'avait encore rien dit. « Personne n'est habilité à signer des contrats.

— Le financement, je l'ai, répond Bryce. Sun Zhiyuan m'a déjà contacté.

— De l'argent extérieur, dit Jaime.

— Bryce, votre père n'aurait jamais..., commence Dembo.

— Surtout des Sun, ajoute Rowan.

— Rien à foutre de mon père, explose Bryce, qui frémit de passion frustrée. MH. Mackenzie Helium. Vous en êtes, oui ou non ?

— Avant qu'on se lance dans les contrats, intervient Dembo Amaechi, j'ai des informations sur le dysfonctionnement des miroirs. »

Le poids dont il charge le mot *dysfonctionnement* n'échappe à personne.

« On s'est fait hacker, ajoute-t-il.

— Évidemment, oui, réagit Bryce Mackenzie.

— C'était un bout de code très malin. Il s'est intégré dans notre système d'exploitation, s'est dissimulé à notre sécurité, s'est mis à jour quand nous mettions à jour.

— Et vous voulez vous acoquiner avec les Sun ? crie Jaime à Bryce. Tout ce truc porte la signature de Taiyang.

— Ce code a une caractéristique peu commune, continue Dembo. Il était là depuis longtemps. Au repos. En attente.

— Combien de temps ?

— Trente, trente-cinq ans.

— Procellarum Est », souffle Bryce Mackenzie.

Il avait huit ans quand les Corta s'en sont pris à Creuset. Duncan a grandi dans la chaleur et la laideur de Hadley, Bryce dans les intrigues et la politique politicienne de Kingscourt. Robert Mackenzie avait pour règle de séparer ses héritiers. Ainsi, aucune catastrophe ne pourrait décapiter Mackenzie Metals. Un jour, sa mère Alyssa a dit : *C'est prêt. On s'installe dans une nouvelle maison.* Le voyage en train depuis Reine-du-Sud a été long, celui depuis Méridien davantage encore, mais quand sa mère l'a appelé à la fenêtre de l'autorail, l'étoile incandescente que Bryce a vue sur l'horizon a suscité en lui des émotions qu'il n'avait encore jamais connues. Du respect, de l'admiration, de la peur. Sa famille – son père – pouvait attraper une étoile dans le ciel et l'enchaîner à la Lune. C'était un pouvoir qui échappait à l'entendement d'un garçon de huit ans. Tout était neuf, sortait de l'imprimante, sentait le plastique et les matières organiques. Une odeur de rover neuf, partout dans la ville. *Je vais vivre ici, dans la plus grande machine de l'univers.*

C'est à ce moment-là que les Corta ont frappé en coupant les rails à l'avant et à l'arrière. Bryce a regardé le soleil se coucher sur le creuset de la lumière éternelle, en proie à deux nouvelles émotions : offense et mortification. Les Corta avaient profané une pureté et une beauté qui les dépassaient. Jamais ils ne pourraient atteindre une telle puissance, un tel prodige, aussi avaient-ils frappé par mesquinerie et jalousie. Contrairement à son frère, Bryce n'a pas connu un monde sur lequel ne s'étendait pas l'ombre des Corta.

Contrairement à son frère, Bryce a été un garçon disgracieux, dyspraxique et maladroit, mauvais dans les sports qu'adoraient son père et ses oncles, mais dès les premiers jours qu'il a passés dans la construction de plus en plus haute qu'était Kingscourt, il s'est intéressé à l'entreprise familiale. À sept ans, il comprenait les principes de l'extraction, du raffinage et de la commercialisation des terres rares. Creuset était une extension de lui-même, une troisième main. Dont l'humiliation lui causait une douleur physique.

Pendant trente-cinq ans, le code s'était dissimulé dans l'IA de Creuset, en l'augmentant, en s'adaptant, en s'étendant.

« Nos premières conclusions indiquent qu'il a été déclenché à distance, continue Dembo.

— Un Corta, conclut Bryce Mackenzie. On aurait dû les exterminer complètement, enfants compris.

— Nous sommes des hommes d'affaires, pas des lames, rétorque Rowan. Les Corta, ce sont trois enfants, un de ces types qui se prennent pour des loups-garous et une ex-avocate à la carrière fichue. Bon, les Corta ont détruit notre domicile. On fait mieux que ça : on prend leurs machines, leurs marchés, leur ville, leurs gens, tout ce qu'ils possédaient ou considéraient comme précieux, et dans cinq ans plus personne ne se souviendra d'eux. Vous vous rappelez ce que disait toujours votre père, Bryce ? "Les monopoles sont des horreurs."

— "Tant qu'on n'en a pas un soi-même" », complète Bryce.

Robson se réveille en hurlant. Son visage, il y a quelque chose sur son visage, il n'arrive pas à lever les mains pour le retirer. Partout autour de lui, des surfaces dures et rigides. Sans oublier ce toc toc toc, toc toc toc. Il est mort, dans un silo. En attente de recyclage. Le toc toc toc, c'est son cercueil qui roule sur les joints d'un couloir. Les zabbalins qui poussent son cercueil vont prélever avec leurs couteaux tout ce qui peut resservir, puis les robots l'accrocheront dans le four pour aspirer avec leurs tubes-bouches la moindre goutte d'eau qu'il a dans le corps. Ensuite, ils prendront le cuir et la feuille de ses restes desséchés pour les lâcher dans le broyeur. Et il ne peut pas bouger parler faire quoi que ce soit pour les en empêcher.

« Robson. »

De la lumière. Il cligne des yeux. Il sait où il est, maintenant : dans une capsule de repos à l'intérieur d'un dortoir à VTO Lansberg.

« Robson. » Un visage dans la lumière. Hoang. « Tout va bien, Robson. C'est moi. Tu peux bouger ? Il faut que tu bouges. »

Le garçon agrippe les poignées et s'extrait de la capsule.

Le dortoir est une enfilade de capsules, d'échelles, de câbles. Couchettes chaudes et capsules de repos tiédies d'odeurs corporelles.

« Quelle heure il est ? » demande-t-il, encore étourdi par son cauchemar.

« Quatre heures du matin, répond Hoang. On s'en fiche. Il faut qu'on parte.

— Hein ?

— Il faut qu'on parte. Bryce croit que ce sont les tiens qui ont détruit Creuset.

— Que les miens quoi ? »

Hoang se penche à l'intérieur de la capsule pour

prendre dans le filet un amas de vêtements froissés. Le costume Marco Carlotta que portait Robson.

« Habille-toi. Les fourneaux solaires étaient hackés. Ça ressemble à du code Corta Hélio. »

Le garçon enfile le costume. Qui sent presque aussi mauvais que lui. Il récupère dans la capsule le demi-paquet de cartes qu'il glisse dans la poche la plus près de son cœur.

« Du code Corta ?

— Pas le temps. » Hoang se touche le front de l'index. *Déconnexion des familiers.* « Viens. »

La gare de Lansberg est encombrée de corps et de bagages. Les ouvriers du rail venus de Méridien, de Reine-du-Sud et du grand centre de triage VTO à Sainte-Olga échangent leurs places de trains avec les survivants de la Pluie de fer.

« Je t'ai réservé une place pour Méridien, mais ce n'est pas là que tu vas, dit Hoang en le conduisant vers les sas. Descends à Sömmering. Ça appartient à VTO, comme ici. Quelqu'un t'y attendra.

— Pourquoi pas à Méridien ?

— Parce que Bryce y aura des lames à l'arrivée de chaque train. »

Robson s'immobilise net. « Bryce ne peut pas me tuer. Je suis un Mackenzie.

— Pour lui, tu es le Corta le plus proche. Et il ne te tuera pas. Pas avant d'avoir pris son plaisir. Tu voudras mourir bien avant ça. Viens avec moi. » Il tend la main. Des reines du rail VTO passent en trombe, combiAS dans leur gros sac à dos, casque sous le bras.

« La dernière fois que j'ai fui Bryce… »,commence-t-il.

Il n'a pas vu sa mère mourir. *Ne te retourne pas,*

a-t-elle dit. *Quoi qu'il arrive, ne te retourne pas.* En fils obéissant, il n'a pas vu le robot, les lames qui ont sectionné les tendons de sa mère, les forets qui ont percé la visière de son casque. *Lance la capsule, Cameny. Fais partir Robson.* Ses derniers mots. Même là, il ne s'est pas retourné. La capsule BALTRAN s'est refermée, le garçon s'est agrippé à des sangles, puis l'accélération a étiré la moindre goutte de sang présente dans son corps. Obscurité. Chute libre. Il a ravalé sa nausée. Vomir dans son casque en chute libre, c'est la mort. Puis la décélération, aussi brutale que le lancement. Et tout a recommencé. Et encore. Et encore. Robson content de ce choc, de cette douleur, de cette nausée et de la discipline dont faire preuve pour la contrôler, car à eux tous ils lui masquaient la vérité : elle était morte. Sa maman était morte.

« Reste près de moi », lance Hoang, qui se fraie un chemin dans la foule en train de débarquer, s'enfonce. Une annonce, à peine audible dans le bruit de la foule. Quelque chose trente-sept. Tous les arrêts. Tous les arrêts.

« Et toi ? demande Robson.

— Je prendrai un autre train, plus tard. »

Hoang le serre dans ses bras en une étreinte grande comme le ciel. Joue contre joue.

« Tu pleures.

— Oui. Je t'ai toujours aimé, Robson Corta. »

Puis l'homme le pousse dans le sas.

« Qui m'attendra ? crie Robson alors que celui-ci le transfère à l'intérieur du train.

— Ton oncle ! répond Hoang sur le même ton. Le loup ! »

3

Bélier 2103 – Gémeaux 2105

Le robot de nettoyage découvrit Lucas Corta effondré dans le couloir de l'anneau extérieur, celui à gravité terrestre, à trois mètres de la porte de l'ascenseur.

« Cinq minutes de plus et vous mouriez étouffé sous votre propre poids », l'informa la docteure Volikova en le remontant sur une couchette de réanimation jusqu'à une pesanteur lunaire par les niveaux de gravité intermédiaires.

« Il fallait que je sente comment ça fait.

— Et ça fait comment ? »

Comme si le moindre de vos muscles était affaibli et en train de se dissoudre. Comme si vous aviez toutes les articulations remplies de verre pilé et tous les os de plomb fondu. Comme si chaque inspiration était du fer dans vos poumons en pierre, chaque battement de votre cœur du feu. L'ascenseur l'avait descendu dans un puits de douleur. Lucas avait eu le plus grand mal à détacher ses mains de la barre d'appui. Les portes s'étaient ouvertes sur la légère courbure de l'anneau à 1 g. Une montagne de souffrances. Il lui avait fallu sortir de la cabine. Au deuxième pas, il avait senti ses hanches pivoter. Au cinquième, ses genoux s'étaient dérobés, incapables de le soutenir. La gravité centrifuge l'avait plaqué à la roue pour le briser un peu plus à chaque respiration. La gravité était une maîtresse impitoyable. Elle ne faiblirait jamais, ne cesserait jamais, ne se laisserait jamais fléchir. Il s'était efforcé de se décoller du sol. Il avait senti le sang s'accumuler dans ses mains et son visage, enfler sa joue plaquée au sol.

« Nous avons parlé théorie », dit Lucas Corta alors que sa couchette de réanimation s'accouplait à l'IA. Des bras diagnostiqueurs se déployèrent. « Je veux passer à la pratique. Je suis quelqu'un de pragmatique. Vous avez dit qu'il faudrait 14 mois pour me préparer aux conditions terrestres. Dans 14 mois, je prends la navette pour la Terre. J'ai réservé mon billet. Dans 14 mois, je serai sur cette navette, docteure, avec ou sans vous.

— Pas de chantage avec moi, Lucas. »

Son prénom. Une petite victoire.

« Trop tard, docteure. Vous êtes la principale experte VTO en médecine de microgravité. Si vous dites que c'est possible en théorie, Galina Ivanovna, alors c'est possible dans la pratique. » Il avait mémorisé son prénom et son patronyme dès qu'elle s'était présentée comme son médecin personnel, au pied de son lit.

« Pas de flatteries non plus. Il y a mille différences physiologiques entre les humains terriens et vous. Vous êtes un extraterrestre, pour ainsi dire.

— J'ai besoin de trois mois sur Terre. Quatre si possible. Donnez-moi un planning d'entraînement, je m'y tiendrai à la lettre. Il faut que j'y aille, Galina

Ivanovna. Comment pourrais-je trouver de l'aide pour récupérer mon entreprise si je ne suis pas prêt à faire des sacrifices ?

— Ce sera plus dur que tout ce que vous avez vécu jusqu'ici. »

Plus dur que mes frères morts, que ma ville réduite en cendres et que ma famille dispersée ? pensa Lucas Corta.

« Je ne peux garantir la réussite, ajouta la praticienne.

— Ce n'est pas ce que je vous demande. La réussite relève de ma responsabilité. M'aiderez-vous, Galina Ivanovna ?

— Oui, je vous aiderai. »

Les bras diagnostiqueurs s'approchèrent du cou et du bras de Lucas. Il voulut les repousser et leva lentement à cet effet des mains qui lui semblaient en plomb, mais les manipulateurs étaient rapides, la douleur des injections brève, vive et propre.

« Qu'est-ce que c'était ?

— Encore une maltraitance médicale de ma part, répondit-elle en lisant sur sa lentille les données physiologiques de son patient. Un truc pour vous faire tenir. Vous avez rendez-vous. »

De la lumière parcourut les artères de Lucas Corta jusqu'à son cerveau. Il bondit de la couchette, comme électrifié. Ses pieds heurtèrent le pont. Il ne ressentait aucune douleur. Absolument aucune douleur.

« Je vais avoir besoin d'imprimer un costume, déclara-t-il.

— Vous êtes convenablement habillé.

— Short et T-shirt, lâcha Lucas Corta avec tout le mépris possible.

— Vous serez mieux habillé que votre hôte. Valery Vorontsov a un style vestimentaire bien particulier. »

Vous aurez besoin de ceci, dit l'employé de l'ascenseur. *Entraînez-vous. Ce n'est pas aussi facile que ça en a l'air.*

Lucas Corta enfila les gants et les chaussettes palmés. Il remua les mains et les pieds comme pour nager dans l'air. Ces Vorontsov. Toujours à ricaner de l'incompétence et des lacunes des gens piégés sur des mondes. Il en avait assez d'être l'incompétent. De l'ascenseur, il sauta dans le moyeu. Même les muscles de jambes lunaires étaient trop puissants pour l'infime gravité du cœur. Il écarta les mains, s'appuyant sur l'air avec la palmature, pagaya à contresens de son vol. Il recourba les orteils pour déployer ses palmes en guise d'aérofrein. C'était facile. Instinctif. Il s'immobilisa au centre du cylindre. L'axe de rotation du vaisseau. Zéro g. Lucas pivota lentement, étoile humaine.

Il poussa des pieds et des mains dans l'air. Sans avancer d'un millimètre. Il contracta son corps tout entier, comme si la seule puissance d'un spasme pouvait le libérer du piège de gravité. Lucas entendit rire à la porte de l'ascenseur. Il se contracta à nouveau. Rien. D'agiles silhouettes plongèrent avec élégance dans sa direction depuis le sas. Deux jeunes femmes en combinaison de vol moulante, la chevelure soigneusement maintenue par un filet, vinrent s'arrêter d'un coup près de lui, une de chaque côté.

« Avez-vous besoin d'aide, senhor Corta ?

— Je peux y arriver.

— Tenez-vous à cette ligne, senhor Corta. »

La femme en combinaison rose plongea après avoir accroché la ligne à son propre harnais. Quand elle se tendit, celle-ci faillit échapper des mains de Lucas. Il bougeait. Il volait. Il sentait l'air sur son visage, dans ses cheveux. C'était enivrant. La deuxième équipière nageait à ses côtés. Il remarqua l'aspirateur à sa ceinture.

Dans le sas conduisant aux quartiers de Valery Vorontsov, il remercia ses deux accompagnatrices pour cette palpitante promenade.

« Attention aux branches », fut leur seul conseil.

La salle d'audience de Valery Vorontsov était une forêt cylindrique au cœur du *Saints Pierre et Paul*. Lucas flotta dans un tunnel de rameaux et de feuilles. La forte densité végétale lui masquait les parois. En bas, il devait y avoir les troncs, les racines, les aéroponiques qui nourrissaient cette forêt en chute libre. L'humidité, les arômes de pousses et de pourriture n'étaient pas une nouveauté pour lui – c'était le parfum intime de Twé –, mais il y avait là des fragrances qu'il n'avait jamais senties et n'aurait pas reconnues sans ses gins assemblés sur mesure : genévrier, pin, herbes médicinales, fleurs. La forêt était éclairée par une source lumineuse située tout au fond, parmi les racines, mais les arbres étaient parés de milliers de biolampes. Des étoiles au-dessus, des étoiles de chaque côté, des étoiles en dessous. Lucas mit plusieurs secondes à s'habituer à la pénombre, constata ensuite que la canopée avait été sculptée en ondulations et spirales, en crêtes et en vagues. Un paysage d'arbres. Ici et là, des branches isolées sortaient de la topiaire, contraintes et noueuses, porteuses d'un ensemble de feuilles taillées avec précision, comme une offrande. Ayant fini de s'habituer à la luminosité, les yeux de Lucas lui dévoilèrent une silhouette au centre de cette forêt. Quelque chose passa lentement, délibérément, à moitié dissimulé par les branchages.

Une ligne courait au milieu du cylindre, avec laquelle Lucas se tracta vers la silhouette. Celle d'un homme… non, se rendit-il compte en s'approchant : de quelque chose qui y ressemblait. Qui en avait été un par le passé. Dos tourné à Lucas et armé de cisailles, le simili-homme s'activait sur la ramure, coupant, taillant, modelant, nimbé de rebuts de conifère. De nouvelles odeurs parvinrent aux narines de Lucas, entremêlées à celles de résine et de feuillage : urine. Mycoses.

« Valery Mikhaïlovitch. »

La chose-homme se retourna vers la source de l'interruption. Une existence entière en microgravité avait façonné aussi inévitablement et irréversiblement son corps que lui-même avait façonné sa forêt. Ses jambes étaient des tiges difformes, des lanières de muscle ratatiné. Le torse était d'une largeur et d'une circonférence de héros, mais la manière dont il remplissait le maillot élastique trahissait une absence totale de profondeur et de force. Les côtes étiraient le matériau moulant. Le sternum était pointu comme une lame. Les bras, longs, semblaient sillonnés de câbles. L'énorme tête évoquait un visage humain plaqué sur un ballon en peau, et la frise de cheveux argentés qui entourait la base du crâne ne faisait qu'en souligner la taille. Un tube double reliait l'os occipital à une pompe qui flottait ; un second jeu de tubes allait de son flanc gauche à un ensemble de sacs de colostomie complète qui tournaient en apesanteur. Voilà ce qu'un demi-siècle en microgravité infligeait à un corps humain.

« Lucas Corta.

— Très honoré, monsieur.

— Ah ? Vraiment ? » Valery Vorontsov décrocha un aspirateur de sa ceinture et, avec la dextérité que confèrent des décennies de pratique, fit disparaître les résidus de son taillage. « Je n'ai jamais rencontré d'autres Dragons. Vous le saviez ?

— Je n'en suis plus un, monsieur.

— C'est ce que j'ai entendu dire. Ce qui n'a bien sûr aucun sens : ça se joue dans les gènes. Il s'agit d'une nouveauté, pour moi. Et pour vous.

— Valery Mikhaïlovitch, il faut que je vous demande…

— Oh, non, pas vos horribles questions. Je sais ce que vous voulez. Nous verrons si l'univers vous l'accorde. Mais tout est là, pas vrai ? Toujours à poser des questions à l'univers. Vous avez déjà vu une chose pareille, Lucas Corta ? »

Du bout de ses cisailles, Valery Vorontsov indiqua la forêt piquée d'étoiles.

« Je crois que personne n'a jamais vu pareille chose, monsieur.

— Non, personne. Vous savez ce que c'est ? C'est une question que j'ai posée à l'univers. Comment une forêt pousserait-elle, dans le ciel ? Voilà une question à poser. Vous avez la réponse sous les yeux. Elle ne cesse jamais de pousser, de changer. Je travaille dessus ; je la façonne à ma guise. C'est de la sculpture lente. Elle me survivra. L'idée me plaît. Nous sommes tellement égocentriques. Nous nous pensons la mesure universelle. Le temps emportera tout ce qu'on est, tout ce qu'on a, tout ce qu'on construira jamais. Il est bon de penser à ce qui se passera après nous. Peut-être ma forêt durera-t-elle un million d'années, peut-être un milliard. Peut-être finira-t-elle en flammes quand le soleil brûlera. Quand je mourrai, mes éléments passeront dans ses racines, ses branches et ses feuilles. Je ne ferai plus qu'un avec elle. C'est très réconfortant pour moi. »

Valery Vorontsov détacha le sac de l'aspirateur, le lança vers la base du cylindre. Un robot zabbalin se précipita hors du feuillage pour récupérer le déchet et l'apporter au sas.

« Ma mère soutenait la Sororité des Seigneurs du Présent, indiqua Lucas. La mission des sœurs s'étend sur des décennies, et même des siècles.

— Je connais leurs travaux. Vous n'êtes pas croyant, Lucas Corta ?

— Ça implique un être surnaturel. Il m'est impossible d'y croire.

— Mm. J'ai entendu dire que vous vouliez aller sur Terre. C'est un désir, pas une question. L'univers ne nous doit pas nos désirs, mais il se peut qu'il réponde à une bonne question. Quelle est votre question ?

— Comment est-ce que je peux récupérer ce qu'on a volé à ma famille ?

— Mm. » Valery Vorontsov brisa l'extrémité d'une branche, qu'il huma avant de la tendre à Lucas. « Qu'est-ce que vous en pensez ? C'est du vrai genévrier. Vous n'en aviez jamais senti que du synthétique. Ces Asamoah, je sais ce qu'ils peuvent faire. Ils manipulent l'ADN. Ils intervertissent des gènes. Puéril. Je crée un environnement et je laisse la vie y réagir. Je fais pousser de vrais genévriers dans l'environnement le plus artificiel jamais créé par l'humanité. Non non non, Lucas Corta, cette question ne conviendra pas du tout. La bonne est : *comment* un natif de la Lune peut-il survivre sur Terre ?

— La docteure Volikova est en train de mettre un programme d'entraînement au point pour moi.

— Si la rentrée ne vous tue pas. Si votre cœur ne lâche pas dans la suite d'acclimatation. Si vous ne mourez pas d'insolation. Si un million d'allergies ne vous font pas gonfler comme un sac de colostomie. Si les bactéries intestinales terrestres ne vous mettent pas sens dessus dessous. Si la pollution ne vous arrache pas vos petits poumons délicats. Si vous arrivez à dormir dans ce trou de pesanteur sans que l'apnée vous réveille toutes les cinq minutes, entre les cauchemars.

— On ne serait pas devenus des Dragons en écoutant les *si* », contre Lucas. Les deux hommes ont peu à peu et sans s'en rendre compte pivoté pour flotter face à face.

« Vous l'avez dit vous-même : vous n'êtes plus un Dragon. Vous seriez encore moins que ça sur Terre. La Lune n'est pas un État. La Lune est une colonie industrielle offshore. Vous n'aurez ni papiers, ni nation, ni identité. Vous n'aurez aucune existence légale. Vous ne connaîtrez pas les règles, les coutumes, les lois. Il y a des lois. Elles s'appliqueront à vous, mais leur manière de fonctionner vous échappera complètement. Elles sont comme la pesanteur. On y est soumis. On ne peut pas négocier avec. Vous n'aurez aucun pouvoir de négociation.

« Personne ne saura qui vous êtes. Personne n'aura rien à fiche que vous soyez l'homme de la Lune. Vous êtes un phénomène, votre célébrité ne durera pas. Personne ne vous respectera. Personne ne vous prendra au sérieux. Personne n'a besoin de quoi que ce soit de votre part. Personne ne veut ce que vous avez. Vous êtes quelqu'un d'intelligent. Vous avez déjà réfléchi à tout ça dans la capsule. Et pourtant vous voilà devant moi, avec votre plan et les faveurs que vous avez besoin de me demander et je ne sais quoi encore avec lequel vous croyez pouvoir me persuader de vous les accorder. »

Chacune des réfutations de Valery Vorontsov est comme un clou qu'on lui enfonce dans un doigt, un pied, une main, un genou et une épaule. Mortifications. Lucas Corta n'a jamais compris ni la culpabilité ni le remords. La fierté était sa vertu. La fierté à opposer à ces clous, pour s'en libérer. La douleur qu'ils lui infligeaient n'était rien à côté de ce qu'il avait perdu.

« Je ne peux pas discuter avec vous, Valery Mikhaïlovitch. Je n'ai rien à proposer, aucune monnaie d'échange. J'aurai besoin de votre soutien, de vos vaisseaux, de votre catapulte, et je ne peux que parler.

— Les paroles sont comme l'hydrogène : il y en a plein l'univers.

— Les Asamoah vous considèrent comme des monstruosités de consanguinité. Les Mackenzie vous épousent pour les droits de transport, mais font enlever votre ADN de leurs enfants. Ma propre famille vous prenait pour des clowns alcooliques. Et pour les Sun, vous n'êtes même pas humains.

— Nous n'avons pas besoin d'être respectés.

— Ce n'est pas avec du respect qu'on achète de l'air. Je vous propose plus tangible que ça.

— Vous avez quelque chose à me proposer ? Vous, Lucas Corta, qui avez perdu votre entreprise, votre famille, votre fortune et votre nom ?

— L'empire.

— Je vous écoute, Lucas Corta. »

« Jusqu'au bout ? demanda la docteure Volikova.

— Jusqu'au bout », confirma Lucas Corta. Le corridor montait en pente raide devant lui, son plafond un horizon bas tout proche. « Accompagnez-moi. »

Elle lui proposa son bras, il le repoussa.

« Vous ne devriez même pas être debout, Lucas.

— Accompagnez-moi sans m'aider.

— Jusqu'au bout.

— Je suis quelqu'un de méthodique. » Même dans la pesanteur lunaire de l'anneau intérieur, chaque pas déclenchait une douleur déchirante qui reliait ses chevilles à sa gorge. « J'ai très peu d'imagination. Il me faut un plan. Un enfant marche avant de courir. Je parcours l'anneau lunaire, d'abord en marchant, puis en courant. Ensuite l'anneau intermédiaire en marchant, puis en courant. Et enfin l'anneau terrestre, en marchant puis en courant. »

Les pas de Lucas étaient à présent assurés et déterminés. La docteure Volikova était tout près. Lucas remarqua un tremblotement révélateur dans son regard. Elle lisait des données sur une lentille.

— Est-ce que vous me monitorez, Irina Galinova ?

— Toujours, Lucas.

— Et ?

— Continuez à marcher. »

Lucas ravala un petit sourire de victoire.

« Vous avez écouté la playlist ? demanda-t-il.

— Oui.

— Qu'est-ce que vous en avez pensé ?

— C'est plus sophistiqué que je m'y attendais.

— Vous n'avez pas dit que ça ressemblait à de la musique d'ascenseur. C'est encourageant.

— J'entends la nostalgie, mais je ne comprends pas bien la saudade.

— La saudade ne se limite pas à la nostalgie. C'est une espèce d'amour. C'est une perte et une joie. Une mélancolie intense et une joie.

— Je ne suis pas étonnée que vous la compreniez bien, Lucas.

— On peut avoir de la saudade pour un événement à venir.

— Vous ne laissez jamais tomber, pas vrai ?

— Non, Galina Ivanovna, jamais. »

Ses articulations se déliaient, la douleur s'atténuait, la raideur s'estompait.

« Votre rythme cardiaque et votre tension augmentent, Lucas. »

Il leva les yeux vers le corridor courbe.

« Je continue jusqu'au bout.

— D'accord. »

Encore une petite victoire.

Il s'arrêta.

Et repartit, remonta la courbure du monde. Les poumons crispés, la respiration difficile et le cœur douloureux, comme serré dans un poing. Vingt mètres dix cinq jusqu'à la porte du centre médical. Va jusqu'au bout. Jusqu'au bout.

« L'usage veut », haleta-t-il. Ses mots étaient comme des petits hoquets raidis. Il s'appuya au chambranle pour regarder derrière lui le corridor courbe. « Que quand. On vous donne. Une playlist. » Il avait beaucoup de mal à parler. Cent mètres de pesanteur lunaire, celle dans laquelle il a toujours vécu, et le voilà arc-bouté, à bout de souffle, endolori. Les dégâts étaient plus graves qu'il ne s'était imaginé. Quatorze lunaisons d'entraînement intensif, cela semblait insurmontable. « Vous en offriez une. En échange.

— Une de Bill Evans ?

— Et d'autres du même style. Ce qu'on appelle du jazz modal, je crois. Faites-m'en une. Emmenez-moi en voyage dans le jazz. J'ai besoin de quelque chose pour venir à bout de l'entraînement. »

Il s'éveilla dans sa capsule, alluma les lumières. Des crissements et des chocs. La capsule de repos tremblait. Le vaisseau tremblait. Il y eut une sorte d'embardée. Lucas agrippa la barre, serra fort, encore plus fort, à s'en enfoncer les ongles dans la paume. Une nouvelle embardée. Lucas lâcha un cri. Il sentit le monde se dérober sous ses pieds. Il n'y avait rien à quoi se raccrocher. Et ce n'était pas un monde, mais un vaisseau, une toupie d'aluminium et de carbone de construction. Lui-même était un homme dans une capsule dans une roue dans un minuscule vaisseau derrière la face cachée de la Lune.

« Toquinho, murmura-t-il. Qu'est-ce qui se passe ? »

Le sol se déroba à nouveau. Lucas serra l'inutile et solide barre. Il ne reconnut pas la voix à l'accent étrange qui répondit dans son implant. Le *Saints Pierre et Paul* n'était pas assez grand pour faire tourner un réseau complet.

J'effectue une série de combustions de correction de trajectoire, l'informa Toquinho. *Mon orbite est stable et prévisible jusqu'à onze ans à l'avance. De légères corrections périodiques, toutes les dix orbites environ, permettent d'agrandir cette fenêtre de prévisibilité. Elles sont effectuées aux alentours du deuxième périlune dans une orbite à deux rencontres. Le processus est parfaitement contrôlé et relève quasiment de la routine. Je peux fournir des schémas sur demande.*

« Inutile », répondit Lucas, et le tremblement, les secousses, l'horrible, vraiment horrible impression de tomber à jamais dans le néant disparurent. Le *Saints Pierre et Paul* tournait autour de la Lune, qui l'envoyait vers le joyau bleu qu'était la Terre.

Toquinho carillonna. Des fichiers envoyés par la docteure Volikova. Lucas les ouvrit. De la musique, plusieurs lunaisons de musique. Un voyage.

Les trois premières lunaisons, Lucas explora le hard bop, sa langue et son instrumentalité, son identité et sa tonalité, ses harmonies triadiques et ses cadences plagales. Il en apprit le nom des héros. Mingus, Davis, Monk et Blakey en furent les apôtres. Il étudia les albums fondateurs, ses

Évangiles et ses Actes. Il apprit comment écouter, quoi écouter, quand l'écouter. Il remonta à ses racines dans le bebop, genre auquel le hard bop s'opposa tout en s'efforçant de le réformer. Il s'aventura dans des royaumes orthodoxes où les distinctions entre le jazz-funk et le soul jazz, le divorce entre le jazz cool de la côte ouest et le hard bop de la côte est devenaient des schismes dans le cosmos musical. C'était la pire musique imaginable sur laquelle s'entraîner. Lucas adora. Il détestait l'entraînement. L'entraînement était difficile et ennuyeux. Carlinhos avait prêché la fatigue musculaire, les planages à la dopamine et l'évacuation hormonale du stress. Ce qui propulsait Carlinhos dans le transcendantal rendait Lucas paranoïaque et furieux.

Il sortait du gymnase écumant de rage, hargneux avec quiconque ne faisait même que lui jeter un coup d'œil, allait se coucher endolori, sur les nerfs et en appréhendant les exercices du lendemain. Cinq heures. Six vérités le renvoyaient dans le gymnase, Art Blakey dans les oreilles. Carlinhos le féru d'endorphines était mort. Rafa était mort. Ariel restait cachée. Lucasinho se trouvait sous la protection d'AKA. Boa Vista n'était plus que ruines sans air, et ce vaisseau, le *Saints Pierre et Paul*, transportait à destination des réacteurs à fusion terrestres des containers d'hélium 3 volés aux Corta. Aussi Lucas s'entraînait-il. Le hard bop l'emmenait au-delà des innombrables kilomètres sur le tapis roulant, des soulèvements répétitifs d'haltères décomptés un à un, des humiliations de la tonification. Le hard bop l'emmenait au-delà des journées qui devenaient lunaisons. Une année de tout cela n'en finirait jamais, il fallait la diviser en une succession non de séances, de sommeils, de journées et d'orbites, mais d'actes. Une tâche conçue, entamée, effectuée, terminée. Puis une autre. Et encore une autre. Quantifiée. L'année et quelque ne serait mesurée ni par le gradient des haltères toujours plus lourds, ni par les records personnels toujours améliorés, ni par la force et la résistance croissantes de son corps, mais par des quanta de nouvelle musique. Après le hard bop, il explorerait le jazz modal, puis, par l'intermédiaire du free jazz, le jazz afro-cubain et brésilien, qui le ramènerait à sa bossa-nova adorée. La prochaine fois qu'il écouterait de la bossa-nova, il aurait les pieds posés sur la Terre et un ciel ouvert au-dessus de la tête. Mais pendant ces quelques premières orbites, le hard bop fut un horizon haut et dégagé, plus lointain et plus large que n'importe quel horizon sur la Lune.

Au bout d'une demi-lunaison, il courait dans l'anneau intérieur. Un tour complet. Au bout d'une lunaison, il marchait dans l'anneau intermédiaire, une demi-pesanteur terrestre, trois pesanteurs lunaires. Le tour complet en une heure, sans aide, soutien ni pause. Au bout de deux lunaisons, il courait dans l'anneau intermédiaire. Au bout de trois, il y dormait. La première nuit, il eut l'impression qu'un démon en cuivre accroupi sur son torse lui chiait du plomb fondu dans le cœur et les poumons. Les deuxième, troisième et quatrième nuits aussi. Deux semaines plus tard, il faisait des nuits complètes, en cauchemardant juste qu'il était piégé sous la glace de fer d'un océan d'acier. Après cela, il dormit chaque nuit dans trois pesanteurs lunaires.

Le deuxième « trimestre » de lunaisons, Lucas Corta explora le jazz modal, auquel la docteure Volikova vouait un culte. Il avançait d'un pas plus assuré dans la musique : il avait eu un aperçu de ce territoire depuis un autre pays, aussi en connaissait-il l'emplacement des massifs et des fleuves. Les métaphores géographiques avaient désormais du sens, pour lui, car la progression vers le jazz modal l'accompagnait tandis que son attention se portait vers la Terre. Il y avait là de quoi occuper une existence. La géographie, la géologie, la géophysique. L'océanographie, la climatologie et leur fille : la météorologie. Les interactions entre eau, chaleur, rotation et thermodynamique l'enchantaient, tout comme les magnifiques systèmes chaotiques engendrés par ces éléments de base. Riches, imprévisibles, dangereux. Il adorait lire les bulletins météorologiques et voir leurs prédictions dessinées en gris et blanc sur l'œil de la planète devant lui. Lucas Corta était un observateur assidu de la Terre. Il regardait les tempêtes et les ouragans tournoyer sur les océans, les plaines brun-gris verdir une fois balayées par les pluies, les déserts s'assombrir de fleurs, les marécages et sundarbans disparaître sous les inondations scintillantes. Il regardait les saisons se répandre peu à peu à partir des pôles tandis que lui-même tournait, lunaison après lunaison, autour de la planète. Il regardait la neige arriver puis se retirer et la riche pénombre de la mousson s'étendre sur des millions de gens assoiffés.

Il refusait par contre de regarder la rencontre avec la Terre, quand le cycleur échangeait avec la bride orbitale des capsules chargées de personnel et larguait celles de fret, qui iraient effectuer un amerrissage contrôlé. De sa cabine, il sentait le frémissement provoqué par la libération des capsules et des fixations, il sentait aussi le tressautement au moment de l'amarrage des capsules de transfert, mais jamais il ne se joignait aux spectateurs dans la bulle d'observation. Il n'honorerait pas le pillage de son attention. Il ne regarda pas une seule fois la Lune.

Au début de l'année d'orbites, la docteure Volikova fut transférée sur Terre pour un congé à Saint-Pétersbourg. Elle fut remplacée par Yevgeny Chesnokov, un trentenaire suffisant incapable de comprendre pourquoi Lucas le méprisait. Il se montrait trop familier, avec des manières qui lui auraient valu un coup de couteau dans n'importe quel café de João de Deus, et faisait preuve de goûts musicaux exécrables. Des beats ne faisaient pas de la musique. C'était facile, les beats. Même Toquinho, dans son état limité, pourrait en inventer un nouveau. Lucas s'était habitué à la nouvelle personnalité terne de son familier. Un vaisseau, une voix, une interface. Si Toquinho parlait désormais de lui-même comme du *Saints Pierre et Paul* personnifié, ses hésitations et temps d'arrêt lui donnaient l'air moins qu'omniscient. Le décalage des communications compliquait l'accès en temps réel aux bibliothèques terrestres, mais le système du cycleur contenait assez d'informations pour que Lucas arrive à structurer ses recherches. Il laissa ce qu'il savait de la géophysique et de la climatologie de la planète le conduire à la géopolitique. La Terre connaissait un dérèglement climatique : cela sous-tendait le moindre aspect de la politique planétaire, depuis les décennies de sécheresse au Sahel et dans l'ouest des États-Unis d'Amérique jusqu'aux tempêtes incessantes qui frappaient le nord-ouest de l'Europe, inondation après inondation après inondation. Lucas ne comprenait pas comment les humains pouvaient être assez fous pour vivre dans un monde qu'ils ne contrôlaient pas.

Il apprit le pouvoir de l'hélium qui avait fait la fortune de sa famille. De l'électricité propre, sans radiations ni émissions de carbone. Étroitement contrôlée. Les réacteurs à fusion étaient rares et coûteux. Chaque nation protégeait farouchement ses centrales – contre les autres États-nations, contre les forces non conventionnelles des para-États, des armées de libération et des seigneurs de guerre chassés par les sécheresses, les mauvaises récoltes, les famines ou les guerres civiles. Au cours des cinquante dernières années, lut-il, la Terre n'avait pas connu une seule journée avec moins de deux cents microguerres en train de faire rage. Il consacra beaucoup de temps à assimiler les États-nations et les nombreux, si nombreux groupes d'allégeance qui les défiaient. La Lune survivait en refusant tout pouvoir aux groupes et aux factions. Il y avait les individus et il y avait les familles. Les Cinq Dragons – les *Quatre*, se corrigea-t-il, en considérant ce pincement de douleur comme un moyen de serrer la vis à la sentimentalité – étaient des entreprises familiales. La Lunar Development Corporation était l'inefficace conseil d'administration d'une holding internationale, conçu pour se quereller en permanence.

Les États, avec des identités, des jeux de privilèges et d'obligations, ainsi que des frontières géographiques où ceux-ci s'arrêtaient, semblaient arbitraires et inefficaces à Lucas Corta. Être loyal à la rive d'un fleuve et ennemi acharné de l'autre était absurde. Les fleuves et autres cours d'eau, avait-il appris, coulaient donc entre des rives. Et sans qu'il y ait eu d'accord sur tout cela. Lucas ne comprenait pas comment les gens toléraient leur propre impuissance. La loi affirmait qu'elle défendait et opprimait chacun de la même manière, mais un bref examen des informations en continu – Lucas était devenu un grand consommateur des actualités terrestres, sur tout le spectre qui allait des guerres de religion aux potins sur les people – montrait qu'il n'en était rien. La richesse et le pouvoir vous donnaient accès à une meilleure catégorie de droit. Il n'y avait pas de grosses différences avec la Lune, sur ce point. Lucas n'était pas juriste, mais il comprenait que la loi lunaire reposait sur trois piliers : davantage de loi est mauvais ; tout, y compris la loi, est négociable ; et dans la cour de Clavius, tout, y compris la cour de Clavius, est en jugement. La loi terrestre protégeait les gens, mais qu'est-ce qui protégeait les gens de la loi ? Tout était imposé. Rien n'était négociable. Les gouvernements imposaient des politiques globales sur la base d'idéologies et non de faits. Comment proposaient-ils d'indemniser ces citoyens qui souffraient de leurs politiques ? Mystère complet.

Lucas interrogeait le docteur Chesnokov à l'occasion des check-up planifiés pendant lesquels celui-ci examinait les chiffres des nombreux moniteurs médicaux de son patient. Vous aimez l'équipe du CSKA Moscou et vous aimez la Russie. Lequel de ces deux amours est le plus grand ? Vous payez des impôts, mais la loi ne vous donne pas voix au chapitre sur la manière dont ils sont utilisés, encore moins la possibilité de ne pas les payer si vous voulez influer sur la politique du gouvernement. Comment cela peut-il être un bon contrat ? L'éducation, le système juridique, l'armée et la police sont tous sous le contrôle de l'État, pas la santé ni les transports. Comment cela peut-il être cohérent dans une société capitaliste ? Le docteur Chesnokov ne disait plus rien quand Lucas l'interrogeait sur son gouvernement et la politique de celui-ci, presque comme s'il craignait qu'on entende leur conversation.

Il finit par redescendre sur Terre et la docteure Volikova par revenir prendre du service. Elle sursauta en voyant Lucas Corta dans son bureau.

« Vous êtes une bête, dit-elle. Un ours. »

Il avait oublié à quel point il avait changé durant les deux mois qu'elle venait de passer sur la planète. Il s'était élargi de dix centimètres. Ses épaules montaient à 45 degrés vers son cou. Son torse était deux plaques de muscles durs, ses jambes des courbes et des renflements. Ses cuisses ne se touchaient plus vraiment. Ses veines saillaient comme des rilles lunaires sur ses biceps et ses mollets. Même son visage était large et carré. Il détestait son nouveau visage, qui lui donnait l'air d'un lève-poussière. Qui lui donnait l'air idiot.

« La haine et Bill Evans m'ont amené là, dit-il. Je veux aller sur le troisième anneau.

— Je vous accompagne.

— Non merci, Galya.

— Alors je vais vous monitorer. »

À nouvelle gravité, nouvelle musique. Dans l'ascenseur, il ordonna à Toquinho de lancer une playlist de morceaux de free jazz représentatifs. Les instruments tourbillonnèrent autour de son crâne, rafales et escarmouches de notes, trompettes et saxos aiguisés et abrasifs. Cela lui fit tourner la tête. Il y avait là des défis. Ornette Coleman déchaîna des tempêtes de triplets et Lucas sentit la gravité s'emparer de son grand corps de brute, le tirailler, le mettre à l'épreuve, essayer de le déchirer.

La porte de l'ascenseur s'ouvrit. Lucas sortit. Des secousses douloureuses dans les chevilles. Son genou lui donna l'impression d'être traversé par une tige de titane brûlant. Ses ligaments bougèrent, se déformèrent, menacèrent de céder. Il grinça des dents. La musique chaotique était la main et la voix d'un gourou dément. Bouge. Deux pas, trois quatre pas, cinq. Il y avait un rythme à trouver en marchant en gravité terrestre, ce n'était pas l'ondulation déliée des mouvements sur la Lune : soulever avancer reposer le poids. Sur la Lune, cela l'aurait envoyé très loin. Dans l'anneau extérieur du *Saints Pierre et Paul*, cela l'empêchait tout juste de rester collé au sol. Dix pas, vingt. Il était déjà allé plus loin qu'à sa première et stupide tentative sous pesanteur terrestre. Il pouvait à présent regarder par-dessus son épaule et voir ce point disparaître derrière l'horizon de l'anneau. Le cycleur se trouvait côté extérieur de son orbite : l'endroit était bondé de Joe Moonbeam et de chercheurs à Farside. Il y avait aussi quelques visiteurs d'affaires, mandataires de sociétés, politiciens et touristes. Quelques jours plus tard, ils passeraient dans l'anneau intermédiaire, puis dans l'intérieur, celui à gravité lunaire, où la rotation, la faible pesanteur et l'effet d'un nouveau moyen de locomotion sur l'oreille interne donneraient à 80 % d'entre eux un mal des transports débilitant. Ils le saluaient de la tête au passage, les bras en balancier, le visage crispé de détermination. Des bandes en acier ceinturaient son cœur enflé, le sang pulsait en rouge derrière ses yeux à chaque battement, ses globes oculaires lui donnaient l'impression de s'enfoncer dans leurs orbites.

Il pouvait le faire. Il était en train de le faire. Il le ferait.

Il vit les portes de l'ascenseur plus haut sur la courbure de l'anneau, calcula le nombre de pas. Son cœur s'emplit d'une douce joie. Qui le déconcentra, perturba le rythme prudent de ses pas. Il perdit l'équilibre. La pesanteur s'empara de lui. Il heurta le pont avec une brutalité qui le vida de son souffle et de toutes ses pensées, sauf une : il n'avait jamais pris un coup aussi violent de sa vie. La douleur le paralysait. Il resta allongé sur le flanc, sans pouvoir bouger, cloué au pont par la pesanteur. Des gens de la Terre se regroupèrent autour de lui. Ça va ? Qu'est-ce qui s'est passé ? Il repoussa les mains qui cherchaient à l'aider.

« Laissez-moi tranquille. »

Un médbot arriva en voletant dans le couloir. Cette humiliation-là, il ne la supporterait pas. Il parvint, les bras chancelants, à soulever son torse. Il replia ses jambes sous son corps. Passer de la position accroupie à la position debout semblait impossible. Les muscles de sa cuisse droite palpitaient et il n'était pas certain que son genou tiendrait le coup. L'œil rouge du robot l'accusait.

« Va te faire foutre », lui lança-t-il, et avec une

douleur déchirante qui lui arracha un cri, Lucas Corta se releva. Le robot vint se placer derrière lui comme un furet domestique en quête d'attention. Lucas aurait adoré l'avoir éloigné d'un coup de pied. Une autre fois, plus tard. Il fit un pas. Une douleur acide monta de son pied droit à son épaule droite. Il serra les dents d'un coup.

Le pas était ferme. Il fallait juste supporter la douleur.

Le robot suivit Lucas Corta sur les dernières dizaines de mètres jusqu'à l'ascenseur.

« Estimez-vous heureux de ne vous être rien cassé, dit la docteure Volikova. Ça aurait pu en être terminé.

— Les os, ça se ressoude.

— Ceux des Terriens, oui. Ceux des Joe Moonbeam. On n'a rien dans la littérature médicale sur ceux des natifs de la Lune avec une densité de type terrestre.

— Vous pourriez écrire un article sur moi.

— C'est ce que je fais.

— Mais j'ai une densité osseuse de type terrestre.

— Celle d'un Terrien septuagénaire atteint d'ostéoporose, oui. Je vais encore devoir augmenter vos doses de calcium. »

Lucas échafaudait déjà un plan sur les fondations des mots « de type terrestre ». Marcher jusqu'à avoir la bonne sensation dans les pieds, le bon balancement dans les hanches. Marcher davantage. Puis marcher trois minutes et courir une minute. Recommencer jusqu'à ce que la douleur devienne supportable. Marcher deux minutes et courir deux minutes. Marcher une minute et courir trois. Courir.

« Alors, le free jazz ? demanda la praticienne.

— Il exige qu'on vienne à lui. Il ne fait pas de compromis.

— Je n'arrive pas à l'aborder. Trop jazz à mon goût.

— Découvrir la beauté demande du travail. »

Lucas n'aimait pas cette musique, mais il l'admirait. C'était la bande-son idéale pour ce qu'il avait à faire alors. Les trucs difficiles. Les trucs qu'il faisait le mieux, qu'il avait toujours faits le mieux, son unique don et son seul talent. Manigancer.

Les gouvernements seraient à tous coups les plus difficiles à manœuvrer, aussi commença-t-il par eux. La Chine, bien entendu, parce que c'était la Chine, mais aussi à cause de son long conflit contre les Sun. Les États-Unis d'Amérique, pour leur richesse, leur animosité ancestrale envers la Chine et parce qu'un empire en déclin est invariablement le plus prompt à défendre son honneur. Le Ghana. Un acteur de second plan, mais qui avait vu ce qu'une poignée de ses citoyens intrépides avait construit sur la Lune et en voulait une partie. Et Accra voulait depuis toujours prendre l'avantage sur Lagos, son voisin plus grand et plus puissant. L'Inde, qui avait raté la ruée vers la Lune et en restait piquée au vif. La Russie, à cause du marché que Lucas avait passé avec VTO et parce qu'il lui faudrait peut-être un jour trahir les Vorontsov. Pour les gouvernements de ces nations, la chute de Corta Hélio était une échauffourée de portée locale sans autre importance que ses conséquences sur les cours de l'hélium 3. Il faudrait qu'il leur apprenne à tous à l'écouter. Il y avait des canaux, des gens à qui s'adresser pour avoir accès à d'autres gens. Et remonter ainsi peu à peu dans la hiérarchie politique. Ce serait difficile et divertissant. Une tâche à laquelle Ornette Coleman fournissait la meilleure bande-son possible.

Tout en explorant l'héritage discographique de John Coltrane, Lucas prit contact avec les firmes terrestres. Celles de robotique, d'accord, mais elles couraient les rues et il en voulait une qui comprenne son offre, tant sur le court que sur le long terme. Les banques et les capital-risqueurs : là, il avança d'un pas prudent, car même s'il connaissait l'argent et ses manières, il n'avait jamais compris les instruments financiers d'une affolante complexité et leurs façons de se positionner les uns par rapport aux autres dans les marchés mondiaux. Ces rencontres furent plus faciles à organiser, et ses interlocuteurs sincèrement intéressés – voire ravis – par l'audace de son plan. Ils s'étaient renseignés sur lui, savaient sa chute. La destruction de Corta Hélio les avait concernés. Ils étaient disposés à écouter un homme de la Lune prêt à donner un an de son temps et de sa santé pour descendre du ciel leur parler.

Chaque jour, alors que le *Saints Pierre et Paul* et ses anneaux tournaient autour de la Lune, il parla à des gens puissants. Nom après nom, il parvint à accéder à des réunions et des tête-à-tête. De sa couchette, il joua les investisseurs contre les spéculateurs, un gouvernement contre un autre. À qui se fier, dans quelles proportions, et jusqu'à quand. Qui trahir, à quel moment et de quelle manière. Qui était susceptible de se laisser acheter, qui faire chanter. Quelle vanité pouvait être flattée, quelle paranoïa entretenue. Les réunions se mettaient en place l'une après l'autre. Lucas aurait besoin de passer au moins trois lunaisons sur Terre.

« Je préférerais quatre », répéta-t-il à la docteure Volikova. Il courait chaque jour sur le troisième cercle, à présent. Il n'était plus dans la fleur de l'âge et se confrontait à un défi physique qui donnerait à réfléchir à un homme deux fois plus jeune. Cela pourrait encore le tuer, ou le mutiler si gravement que même la médecine lunaire ne pourrait pas le guérir.

« Il vous faut un autre mois, répondit-elle. De préférence deux.

— Deux, je ne peux pas me le permettre. Je me souviens vous avoir dit que je descendrai sur Terre au bout de quatorze mois. Il y a une fenêtre, une fenêtre très étroite.

— Un mois.

— Dans un mois terrestre, je descends par l'orbiteur. Et je ne comprendrai jamais Ornette Coleman. »

Ce dernier mois, comme prévu, il se laissa bercer par le jazz afro-cubain. Ces sons et ces rythmes-là lui réchauffaient le cœur, le faisaient sourire. Il pouvait les raccrocher à la bossa-nova. Il apprécia l'insouciance des mélodies de la playlist, mais trouva bientôt le rythme trop normatif, trop direct. Il se sentait obligé d'adopter le même quand il s'exerçait dans le gymnase de l'anneau extérieur et il détestait cela. Il le trouvait trop futile pour le travail qui mobilisait ses dernières journées : son identité et sa sécurité. Valery Vorontsov avait fait de lui un employé de VTO Space et de judicieux pots-de-vin de VTO Earth lui avaient garanti un passeport kazakh. Le peu qu'il restait de sa fortune fut converti de manière qu'il puisse y accéder sans délais ni difficultés. La Terre se méfiait de l'argent en mouvement. À chaque étape, il y avait des contrôles, des questions, des vérifications liées au blanchiment. Lucas en fut offensé. Il n'était pas un petit baron de la drogue ni un vilain despote mineur. Tout ce qu'il voulait, c'était récupérer son entreprise. C'était une tâche fastidieuse et irritante dont il ne voyait jamais la fin, mais qui semblait toujours avoir besoin qu'il s'identifie ou explique une fois de plus sa situation.

« C'est dans ce vaisseau-là que ma mère est montée sur la Lune, dit Lucas à la docteure Volikova pendant sa dernière évaluation préparatoire au vol.

— Ça remonte à cinquante ans. Il a beaucoup changé, depuis.

— Uniquement par des ajouts et des reconfigurations. Vous n'avez rien enlevé.

— Qu'est-ce que vous voulez, Lucas ?

— J'aimerais dormir dans la même couchette que ma mère.

— Je ne veux même pas me lancer dans ce que ça implique sur le plan psychiatrique.

— Faites-moi ce plaisir.

— Ce ne sera pas pareil.

— Je sais. Faites-moi ce plaisir.

— Ça doit être enregistré quelque part. Les Vorontsov n'oublient rien. »

Anneau numéro 3, quadrant bleu, 34 droite. La docteure Volikova ouvrit la cabine personnelle. Lucas la trouva un peu plus grande que la capsule dans laquelle il était arrivé au cycleur. Il se tira à l'intérieur, s'allongea tout habillé sur la couchette : ôter ses vêtements lui était trop difficile pour le moment. La couchette était souple et ferme, la cabine bien équipée et, à chaque instant, il n'avait conscience que d'une seule chose : la pesanteur. Qu'il devrait subir pendant plusieurs mois. Sur le vaisseau, il pouvait s'échapper dans l'anneau central, ou même l'intérieur, celui à pesanteur lunaire, quand la gravité devenait trop difficile à supporter. Sur Terre, il ne disposerait pas d'une telle échappatoire. Cela l'effrayait. La cabine était petite et confortable. Lucas aimait les espaces exigus, les nids et les cavités : il avait vécu toute sa vie enfermé sous des toits. Ce monde en bas avait un ciel. Était ouvert à l'espace. Lucas avait peur de l'agoraphobie. Il avait peur de tout. Il n'était pas prêt. Ne le serait jamais. Personne ne pouvait l'être. Il n'avait pas d'autre choix que se fier aux talents qui l'avaient conduit là, qui l'avaient sauvé de la chute de Corta Hélio.

Ce qui serait suffisant.

Avant de sombrer dans un difficile sommeil, il se remémora les visages. Lucasinho. Si beau garçon, si perdu. Ariel, en réanimation après être passée à un nerf de se faire tuer par une lame. Carlinhos à la fête de course-Lune de Lucasinho, aussi grand et aussi large que le ciel, traversant la pelouse le sourire aux lèvres et le casque de combiAS sous le bras. Rafa. Toujours brillant. Rafa qui riait. Ses enfants autour de lui, ses okos à ses côtés, il riait. Adriana. Lucas n'arrivait qu'à se la représenter de loin, à la porte de la nursery, dans son pavillon préféré au milieu des visages de pierre des orixás de

Boa Vista, à l'autre extrémité de la table du conseil.

Cette nuit-là et les quatre suivantes, il dormit dans la vieille cabine. Ses rêves furent des rêves de lourdeur, de suées, de hurlements. Comme ils le seraient toujours, sous une pesanteur étrangère.

Le matin du cinquième jour, il descendit sur Terre.

Sa cravate fit regimber l'équipe du sas : elle allait flotter, elle allait l'étrangler, elle allait être dangereuse pour les autres. Lucas en resserra le nœud jusqu'à ce qu'elle soit la pointe d'un couteau sur sa gorge, à la mode de la fin des années 2010. Complet trois pièces à étroite coupe droite Thom Sweeney gris moyen, revers de trois centimètres.

« Je ne vais pas débarquer sur Terre comme un clochard des hauts-fonds de Bairro Alto », déclara-t-il. Il défit le bouton inférieur de son gilet.

« C'est ce qui vous arrivera si vous vous vomissez dessus. »

Le sas se referma. La pression sembla mettre une éternité à atteindre celle de la capsule de transfert. La peur pulsait dans la cage thoracique de Lucas. Le costume lui avait servi à se changer les idées, à refouler l'appréhension. À redevenir Lucas Corta. Treize lunaisons entre les mondes – une de moins que ce qu'il avait planifié –, treize lunaisons de géopolitique et d'économie globale, de tractations et de soigneux pots-de-vin, de compréhension et d'exploitation des antagonismes, d'entraînement acharné, l'avaient conduit à cela. La pointe de la lame. Du vaisseau à la capsule. De la capsule à la bride. De la bride au lanceur orbital. Du lanceur à la Terre. Dans moins de quatre heures, ce serait terminé. Ce qui ne lui apportait aucun réconfort.

Le sas s'ouvrit. Lucas s'agrippa à une poignée et se propulsa d'un coup de pied dans la capsule.

Adieu humiliation, vêtements fonctionnels et jazz du milieu du vingtième siècle.

La capsule de transfert était un cylindre aveugle de vingt mètres complètement automatisé. Dix rangées de sièges. La docteure Volikova s'aida d'une poignée pour venir s'installer à côté de lui.

« Vous aurez besoin de votre médecin.

— Merci. »

Cinq autres passagers, puis le sas se referma. Il y avait toujours moins de monde en descente qu'en montée. Consignes de sécurité, superflues ou inefficaces. Toquinho étant connecté à l'IA de la capsule, Lucas avait accès aux caméras extérieures. Il jeta un coup d'œil à l'énorme monde bleu en dessous, puis ferma ces fenêtres. Il lança une playlist de bossa-nova classique dont la composition lui avait pris beaucoup de temps. Des morceaux qu'il connaissait, qu'il adorait, qu'il avait demandé à Jorge de lui jouer, dans la meilleure salle d'écoute des deux mondes.

Toute une série de claquements, puis des secousses. Et le silence. La capsule s'était détachée du *Saints Pierre et Paul*, petit amas de vies en train de tomber vers un monde bleu. Il s'était renseigné sur le transfert. Il savait de quelle manière cela fonctionnait. Tout était affaire de chute contrôlée. Il demanda à Toquinho une modélisation de la bride de transfert en train de tournoyer autour du limbe de la planète. Les schémas le réconfortèrent.

Il fut tiré du sommeil par un choc qu'il sentit à travers la coque. La bride s'était raccordée. Le fond de son estomac se déroba, la pesanteur s'établit tandis que la bride accélérait la capsule pour la mettre en orbite de rendez-vous avec le lanceur. Lucas avait déjà effectué un transfert par bride, pour fuir la Lune, quand la boucle lunaire l'avait attrapé au sommet de la tour afin de le lancer en orbite de transfert avec le cycleur. L'accélération avait culminé à trois ou quatre gravités lunaires. Cette fois, cela allait bien au-delà. Lucas sentit ses lèvres découvrir ses dents, ses yeux s'écraser dans leurs orbites, le sang s'accumuler dans sa nuque. Il n'arriva plus à respirer.

Puis ce fut à nouveau la chute libre. La bride avait relâché la capsule, laissant Lucas tomber vers le rendez-vous avec le lanceur orbital. Que Toquinho lui montra : une improbable beauté d'ailes et d'aérodynamisme qui évoquait un être vivant, très étrangère au sens esthétique de Lucas habitué aux machines conçues pour opérer uniquement dans le vide. L'avion spatial ouvrit ses portes de soute. Les micropropulseurs se déclenchèrent pour orienter la capsule. Lucas observa le bras manipulateur se déployer depuis l'orbiteur et venir saisir l'anneau d'amarrage. Il ressentit une minuscule accélération, aussi légère que celle d'un ascenseur, quand le bras les tracta jusque dans la soute. Le voyage spatial était sensations tactiles, déclics et petits chocs, légères secousses et brefs ballottements. Vibrations dans ses accoudoirs.

Lucas énuméra les nombres dans sa tête. 150.

L'altitude en kilomètres de l'orbite du lanceur. 37. Le nombre de minutes avant la combustion qui leur ferait quitter cette orbite. 23. La durée en minutes de la traversée de l'atmosphère. 1 500. La température en degrés Celsius qu'atteindrait la coque en céramique de l'appareil pendant la rentrée dans l'atmosphère. 350. La vitesse en kilomètres-heure à l'atterrissage. 0. Le nombre de membres d'équipage qui pourraient prendre les commandes si quelque chose tournait mal.

La cabine eut une brève secousse, puis une autre, puis une très longue. La combustion pour quitter l'orbite. Un poing de pesanteur se referma sur le crâne de Lucas en tentant de l'attirer dans le plafond. La décélération était brutale. L'orbiteur eut un à-coup. Les doigts de Lucas Corta s'enfoncèrent dans les accoudoirs, mais il n'y avait rien à quoi s'agripper, rien de fiable et de fixe. Son cœur voulut mourir. Lucas ne pouvait pas supporter cela. Il s'était trompé depuis le début. Il avait été un idiot vaniteux. Un homme de la Lune ne pouvait pas aller sur Terre. La Terre meurtrière. Des cris d'une peur ultime lui palpitèrent dans la gorge, incapables d'échapper à l'écrasante pesanteur.

Les secousses s'intensifièrent, des cahots dans un sens ou dans l'autre qui envoyaient Lucas en chute libre avant de l'écraser un instant plus tard contre les sangles de son harnais, si violemment qu'elles lui laisseraient des contusions. Vint ensuite une vibration à haute fréquence, comme pour réduire en poudre l'appareil et sa cargaison d'âmes.

Il trouva une main, la serra si fort qu'il en sentit les

os se déplacer sous la peau. Il tint cette main, la tint comme s'il n'y avait rien d'autre de sûr et de solide dans les grondements et les secousses du monde.

Puis ces chocs cessèrent et il sentit la gravité, la véritable gravité sous son corps.

Nous sommes en vol atmosphérique, annonça Toquinho.

« Montre-moi », croassa Lucas. Une fenêtre recouvrit les dossiers des sièges et les panneaux d'avertissement de la capsule grise. Il était assez haut pour voir la courbure de la planète. Cela s'étendait à perte de vue, aussi délicat et vaste qu'une vie. Le ciel au-dessus de lui prit une teinte indigo. Plus bas, plusieurs couches de nuages se fondaient en une brume jaune terne. Il aperçut du bleu cendré. *Un océan*, comprit-il. Beaucoup plus grand, plus formidable et plus calme que ce qu'il avait imaginé. Le lanceur orbital traversa la plus haute des couches nuageuses. Lucas reprit son souffle. Le sol. Une ligne marron aperçue entre les nuages.

Pour s'être renseigné, il savait qu'ils arrivaient au-dessus du Pérou et parcourraient encore deux mille trois cents kilomètres avant d'atterrir. Derrière le marron du désert côtier apparut soudain le foncé de montagnes dont la chaîne constituait la colonne vertébrale de tout le continent. Les Andes. Le cœur de Lucas Corta bondit quand la neige leur renvoya la lumière du soleil. Au-delà s'étendaient les vestiges de la grande forêt : des parcelles vert foncé au milieu de l'or et du vert clair des cultures, d'autres chamois ou brun-gris là où la terre était morte. Ces panaches, étrangement bas et tronqués à ses yeux, devaient être de la fumée et non de la poussière. D'imposants nuages montaient en bouillonnant des terres en train de cuire. La couche nuageuse inférieure s'étendait sous l'appareil. Lucas retint son souffle quand ce dernier descendit d'un coup vers, puis dans celle-ci. Du gris, vision bouchée. L'orbiteur tressauta. Des trous d'air. Ils ressortirent des nuages et Lucas Corta fut stupéfait. Argenté de soleil, puis doré : le grand fleuve, jaune de limon. Le lanceur orbital le suivit vers l'est en survolant un entrelacs d'affluents et de sous-affluents. Émerveillé, Lucas s'efforça de discerner un motif dans leurs boucles et méandres. Une alerte de Toquinho, qui disait quoi ? Il n'avait pas fait attention. Combien de minutes avant l'atterrissage ?

Un autre grand cours d'eau, du noir se mêlant à l'or, et à leur confluent, un étalage d'activités humaines. Des milliers de reflets quand la navette passa au-dessus de… d'une ville, se rendit-il compte. Le spectacle lui serra la gorge. Une ville, entre les deux cours d'eau, sans toit, ouverte sur l'univers, s'étalant sur la surface. Énorme au-delà de l'imaginable. Ces lacis de lumières aux endroits où les nuages ne masquaient pas le sol ne donnaient aucune indication sur l'étendue et l'épouvantable splendeur des grandes villes de la planète.

L'avion spatial vira sur l'aile. Lucas grinça des dents quand les forces de gravité s'en prirent à lui. L'appareil décrivait des cercles afin de perdre de la vitesse avant d'atterrir. Lucas entendait l'air à l'extérieur, comme des mains sur la coque. Il entrevit la longue piste sur laquelle ils allaient se poser, la ville, penchée à un angle inquiétant, la jonction des deux cours d'eau. Le noir et l'or s'y côtoyaient sur de nombreux kilomètres sans se mélanger. Lucas trouva l'effet charmant. Ses connaissances en hydrodynamique terrestre ne lui permettaient pas de savoir s'il était banal ou spectaculaire. Qu'étaient donc ces objets en mouvement sur l'eau ?

Atterrissage dans dix minutes, informa Toquinho.

« Lucas, appela la docteure Volikova.

— Quoi ?

— Vous pouvez me lâcher la main, maintenant. »

Ils repassèrent au-dessus de la ville et de l'eau, plus bas. L'avion spatial se redressa. L'atterrissage commençait. La piste était droite et juste devant lui. Lucas sentit le train sortir et se verrouiller. L'appareil releva le nez pour se laisser brutalement tomber sur ses roues arrière, le posa avec davantage de délicatesse.

La Terre. Lucas était sur Terre.

La docteure Volikova intercepta la main avec laquelle il voulait se détacher.

« On n'est pas encore arrivés. »

Lucas Corta eut l'impression que le lanceur orbital bringuebalait pendant une éternité sur les taxiways. Il le sentit s'immobiliser. Il entendit des mouvements à travers la coque, perçut d'inexplicables vibrations et petits chocs sourds.

« Comment vous sentez-vous ? demanda la femme médecin.

— Vivant.

— J'ai prévu une équipe médicale et un fauteuil roulant.

— Je sortirai de ce vaisseau sur mes deux jambes. »

La praticienne sourit, puis Lucas sentit le tangage qui indiquait sans doute possible qu'une grue avait sorti la capsule de l'orbiteur.

« Sur mes deux jambes », insista-t-il.

Des tenons s'enclenchèrent, des verrous tournèrent. L'écoutille s'ouvrit. Lucas cligna des yeux dans la lumière de la Terre. Il s'emplit les poumons de l'air de la Terre, de ses odeurs de détergent, de plastique, de corps humains, de crasse, d'électricité.

« Je peux vous aider ? » demanda la docteure Volikova depuis l'écoutille. Les autres passagers avaient déjà débarqué, avec la nonchalance de travailleurs postés descendant de l'express Peary-Aitken.

« Je vous préviendrai en cas de besoin.

— Le temps presse, Lucas. »

Une fois seul, Lucas plaqua les mains sur les accoudoirs. Inspira l'air respiré, nettoyé. Transféra son poids sur ses avant-bras, se pencha en avant, poussa. Les muscles de ses cuisses prirent le relais : un mouvement insensé. Qui, sur la Lune, l'aurait propulsé dans les airs, l'aurait envoyé percuter le compartiment à bagages au-dessus de sa tête. Sur Terre, cela le mit debout. D'abord la main droite, puis la gauche. Il lâcha les accoudoirs, se retrouva sans point d'appui. Rien qu'un instant : il n'avait pas beaucoup d'espace, n'arriverait pas à avancer dans l'allée sans ses mains. Le poids était horrible, insupportable, impitoyable, il attendait que Lucas perde l'équilibre pour l'écraser sur le sol. *Les chutes vous tueront*, l'avait prévenu la docteure Volikova.

Il faillit d'ailleurs tomber, en effectuant ce premier

pas dans l'allée. Il avait appris à marcher dans une pesanteur terrestre provoquée par la rotation des anneaux d'habitat du *Saints Pierre et Paul*, et donc avec le léger décalage des forces de Coriolis engendrées par ladite rotation. Lucas fit porter son poids sur son pied et ce poids ne fut pas là où il le fallait. Il chancela, s'appuya à l'accoudoir, retrouva l'équilibre.

Il parvint à l'écoutille. La lumière l'aveugla. Il distingua un tube de débarquement, avec à son extrémité la docteure Volikova, des infirmiers et un fauteuil roulant.

Il refusait d'arriver sur ce monde en fauteuil roulant. Il inspira une grande bouffée d'air terrestre. Il pouvait respirer. En toute liberté.

« Lucas ? » appela la docteure Volikova.

Lucas Corta se remit en marche, un pas hésitant après l'autre, jusqu'à l'extrémité du tube.

« Une canne, réclama-t-il. Imprimez-m'en une. Avec une poignée argentée.

— Nous ne disposons pas d'imprimantes aussi élaborées que vous », répondit un jeune homme solennel vêtu d'un vilain costume. Lucas plissa les yeux pour déchiffrer son nom sur le badge fixé à sa poche. Badge qui nuisait à la ligne de la veste, mais c'était un costume médiocre et bon marché. Abi Oliviera-Uemura. VTO Manaus. « Nous pourrons peut-être vous en procurer une demain.

— Demain ? »

Lucas s'arrêta devant une fenêtre. L'air vibrait de chaleur au-dessus du béton rainuré de l'aire de stationnement et de la piste. Le lanceur orbital était une fléchette noire, belle et mortelle, une arme plutôt qu'un engin spatial. À l'autre bout de l'aérodrome, plus loin que n'importe quel horizon sur la Lune, un trait sombre et irrégulier au-dessus d'une ligne de liquide. Toquinho les lui aurait agrandis, mais Toquinho était une lentille inactive dans son œil, un silence dans son oreille. Des arbres, présuma Lucas, qui sortaient d'une brume de chaleur. Quelle température faisait-il, à cet endroit ? La lumière brûlait les yeux. Et le ciel montait et montait, tant de ciel, si haut. Ce bleu. Il était terrifiant, vertigineux. Lucas mettrait longtemps à ne plus se sentir agoraphobe sous le ciel de la Terre.

Il redressa les épaules. « Le Brésil, donc », dit-il.

Vu de l'unique fenêtre de la suite de quarantaine, le Brésil était fait de citernes, d'antennes paraboliques, de panneaux solaires et d'une fente de béton brun grisâtre, d'un trait d'union d'arbres et d'un bout vertical de ciel. Des nuages venaient parfois perturber cette abstraction de bleu, de vert et de chamois. C'était l'Amazonie, la forêt pluviale. Qui semblait plus sèche que l'océan des Tempêtes.

VTO refusait de laisser Toquinho se connecter à son réseau, aussi Lucas dépendait-il d'un accès à distance à l'information, comme dans l'ancien temps. Ses contacts lui envoyaient chaque jour des messages, réclamant des appels, des audioconférences, des rencontres physiques. *Je suis en sécurité, je vais bien*, répondit-il. *Je vous recontacte très vite.*

Les séances quotidiennes de mise en forme étaient plus ennuyeuses et plus décourageantes que jamais. On lui avait affecté un coach sportif, Felipe. Qui parlait uniquement de mouvements, de muscles et de reps. Peut-être sa conversation était-elle limitée par le masque chirurgical qu'il portait. C'est la docteure Volikova qui avait tenu à cette protection. Malgré la dizaine d'inoculations et de phages dans son système immunitaire, Lucas restait vulnérable à une centaine d'infections et de pandémies. Les séances se déroulaient dans la piscine du centre. *La piscine est votre amie*, disait Felipe. *Elle soutient votre masse corporelle. Elle fait efficacement travailler tous les principaux groupes musculaires.*

Lucas dormait oppressé par l'odeur de chlore. La pesanteur était difficile et impitoyable, mais c'était une ennemie qu'il connaissait. Les afflictions mineures cherchaient à l'avoir à l'usure. La toux profonde qui produisait des glaires sombres et pleines de poussière. La diarrhée provoquée par le changement d'eau et de régime alimentaire. La rhinite et la conjonctivite par la succession d'allergies. La lenteur avec laquelle il devait se lever pour empêcher que le sang lui descende d'un coup de la tête. La manière dont ses pieds enflaient dans ses chaussures. Le fauteuil roulant. La douleur atroce quand il devait se pencher. Le fait de ne rien comprendre à ce que disaient les gens. Ce n'était pas le portugais qu'il connaissait, modulé d'espagnol, enrichi d'une centaine de mots et phrases empruntés à trente autres langues. L'accent était bizarre et quand il essayait de parler globo, les gens haussaient les sourcils en secouant la tête.

La viande dans ses repas, qui lui donnait d'horribles crampes d'estomac.

Le sucre dans les sauces, les boissons, le pain.

Le pain. Son système digestif ne l'acceptait pas.

La certitude que son coach, son valet de chambre, ses jeunes et charmants assistants personnels VTO l'espionnaient.

« Il faut que je travaille, se plaignit-il à la docteure Volikova.

— Patience. »

Le lendemain, le valet de chambre lui dit de se doucher et de se raser, l'aida ensuite à enfiler un bon costume et l'installa confortablement dans le fauteuil roulant. En franchissant la porte, Lucas saisit la canne à poignée argentée qu'il avait réclamée. Une fois sa fierté ravalée, une fois accepté le fait qu'il ne pouvait pas tout le temps se passer du fauteuil roulant, cette canne jouait un rôle de théâtre. Le domestique le poussa par des couloirs aveugles, puis dans un tunnel d'embarquement jusqu'à un cylindre rempli de sièges.

« Qu'est-ce que c'est ? lui demanda Lucas Corta.

— Un avion. Vous allez à Rio. »

Les nuages le stupéfièrent. Ils longeaient le bord océanique du monde, couches et zébrures qui devenaient raies, hachures et pointillés évoluant tous à l'extrême limite de sa perception du changement. Il les quitta des yeux pour regarder les lumières qui apparaissaient quartier après quartier, rue après rue, et lorsqu'il s'intéressa à nouveau aux nuages, ceux-ci avaient changé de forme. Des écheveaux lilas bordés d'un pourpre qui prenait une couleur plus sombre et plus proche de celle d'une contusion au fur et à mesure que la lumière désertait le ciel, se transformait en indigo et en bleus que Lucas n'aurait pu nommer et n'avait jamais vus de sa vie. Pourquoi voudrait-on faire quoi que ce soit d'autre qu'observer les nuages ?

La chaleur deviendra supportable dans la soirée, le prévinrent les employés de l'hôtel. Sa suite était confortable et bien équipée. Toquinho s'interfaça sans difficultés au réseau local, même si Lucas ne doutait pas qu'une dizaine de systèmes de surveillance transmettaient ses mots et ses actes à une centaine d'observateurs. Il travailla sans s'arrêter et avec profit, organisant des réunions téléphoniques ou physiques, mais son attention dérivait vers la fenêtre, elle dérivait vers la rue et la brume de chaleur sous laquelle la chaussée et la circulation automobile semblaient se changer en vif-argent, elle dérivait aussi vers l'océan, les îles et la marche des vagues jusqu'à la plage. Il n'avait jamais souffert de claustrophobie sur la Lune. Cette suite d'angle dans le légendaire Copacabana Palace était une oppression dorée.

Ses soirées, quand la chaleur diminuait, il les passait dans la piscine à remous. *Privilégiez l'eau*, lui avait conseillé Felipe. Lucas sentait la gravité lui glisser des épaules, tandis que, ôtant des vêtements qui ne lui avaient jamais paru lourds auparavant, il s'insinuait dans le bassin en balcon. Il était dehors, dans l'air, dans le monde. Avec une vue superbe. En se déplaçant un peu à droite, il voyait les favelas monter derrière lui sur les collines. Dans le crépuscule déclinant, leurs lumières, venant des fenêtres, rues et escaliers, formaient un entrelacs irrégulier de couleurs, contraste chaotique à l'organisation stricte de Copa, impeccable et coincé entre Tabajaras et l'océan. Ce lacis lumineux était troué d'obscurité aux endroits où la pente mettait en échec même l'ingéniosité des constructeurs du bidonville officieux. Ou aux endroits des pannes de courant. Un million de personnes vivaient dans quelques kilomètres carrés. Qu'elles soient si près réconfortait Lucas. Les favelas, chaque jour plus proches d'une maison, d'une pièce, d'une extension, lui rappelaient les quadras étagés à João de Deus, les grands canyons de plusieurs kilomètres de profondeur à Méridien.

Le serveur lui apporta un dry martini. Il en but une gorgée. Bien entendu, la boisson fit docilement ce qu'elle devait faire. C'était le gin le plus rare dont disposait le palace, mais cela restait un alcool standard produit en série et bien que d'un petit lot, le vermouth était commercial. Des boissons de masse pour des marchés de masse. Privé de la certitude que personne d'autre sur les deux mondes ne buvait ce qu'il buvait, il était incapable d'apprécier ce cocktail.

Il n'y avait presque plus de lumière dans l'indigo. Le verre de Lucas se figea sur ses lèvres. Une lueur tout à l'est du monde, qui se répandait de derrière l'horizon. Une lèvre argentée embrassa l'océan. Lucas regarda la Lune s'extraire des flots. Le moindre mythe, la moindre superstition et déesse : il y croyait. Là résidait la véritable divinité. Une ligne lumineuse apparut sur l'océan entre la Lune et l'homme de la Lune. L'astre se détacha de l'océan. Il était dans son premier croissant : Ole Ku Kahi. Les jours de la Lune étaient gravés en lui comme en chaque natif de la Lune, mais pour la première fois de son existence, il les comprenait comme ils avaient été baptisés : depuis la Terre, en regardant les diverses phases.

« Tu es si petite », lui murmura Lucas alors qu'elle quittait l'horizon pour s'accrocher dans le ciel. Du pouce, il pouvait masquer ce monde en croissant, et avec lui, tous les êtres humains qu'il avait connus ou aimés. Lucasinho : fini. Les mers, les montagnes, les grands cratères, les villes et voies ferrées : finis. Les milliards de traces de pas laissées par les hommes en soixante-dix ans de présence sur la Lune… finies.

Lucas vit Dame Lune telle que sa mère l'avait vue, presque un siècle plus tôt : Iemanjá, son orixá personnel, ouvrant un chemin argenté sur la mer et l'espace. Et c'était tout ce qu'avait jamais vu Adriana, cette face-là de Dona Luna, toujours changeante, mais ne se détournant à aucun moment. La manière de voir de Lucas s'inversa. La Terre était un enfer terrible et implacable. La Lune était espoir. Un espoir vague, limité, qu'on pouvait cacher d'un simple pouce levé, mais il n'y en avait pas d'autre.

Un nuage effilé passa devant le croissant, frangé d'argent. Le ciel s'agrandit autour de Lucas Corta. La Lune n'était pas un ornement sans valeur au bord du monde. Elle était distante et intouchable. Le nuage devant elle était magnifique et désolant.

Il faisait désormais nuit noire, avec la Lune haut dans le ciel. S'étant habitués à l'obscurité, les yeux de Lucas distinguèrent des détails sur le croissant incliné. La moufle avec pouce de Fecunditatis et Nectaris, la paume de Tranquilitatis, une partie du poignet de Serenitatis. Le gant de combinaison, selon le folklore sur la Lune. La pupille sombre de Mare Crisium, avec les hauts plateaux si brillants au sud-est. Il repéra un rayon lumineux qui sortait du cratère à Tycho. Ces endroits, ces noms, il les regardait sans passion, d'une distance astronomique. Il voyait à présent de minuscules lumières éparpillées sur la partie obscure de la Lune. Des étincelles groupées le long de l'équateur : les colonies et habitats qui suivaient la ligne Équatorial Un. Et ce nœud de lumières, là, c'était Méridien, au milieu de la face visible, ce qui en faisait le point le plus proche de la Terre. L'œil de Lucas descendit vers le sud : quelques scintillements dans l'obscurité du pôle. Reine-du-Sud. Des lueurs éparpillées le long de la ligne qui joignait les deux pôles. Avec un grossissement, il discernerait même les trains. Ces lumières vives dans le noir, au bord de la zone sud, devaient être les fermes de miroirs de Twé. Creuset, ce qu'il y avait de plus brillant à la surface de la Lune, ne serait pas visible dans cette phase, placé droit sous le soleil derrière l'épaule de la Lune.

Plongé jusqu'au cou dans l'eau qui le soutenait, Lucas Corta termina son dry martini de qualité inférieure sous les lumières des villes de la Lune.

4

Balance 2105

C'est dans cette pyramide noire posée sur le Marais de la Putréfaction qu'il est né, il y a de cela cinquante-trois ans. Duncan Mackenzie passe le doigt dans l'épaisse couche de poussière qui recouvre le bureau. Elle contient des cellules de peau morte qui ont été à lui : chaque fois qu'il inhale de la poussière, il inhale aussi son enfance. Adrian porte un masque antipoussière, Corbyn Vorontsov-Mackenzie éternue de manière théâtrale, mais Duncan ne pouvait réunir son conseil nulle part ailleurs qu'à Hadley. La première forge des Mackenzie.

Il pose sa main droite à plat sur le bureau. Espérance expédie l'ordre muet dans tout le système nerveux de la vieille ville. Duncan sourit en sentant les vibrations naître sous ses pieds : des systèmes s'activent, contrôlent, démarrent. Des lumières s'allument, un corridor vide d'air après l'autre. L'étanchéité s'établit, l'atmosphère se rue dans le vide. Des éléments enfouis et des projecteurs font monter la température restée à un froid lunaire. Cavité après cavité, système après système, Duncan

Mackenzie bâtit son capital. Une fois la famille en sécurité, une fois la compagnie solide, implantée, il laissera le destin funeste de Creuset peser sur lui de tout son poids. D'ici là, quelqu'un doit porter sur son dos les poutres du toit. Quelqu'un doit partager l'air jusqu'à ce que tout le monde se soit échappé du rover.

« Bryce déménage ses activités à João de Deus, annonce Youri Mackenzie. Les responsables d'exploitation à Tranquillité ont reçu l'ordre de livrer les codes de contrôle.

— Il n'a pas le droit, ce connard, réagit Denny Mackenzie.

— Mon frère prépare une prise de pouvoir, dit Duncan. Il est obligé de choisir l'hélium. On a le seul haut fourneau de terres rares sur la face visible. Si on ne perd pas de temps, on peut tuer ça dans l'œuf. On a qui sur place dans Tranquillité et dans Fécondité Est ? »

Denny Mackenzie liste des équipes, des lève-poussière, des ressources. Ses nouvelles dents en or déconcentrent Duncan. Il en a perdu deux en fuyant Creuset. Duncan espère qu'avec sa lame il a accordé une mort rapide et indolore au pauvre type à qui il a arraché sa place.

« Combien sont dignes de confiance ? » demande-t-il.

La liste se réduit de moitié.

« Prends vingt jackaroos costauds et récupère-moi ces extractrices. Prives-en Bryce. Par tous les moyens que tu juges appropriés.

— Retourner leurs armes contre eux », répond son fils. Duncan se souvient de cette maxime.

Hadley Mackenzie, son demi-frère, enseignait à Robson Corta comment se battre, dans les puits de lumière éclatante de la salle des Couteaux de Creuset. En trois mouvements, il avait désarmé et immobilisé le garçon, qui s'était retrouvé avec la pointe de sa propre lame sur la gorge. Un garçon de onze ans. Dame Lune est inconstante. Elle adorait les Corta, si chanceux, si tape-à-l'œil. Elle n'a jamais été gentille avec les Mackenzie. Hadley est mort du couteau de Carlinhos Corta. Carlinhos est mort de celui de Denny pendant la chute de João de Deus. Dame Lune met à l'épreuve ceux qu'elle aime.

« Et envoyez des équipes sur Crisium, continue Duncan. Youri, tu t'en charges. Pas question que je perde deux fois Mare Anguis. »

Denny est déjà dans l'ascenseur. Il va passer des contrats, rassembler des équipes et du matériel pour frapper vite et fort. La faille de Bryce, c'est qu'il n'a jamais compris le côté physique. Les codes, les ordres, les commandes, les analyses, voilà sa manière. Des lève-poussière sur le terrain, des bottes sur le régolite sont toujours plus forts. Duncan enfoncera son couteau dans cette faille et le remuera jusqu'à ce que le sang coule à flots.

« Adrian, appelle-t-il.

— Papa. »

L'Aigle de la Lune est reparti se poser dans son aire à Méridien, mais Adrian est venu à Hadley. La famille est ce qui tient bon quand le fer pleut.

« J'ai besoin que tu nous donnes la LDC. »

Adrian Mackenzie hésite. Duncan lit une dizaine d'émotions dans les muscles autour de sa bouche.

« L'influence de l'Aigle sur la Lunar Development

Corporation n'est plus ce qu'elle était. L'Aigle et elle ne partagent pas la même opinion sur certains points. »

Une réponse détournée d'oko de diplomate.

« Qu'est-ce que ça veut dire ? » demande Duncan juste avant qu'intervienne Vassos Palaeologos, ex-régisseur de Creuset, désormais celui de Hadley.

« Monsieur Mackenzie. »

Serviteur accompli, Vassos ne se serait pas immiscé dans la conversation s'il n'avait des nouvelles de la plus haute importance.

« Je vous écoute. »

Vassos est un homme de petite taille au teint cireux et au crâne de plus en plus dégarni. Son familier représente les cercles concentriques bleus du matiasma, l'œil qui chasse le mal.

« La station Méridien annonce la mort de Wang John-Jian. »

John-Jian était le meilleur ingénieur de production de la Lune. Duncan s'était assuré de sa loyauté durant la commémoration à Kingscourt. C'est un sacré coup dur.

« Comment ? Qu'est-ce qui s'est passé ?

— Sur la plate-forme. Un insecte ciblé. »

Des drones-insectes cyborg, armés de toxines qui tuent en quelques secondes, sont caractéristiques des Asamoah, mais personne dans la petite salle de contrôle de Hadley ne croit un instant qu'AKA a entériné cet assassinat. L'insecte a été la solution choisie parce qu'il est petit, silencieux, précis et cruel, et qu'il n'y a aucun risque de coûteux dommages collatéraux susceptibles d'indemnisations. Ce qui ressemble beaucoup à Bryce Mackenzie.

Frapper vite et fort. Frapper vite. Bryce est passé sans mal de la rivalité à la guerre. Espérance contacte le familier de Denny. Le jeune homme est en pleine accélération, il sort de sous la grande pyramide noire haute d'un demi-kilomètre le long de la ligne polaire Aitken-Peary.

« J'ai cinq équipes au complet. Des jackaroos sur qui on peut compter.

— Beau travail, Denny. Je veux que ce soit vite terminé. Étripe-moi ce connard. » Des murmures d'approbation et des *ouais* à voix basse dans la pièce. Duncan tend la main. « L'un d'entre vous refuse-t-il de me reconnaître comme le directeur général de Mackenzie Metals ? »

Youri est le premier à serrer sa main. Corbyn, Vassos. Et Adrian en dernier.

« Je te soutiens, papa. » Mais il ne regarde pas Duncan et fuit le contact oculaire que recherche celui-ci. *Es-tu avec moi, mon fils ? Tu n'es pas avec Bryce, mais avec qui es-tu ? Tu me serres la main, mais prêtes-tu allégeance ?* Si Bryce a l'entreprise, Duncan a la famille.

Un dernier instant de théâtre. Duncan Mackenzie aime en dénicher dans le quotidien, transformer des présentations en spectacles, découvrir du mélodrame dans les réunions. Le gris dont il est en permanence vêtu de la tête aux pieds est un effet calculé, tout comme la sphère gris chatoyant d'Espérance. Un ordre muet et, derrière lui dans la salle de contrôle de Hadley, les volets fermés depuis une éternité coulissent. Les fentes solidement vitrées dans les épais murs frittés et pentus de Hadley leur offrent de prodigieuses vues sur le Marais de la Putréfaction où des milliers d'objets sombres attendent.

Les miroirs se réveillent.

Hadley se dresse au milieu de cinq mille miroirs. Sur un nouvel ordre de Duncan Mackenzie, des mécanismes restés longtemps immobiles grincent et crissent, leurs moteurs et vérins encombrés de poussière. Les miroirs pivotent par à-coups pour capter le soleil. Ils renvoient collectivement un éclat si brillant que les occupants de la salle de contrôle lèvent vivement la main pour se protéger les yeux, le temps que le verre photochromique réagisse et rende supportables les rayons de lumière poussiéreuse. Le soleil a toujours été la puissance des Mackenzie. Le champ de miroirs de Hadley avait fait l'envie de deux mondes, avait constitué le summum de la technologie de fonderie solaire, mais cela n'avait pas suffi pour Robert Mackenzie. Pendant les quatorze jours de la nuit lunaire, ses miroirs restaient dans l'ombre, son haut fourneau froid. Il en avait conçu un autre qui ne s'arrêterait jamais, dont le soleil serait toujours au zénith des miroirs. Il avait construit Creuset. Les Sun se glorifient de leur palais élancé, le palais de Lumière éternelle. Ils ne font pourtant que profiter d'une heureuse conjonction d'endroit et de sélénographie. Les Mackenzie, eux, ont inventé leur midi perpétuel. Pour le créer, ils ont modelé la Lune elle-même.

Les miroirs se verrouillent dans la bonne position et cinq mille faisceaux convergent sur les hauts fourneaux au sommet de la pyramide sombre. Même par pleine lune, ce sera visible de la Terre : une étoile qui soudain scintille dans le gris de Palus Putredinis.

Duncan Mackenzie ferme les yeux, ce qui n'empêche pas la lumière de rougir et chauffer ses paupières. Il les ferme pour affiner ses perceptions. C'est très léger, mais impossible à manquer quand on l'a isolé du bourdonnement produit en arrière-plan par la ville en éveil. Un vieux souvenir corporel : la vibration omniprésente produite par les métaux liquides en se déversant des hauts fourneaux dans le gosier en matériau réfractaire au centre de la pyramide.

Il se tourne vers son conseil.

« Mackenzie Metals reprend du service. »

L'appel de détresse parvient aux vitriers de l'équipe Lucky Eight Ball alors qu'elle se trouve à 500 kilomètres de Méridien. Cela fait une lunaison qu'elle est dans les hauts plateaux à l'est de Tranquillité à s'occuper de l'extrémité nord du champ de panneaux solaires : elle vérifie que les machines à fritter fonctionnent correctement, se charge de la maintenance et des réparations, produit des rapports et des analyses. C'est un travail bien payé et ennuyeux au possible. Elle vient de passer trois jours à réparer les dégâts d'une pluie de micrométéorites sur la région de Dionysos. Mille trous d'épingle, dix mille fentes, tout un secteur de la ceinture solaire hors service. Travail précis, minutieux et lent, qu'on ne pouvait effectuer plus rapidement ou plus efficacement. L'équipe Lucky Eight Ball est impatiente de rentrer à Méridien. Surtout Wagner Corta, son laoda. La Terre s'arrondit. Les changements le submergent. Travailler avec un loup ne pose aucun problème à ses vitriers – l'énergie débordante et la capacité à réfléchir à trois choses à la fois de son aspect lumineux sont précieux, à la surface, tout comme l'intensité de focalisation et de concentration de son aspect sombre. Les périodes intermédiaires, quand la Terre croît et décroît, posent davantage de difficultés : il devient nerveux, maussade, imprévisible, irritable et revêche.

Équipe de vitriers Lucky Eight Ball. Wagner fait le même discours à chaque départ sur le terrain. Certains des anciens l'ont entendu sept fois. *C'est notre nom.* Les nouveaux se regardent. Dame Lune est une reine jalouse. Qualifier quelque chose de *lucky*, de chanceux, de fortuné, de favorisé, de béni revient à l'inciter au courroux. *Et c'est ce qu'on fait.* Les anciens sont debout, bras croisés. Ils savent que c'est vrai. *Pourquoi on est des chanceux, à votre avis? Parce qu'on est ennuyeux. Parce qu'on est minutieux et consciencieux. Parce qu'on se concentre et qu'on se focalise. Parce qu'on n'est pas chanceux. On est malins. Parce que sur la surface, on se pose un tas de questions, mais qu'il n'y en a qu'une qui compte. Est-ce que je vais mourir aujourd'hui? Et à cette question, je réponds non.*

Jamais personne n'est mort, dans l'équipe du Petit Loup.

Ils sont dehors sur le verre à quarante kilomètres au sud de Dionysos quand un astérisque rouge apparaît en tournoyant sur la lentille de Wagner Corta : SUTRA 2, l'avant-dernier des cinq niveaux d'alerte à la surface. Le dernier est blanc. Ce qui est la couleur de la mort, sur la Lune. Il y a eu un gros problème là-bas dans l'arrière-pays fritté. Wagner vérifie le niveau des réserves d'atmosphère, d'eau et d'électricité, puis transmet le commandement du rover à sa junshi Zehra Aslan pendant qu'il accuse réception de l'alerte et donne ses instructions à l'équipe Lucky Eight Ball. Son familier d'aspect lumineux, Dr Luz, lui affiche le contrat de sauvetage. Mackenzie Metals. Les souvenirs affluent : il se rappelle s'être pelotonné seul et la peur au ventre dans un coin de la gare d'Hypatie pendant la chute de sa famille, être parti retrouver la meute en ayant l'impression que chaque ombre dissimulait un couteau, s'être caché au milieu des corps des loups, s'être détesté d'avoir survécu.

Wagner signe le contrat, qu'il expédie à ses supérieurs au palais de Lumière éternelle. Il y a les souvenirs et il y a la survie. Il travaille pour les Sun, à présent. Ils ont essayé de le tuer, quand il a soulevé un coin de leur machination pour dresser Mackenzie et Corta les uns contre les autres. Les loups de Magdalena, la meute de Reine-du-Sud, l'ont sauvé, cette fois-là. À la chute de la maison Corta, la meute de Méridien l'a hébergé en lui payant ses Quatre Fondamentaux, jusqu'au jour où il s'est rendu compte que la destruction de Corta Hélio avait fait disparaître toute animosité des Sun à son égard. Il avait postulé à la direction d'une équipe de vitriers et obtenu un contrat le lendemain. Cela fait plus d'un an qu'il travaille pour Taiyang. Wagner est le bon loup.

Ils découvrent le premier corps vingt kilomètres à l'ouest du cratère Schmidt. L'équipe Lucky Eight Ball relève ses barres de sécurité, se laisse tomber sur le régolite. L'IA médicale du rover cherche des signes vitaux, mais les vitriers voient bien que l'occupant de cette combinaison est mort : elle a été ouverte de la gorge aux couilles.

« Les bords de l'entaille sont propres », dit Zehra Aslan.

Wagner s'accroupit pour examiner la fente. Dame Lune connaît mille manières de tuer, dont aucune n'est propre. C'est une lame qui a fait cela. L'équipe laisse un repère pour les recycleurs zabbalins : le carbone est précieux, même abandonné dans les rochers de Tranquillité Ouest. Les balises de détresse conduisent le rover à une autre série de cadavres. Arrivés au dixième, les vitriers ne descendent même plus de leur véhicule. Wagner et Zehra photographient, laissent un repère, passent au suivant. Plaies, incisions, amputations. Décapitations. La mort par le fil de la lame.

Zehra examine de plus près un enchevêtrement de quatre corps.

« Je ne reconnais pas ce modèle de combinaison.

— Mackenzie Helium, lui indique Wagner en se redressant pour observer l'horizon tout proche. Il y a des traces de roues.

— Trois rovers et un truc plus gros.

— Une extractrice d'hélium. »

Dans l'ombre de la paroi occidentale du cratère Schmidt, Wagner découvre un rover. Châssis et essieux brisés, roues à des angles bizarres, antennes et paraboles tordues et fracassées. Les barres de sécurité des sièges sont toutes relevées : les occupants ont essayé de s'échapper du véhicule endommagé. Ils n'y sont pas arrivés. Des cadavres en combiAS parsèment le sol du cratère. Les Lucky Eight Ball les examinent. Wagner connecte Dr Luz à l'IA du rover mort, accède au journal de bord, à l'enregistrement des données et des voix. Il a besoin de reconstituer les événements qui ont conduit à cette fin dans l'ombre glacée de Schmidt.

Zehra Aslan se relève en faisant signe de la main. « Il y en a un encore en vie ! »

À peine. Un unique rescapé entouré de cadavres. Une combiAS dorée. Wagner a entendu parler de cette combinaison. La moitié de son équipe a entendu parler de cette combinaison. L'IA médicale de Wagner identifie une vingtaine de traumas, une dizaine de plaies. Des blessures provoquées par des écrasements et des chocs violents, de multiples lésions et abrasions, une profonde perforation entre la septième et la huitième côte. La combinaison dorée s'est refermée au-dessus de celle-ci : la tension du tissé gardera la plaie fermée.

Qu'est-ce que t'en penses ? demande Zehra sur le canal privé de Wagner. *On fait venir un vaisseau lunaire ?*

On est à quarante minutes d'Hypatie, répond Wagner. *On y arrivera avant n'importe quel vaisseau. Ils ont tout ce qu'il faut comme équipements médicaux.*

La combiAS du survivant n'a presque plus d'énergie et d'oxygène. Depuis combien de temps est-il là à attendre ? À espérer ? Wagner a souvent pensé, au milieu de l'ennuyeux et immaculé verre noir, à la manière dont il réagirait si Dame Lune le laissait tomber, l'abandonnait blessé à la surface, avec une réserve d'air presque à zéro et pas même assez d'énergie pour appeler à l'aide. Le long regard sur la mort, qui à chaque respiration avançait d'un pas de plus sur le régolite sans vie. Rien de plus certain, rien de plus vrai. Ouvrir le casque. Regarder Dame Lune en face. Accepter son baiser de la mort. En aurait-il le courage ?

Wagner enfonce un jack dans la combinaison dorée.

« On va vous déplacer. »

L'homme est inconscient, quasiment dans le coma, mais Wagner a besoin de parler.

« Ça risque de faire mal. »

Son équipe soulève le rescapé qu'elle sangle au porte-bagages. Zehra le connecte aux alimentations en air et en eau.

« Sa température interne est beaucoup trop basse », dit-elle en examinant les affichages de son casque. Elle branche quelque chose à l'unité environnementale. « Je vais remplir sa combinaison d'eau chaude. J'ai une frousse bleue de le noyer, mais c'est ça ou le laisser mourir d'hypothermie.

— Vas-y. Willard, contacte Hypatie. Dis qu'on amène un blessé. »

L'homme remue. Wagner l'entend grogner dans son casque. Il plaque les mains sur le torse du survivant.

« Ne bougez pas. »

Le cri soudain dans ses écouteurs le fait grimacer.

« Bordel… » Un accent australien. « Bordel », répète le blessé, en profonde béatitude d'être baigné de chaleur.

« On vous emmène à Hypatie.

— Mon équipe…

— Ne parlez pas.

— Ils nous ont sauté dessus. Ils avaient tout

prévu. Cet enculé de Bryce savait qu'on arrivait. On s'est jetés sur ses lames.

— Ne parlez pas, je vous ai dit.

— Je suis Denny Mackenzie.

— Je sais », répond Wagner, qui connaît la légende de l'homme en combinaison dorée. Durant la période sombre, celle où il n'y a que peu de lumière terrestre, Wagner a essayé d'imaginer ce que Carlinhos avait vu juste avant de mourir : le visage de Denny Mackenzie qui le tenait par les cheveux, exposait sa gorge, soulevait son couteau pour lui montrer ce qui allait le tuer. Le Mackenzie a toujours eu aussi peu de visage qu'à ce moment-là, derrière la visière réfléchissante. *Et il ne voit pas davantage mon visage.* « Vous avez tué mon frère. »

Sur le canal commun, le bavardage des Lucky Eight Ball s'interrompt, comme tranché net. Wagner sent tout le monde se tourner vers lui.

« Vous êtes qui ? » Blessé, poignardé, en hypothermie, épuisé et sous l'effet de puissants analgésiques, à la merci de l'homme qui a toutes les raisons de la Lune de le tuer. Et toujours offensif. Un vrai Mackenzie.

« Wagner Corta.

— Laissez-moi vous voir. »

Wagner rétracte sa visière. Denny Mackenzie désopacifie la sienne.

« Vous avez tué mon frère avec son propre couteau. Vous l'avez mis à genoux et vous lui avez tranché la gorge. Vous l'avez regardé se vider de son sang et, après, vous l'avez déshabillé, vous lui avez passé un câble derrière les tendons d'Achille et vous l'avez pendu au pont du 7e Ouest. »

Denny Mackenzie ne bronche pas, ne détourne pas les yeux.

« Alors, qu'est-ce que tu vas faire, Wagner Corta ?

— On n'est pas comme vous, les Mackenzie. » Wagner donne silencieusement l'ordre aux Lucky Eight Ball de s'attacher et de partir. Les barres de sécurité descendent, les combiAS se connectent au système du rover.

« Nous te sommes redevables, croasse Denny Mackenzie tandis que les barres viennent sécuriser Wagner Corta.

— Je ne veux rien de votre famille », répond celui-ci, qui transmet à Zehra le contrôle du rover.

« Aucune importance, Wagner Corta, grogne l'autre tandis que le véhicule roule en tressautant sur les débris de la bataille. Les Mackenzie te rendront trois fois la pareille. »

« Marina ! »

Pas de réponse.

« Marina ! »

Toujours aucune réponse. Ariel Corta jure à voix basse, attrape la corde et, d'une traction des bras, s'écarte du réfrigérateur vide.

« On n'a plus de gin ! »

Elle s'agrippe au filet du plafond, sort en se balançant du coin cuisine et passe à côté de son horrible hamac pour gagner le recoin consultation. Trois courtes oscillations suivies d'un lâcher auquel elle s'est beaucoup exercée, et la voilà dans ce qu'elle appelle son Siège de Justice. L'appartement est trop petit pour deux femmes et un fauteuil roulant. Une lunaison a passé depuis la dernière fois où elle a fait désassembler le fauteuil afin que les lieux ne soient plus occupés que par deux femmes. Elle avait besoin de l'allocation carbone. Elle en a bu 90 % depuis.

« Beijaflor, montre-moi à quoi je ressemble. »

Son familier se connecte à la caméra du recoin. Ariel examine son visage professionnel. Pommettes soulignées d'un dégradé de poudre. Eye-liner orange, mascara noir. Ses yeux s'écarquillent, Beijaflor zoome. D'où vient donc cette nouvelle ride ? Elle laisse échapper un soupir exaspéré. Beijaflor peut l'effacer pour les clients. Ton familier est ton véritable visage. Elle pince les lèvres. Fuchsia, Cupid's Bow profond. Si Ariel peut se permettre quelque chose de tendance, c'est bien les cosmétiques. Et son haut : Norma Kamali, manches chauve-souris et col cheminée, couleur carmin. Toujours dans la course.

La moitié supérieure d'Ariel Corta est professionnelle. L'inférieure, hors du champ de la caméra, est avachie. Des pieds à la taille, Ariel est une honte, elle se balance d'un endroit à l'autre de l'appartement vêtue de la vilaine paire de leggings imprimés que Marina n'est pas en train de porter. Elle ne cesse de s'approprier des objets, sans jamais demander à les emprunter. Ce serait capituler. Assurer sa charge de travail dans son hamac plutôt que sur le Siège de Justice ne poserait pas de difficultés, mais cela aussi serait capituler.

« Beijaflor, dis à Marina de rapporter du gin. » Il y a une bonne petite imprimante plus bas, au niveau 87. Ariel prend l'argent pliable, matériel.

Il ne te reste que dix bitsys de données.

Elle lâche un juron. Elle aura besoin de toute la bande passante possible pour ses clients. Maintenant qu'elle ne peut pas en avoir, le gin du petit déjeuner est le toit et le sol, la Terre et le soleil, le bruit de fond de l'univers. Elle tire sur sa longue vapette en titane. Qui ne lui fournit rien d'autre qu'apparence hautaine et satisfaction orale. Ariel vérifie sa coiffure, volumineuse selon la mode.

« Au premier. »

Le nikah Fuentes. Beijaflor fait apparaître Aston Fuentes sur la lentille d'Ariel et la jeune avocate liste rapidement les vingt-sept clauses du contrat susceptibles de se retourner un jour contre son client pour lui arracher le cœur. L'homme baye un peu plus aux corneilles à chaque point de droit.

« Refermez la bouche, Aston. »

Client numéro 2. Le divorce Wong. S'il veut obtenir la garde de sa fille, Brett n'a qu'une solution : faire déposer par celle-ci une requête distincte en séparation d'avec son co-père… défaut de développement ou non-fourniture d'un environnement domestique optimal sont les pistes les plus évidentes, mais le plus facile à soutenir pour Lily serait que rester avec Marco dans un rôle parental la dégoûte personnellement. Ariel recommande d'aller déterrer les saloperies, tout le monde en a. Même si elle réussissait, ce serait à la fillette de décider de proposer un contrat parental à Brett. Et tout cela aurait pour conséquence de salir complètement la réputation de Marco… ce pour quoi il pourrait chercher réparation en justice. Brett devait donc se demander si cela en valait le coût.

L'amorat Red Lion. À présent, l'image du gin est aussi précieuse que les rares pluies qui nettoient de sa poussière l'air d'Orion Quadra. Non non non non

non, chérie. Ariel déconseillera toujours d'entrer dans un amorat avec un contrat trop lourd.

« Les amorats sont choses légères, ouvertes, changeantes et fugaces, chérie. On ne peut pas les écraser sous de pesants nikahs. Envoyez-moi le contrat, je l'étudierai et… »

Plus rien.

On a épuisé nos données, l'informe Beijaflor.

« Et merde ! » Ariel envoie son poing percuter le mur blanc. « Putain que ça m'énerve. Comment je fais pour bosser, moi, bordel ? Je ne peux même pas parler avec mes clients. Marina ! Marina ! Trouve-moi de la connectivité. Je suis montée au niveau de ces saloperies de prolos. »

Elle entend du mouvement derrière la porte d'entrée.

« Marina ? »

Celle-ci l'a avertie mille fois de ne pas laisser la porte ouverte. Ariel n'est pas en sécurité. N'importe qui pourrait entrer. Mais justement, chérie. La loi est toujours ouverte. Ce à quoi Marina répond : *Qui t'a montée ici sur ses épaules ? Tu ne seras peut-être jamais en sécurité.*

Du mouvement dans le mini-vestibule.

« Marina ? »

Ariel se hisse au-dessus du Siège de Justice, ses doigts crochent le filet qui recouvre le plafond du tout petit appartement. Un balancement après l'autre, elle gagne la pièce principale.

Quelqu'un se retourne.

Elle sent un coup de poing, puis de pied.

Elle est dans un tube transversal, une des galeries

oubliées qui relient un quadra à l'autre à travers la roche brute. Elles sont vieilles, poussiéreuses, effrayantes de radiations. Elle a laissé derrière elle minuit dans Antarès Quadra, avance vers le matin dans Orion. Elle a dans sa ceinture du vieil argent imprimé et sale donné par des clients, elle a des nouilles au curry et des gâteaux de Lune pour la fête, et elle rentre retrouver Ariel.

Les tubes transversaux sont longs et mal éclairés. La Lune ne s'occupe plus de ses infrastructures obsolètes. Gamins, rebelles et indigents leur trouvent tous un usage différent.

Ils l'attendaient. Ils s'étaient préparés, ils connaissaient ses habitudes et savaient ce qu'elle transportait. Elle ne s'est rendu compte de rien. Évidemment qu'elle ne s'est rendu compte de rien. Jamais ils ne l'auraient frappée, sinon. Le premier coup l'a atteinte au milieu du dos. Un poing surgi de l'obscurité s'est brutalement enfoncé dans ses reins. Elle en a eu le souffle coupé et s'est effondrée sur le caillebotis métallique.

Ensuite le coup de pied. Elle le voit arriver dans une brume de douleur rouge et parvient à s'écarter un peu. Le prend dans l'épaule au lieu de la tête.

« Hetty », appelle-t-elle dans un souffle. Mais elle est seule. Elle a éteint son familier afin de laisser ses données à Ariel, pour ses consultations.

La botte à nouveau levée au-dessus de sa tempe. Elle lance les mains, essaye de la repousser avant de se faire écraser le crâne sur le titane. La botte redescend sur sa main. Marina hurle.

« C'est bon, je l'ai », crie une voix. Une lame coupe sa ceinture porte-billets.

« Je veux la tuer.
— Laisse tomber. »

Marina halète, en sang. Des talons de botte sur le caillebotis. Elle n'arrive pas à déterminer s'il s'agit d'hommes ou de femmes. Elle ne peut pas les arrêter. Elle ne peut rien leur faire. Ils prennent son argent, ses nouilles au curry et ses gâteaux de Lune.

Elle n'a rien pu leur faire. Et cela l'effraie, en plus du sang, des coups, des reins en capilotade, des côtes fendues, des doigts noirs. Il n'y a pas si longtemps, elle a lancé comme des jouets plusieurs lève-poussière Mackenzie Metals à l'autre bout du sas de l'habitat Beikou. Deux agresseurs dans un tube transversal à minuit, et elle n'a rien pu leur faire.

« J'aimerais vous offrir du gin, malheureusement, on n'en a pas, dit Ariel Corta. Et vous préparer du thé, mais je ne sais pas faire. Et puis je suis dans la seule chaise. Désolée. Il y a des hamacs, ou alors posez-vous quelque part.

— Je vais me poser », répond Vidhya Rao en s'appuyant au bord du bureau d'Ariel. Eil a pris du poids depuis la dernière fois qu'Ariel l'a vu, dans le décor défraîchi de la Société sélénite. Eil ressemble à un bulbe qui se dandine sans grâce, emmailloté dans plusieurs couches de tissu. Eil a des bajoues et des valises sous les yeux.

« Désolé de vous trouver aussi diminuée, dit-eil.

— Je suis déjà bien contente de pouvoir respirer, répond l'avocate. Vous travaillez toujours pour Whitacre Goddard ?

— Je suis consultant pour eux comme pour d'autres clients de mon portefeuille. Et je continue à mettre les doigts dans les marchés afin de voir ce que je peux provoquer. J'ai suivi vos dernières affaires. Je comprends pourquoi vous pratiquez le droit matrimonial. C'est un divertissement sans fin.

— Ce sont les espoirs, le cœur et le bonheur des gens, ce divertissement », réplique Ariel. Un gin. Elle veut un gin, bon sang. Où est son gin, où est Marina ? Ariel insère une capsule dans sa vapette et bascule l'embout. L'appareil luit, elle inhale un nuage de tranquillité sur mesure. Le calme lui inonde les poumons. Ça vaut presque le gin.

« Votre réputation continue à vous précéder, assure Vidhya Rao. Je dispose de logiciels de reconnaissance de formes à la pointe du progrès, mais en toute franchise, je n'en ai pas eu besoin pour vous retrouver. Pour quelqu'un qui se cache, vous avez un style bien particulier. Très théâtral.

— Je n'ai jamais croisé d'avocat qui ne soit pas un acteur frustré. Dans les tribunaux comme sur scène, tout est représentation. Je me souviens vous avoir entendu dire, quand j'étais membre de votre petite chorale politique, que votre logiciel m'avait identifié comme personnalité influente de la Lune. » D'un mouvement de sa vapette, elle englobe les trois pièces et demie de son empire. « Je n'ai guère eu d'influence sur la Lune. Désolée de décevoir vos Augustes.

— Elle a pourtant changé. Nous en subissons les contrecoups.

— Vous aurez du mal à trouver un lien entre moi et ce qui s'est passé à Creuset.

— Il existe malgré tout des schémas. Les plus

durs à repérer sont les plus grands, si grands qu'ils ressemblent à un paysage.

— Je ne peux pas dire avoir été particulièrement contrariée que Bob Mackenzie se soit pris la douche à mille degrés, reconnaît Ariel en soufflant de la vapeur. Vivre sous un million de tonnes de métal fondu, c'est tenter… peut-être pas le sort, mais en tout cas, quelque chose qui sait faire preuve d'ironie. Oh, ne me regardez pas comme ça.

— Votre neveu y était.

— Eh bien, il faut croire qu'il est sain et sauf, sans quoi vous n'auriez pas dit ça. Les schémas. Lequel, de neveu ?

— Robson.

— Robson. Bons Dieux. » Elle n'a pas pensé à lui depuis qu'elle a appris par d'anciennes connaissances dans le monde juridique qu'il avait été fait pupille des Mackenzie. Elle n'a pas pensé non plus ni à Lucasinho, ni à Luna, ni à n'importe lequel des enfants, des survivants. Ni à Wagner le loup, ni à Lucas, qu'il soit mort ou pas. Elle n'a pensé à rien d'autre qu'à elle-même, à sa vie et à sa survie. Ariel inhale fortement pour masquer son sentiment de deuil et de culpabilité. « Les Mackenzie sont toujours titulaires du contrat parental ?

— Robson est pupille de Bryce Mackenzie.

— Il faudrait que je le sorte de là. » Ariel joint les doigts. On arrivait toujours à reconnaître un contrat Mackenzie. Du travail bâclé.

« Plus important, depuis la Pluie de fer, les marchés terrestres des matières premières sont en émoi, indique Vidhya Rao. Les cours de l'hélium 3 et des terres rares ont atteint un record historique hier et ils le battront aujourd'hui. Les groupes G10 et G27 exigent qu'on stabilise les cours et la production.

— Dans le vide, personne ne vous entend crier.

— La Lune et la Terre ne sont pas uniquement liées par la gravité », dit Vidhya Rao. Ariel exhale un long panache de vapeur.

« Pourquoi êtes-vous venu, Vidhya ?

— Pour vous transmettre une invitation.

— Si c'est à la fête, je préférerais m'enfoncer des aiguilles dans les yeux. S'il s'agit de politique, les Corta n'en font pas.

— Une invitation à des cocktails. Le Cristallin, Mohalu, 13 heures, heure d'Orion Quadra.

— Le Cristallin. Il va me falloir une robe. Une vraie robe de cocktail. Et des accessoires.

— Bien entendu. »

Beijaflor murmure : *réception d'un virement bancaire.* Le montant suffira pour la robe et les accessoires, pour un nouveau fauteuil roulant, pour une lapa. Pour du gin. Du très très bon gin. Avant tout cela : les données. Beijaflor se reconnecte au réseau. La sensation d'avoir accès au monde, l'afflux d'informations, de messages, de bavardages, de ragots, d'actualités au moment même où sa curiosité se précipite vers l'extérieur comme une enfant dans la lumière du matin, est on ne peut plus sensuelle.

« Beijaflor, trouve-moi Marina », ordonne Ariel. Déjà son familier ouvre des catalogues et des cahiers d'échantillons. « J'ai besoin qu'elle me monte un truc que je commande aux imprimantes.

— Vous avez les moyens de vous le faire livrer, dit Vidhya Rao sur le pas de la porte. Vous n'êtes pas curieuse de savoir qui vous allez rencontrer ?

— Peu importe. Ça me fera une balade.
— L'Aigle de la Lune. »

Marina se traîne sur tout le kilomètre de tube transversal avant d'arriver à Orion Quadra. Elle presse le bouton d'appel de l'ascenseur de service et lâche un cri, la douleur fulgurant dans ses doigts contusionnés, noircis. Pendant que la cabine la descend du sommet de la ville, elle se rappelle tous les gens qu'elle a vus mourir sur la Lune, toujours d'une mort soudaine et arbitraire. La tête défoncée par une poutre en aluminium pendant la formation. La gorge tranchée par une lame. Le crâne traversé par la lance argentée d'une vapette. Elle revoit sans cesse cette mort-là. Elle revoit sans cesse la vie quitter les yeux du type. Elle revoit sans cesse l'instant où il se rend compte que cette fraction de seconde est tout ce qui lui reste à vivre. Édouard Barosso. Il a fait d'Ariel une infirme, l'aurait tuée si Marina n'avait pas saisi la seule arme disponible pour la lui enfoncer dans la peau tendre de la mâchoire jusqu'à ce qu'elle ressorte par le sommet de son crâne tendre de natif de la Lune.

Comme elle a été près d'aller figurer à son tour sur cette liste de morts, là-haut dans le tunnel. Ils lui ont fait mal. Ils voulaient la tuer. Ils n'auraient pas dû être capables de lui faire mal. Deux voyous de troisième-gén n'auraient même pas dû arriver à la toucher.

Elle jure en ouvrant la grille de ses doigts noirs et raides, s'appuie dessus. Chaque respiration est un couteau plongé lentement jusqu'au fond de son corps. Elle sort comme elle peut sur 17e Ouest, traverse d'un pas mal assuré la circulation pour s'agripper à la balustrade. Les gouffres d'Orion Quadra s'ouvrent à ses pieds. Elle s'aide de la rambarde pour longer le vide, poteau après poteau. La clinique est à un kilomètre au nord du vaste cylindre duquel partent les cinq ailes d'Orion Quadra. Poteau après poteau, elle se traîne vers les secours. Elle met dix minutes à parcourir cent mètres.

Elle murmure presque la commande qui redémarre Hetty. Appeler à l'aide. Appeler Ariel. Ariel peut aider. C'est ce que tout le monde dit dans Bairro Alto. Elle, non, elle ne peut pas. Elle a échoué. Elle les a laissés prendre l'argent d'Ariel. Comment peut-elle prétendre protéger Ariel si elle n'est même pas capable de protéger son argent ? Depuis que Corta Hélio s'est effondré dans les flammes et le sang, depuis qu'elle est montée dans le toit du monde, main après main, barreau après barreau, avec Ariel Corta sur les épaules, elle l'a tenue à l'abri d'ennemis nombreux, acharnés et patients.

Une main après l'autre, Marina longe la rambarde.

Appelle-la. N'aggrave pas ta stupidité par fierté.

Hetty redémarre. Il y a trois messages. Deux parlent de gin, le dernier l'informe du dépassement de leur quota de données. Marina Calzaghe abat son poing blessé sur le garde-fou. La douleur est intense, justifiée et purificatrice.

Ce n'est pas qu'ils l'aient frappée qui lui fait peur. C'est qu'ils aient été capables de le faire.

La lapa s'arrête près d'elle, s'ouvre.

« Vous travaillez avec Ariel, non ? » Le passager a

un certain âge, sa peau et ses cheveux sont grisés par des années de lentes radiations.

Marina parvient à hocher la tête.

« Montez. Bons Dieux, vous avez l'air mal en point. »

Il la dépose à la porte du centre médical.

« J'ai bossé pour Corta Hélio, dit l'homme. J'étais lève-poussière, à l'époque. » Il ajoute ensuite en portugais : « Bryce Mackenzie peut se torcher avec ses contrats. »

« Bien sûr que nous pouvons faire crédit à Ariel. » La clinique de la docteure Macaraeg, au 17e niveau d'Orion Hub, rutile et dispose d'un important équipement médical. Des robots scintillants, des clients reluisants. De vraies fleurs à l'accueil, où Marina laisse des traces de sang sur le plastique blanc. La docteure Macaraeg a été la toubib de Boa Vista et le médecin personnel d'Adriana Corta. Elle s'est occupée d'Ariel au centre médical de João de Deus, quand Édouard Barosso lui a sectionné la moelle épinière avec un couteau développé à partir de ses propres cellules osseuses. Elle s'est blottie avec la famille dans le refuge bondé et fétide, pendant la destruction de Boa Vista : elle a pris soin des survivants, ce qui était la dernière chose qu'elle pouvait faire pour les Corta. Elle est ensuite venue à Méridien installer son cabinet pour la haute société sur Orion Hub, à proximité de cette haute société, mais aussi du centre du pouvoir. La docteure Macaraeg n'a pas oublié l'honneur et la loyauté, la famille et le devoir. « Mais pas pour un rafistolage *et* un scan. »

La docteure Macaraeg ne fait pas la charité.

« Je prendrai le scan.

« Je vous conseillerais de… », commence la femme médecin, mais Marina l'interrompt.

« Le scan. »

C'est un appareil sommaire et bon marché – deux capteurs qui se clipsent sur des bras universels –, mais il suffira aux besoins de Marina. Elle se met debout à l'emplacement indiqué par deux empreintes de pied, laisse les bras du robot tourner autour d'elle en dressant une carte intime du moindre centimètre carré de son corps. Elle n'a même pas besoin d'ôter ses vêtements.

« Combien de temps ?

— Une lunaison, peut-être une et demie. »

Une main après l'autre, un échelon après l'autre, Marina a monté Ariel Corta sur ses épaules jusqu'au toit du monde, jusqu'à Bairro Alto, le refuge des démunis : les pauvres, les sans-contrat, les réfugiés, les malades et les gens qui ont tellement respiré de poussière que leurs poumons se pétrifient. Les traqués. Monter les échelles et les escaliers, jusqu'aux box, cellules et grottes enfoncés dans les brèches entre les usines environnementales et les centrales électriques, les réseaux d'éclairage et les citernes d'eau. Marina connaissait ce monde. Six semaines après son arrivée sur la Lune, alors qu'elle arrivait à peine à marcher droit, l'annulation d'un contrat l'a fait monter à Bairro Alto. Où elle a vendu son urine. Où elle a respiré superficiellement afin qu'un acheteur d'air, quelque part en bas, puisse respirer de tous ses poumons. Elle n'avait jamais pensé y retourner un jour. Mais elle connaissait les lieux et savait comment y survivre. Elle savait aussi qu'Ariel Corta n'en savait rien, elle, et que cette ignorance la tuerait plus rapidement que n'importe quelle lame des Mackenzie. Elle a trouvé le petit appartement, a récupéré au rebut les hamacs et le filet pour le plafond, et au fil des rentrées de bitsys, a pu se procurer les divers accessoires nécessaires à une vie pas trop inconfortable. Des données fiables. Une imprimerie digne de confiance avec un certain sens de la mode. Des cosmétiques. Un réfrigérateur et du gin à ranger à l'intérieur. En bâtissant une existence à Ariel, elle a oublié la sienne. Elle a oublié son propre corps. Elle a oublié que la Lune extrayait petit à petit le calcium de ses os et la force de ses muscles, la privait progressivement de cette force de Joe Moonbeam qui lui avait permis de jeter comme des poupées de chiffon ces lève-poussière Mackenzie à Beikou, elle a oublié tout cela jusqu'à ce que deux voyous maigrelets la jettent à terre, la volent, la réduisent à l'impuissance sous leurs coups.

Marina attire à elle l'affichage du scanner.

« Il ne va pas me contredire », glisse la docteure Macaraeg. Elle a raison, mais Marina tient à voir les nombres qui lui disent que son Jour de Lune arrive, et vite. Le jour où il lui faudra décider de rentrer sur Terre ou de rester sur la Lune jusqu'à la fin de sa vie. Une lunaison, peut-être une et demie. Trente à quarante-cinq jours. *Jours.*

« Ne le dites pas à Ariel.

— Promis. »

Marina doit le lui dire elle-même. Lui dire que son Jour de Lune arrive. Lui dire qu'elle déteste la Lune, l'a toujours détestée, déteste ce que celle-ci fait aux gens, déteste la peur, le danger, l'odeur de poussière qui se glisse partout, chaque clignement d'yeux et chaque respiration, l'odeur de la mort. Qu'elle brûle d'être à ciel ouvert avec un horizon lointain, de respirer librement, de sentir sur ses joues une pluie naturelle. Lui dire que sa seule raison de rester, de servir Ariel, de la protéger, de s'occuper d'elle, c'est qu'elle est incapable de l'abandonner.

Alors ne lui dites rien.

« Merci, docteure. »

La praticienne enfonce ses doigts dans les côtes contusionnées de Marina, infliction de douleur qui oblige la jeune femme à s'asseoir sur la couchette d'examen.

« Mettez-vous là et tenez-vous tranquille. On va vous retaper. »

C'est la nuit de Zhongqiu à Méridien. Aquarius Quadra est paré de rouge et d'or ; des étendards bifides, des drapeaux de prière et des cascades de lampes se déversent des niveaux, galeries et ponts, le moindre escalier et la moindre rampe scintillent de lumières. D'énormes lanternes chinoises montent en oscillant vers la ligne solaire obscurcie. Des troupeaux de lièvres de jade remplis d'hélium passent à mi-hauteur, esquivant les flottilles de ballons rouges échappés des mains des enfants. Il y a un dragondrone qui vole en ondulant entre ponts et téléphériques. Les biolumières luisent à travers les arbres, étincellent dans les stands de vendeurs de café, de thé et de gâteaux de Lune le long de Tereshkova Prospekt. Regardez : des marchands de cocktail ! Écoutez : une dizaine de musiques font concurrence aux jongleurs, aux magiciens de rue et aux souffleurs de bulles ! Sur la Lune, les bulles atteignent des dimensions prodigieuses. Les parents assurent à leur progéniture qu'elles peuvent piéger les vilains garnements et les emmener tout là-haut dans Bairro Alto : un noble mensonge. Il y a des ateliers maquillage pour les enfants. Il y en a *toujours*. *Je vais te transformer en tigre*, promet la maquilleuse en levant son pinceau. *C'est quoi, un tigre ?* demandent les petits.

Tout Aquarius Quadra est sorti en vêtements de fête fraîchement imprimés. Rues, niveaux, passerelles sont bondés. Les gamins courent d'un stand à l'autre, incapables de faire leur choix entre les merveilles proposées. Les adolescents et les jeunes adultes évoluent en groupes dédaigneux du populisme de cette célébration. En secret, tous adorent la Fête des gâteaux de Lune. Certains s'y sont rendus dans chacun des trois quadras de Méridien. Zhongqiu est la fête où on tente de séduire la personne qu'on convoite depuis des années sans jamais avoir eu le courage de l'aborder. Là ! Vous avez vu ? Ces filles et ces gars – ou bien était-ce des gars et des filles ? – qui courent en riant dans la foule, le corps uniquement couvert de peinture. Dix Dame Lune, une moitié vivante et noire, l'autre os et blanche. Zhongqiu est le moment où on montre peau et insolence.

Zhongqiu appartient de droit à Chang'e, la déesse de la Lune, mais Dame Lune – usurpatrice, imposteur, voleuse – la lui a dérobée. Cette nuit, Notre-Dame de l'Amour et de la Mort autorise petits saints et orixás, dieux et héros, à recevoir une partie des honneurs qu'on lui rend. Cent parfums et encens montent vers elle en spirale. Iemanjá et Ogum acceptent les fleurs, les gâteaux et le gin. Des autels de rue dédiés à Notre-Dame de Kazan luisent de cent biolumières votives. Un trillion en argent-papier finira dans les broyeuses avant le lendemain.

Et les gâteaux de Lune ! Les gâteaux de Lune. Ronds et cannelés, leur surface ornée de devises ou d'adinkras en relief, en forme de lapin, de lièvre, de licorne et de poney, de vache et de fusée. Tout le monde en achète. Personne n'en mange. *C'est très riche. Trop dense. Trop sucré. Rien que les regarder me fait mal aux dents.*

Le casque arbore une crête, juste au-dessus de la visière : un visage, moitié vivant, moitié os. Pas celui d'une femme, de Dame Lune, mais d'un animal : le masque d'un loup. À moitié loup. À moitié crâne de loup. Ce casque est attaché à l'arrière d'un pack de survie que Wagner Corta porte sur l'épaule. Passant entre les gâteaux de Lune, traversant la musique, les saints et le sexe, il rentre chez lui. Exténué mais euphorique, tiraillé ici ou là par ce qui parvient à ses yeux, à ses oreilles, à ses narines, attiré comme par de petits hameçons enfoncés dans sa peau.

Il traverse les festivités tel le loup qu'il est dans son cœur, monte par les rampes, escaliers et escalators. Il se sent léger, allégé, éclairé. Ses sens décuplés captent vingt conversations, effleurent cent moments. *J'adore cette mélodie. Essaye, allez, juste une bouchée.* Un baiser interloqué. Un vomissement yeux exorbités : trop de gâteaux de Lune. *Touche-moi pendant que je danse. Je peux avoir un ballon ? Où tu es ?* Du coin de l'œil, il repère un familier, un familier parmi une pléiade d'assistants numériques, puis cinq, dix, douze autres qui fendent la foule dans sa direction. Il se met à courir. Sa meute est venue à sa rencontre.

Amal, chef de la meute de Méridien, se jette sur Wagner, le bouscule, ébouriffe ses cheveux et mord sa lèvre inférieure, geste rituel pour affirmer son autorité.

« Te voilà. »

Nè le soulève, avec son casque et tout son équipement, le fait tourner ; le reste de la meute les rejoint avec des baisers, des accolades, de petits coups de dent affectueux. Des mains décoiffent Wagner, font semblant de lui boxer le ventre.

La mort glacée de Tranquillité Ouest, la plaine jonchée de combiAS, l'horreur qui l'a laissé hébété : tout cela est réduit en cendres par l'intensité du baiser de la meute.

Amal le regarde des pieds à la tête.

« T'as une mine de déterré, Lobinho.

— Offre-moi un verre, bon sang, répond-il.

— Pas tout de suite. Tu es attendu à Sömmering.

— Il y a quoi, à Sömmering ?

— Une livraison exprès pour toi, Petit Loup, de la part de Hoang Lam Hung-Mackenzie. Et comme ce sont les Mackenzie, on t'accompagne. »

Tôt, avant que les autres loups se réveillent, Wagner s'extrait de la meute endormie. Il chasse le rêve de sa tête. Les rêves communs sont lourds, collants, obsédants. Il a eu du mal à se débrancher du sommeil de la meute. Les habits. N'oublie pas d'en mettre.

Personne sous les couvertures qui recouvrent pêle-mêle la méridienne où il a fait dormir le garçon. Il flotte à cet endroit une odeur particulière, étrangère. Miel et ozone, sueur et salive qui a coulé pendant le sommeil. Cheveux gras et boutons d'acné. Vêtements portés trop longtemps et peau mal lavée. Mycoses de pied. Aisselles. Bactéries de derrière l'oreille. Les adolescents sentent mauvais.

« Robson ? »

Vous dormez tous ensemble ? La meute est revenue à Méridien au moment où lanternes écrasées, vodka répandue et gâteaux de Lune piétinés montraient que Zhongqiu touchait à sa fin. *Des loups*, murmurait-on en s'écartant de la trajectoire de ces gens résolus à la mine sombre serrés autour du garçon en costume pâle, manches relevées, qu'ils protégeaient. Bien que mort de fatigue, celui-ci a exploré obstinément, consciencieusement la maison de meute. Wagner comprenait ce qu'il faisait : il intégrait le territoire. Il apprenait le monde des loups.

Je vais te préparer un couchage, lui a dit Wagner. *Sur la méridienne. On n'a pas vraiment de lits séparés.*

Ça ressemble à quoi, de dormir tous ensemble ?

On partage des rêves.

Wagner retrouve Robson, un drap autour des épaules, sur un grand tabouret dans la cuisine. Penché sur une desserte, il coupe d'une main adroite un paquet de cartes – un demi-paquet, remarque Wagner, à qui rien n'échappe –, soulève le haut du paquet, en fait passer le bas dessus, le referme, puis recommence encore et encore.

« Robson, ça va ?

— Je n'ai pas très bien dormi, répond celui-ci

sans quitter des yeux le paquet qu'il manipule compulsivement.

— Désolé. On essayera de te faire imprimer un lit. » Wagner lui parle en portugais : il espère que la langue maternelle sera douce et réconfortante.

« La méridienne allait très bien, répond Robson en globo.

— Je te sers quelque chose ? Du jus ? »

Le garçon tapote un verre de thé sur sa petite table.

« N'hésite pas, si tu as besoin de quoi que ce soit.

— Promis. » Toujours en globo.

« Il va bientôt y avoir des gens, ici.

— Je ne les gênerai pas.

— Tu pourrais peut-être envisager de t'habiller un peu.

— Ils le feront, eux ? » Les cartes sont divisées et retournées.

« Bon, si tu as besoin de quelque chose… »

Robson lève la tête au moment où Wagner se retourne. Sa vision périphérique surprend le vacillement des yeux.

« Je peux imprimer des vêtements ?

— Bien sûr.

— Wagner.

— Oui ?

— Vous faites tout ensemble ?

— On aime être ensemble. Pourquoi ?

— Tu peux m'emmener petit-déjeuner dehors ? Rien que toi et moi ? »

Jamais vingt jours sur le verre n'ont autant épuisé Wagner Corta que trois jours de Robson Mackenzie.

Comment se fait-il qu'un garçon de treize ans ait besoin qu'on lui consacre autant de temps et d'énergie ? Nutrition : le gamin n'arrête pas de manger. C'est un convertisseur de masse en énergie parfait. Les choses qu'il avalera ou pas, les endroits où il les avalera ou non. Wagner n'est jamais allé deux fois dans le même hot-shop.

Respiration. Le contrat d'adoption par les Mackenzie garantit au garçon ses Quatre Fondamentaux. Bryce Mackenzie n'est pas au-dessus d'une malveillante rupture de contrat. Cela prend une heure à la meute, en mode gestalt complet, pour relier discrètement le chib de Robson à un compte secondaire par l'intermédiaire de sociétés écrans. Respire tranquille, Robson.

Éducation : les contrats sont loin d'être simples. Doit-il s'agir de cours particuliers ou de colloques ? D'une éducation spécialisée ou généraliste ?

Masturbation : trouver pour ça un endroit à l'abri des regards dans la maison des loups. Du moins, si Robson se masturbe. Wagner ne sait plus trop si lui-même le faisait à cet âge. Et reste à savoir où le gamin se situe sur le spectre : ce qu'il aime, qui il aime, qui il aime davantage que les autres qu'il aime, du moins s'il aime quelqu'un.

Finances : bons Dieux que ce garçon coûte cher. Tout est cher, avec quelqu'un de treize ans.

Isolement : le gamin est gentil, sérieux et drôle, il fend le cœur de son oncle dix fois par jour, mais chaque seconde passée en sa compagnie en est une de moins avec la meute. C'est différent pour les loups : le besoin d'être ensemble est physique, enfoncé dans la moelle de leurs os par le bleu du clair de Terre.

Quand il est avec Robson, Wagner souffre en permanence de la séparation, et il sait que ses camarades de meute n'apprécient pas la perturbation. Il a vu les regards, a senti le climat émotionnel évoluer. Robson l'a senti aussi.

« Je crois qu'Amal ne m'aime pas. »

Ils sont en train de déjeuner à Onzième Porte. Robson porte un short blanc aux plis impeccables, un T-shirt blanc court et sans manches avec le mot WHAM ! imprimé en gros dessus. Et des Ray-Ban Wayfarer à monture blanche. Wagner est vêtu de denim en haut comme en bas. Certaines meutes ont un style vestimentaire spécifique, systématiquement gothique. Méridien est toujours tendance.

Onzième Porte est un bruyant bar à nouilles wun sen. C'est calme, juste après Zhongqiu, mais Wagner reste sur ses gardes. Ses sens de loup surveillent les clients venus dîner ou prendre un thé. De tous les problèmes rapportés de Sömmering par Robson, la sécurité est le plus important.

« Tu nèl mets mal à l'aise. » *Tu mets beaucoup d'entre nous mal à l'aise.*

« Qu'est-ce que je fais ?

— C'est plutôt ce que tu ne peux pas faire. Genre l'Ekata.

— J'ai déjà entendu ce mot. » Ils parlent portugais, à présent. Ekata est un mot pendjabi que les loups ont emprunté et adopté.

« Je ne vois pas trop comment le traduire. Il veut dire l' être-ensemble. Les chrétiens parleraient de confrérie et les musulmans d'oumma, je crois, mais c'est beaucoup plus intense. L'unicité, l'unité. Davantage que ça. Tu ouvres les yeux et je vois avec.

On se comprend sans se comprendre… Je suis un loup, je ne suis pas sûr de pouvoir l'expliquer à quelqu'un qui ne l'est pas.

— J'aime bien ta manière de dire : "Je suis un loup."

— C'est ce que je suis. J'ai mis longtemps à le reconnaître. J'avais ton âge quand j'ai pris conscience de ce que voulaient dire tous ces changements de personnalité, sautes d'humeur et crises de rage. Je n'arrivais pas à dormir, j'étais violent et hyperactif, et à d'autres moments – les moments sombres – je restais des jours entiers sans dire un mot à qui que ce soit. Je croyais que j'étais malade. Que je mourais. Le docteur me donnait des médicaments. Ma madrinha savait ce que j'avais.

— Trouble bipolaire.

— Ce n'est pas un trouble, répond Wagner avant de se rendre compte qu'il l'a fait trop vite, d'un ton trop vif. Ce n'est pas forcément un trouble. On peut le refouler avec des médocs ou on peut lui faire prendre une direction complètement différente. On peut le transformer en quelque chose de plus grand. Ce que les loups ont fait, c'est lui donner un cadre social, une culture qui l'accepte et le soutient. Qui le nourrit.

— Des loups.

— On n'en est pas vraiment. On ne se transforme pas physiquement à chaque nouvelle Terre. Bon, notre chimie cérébrale change. On prend des médicaments qui la modifient. *Loups-garous*, ça fournit un cadre narratif riche et émotionnellement très satisfaisant pour dire que nous passons d'un état psychologique à un autre. L'opposé des loups-garous. Des loups-garous inversés. Qui hurlent à la lumière de la Terre. Même s'il y a déjà eu des cas de photosensibilité chez les bipolaires. Si bien que c'est peut-être lié à la lumière. Ah, j'imagine que je parle vraiment vite et saccadé, en ce moment ?

— Plutôt, oui.

— C'est l'aspect lumineux. Je prends beaucoup de médicaments, Robson. Comme nous tous. Madrinha Flavia a compris ce que j'étais et elle m'a mis en contact avec les meutes, à l'époque où elle vivait encore à Boa Vista. Les meutes m'ont aidé, elles m'ont montré ce dont j'étais capable. Elles ne m'ont jamais mis la pression. Il fallait que ce soit moi qui décide. Devenir quelqu'un d'autre tous les quinze jours, c'est une vie riche. Et difficile. »

Surpris, Robson se redresse. Des nouilles et des crevettes tombent de ses baguettes. « Tous les quinze jours. Je n'aurais jamais cru…

— Il y a un prix à payer. À Boa Vista, vous ne voyiez qu'un aspect de moi, le sombre, que vous preniez tous pour Wagner Corta. Il n'y a pas de Wagner Corta : il y a le loup et son ombre.

— Je ne t'ai jamais beaucoup vu, à Boa Vista.

— Il y avait d'autres raisons. »

Robson comprend que ces questions seront pour une autre fois. « Wagner, quand tu cesses d'être le loup. Quand tu deviens l'ombre… Ça se passe comment, pour moi ?

— La meute se sépare. Nous retournons à nos vies et nos amours de l'ombre. Mais la meute ne cesse jamais d'exister. On prend soin les uns des autres. Je suis un loup, mais je reste un Corta. Tu es un Corta. Je serai là. »

Du bout de ses baguettes, Robson remue la nourriture dans son bol. « Tu crois que je pourrais voir mes amis de Reine ?

— Pas pour le moment.

— D'accord. » Un autre coup d'œil des Wayfarer. « Je ferais mieux de te prévenir : j'ai essayé de contacter mon équipe de traceurs.

— Je sais. Robson…

— Sois prudent sur le réseau. Je ne les ai pas trouvés. J'ai peur pour eux. Bob Mackenzie a promis de ne leur faire aucun mal…

— Mais Bob Mackenzie est mort.

— Exactement. » Robson regarde autour de lui. « C'est sympa, ici. J'aimerais bien y venir régulièrement. » C'est un rite de l'âge adulte, de trouver un hot-shop de prédilection. « T'es d'accord ?

« Aucun souci.

— Wagner, je te prends beaucoup de temps. Je t'enlève à eux. Ça pose un problème ?

— Ça crée un peu de tension.

— Wagner, tu crois que je peux apprendre l'Ekata ? »

La lapa laisse les deux femmes devant l'entrée du Cristallin. Marina fait se déployer le fauteuil roulant. Ariel se hisse dessus. Le personnel se retourne pour la regarder, sans trop savoir comment réagir, comment s'occuper d'elle. Ce sont des jeunes, ils n'ont jamais vu personne en fauteuil roulant.

« Je peux te pousser, propose Marina.

— Je me pousse toute seule. »

Ariel roule sur le sol de frittage poli du bar. Aux tables comme dans les box, les têtes se tournent. *Elle est de retour, regarde, je la croyais morte.* Marina la devance de deux pas d'une allure digne et régulière qui fait s'écarter les gens, mais Ariel voit bien qu'elle se retient de boiter et refrène des grimaces de douleur. La docteure Macaraeg a bandé, réparé, refermé, anesthésié les plaies les plus visibles ; Ariel a recouvert le reste de tissu et de maquillage.

« Dieux merci, ils ne t'ont pas atteinte au visage », a dit Ariel en enfilant le gant de dentelle sur les doigts enflés de Marina, qui s'est crispée. « Tu vas perdre deux ou trois ongles. Je t'en imprimerai des nouveaux.

— J'attendrai qu'ils repoussent, plutôt.

— Depuis le temps qu'on est ensemble, comment peux-tu encore être aussi terrestre ? » Dans la main qu'elle tenait, Ariel a senti une réaction qui ne devait rien aux dégâts physiques. « Voilà. » Une dernière retouche à l'eye-liner, un dernier coup de peigne pour donner du volume aux cheveux. Prête pour le cocktail.

L'Aigle de la Lune attend dans le salon privé situé derrière le salon privé. La table est dressée au milieu de stalagmites et de stalactites dégoulinantes, l'ensemble formant un parc aquatique qui gargouille et ruisselle. Ariel trouve que cela manque un peu de finesse. L'eau dégage une odeur de fraîcheur et de pureté. La jeune femme inhale à fond.

« Mon cher, si la discrétion doit passer avant tout, ne me faites pas traverser tout le Cristallin. »

L'Aigle de la Lune éclate de rire. Des boissons attendent : de l'eau pour lui, et pour elle : un dry martini couvert de gouttes de condensation.

« Ariel. » Il se penche sur elle pour lui prendre les mains. « Vous êtes superbe.

— J'ai l'air d'une merde, Jonathon. Mais avec le haut du corps très musclé. » Elle pose son coude sur la table, avant-bras dressé, geste classique du défi au bras de fer. « Je pourrais vous battre, vous et sans doute n'importe qui dans ce bar, à part elle. » Elle incline sa volumineuse coiffure en direction de Marina. « Adrian n'est pas avec vous, aujourd'hui ?

— Je ne lui ai pas dit où j'allais.

— On complote, Jonathan ? Comme c'est mignon. Ça ne changera rien. L'information a dû arriver même à Farside, maintenant. Et Adrian a toujours été consciencieusement Mackenzie.

— Il a des soucis plus pressants, en ce moment.

— Il est dans le camp de qui, d'ailleurs, de son père ou de son oncle ?

— Dans le sien. Comme toujours.

— Tout à fait raisonnable. Et quel est le point de vue de l'Aigle de la Lune sur la guerre entre les Mackenzie ?

— L'Aigle de la Lune est favorable à la liberté contractuelle, à la croissance économique, à la citoyenneté responsable et au flux ininterrompu de revenus locatifs », répond Jonathon Kayode en touchant de l'index gauche l'espace entre ses yeux, signe que la conversation se poursuivra sans les familiers. Les pixels tourbillonnent et se dissipent dans les lentilles. Plus rien. D'une infime inclinaison de la tête, il désigne Marina, qui sort en refermant la porte de la salle à l'éclairage doux et aux stalactites qui dégoulinent.

« Vous savez ce que je préfère, dans mon travail ?

demande alors Ariel. Les ragots. J'ai entendu dire que le conseil de la LDC n'est pas très content de vous, Jonathon.

— Le conseil ne veut plus de moi. Par chance, chacun de ses membres se méfie trop des candidats des autres pour déposer une motion de défiance. La Terre montre ses muscles. Comme depuis la chute de Corta Hélio.

— La chute. C'est de ma famille que vous parlez, Jonathon.

— Vous m'avez dit un jour que les Corta permettaient aux lumières de continuer à briller là-haut. La Terre a peur qu'il y ait des pannes de courant, des villes plongées dans l'obscurité. Le prix de l'électricité domestique a triplé. J'étais à Creuset, Ariel. Je l'ai vu brûler. Duncan et Bryce s'affrontent. Ils recrutent des mercenaires jusque sur Terre. Des lames se battent sur les prospekts de Méridien. Le prix des produits de base monte en flèche. Les industries ferment. La vieille Terre lève les yeux vers la Lune et voit un monde en train de s'effondrer. Elle voit un Aigle incapable de remplir son contrat. »

Ariel boit une gorgée de dry martini. L'Aigle la connaît trop bien. Le cocktail est parfait : glacé, astringent, fabuleux.

« Jonathon, si la LDC voulait vraiment se débarrasser de vous, elle aurait soudoyé vos gardes du corps pour qu'ils vous éventrent dans votre sommeil.

— Tout comme vous appréciez ma protection, j'apprécie celle des Dragons. Aucun d'eux ne veut voir un larbin de la LDC prendre ma succession. Les Sun craignent une nouvelle tentative de prise de contrôle par la République populaire. Moscou n'avouera jamais quoi que ce soit, mais les Vorontsov découvrent régulièrement des agents russes qu'ils expulsent par le sas. Les Asamoah ne m'aiment pas, mais apprécient encore moins Moscou et Beijing. Les Mackenzie sont empêtrés dans leur guéguerre, mais le vainqueur prendra le parti de quiconque donnera à Mackenzie Metals la plus grande liberté de faire des affaires sans trop s'embarrasser de scrupules.

— Et les Corta ?

— Ils n'ont ni pouvoir, ni richesse. Ni statut à défendre, ni famille à protéger. Rien à garder, rien à craindre. C'est pour cette raison que je veux vous engager comme conseillère juridique. »

L'Aigle peut-il détecter la minuscule secousse de surprise qui traverse le ménisque de son gin botanique-treize ?

« Je m'occupe de contrats de mariage. De passion humaine, de concupiscence humaine et de sottise humaine, auxquelles je donne le plus d'issues de secours possibles.

— Vous pouvez tout récupérer, Ariel. Tout ce que vous avez perdu, tout ce qu'on vous a pris. » Du menton, il désigne le fauteuil roulant.

« Pas tout, Jonathon. Certaines choses ne sont pas de votre pouvoir. » Elle repose néanmoins le verre avant d'être trahie par le frémissement du gin. Elle n'a jamais cru au style d'umbanda particulier à sa mère… n'a jamais cru qu'il fallait croire. Un jour, elle avait treize ans, Adriana l'a conduite au nouveau palais à Boa Vista. Au sortir de la gare, elle a presque été terrassée par la taille, la lumière, les proportions. Elle a senti une odeur de roche, d'humus récent, d'eau fraîche. Elle a levé la main pour protéger ses yeux de l'éclat du ciel, a plissé les paupières, essayé de voir des objets distants de plus de quelques dizaines de mètres. À João de Deus, elle avait été à l'étroit, incapable de regarder au loin. Cet endroit-là était interminable. Puis les visages des orixás lui sont apparus, cent mètres de haut chacun, sculptés dans la matière de Boa Vista, et elle a compris qu'elle ne pourrait jamais croire. On ne devrait jamais rencontrer les dieux en face. Ils avaient l'air idiots, d'une dureté de pierre. Morts et indignes de foi en eux. Ces choses embarrassantes voulaient qu'elle leur fasse confiance ?

Mais madrinha Amalia lui avait toujours dit que les saints étaient subtils, et Ariel avait retiré des orixás des vérités qui l'accompagnaient en permanence. Pas d'enfer ni de paradis, de péché ni de culpabilité, de jugement ni de châtiment. Une chance à saisir, une seule fois dans votre vie, voilà tout ce que vous pouvez en attendre. Telle est la grâce des saints. Ariel mérite ses robes Marc Jacobs et ses chaussures Maud Frizon, son appartement dans les niveaux inférieurs du hub d'Aquarius, sa place dans les soirées mondaines et l'adoration de son entourage. Elle mérite d'être célèbre, d'être fêtée. Elle mérite de marcher à nouveau. « Qu'est-ce que vous voulez de moi, Jonathon ?

— Que vous soyez mon avocat en dernier ressort. Que vous me conseilliez quand tout le monde m'aura abandonné. J'ai besoin pour cela de quelqu'un qui n'a ni intérêts personnels, ni loyautés familiales, ni ambition politique. »

Elle sent les orixás l'entourer comme un grand manteau, sans substance mais se regroupant avec impatience pour voir si elle va accepter le cadeau qu'ils lui font. Pas encore, les saints. Le secret d'un bon avocat – celui de cette avocate-là – est de tout mettre à l'épreuve. Même les saints. La ruse, l'astuce facile, est un des piliers de la loi lunaire. Malandragem.

« Un conseiller de dernier espoir.

— J'ai d'autres conseillers. Mes ennemis n'en attendent pas moins. Je ne leur fais pas confiance.

— Ils sont sous contrat avec vous.

— Jamais Dame Lune n'a passé de contrat qu'elle n'a pas rompu.

— Je ne serai pas cachée, Jonathon. Pas quelqu'un qu'on consulte à voix basse dans de petites pièces. La Lune entière saura qu'Ariel Corta vous conseille.

— Entendu. »

Ariel boit la dernière gorgée de son cocktail. Aime-moi, dit la spirale en zeste de citron dans le verre vide. Recommence à m'aimer. Prends-moi. Les doigts de la jeune femme effleurent la tige du verre, prêts à le faire tourner d'un quart de tour, signe habituel qu'on en souhaite un autre. La table détecterait le mouvement, un serveur apporterait la consommation, pure, constellée de condensation, décapante. Elle manque faire le geste. Éloigne sa main du verre. « Quel rôle joue Vidhya Rao ?

— Quelqu'un qui se dit capable de prédire l'avenir, mieux vaut l'avoir avec que contre soi.

— Si ce quelqu'un peut prédire l'avenir, le camp dans lequel eil est ne peut pas avoir d'importance.

— Notre relation a évolué. Nous étions conseilleurs et conseillés. Désormais, nous nous trouvons alliés.

— Vidhya m'a dit un jour que ses machines

m'avaient identifiée comme très influente dans les affaires de la Lune. Et sur vous, Jonathon, qu'est-ce qu'elles ont dit ?

— L'Aigle volera.

— C'est génial, comme prophétie, non ? D'accord, je le ferai. Mais à une condition : j'assiste à la moindre réunion. Et Beijaflor reçoit tous les comptes rendus. Il faut que je voie leurs visages.

— Merci, Ariel.

— Ça, c'était mon prérequis. Passons à mes avenants. Marina assure ma sécurité. Je veux un budget garde-robe. Je veux un bel appartement, cent mètres carrés minimum, sur un hub. Pas plus haut que la 15e Rue. Je veux récupérer mes jambes. Vite. Mais d'abord... »

Elle déploie entièrement et verrouille sa vapette. Puis fait pivoter le pied de son verre à cocktail.

Les loups dansent, pas Robson Corta. Leurs mouvements sont simples pour lui – la plupart des loups ne savent pas bouger et encore moins danser, il pourrait leur en remontrer à tous – et la musique – ou plutôt les musiques : ils peuvent en suivre deux à la fois – pas trop insupportable, mais Robson ne se joindra pas à eux. Wagner lui fait signe du menton, Amal tend les mains en un geste d'invite, mais Robson secoue la tête avant de s'éloigner des musiques et des corps : il sort sur le balcon. Ce matin-là, le loup dominant qu'est Amal a essayé de mordre Robson, qui a esquivé et l'a évité tout le reste de la journée, mais se demande à présent si ce n'était pas un compliment. Les loups : il y a tant de choses à déchiffrer.

La discothèque est située au 87e niveau dans l'est de Krikalev, au bout du prospekt : trop loin du hub pour la mode, trop haut pour une bonne réputation. Robson ne voulait pas y aller, mais difficile de dire non à une meute. Les loups aiment se réunir à la pleine Terre. La meute de Méridien fraye avec celle de Twé : des membres de l'une passent à l'autre et vice versa. Il y aura une importante activité sexuelle.

Robson se penche sur la rambarde. Krikalev Prospekt est un canyon de lumière, Antarès Hub une galaxie qui luit au loin. Les téléphériques forment des chaînes de lanternes oscillantes, les cyclistes en descente sur le 75e laissent de rapides et palpitantes traînées lumineuses qui dévalent niveaux et escaliers. Robson retient sa respiration. Il a fait ce genre de choses par le passé, quand il était « le garçon qui est tombé sur Terre ».

Il tend son cocktail au-dessus du vide. Il n'y a pas que de l'alcool dedans. Hoang avait été strict, sur les psychotropes. Wagner n'a pas la moindre idée de ce qui convient aux enfants. Hoang savait fixer des limites et les faisait systématiquement respecter, mais toujours après négociation. Wagner n'a aucune limite. Pas sous sa forme loup. Hoang manque à Robson, qui pense souvent au dernier mensonge de celui-ci, devant le sas de Lansberg. Wagner refuse obstinément de le laisser contacter Hoang, Darius ou les traceurs.

Robson repose son verre sans y avoir goûté. Un autre soir, ou à une autre fête, peut-être aurait-il vidé ce verre cul sec et apprécié l'ivresse, mais pour ce qu'il a besoin de faire maintenant, il lui faut toute sa tête et tout son corps. Il sort de sa jambière un crayon à maquillage. Il soupçonne sa tenue d'entraînement des années 1980 de n'avoir pas été conçue au départ pour des garçons. Sans quoi il y aurait davantage de poches et de cartouchières. Mais elle lui va bien et elle est très agréable à porter. Il se barre les lèvres d'une épaisse ligne verticale de blanc. Ajoute un trait oblique dans chaque sens, puis un soulignement des pommettes.

Personne ne voit Robson Corta sauter sur la rambarde, deux kilomètres de vide luisant sur sa gauche, et courir d'un pied aussi léger qu'assuré jusqu'à l'extrémité du balcon. Les loups continuent de tournoyer. Les deux musiques sont parfois déphasées, parfois synchronisées.

Cet endroit est facile. On dirait un portique d'escalade. Un simple tic-tac suffit pour passer au balcon du dessus. Robson fait un petit pas en avant, plaque le pied sur le mur, se propulse vers le haut et l'arrière. Il jaillit. Pivote. Agrippe la rambarde du balcon supérieur et profite de son inertie pour franchir la balustrade d'un saut de bras, les jambes entre ceux-ci. Il court, bondit, un saut périlleux que lui seul peut voir – que personne d'autre n'a besoin de voir – et le voilà au milieu de la charpente du niveau du dessus, où il court d'une poutrelle à l'autre jusqu'à ce qu'il trouve un endroit, une fourche à l'intersection avec un étai, d'où il peut surveiller toute la discothèque. Il s'accroupit là, les bras autour des genoux.

Il avait une meute, avant. Baptiste, qui lui a appris les mouvements et leurs noms. Netsanet, qui l'a fait s'entraîner, encore, encore et encore, jusqu'à ce que ces mouvements lui soient aussi naturels que celui de ses poumons ou de son cœur. Rashmi qui lui a montré les possibilités incluses dans son corps. Lifen qui a ouvert ses sens pour qu'il ne voie pas qu'avec les yeux, ne sente pas qu'avec la peau. Zaky qui a fait de lui un traceur. Sa meute. Son Ekata.

Amal sort sur le balcon d'en dessous, va jusqu'à la rambarde et à son panorama. Lève les yeux comme si nè le flairait – Robson sait qu'il n'a presque rien vu des capacités des loups quand ils entrent en conscience de groupe. Leurs regards se croisent. Nè adresse un signe de tête au garçon accroché aux membrures du monde. Robson répond lui-même d'un geste identique, presque imperceptible.

Wagner rejoint à présent Amal sur le balcon. Robson les observe, invisible sur son perchoir. Les cocktails tombent de leurs mains en lents arcs de cercle bleus, leurs doigts s'arrachent mutuellement leurs vêtements. Amal a déchiré jusqu'au nombril la chemise Guarabera de Wagner. Nè tire sur un mamelon avec les dents. Robson voit du sang. Voit la joie inconnue sur le visage de son oncle. Nè laisse de sanglantes traces de morsure de haut en bas du ventre musclé. Les dents de Wagner serrent fort le lobe d'Amal. Nè lâche un murmure de douleur et de plaisir.

Robson regarde. Le sang, la passion, le secret de sa cachette, tout cela l'excite, mais il observe pour comprendre. Le sang coule d'une douzaine de morsures, dégouline sur la peau sombre de Wagner, et Robson prend conscience qu'être un loup n'est pas une chose qu'on a comprise. On ne peut pas apprendre à en être un. On naît loup. Si Robson peut être dans la meute, abrité, protégé, aimé, il n'en sera jamais membre. Il ne pourra jamais être un loup. Il est et restera à jamais complètement seul.

Robson s'est installé au fond d'Onzième Porte, sur une table plaquée au mur de verre du pare-gaz. Il fait pivoter un verre de thé à la menthe encore plein, un quart de tour à droite, retour à la position initiale, un quart de tour à gauche, retour.

« Tu ne devrais pas être là tout seul, lance Wagner en se laissant tomber sur la chaise.

— Tu as dit que choisir son hot-shop était une étape importante de la socialisation, répond son neveu. J'aime bien cet endroit. Et je ne suis plus tout seul, maintenant.

— Il faut que tu penses à ta sécurité.

— Je sais où sont les sorties. Je me suis mis face à l'entrée. C'est toi qui tournes le dos à la rue.

— Je n'aime pas te savoir loin de la meute.

— Ce n'est pas la mienne. » Le garçon tend la main par-dessus la petite table pour enfoncer l'ongle de son pouce dans une marque de morsure sur le cou de son oncle. « Ça fait mal ?

« Un peu, oui. » Wagner ne bronche pas, n'écarte pas la main de Robson.

« Ça fait mal quand nè te mord ?

— Oui.

— Pourquoi tu nèl laisses faire ?

— Parce que je trouve ça agréable. » Wagner voit le visage de son neveu exprimer le dégoût par une dizaine de minuscules tressaillements qui échapperaient à un non-loup. Le garçon cache bien ses émotions. Quand on grandit à Creuset, quand on vit à

Reine-du-Sud en craignant d'être rappelé, sans doute faut-il savoir se contrôler.

« Tu aimes Amal ?

— Non. »

À nouveau, la crispation de la mâchoire, la tension au coin de la bouche, les yeux qui se détournent un peu.

« Robson, il faut que je m'en aille.

— Je sais. C'est le moment de la lunaison où tu deviens sombre.

— Oui, mais ce n'est pas pour ça que je m'en vais. J'ai du boulot. J'adorerais rester, mais j'ai besoin de travailler. J'emmène une équipe sur le verre. Je reviens dans sept à dix jours. »

Robson se laisse aller contre le pare-gaz frais. Wagner n'arrive pas à le regarder en face.

« Amal prendra soin de toi. Il faut que quelqu'un reste s'occuper de la maison de meute. Mais nè va changer. Comme je suis en train de changer. » Il lit la méfiance, l'appréhension, la peur dans le minuscule mouvement des muscles sous la peau cuivrée de son neveu. « Je sais que tu n'aimes pas Amal, mais tu peux lui faire confiance.

— Sauf que ce ne sera pas l'Amal que je connais. Nè va s'en aller. Vous vous en allez tous. Vous devenez tous quelqu'un d'autre. Tout le monde s'en va.

— Ce n'est que sept jours, Robson. Peut-être dix. Je reviendrai. Je reviendrai toujours. Promis. »

La délégation arrivera en train, disait le mot. *À 14 h 25 à la gare de João de Deus, directement de Reine-du-Sud. Autorail privé.*

Le message était bref, les attentes fortes. Nul autre

que Bryce Mackenzie vient inspecter le nouveau quartier général de Mackenzie Helium, aussi faut-il que João de Deus lui fasse honneur. Des bataillons de robots nettoient rues et prospekts, effacent des murs et façades les graffitis anti-Mackenzie. Du personnel imprime des banderoles et des fanions qu'il accroche aux passerelles et charpentes. Les lettres jointes du logo de Mackenzie Helium remuent dans la brise permanente que soufflent les génératrices d'air. Panneaux d'affichage et posters dissimulent les cicatrices et ruines noircies par le feu qu'on a laissées à l'abandon depuis la bataille de João de Deus, dix-huit mois plus tôt. Des groupes de lames et d'hommes de main de second ordre patrouillent sur les prospekts, impeccablement habillés et encore plus impeccablement armés.

Le train arrive à la seconde prévue. Bryce Mackenzie, son entourage et ses gardes du corps mettent le pied sur Kondakova Prospekt devant la gare préalablement évacuée. Jaime Hernandez-Mackenzie et ses lames accueillent l'estimé PDG. Bryce renvoie la flotte de lapas censée le conduire à son quartier général de João de Deus. « J'irai à pied.

— Très bien, monsieur Mackenzie. » Jaime incline la tête, ordonne à sa garde privée de se joindre à l'escorte.

« Les chiffres, Jaime. Rassure-moi : tu gères cet endroit intelligemment et à la Mackenzie ? »

Le directeur débite des déploiements d'extractrices, des estimations de réserves, des volumes de traitement et de production, des plannings de stockage et de livraison, des expéditions en orbite et des désorbitations pour la Terre. Des informations qui seraient transmises avec davantage de rapidité et d'efficacité entre familiers. Et dont Bryce pourrait prendre connaissance dans son bureau en haut de Kingscourt, sans approcher à moins de mille kilomètres de João de Deus. C'est le conquérant montrant au vaincu son droit et sa puissance. *Je suis parmi vous et vous ne pouvez rien contre moi.*

« Tes problèmes de personnel du début, tu les as résolus ? » Les étroits yeux ceints de graisse de Bryce Mackenzie se portent d'un coup à gauche ou à droite. Aucun détail ne lui échappe.

« Tout à fait, monsieur Mackenzie. Et sans effusion de sang.

— Tant mieux. Évitons de gaspiller de précieuses ressources humaines. Ça a l'air plutôt bien, ici. Plus propre que du temps des Corta. »

Jaime sait que Bryce n'était encore jamais venu à João de Deus.

« En apparence, monsieur Mackenzie. Une bonne partie de l'infrastructure a besoin d'être remplacée par du matériel aux dernières normes. » Il ose : « En tant que directeur d'exploitation, cela me rassurerait de savoir qu'on peut remettre des extractrices sur Mare Crisium. Sans faire courir de risques à mes jackaroos.

— Vos jackaroos n'ont rien à craindre, intervient Dembo Amaechi, le chef de la sécurité MH. J'ai nettoyé Anguis, Crisium et Tranquilitatis Est. Sans effusion de sang non plus. » Il sourit. « Ou presque.

— Et en ayant la tête de Denny Mackenzie, ajoute Alfonso Pereztrejo. Joli coup.

— Pas vraiment, intervient Rowan Solveig-Mackenzie avec un plaisir évident. Des vitriers de

Taiyang l'ont sorti du cratère Schmidt alors qu'il lui restait dix minutes d'oxygène.

— Mon neveu a toujours été un sale rat coriace, répond Bryce. Mais du moment que mon frère s'est remis à faire fondre et couler du métal, ça me va. Pour le moment. »

Bryce s'arrête net, imité une fraction de seconde plus tard par son entourage.

« Jaime, tu as cette ville bien en main ? »

Une corde à la partie inférieure teinte en rouge pend du milieu du passage du 7e Ouest.

« Je vais la faire enlever. » Les lames sont déjà en mouvement.

« Voilà, oui. »

Bryce Mackenzie se remet en marche. Ses gardes du corps contrôlent les arcades et rues latérales. Ce petit rappel sanglant de ce que les Mackenzie ont infligé à João de Deus a été installé avec autant de rapidité que de discrétion. Le coupable n'a pas pu aller bien loin. Il y aura bien un familier pour avoir filmé la scène. Peut-être même Bryce voudra-t-il interroger personnellement l'auteur des faits.

Les bureaux de Mackenzie Helium à João de Deus sentent le revêtement de sol et le mobilier fraîchement imprimés. Le personnel humain, peu nombreux, donne l'impression d'avoir besoin de sembler compétent, mais de ne pas encore très bien connaître le terrain. Il y a des fleurs fraîches, touche que Bryce admire avec une moue. Pas d'odeur. Les Asamoah les font pousser pour leur beauté visuelle et non olfactive.

Bryce installe son imposante carcasse derrière le

bureau, qu'on lui a imprimé sur mesure. Il ne doute pas que le meuble sera envoyé au désassemblage dès que son autorail aura quitté la gare de João de Deus. Il l'examine, regarde les murs, les confortables et élégantes chaises disposées en face de lui. Le personnel met un moment à se rendre compte de son erreur. Un stagiaire se précipite dans la kitchenette. Une imprimante vrombit, de l'eau est portée à ébullition pour l'incontournable thé.

« Je suis contrarié », lâche Bryce Mackenzie d'un air mécontent. Son siège grince sous son poids. Ses pieds s'agitent d'irritation sans qu'il s'en aperçoive. Tout le monde remarque ses pieds menus : ils font partie de la légende des Mackenzie. « Le garçon. C'est insultant pour moi, d'être incapable d'assurer la sécurité des miens.

— Il est sous la protection de la meute de Méridien, dit Dembo Amaechi.

— La meute de Méridien ! » rugit Bryce. Les dos se crispent, de la kitchenette leur parvient un bruit de verre brisé. « Des sales merdeux occupés à des jeux de merde. Ramène-moi ce qui m'appartient, Dembo.

« Je m'en occupe, monsieur Mackenzie, promet Amaechi.

— Et vite. Ariel Corta est de retour. Ne lui laissons pas le temps de faire passer une extractrice d'hélium dans mon contrat d'adoption. »

Rowan Solveig-Mackenzie et Alfonso Pereztrejo échangent un regard. Ils ignoraient cette – mauvaise – nouvelle. C'est un échec des services de renseignements.

« Monsieur Mackenzie, je pourrais engager des assassins…, risque Dembo Amaechi.

— Tu ne toucheras pas à un seul de ses poils de chatte. La moitié de Méridien l'a vue boire des cocktails avec l'Aigle de la Lune. Il l'a engagée.

— L'Aigle a besoin d'une avocate de quatrième zone spécialisée dans les contrats de mariage ? s'étonne Rowan.

— Les hommes importants ne sont pas forcément idiots, réplique Bryce d'une voix dont l'acier n'échappe à personne dans la pièce.

— Monsieur Mackenzie ? » Un plateau encombré de verres de thé à la main, le stagiaire se tient sur le seuil, d'où il prépare un itinéraire qui lui permette d'évoluer avec grâce et prudence dans la pièce bondée. Bryce lui fait signe d'entrer.

« Amenez-moi Robson Mackenzie, ordonne-t-il. Si vous avez peur du grand méchant loup de lune, attendez que la meute se disperse. »

Dembo Amaechi dissimule le flamboiement de colère dans son regard par une petite inclinaison docile. « Je m'en occupe personnellement.

— Très bien. Inutile de faire particulièrement preuve de douceur. » Bryce porte le verre tout juste imprimé à ses lèvres pleines et pincées. Il prend une gorgée de thé, grimace. « Insipide. Pas le moindre goût, bon sang. Et beaucoup trop chaud. » Il repose le verre sur le bureau blanc. Sans goûter, tous les autres remettent le leur sur le plateau. Le stagiaire est blême de peur. « Je pense que tous ceux qui avaient besoin de me voir m'ont vu, dans ce trou à rats, non ? Alors ramenez-moi à Reine. »

5

Balance – Scorpion 2105

L’or a toujours paru surfait à Wagner Corta. Avec sa couleur tape-à-l’œil, son éclat mensonger, son poids qui le fait croire d’autant plus précieux. Accrochée dans le ciel, il y a toute une planète hypnotisée par le mensonge de l’or. L’apogée de la richesse, l’esprit de la cupidité, la mesure ultime de la valeur.

La Lune est extrêmement prodigue en or. Les extractrices d’hélium de Corta Hélio en rejetaient chaque année des tonnes dans leurs déchets. L’or ne valait même pas le coût qu’on le tamise. Adriana Corta n’en possédait pas, ne portait aucun bijou. Son alliance était faite d’acier forgé avec du fer lunaire. L’anneau d’acier sur la Main de Fer.

L’église de la Théotokos de Konstantin est un ventre en or. D’or la porte basse qui oblige tout visiteur à se pencher pour se retrouver en présence de l’icône sacrée ; d’or les parois et le dôme de cette minuscule chapelle ; d’or les garde-fous, lampes et encensoirs ; d’or le cadre de la minuscule icône, au fond d’or lunaire martelé. D’or ce qui recouvre la sainte et l’enfant en ne laissant voir que leur visage et leurs mains. D’or la couronne sacrée.

La mère a la peau sombre, elle baisse les yeux sans regarder l'enfant qu'elle tient dans ses bras et qui a besoin d'elle. Wagner n'a jamais vu d'yeux aussi tristes. L'enfant est un monstre, trop vieux ; un vieillard minuscule qui tend avec avidité la main devant la gorge de sa mère, la joue plaquée à la sienne. Marrons et ors. La légende veut que Konstantin Vorontsov ait peint cette icône en orbite, avec du bois et de la peinture montés du Kazakhstan au fil des nombreux lancements nécessaires pour apporter les matériaux utilisés pour la construction du premier cycleur. Il l'a achevée sur la Lune avec de la poussière d'or sortie de la mer de la Tranquillité.

L'église de la Théotokos est l'endroit idéal pour rencontrer Denny Mackenzie.

Et le voilà, le garçon brillant, qui se penche pour passer sous le linteau, plisse les yeux pour s'adapter à la bioluminescence. Wagner est déçu de le voir en costume noir Helmut Lang. Le décor fait sourire Denny Mackenzie. Ses dents en or luisent.

« De bon goût. »

L'église de la Théotokos de Konstantin est assez grande pour deux hommes, pas pour leur entourage.

« Alors, où as-tu caché tes loups, Wagner Corta ?

— Là où vous cachez vos lames.

— Je ne crois pas. » Denny Mackenzie écarte les pans de sa veste pour dévoiler un couteau dans chacun des deux étuis. Leurs manches sont dorés.

« Je ne crois pas non plus.

— Bien sûr que non. Tu crois que je viendrais ici sans gardes du corps ? Tu ne les verras pas, Wagner. »

Méridien est un territoire libre et disputé, dans la guerre civile des Mackenzie. Les factions s'accrochent, les lames sont dégainées, les combats se répandent sur les prospekts, les zabbalins lavent le sang répandu dans la rue. Denny Mackenzie boutonne sa veste. Il se baisse pour examiner l'icône.

« Mignon.

— En théorie, l'image a toujours existé, explique Wagner. L'artiste n'a fait que la découvrir. Vous voyez l'endroit où la dorure est usée ? C'est à cause du frottement des lèvres. De milliers de lèvres. Peut-être de millions. On embrasse l'icône, l'amour est transmis à la sainte.

— Les Vorontsov croient vraiment à des trucs bizarres. Trois faveurs, Wagner Corta. Tu en as déjà utilisé une pour me faire venir ici.

— Protégez-le.

— Le garçon ?

— Qu'est-ce que je demanderais d'autre ? Protégez-le de Bryce. Pendant la période sombre. Quand la meute se dispersera. Quand je serai loin. Veillez sur lui.

— Je peux faire ça, Wagner Corta. D'accord, tu as ma parole. Tu en es à deux faveurs. Il t'en reste une.

— Non. Pas tout de suite. Quand j'en aurai besoin, je m'en rendrai compte.

— Très bien. On a terminé, Wagner Corta ?

— On a terminé. »

Wagner reste dans la minuscule chapelle. L'icône de la Théotokos de Konstantin est posée bas, pour faire s'agenouiller qui la vénère, l'admire, est déconcerté par elle, ou simplement souhaite en tirer du réconfort.

J'ai passé un marché avec l'homme qui a tué mon frère, dit Wagner à la petite icône. *J'ai placé le garçon que j'ai juré de protéger dans les mains de mon ennemi. Condamnez-vous ou pardonnez-vous, Sainte Vierge ?*

L'icône ne dit rien. Wagner Corta ne ressent rien.

Dame Sun soupire en découvrant les châteaux et les dragons. Banal. Elle roule des yeux en passant devant les princesses manhua et les grands moments de l'histoire du handball. Technique mais ennuyeux. Elle traverse le bosquet de troncs et de branches entrelacés sans un regard de côté.

« Et maintenant, ça », dit-elle.

Accroché au dôme par des filins invisibles, le cube semble flotter dans les airs. Il est creux, ses faces ont été évidées en motifs géométriques inspirés de l'architecture maure du palais de l'Alhambra. Une source lumineuse suspendue au milieu projette un entrelacs d'ombres sur les deux visiteurs debout devant lui. La respiration de Dame Sun se matérialise dans l'air, devient elle-même une surface sur laquelle jouent les ombres issues du cube ajouré.

« Lasers de précision, explique Sun Zhiyuan. On dégèle, puis on fige l'action.

— Je ne veux pas savoir comment c'est fait ! » jette Dame Sun, mais elle le prend par le bras pour l'attirer près d'elle. La condensation de son haleine est déjà en train de geler sur la fourrure de sa pèlerine. Elle frissonne, même s'il fait beaucoup moins froid qu'au moment où on a découvert le champ de glace. De l'eau prisonnière sous cette forme pendant deux milliards d'années dans l'ombre perpétuelle du cratère Shackleton, tandis qu'au sommet du mont Malapert brûle une lumière éternelle. Côte à côte : le feu et la glace, l'ombre et la lumière, les éléments contraires avec lesquels les Sun ont bâti la Lune. Les trois quarts de l'antique glace ont disparu, le reste suffit largement pour le festival annuel de sculpture sur glace, pour cent Zhongqiu. Des châteaux et des dragons. Dieux du ciel.

Le cube est d'une simplicité et d'une élégance géométrique qu'elle trouve plaisantes.

« Il est de qui ? » demande-t-elle.

Son petit-fils cite trois enfants que Dame Sun ne pourrait différencier de la couturière qui assemble à la main les chaussures qu'elle a aux pieds. Elle fait le tour du cube Alhambra et traverse de fluctuants paysages d'ombre en pensant à son logement chaud à l'éclairage tamisé.

« Je crois que Lucas Corta est en vie, dit-elle.

— Ce serait une nouvelle importante, répond Zhiyuan.

— Pour de multiples raisons. » Elle poursuit son orbite autour du cube de glace. « J'ai demandé une enquête discrète. Amanda me dit qu'on n'a jamais retrouvé le rover dans lequel il est mort. En l'absence de corps, comment ne pas nourrir de soupçons ? J'ai fait effectuer par mes agents une exploration satellite sur tout le rayon d'action d'un rover de surface. Ils l'ont retrouvé au pied de la tour de la boucle lunaire de Fecunditatis Centre. Avec les Vorontsov, c'est toujours frustration et dissimulation, mais mes agents ont découvert un lancement de capsule temporellement compatible avec une fuite de João de Deus en rover. »

Dame Sun reprend le bras de son petit-fils pour emmener celui-ci devant la troisième face de la lanterne de glace.

« Comprends bien que la discrétion est capitale. Les preuves sont minces, mais réelles : Lucas Corta s'est échappé de notre monde par boucle lunaire. Il ne pouvait aller qu'à un seul endroit. Si les Vorontsov l'ont recueilli, ils ont tout intérêt à garder le secret. Un manque de légèreté risquerait de leur donner l'alerte.

— Malgré tout… »

Dame Sun presse le bras de Zhiyuan. « Je suis une vieille curieuse. C'était quasiment irrésistible. Les Vorontsov gardent bien quelque chose de secret, dans l'espace et sur Terre. De l'argent change de main. De l'argent qui laisse des traces. Des grosses compagnies terriennes sont en train de former de nouveaux groupes de capital-risque. VTO Earth a passé un accord avec le gouvernement russe. »

Zhiyuan lâche le bras de sa grand-mère. « Impossible.

— Ce n'est pas tout. Mes informateurs au sein du Parti communiste chinois ne donnent pas de nouvelles. Cela m'inquiète. Ils ont peur. Je suis assaillie de complots. La Terre manigance et l'Aigle de la Lune s'aperçoit que son conseil se retourne contre lui ? Dame Lune ne tolère pas les coïncidences.

— Que soupçonnes-tu, nainai ?

— Lucas Corta vient reprendre ce qu'on lui a volé. Et se venger de ceux qui ont détruit sa famille.

— Les Trois Augustes ne peuvent-ils pas nous dire ce qui va se passer ?

— Je ne suis guère disposée à faire appel à eux. » Elle tire son petit-fils par la manche devant la dernière face, ferme les yeux dans la lumière hachée qui se déverse du cube de glace. « On ne peut agir ouvertement dans ce domaine. Amanda se doutera qu'on sait qu'elle nous a menti en disant avoir tué Lucas Corta. C'en sera terminé de sa position au conseil. Elle a déjà été humiliée par Lucas Corta, avec ce divorce. Elle ne se laissera pas l'être une deuxième fois. Si on y mêle les Trois Augustes, tout le conseil sera au courant.

— Il faut qu'on sache à qui on peut faire confiance. J'agirai avec discrétion et comme il convient. Il n'y aura pas d'erreur.

— Merci, Zhiyuan. » Elle glisse à nouveau son bras sous le sien. Le givre a épaissi sur la fourrure de son capuchon. « Bon, j'en ai plus qu'assez de cet enfer glacé. Ramène-moi, qu'on prenne un bon verre de thé bien chaud. »

C'est une occasion formidable.

Exact. Il n'y a rien de plus vrai. Comment se fait-il alors que la vérité la plus absolue sonne comme le plus piètre des mensonges ?

J'ai une chance – une seule chance, Luca – d'étudier au Cabochon.

Il dira : Cabochon ? Et elle devra lui réexpliquer que c'est le plus important des colloques politiques qui travaillent sur des modèles alternatifs en matière de gouvernance lunaire. Il dira *Quoi ?*, ce qui émoussera la chose, la rendra moins nette. Les coupures devraient être rapides, franches, propres.

Un an d'études. Ça semble terriblement long, mais ça ne l'est pas. Et c'est à Méridien, à seulement une heure de train. Un an, ça ne veut pas dire que c'est fini.

Sauf que si. Les relations de colloques ne marchent pas, tous ses amis le disent à Abena. Elles ne marchent jamais. Quitte-le. Il pourrait m'accompagner. Des gestes horrifiés. T'es cinglée ? C'est pire. Il te suivra dans toutes les soirées politiques, dans tous les cocktails, et à un moment, en l'apercevant du coin de l'œil, tu ne verras pas Lucasinho Corta mais un animal domestique, après quoi tu te mettras à avoir honte de lui, puis à ne plus l'inviter et lui à ne plus se soucier que tu l'invites ou pas.

Il faut donc que ce soit terminé et ça l'est. Il n'y a pas à revenir là-dessus. La question est maintenant : comment le lui annoncer ?

Par familier, lui conseillent ses amis. À la manière d'aujourd'hui. Par familier, je ne peux pas, il mérite mieux. Ah bon ? Il est lunatique et en manque d'affection, il n'a ni ambition ni dignité et il baisera tout ce qui bouge – il le fait déjà –, autant de défauts que ne rattrapent pas ses performances sexuelles et culinaires. Elle répond : en plus, il est exaspérant, vaniteux, futile, exigeant, insensible et émotionnellement analphabète. Et très, très blessé. Elle n'a jamais connu personne d'aussi blessé, d'aussi profondément blessé. Il est marqué jusqu'aux os. Il a besoin d'elle. Elle ne veut pas qu'on ait besoin d'elle. Elle ne veut pas avoir quelqu'un à charge. On ne peut laisser sa vie se faire piéger par celle d'un d'autre.

Quand le minuscule paquet lui avait été remis, livré de Méridien par BALTRAN, quand elle avait trouvé à l'intérieur les deux parties du clou d'oreille, elle avait convoqué le conseil de son abusua. Qui n'avait pas hésité : le métal était le contrat. Elle l'avait rendu à Lucasinho qui, sans y penser, se l'était remis à l'oreille, alors même que sa magie avait été épuisée. Il le porte encore aujourd'hui. Quand Lucasinho Corta ennuie Abena Maanu Asamoah, quand elle le déteste, elle se dit qu'il le porte pour lui rappeler qu'elle lui est redevable d'avoir sauvé son frère Kojo. Qu'elle continuera à lui être redevable. Que c'est à lui de décider si la dette est remboursée ou non. C'est un petit crochet en titane planté dans sa liberté. Elle a envie de crier : *c'est notre dette, pas la mienne.*

Elle le déteste, en ce moment. Elle voit ensuite ses yeux, ses pommettes de Sun, ses adorables lèvres pleines de garçon. L'arrogance, le sourire narquois qui dissimule et dévoile tant de peurs.

Il sait lire ? demande-t-elle à son familier. Une carte, un texte écrit serait personnel tout en permettant de garder la distance nécessaire.

Comme un enfant de six ans, lui répond son familier.

Qu'est-ce que ces madrinhas Corta apprennent donc à leurs gamins ?

Elle ne le jettera pas par lettre, ni par familier. Il faudra le faire en face. Ce qu'elle redoute, elle imagine déjà comment cela va se passer. Il est déloyal, en manque d'affection et elle ne connaît personne qui l'agace davantage, mais elle lui doit au moins cela.

Réserve-moi une table au Saint-Joseph, ordonne-t-elle. L'endroit est chic, neutre et assez éloigné de son orbite sociale pour qu'elle ne risque guère d'y croiser d'amis.

Les gâteaux vont lui manquer.

Le bar du train refuse de le servir. Lucasinho n'en croit tout d'abord pas ses yeux. La machine est courtoise, mais ne se laisse pas fléchir. Alors Lucasinho crie : *Tu sais qui je suis ?* Elle le sait, mais les bars de train ne sont pas équipés pour comprendre les statuts sociaux. Le jeune homme finit par la frapper, si fort que le panneau se fendille. Le bar signale les dégâts et prépare un petit recours en justice.

Je crois que tu ferais mieux de regagner ton siège, glisse Jinji. *Les passagers te regardent.*

« Je veux un autre verre. »

Je te le déconseille. Ton alcoolémie est de deux cents milligrammes pour cent millilitres de sang.

Il refuse par défi, par mesquinerie, mais c'est une rébellion sans valeur que celle qu'on oppose à un familier. Pendant qu'il regagne son siège, il fusille du regard quiconque ose lever les yeux vers lui.

C'est son troisième jour de défonce. Le premier, c'était aux substances chimiques. Une dizaine de celles-ci provenaient de maisons qui en confectionnent sur mesure, vingt et quelques de narcoDJ. Son esprit, ses émotions, ses sens allaient et venaient, montaient et descendaient : couleurs et bruits se dilataient et se contractaient. Substances chimiques et sexe : il est allé avec un sac d'aphrodisiaques à

Serpent House, la résidence d'Adelaja Oladele le roi de l'*edging* et de plein de jolis garçons qui ont fait aussi bon accueil au contenu de son sac qu'ils l'auraient fait à la fête de l'Igname.

Sa tante Lousika l'a appelé, lui a envoyé des messages, l'a imploré de rentrer, jusqu'à ce qu'il éteigne Jinji et s'enferme dans une bulle de corps, de sueur et de foutre. Se mettre hors ligne était la seule solution pour ne pas harceler Abena sur le réseau social. Le lendemain, alors qu'il n'avait pas fini de redescendre par une dizaine de chemins de la dizaine d'endroits où il planait, il a apporté à Kojo Asamoah ce qui restait dans son sac à plaisirs. Kojo lui a offert du thé, l'a mis au lit, s'est collé contre lui pendant qu'ils partageaient les dernières douceurs pharmaceutiques et a éludé toutes les questions sur sa sœur que lui posait Lucasinho : pourquoi elle était partie à Méridien, pourquoi elle n'avait pas assez bonne opinion de lui pour rester, pourquoi personne ne restait, jamais. Au matin, Lucasinho était parti. Kojo en a été soulagé. Il avait craint toute la nuit d'être obligé de le sucer.

Le troisième jour, Lucasinho s'est mis à boire. Twé était un écosystème de minuscules débits de boissons, cela allait des cases à toit de chaume aux bars avec billard et aux espèces de cagibis taillés dans la vieille roche, si exigus que les clients s'emboîtaient à l'intérieur comme des quartiers de mandarine. Lucasinho n'avait pas l'habitude de boire. Il ignorait qu'on ne se lançait pas n'importe comment dans une beuverie, aussi a-t-il bu vite, sans restriction ni sectarisme. Il a bu des liqueurs et autres alcools qui ne sortaient pas des imprimantes ; il a bu des boissons préparées à la main, de la bière de banane ou d'igname, de la bière de potiron. Il a bu des cocktails de Twé différents de tout ce qui existait d'autre sur la Lune. Il a été un ivrogne épouvantable, un amateur. Il a été ennuyeux avec les gens. Il a oublié des phrases. Il s'est tenu trop près de ses interlocuteurs. Il s'est déshabillé en public. Il a vomi, deux fois. Il ne savait pas que l'alcool pouvait avoir cet effet. Il s'est endormi sur un amant potentiel et s'est réveillé avec un mal de tête qui allait sûrement, *sûrement* le tuer, jusqu'à ce que Jinji, en mode hors-ligne, lui indique qu'il était déshydraté et qu'il se sentirait mieux après avoir bu un litre d'eau.

Puis il s'est réveillé recroquevillé dans le siège d'un train à grande vitesse. Et en voulant un autre verre. Que le bar lui a refusé.

« Où est-ce que je vais ? »demande-t-il, mais avant que Jinji puisse répondre, il entend un homme s'adresser à un enfant en portugais et celui-ci lui répondre dans la même langue. Ces nasales bourdonnantes, ces sifflantes lustrées lui font remonter les genoux sur le torse et pousser sans bruit des sanglots convulsifs.

João de Deus. Il retourne à João de Deus.

Il est le dernier à descendre du train, le dernier à franchir le sas passagers, le dernier à quitter, peu solide sur ses jambes, le quai de la gare de João de Deus. Il est si souvent passé sur ce sol luisant. Pour aller voir amis et amors, pour se rendre dans les grandes villes de la Lune. Pour aller à son mariage. Et à Méridien, quand il a fui l'ennui et le confinement de Boa Vista, découvrant à cette occasion que sur un aussi petit monde que la Lune, fuir un endroit vous précipitait dans un autre et qu'il ne faisait qu'échanger une petite caverne contre une plus vaste.

« Comment est mon maquillage d'yeux ? » Lucasinho se souvient à présent s'en être mis dans la salle d'eau de Kojo. Pas le grand jeu, juste de quoi se sentir sauvage et cruel, marquer le retour de Lucasinho Corta à João de Deus.

Je suis hors ligne, donc je ne vois rien, mais comme tu n'en a pas mis depuis trois heures, je recommande quelques petites retouches.

Les toilettes sont équipées de miroirs à l'ancienne. Lucasinho fait preuve du maximum de dextérité que lui permet l'alcool dans son cerveau. Il admire un de ses profils, puis l'autre. Le rétro 1980 lui va vraiment bien.

L'odeur. Il l'avait oubliée, mais l'odeur est la clé de la mémoire et la première inspiration contient ses dix-neuf années d'existence en tant que Corta. La roche brute et l'émanation piquante de l'électricité. Les égouts surchargés et les parfums utilisés pour les masquer, l'urine, l'huile de friture. Le graisseux vanillé du plastique à imprimer. Les corps. Ils ne suent pas de la même manière, à João de Deus. La douceur fraîche des robots. La poussière. Partout, de la poussière.

Lucasinho éternue.

C'est si petit. Les prospekts sont étroits, le toit si bas qu'il rentre la tête dans les épaules. L'architecture de Twé est différente de celle de n'importe quelle autre installation lunaire. C'est une ville tournée sur son extrémité ; des groupes d'étroits silos hauts d'un kilomètre, remplis de verdure et de vraie lumière qui cascade en rebondissant sur les miroirs, et non du faux ciel de la ligne solaire. Twé est une ville de cachettes et de découvertes, João de Deus est ouvert. Kondakova Prospekt, traversé de ponts et de passerelles, s'étend devant lui jusqu'au hub.

Ils sont passés par ici, durant la nuit des couteaux. Ils ont débarqué du train, franchi les sas, traversé la grande place de la gare. Des soldats fantômes dépassent Lucasinho, la main sur le manche de leur arme. Des murs et des devantures noircis par le feu, la coquille vide qu'étaient devenus les bureaux de Corta Hélio, comme des dents enfoncées à coups de poing. L'appartement de son père, la meilleure salle d'écoute des deux mondes réduite à un amas d'équipement audio fondu et de bois calciné.

Les Santinhos passent près de lui à pied, en scooter, en lapa. Dix-huit mois plus tôt, la Lune tout entière connaissait son visage. Le mariage de l'année ! Le mignon et classe Lucasinho Corta. Quelques visages se tournent, certains marquent un temps d'arrêt, la plupart ne lui accordent pas même un regard. Parce qu'ils ne le reconnaissent pas, ou parce qu'il vaut mieux ne pas le reconnaître ?

Le passage du 7e Ouest. Lucasinho s'arrête, lève la tête. Les Mackenzie y ont accroché le corps nu de Carlinhos par les talons. Les bras, les longs cheveux, la bite qui pendent. La gorge ouverte. Ils l'ont mis à genoux avec leurs tasers, ils l'ont encerclé. Tant de lames. Il ne pouvait pas s'échapper. Pendant que Lucasinho se cachait à Twé, protégé par les couteaux et les armes vivantes des Asamoah.

Les logos de Mackenzie Helium sur les façades

des bureaux, sur les robots, sur les banderoles de cinquante mètres accrochées aux niveaux supérieurs. Un lève-poussière en combiAS passe, les doigts crochés dans la visière d'un casque marqué sur le devant d'un petit MH. Lucasinho ne se souvient pas d'une proportion aussi importante de visages blancs. Les hot-shops, maisons de thé et bars écrivent à la craie leurs plats du jour sur le mur, en portugais et en globo. Dans la rue, on parle anglais, avec un accent australien.

Je ne peux pas te protéger en étant hors ligne, avertit Jinji comme s'il lisait dans ses pensées. Ce qu'il fait peut-être. Peut-être que ses circuits se sont frayé un chemin jusque dans les replis du cerveau de Lucasinho pour lire les messages échangés par les neurones. Ou bien peut-être connait-il si bien Lucasinho qu'il est devenu un écho de son esprit.

Il s'arrête sur la place devant Estádio da Luz. Nouvelle police de caractères, nouveau nom, nouvelle identité commerciale. Ballarat Arena. Siège du club des Jaguars.

« Les Jaguars », dit Lucasinho tout haut.

Des animaux terrestres de la famille des fél..., commence Jinji.

Une voix appelle d'un des niveaux supérieurs, Lucasinho sait que c'est à lui que s'adresse ce *hé !* Un autre appel, moins assuré. Lucasinho poursuit son chemin. Sa destination ne fait plus aucun doute.

La gare de tramway pour Boa Vista a été isolée par de grandes bâches reliées par des rubans *Passage interdit* et ornées du symbole casque+combinaison de la dépressurisation. Lucasinho n'aurait pu y aller de toute manière : Boa Vista est morte, dépressurisée, ouverte au vide, et par conséquent confinée derrière de nombreux sas fermés. Au pied du mur ondule une flaque de lumières colorées. Des biolampes, par centaines, certaines neuves et récentes, d'autres fonctionnant par intermittence, à l'article de la mort. Les minuscules lueurs – rouge, or, vert – jouent sur de nombreux petits objets blottis parmi les lanternes. De plus près, Lucasinho s'aperçoit qu'il s'agit d'impressions en plastique bon marché des orixás et de leurs attributs… tant dans leurs aspects umbandas que chrétiens. La lame d'Ogum, l'éclair de Xangô, la couronne de Iemanjá.

Les quatre icônes sont disposées en triangle, Adriana au centre, Rafa en haut, Carlinhos et Lucas aux deux sommets inférieurs. Assez petites pour tenir dans la main, elles respirent la piété ; leurs cadres sont épais et ornés de peinture, de joyaux, d'autres offrandes en plastique. Les biolampes projettent une lumière tremblotante sur le triangle de visages, et sur Lucasinho dès qu'il s'accroupit pour examiner les autres offrandes laissées à cet autel.

Un maillot des Moços, saison 2103. Un T-shirt, coupe contemporaine, avec l'image d'une moto-poussière : l'enduro de Serenitatis. Beaucoup de couteaux, la pointe brisée. Des cubes musicaux qui, quand l'adolescent les soulève, laissent entendre la bossa-nova d'époque dont raffolaient son père et sa grand-mère. Des photos, par dizaines : lève-poussière et fans de handball, superbes clichés datant des débuts de la Lune, de l'époque où Adriana a construit un monde. Lucasinho les prend dans la main : ce sont de vieilles images, mais dont l'odeur révèle qu'elles sont d'impression récente. Un barbu souriant : le grand-père qu'il n'a jamais connu, mort avant même la naissance de son père. Les madrinhas, des enfants dans les bras et aux pieds. Les visages de Boa Vista à moitié sculptés. Ce sont là des dieux qui parlent à Lucasinho, des choses trouvées dans la pierre, qui sortent de la roche brute. Deux jeunes femmes, dont l'une est sa grand-mère ; l'autre, il ne l'a jamais vue. Leurs têtes se touchent et sourient à l'objectif. Sa grand-mère porte un T-shirt moulant avec un double M, le logo de Mackenzie Metals. Celui de l'autre femme montre un adinkra ghanéen.

Elles ne sont plus. Lui est toujours là, agenouillé ivre au milieu des offrandes. Il est dégoûtant. Il se méprise. Les icônes lui font honte.

« Pas toi. » Lucasinho essaye de détacher du mur la photo de son père, mais elle est bien collée. Ses doigts cherchent une prise dessus. Une main sur son bras, une voix.

« Laisse. »

Il se retourne en grondant, prêt à écraser son poing serré sur un visage.

La vieillarde recule, mains levées, non pour se défendre, non de peur, mais d'émerveillement. Elle est maigre comme un clou, la peau foncée, le corps emmailloté de robes blanches et la tête d'un turban de la même couleur. Elle porte une étole bleu et vert, de nombreuses bagues et davantage encore de colliers. Lucasinho l'a déjà vue, mais ne sait plus où. Elle le reconnaît.

« Oh, c'est toi, petit mestre. »

Elle lance les mains, aussi rapide qu'un combattant au couteau, pour prendre celles de Lucasinho.

« Je ne suis pas… » Il n'arrive pas à se dégager. Elle a un regard noir et profond qui le paralyse de peur. Il reconnaît ces yeux. Il les a vus deux fois, d'abord à Boa Vista avec vó Adriana, ensuite au banquet donné pour le quatre-vingtième anniversaire de celle-ci. « Vous êtes une sœur…

— Irmã Loa, de la Sororité des Seigneurs du Présent. » Elle s'agenouille devant lui. « J'étais la personne qui confessait ta grand-mère. Elle s'est montrée généreuse avec mon ordre. » Elle remet en place les offrandes éparpillées par les pieds de Lucasinho. « Je chasse les robots… ils n'ont aucun respect, mais les zabbalins se souviennent des Corta. J'ai toujours su que quelqu'un viendrait. J'espérais que ce soit toi. » Il dégage ses mains de celles, chaudes et sèches, de la sœur. Il se redresse, et c'est pire. Cette vieillarde agenouillée devant lui l'horrifie. Elle lève les yeux vers lui, comme en supplication. « Tu as des amis, ici. C'est ta ville. Elle n'appartient pas aux Mackenzie, ni maintenant ni jamais. Il reste des gens ici qui tiennent en estime le nom des Corta.

« Allez-vous-en, laissez-moi tranquille ! glapit-il en s'écartant.

— Bienvenue chez toi, Lucasinho Corta.

— Chez moi ? J'ai vu, chez moi. J'y suis allé. Vous n'avez rien vu. Vous avez nourri des lampes, chassé des robots, épousseté les images. J'y étais, moi. Je suis descendu, j'ai vu les plantes mortes, l'eau gelée, les pièces ouvertes sur le vide. J'ai sorti des gens des refuges. J'ai fait sortir ma cousine. Vous n'y étiez pas. Vous n'avez rien vu. »

Mais il avait juré qu'il reviendrait. Écrasant sous les bottes de sa combiAS les débris gelés d'une grande maison, il avait juré qu'il ferait revenir tout cela. C'était à lui.

Il ne peut pas. Il n'a pas ce qu'il faut en lui. Il est faible, vaniteux, avec des goûts de luxe et une intelligence toute relative. Il se détourne, s'enfuit, dessoûlé par le choc et l'adrénaline.

« Tu es le véritable héritier, lance Irmã Loa dans son dos. Cette ville est à toi. »

Au deuxième Blue Moon, Lucasinho sait que c'est un cocktail atroce. Il le termine avant d'en commander un troisième, le barman sait les préparer de la bonne manière, il fait le truc avec la petite cuillère à l'envers pour que les arabesques du curaçao bleu se dispersent dans le gin comme la culpabilité. Lucasinho le soulève en cherchant dans le cône bleu le reflet des lumières du bar. Il est une nouvelle fois ivre, comme il le voulait. Son tio Rafa a créé le Blue Moon, mais ne connaissait rien aux bons cocktails.

Le bar est petit, malodorant, sombre, avec de la musique de variétés à fort volume, des conversations encore plus bruyantes et un barman qui reconnaît Lucasinho, mais reste d'une discrétion professionnelle. Contrairement à la fille. Elle est entrée alors qu'il en était à la moitié de son premier verre, accompagnée d'une autre fille, de deux garçons et d'un neutro. Depuis, ces cinq-là lui jettent des coups d'œil depuis leur box taillé dans la roche brute, en fuyant le contact oculaire quand il se tourne dans leur direction. Têtes baissées, allure sournoise. Elle attend le quatrième Blue Moon pour l'aborder. « Olá. Vous êtes, euh… »

Inutile de nier. Cela ne ferait qu'engendrer des rumeurs, et les rumeurs sont des légendes qui viennent tout juste d'apprendre à ramper.

« C'est moi. »

Elle s'appelle Geni. Elle lui présente Mo, Jamal, Thor et Calyx. Ils le saluent en souriant depuis leur box, attendent qu'il leur fasse signe de les rejoindre.

« Vous permettez ?... » Elle montre le tabouret, la place vide au comptoir.

« Pas vraiment. »

Soit Geni n'entend pas, soit elle s'en fiche.

« On est des urbas, vous savez ? »

Lucasinho en a entendu parler. Un sport extrême qui consiste à explorer en combinaison des endroits abandonnés du genre habitats ou sites industriels. Descente en rappel dans des puits agricoles. Reptation à l'intérieur des tunnels tout en surveillant du coin de l'œil sa jauge d'O_2. Aucun intérêt. Histoire, sport et prise de risques inutile. Trois choses qu'il déteste autant les unes que les autres. Ça ressemble trop à des efforts. Il se recule sur son tabouret, pose le menton sur ses mains pour examiner ce qu'il reste de son cinquième Blue Moon. Le barman croise son regard, brève communication silencieuse qui veut dire *faites-moi signe si vous voulez que je vous débarrasse d'elle*.

« On y est allés. Trois fois.

— À Boa Vista.

— On peut vous y emmener.

— Vous êtes allés à Boa Vista ? »

Elle semble un peu moins sûre d'elle, jette un coup d'œil à ses amis. Le gouffre entre le box et le bar est stellaire.

« Vous êtes allés à Boa Vista ? répète-t-il. Chez moi ? Vous avez fait comment ? Par la ligne de tram ? Ou vous êtes descendus par le puits de surface ? Vous vous êtes sentis vraiment fiers en posant le pied là-bas, comme si vous aviez accompli un exploit ? Vous vous êtes tous félicités en vous tapant la main ?

— Je suis désolée, je me disais juste que…

— Chez moi, putain, chez moi. » Lucasinho déverse sa fureur sur Geni, rage pure alimentée par la honte, l'auto-apitoiement et les Blue Moon. « Vous êtes allés chez moi, vous avez fureté partout, vous avez pris des photos et des vidéos. Regardez, moi dans le pavillon São Sebastião. Moi devant Oxalá. Elles ont plu à vos copains ? Ils ont trouvé que c'était formidable, que vous aviez vraiment du courage et de l'audace ? C'est chez moi, putain, chez moi. Qui vous a autorisés à y aller ? Vous avez demandé la permission ? Vous êtes-vous seulement dit que vous devriez peut-être la demander ? Qu'il restait un Corta à qui la demander ?

— Je suis désolée, répète-t-elle. Désolée. » Elle a peur, à présent, et le mélange d'alcool et de honte ayant rendu Lucasinho vraiment méchant, il ajoute cette peur à sa combustion. Il repose si brutalement son verre à cocktail sur le comptoir luisant que la tige se brise et que du bleu se répand. Il se lève en titubant.

« Ce n'est pas à vous ! »

Le barman croise le regard de Geni, mais déjà les autres urbas s'en vont.

« Je ne voulais pas… », lance-t-elle depuis la porte. Elle est en larmes.

« Vous n'y étiez pas ! crie Lucasinho dans son dos. Vous n'y étiez pas. »

Le barman a nettoyé les dégâts et posé un verre de thé devant son client.

« Elle n'y était pas, lui dit Lucasinho. Désolé. Pardon.

— Le voilà donc. » Il n'avait accordé qu'un rapide coup d'œil à la lève-poussière au bout du comptoir, mais elle cesse maintenant de plonger le nez dans sa caipiroska pour s'adresser à lui. Ses traits projettent des ombres dures dans la lumière du bar. Les radiations ont pointillé son visage sombre de vitiligo. « Mão de Ferro.

— Hein ?

— La Main de Fer. Le nom Corta. J'ai donné à votre famille vingt-cinq ans de ma vie. Je suis due. »

Due ? est sur les lèvres de Lucasinho, mais avant qu'il puisse prononcer le mot, le petit bar se remplit d'hommes et de femmes imposants en costumes à la mode, avec sous la veste des renflements qui laissent penser à des lames. Trois d'entre eux viennent entourer le jeune Corta, deux couvrent le bar en encadrant la lève-poussière. Des familiers adinkras. La sécurité AKA.

Le chef de groupe pose un clou d'oreille en titane sur le blanc luisant du bar. « Vous avez oublié ça », dit-il. La lève-poussière regarde Lucasinho et hausse les épaules. « Venez avec nous, s'il vous plaît, senhor Corta.

— Je reste... », décide Lucasinho, mais les gardes le mettent debout. Une main ferme sur son avant-bras droit, une autre au creux de ses reins.

« Pardon, lance la lève-poussière au moment où

les gardes Asamoah le font sortir sur Kondakova Prospekt. Je vous ai confondu avec la Main de Fer. »

« Je me suis dit que la chambre avec fenêtre te plairait. »

Ariel passe en fauteuil du salon à la chambre, fait le tour du lit. Un lit, pas un hamac. Un lit indépendant. Un lit suffisamment grand pour qu'on puisse s'allonger dessus bras et jambes tendus. Un lit avec de l'espace tout autour. Assez d'espace pour se déplacer correctement, en toute liberté. Comparé à la maison dans laquelle Marina a grandi, la maison en bois recouverte de mousse et aux bardeaux dégoulinant de pluie, cet appartement sur Orion Hub est un ensemble de cagibis aussi compact qu'un nid de guêpes. Selon les critères de Méridien, il n'y a rien de plus désirable : c'est assez bas pour être recherché, assez haut pour échapper aux principales nuisances sonores et olfactives du prospekt. Par rapport aux trous à rats là-haut dans Bairro Alto, c'est le paradis.

« Ah oui, je pourrai profiter du bruit de la circulation, comme ça », réplique Marina. Elle regrette sa raillerie en voyant la mine déconfite d'Ariel. L'appartement est superbe. « Montre-moi le reste », ajoute-t-elle en espérant avoir l'air enthousiaste. L'excitation provoquée par ce nouveau logement a émoussé les sens professionnels d'Ariel : en temps normal, le manque de sincérité lui aurait sonné aux oreilles comme une cloche d'église.

Il y a deux chambres, un salon et un espace social auxiliaire qu'on peut isoler. Un bureau, décrète

Ariel. Il y a aussi une petite pièce distincte pour ce qui nécessite l'utilisation d'une petite pièce distincte.

« Ça pourrait te faire ton nouveau baisodrome », déclare Marina en passant la tête dans l'embrasure pour évaluer les dimensions. « Sol souple, revêtement mural neuf. »

Le sexe avait posé des problèmes, dans Bairro Alto. Ni le handicap d'Ariel ni la dégradation de sa situation sociale n'avaient changé quoi que ce soit à son autosexualité. Endroits et durées étaient négociés. Marina a fait don de sa maigre allocation carbone pour permettre à Ariel d'imprimer ses sextoys. Le sexe est devenu une blague entre elles, un troisième membre de la famille, avec ses propres surnoms, son propre vocabulaire et son propre code : senhora Siririca et Nervurée et Excitante. Sœur Lapin – Marina avait dû expliquer ce qu'était un lapin – était la divinité farceuse maison, et une rivalité ne cessait d'opposer senhora Circonférence et senhora Profondeur. La conversation en était facilitée, mais cela n'avait pas une seule fois concerné le côté réservé à Marina dans le minuscule appartement. Avec qui le faisait-elle ? Avec qui pourrait-elle le faire, et le faisait-elle seulement ? Marina avait fini par accepter le célibat comme le gage de sa protection d'Ariel. La plupart du temps, elle était trop fatiguée pour seulement se souvenir du sexe, d'autant plus pour concevoir un fantasme. Et là, alors qu'elle referme la porte de la petite pièce dans le grand et nouvel appartement, la possibilité apparaît. Elle peut penser à elle-même.

Une bania privée. Un bain à remous distinct, dans lequel l'eau coule tant que vous ne la coupez pas.

Marina n'arrive toujours pas à croire que les Quatre Fondamentaux sur son chib soient et restent dorés. Il y a une imprimante. Il y a un garde-manger et un réfrigérateur. Dans l'un sont rangés des boissons gazeuses, des zestes et des botaniques, dans l'autre des gins et vodkas de designer. Les verres adéquats sont posés sur les surfaces de travail.

« Marina coração, un dry martini me ferait grand plaisir.

— Il est à peine dix heures.

— Il faut bien fêter ça, non ? »

Les plaisirs ont été rares, à Bairro Alto. Ariel a fêté tout ce qui ressemblait à une victoire : une affaire, un marché, une nouveauté dans la maison. Le moment où « fêter ça » est devenu un dangereux abus de boisson n'a pas échappé à Marina. Il lui faudrait s'occuper de cela un jour, à un endroit ou à un autre. Pas à Bairro Alto. L'endroit actuel est idéal, mais Marina ne peut pas se résoudre à ce que le jour le soit tout autant : ce nouvel appartement se fête, Ariel a raison. Elle prépare deux dry martinis à couper le souffle avec un botanique-vingt-deux venu de Cyrille. Ariel se hisse hors du fauteuil roulant, se laisse tomber sur les coussins moelleux du canapé. Le siège file dans un coin où il se replie en une boîte plate.

« À quoi on pense ? » Le cocktail à la main, l'avocate remonte ses jambes sur le canapé, une à la fois, et s'étale.

« Moi, je me demande qui a vécu ici avant nous.

— Vous autres Nortes êtes vraiment des puritains. » Ariel lève son verre. « Saúde ! »

Marina choque leurs verres. Cela sonne comme du bon cristal. « Tim-tim.

— Puisque tu poses la question : il appartenait à Yulia Shcherban. Conseillère économique spéciale de Rostam Baranghani.

« Celui au conseil d'administration de la LDC ?

— Lui-même. Elle a été rappelée. Comme un certain nombre de membres du personnel auxiliaire de la LDC.

— Tu penses que…

— J'en ai parlé à l'Aigle.

— Et ?

— Il m'a félicitée pour mon zèle.

— Eh bien, je sais que le marché de la sécurité personnelle est en plein boom. Ça ne se limite pas aux Mackenzie. Quelqu'un qui a travaillé pour les Dragons trouve un contrat au prix qu'il veut. »

Ariel se redresse. « Où as-tu entendu dire ça ?

— Pendant que tu écoutes, nous, on parle.

— Pourquoi je n'en ai pas entendu parler ?

— Parce que tu restes assise sur l'épaule de Jonathon Kayode à essayer de déterminer si ses avocats vont s'entre-tuer avant de s'en prendre à lui.

— Ça n'aurait pas dû m'échapper, insiste Ariel. Ça ne l'aurait pas fait, avant. Quelqu'un rotait dans Méridien, j'étais au courant.

— Tu es restée hors d…

— Il est foutu, l'interrompt Ariel. Il a son conseil contre lui. Ses juristes essayent de sauver leur propre peau. Il ne fait confiance qu'à moi. » Ariel boit une grande gorgée de cocktail. « Tout se passe de manière très polie, très cérémonieuse, très discrète, mais je le lis sur leurs visages. La LDC a été montée de façon à ce qu'aucun des gouvernements terrestres ne puisse la contrôler. Ils sont unifiés, maintenant. Quelque chose a changé. Le conseil va bientôt se débarrasser de lui.

— Et s'il saute avant qu'on le pousse ?

— Le conseil mettra quand même son laquais.

— Bref, il est baisé de toute manière. Qu'est-ce qu'il a fait pour que son conseil en ait marre à ce point de lui ?

— L'Aigle de la Lune est un grand benêt romantique. Il croit que sa fonction ne devrait pas se limiter à donner des coups de tampon sur les édits de la LDC et à minauder dans les cocktails. Il croit à ce monde.

— Quand tu dis qu'il croit à ce monde…

— À l'autonomie. À notre transformation en État au lieu de rester une colonie industrielle. Il s'est mis à la politique, le pauvre chou.

— Ce qui les fiche en rogne, j'imagine.

— Ah ça oui, répond Ariel. Je lui murmure à l'oreille, je prends son argent et son appartement, et je ne peux rien faire. » Elle se laisse retomber sur le divan, les bras en croix. Marina rattrape le verre avant qu'il échappe aux doigts de moins en moins serrés de son amie. « Dommage, je l'aime bien, ce grand dadais. Bon, assez avec la politique. Je le veux à la vodka, cette fois.

— Ariel, tu ne crois pas que…

— Prépare-moi un vodka martini, bordel, Marina. »

Le verre, les glaçons, le liquide épais tant il est froid. La dose homéopathique de vermouth. Ariel ne manque jamais d'être blessante, avec son attitude arrogante et décontractée. Jamais elle n'arrête, ne se demande ce que pourrait vouloir Marina. Si Marina veut vraiment la chambre avec fenêtre. Si elle veut emménager dans cet appartement. Jamais elle ne s'interroge sur la vie de Marina. Et Marina prépare le cocktail d'une main qui tremble de rage. Sans pourtant en renverser une goutte. Jamais.

« Désolée, lance Ariel. Ce n'était pas très élégant. » Elle boit une gorgée. « Magnifique. Mais dis-moi, t'en penses quoi, vraiment ?

— Je pense que si l'Aigle chute, essaye de ne pas être dessous.

— Non, pas de l'Aigle, assez là-dessus, merde. Et sur toutes ces conneries de LDC, d'avocats, de conseillers, de machins bidons genre clubs politiques, cercles de discussions et groupes d'activistes. Au fait, j'ai besoin de toi, ce soir. Il y a une réunion de la Société sélénite à laquelle je veux aller.

— Tu veux aller à la Société sélénite ?

« Oui. Le colloque de sciences politiques Cabochon présente des modèles pour la démocratie lunaire.

— Eh bien, il faudra te débrouiller sans moi. J'ai pris un billet pour un concert.

— Tu as quoi ? Tu ne m'en as jamais parlé. »

Marina se hérisse. « J'ai besoin de ta permission pour aller voir un groupe ?

— Pourquoi as-tu besoin d'aller voir un groupe ? On en a encore, des groupes, d'ailleurs ?

— Oui, on en a, et ça me plaît, et je veux aller en voir un.

— C'est ton rock, là ?

— Il faut que je justifie mes goûts musicaux ? » Marina a vite appris qu'Ariel, contrairement à son frère, n'appréciait aucune musique et camouflait son ignorance en mépris.

« Voilà ce que tu vas faire. Tu me déposes et tu vas te prendre une tasse de thé en demandant à Hetty de te transmettre ce… concert. Ce sera comme y être. Et même mieux : tu ne seras pas au milieu de ces affreux amateurs de rock tout suants.

— Si on n'est pas au milieu de ces gens affreux tout suants, ce n'est pas du rock », contre Marina, mais l'incompréhension d'Ariel est si totale, si flagrante que toute autre défense de la musique avec guitare proéminente n'apportera que confusion. « Tu me dois bien ça.

— Ma dette envers toi est tellement colossale que je n'ai aucune chance d'arriver à la rembourser un jour. Mais il faut que j'aille à la Société sélénite. Je n'ai absolument rien à fiche de cet affreux idéalisme estudiantin débordant d'enthousiasme, je veux y aller parce que Abena Maanu Asamoah va faire un exposé et qu'aux dernières nouvelles, elle couche avec mon neveu Lucasinho. Je me fais du souci pour ce petit con. Bon, c'est d'accord ? »

Marina hoche la tête. La famille avant tout.

« Merci, chérie. Et maintenant, je te repose la question : t'en penses quoi ? » Elle désigne la grande pièce blanche d'un geste ample qui renverse un peu de cocktail sur le divan.

« J'en pense : comment je vais équiper ça ?

— Niveau cordes et filets ? Poignées partout ?

— Je les considère plutôt comme des aides à la mobilité.

— Je ne prévois pas d'en avoir besoin. »

Il n'existe qu'un scénario dans lequel Ariel n'aura

pas besoin que Marina équipe l'appartement pour lui permettre de s'y déplacer.

« Tu ne m'as rien dit.

— Il faut que je te raconte les moindres détails de mon deal avec l'Aigle ?

— Marcher, c'est un peu plus important que vouloir aller voir un groupe de rock.

— Tu crois que j'aurais accepté de faire affaire avec lui, si ça n'incluait pas que je puisse remarcher ?

— Je me souviens que la docteure Macaraeg a dit que ça pourrait prendre des mois. Pour tes nerfs rachidiens, ça a été lent et laborieux.

— Ça prendra le temps qu'il faudra. Mais je serai mobile, Marina. Je n'aurai pas besoin de ce truc. » Elle répand de la vodka martini en direction du fauteuil en train de se recharger. « Je n'aurai pas besoin de toi. Enfin, si. Tu vois ce que je veux dire. J'aurai toujours besoin de toi. »

Les mains sur ses yeux le dégoûtent. Chaudes, sèches, parcheminées, froufroutantes. Il garde les paupières bien fermées. Imaginer ces paumes, cette peau en contact direct avec un globe oculaire lui met le cœur au bord des lèvres.

Le mouvement cesse, des portes s'ouvrent. Les mains le font avancer de quelques pas supplémentaires avant de quitter son visage.

« Ouvre les yeux, petit. »

Il va pour refuser : irrité par le ton autoritaire de la vieille femme, par sa main dominatrice sur son épaule, alors qu'il fait une tête de plus qu'elle. Il a été tenté de se rebeller un peu quand elle lui a ordonné de fermer les yeux pendant toute la montée en ascenseur, de même qu'il s'était hérissé quand elle lui avait arraché la vapette des mains. *Quelle ridicule affectation.* Mais se rebeller n'est pas donné, d'autant plus que, il le sait, elle attendra jusqu'à ce qu'il lui obéisse.

Darius Mackenzie ouvre les yeux. De la lumière. Aveuglante. Il les referme. Il a vu la lumière de la Pluie de fer, la lumière de la destruction. Celle-là est si vive qu'elle fait apparaître les capillaires dans ses paupières.

Le pavillon est une lanterne en verre qui surmonte l'étroite cage d'ascenseur au sommet du mont Malapert. Darius se tient au milieu d'une pièce hexagonale. Dalles, étançons, voûtes et nervures, le verre lui-même, semblent flétris et fatigués, leur intégrité structurelle grignotée photon après photon. Les idéogrammes sur la plaque d'appel de l'ascenseur sont tellement passés qu'on peine à les lire. L'air a un goût de brûlé, de surchargé, d'ionisé.

« Chaque Sun est amené ici à l'âge de dix ans, explique Dame Sun. Tu es en retard pour un Sun, mais tu ne feras pas exception. » Il lève la main pour s'abriter les yeux, la laisse retomber. Jamais un enfant du palais de Lumière éternelle n'agirait ainsi.

Ce n'est pas une lanterne, se rend-il compte : la lumière en sortirait. Celle-là vient de l'extérieur, d'un soleil aveuglant posé sur le rebord même du cratère Shackleton. Un soleil bas de minuit qui projette derrière l'adolescent d'immenses ombres, comme des ailes. Pas une seule des particules de poussière ne reste immobile. Le palais de Lumière éternelle n'est pas un endroit d'où vous observez le soleil, mais où le soleil *vous* observe.

« Ouais, on avait ça à Creuset.

— Ne fais pas le malin avec moi, répond Dame Sun. La différence est fondamentale. Creuset devait suivre le soleil en permanence. Alors qu'ici, le soleil vient à nous. Allez, avance. Regarde-le. D'aussi près que tu l'oses. »

Il ne va pas se laisser mettre au défi par une vieille dame. Il marche sans hésitation jusqu'au verre, plaque les mains dessus. Le panneau de verre renforcé semble fragile. Il sent la poussière et le temps. Darius regarde en face le soleil au bord du monde. Le pavillon est un pic de lumière éternelle, un de ces endroits légendaires, toujours aux pôles, où le soleil ne se couche jamais sur le monde.

« Il y a cinquante ans, j'ai reçu un message en pleine nuit. C'était sur un autre monde, dans une autre ville d'un autre pays. J'attendais ce message depuis des années. J'étais prête. Je me suis levée, je suis partie en abandonnant tout. Une voiture m'attendait dehors, comme je n'en doutais pas un instant. Elle m'a conduite à un avion privé à bord duquel j'ai retrouvé mes tantes et mes oncles, mes sœurs et mes cousins. Nous avons décollé pour VTO Kazakhstan, d'où nous sommes montés sur la Lune. Tu sais ce que ce message disait, petit ? »

Darius a très envie de lécher le verre pour voir quel goût il a.

« Il disait qu'une faction au gouvernement allait faire arrêter ma famille, continue Dame Sun. Histoire d'avoir des otages pour faire pression sur mon mari. Même un Mackenzie a dû entendre parler de Sun Aiguo. Sun Aiguo, Sun Xiaoqing et Sun Honghui. Ils ont fait Taiyang. Ils ont fait la Lune.

Apprends l'histoire, petit : le Traité de l'espace interdit aux gouvernements terrestres de revendiquer et contrôler la Lune… voilà pourquoi nous sommes gérés par une compagnie commerciale et non par un parti politique. Les États terrestres nous ont toujours envié notre liberté, notre richesse et nos réussites. Comme ils ont tous peur qu'un autre qu'eux s'empare de la Lune, ils se surveillent mutuellement. La jalousie est une émotion sincère, facile à manipuler. C'est grâce à elle que nous sommes en sécurité depuis un demi-siècle.

« Chaque famille, chacun des cinq Dragons a peur de quelque chose. Les Corta, que leurs enfants détruisent leur héritage. Les Mackenzie…

— De la Pluie de fer, complète Darius sans réfléchir.

— Tu sais ce qui fait peur aux Sun ? Que le soleil s'éteigne. Qu'un jour, il passe à jamais derrière cet horizon en nous plongeant dans le froid et l'obscurité. L'air gèlera. Le verre se brisera.

— Impossible. C'est de l'astronomie, de la physique. De la science.

— Toujours des réponses toutes faites aux lèvres. Le jour où le soleil s'éteint est celui où les règles ne s'appliquent plus. Celle qui nous a protégés pendant cinquante ans ; le jour où les États de la Terre se rendent compte qu'ils ont davantage à gagner en agissant de concert qu'en se courant après le couteau entre les dents. Voilà la peur de ma famille, Darius : l'appel en pleine nuit. Quand il arrivera, tout ce que nous avons construit, tout ce que nous avons accompli nous sera enlevé, puisque nous ne pouvons nous enfuir nulle part.

— C'est ce que tu dis à tous ceux que tu fais monter ici ?

— Oui. Du moins… à ceux qui me semblent avoir besoin que je le leur dise.

— Et tu penses que c'est mon cas ?

— Non. Ce que tu as besoin de m'entendre dire, Darius, c'est que la Pluie de fer n'était pas un accident. »

Il se retourne vers elle. Elle ne trahit aucune émotion – le visage de Dame Sun est toujours parfait, neutre – mais il sait qu'elle est contente de le voir aussi choqué.

« Creuset a été saboté. Avec du code informatique caché dans le système d'exploitation qui gérait les miroirs des hauts fourneaux. Une routine simple, mais efficace. Tu as vu ce qu'elle faisait, d'ailleurs.

— C'est vous qui l'avez programmée. » La poussière danse dans la lumière chaude autour de Dame Sun.

« Exact. Complètement. L'information est notre fonds de commerce. Mais le code n'était pas à nous.

— Il était à qui ?

— Tu n'es pas le Prince, Darius. Tu n'es pas le dernier héritier de Robert Mackenzie et de Jade. Duncan et Bryce s'en prennent l'un à l'autre, tu crois vraiment qu'ils te gardent une place à leur table ? Tu te crois en sécurité ?

« Je…

— Tu es en sécurité ici, Darius. C'est le seul endroit où tu peux l'être. Dans ta famille. » Dame Sun s'est avancée à petits pas sans qu'il s'en rende compte, en le dirigeant sans en avoir l'air pour se retrouver entre lui et le soleil qui monte peu à peu. Il plisse les yeux, la lumière lui fait mal. Dame Sun est une silhouette imposante.

« Tu crois que nous laisserions ces barbares australiens décider de la succession ? Tu n'es pas un Mackenzie, Darius. Tu ne l'as jamais été. Ils le savent bien. Tu n'aurais pas duré six lunaisons. Le code de la Pluie de fer était un vieux code. Plus vieux que toi. Beaucoup plus vieux.

— Je ne comprends pas.

— Bien sûr que non. Ce sont les Corta qui ont tué ta mère. »

Abena Maanu Asamoah adresse à l'auditoire qui l'applaudit un sourire faussement timide. Le salon Erasmus Darwin de la Société sélénite est plein ; les visages, tout proches. Le public était facile à déchiffrer : la personne installée bras croisés au fond de son siège au premier rang ; celle penchée en avant les sourcils froncés au deuxième, le même où une personne secoue la tête tout à droite, et d'autres ne cessent de marmonner au milieu ; au troisième rang, quelqu'un qui étouffe ses bâillements. Même si la Société sélénite a imprimé des chaises supplémentaires, il y a des gens juchés sur les bras des gros fauteuils à l'ancienne contre le mur du fond. Elle a du mal à voir, avec tous ces familiers qui flottent.

Abena est la dernière oratrice, et quand elle descend de l'estrade, la salle s'est morcelée en conversations privées. Ses camarades de colloque se pressent autour d'elle avec des félicitations et des flagorneries. Des serveurs proposent des boissons : des petits verres de vodka, de genièvre, de cocktail au thé. Abena prend un verre de thé glacé, et alors qu'elle se laisse complimenter, accepte des propositions d'allocutions, répond au pied levé à un jeune homme tenace, elle remarque une perturbation dans la pièce, comme si les gens s'écartaient pour céder le passage à un objet en mouvement. Une femme en fauteuil roulant : le fauteuil est invraisemblable, la femme incroyable. Ariel Corta. Les camarades de colloque d'Abena la laissent s'intégrer dans leur cercle.

« Merci bien, lance Ariel avant de leur demander : Vous permettez ? »

La jeune fille hoche la tête : *On se retrouve en boîte.*

« Allons sur le balcon. Le décor de ce salon me donne mal au cœur. » Ariel roule en direction du pavillon au-dessus de 65e Ouest. « Quelques conseils. Sachez toujours quoi faire de vos mains. Comme les acteurs et les avocats. On ne fait pas dans la vérité, mais dans la persuasion. Les gens croiront au langage corporel quand ils ne croiront pas aux mots prononcés. » Elle attrape un verre de genièvre sur un plateau, remercie le serveur. « Deuxième conseil. Travaillez votre public. Avant d'ouvrir la bouche, choisissez vos cibles. Qui a l'air effrayé, qui semble trop confiant, par qui votre attention est attirée quand vous regardez dans la salle, qui vous aimeriez davantage convaincre que les autres. Balancez-leur ce que vous avez à dire qu'ils veulent entendre. Donnez-leur l'impression que vous leur parlez personnellement. S'ils hochent la tête, s'ils changent de position pour adopter la même que vous, c'est dans la poche. »

Ariel tapote un petit banc rembourré à côté de la balustrade. Abena répond à cette invite à s'asseoir.

Des voix jacassent à l'intérieur, des rires et des interjections pimentent d'un peu de drame le bruissement du réseautage. La ligne solaire vire à l'indigo. Orion Quadra est un canyon de lumières, la nef luisante d'une prodigieuse cathédrale impie.

« Vous m'enlevez à mes amis pour me dire que je fais tout de travers, si je comprends bien, dit Abena.

— Je sais, je suis un monstre d'arrogance. » L'avocate boit une gorgée, grimace. « Horrible.

— Mon exposé vous a plu ?

« Vous prenez un risque énorme, en me posant cette question. Je pourrais répondre l'avoir trouvé banal, naïf et plat.

— Je m'en tiendrais malgré tout à ce que j'ai dit.

— Vous m'en voyez ravie.

— Alors, vous en avez pensé quoi ?

— Je suis juriste. Je vois la société comme un ensemble de contrats individuels, mais en interaction. Comme des réseaux d'engagements et d'obligations. La société est ça... » Elle lève son petit verre de genièvre au-dessus des lumières de la ville. « ... en robe Nicole Farhi. Ce qui me gêne avec la démocratie, c'est que nous avons déjà un système plus efficace, selon moi. Votre développement basé sur les petits États terrestres était passionnant, mais la Lune n'est pas comme ça. Nous ne sommes pas un État : nous sommes une colonie économique. Si je devais faire une analogie avec la Terre, je choisirais plutôt quelque chose de clos et de contraint par son environnement. Un bateau de pêche en haute mer, peut-être, ou bien une base de recherches dans l'Antarctique. On est des clients, pas des citoyens. On est une culture de rentiers. On ne possède rien, on n'a pas de droits patrimoniaux, on est une société à petits enjeux. Qu'est-ce qui me motiverait à participer ?

« Le problème avec la démocratie, même directe et aussi élégamment construite que la vôtre, ce sont les parasites. Il y a toujours des gens pour refuser de s'impliquer, mais qui ne refusent pas les avantages générés par ceux qui se retroussent les manches. Si je pouvais me comporter en parasite sans m'attirer d'ennuis, je ne me gênerais pas. J'ai uniquement accepté d'intégrer le pavillon du Lièvre variable parce que je croyais que ça m'aiderait à progresser à la cour de Clavius. Juge Ariel Corta, ça sonne bien. On ne peut pas obliger les gens à s'engager politiquement… ce serait de la tyrannie. Dans une société où s'impliquer ne rapporte pas grand-chose, on se retrouve avec une majorité de profiteurs et une petite caste politique engagée. Laissez la démocratie à ceux qui souhaitent s'y exercer et vous n'échapperez pas à l'apparition d'une classe politique. Ou pire, d'une démocratie représentative. Pour l'instant, on a un système de responsabilité auquel tout le monde est soumis sur la Lune. Notre système juridique rend chaque humain responsable de sa vie, de sa sécurité et de sa prospérité. Il est individualiste, individualisant et sévère, mais il est compris. Et les limites sont claires. Personne ne prend de décisions ou n'assume de responsabilités pour autrui. Il ne reconnaît ni les groupes, ni les religions, ni les factions, ni les partis politiques. Il y a des individus, des familles et des entreprises. Les universitaires terriens qui viennent à Farside roulent des yeux désapprobateurs en nous traitant d'individualistes sans merci qui n'ont pas la moindre notion de solidarité. Mais on a bel et bien ce qu'ils appelleraient une société civile. Sauf qu'on trouve préférable de recourir à la négociation plutôt qu'à la législation. On est des barbares frustes et rancuniers. Ça me plaît assez.

— Bref, résume Abena : banal, naïf et plat. Mais vous n'êtes pas venue ici pour écouter des étudiants en sciences politiques débiter des banalités naïves.

— Non, bien sûr. Comment va-t-il ?

— Nous assurerons sa sécurité.

— Ce n'est pas ce que je vous ai demandé.

— Il vit avec madrinha Elis. Et Luna. Et parfois Lousika, quand elle n'est pas montée à Méridien.

— Ce n'est pas non plus ce que je vous ai demandé.

— D'accord. » Abena se mord la lèvre, signe de gêne émotionnelle. « Je crois que je lui ai brisé le cœur. » Ariel lève un sourcil. « Il fallait que je vienne ici. La possibilité d'étudier au Cabochon ? » Le sourcil d'Ariel monte encore davantage. « Ça ne vous dit rien, mais il n'y a pas de meilleur colloque de sciences politiques sur la Lune. Et Lucasinho est devenu si collant. Il est si souvent en manque d'affection. Et injuste. Coucher avec quelqu'un d'autre ne lui posait aucun problème du moment qu'il en tirait du réconfort, mais s'il avait besoin de moi, il s'imaginait qu'il n'avait qu'à ôter ses vêtements et faire un gâteau pour régler tous les problèmes.

« C'est un petit prince gâté, mais très agréable à regarder. »

Le ton des voix à l'intérieur change, celui de la circulation en bas aussi : les gens se disent au revoir, prennent congé, conviennent de réunions et de rendez-vous, arrachent faveurs et promesses ; des lapas arrivent et s'ouvrent pour prendre des passagers, des groupes partent à pied vers l'ascenseur le plus proche.

« Je vous ai assez retenue, dit Ariel. Vos amis ont l'air de s'impatienter. » Elle écarte son fauteuil roulant de la balustrade pour se diriger vers le grouillement des invités. Le verre de genièvre reste à moitié vide sur la rambarde, en position dangereuse au-dessus du gouffre lumineux qui se termine avec les arbres de Gagarin Prospekt.

« Je peux vous pousser, propose Abena.

— Je me pousse toute seule. » Ariel se retourne à moitié. « J'aurais besoin d'un stagiaire juridique. Ça vous intéresse ?

— C'est payé ?

— Bien sûr que non. Défraiements. Pourboires. Contacts. Politique. Moments intéressants. Visibilité. » Ariel se remet en mouvement et jette par-dessus son épaule sans attendre la réponse d'Abena : « Je vais demander à Marina d'organiser ça. »

« Ça va faire mal, indique Preeda l'animatrice. Vous n'aurez jamais eu aussi mal de votre vie. »

En voyant les seize personnes assises en cercle, Marina manque repartir sans même entrer. Cela ressemble à un groupe de réinsertion pour personnes inadaptées. C'en est un.

À force de traîner des pieds, Marina est en retard, mais l'animatrice n'est pas née de la dernière pluie et rien ne lui échappe. « Marina ? »

Coincée. « Oui. Salut.

— Joignez-vous à nous. »

Seize personnes l'observent prendre le dix-septième siège.

L'animatrice pose les mains sur ses cuisses et passe les visages en revue. Marina détourne les yeux.

« Bienvenue, donc. Pour commencer, je tiens à tous vous remercier d'avoir pris cette décision. Elle n'est pas facile. Il n'y a qu'une seule décision plus dure à prendre : celle de venir ici. Et ça va être difficile. Sur le plan physique, comme chacun sait. C'est douloureux. Davantage encore que vous l'imaginez. Mais aussi sur le plan mental et émotionnel. Ce sont ceux qui font vraiment mal. Vous mettrez en doute tout ce que vous pensez de vous-même. Vous parcourrez cette longue et sombre vallée de doute. Je ne peux vous offrir qu'une chose : notre présence. Nous vous le promettons : quand l'un d'entre nous aura besoin d'aide, nous répondrons présents. D'accord ? »

Marina marmonne son assentiment en même temps que le reste du groupe. Ses yeux restent fixés sur ses genoux.

« Bon, ne perdons pas de temps. La dernière arrivée d'abord. Parlez-nous de vous. »

Marina déglutit et lève les yeux. Tout le cercle la regarde.

« Je m'appelle Marina Calzaghe et je retourne sur Terre. »

Au début, Marina pense que des cambrioleurs ont mis l'appartement à sac. Le mobilier est retourné. Le moindre verre, le moindre emballage de fast-food, le moindre ustensile est cassé ou par terre. La literie est éparpillée de tous côtés, les articles de toilette aussi. Quelqu'un a tout saccagé. Elle se rappelle ensuite qu'il n'y a pas de cambrioleurs sur la Lune. Personne n'a rien à voler.

C'est alors qu'elle voit le fauteuil roulant renversé, juste derrière la porte de la chambre d'Ariel.

« Ariel ! »

L'avocate est sur le dos au milieu d'un tas de draps.

« Mais bordel, qu'est-ce qui se passe ici ? demande Marina.

— Mais bordel, qu'est-ce que t'as fait de mon gin ? crie Ariel.

— Je l'ai vidé dans la douche.

— Et l'imprimante ?

— Je l'ai hackée. »

Ariel se redresse sur les coudes.

« Il n'y a pas de gin dans la maison. » C'est une accusation.

« Ni gin, ni vodka, ni aucun autre alcool.

— J'irai en acheter.

— Je hackerai ton fauteuil.

— Tu n'oserais pas.

— Ah bon ?

— Je déferai ton hack.

— Sauf que t'y connais que dalle en codage. »

Ariel se laisse retomber dans le tas de draps.

« Sers-moi un verre. Un seul. C'est tout.

— Non.

— Je sais, je sais. Mais c'est toujours l'heure d'un dry martini quelque part.

— Ne quémande pas. Ça manque de classe. Donc : jamais d'alcool dans la maison. À l'extérieur, je ne peux pas t'empêcher de boire et je ne le ferai pas, par respect pour toi.

— Ah, merci bien. Où étais-tu, d'ailleurs ? Encore un de tes groupes de rock ?

— Entraînement. » Ce n'est pas vraiment un mensonge. « Jiu-jitsu brésilien. On ne sait jamais, des fois que j'aie encore besoin de te sauver la vie.

— Tu recommences avec ça.

— Lâche-moi la grappe, Ariel, putain.

— Et toi, donne-moi mon putain de gin ! Donne-moi mes putains de jambes ! Donne-moi ma putain de famille ! » Un silence pendant lequel aucune des deux n'arrive à regarder l'autre en face. Puis : « Désolée.

— Tu me fais peur. J'ai vu l'état de l'appart, j'ai vu ton fauteuil renversé… j'étais censée penser quoi ? J'ai cru que j'allais te retrouver morte. »

Au tour d'Ariel de baisser les yeux.

« Marina, tu peux faire quelque chose pour moi ?

— Tu n'auras pas à boire, Ariel.

— Ce n'est pas ce que je veux te demander.

« Et tu te dis avocate ? Même moi, je vois que c'est un gros mensonge.

— Je veux que tu contactes Abena Asamoah.

— Elle a fait son exposé à la Société sélénite ?

— Elle a débité des absurdités pro-démocratiques simplistes. Mais elle est intelligente et ambitieuse.

— Et elle s'envoie en l'air avec ton neveu.

— Et sa tante, mon ex-belle-sœur, est Omahene du Tabouret doré. Et j'ai beau assister aux réunions de la LDC grâce à l'Aigle, avoir les faveurs des Dragons fournit des griffes autrement plus affûtées.

— Qu'est-ce que tu veux que je fasse ?

— Je lui ai dit que je cherchais un stagiaire. Elle serait idiote d'accepter, mais j'ai l'intention de la convaincre. Il y a une réunion de la LDC prévue pour Ku Kolu. Invites-y Abena de ma part. Dis-lui que c'est l'occasion de voir les véritables rouages de la politique. Arrange-toi pour lui obtenir l'autorisation d'y assister, d'accord ?

— Pourquoi est-ce que je fais ça ?

— Parce que j'ai des gens, maintenant. Dis-lui de s'habiller mieux. Et aide-moi à me lever, qu'on range ce bordel. »

Tous les occupants du sas lèvent les yeux. Trente à cinquante visages, estime Wagner, le casque sous le bras, en descendant la rampe avec sa junshi Zehra Aslan. Certains de ces visages lui sont familiers, parfois très familiers. La plupart sont nouveaux. Il n'a jamais vu autant de nouveaux. Sombra parcourt leurs CV. Deux ou trois affirment avoir travaillé pour Corta Hélio. Bien tenté.

Le groupe s'ouvre, laisse Wagner et Zehra aller se mettre devant le rover Lucky Eight Ball. « Je peux en prendre quatre », annonce-t-il.

Personne ne bouge.

Wagner se tourne vers le grand Igbo à la combiAS recouverte d'insignes de Manchester United. « Toi. T'es un Joe Moonbeam. Dégage. »

De rage, l'homme écarquille les yeux. Il se redresse : il fait une tête de plus que le deuxième-gén Wagner. « Je suis certifié surface.

— Menteur. Ta manière de te tenir debout, de carrer les épaules, de soutenir ton poids, de porter cette combinaison, de tenir ton casque avec les doigts, ton odeur, la position qu'adoptent les joints d'étanchéité... Non. Tu es dangereux pour toi-même et, pire, pour mon équipe. Pars tout de suite, passe des heures en surface et peut-être que je ne te jetterai pas, la prochaine fois. Et ne mens plus jamais sur ton CV. »

Le Joe Moonbeam soutient le regard de Wagner en essayant de lui faire baisser les yeux, mais Wagner a l'œil du loup. L'homme voit la furie qui y brûle, tourne les talons et sort du groupe.

Chouette petite scène, le loup, communique Zehra par familier. Mais il n'est plus loup, à présent que la Terre est dans l'ombre. C'est l'attention aux détails de son côté obscur qui lui a révélé le mensonge du Joe Moonbeam.

« Ola, Mairead, Neile. Jeff Lemkin. » Wagner est déjà allé sur le verre avec les trois premiers. Le quatrième lui est inconnu, mais bénéficie d'excellentes recommandations de la part des équipes du rail VTO chargées de réparer les dégâts provoqués par la chute de Creuset. « Les autres, merci. »

Quand il ne reste plus que sa nouvelle équipe de vitriers autour de Zehra et de lui, il détaille la mission : poser du verre à l'est de Méridien sur la mer de la Tranquillité.

« Laoda ? » La voix de Zehra. « Le discours ?

— Pardon. » Jeff a beau être le seul à ne l'avoir jamais entendu, il se rend bien compte que Wagner le récite par cœur. Le discours, les spécs, l'ordre de boucler sa combinaison et de se sangler sur le rover. Le nom des membres de son équipe s'affiche sur sa lentille, les barres de sécurité descendent et se verrouillent, les chiffres indiquent la progression de la dépressurisation. Lumière rouge et verte.

« Zehra.

— Wagner ?

— Sors-moi le rover. » Il lui transmet l'affichage tête haute de conduite.

« OK. »

Entamant son dixième tour de service comme junshi de Wagner, Zehra Aslan a avec lui des liens aussi étroits, familiers et efficaces qu'un mariage avec un bon contrat. Elle effectue la vérification des systèmes et établit le plan de circulation pendant que l'équipe se connecte au système de bord. Wagner fait ouvrir une communication personnelle par Sombra.

« Wagner. »

Il est à Onzième Porte, en face d'un verre de thé, les cheveux relevés, vêtu d'un short abricot à galon bleu et d'un T-shirt baggy.

« Je voulais juste vérifier qu'il ne te manquait rien.

— Rien, non.

— Et tout va bien ?

— Tout va super bien.

— Bon, si t'as besoin de quelque chose…

— Non, non.

— Mais si ça arrive…

— Amal s'en occupera. »

Wagner se souvient que la dernière fois qu'ils se sont vus, Robson était sous l'auvent de la maison de meute, juste à côté d'Amal. Avec le bras d'Amal autour de la taille. Wagner revit l'émotion qui l'a tiraillé alors, mélange à parts égales de deuil, de jalousie et d'envie.

« Bon, tant mieux. »

Le quai est dépressurisé, la porte extérieure se relève. Zehra lance le rover sur la rampe qui monte vers une fente obscure toujours plus large.

« Wagner, pourquoi tu m'appelles ? demande Robson.

« Juste pour être sûr. Pas de raison précise. Allez, à dans dix jours.

— D'accord. Sois prudent, Lobinho. »

Le garçon et son thé disparaissent de la lentille de Wagner et au moment où les grosses roues de leur véhicule quittent la rampe en soulevant des gerbes de poussière sur la surface, Wagner se fait des reproches. Pourquoi, mais pourquoi il ne l'a pas dit ?

Je t'aime, petit louveteau.

Il mouche la biolampe pour rester dans l'ombre épaisse à la table la plus éloignée. Épaules voûtées et yeux baissés dissuadent quiconque, y compris le propriétaire du hot-shop, de lui adresser la parole. La horchata a refroidi depuis longtemps.

Ses pensées suivent un circuit fastidieux. Choc écœurant. Humiliation violente. Indignation hurlante. Injustice glacée. Son esprit passe d'une émotion à l'autre, tourne en rond comme sur les stations d'un pèlerinage.

Tu as tué mes parents.

Darius a refusé tous ses appels. Quinze. Vingt. Robson aurait dû comprendre. Mais il a insisté. Quelle naïveté, quelle stupidité d'appeler encore et encore en se demandant pourquoi son vieil ami, son meilleur ami ne répond pas, en l'en imaginant empêché par toutes sortes d'occupations, de maladies ou d'engagements familiaux, alors que la vérité est que son ami, son *meilleur* ami, s'est fait retourner.

Je ne réponds à cet appel-là que pour te dire que je te déteste.

Quand Darius a fini par décrocher, au vingt-cinquième appel, le naïf et stupide Robson a souri en demandant : *Hé, Darius, qu'est-ce qui se passe ?*

C'est cette stupidité qu'il déteste par-dessus tout. L'humiliation lui donne l'impression que quelque chose se fraye un chemin dans son ventre en y plantant un peu partout ses dents et ses griffes.

Traîtres et assassins.

Il tremble encore sous le choc. Il entend d'une part les mots de Darius, de l'autre sa voix. Ce sont deux choses distinctes. Les mots lui bringuebalent dans la tête, la voix ne cesse de se faire entendre. Darius a parlé moins de trente secondes, que Robson se repasse depuis en boucle.

J'arracherai tes yeux et ta langue de menteur, Robson Corta.

Joker a coupé la communication et Robson s'est enfui de la maison de meute.

Son ami s'est retourné contre lui.

« Je pensais bien te trouver là. »

Les épaules de Robson se raidissent. Il lève les yeux. Amal.

« Je ne veux pas te parler.

— Robson…

— T'es vraiment merdique avec moi, tu sais ? »

Nè positionne une chaise de biais par rapport à lui. Pas de contact oculaire direct, aucune recherche de confrontation. Robson nèl fusillerait du regard jusqu'à ce que mort s'en suive, s'il pouvait.

« Je vais m'asseoir et attendre.

— Assieds-toi, alors. »

Nè ne s'assied pas.

Nè attrape et lance le verre de horchata. Soulève la chaise sur laquelle nè s'apprêtait à s'installer et pivote pour la projeter sur des gens arrivés si vite par-derrière que Robson ne s'est rendu compte de rien. Nè renverse la table, arrache Robson à son siège et le pousse dans son dos.

Le verre percute un type en survêtement Reebok, qui recule en essayant de ne pas perdre complètement l'équilibre. La chaise fait trébucher deux autres hommes en Adidas. Amal donne un coup de tête au quatrième agresseur, une femme qui chancelle, se reprend, attrape l'alter par les vêtements et nèl soulève d'une main. Amal a été alerté de l'attaque par ses sens obscurs, mais cette femme-là a une force de Joe Moonbeam. Elle serre son poing ganté. Frappe. Le pare-gaz en verre de silice se fendille et s'écaille. Un Poing de fer. Robson en a entendu parler : un tissu souple qui, à l'impact, se polarise en un carbone d'une dureté d'acier. La femme lève à nouveau sa main fermée, l'enfonce dans le ventre d'Amal. Des choses éclatent. Robson s'est déjà rué sur son itinéraire de fuite.

L'équipe de ravisseurs s'est regroupée et le suit de près. Il traverse comme une flèche la cuisine, renversant au passage woks, casseroles et liquides bouillants. Il entend le sifflement d'un taser qui se charge. Il plonge dans le conduit, se relève aussitôt pour gravir l'échelle à l'arrière du kiosque. Les aiguillons du taser la heurtent avec un bruit métallique. Voilà Robson sur le toit, à monter en passant d'un tuyau à l'autre jusqu'au niveau un. Seul un enfant, seul un traceur pourrait le suivre. Il a repéré cet itinéraire, a évalué le temps de parcours, mais ne l'a encore jamais testé. Il bondit, jaillit, attrape une balustrade et se propulse les pieds en avant sur le garde-fou d'Aquarius Ouest Un. Sa fuite ne sera réussie que trois niveaux plus haut, mais il s'accorde une fraction de seconde, en équilibre sur la rambarde, pour jeter un coup d'œil à ses poursuivants qui, sur le toit du hot-shop, enragent de ne pouvoir le suivre.

Le drone descend dans son champ de vision.

« Ce n'est pas juste », dit Robson juste avant que les aiguillons du taser l'atteignent à l'abdomen et l'envoient valdinguer jusqu'au milieu d'Est Un. Il n'arrive plus à respirer. Le moindre de ses muscles est baigné de plomb fondu, tellement étiré que ses tendons risquent de se détacher de l'articulation. Il a pissé dans son short. Le drone vient flotter à portée de main au-dessus de son visage. Robson pourrait le démolir, s'il était capable de bouger ne serait-ce qu'une paupière.

Des gens arrivent en planche électrique, s'arrêtent brutalement.

« Petit con trop agile », dit un homme imposant, que Robson reconnaît comme le chef de la sécurité de Bryce. Le drone relâche les filins du taser pour prendre de l'altitude. Robson n'arrive ni à bouger, ni à respirer. Il voit Dembo Amaechi s'approcher de lui. Il est comme tétanisé.

Encore de nouveaux arrivants, qui se laissent tomber du toit, sautent par-dessus la rambarde, déboulent des allées latérales. Un reflet métallique, et deux des lames de Bryce sont à terre. La troisième lâche son arme et s'enfuit à toutes jambes en criant : « C'est pas dans mon contrat ».

« Comment ça va, Dembo ? »

Robson ne peut pas tourner la tête pour regarder, mais il connaît cette voix. Denny Mackenzie.

« Rowan a dit que tu n'étais pas mort.

— Pas mort du tout. Ou peut-être plus du tout ?

— Regrettable état de fait auquel je compte remédier sur-le-champ.

— Chouette réplique, Dembo », rétorque Denny Mackenzie. Robson essaye de bouger. Il peut ramper à l'écart, en laissant un peu de peau sur le revêtement rugueux. « T'as toujours été doué pour la parlotte. Moi, je ne suis qu'un jackaroo sans trop d'éducation. Mais je sais manier le couteau. »

S'écarter, s'écarter encore. Les deux lames se heurtent. S'écarter. Robson tente de se relever. Ses jambes se dérobent et il retombe brutalement sur les mains. Se lever. S'éloigner. L'affrontement accapare l'attention générale. Mackenzie contre Mackenzie. Cette fois, le garçon arrive à rester debout. Il se traîne jusqu'à l'étape suivante de son itinéraire de fuite. Aquarius Quadra, avec toute sa technique à l'extérieur, est un immense portique d'escalade. Il s'accroche à une canalisation avec les doigts. Ils sont engourdis, mais ont assez de force pour supporter son poids. Il se hisse. Encore. Et encore. Il n'a jamais rien fait de plus difficile. Il a des fourmis dans les mains et les pieds, s'arrête au coude du pilier du niveau 2 le temps de les chasser.

Un grand cri sanglant. Il jette un coup d'œil en bas. Un homme à terre, l'autre se dirige vers sa cachette.

Denny Mackenzie lève la tête, tout sourire, et ouvre les bras. « Robson, allons, descends, mon gars. Tu es en sécurité, maintenant. »

Le fuyard s'extrait du coude et se faufile dans le conduit qui permet au faisceau de câbles de traverser la chaussée du niveau deux.

« Ne m'oblige pas à monter te chercher. »

Tu n'y arriveras pas, pense Robson. *C'est trop étroit pour un adulte.*

La voix s'élève, sonore. Tête en arrière, Denny observe le passage des câbles. « C'est Wagner, qui m'a demandé, Robbo. *Veille sur lui quand je ne peux pas le faire.* »

Robson grimpe. Peut-être que si Denny n'avait pas employé ce surnom qu'il déteste. Peut-être que s'il n'avait pas entendu se briser à l'intérieur d'Amal des choses qui seraient impossibles à réparer. Peut-être que s'il n'avait pas entendu la rage et la haine dans la voix de Darius. Peut-être alors descendrait-il. Mais il ne peut pas être un Mackenzie, ni un Sun, ni un loup. Deux niveaux plus haut, son itinéraire de fuite le conduira à l'ascenseur d'Est 4e. Il peut se laisser tomber sur la cabine et attendre qu'elle le monte au-dessus des jardins des riches jusqu'au toit du monde. Il y aura des gens là-haut pour lui.

« Je te retrouverai, lance Denny Mackenzie d'en bas. C'est toi ma dette, Robbo. Et je règle mes dettes. »

Il s'est toujours rasé le corps, depuis la puberté et la dégoûtante apparition autour de son pénis de ces premiers poils. Et complètement, du sommet du crâne jusqu'au bout des orteils. Dos, raie et bourse. Il se passe une nouvelle fois le rasoir partout pour être parfaitement lisse. Il se sèche, laisse son familier lui montrer à quoi il ressemble. Il se donne une claque sur le ventre. Toujours dur, les abdominaux visibles, le pli inguinal bien marqué. Toujours aussi bien foutu. L'huile, pour finir. Son mélange personnel de coûteux ingrédients naturels, non synthétisés. Il s'en passe lentement et minutieusement dans chaque pli et sillon des muscles. La nuque, la tête, l'arrière des genoux et le bourrelet mou du périnée. Entre les doigts. Il luit, il est magnifique. Il est prêt.

Hoang Lam Hung inspire à fond, trottine sur place pour se détendre les muscles.

La porte de la cabine de douche s'ouvre. Trois lames de Mackenzie Helium attendent.

« Vous êtes venus me ramener à Reine-du-Sud ! lance Hoang. Vous savez à quel point j'en ai marre de Lansberg ? » Il exhibe son corps nu. « Je me suis rasé pour Bryce. » Les lames semblent perplexes. « Petite plaisanterie. » Et cruelle, avec ça.

« Bryce n'est pas content, indique la première lame, une petite Joe Moonbeam bien faite munie d'un aiguillon électrique. Il voulait le garçon.

— Je ne laisserais jamais Bryce l'avoir.

— Ce serait vraiment mieux si vous vous taisiez, prévient la deuxième lame.

— Il casse tout ce qu'il touche. Je ne pouvais pas laisser le garçon finir comme moi.

— S'il vous plaît », intervient la troisième lame, un homme avec du matériel de nettoyage à la main.

« Désolée, mon gars », dit la femme en enfonçant son aiguillon dans l'abdomen de Hoang. Il tombe, mâchoire, poings, colonne vertébrale et tendons bloqués. Chacun de ses muscles et de ses nerfs le brûle, comme gravé en lui à l'acide. Il s'est pissé dessus. Chié dessus. La femme a une grimace de dégoût et se fait aider de la deuxième lame pour relever Hoang sur les genoux, puis le traîner dans le couloir. La lame au matériel de nettoyage s'attaque aux excréments et autres saletés. Les Vorontsov sont très stricts sur la propreté. Ils vivent dans un monde où un cheveu perdu, une cellule cutanée peut mettre à mal un vaisseau.

L'huile a parfumé et lubrifié la peau de Hoang. Les lames qui le traînent ont du mal à maintenir leur prise sur lui. Ses pieds et ses tibias laissent des traces grasses sur le revêtement souple. Il ne peut pas bouger. Ni parler, ni respirer.

Robson est à Méridien, avec la meute, avec Wagner. Sous protection. Hoang regrette son mensonge, mais s'il avait dit la vérité à Robson, s'il lui avait expliqué que lui-même devait rester, s'offrir en sacrifice, jamais le garçon ne serait monté dans le train.

La deuxième lame saisit un code. Le sas s'ouvre. Des corps nus en surgissent, cinq garçons et trois filles. Aux lèvres et aux joues ornées de traînées blanches. Malgré sa douleur, Hoang reconnaît ces peintures de guerre. Ce sont des traceurs. Des freerunners. L'équipe de Robson. Hurlements, mains qui se tendent, cherchent, attrapent. Les lames usent de leurs couteaux et de leurs tasers pour les repousser à l'intérieur, fourrent Hoang avec eux. Quelques décharges d'aiguillon, coups de pied, écrasement de doigts et de visages plus tard, la deuxième lame referme le sas. Voyant vert. Le bruit étouffé de poings qui tambourinent sur le métal. Compter jusqu'à dix. Actionner la commande. Le voyant vert passe au rouge.

Dans l'antichambre, la troisième lame enfile une combiAS. Elle se prépare à sortir nettoyer les dégâts. Ces Vorontsov avec leurs environnements propres.

Quand l'agente de sécurité la laisse passer après examen de son œil droit, Abena sent un frisson lui parcourir le corps et retient un petit rire nerveux. Accès élite. Elle ne s'en lassera jamais. L'avant-dernière Porte d'angoisse est franchie. La première a été de déterminer si la proposition d'Ariel sur le balcon de la Société sélénite était sérieuse. Tumi, son familier, a posé la question à Marina Calzaghe. Affirmatif. Abena a trouvé la réponse de Marina plutôt sèche. Peut-être aurait-elle dû appeler en personne, mais c'était tellement vieux jeu. La deuxième Porte : était-elle membre de l'entourage d'Ariel dans les dossiers de la LDC ? Tumi a vérifié auprès de la Lunar Development Corporation. Abena Maanu Asamoah. Assistante d'Ariel Corta. Oui, tu fais vraiment partie de l'équipe.

La troisième Porte a été la robe. Une Christian Lacroix constituait-elle une tenue professionnelle convenable pour une réunion de la LDC, et était-elle assez à la mode pour impressionner Ariel Corta ? Et par « robe », comprendre aussi chaussures, maquillage et coiffure. Ses camarades de colloque ont passé deux heures ce matin à la coiffer.

La quatrième, elle vient de la passer pour pénétrer dans le siège de la LDC. Le hall n'est que chrome et boiseries. Abena n'ose même pas essayer d'évaluer le budget carbone. Les grands de la Lune se pressent dans ce hall, peu discrets avec leurs voix sonores et leurs parfums personnalisés. Grosses chaussures, chevelure encore plus volumineuse, épaulettes et fard à paupières. Au-dessus flotte la foule des familiers : les adinkras des Asamoah, les trigrammes Yi-King des Sun. Les Vorontsov semblent préférer une imagerie heavy metal, cette saison : trémas et rouille. Les membres du conseil d'administration habillent simplement leurs familiers du point et du satellite en orbite qui est l'emblème de la LDC. Abena repère la Triple Déesse, celui du Mouvement pour l'Indépendance de la Lune, avant qu'il soit noyé dans la profusion d'icônes. Elle prend un verre de thé à un des serveurs humains, refuse ses amuse-gueules par crainte des taches de graisse sur sa Christian Lacroix. Elle a bien choisi : les épaules ne sont pas les plus larges, la taille pas la plus étroite. Bon, Ariel, maintenant. Abena cherche dans la ligne des têtes un creux révélateur de la présence d'une femme en fauteuil roulant. Rien. Elle examine la pièce une deuxième fois, une troisième, finit par repérer Ariel au milieu d'un groupe d'avocats et de juges. D'un geste de sa vapette tenue entre ses doigts gantés, celle-ci fait signe à la jeune fille.

Abena reconnaît chacun de ceux qui entourent son employeuse. La peur lui crispe le ventre. La Lune ne compte pas de juristes plus brillants, de juges plus respectés et de théoriciens politiques plus perspicaces que ces gens-là. Elle hésite. Ariel lui fait signe une deuxième fois. Abena sait qu'il n'y aura pas de troisième, mais l'avocate ne voit pas qu'entre elles, il y a la cinquième Porte d'angoisse, celle que Abena n'a encore jamais franchie. Celle qui demande : *et qui es-tu au juste ? Qu'est-ce que tu t'imagines faire ici ?* La Porte de l'Imposteur.

Abena déglutit et avance. Elle sent une main sur sa manche. Elle manque lâcher son verre de thé, se retourne : c'est l'Aigle de la Lune. Jonathon Kayode est l'un des rares Terriens à pouvoir rivaliser en taille avec une troisième-gén comme elle.

« Ravi, ravi ! » Il lui serre la main d'un geste vigoureux. Il ne se rend pas compte de sa force, et il ajoute sans la lâcher : « Rien n'est plus important que les nouveaux talents, pas vrai ? » La question est adressée à Adrian Mackenzie, ombre pâle à côté de lui. Adrian ne serre pas la main d'Abena.

« Un plaisir, madame Asamoah.

— C'est la senhora Corta que je dois remercier pour… », commence-t-elle, mais l'Aigle de la Lune est déjà passé à d'autres salutations et civilités.

« Chérie. » Ariel lui donne trois baisers, puis lance à ceux qui l'entourent : « Je vous présente Abena Maanu Asamoah, du colloque Cabochon. Une jeune et compétente étudiante en sciences politiques. J'espère lui mettre un peu de plomb dans la cervelle. » Quand les autres cessent de rire, Ariel les présente un à un à Abena. Aucun des noms n'est inconnu à la jeune fille, mais chacun lui fait comme un coup. « Vous avez tous des assistants, pourquoi pas moi ? demande Ariel. Sauf que la mienne est mieux habillée. Et beaucoup plus intelligente. »

La marée sociale emporte tout le monde vers les portes grandes ouvertes de la salle des délibérations.

« Pas mal. » Ariel inspecte la tenue et le maquillage d'Abena Maanu Asamoah. « Assieds-toi à ma gauche, prends l'air intéressé et n'ouvre pas la bouche. Tu peux te pencher vers moi de temps en temps comme pour me murmurer un truc à l'oreille. Et il y a ça. » Ariel passe son index gauche entre ses yeux, mais Abena voit les familiers disparaître quand les conseillers franchissent les portes. Elle ne se souvient pas de la dernière fois où elle a dû se passer d'assistance IA. Elle a l'impression de se retrouver sans sous-vêtements.

La salle des délibérations de la LDC consiste en gradins concentriques, avec l'Aigle et les membres du conseil d'administration dans le cercle central, tout en bas. Conseillers et porte-parole, experts et analystes occupent des cercles de plus en plus hauts, en fonction de leur statut et de leur importance. Ariel oriente Abena vers le deuxième cercle. Qui est bas, donc important. Le nom d'Abena luit sur la surface du pupitre voisin de celui d'Ariel. Son siège à haut dossier est d'un confort coûteux. Ariel reste dans son fauteuil roulant. Abena fronce les sourcils en voyant le bloc-notes et la petite tige en bois posés sur son pupitre. Les autres représentants de l'Aigle s'installent à gauche et à droite des deux femmes, mais elles sont les seules vers qui l'Aigle, de sa place juste en dessous, se retourne avec un signe de la tête. La salle se remplit rapidement et résonne du murmure des conversations : les juristes s'entretiennent avec leurs clients, se penchent par-dessus les pupitres ou se tournent le cou tendu pour saluer collègues et rivaux. Abena trouve la scène pittoresque et archaïque. Tout cela pourrait sûrement se faire par le réseau, comme le Kotoko.

« On va commencer dans deux minutes, explique Ariel. Jonathon ouvrira la séance avec les formalités, les minutes de la réunion précédente et l'ordre du jour. C'est plutôt barbant. Surveille les conseillers. C'est là qu'on voit vraiment ce qui se passe.

— L'humeur est comment ?

— Un peu trop amicale.

— Ce qui veut dire ?

— Aucune idée. »

Jonathon Kayode pivote à nouveau sur son siège. « Prêts ? » lance-t-il à ses conseillers. Des marmonnements affirmatifs.

« Il te reste des questions à poser ? demande Ariel à Abena.

— Oui. » La jeune fille soulève le bloc-notes et le stylet. « Comment on se sert de ces trucs-là ? »

Vêtue d'un tailleur Caron à basques, Marina tripote son verre de thé à la menthe au bout du bar à thé où vont les gardes du corps. C'est la plus mauvaise place au comptoir, mais au moins, elle n'est pas à une table. Les tables, c'est la mort sociale. Le bar de la LDC est très prisé des gardes du corps, mais Marina ne comprend pas ce qu'on peut trouver au thé lunaire. Elle soulève son verre pour examiner le tortillon de feuilles à l'intérieur. Économie et sociologie lunaires à la fois. Faire pousser théiers et caféiers dans les fermes tubulaires de la Lune n'est pas économiquement envisageable. La menthe est une plante exubérante : il faut la contenir à la tronçonneuse. Impossible de faire un thé à la menthe correct sans véritable thé, aussi AKA a-t-il introduit quelques gènes de *Camellia sinensis* dans la menthe. La science génétique d'AKA est désormais assez avancée pour concevoir un véritable thé – ou café –

luxuriant dans les conditions lunaires, mais la Lune a pris goût à celui à la menthe.

Marina a toujours détesté et détestera toujours ça.

Assise au milieu des gardes du corps, elle rêve de café. Un arabica puissant, torréfié à point, servi brûlant et fumant, bourré de caféine ; du bon café du nord-ouest préparé avec lenteur et tendresse, en versant l'eau de haut pour une aération parfaite, et mélangé – à la fourchette, pas à la cuiller – avant d'être laissé à reposer. Il vous dira quand il est prêt. Pressé avec légèreté. Les mains en coupe autour d'un mug artisanal, la condensation de son haleine se mêlant à celle qui monte du liquide par une matinée froide sur la véranda, tandis que la pluie grise crépite dans les gouttières et nappe les chaînes d'acier galvanisé qui servent de tuyaux de descente. Les montagnes cachées plusieurs jours d'affilée par d'épais nuages, la brume réduisant à néant les perspectives et donnant l'impression que l'arbre se trouve juste à côté de la maison. La manche à air pendouille et dégouline, la pluie descend la corde à linge par les deux côtés pour venir en tomber du milieu. Un chien remue et grogne. De la musique à trois pièces de là.

Le grincement du plancher sous les roues du fauteuil de maman. Les questions qu'elle ne cesse de poser encore et encore à chaque programme télévisé : *Qu'est-ce qui se passe, c'est qui, pourquoi elle est là, c'est qui, ça, déjà ?* L'atlas des pneus de voiture : leurs bruits caractéristiques sur la terre battue devant la maison, ceux qu'on reconnaissait et à qui on ouvrait la porte, ceux qu'on ne reconnaissait pas et dont on se cachait. La voix pentatonique d'un carillon éolien solitaire placé dans le trajet du vent d'est, celui qui a fait franchir le détroit de Puget à un fragment de tuberculose multirésistante pour le glisser dans les poumons d'Ellen-May Calzaghe. Le vent d'est, celui de l'épidémie. Toux blanche et épaisse, interminable, déchirante.

Marina retrouve tout à coup le décor du bar de la LDC. Elle laisse tomber son thé à la menthe. Tous les gardes du corps lâchent leur verre et bondissent de leur siège. Marina se rue vers la porte.

Va voir Ariel, lui tonne Hetty dans l'oreille. *Ariel a besoin de toi.*

Des mercenaires armés affluent par les portes de la salle des délibérations et dévalent les marches. Couteaux tirés, tasers braqués, ils viennent cerner les membres du conseil de la LDC. Une deuxième vague fait irruption et prend position de manière menaçante auprès des conseillers, main sur la poignée de leurs lames et sur l'étui de leur taser. Un troisième groupe monte la garde aux portes. La salle des délibérations est une fosse où grondent membres du conseil, consultants juridiques et envahisseurs armés.

« Qu'est-ce qui se passe ? crie Abena.

— Compte sur moi pour le découvrir. » Ariel écarte son fauteuil du pupitre. Une mercenaire lui braque sous le nez l'extrémité grésillant de bleu d'un aiguillon électrique. Ariel croise son regard, lui fait baisser les yeux, la défie.

« Je n'arrive pas à joindre le réseau », continue Abena. Tout le monde parle très fort, envahisseurs comme délégués ; les membres de la LDC essayent de se dégager des bras solides qui les immobilisent.

Il y a un centre, immobile comme l'œil d'un cyclone. Jonathon Kayode est assis à sa place, mains sur les genoux, yeux baissés. Il se tourne pour croiser le regard d'Ariel.

Désolé, articule-t-il en silence. Puis une détonation réduit la salle au silence, comme en la vidant d'un coup de son air. Des éclats de frittage tombent du plafond et tout le monde se baisse. Une arme à feu. Quelqu'un a tiré avec une arme à feu, une vraie. Ce quelqu'un est une femme au milieu de la fosse, l'arme levée, braquée à la verticale. La chose est noire, trapue, singulière. Jamais personne dans la salle n'a vu une véritable arme à feu.

Jonathon Kayode se met pesamment debout.

« Mes chers concitoyens et amis. Par le pouvoir dont je suis investi en tant que PDG de la Lunar Development Corporation, j'en dissous le conseil d'administration dont j'assigne les membres à résidence, du fait du danger manifeste qu'ils présentent à ce jour pour la stabilité, la sécurité et la profitabilité de la Lune. »

Des voix dans la fosse et les gradins braillent des objections, mais les mercenaires ont menotté les membres du conseil, qu'ils conduisent vers les sorties de secours. Les visages sont raides à force de hurler, les tendons saillants comme des barres de torsion, les bouches constellées de postillons par la colère.

« Il peut faire ça ? murmure Abena à Ariel.

— Il vient de le faire. » Ariel roule jusqu'au milieu de la fosse. Deux mercenaires viennent aussitôt l'encadrer, lame et taser prêts. « J'exige de m'entretenir avec mon client. »

Les mercenaires restent de marbre, mais l'Aigle

de la Lune s'arrête à deux pas de la sortie de secours, le visage blême. « Puis-je avoir confiance en vous, Ariel ? demande-t-il.

— Qu'est-ce que vous avez fait, Jonathon ?

— Je peux avoir confiance en vous ?

— Je suis votre avocate…

— Je peux avoir confiance en vous ?

— Jonathon ! »

Quatre mercenaires protègent la sortie de Jonathon Kayode tandis que l'autre tumulte, celui qui augmentait devant les portes, fait irruption dans la salle. Gardes du corps, escoltas, lames et guerriers submergent les mercenaires postés à l'entrée et prennent les lieux d'assaut. Des aiguillons électriques s'affrontent, parent, s'enfoncent et déchargent. Des corps agités de spasmes s'effondrent en lâchant divers liquides organiques. Gardes et mercenaires glissent et tombent dans le vomi, le sang et l'urine. C'est un affrontement sale et chaotique qui oppose une douzaine de contrats et d'intérêts distincts sans que personne sache trop à quel camp appartient tel ou tel protagoniste. Les délégués se cachent sous leurs pupitres, rampent par-dessus les chaises pour aller se blottir au milieu de la fosse. Ariel s'empare de la main d'Abena. « Ne me lâche pas. »

Elle aperçoit Marina à l'arrière des combats, un aiguillon électrique dans chaque main et suffisamment d'intelligence pour savoir quand elle ne fait pas le poids. Un deuxième coup de feu, un troisième. La salle se fige.

« Ce n'est pas votre combat, crie la femme au pistolet. Retirez-vous et nous libérerons les personnes présentes. »

Abena serre plus fort les doigts d'Ariel.

« Ils ne nous feront aucun mal », chuchote celle-ci. Mercenaires et gardes du corps se séparent, les premiers s'en vont par les sorties de secours. La femme au pistolet est la dernière à quitter les lieux. Tout l'épisode n'a pas duré cent secondes.

Marina désactive ses aiguillons électriques qu'elle remise dans les étuis intelligents à l'intérieur de la veste de son tailleur Caron. « Mais qu'est-ce qui s'est passé, bon sang ?

— Mon client vient de faire un putsch. »

6

Gémeaux 2105

Les tuyaux en plastique qu'elle portait étaient légers, mais au bout de quarante volées de marches, ils lui semblaient en fonte. Ils n'arrêtaient pas de l'emmerder en contrariant chaque virage, en résonnant et mugissant comme de lugubres instruments de musique à chaque choc contre les marches. Ajoutez à cela une ceinture porte-outils et un masque de soudeur, complétez avec le sac de lampes de travail qu'elle portait en bandoulière : quand elle ouvrit d'un coup de pied la porte pour déposer son fardeau au sommet de la tour Océan, elle avait les cuisses et les avant-bras en feu. Un instant dans la pénombre lilas pour admirer l'océan au crépuscule, pour écouter le ressac sur la plage de Barra derrière le grondement de la circulation sur l'avenida Lúcio Costa et le halètement des climatiseurs. Une dizaine de voix et de musiques sortant par les fenêtres d'une dizaine d'appartements. La chaleur de cette fin de journée était supportable. Elle installa ses puissantes lampes au sodium, qui mirent en évidence, tout en leur donnant une ombre, des choses qu'on ne remarquait pas en plein jour. Des aiguilles, des patchs, des mégots de cigarettes. Une culotte abandonnée derrière les antennes paraboliques. Le froufrou de volailles perchées dans leurs cages. Le jardin de skunk, délicieusement odorant dans la nuit.

Plus tard. Avantage en nature de la réparatrice.

Elle mit le masque de soudeur avant d'ouvrir la trappe du stérilisateur d'eau pour vérifier le dispositif à UV. Rien à signaler. Ils étaient increvables, ces canons à UV modernes. Les UVc étaient durs. À chaque installation, elle faisait venir la communauté, expliquait de quelle manière l'ultraviolet rendait l'eau potable, racontait d'horribles histoires de conjonctivites provoquées par les UV, « c'est comme avoir du sable dans l'œil en permanence ». Elle montrait ensuite des clichés d'yeux rouges de brûlures et ulcéreux de photokératite, tout le monde faisait « hou là » et plus personne n'approchait de ses stérilisateurs.

Elle débrancha le dispositif à UV, ôta le masque. L'obscurité était à présent complète. Elle examina la tuyauterie. Elle avait bien fait de couper l'eau dans la tour : son doigt passa à travers le premier coude, dont le plastique se désagrégea en fragments translucides. L'ultraviolet érodait le polyéthylène.

Il faudrait qu'elle remplace tous les tuyaux. Elle en avait monté beaucoup.

Ils s'effritèrent quand elle les enleva. Le stérilisateur était à quelques heures – peut-être quelques minutes – de la panne. Des voix montaient, se plaignant bruyamment de l'absence d'eau courante. Tout le monde n'avait pas pris connaissance du message informant d'une intervention de la Reine des tuyaux sur la plomberie de la tour Océan. *On la paye pour quoi ?*

Pour les brancher sur la conduite d'eau de Barra en subornant à intervalles réguliers les agents du FIAM afin qu'ils ne s'en aperçoivent jamais. Pour poser des tuyaux en bas de la colline, les faire remonter sur les tours et les connecter à la plomberie défaillante dans chacun des appartements. Pour les pompes ainsi que les panneaux solaires nécessaires à leur alimentation électrique, pour les citernes, les dispositifs de filtrage et cette unité de stérilisation qui, installés sur le toit, vous permettront d'avoir de l'eau propre, fraîche et agréable pour vos enfants. C'est pour ça que vous me payez. Et si je dépense cet argent dans un pickup Hawtai d'occasion fiable, des chaussures de foot pour le gamin, un nouveau hub pour l'appartement ou une manucure intensive avec reconstruction ongulaire pour moi, vous n'allez pas me le reprocher ? L'ingénierie hydraulique est très néfaste aux ongles.

Elle lança une playlist dans son oreillette et se mit à l'œuvre. La nuit s'épaissit, et au troisième jeu de tuyaux, Norton la contacta pour un plan cul.

« Je bosse.

— Quand t'auras fini de bosser ?

— Tu seras en train de bosser. »

En resserrant les fixations, elle joua, comme souvent, avec l'idée qu'il lui faudrait peut-être un meilleur mec. Norton avait un corps tonique, un physique affûté, et une nonchalance de baraqué adoucie par une conscience de soi qu'elle trouvait charmante. Il tirait fierté de sortir avec la Reine des tuyaux, même s'il ne comprenait pas pourquoi elle faisait ce qu'elle faisait. Cela l'ennuyait qu'elle gagne mieux sa vie que lui. Cela l'ennuyait même qu'elle travaille. Elle ferait mieux de le laisser l'entretenir, la gâter, comme il se devait pour un homme. Norton travaillait dans la sécurité, et la sécurité était branchée, la sécurité était importante. On pouvait rencontrer des people et des riches, mais aussi y laisser sa peau.

Elle n'a jamais dit ce que tout le monde savait : la meilleure sécurité, la plus coûteuse, était robotique. Les personnalités de seconde zone embauchaient des humains. Mais Norton avait des plans, des ambitions pour eux deux. Un appartement en bord de mer et une voiture digne de ce nom. Pas ce pickup Hawtai : qu'elle se balade dedans donnait une mauvaise image de lui. Une Audi : voilà une automobile digne de ce nom. *Est-ce que tout mon matos tient à l'arrière d'une Audi ?* demandait-elle, à quoi il répondait : *Quand tu seras avec moi, tu n'auras pas besoin de matos.*

Elle ne voulait pas de l'avenir de Norton. Viendrait un jour où il faudrait qu'elle le laisse tomber. Mais il était gentil et, au lit, quand ils arrivaient à se voir, ça se passait bien.

Elle connecta le dernier tuyau, ouvrit le robinet, vérifia les joints, purgea les dernières poches d'air. Elle écouta le gargouillement et le vrombissement de l'eau dans la canalisation. Puis elle remit son masque de soudeur pour réactiver le dispositif à UV, dont elle ferma et verrouilla la trappe.

Revoilà ton eau potable, tour Océan.

Un nouveau ping dans son oreillette. Ce n'était pas Norton, cette fois. Une alerte. Elle activa sa lentille et l'app superposa un réticule au point d'arrivée. Sud-sud-est, à vingt kilomètres au large. Elle attrapa une poignée de bourgeons dans les plantations de skunk et s'assit sur le garde-fou, jambes ballant au-dessus de quatre-vingts mètres de vide et talons cognant le béton, pour regarder au loin sur l'océan. Le courant était à nouveau coupé, les rues plongées dans l'obscurité. Des conditions idéales pour observer un largage. Moins idéales pour la sécurité de la communauté. Des toits des immeubles alentour montait le teuf-teuf des groupes électrogènes. Les stands et boutiques luisaient de solaire récolté. À trois cents kilomètres au large, lui indiqua son réticule. Et à cent cinquante d'altitude. Elle laissa les chiffres la guider, plongea le regard dans la douce tiédeur de la nuit. Et le ciel s'illumina. Des arcs de feu, au nombre de trois, qui descendaient en tournoyant de la thermosphère avec des teintes dorées et rouge foncé. Elle en eut le souffle coupé. Comme chaque fois depuis vingt ans, depuis la nuit où, âgée de sept ans, elle était montée regarder la Lune avec tio German.

Tu vois la Lune ? Tu vois ces lumières ? Ce sont tes cousins. Ta famille. Des Corta. Comme toi. Ta grand-tante Adriana est allée là-bas, où elle est devenue riche et puissante. C'est la Reine de la Lune, là-bas. Alexia avait ensuite vu des étoiles tomber, des traînées de feu sur fond d'étoiles, et rien d'autre n'avait compté pour elle. Elle sait maintenant qu'il s'agissait de marchandises : des terres rares, des produits pharmaceutiques. De l'hélium 3. Corta Hélio allume les lumières. La fusion était censée mettre fin aux pannes de courant. La fusion était bon marché et illimitée, la fusion était le sauveur vrombissant et toujours brillant. Tous les sauveurs échouent. Le but de la fusion n'a jamais été de fournir de l'électricité, mais de gagner de l'argent en effectuant des achats et des ventes sur les marchés de l'énergie. Nimbées de plasma, les trois cargaisons tombent dans l'atmosphère avec une lente et incroyable beauté. Elle préférait le temps de l'innocence et de l'émerveillement, quand sa grand-tante lançait des étoiles vers la Terre, comme des bonbons.

Adriana Corta avait expédié de l'argent à ses frères et sœurs restés sur Terre. Les Corta du Brésil avaient mené grand train et connu le confort, puis, au bout d'un moment, plus aucun centavo ne leur était parvenu. Adriana Corta avait fermé le ciel, mais sa petite-nièce continuait à regarder les traits de feu tomber de la Lune et cela continuait à lui fendre le cœur.

L'obscurité revint. Le spectacle était terminé. Là-bas sur l'océan sombre, des navires spécialisés récupéraient les capsules. Alexia Corta ramassa sa trousse à outils et son masque de soudeur. Quelqu'un d'autre pourrait débarrasser le toit des canalisations hors service. Elle avait de la sinsemilla dans la poche de son jean coupé. Elle savourerait, en riant bêtement, le flou que la drogue conférerait à son misérable monde de second ordre. Chaque fois qu'elle voyait les cargaisons tomber telles des étoiles filantes, elle éprouvait du ressentiment, une impression d'occasion gâchée. À Barra, elle était la Reine des tuyaux, mais qui sait ce qu'elle aurait pu être de plus, dans ce monde là-haut ?

Quand elle ressortit de la tour, le petit jeune de la sécurité chargé de surveiller la porte d'entrée lui tendit une enveloppe pleine de billets.

« Merci, senhora Corta. »

Elle les compta dans le pickup. Les frais de scolarité de Marisa pendant un trimestre supplémentaire. Les médicaments pour mémé Pia, une soirée avec Norton. Les ongles refaits et une plus grosse somme dans son livret d'épargne. La Reine des tuyaux s'inséra dans le flux de feux arrière de l'avenida Lúcio Costa sous la Lune traîtresse, lame enfoncée dans le ciel.

Comme la plupart des apps, celle de sirène de police a servi deux fois à Alexia : la première au moment de l'achat, la seconde pour frimer devant ses amis ; après quoi, la jeune femme l'a oubliée. À plusieurs reprises, en faisant le tri dans ses logiciels, elle a pensé à la désinstaller, mais la petite icône, qui représentait une voiture de patrouille souriante, s'agitait en disant : *Le jour où vous aurez besoin de moi, vous serez bien content de m'avoir.*

Ce matin-là, sur l'avenida Armando Lombardi, alors qu'elle avait désactivé la conduite automatique et transportait sur le plateau de son pickup deux gamins de onze et quatorze ans, Caio et Marisa, ainsi que sœur Maria Aparaceida d'Abrigo Cristo Redentor, elle en avait besoin.

Ses avertisseurs beuglèrent l'urgence. Ses feux de détresse clignotèrent en bleu : encore une petite modification du pickup, tout comme la balise « police » sur le réseau de circulation, pour que les voitures dans Leblon l'y considèrent comme un véhicule de secours. Tous les moyens étaient bons pour qu'elles lui cèdent le passage. Elle traversa à toute vitesse l'intersection des avenidas das Américas et Ayrton Senna.

À l'arrière, sœur Maria Aparecida cogna sur le toit avant de se pencher pour crier par la fenêtre conducteur : « Qu'est-ce que vous faites ? Le Holy Mothers est à gauche.

— Je ne vais pas au Holy Mothers, hurla Alexia par-dessus le beuglement des sirènes. Je l'emmène à l'hôpital Barra D'or.

— Vous n'avez pas les moyens pour le Barra D'or.

— Si, je les ai. Mais pour rien d'autre. » Elle écrasa l'avertisseur et fonça dans le carrefour suivant. Les véhicules automatiques s'égaillèrent comme des gazelles.

Elle l'a envoyé à l'école propre et le ventre plein. Comme chaque matin, des vêtements lavés et repassés, des chaussures cirées. Propre, le ventre plein, avec un repas convenable, des aliments qu'il mangerait et d'autres qu'il troquerait. Avec de l'argent pour les types de la sécurité et de l'argent pour le plan d'épargne ; avec Alexia sur une touche d'appel rapide, au cas où. Il n'aurait jamais d'excellentes notes, son intelligence ne fonctionnait pas de cette manière-là, mais il était toujours présentable et faisait honneur à la maison Corta.

Les services de sécurité de l'école ont appelé Alexia quand Caio a eu une demi-heure de retard. Elle a lâché ses outils. Les habitants du quartier l'avaient déjà retrouvé, dans une conduite ouverte peu profonde remplie de bouteilles d'eau en amidon de maïs et de sacs en plastique fermés pleins d'excréments humains. Une des religieuses de la communauté des Holy Mothers veillait sur lui. Alexia s'est laissée glisser au fond de la conduite. Caio avait la tête défoncée. Défoncée. Sa jolie tête. Rien n'y était comme il faut. Elle ne savait pas quoi faire.

« Descendez les marches en pickup ! » a crié sœur Maria Aparecida. Les voisins ont aidé Alexia à remonter la paroi oblique en béton rugueux. Elle a fait reculer son pickup jusqu'au large virage où la rue traversait la conduite. Des mains ont transféré Caio sur le plateau, tout juste garni de mousse d'emballage par Maria Aparecida. Laquelle a placé le garçon en position latérale de sécurité et lavé sa blessure avec la bouteille d'eau que lui tendait quelqu'un. Il y avait tellement de sang.

« Mais roulez ! a-t-elle crié.

— Où est son sac à dos ? » a demandé Alexia. Caio l'avait harcelée pour qu'elle lui achète le sac Capitan Brasil, et quand elle s'était laissée fléchir, il avait été si content et si fier de ce sac qu'il avait failli dormir dedans. Et ce sac a disparu.

« Alexia ! » cria sœur Maria Aparecida. Alexia pivota sur son siège. Sirènes.

Elle pila devant l'entrée des urgences de Barra D'or. Des gardes armés entourèrent le pickup.

« Un brancard, vite ! » hurla-t-elle aux visages carrés et bien nourris de ces agents de sécurité. Des mains en retinrent d'autres qui se tendaient vers leurs armes. Elles connaissaient la Reine des tuyaux. Alexia se précipita à la réception. « J'amène un gamin de onze ans avec la tête à moitié défoncée. Il faut le soigner tout de suite.

— Votre justificatif d'assurance, s'il vous plaît », répondit la réceptionniste. Elle avait des fleurs sur son bureau blanc.

« Je ne suis pas assurée.

— L'hôpital Barra Day soigne les gens sans assurance », indiqua l'employée.

Alexia s'empara du terminal de paiement, l'approcha de son œil et plaqua son pouce dessus, puis le restitua à la préposée. « Ça suffira ?

— Oui.

— Occupez-vous de lui. »

Les infirmiers appelèrent la sécurité pour arracher Alexia au brancard de Caio qu'ils rentraient dans l'hôpital.

« Laissez-les faire leur travail, Lê, dirent les gardes. Dès que ce sera possible, le docteur vous autorisera à le voir. »

Elle s'assit. Se rongea les sangs. Se recroquevilla dans un sens, puis dans un autre, puis dans un autre encore, sur un des inconfortables sièges de la salle d'attente, mais la position ne convenait jamais à son squelette. Elle fit des allers-retours jusqu'aux distributeurs automatiques. Elle fusilla du regard quiconque osait ne serait-ce que tourner la tête dans sa direction. Au bout de deux heures et demie, une femme médecin vint la voir.

« Comment va-t-il ?

— Nous l'avons stabilisé. Je peux vous parler un instant ? »

La docteure l'emmena dans un cabinet de consultation. Elle posa un bout de papier sale sur la couchette.

« Nous avons trouvé ça dans sa poche. C'est son écriture ?

— Il n'écrit pas aussi mal.

— Ça vous est adressé. »

Une adresse et une signature. Alexia ne reconnut

pas celle-ci, mais elle connaissait le nom. Une écriture d'enfant de maternelle, une implication d'adulte.

« Je peux le prendre ?

— Ça dépend si vous voulez ou non impliquer la police.

« La police ne travaille pas pour des gens comme Caio et moi.

— Prenez-le, alors.

— Merci, docteure. Je vais revenir, j'ai une affaire à régler. »

Quand Alexia entra dans le gymnase, seuls les petits nouveaux la dévisagèrent. Les anciens, qui la connaissaient, interrompirent leurs exercices aux haltères et aux punching-balls pour la saluer d'un signe de tête respectueux. Elle dépassa l'accueil et la pancarte *Réservé aux hommes*, puis le sauna et le bain à remous, emprunta le labyrinthe sombre qui conduisait au bureau tout au fond. Deux escoltas en T-shirt de gym lui barrèrent le chemin devant la porte.

« J'aimerais voir Seu Osvaldo. »

Le plus jeune allait bêtement ouvrir la bouche, mais son aîné posa une main sur son épaule. « Bien sûr. » Il murmura quelques mots dans un microphone invisible. Hocha la tête. « Veuillez entrer, senhora Corta. »

Le bureau de Seu Osvaldo était aussi petit et aussi douillet qu'une cabine de goélette. Cuir et bois poli. Les murs étaient recouverts de photographies sous cadre de combattants de MMA. Un bar bien équipé se dressait sous la fenêtre aux volets tirés. De l'électro-pop chinoise flottait dans l'air, à volume réduit pour ne pas troubler la concentration de Seu

Osvaldo. Grand et lourd comme un ours, il débordait de la chaise sur laquelle il suivait avec attention des combats de MMA sur la batterie de vieux moniteurs placée devant lui. Malgré l'air frais et légèrement mentholé de la climatisation, il suait à grosses gouttes. Seu Osvaldo ne supportait ni la chaleur ni la lumière du jour. Il portait un short blanc bien repassé et le maillot de son gymnase.

Il tapota du doigt un de ses écrans à l'ancienne. « Ce garçon-là, pas impossible que je l'achète. C'est un sale petit vicieux. » Il parlait d'une voix grave et riche, épaissie par le crépitement d'une tuberculose contractée dans son enfance. D'après ce qu'on disait à Barra, il avait entamé une formation de prêtre catholique dans sa jeunesse. Alexia n'avait aucun mal à le croire. « T'en penses quoi ? » Il fit pivoter l'écran pour montrer les combattants dans la cage.

« Duquel on parle, Seu Osvaldo ? »

Il rit et, d'un geste gracieux, replia tous ses écrans sur son bureau.

« Tu aurais fait une bonne combattante. Tu as la discipline et la concentration. Et la rage. Qu'est-ce que je peux pour toi, Reine des tuyaux ?

— On m'a fait du tort, Seu Osvaldo.

— Je suis au courant. Comment va ton frère ?

— Triple fracture du crâne. Grave commotion et importante hémorragie cérébrale. Les médecins disent qu'il y aura forcément des séquelles. Reste à savoir lesquelles. »

Seu Osvaldo se signa.

« Qu'est-ce qu'il va devenir ?

— Il aura sans doute besoin de soins jusqu'à la

fin de ses jours. Il ne se remettra peut-être jamais totalement, d'après les médecins.

— Merde, murmura Seu Osvaldo de sa voix riche et profonde. Si c'est de l'argent…

— Je ne demande pas d'argent.

— Tant mieux. Je ne voudrais pas te facturer d'intérêts.

— Les Gularte m'ont envoyé un message. J'aimerais leur répondre.

— Ce serait un honneur, Alexia. » Il se pencha en avant. « Avec quelle vigueur souhaites-tu que leur soit remise ta réponse ?

— Je veux qu'ils ne menacent plus jamais ni ma famille, ni qui que ce soit. Je veux anéantir leur empire de l'eau. »

Seu Osvaldo se laissa aller contre son dossier. Son fauteuil grinça. Une sueur grasse perla sur son crâne chauve, alors même qu'Alexia trouvait la pièce plutôt froide. « Tu es la Main de Fer.

« Pardon ?

— Tu n'as jamais entendu ça ? C'est un nom de famille Corta. Ma famille et la tienne sont amies depuis longtemps. Mon grand-père achetait des Mercedes à ton arrière-grand-père.

— Je sais qu'on a été riches, à une époque.

— C'est un surnom du Minas Gerais, originaire des mines. Celui qui a suffisamment de poigne et de volonté – et d'ambition – pour prendre ce qu'il veut dans le monde. La Main de Fer. Ta grand-tante, celle qui est allée sur la Lune, était une vraie Mineira. La Mão de Ferro.

— Adriana Corta. Elle a coupé les vivres à ma

famille. Elle avait tout l'argent de la Lune, et elle nous a coupé les vivres.

— Et vous avez oublié qu'on vous avait appelés Main de Fer un jour. Peut-être qu'elle attend, tout simplement. Je ferais ça pour toi, Alexia Corta. Je suis très choqué par ce qui est arrivé à Caio. Un gamin… Des règles ont été transgressées. Je m'assurerai que les frères Gularte souffrent vraiment avant de mourir.

— Merci, Seu Osvaldo.

— Je le ferai par respect pour la Reine des tuyaux. Nous te sommes tous redevables. Mais comprends bien que je ne peux pas avoir l'air de n'exiger aucun paiement pour mes services. Même de toi.

— Bien sûr.

— Ma mère – que la bonté de Jésus et de Marie soit sur elle – est très bien installée pour ses vieux jours. Dans un bel appartement, avec vue sur l'océan et presque jamais de panne de courant. Elle a une véranda et un chauffeur pour la conduire à la messe, aux cocktails ou à son bridge avec ses copines. Elle veut une chose. Je pense que tu peux t'en charger.

— Pas de problème, Seu Osvaldo.

— Elle a toujours eu envie d'une pièce d'eau. Avec des fontaines, des chérubins et ces machins qui soufflent dans des cornes. Des coquillages et des baignoires à oiseaux. Le bruit d'une chute d'eau. Ça comblerait sa fin de vie. Peux-tu arranger ça, Rainha de tubos ?

« Je serai honorée d'apporter un peu d'eau dans

l'existence d'une vieille dame, Seu Osvaldo. Puis-je demander une autre faveur ?

— Si tu es en mesure de commencer dans la semaine.

— Je veux récupérer le sac à dos Capitan Brasil de Caio. »

Norton vint chez elle.

« Tu ne viens pas chez moi », dit Alexia, l'œil gauche dans l'interstice de la porte, dont elle n'avait pas enlevé la chaîne. Elle laissa glisser sur le sol le taser qu'elle tenait dissimulé, l'écarta du bout du pied. Tant que le service demandé à Seu Osvaldo n'était pas rendu, elle accueillerait avec une arme les visiteurs inattendus. Les caméras du couloir ne montraient personne d'autre que Norton. Cela ne voulait rien dire : peut-être les Gularte tenaient-ils sa famille en otage. Plaquée au mur, Marisa ramassa le taser. Toujours avoir du renfort.

« Il faut que je te parle.

— Tu ne viens pas chez moi.

— Très bien, je peux te parler où, alors ? »

La tonnelle. Le message posté par Marisa sur le réseau de la tour permit à Alexia et Norton d'avoir le toit pour eux quand ils parvinrent au sommet de l'escalier. Une légère brise descendait des collines, rendant la soirée tolérable. Alexia se pelotonna sur le divan. Elle ouvrit nonchalamment sur un rail en bois une des six Antarctica qu'elle avait fourrées dans une glacière, la tendit à Norton. Qui détourna les yeux. Il avait les tendons du cou, la gorge et les veines du front crispés par la colère. Elle but une gorgée. Précieuse bière froide rituelle.

« Pourquoi t'es venu chez moi ?

— Pourquoi t'es allée voir Seu Osvaldo ?

— Pour affaires. Tu ne m'interroges pas sur mes affaires. »

Norton marcha de long en large. C'était son truc. *Tu sais que tes mains n'arrêtent pas de remuer quand t'es énervé ?* pensa-t-elle.

« Et je ne viens pas chez toi. Il y avait un contrat que j'aurais dû signer ?

« Ce n'est pas si simple, Norton. » Elle n'a jamais pu supporter le rire des autres. Il a bien compris qu'il ne fallait jamais se moquer d'Alexia Corta.

« Je sais pourquoi les gens vont voir Seu Osvaldo. Pourquoi tu n'es pas venue me trouver, moi ? »

Elle éclata spontanément d'un rire sincère. « Toi ?

— Je travaille dans la sécurité.

— Norton, tu ne boxes pas dans la même catégorie que lui.

— Seu Osvaldo a un prix. Je ne veux pas que tu lui doives quoi que ce soit.

— Sa mamãe de quatre-vingts ans va avoir la meilleure pièce d'eau de Barra sur son balcon. Avec des chérubins et tout.

— Ne te fiche pas de moi », jeta Norton, dont l'éclair noir de la colère, la rapidité du changement d'humeur coupa le souffle à Alexia. Il était beau, en colère. « J'ai l'air de quoi, moi, si tu cours voir Seu Osvaldo chaque fois que t'as besoin d'aide ? Qui va embaucher un type incapable de prendre soin de sa nana ?

— Norton, fais très attention. » Elle reposa la bière à moitié vide. « Tu ne prends pas soin de moi. Je ne suis pas ta nana. Si tes potes dans la sécurité te manquent de respect pour ça, trouves-en d'autres, ou trouve quelqu'un pour me remplacer. »

Elle regretta aussitôt ses paroles.

« Si c'est ce que tu veux, dit-il.

— Si c'est ce que tu veux », singea-t-elle, consciente que c'était la pire phrase qu'elle pourrait prononcer et incapable de la retenir. Junior, de son vivant, avait coutume de dire qu'elle se battrait contre son ombre. « Pourquoi tu ne prends pas une décision tout seul, pour une fois ?

— Eh bien, ce que je veux, c'est me tirer d'ici, cria-t-il avant de partir en trombe.

— Parfait ! » répondit-elle sur le même ton dans son dos. La porte du toit claqua. Elle ne le suivrait pas. Elle ne s'autoriserait même pas à aller jeter une réplique assassine dans la cage d'escalier. À lui de venir à elle. « Parfait. »

Elle attendit trois minutes, puis quatre. Cinq. Elle entendit ensuite une moto trial démarrer dans le parking au pied de la tour. Elle n'eut pas besoin de regarder par-dessus le parapet pour reconnaître celle de Norton. Avec le puéril rugissement mécanique qu'il avait patché sur le bourdonnement de sa monture électrique, elle ne pouvait pas se tromper.

« Connard », lâcha-t-elle en envoyant la canette à moitié vide se fracasser sur la bordure en béton à l'autre bout du toit. « Connard. »

La porte s'ouvrit en grinçant. « Lê ? »

Marisa rejoignit Alexia dans la tonnelle. Elles regardèrent la demi-lune s'extraire de l'Atlantique. Sur l'avenida, les lampadaires clignotèrent et s'éteignirent.

« J'espère qu'il va se vautrer, dit Alexia.

— Même pas vrai.
— Ah bon ?
— Tu ne laisses personne rire de toi, mais toi, tu te moques de lui.
— Ferme ta gueule, irmazinha. »
Marisa balança les jambes. Alexia sortit de la glacière une bière recouverte de gouttes de condensation.
« Ouvre-la-moi. » Marisa buvait de la bière depuis qu'elle avait dix ans.
La capsule tournoya dans la lumière de la Lune.

Elle raffolait des couilles de Norton quand il venait de les raser. Elle adorait la souplesse lisse de la peau et la douceur de l'huile ; elle adorait qu'elles donnent l'impression de ne pas être une partie du corps de Norton, mais un petit animal blotti contre. Elle aimait les soupeser dans sa paume, pouvoir entourer le scrotum de son pouce et son index, sentir Norton s'abandonner et se tendre de surprise quand elle tirait doucement dessus. Elle adorait leur plénitude et leur vulnérabilité, tout comme la possibilité de se servir de lacets, d'élastiques ou de chouchous pour en faire deux splendides pommes de luxure gonflées. Elle aimait promener un ongle quand il avait les couilles bien serrées de cette manière. La première fois, il avait failli s'assommer en se cognant à la tête de lit.

Alexia referma les doigts sur la hampe rasée. Norton était bien monté ; lisse et huilé, sa bite était un monstre vaniteux, un géant de forêt pluviale se dressant fièrement dans des broussailles défrichées. Gros et à l'élégante courbure. Alexia avait depuis longtemps trouvé comment garder Norton au bord de l'orgasme, comment l'en approcher pour l'en éloigner à nouveau : en manipulant sa superbe bite dans sa main fermée. Elle fourra le gland dans sa paume, passa le pouce sur la couronne de celui-ci. Norton gémit et se laissa retomber sur les oreillers.

Elle savait que ce n'était pas la dernière fois qu'ils couchaient ensemble : il ne se serait pas rasé pour elle, sinon.

Elle plaqua la base de son pouce sur le petit triangle à l'endroit où les deux courbes du gland – comme un cœur, songea-t-elle – rejoignaient l'orifice de la verge. Coraçãozinho, elle appelait cet endroit. Elle ignorait s'il avait un nom scientifique, mais savait que quand elle le touchait, le frottait, le tapotait, le faisait vibrer, ce centimètre carré de terminaisons nerveuses lui donnait un pouvoir absolu sur Norton.

Les types de son équipe de sécurité avaient dû voir qu'il se rasait pour elle.

Ça pouvait leur donner une idée ou deux.

Un des fantasmes qu'elle nourrissait consistait à savonner et raser Norton, avant de l'enduire d'huile et de passer soigneusement un de ces rasoirs « coupe-choux » à l'ancienne jusqu'à obtenir un lissé suffisant pour qu'elle puisse prendre chacune des deux couilles en bouche comme un doce. Elle imaginait la peur, la confiance et le ravissement sur son visage.

Elle se pencha complètement pour effleurer coraçãozinho du bout de la langue.

Norton se cabra comme si on reliait son urètre au secteur électrique. Ses abdos se crispèrent, ses fesses se serrèrent. Elle avait toute son attention, à présent.

Elle le guida là où elle voulait vraiment qu'il mette son Petit Cœur.

Après l'amour, elle passa dans la salle de bains de Norton, puis alla ouvrir son réfrigérateur. « T'as du guarana ?

— Derrière les Bohemia. »

La lumière de l'appareil la baigna d'un bleu tremblotant quand elle s'accroupit pour écarter les bières. Un réfrigérateur de mec. Bières, café, sodas. Elle était toujours déshydratée après avoir baisé. Perte de liquide à compenser. Elle ouvrit la canette avant de revenir se glisser sous les draps.

Des draps noirs. Neufs, qu'il avait mis pour elle. Propres, pour la réconciliation sur l'oreiller. Jésus et Marie. Des petits archipels luisants.

Couché sur le flanc, une jambe repliée, l'autre tendue, Norton serrait ces draps sur son corps. Il savait que ça lui donnait l'air mignon. Il avait la peau de trois teintes plus foncée que la sienne – castanha escura pour lui, canela pour elle. Elle aimait le regarder.

Les lumières s'éteignirent.

« Merde. Une minute. » Nu, il fit le tour de la pièce en allumant les bougies aromatiques qu'Alexia avait apportées afin de masquer la fétide odeur de mâle qui flottait dans la pièce. Elle trouvait l'appartement plus agréable à la lueur des bougies. Elle n'aimait pas le voir à trop haute résolution.

Il fallait vraiment qu'elle se trouve un meilleur copain.

« Caio est rentré à la maison », annonça-t-elle. Le guarana faisait effet, à présent. Sucre et caféine.

« Comment il va ?

— Il va rater deux mois d'école. Je lui cherche des professeurs particuliers. Son côté droit est affecté. Il va devoir apprendre à devenir gaucher.

— Merde. J'aimerais bien le voir. »

Elle appréciait qu'il traite Caio comme un petit frère. Elle appréciait moins qu'il essaye de lui apprendre à être comme lui. Un malandro.

« Tu peux passer à l'appartement, pour ça.

— Merci, Lê. C'est chouette. »

Il la faisait fondre, quand il laissait tomber les postures viriles pour parler du fond du cœur.

« Qu'est-ce que sont devenus les Gularte ?

— Tu ne veux pas le savoir. » Des cadavres dans les fondations en béton du nouveau viaduc pour les trains de banlieue. « Plus personne ne menacera Caio.

— Lê… »

Elle roula sur le flanc. Il fuyait son regard. Encore un outil avec lequel le contrôler.

« Tu sais que notre famille a eu un autre nom ? Mão de Ferro. C'est comme ça qu'avant, au Minas Gerais, on appelait quelqu'un d'important. Qui fait ce qui doit être fait. J'étais la Main de Fer. Alors ferme-la et ne me pose plus jamais la question. »

Il lui heurta le bras en se redressant d'un coup, et du guarana poisseux coula sur les seins d'Alexia.

« Putain, Norton…

— Attends, écoute, écoute. Je travaille pour un Corta, en ce moment. Un nouveau contrat, depuis hier. Merci d'avoir posé la question. Tu as toujours dit que vous n'étiez pas nombreux, que personne ne savait d'où sortait ce nom, que personne ne savait vraiment d'où vous veniez. Eh bien, lui, c'est un Corta et il vient de la Lune.

— Personne ne vient de la Lune. » Elle chercha à tâtons un mouchoir en papier qui ne soit pas gluant de foutre. *Il pourrait apprendre à se servir de lingettes.*

« Ce n'est pas tout à fait exact, Lê. Prends Milton, par exemple.

— D'accord, les ouvriers en reviennent. » Barra s'était réjoui lorsqu'un de ses fils avait pu partir extraire de l'hélium 3 sur la Lune. Il était revenu sur Terre avant d'avoir les os atrophiés par la gravité et assez riche pour ne plus vivre à Barra ; il s'était établi à Zona Sul où on l'avait assassiné un an plus tard. Toute sa richesse était électronique. Les tueurs n'avaient pas récupéré le moindre centavo.

« Lui n'est pas ouvrier. Il est né là-haut. »

Alexia sursauta. La canette de guarana se répandit sur les draps noirs de Norton. Elle roula sur lui, le chevaucha, pressa sa fente sur sa bite. « C'est qui ? Dis-moi.

— Je ne sais plus quoi Corta. Lucas Corta.

— Lucas Corta est mort. Il s'est fait tuer quand les Mackenzie ont détruit Corta Hélio.

— C'en était peut-être un autre…

— Il n'y a qu'un seul Lucas Corta. Qu'est-ce que tu sais sur la Lune ?

— Qu'on y joue au handball et qu'on peut s'y battre à mort contre quelqu'un, mais c'est à peu près tout ce qui m'intéresse de ce qui se passe là-haut. »

Alexia se frotta à nouveau. Il gémit.

« Là-haut, il y a ma famille. T'es sûr que c'est Lucas Corta ?

— Lucas Corta de la Lune.

— Comment est-ce que… Non, rien.

— Il est très malade. Une loque. Il a plein de médecins sur le dos.

— Lucas Corta sur Terre. » Alexia se détacha de la bite de Norton pour se montrer à lui dans toute sa splendeur. « Norton Adilio Daronch de Barra de Freitas, si tu veux revenir là-dedans un jour, tu vas m'aider à aller parler à Lucas Corta. »

La tenue de femme de chambre était un peu trop juste. Les boutons du chemisier tiraient sur leur boutonnière. La jupe était trop étroite, trop courte. Alexia n'arrêtait pas de la redescendre. Le gousset de ses collants était trop bas. Alexia n'arrêtait pas de le remonter. Quelle idée ridicule de faire travailler le personnel avec des chaussures aussi idiotes. En échange de son énorme pot-de-vin, la gérante de l'hôtel aurait au moins pu fournir un uniforme de la bonne taille.

La moitié de Barra travaillait comme domestique d'une sorte ou d'une autre, mais Alexia n'avait jamais vu l'intérieur d'un hôtel cinq étoiles. Les parties payantes étaient de marbre et de chrome, surastiquées et fatiguées de rester au garde-à-vous, la cuisine et les autres endroits réservés au personnel de béton et d'inox. Que ce soit la même chose partout dans le monde ne l'aurait pas étonnée. Les couloirs sentaient l'air trop respiré et la moquette trop foulée.

La suite Jobim.

La peur la frappa au moment de sonner.

Et si la sécurité ne se limitait pas à celle de Norton ?

Elle trouverait quelque chose. Elle sonna. La porte s'ouvrit avec un déclic.

« Room service, pour préparer votre lit.

— Entrez. »

Sa voix la surprit. Alexia se rendit compte qu'elle n'avait aucune idée de la voix que devrait avoir un homme en provenance de la Lune. Pas celle-là, en tout cas. Lucas Corta parlait comme un grand malade. Comme quelqu'un de fatigué et d'accablé qui a du mal à respirer. Son portugais avait un accent bizarre. Il occupait un fauteuil roulant devant la fenêtre panoramique. Sur ce fond lumineux de plage, d'océan et de ciel, elle ne vit qu'une silhouette dont elle n'aurait pu dire si elle lui tournait ou non le dos.

Elle s'approcha du lit. Elle n'en avait jamais vu d'aussi grand, senti d'aussi frais. Cinq médbots différents l'entouraient, une dizaine de médicaments attendaient sur la table de chevet. Elle posa les doigts sur les draps : le lit ondula. Un matelas à eau. Évidemment.

Quelque chose lui chatouilla le cou. Elle leva la main.

« Touchez cet insecte et vous êtes morte, prévint Lucas Corta de sa voix de vieillard malade. Qui vous envoie ?

— Personne, je…

— Pas convaincant. »

Elle tressaillit quand les pattes de l'insecte se dirigèrent vers la zone tendre derrière son oreille droite. L'envie de le chasser était irrésistible. Elle ne doutait pas que Lucas Corta disait vrai. Elle avait lu des choses sur l'administration de toxines par insecte cyborg. Sur la Lune, c'était l'arme préférée des Asamoah. Voilà à quoi elle pensait, voilà ce dont avait conscience Alexia alors qu'elle avait à un millimètre de la peau une neurotoxine qui la ferait mourir dans une flaque de son urine et de son vomi.

« Nouvelle tentative. Qui vous envoie ?

— Personne... »

Elle gémit en sentant une très légère piqûre dans son cou.

« Je suis la Main de Fer ! » cria-t-elle.

L'insecte disparut.

« Voilà un nom dont il faut se montrer digne, dit Lucas Corta. Quel en est le reste ? »

Alexia eut un haut-le-cœur improductif, tandis que, frissonnantes de peur, ses mains cherchaient soutien et certitude dans le paysage marin du matelas à eau.

« Alexia Maria do Céu Arena de Corta, soufflat-elle. Mão de Ferro.

— La dernière Mão de Ferro était ma mère.

— Adriana. Je suis la petite-fille de Luis Corta. Qui portait le nom de son propre grand-père. Adriana portait celui de sa grand-tante. Celle qui avait un orgue électrique dans son appartement. »

Des doigts se dressèrent devant les bleus éblouissants de l'océan et du ciel.

« Venez dans la lumière du jour, Main de Fer. »

Elle s'aperçut alors qu'il ne l'avait pas regardée une seule fois. Il était resté tout le temps le dos tourné. La clarté le rendait moins imposant, le ratatinait, lui donnait l'air translucide et malade, araignée piégée dans la lumière. Ses mains étaient des nœuds de tendons et d'articulations enflées. La peau de sa gorge pendait, tout comme ses joues, le dessous de ses yeux et ses lèvres. Il ressemblait à quelque chose de plus cruel que la vieillesse, de plus terrible que la mort.

Lucas Corta leva vers le soleil des yeux noircis par des lentilles polarisantes.

« Comment vous faites pour vivre avec ça ? demanda-t-il. Pour éviter qu'il vous déconcentre ou vous éblouisse en permanence ? On le voit bouger. On croit vraiment qu'il bouge… c'est le piège, d'ailleurs, non ? Il vous aveugle à la réalité. On ne peut comprendre qu'en détournant les yeux. »

Il regarda Alexia, qui sentit les lentilles noires lui ôter la peau du visage et la chair des pommettes, lui écorcher jusqu'à la fibre chacun des nerfs. Elle ne broncha pas. Le triple vitrage irradiait une chaleur palpable.

« Vous avez un air de famille. »

Lucas Corta s'écarta en fauteuil de la fenêtre, se réfugia dans l'ombre fraîche. « Que voulez-vous, senhora Corta ? De l'argent ?

— Oui.

— Pourquoi devrais-je vous donner mon argent, senhora Corta ?

— Mon frère… », commença-t-elle, mais il l'interrompit.

« Je ne suis pas une œuvre de bienfaisance, senhora Corta. Mais je récompense le mérite. Revenez me voir demain. Même heure. Trouvez un autre moyen d'entrer. Celui-ci vous est interdit. Montrez-moi que vous êtes la Main de Fer. »

Toujours sous le choc, Alexia reprit son sac de femme de chambre. Elle aurait pu mourir sur ce lit. Elle avait frôlé d'un cheveu, d'une fraction de seconde la fin de tout.

Il n'avait pas dit oui, il n'avait pas dit non. Mais : *montrez-moi.*

« Senhor Corta, comment vous avez su ?

— Il manque deux tailles à votre uniforme. Et vous n'avez pas la bonne odeur. Les employés du room service en ont une bien à eux. Les produits chimiques passent dans la peau. Il semble que, sur la Lune, on soit davantage sensible aux odeurs que les Terriens. En partant, merci de m'envoyer une vraie femme de chambre préparer le lit. Je dors à des heures impossibles. »

Alexia se débarrassa de son déguisement dès que la porte de service se referma dans son dos : chemisier trop étroit, jupe trop courte. Chaussures tellement idiotes. En sous-vêtement et collants à l'entrejambe qui pend, elle passa sans s'arrêter devant Norton pour grimper dans sa voiture, garée dans le parking souterrain du Copa Palace.

« C'est sur ma peau, putain, sur ma peau », lui cria-t-elle alors qu'il la reconduisait chez lui. « Je le sens. »

Elle se précipita sous la douche.

« Je devrais le descendre, dit Norton en regardant sa silhouette derrière le rideau constellé de gouttes.

— Ne lui fais rien.

— Il a essayé de te tuer.

— Pas du tout. Il s'est défendu. Mais je me sens

sale. C'était sur moi. Un insecte, Nortinho. Plus jamais je ne me sentirai propre.

— Attends, je vais t'aider », dit-il en passant derrière le rideau. Ses vêtements tombèrent sur le carrelage mouillé. Il sortit de son pantalon, se débarrassa de son boxer. « Alors, il était comment ? Tu ne m'as pas raconté, tellement cet insecte t'a fichu la frousse.

— Ce type m'a fait flipper à mort, Norton. » Le dos tourné, de l'eau qui dévalait sur son corps et sur le verre. « On aurait dit une chose qui se faisait passer pour une personne. De loin, rien à redire, mais vu de près, tout est un peu bizarre. La vallée dérangeante. Rien n'a la bonne forme. Tout est trop long, trop gros, déséquilibré. Un alien. Il paraît que les gens nés sur la Lune ne grandissent pas comme nous, je n'aurais jamais cru que…

— On ne choisit pas sa famille », rappela Norton en allant se plaquer au flanc tiède et mouillé d'Alexia sous le jet. « Alors, il est où, ce coin sale ? »

Elle écarta ses cheveux en inclinant la tête pour lui montrer, sur son cou et sous son oreille, les endroits tendres sur lesquels était passé l'insecte assassin. Il les recouvrit de baisers.

« C'est plus propre, maintenant ?

— Non.

— Et maintenant ?

— Un peu. »

Il vint entourer de ses mains la perfection de son cul. Elle se plaqua à lui de tout son corps, enroula une jambe autour de ses cuisses, l'enfonça dans sa tendre chair sombre.

« Tu retournes le voir demain, alors ?

— Bien sûr. »

« Beau garçon.

— Le voilà avec son équipe de futsal. » Alexia envoya dans les yeux de Lucas Corta l'image de Caio en maillot, short et longues chaussettes, un sourire jusqu'aux oreilles. L'homme de la Lune se prélassait dans la piscine, dont l'eau fraîche bouillonnait doucement. Il avait invité plusieurs fois Alexia à le rejoindre. L'idée la rebutait. Elle préférait rester dans ce transat à l'ombre de la marquise. Le soleil était de plomb. L'océan semblait à l'article de la mort.

« Il est bon ?

— Pas vraiment. Pas du tout. Ils ne le prennent qu'à cause de moi.

— Mon frère avait une équipe de handball. Qui n'était pas aussi bonne qu'il le pensait. »

Alexia lui transmit alors une photo de Caio en train de faire l'important sur la plage : des bandes d'écran total bleu sur son nez, ses pommettes et ses mamelons.

« Comment va… Caio ?

— Il marche. Il se cogne souvent aux meubles et il a besoin d'une canne. Il ne jouera plus jamais au futsal.

— Ça vaut peut-être mieux, s'il n'était pas très doué. J'étais terriblement mauvais en sport, dans tous les sports. Je ne voyais pas l'intérêt. Un de mes oncles s'appelait Caio.

— C'est de lui que Caio tire son nom.

— Il est mort de tuberculose juste avant que ma mère parte sur la Lune. Elle m'a appris le nom de tous mes oncles et tantes, ceux qui ne sont jamais venus. Byron, Emerson, Elis, Luis, Eden, Caio. Luis, c'était votre grand-père.

— Oui, et Luis Junior était mon père.

— Était.

— Il est parti quand j'avais douze ans. En abandonnant ses trois enfants. Ma mère s'est contentée de lever les bras au ciel.

— Sur la Lune, on a des contrats, pour ce genre de choses. »

C'est le bon moment. Demande-lui l'argent. Joue sur votre parenté. Il t'a laissée revenir à l'hôtel. Elle avait localisé la docteure Volikova, lui avait demandé de la faire passer pour la masseuse remplaçante de Lucas. Elle avait enfilé la tenue adéquate. S'était assise près de la piscine de Lucas en legging de sport et top court. Demande-lui. Une image apparut sur la lentille d'Alexia. Ce n'était plus le bon moment.

« C'est Lucasinho, mon fils. »

Un très joli garçon. Grand à l'étrange manière lunaire, mais bien proportionné. D'épais cheveux lustrés qu'elle savait devoir sentir le propre et le frais. Un regard un peu asiatique qui lui donnait l'air réservé et magnifiquement vulnérable, des pommettes à tomber, des lèvres qu'on ne pourrait jamais se lasser d'embrasser. Pas son genre d'hommes – elle les préférait musclés et sans signes évidents d'intelligence –, mais tellement mignon. À vous briser le cœur en un instant.

« Quel âge a-t-il ?

— Dix-neuf ans, maintenant.

— Et comment va… Lucasinho ?

— Il est en sécurité. Pour ce que j'en sais. Les Asamoah le protègent.

— Ils vivent à Twé. » Tout comme il s'était renseigné sur elle, elle s'était renseignée sur lui et sur son monde. « Ils s'occupent d'agriculture et d'environnement.

— Ce sont nos alliés depuis toujours. La légende veut que chaque Dragon ait deux alliés…

— Et deux ennemis. Les Vorontsov et les Mackenzie pour les Asamoah, les Corta et les Vorontsov pour les Sun, les Corta et les Asamoah pour les Mackenzie, les Asamoah et les Sun pour les Vorontsov, et pour les Corta…

— Les Mackenzie et les Sun. Simpliste, mais comme avec tous les clichés, il y a un fond de vérité. J'ai tout le temps peur pour Lucasinho. C'est une peur élégante aux multiples composantes. La peur de n'avoir pas fait assez. Celle de ne pas savoir ce qui se passe. Celle de ne rien pouvoir faire. Ou de ne pas faire ce qu'il faut. J'ai appris quel sort vous avez réservé aux types qui ont blessé votre frère.

— J'ai dû m'assurer qu'ils n'approcheraient plus jamais ni de lui, ni de n'importe lequel d'entre nous.

— Ma mère aurait agi comme vous. » Lucas prit une gorgée de bière dans le verre posé au bord du bassin. « Elle s'est toujours demandé pourquoi aucun de vous n'est jamais venu. Je crois que ça a été la plus grande déception de sa vie. Elle a construit un monde pour sa famille, et personne dans sa famille n'en a voulu.

— J'ai grandi en croyant qu'elle nous avait tourné le dos. Qu'elle avait repris sa fortune et son pouvoir en nous abandonnant à notre triste sort.

— Vous vivez toujours dans le même appartement, je crois.

— Il tombe en ruine, les ascenseurs ne fonctionnaient déjà plus quand je suis née et, le plus souvent, il n'y a pas de courant. La plomberie est bonne.

— Quand l'un de nous atteignait douze ans, ma mère l'emmenait à la surface à un moment de Terre sombre. Elle nous montrait les continents tout bordés de lumière et traversés de réseaux lumineux, elle nous montrait aussi les grandes lueurs que répandaient les villes, et elle nous disait : *c'est nous qui allumons ces lumières.*

— Ils gagnent davantage en faisant commerce de cette électricité qu'en s'en servant, dit Alexia. Mais Corta Água fournit un approvisionnement sûr en eau potable à vingt mille personnes dans la région de Barra da Tijuca. »

Lucas Corta sourit. Chose pesante, coûteuse pour son corps, et par conséquent d'autant plus précieuse.

« J'aimerais bien voir ça. J'aimerais bien voir l'endroit où a grandi ma mère. Je ne veux pas rencontrer votre famille… ce serait risqué. Mais j'ai envie de voir Barra, et la plage où la Lune est tombée comme une route sur l'océan. Organisez-moi ça. »

Le monospace de location était une bulle de verre, tout en portières et en fenêtres, dans laquelle Alexia se sentit d'instinct mal à l'aise. On aurait dit ce dans quoi le pape se déplaçait en saluant et bénissant les fidèles. Impossible de se cacher à l'intérieur, aucune protection à part la foi et le verre renforcé. Installée face à Lucas Corta, elle prit son mal en patience tandis qu'ils descendaient l'avenida Lúcio Costa.

Pour que la docteure Volikova cesse de refuser

catégoriquement de laisser Lucas Corta sortir de l'hôtel, il avait fallu une vive et courte altercation d'une passion et d'une férocité qui surprirent Alexia : patient et médecin se disputaient comme deux amants. La praticienne les suivait dans un pickup bourré de médbots d'urgence.

« Voilà, c'est chez moi », annonça Alexia. Dans sa fraîcheur lilas, avec à l'est l'indigo de l'océan et les lumières qui s'allumaient rue après rue, niveau après niveau, Barra retrouvait son prestige d'antan. Du moins, si on fermait les yeux sur les nids-de-poule, les dalles manquant aux trottoirs telles des dents brisées, les ordures dans les caniveaux, les branchements sauvages aux câbles électriques et aux antennes de téléphonie mobile, les tuyaux d'eau en plastique blanc qui escaladaient chaque surface verticale comme un figuier étrangleur.

« Montrez-moi », dit Lucas. Norton fit se garer le monospace le long du trottoir délabré. Alexia n'avait aucune intention de le laisser conduire, mais relayer les ordres au pilote automatique suffisait à lui donner un but et une importance.

« J'aimerais sortir », indiqua Lucas Corta. Norton examina théâtralement la rue. Il pouvait être si adorable en dur à cuire. Alexia ouvrit la portière et déploya le monte-charge. Lucas Corta parcourut les quelques centimètres nécessaires à son atterrissage sur la planète Barra. « Je voudrais marcher.

— Vous êtes sûr d'y arriver ? » demanda-t-elle. La docteure Volikova était tout près depuis avant même l'ouverture des portières.

« Bien sûr que non, répondit-il. Mais je veux le faire. »

Les deux femmes l'aidèrent à quitter son fauteuil roulant et lui passèrent sa canne. Il s'éloigna sur le trottoir accompagné des petits bruits secs qu'elle faisait dessus. Alexia ne cessa de craindre un carreau branlant, une canette abandonnée, un gamin à bicyclette, du sable glissant apporté par le vent… ou n'importe quoi d'autre qui le fasse tomber, s'écraser sur la Terre.

« C'est quel appartement ?

— Celui avec la manche à air Auriverde. »

Lucas Corta resta longtemps appuyé sur sa canne, les yeux levés vers les lumières de l'appartement.

« On l'a réaménagé depuis l'époque de votre mère, l'informa Alexia. C'était un quartier riche, avant, à ce qu'on dit : c'est pour ça qu'on est dans les derniers étages. Plus on était riches, plus on vivait haut. Maintenant, ça veut juste dire davantage de marches à grimper. Quand on a le choix, on habite aussi bas qu'on peut se le permettre. Comme sur la Lune, d'après ce que j'ai lu je ne sais plus où.

— À cause des radiations, confirma Lucas Corta. On vit aussi loin de la surface qu'on en a les moyens. Je suis né à João de Deus, j'y ai vécu jusqu'à ce que ma mère ait construit Boa Vista. Qui était au départ un tunnel de lave de deux kilomètres de long. Elle l'a étanchéifié, sculpté et rempli d'eau et de choses qui poussent. On vivait dans des appartements creusés dans les visages géants des orixás. C'était une des merveilles de la Lune, Boa Vista. Nos villes sont d'immenses canyons pleins de lumière, d'air et de mouvement. Et quand il pleut… vous n'imaginez pas comme c'est beau. Vous dites que Rio est une ville magnifique, la Cité merveilleuse. Comparée aux grandes villes de la Lune, c'est une favela. » Il tourna le dos à la tour. « Je voudrais aller sur la plage. »

Le soleil s'était couché, chassant les bandes de garçons et les adolescents venus se peloter ou vapoter des drogues. Norton serra la mâchoire d'un air mécontent, mais aida Lucas à descendre les marches. Quand sa canne s'enfonça dans le sable, Lucas eut un mouvement de recul horrifié et voulut la libérer d'un coup sec.

« Doucement, doucement, le sermonna la docteure Volikova.

— J'en ai dans les chaussures. Je le sens qui rentre dedans. C'est affreux. Sortez-moi de là. »

Alexia et Norton le remontèrent sur le trottoir.

« Enlevez-le de mes chaussures. »

Ils le maintinrent pendant que la docteure Volikova lui ôtait ses souliers et en faisait couler des filets de sable fin.

« Je suis désolé. Je n'aurais jamais cru réagir de cette manière. Quand je l'ai senti, j'ai pensé *poussière*. La poussière est notre ennemie. Je ne contrôle pas ces trucs-là. C'est la première chose qu'on nous apprend.

— La Lune est levée », murmura Norton. Un croissant flottait au-dessus de l'horizon à l'est. Les lumières des villes de la Lune scintillaient comme de la poussière de diamant. *Des océans de poussière*. Cette pensée excita et horrifia Alexia. C'est de là que venait cet homme, cet homme fragile que la gravité tuait un peu plus à chaque pas, à chaque mouvement. Un Corta : du même sang qu'elle, et complètement, implacablement étranger.

Elle frissonna, muette et minuscule sous la Lune lointaine.

« Ma mère m'a raconté qu'au Nouvel An, toute la famille descendait poser des lanternes en papier sur l'eau, dit Lucas. L'océan les emmenait je ne sais comment et on ne les revoyait plus.

— On continue à le faire, répondit Alexia. Au réveillon. Tout le monde s'habille en bleu et en blanc, les couleurs préférées de Iemanjá.

« Iemanjá était l'orixá de ma mère. Elle n'y croyait pas, mais le concept des orixás lui plaisait.

— Je trouve bizarre qu'il y ait des religions sur la Lune, confia Alexia.

— Pourquoi ? Nous sommes une espèce irrationnelle et qui exporte son irrationalité en toute prodigalité. Ma mère a beaucoup soutenu la Sororité des Seigneurs du Présent. Les sœurs prennent la Lune pour un laboratoire d'expériences sociales. De nouveaux systèmes politiques, de nouveaux systèmes sociaux, familiaux et de parenté. Leur objectif ultime est un système social humain qui résistera dix mille ans… le temps qu'il nous faudra selon elles pour devenir une espèce interstellaire. J'aurais moins de mal à croire aux orixás.

— Je trouve ça optimiste, réagit Alexia. Ça sous-entend qu'on ne va ni se faire sauter, ni succomber au réchauffement climatique. Qu'on atteindra les étoiles.

— *Nous*, peut-être. La Sororité ne dit rien de vous autres sur Terre. » Lucas Corta regarda une nouvelle fois l'océan, à présent obscur. La Lune dessinait un éclat tremblotant sur les flots noirs. « On se bat et on meurt, là-haut, on construit et on détruit, on aime et on déteste, on vit des existences passionnées que vous ne pouvez pas comprendre, et personne ici sur Terre n'en a quelque chose à fiche. Je voudrais partir, maintenant. La mer m'angoisse. J'arrive à la supporter de jour, mais la nuit, elle est sans fin. Ça ne me plaît pas du tout. »

Norton et Alexia le réinstallèrent dans le monospace. Quand celui-ci se referma, elle lut le soulagement sur le visage de Lucas. Norton ordonna au véhicule de s'insérer dans la circulation. Deux motos étaient passées et repassées, ce qui le rendait nerveux. Alexia jeta un coup d'œil par-dessus son épaule pour s'assurer qu'elles ne s'étaient pas glissées devant le pickup médical de la docteure Volikova.

« Senhora Corta, lança Lucas, j'aimerais vous faire une proposition. » Il toucha la vitre de séparation et coupa les micros de la voiture. À l'avant, Norton ne les entendait plus. « Vous êtes une jeune femme talentueuse, ambitieuse et sans pitié, assez intelligente pour identifier et saisir une occasion. Vous avez bâti un empire, mais vous pouvez faire tellement mieux. Ce monde n'a rien à vous offrir. La proposition de ma mère à vos prédécesseurs, je vous la fais à vous. Venez avec moi sur la Lune. Aidez-moi à reprendre aux Mackenzie et aux Sun ce qu'ils m'ont volé, et je vous récompenserai de telle manière que votre famille ne connaîtra plus jamais la pauvreté. »

C'était le bon moment. Pour l'atteindre, elle s'était frayé un chemin jusque dans la chambre de Lucas Corta à coups de pots-de-vin, de menaces et de mensonges. Elle avait forcé la porte qui donnait sur la richesse et la puissance de Corta Hélio. Et derrière cette porte, il y avait la Lune.

« Je vais avoir besoin de temps pour y réfléchir.

— Bien sûr. Il faudrait être idiot pour partir au pied levé sur la Lune. Vous avez votre empire de l'eau : c'est pour cette raison que je ne vous ai pas demandé de travailler pour moi. Je vous ai demandé de m'accompagner sur la Lune. Je veux que ça vous coûte. Je vous laisse deux jours pour prendre votre décision. Je ne resterai pas longtemps sur Terre : j'ai peut-être encore trois ou quatre semaines avant de ne pas pouvoir survivre au transfert en orbite. Il est déjà probable qu'il compromettra définitivement ma santé. Venez à l'hôtel quand vous serez sûre. Venez sans mensonges ni déguisements, cette fois. »

7

Balance – Scorpion 2105

L'Aigle de la Lune sert des dry martinis à tomber, mais Ariel ne touche pas au sien, qu'elle laisse sur la table de pierre polie installée au bord du précipice.

« Je croyais que c'était toujours l'heure d'un dry martini dans un quadra ou l'autre, s'étonne l'Aigle.

— Ça ne me fait pas envie, ce soir. »

Ils sont assis face à face, chacun d'un côté de cette petite table en pierre qu'abrite le pavillon Orange, tout au bord de la prodigieuse voûte du hub Antarès. La circulation de fin de journée bourdonne sur les ponts et les passerelles, monte et descend par les téléphériques, flotte dans l'air. La ligne solaire prend sa luminosité de soirée et les lampadaires s'allument tandis que le jour bat progressivement en retraite tout au fond des prospekts du quadra. C'était le matin, la dernière fois qu'Ariel est venue dans ce belvédère à la vue sensationnelle. La dernière fois qu'elle est venue dans cette Aire, l'Aigle de la Lune a exigé un mariage dynastique. Corta et Mackenzie. Lucasinho et Denny. Les bergamotes sur les arbres ornementaux gardent encore quelques traces de la peinture argentée ayant servi aux décorations de la cérémonie.

« Vous me devez une explication, Jonathon.

— Le conseil était sur le point de déposer une motion de censure. J'ai pris les devants.

— Vous l'avez pris en otage, oui.

« Je l'ai mis en état d'arrestation.

— Notre système judiciaire ne prévoit pas pareille chose. Vous avez kidnappé et gardez en otage les membres du conseil. Où sont-ils ?

— Sous bonne garde dans leurs appartements. J'ai pris la précaution de restreindre leur respiration. Une méthode très efficace pour se faire obéir.

— Rien dans les statuts de la Lunar Development Corporation ne vous permet d'enlever et de détenir ses administrateurs.

— On est sur la Lune, Ariel. On fait comme on veut.

— Vous voulez que je démissionne, Jonathon ? Je le ferai, si vous vous foutez de moi. Il y a huit mille assignations à votre encontre et je suis la seule chose qui leur fasse écran.

— J'ai été prévenu que le conseil essayerait de me destituer au cours de cette réunion.

— Vidhya Rao.

— Eil a prédit la motion de censure. Cette tentative de destitution vient de la Terre. Les États-nations terrestres s'en prennent à moi.

— Pourquoi vous m'avez engagée, au juste ?

— Les prédictions des machines de Vidhya Rao se basent sur des schémas qu'elles repèrent et dont la plupart échappent aux yeux des humains. Eil est remonté à la source des flux financiers, des fonds souverains cachés derrière toute une série de sociétés-écrans. Au cœur de ces fonds se trouve quelqu'un que vous connaissez bien. Votre frère. »

Ariel plaque sous son bras sa pochette Oscar de la Renta, fait pivoter son fauteuil.

« Fantasmes, Jonathon. Paranoïa. Ce sera sans moi : je mets fin au contrat. Je cesse de vous représenter. »

Il se penche par-dessus la table pour attraper Ariel par le poignet. Il est rapide, pour quelqu'un d'aussi grand. « Lucas a échappé à la tentative d'assassinat des Sun, s'est enfui de la Lune et a trouvé refuge auprès de VTO.

— Lâchez-moi. » Elle le regarde au fond des yeux. Il libère son poignet. L'Aigle est aussi un homme robuste : ses doigts ont laissé des marques pâles sur la peau marron d'Ariel. « Vous m'avez embauchée comme bouclier.

— Exact.

— Allez vous faire foutre.

— D'accord. Alors, vous démissionnez ? »

Ariel regarde le cocktail. Glacé, puissant, sacré. Elle soulève le verre, boit une gorgée. Rationalité, certitude. Magnifique.

« Suis-je en sécurité, Jonathon ?

— J'ai devancé cette tentative de m'évincer.

— Il faudrait être idiot pour croire que mon frère n'a qu'un seul plan. »

L'autre adorateur a renoncé une fois à la ladeira de la 8e Rue Ouest. Marina court seule depuis soixante-dix minutes, à présent. Elle continuera jusqu'à ce que quelqu'un la rejoigne. Telle est la foi de la Nouvelle Longue Course. Il y a toujours quelqu'un qui vous rejoint. La Longue Course ne s'interrompt jamais.

Marina tourne en rond, comme en cage, dans le nouvel appartement. Sa vie ne se limite plus à trouver de quelle manière joindre les deux bouts, et le confort ainsi que la sécurité dont elle bénéficie à présent ne lui suffisent pas. Le côté physique de son programme de retour sur Terre lui donne faim d'autres vocabulaires corporels. Elle se souvient de la Longue Course : les corps, la peau peinte, les fils de couleur et les glands des orixás, la fusion en une unité, une conscience inconsciente dans laquelle temps, distance et limites physiques se dissolvent, la créature multipède qui court en chantant dans l'obscurité extérieure.

Elle se rappelle Carlinhos. Les traînées de sueur dans la peinture fluorescente sur ses pectoraux et ses cuisses. Le faux trouble quand ils sont sortis de l'extase de la course. Le velours sombre de sa peau contre elle la nuit avant son duel. Elle se souvient de la dernière fois où elle l'a vu, exultant et déchaîné dans le sang de Hadley Mackenzie répandu sur le sol de la cour de Clavius.

Des rumeurs lui sont arrivées aux oreilles par les canaux de sport et de fitness, par son moniteur de jiu-jitsu brésilien, par les Santinhos qui ont quitté João de Deus quand Bryce Mackenzie en a fait sa capitale. La Longue Course était venue à Méridien. Elle avait besoin d'une masse critique. Dès le début, il fallait qu'elle soit éternelle. Il fallait qu'il y ait toujours un corps en mouvement. Méridien ne ressemble pas à João de Deus : on n'y trouve pas, loin des principaux prospekts, un tunnel de service orbital dans lequel les corps peuvent circuler et psalmodier en continu. Un itinéraire a été établi, une boucle complexe qui passe par des routes de service sur sept niveaux de Volk Prospekt : soixante-dix kilomètres. Puis les cinq prospekts d'Aquarius Quadra : trois cent cinquante kilomètres. Au bout du compte, il couvrirait l'ensemble des trois quartiers : mille cinq cents kilomètres.

La Nouvelle Longue Course se complétait en soixante heures : c'était la course continue la plus longue des deux mondes. Elle nécessitait une endurance qui risquait de la mettre à la mode, alors qu'elle n'était ni une compétition, ni un défi, mais une discipline et une transcendance. Un système d'alertes assurait qu'il y avait toujours un corps en mouvement. Marina ne fait pas partie des fondateurs, mais elle s'occupe de l'entretien : elle se consacre aux longues parties désertes, à l'heure qui en devient deux. Elle trouve sa propre transcendance dans ces longues parties désertes. Elle pense à la Terre, elle pense à ses os qui se dégradent, à sa masse musculaire qui grossit. Elle pense à l'impossibilité de courir. Elle sera coincée dans un fauteuil roulant pendant des semaines, aura besoin pendant des mois de béquilles et de cannes. Une année s'écoulera avant qu'elle ose courir vêtue de quelque chose de petit et d'extensible. Et même à ce moment-là, ce ne sera que courir. Il n'y aura ni saints, ni voix, ni communion.

Elle pense à cela pour ne pas penser à Ariel.

Contact dans soixante secondes, indique Hetty. Marina voit la coureuse arriver par la ladeira de la 26e Ouest. Elles se rencontreront à l'entrée de la passerelle de la 18e Rue.

Que seus pés correm certeza, lance la femme, vêtue et peinte de rouge. Sur son short et son top, l'éclair de Xangô. Marina admire le look, Avec son teint à elle, cela ne donnerait rien.

Corremos com os santos, répond Marina, ce qui fait passer la coureuse au globo. La vieille langue n'a jamais été à son aise entre les lèvres de Marina. Les deux femmes trouvent un rythme commun et traversent la passerelle. Il fait nuit et elles avancent entre deux interminables murs de lumières.

« Tu travailles avec Ariel Corta ? demande l'autre.

— En quelque sorte.

— C'est bien ce qui me semblait. Je t'ai vue dans le quartier. Ariel m'a sortie d'un amorat qui tournait mal. Vengeance, harcèlement, et cætera. J'ai été la seule à ne pas me retrouver interdite de contact. Tout le monde dit que ce sont des amorats dont il est le plus facile de sortir. N'en crois pas un mot. Quand tu la verras, remercie-la pour moi. Amara Padilla Quibuyen. Elle ne se souviendra pas de moi.

— Tu serais surprise de tout ce dont elle se souvient », répond Marina. Et ça y est, voilà qu'elle pense de nouveau à Ariel.

L'une en vert d'Ogum, l'autre en rouge de Xangô, Marina Calzaghe et Amara Padilla Quibuyen dégustent des cocktails. La Longue Course est passée à d'autres pieds et, telles des lève-poussière au retour d'un contrat de six semaines, les deux femmes sont allées aussitôt dans un bar. C'est le secret d'Amara, deux ou trois niches dans le mur de 35e Est, sièges et tables sculptés dans la roche : un endroit où le barman connaît le nom de tout le monde, vu qu'on n'y tient pas à plus de huit.

« J'ai un aveu à faire, dit Marina. Les Blue Moon ne m'ont jamais plu.

— Moi non plus. J'aime le fruit et le doux. »

Marina entrechoque sa caipiroska à la batida goyave d'Amara.

« Eternamente. » L'adieu du long coureur.

« Eternamente », répète Marina dans son horrible portugais. Boire un verre après avoir couru. Voilà qui va à l'encontre de tous les protocoles professionnels et sportifs de Marina. Elle est plus que jamais indispensable à Ariel, depuis le putsch de l'Aigle de la Lune. Mais elle ne peut pas affronter le sentiment de claustrophobie que suscite en elle le grand et spacieux appartement ; Ariel au milieu de son armada d'IA juridiques qui contrent les vagues d'assignations, aidée d'Abena qui, silencieuse et concentrée, débusque affaires, jurisprudences et jugements en ayant conscience que cette tâche, certes aux extrêmes limites de ses capacités et de ses forces, lui permettra de faire carrière à Cabochon. La gamine a accroché un hamac dans la cuisine, mais elle a les yeux sur le Tabouret doré.

« T'étais à João de Deus, ou dehors sur le terrain ?

— Au service de la paye. » Amara lève son verre. « Ne jouez pas au con avec les comptables.

— Tu ressembles à une lève-poussière. »

Amara incline la tête avec coquetterie. « J'aime assez leur style.

— Ça te va bien.

— Et donc, Ariel et toi ?

— Les circonstances m'ont plus ou moins forcée

à travailler pour elle. Je suis docteur en biologie évolutionnaire computationnelle dans l'architecture de contrôle de processus. J'avais un contrat de serveuse à la fête de course-Lune de Lucasinho Corta quand quelqu'un a essayé de tuer Rafa Corta. J'avais beau être plus qualifiée que tous les Corta réunis, je me suis retrouvée garde du corps, assistante et barmaid d'Ariel. »

Comment cette caipi a-t-elle pu se vider aussi rapidement ? Dmitry est déjà en train d'en préparer une deuxième sur son bar.

« T'en veux une autre, non ? » demande Amara.

Pourquoi ne pas remplacer par de l'alcool ce qu'elle a perdu en liquides organiques ?

« J'ai une spécialisation en logique adaptée aux intelligences artificielles, poursuit Amara. J'ai fini commis aux feuilles de paie. Au moins, le travail ne manque pas. Les gens auront toujours besoin d'être payés. »

La deuxième caipiroska est aussi forte, délicieuse et généreuse que la première.

« À la santé des commis aux feuilles de paie.

— T'es sur la Lune depuis longtemps ? veut savoir Marina.

— Ça se voit ? J'espérais que tu me prendrais pour une deuxième-gén. On me considère bien trop grande, dans ma famille. Je suis d'origine philippine. Luçon. Mère orthodontiste, père dans la banque. Je sais. Bonne éducation de famille nucléaire bourgeoise. On devait tous avoir d'excellents résultats, on est tous allés dans de bonnes universités américaines, on a tous obtenu de bons diplômes, après quoi la vilaine fille trop grande monte dans une fusée, fait au revoir de la main et part sur la Lune. Ils n'arrivent toujours pas à comprendre. Trois ans et huit mois…

— Un an et onze mois. Et quatre jours.

— Voilà pourquoi ta deuxième caipi est descendue aussi vite. »

Marina sursaute en s'apercevant que son verre est à nouveau vide. Dmitry l'en débarrasse. Il a déjà préparé les ingrédients du troisième.

« Dis-moi : qu'est-ce qui t'a décidée à rester ?

— J'aurais retrouvé quoi, en rentrant ? Un mauvais gouvernement, un terrorisme de bas étage, l'élévation du niveau de la mer, et le risque de choper une maladie mortelle dans les poumons chaque fois que j'aurais embrassé quelqu'un.

— La famille ?

— La famille, c'est ce qui fonctionne. La tienne est où ?

— Nord-ouest. Péninsule Olympique. Juste un peu à l'intérieur des terres par rapport à Port Angeles. Un endroit magnifique, tu vas me dire : des montagnes, des forêts et l'océan. C'est vrai. J'ai vu de la neige, un jour. Un caprice météorologique et hop, du blanc en haut des sommets. De la neige ! On est montés en voiture par la vieille route du parc rien que pour aller marcher dedans. Le lendemain, elle avait presque entièrement disparu. La pluie sur la neige, c'est très moche.

— Tu rentres, pas vrai ?

— Je ne peux pas vivre ici. J'ai pris mon billet. Une place sur la boucle lunaire et ma couchette sur le cycleur. »

Amara termine son premier cocktail. Dmitry

apporte du ravitaillement : le deuxième verre pour Amara, le troisième pour Marina. Sans doute les lui demande-t-elle par l'intermédiaire de leurs familiers.

« Ariel le sait ? »

Marina secoue la tête.

« Si tu ne peux même pas me dire ça à moi, comment arriveras-tu à le lui dire à elle ? »

Marina lève les yeux de son verre.

« T'as vraiment beaucoup de trucs à raconter sur Ariel et moi.

— Je t'offre des cocktails depuis le début de la soirée.

— Et il y a deux heures, on était juste deux inconnues en train de courir ensemble.

— Je crois que ça fait longtemps que tu veux en parler à quelqu'un, et je suis prête à te payer une autre caipiroska.

— C'est une thérapie-caipi ou quoi ?

— Juste deux coureuses qui redescendent.

— Offre-moi une autre caipiroska. »

La quatrième arrive, aussi sensationnelle que les trois précédentes. Marina en prend une gorgée qui la fait frissonner, sent la chaleur et la proximité de ce minuscule bar troglodyte autour d'elle, aussi réconfortant et protecteur qu'un vêtement de pierre.

« Je peux partir tout à coup, mais pas proprement. Tu comprends ? »

Amara fronce les sourcils tout en sirotant sa batida à la paille.

« Il y aura toujours un lien.

« Elle aura toujours besoin de moi pour une chose

ou l'autre. Le moment de besoin suprême viendra, et je l'aurai abandonnée.

— Si tu lui dis, elle te demandera de rester.

— Ah ça non. Jamais elle ne demanderait. Mais je saurais. Et peut-être que je resterais et que j'en viendrais à la détester. » Marina se lève. « Il faut que j'y aille. Que je rentre. Je suis désolée. Merci pour tous les cocktails.

— Finis au moins celui-là.

— Il ne vaudrait mieux pas. J'essaye de l'empêcher de toucher au gin, alors si je rentre bourrée…

— Tu l'as mérité.

— Non, je ne peux pas. Hetty, trouve-moi une lapa. »

Quand Marina se penche pour un baiser d'adieu, Amara l'attire contre elle pour lui chuchoter : « Oh, c'est vraiment dommage. Parce que bon, j'avais élaboré un plan pour ce soir. Tu m'avais tapé dans l'œil. J'ai changé mon emploi du temps pour courir avec toi. Mon plan diabolique consistait à t'attirer ici pour te gaver de cocktails histoire de te séduire, ou du moins de décrocher un rendez-vous. J'ai raté mon coup. Je n'ai aucune chance d'y arriver. Parce que tous mes talents ne peuvent rien contre l'amour. » Elle embrasse Marina avec tendresse. « Eternamente. »

Plus un cadre AKA occupe une position hiérarchique élevée, plus sa protection est discrète, jusqu'à se fondre dans le décor en échappant à la perception humaine. Ariel ne doute pas que ce vrombissement d'insecte, ce battement d'ailes d'oiseau, ce pelage furtif et cet œil brillant à proximité du sol dans le feuillage pourraient la tuer sans qu'elle s'en rende compte. Ne jamais se fier à des êtres vivants. Elle est la fille de sa mère. Mais à l'ombre des branches, il fait frais, avec une odeur légèrement épicée de feuilles mortes en décomposition, et les sentiers du parc sont vides d'une manière que seul le Tabouret doré a le pouvoir d'obtenir.

« Elle t'est vraiment utile ? » demande Lousika Asamoah. Ariel et elle avancent sur des sentiers de gravier rose qui crisse sous les pieds de l'une et les roues de l'autre. C'est la première fois qu'elles se voient depuis la chute de Corta Hélio, la destruction de Boa Vista et la mort de Rafa Corta.

« Il se peut que j'aie compromis sa carrière politique, répond Ariel. Ta nièce va s'imaginer qu'une bonne dose de mercenaires permet de régler n'importe quel problème. »

Le rire de Lousika Asamoah est généreux, plein et d'une légèreté de cloche. C'est Ariel qui a négocié le nikah avec Rafa, et il sautait dès le début aux yeux que l'amour vivait dans cette relation comme il ne l'a jamais fait dans l'autre mariage de Rafa, celui avec Rachel Mackenzie.

« Je devrais la renvoyer tout droit chez nous à Twé, dit Lousika Asamoah. Les dieux savent dans quoi elle va tomber la prochaine fois. » Des paroles désinvoltes, mais sous lesquelles perce l'inquiétude. La violence politique a eu de l'effet sur l'administration guindée et fade de Méridien, et personne ne sait ni la profondeur du traumatisme, ni jusqu'à quelle distance vont retomber les débris.

« Elle ne fait pas partie du jeu.

— Je crois que tout le monde en fait partie, maintenant. » Lousika Asamoah s'immobilise sur le gravier. Les petits mouvements dans les branches, les feuilles et le lierre rampant cessent aussitôt. Ariel sent braqués sur elle une dizaine d'yeux chargés de venin. « Nos familles ont toujours été proches, mais je viens aujourd'hui en tant qu'Omahene du Kotoko. Ce qu'a fait l'Aigle est sans précédent. Nous ne pouvons pas en prévoir les conséquences. Ce qui nous inquiète.

— Tout ce que demande l'Aigle, c'est une garantie.

— Une garantie que je ne suis pas en mesure d'apporter. AKA n'est pas un dragon comme les autres. Notre manière de gouverner est complexe, avec de multiples niveaux. Énormément d'opinions à recueillir et de votes à obtenir. Certains trouvent cela lent, lourd et inefficace, mais nous avons toujours cru qu'il valait mieux placer le pouvoir en un aussi grand nombre de mains que possible. AKA agit lentement, mais sûrement. Nous n'avons tout simplement pas eu le temps d'arriver à un consensus.

— L'Aigle apprécierait même une simple indication confidentielle…

— Je n'ai pas le droit de lui en donner une. Le Tabouret doré n'a pas de voix. » Lousika se remet en marche. Le fauteuil d'Ariel repart à la même vitesse qu'elle. Les observateurs dans le bois les suivent. « Nos familles ont toujours été proches. Comme vous, nous ne sommes ni le plus riche ni le plus puissant des Dragons. Nous avons atteint cette position en nous tenant à l'écart des rivalités qui opposaient les autres familles, et quand cela nous était impossible, en nouant de judicieuses alliances. Le Kotoko suivra le déroulement des événements, mais nous ne nous engagerons à rien sous la pression.

— Vous vous rangerez dans le camp des vainqueurs.

— Oui. Il le faut. VTO, les deux Mackenzie, Taiyang dans une moindre mesure, tous dépendent d'une relation avec la Terre. Pas nous. Nous n'avons que la Lune. Mais, comme on dit chez nous, tout le monde mange et tout le monde dort.

— Est-ce ce que je dois rapporter à l'Aigle ?

— C'est la réponse du Tabouret doré. »

Du mouvement dans les arbres ; un soudain froufrou d'ailes. Des oiseaux s'envolent, des papillons passent en voletant près du visage d'Ariel, de petites choses rapides foncent au bord des sentiers. Les gardiens quittent les lieux, le cordon de sécurité est levé. Ariel comprend qu'elle doit rester sur place jusqu'au départ de l'Omahene. Elle écoute les feuilles mortes brassées sur le gravier par les vents imprévisibles du microclimat d'Aquarius Quadra. Entend des crissements : les pieds des joggers et les pneus des chariots des vendeurs de sucreries.

Dame Sun tire sur les manches du costume de Darius pour les descendre sur les poignets. Darius les remonte.

« C'est à la mode », affirme-t-il.

Dame Sun cède, mais lui ôte la vapette des doigts. « Ça, je ne le tolérerai pas. »

Les chaussures de l'adolescent claquent sur la pierre polie. Le Grand Hall de Taiyang est un parallélépipède rectangle vide et ouvert sculpté avec une précision millimétrique dans la roche brute qui borde le cratère Shackleton. Ses proportions tout comme son acoustique ont été calculées pour produire une impression physiologique. C'est l'endroit de prédilection des Sun pour recevoir invités et clients.

« Ariel Corta », reconnaît Darius. En robe rouge Emanuel Ungaro, l'avocate est le soleil brillant d'une orbite de dignitaires Taiyang. Même en fauteuil, elle attire tous les regards. Ce n'est pas elle qui se laissera intimider par des ruses architecturales. « Qui sont ces femmes qui l'accompagnent ?

— La plus jeune est Abena Maanu Asamoah.

— Une nièce de l'Omahene », dit Darius. Les perspectives du Grand Hall sont trompeuses. Il a le sentiment d'avoir marché plusieurs kilomètres sans avoir approché d'un centimètre.

« Tu as écouté. Bien. Signification ?

— Les Corta sont des alliés traditionnels des Asamoah.

— La moitié de leur lignée vit sous la protection des Asamoah.

— Comme moi sous celle des Sun.

— Arrête tes sarcasmes, si tu ne veux pas que je t'empoisonne moi-même, mon petit, le rabroue Dame Sun. La troisième femme est sa garde du corps personnelle. Sans intérêt pour nous.

— Elle a tué un homme avec une vapette.

— Tu t'es renseigné, ou ton familier vient de te le dire ?

— Je me souviens. C'est ça que tu veux que je fasse ? »

Le petit groupe de cadres s'ouvre. Des têtes s'inclinent pour saluer la vieillarde.

« Grand-mère, dit Sun Zhiyuan, voici Ariel Corta, qui représente l'Aigle de la Lune. »

Dame Sun tend la main. Ariel la serre. On n'est

pas censé serrer la main de Dame Sun, mais la baiser, pense Darius.

« Madame Sun. »

Il dévisage Ariel Corta pendant les présentations. Depuis son fauteuil, elle en impose à toute l'assistance. Son attention est une faveur qu'elle n'accorde qu'avec parcimonie et dont même les cadres de Taiyang ont soif. Pourquoi ne marche-t-elle pas encore ? Elle a largement les moyens de se faire opérer. Y a-t-il du pouvoir dans ce fauteuil ? Lui donne-t-il un avantage ? Tout le monde, Dame Sun compris, est obligé de se pencher pour lui parler. Darius essaye de comprendre quel genre de volonté préfère être invalide et avoir de l'autorité que bien portant et anonyme. Il y a là une leçon à tirer.

« Et mon pupille, Darius. »

L'adolescent incline la tête. « Enchanté, senhora Corta. »

La lueur au fond de son regard quand elle croise le sien déclenche en lui un frisson de peur. Est-ce qu'il a parlé d'une voix trop charmante ? A-t-elle vu clair en lui ?

« C'est un plaisir, Darius. »

Elle se méfie de lui.

« Je voulais qu'il fasse votre connaissance, Ariel, dit Dame Sun. Les jeunes ont besoin d'apprendre la valeur de la persévérance. Rien de grand ne s'accomplit sans elle. Une chute, une période en retrait du monde, l'ascension vers la célébrité et le pouvoir : la persévérance. Viens, Darius. »

Les affaires reprennent. Zhiyuan et Ariel discutent des services publics, des gens qui font en sorte que la Lune continue à tourner autour de la Terre, depuis les recycleurs des morts jusqu'aux agents qui installent le chib sur chaque nouveau globe oculaire. Le personnel humain travaillera pour n'importe qui, du moment que ce n'importe qui lui permet de continuer à respirer. Au service de qui se mettront les IA administratives de Taiyang : l'Aigle ou le conseil d'administration ?

« Tu t'es montré désinvolte, reproche Dame Sun à Darius alors qu'ils s'éloignent de la réunion.

« Et toi carrément mal polie.

— Je suis la Douairière de Shackleton. Les douairières sont mal polies. Tu as entendu parler des Trois Augustes.

— J'ai entendu des histoires sur eux.

— Ce sont bien plus que des histoires. Ce sont des ordinateurs quantiques que nous avons construits pour qu'ils fassent au profit de la banque Whitacre Goddard des prédictions extrêmement fiables sur des événements à venir. Des prophéties, si tu préfères. Bien entendu, nous avons introduit une porte dérobée, si bien que depuis, ils nous permettent d'entrevoir l'avenir. Mais ça n'a rien de simple : ils ne sont pas clairs et jamais d'accord à 100 %. Sauf sur un seul point : Ariel Corta sera une personnalité majeure dans l'histoire de la Lune.

— C'est pour ça qu'elle est notre ennemie.

— Pas pour l'instant. Mais elle le deviendra peut-être. Possible que d'ici là, je sois morte et récupérée par les zabbalins, mais toi, tu seras prêt.

— Oui, zengzumu, je serai prêt. »

Les pieds de Darius claquent doucement sur la roche polie. Comme à l'aller, il n'entend pas ceux de Dame Sun produire le moindre bruit.

Abena ne peut s'empêcher de frissonner encore et encore. L'air est tiède, avec un peu de cette odeur piquante de poussière que trouve agréable quiconque a grandi à Twé, labyrinthe toujours en expansion de tunnels et de tubes agricoles. La roche, la roche, encore et toujours la roche : cela l'opprime. Hadley est roche et métal qu'aucune touche de vie ou de couleur ne vient égayer. Du métal mort, suffocant et glacé. La jeune fille a l'impression de marcher dans ce couloir depuis des années. Il a dû obliquer ou se diviser, mais Abena continue à avancer, effleurant de la main l'accoudoir droit du fauteuil d'Ariel pour se rassurer, frémissant de claustrophobie.

« Ils auraient pu venir nous chercher à la gare, dit-elle.

« Je ne vais pas me faire escorter jusqu'à Duncan Mackenzie par les lames qui ont tué mes frères, réplique Ariel.

— Et qui ont essayé de te tuer, complète Marina de l'autre côté du fauteuil qui roule en silence.

— Je ne comprends pas comment vous pouvez seulement venir ici.

— C'est parce que tu ne comprends pas la relation avocat/client, explique Marina. Ariel représente l'Aigle de la Lune. Elle est venue en tant qu'avocate et porte-parole. Ce qu'elle ressent, son passif avec les Mackenzie n'ont pas leur place ici. Ici, elle n'est pas Ariel Corta. Ce que Duncan respectera.

— Ça me donne quand même l'impression qu'elle abdique son intégrité personnelle. »

Marina s'arrête net. « Tu n'as pas de leçons à faire à Ariel sur l'intégrité.

— Fermez-la, toutes les deux, bordel, jette celle-ci. Je ne suis pas morte, vous savez. » Abena entend de l'appréhension sous l'irritation.

Enfin, une porte. Derrière celle-ci, un ascenseur. Au sortir duquel les attend, blonde et souriante, une employée de Mackenzie Metals qui pourrait être nue et chauve sans arriver à paraître davantage désarmée et inoffensive. Dans son dos, une salle de roche et de métal basse de plafond, avec des fenêtres qui ressemblent à des yeux plissés. Des puits de lumière la transpercent, tombant de fentes au plafond.

« Toujours les miroirs », murmure Ariel.

Cinq personnes sont positionnées pour faire forte impression dans ces lumières vives dispensées par le plafond bas. Ayant été briefée, Abena reconnaît le conseil d'administration du nouveau Mackenzie Metals. Entièrement masculin, bien entendu. Duncan Mackenzie est plus imposant qu'elle l'imaginait. Son gris habituel, son familier une boule huileuse de lumière grise. Abena se rend compte qu'il l'impressionne, alors que la psychoarchitecture du palais de Lumière éternelle avait été de la magie de scène. Il a de la présence et de la gravité.

« Duncan.

— Ariel. »

Comment peut-elle lui serrer la main ? Comment peut-elle lui parler, prononcer son nom ? Abena est persuadée qu'elle-même ne pourrait jamais s'abaisser à ce point. L'objectivité professionnelle est une leçon qu'elle sait devoir apprendre pour faire carrière, mais il y a des principes sur lesquels on ne peut transiger sans perdre toute crédibilité et toute estime de soi. Elle admire le détachement professionnel d'Ariel, mais n'est pas certaine de le respecter.

« Merci d'être venue à Hadley, dit Duncan Mackenzie.

— Vous vouliez me mettre à l'épreuve, Duncan ?

— En partie. Et je ne me sens plus en sécurité à Méridien. »

L'employée blonde apporte des boissons sur un plateau. Ariel refuse sans hésitation, sans même un regard un tant soit peu prolongé. Le plateau n'approche ni d'Abena ni de Marina.

« Qu'est-ce que vous voulez de moi, Ariel ?

— L'Aigle de la Lune a besoin de savoir s'il continuera à bénéficier du soutien de Mackenzie Metals.

— Et envers qui mon frère est-il loyal ?

— Vous n'allez pas laisser quelque chose d'aussi insignifiant influencer votre opinion ?

— Trois cent cinquante morts, deux cent cinquante millions de bitsys de dégâts matériels et pertes de recettes, ce n'est pas vraiment insignifiant.

— Votre frère n'a pas encore demandé à voir la représentante de l'Aigle. Je croyais que vous le sauriez… vous avez perdu votre source officieuse auprès de l'Aigle ?

— Adrian persiste dans son non-alignement. » Duncan Mackenzie désigne à Ariel des sièges disposés en cercle. Abena remarque qu'il n'y en a ni pour Marina ni pour elle. Être stagiaire de l'avocate de l'Aigle de la Lune consiste souvent à rester debout. Ariel a bien fait de lui conseiller de porter des chaussures confortables. « Nous avons besoin de stabilité, Ariel. Le putsch de l'Aigle, ajouté aux problèmes que rencontre ma famille, n'a pas rassuré les marchés. Le capital déteste l'incertitude et nous sommes des hommes d'affaires. Mackenzie Metals soutiendra le camp qui lui assurera l'environnement le plus stable et le plus sûr pour garantir des profits. » Duncan Mackenzie se laisse aller contre son dossier. Le reste de son conseil d'administration l'imite par réflexe inconscient. « Je viens de vous donner la position de Mackenzie Metals. Quant à la position du chef de la famille Mackenzie, elle est la suivante :

« Mon père est venu sur la Lune pour y construire un monde. Son propre monde, hors des contrôles et restrictions décrétés par les gouvernements, consortiums et empires. Par les conseils d'administration et les fonds d'investissement. Il a dépensé jusqu'à son dernier cent pour expédier sur la Lune cinq robots prospecteurs, puis un hub de construction, puis des installations de production et de transport, puis une base habitée. Toujours en réinvestissant ses bénéfices. Il n'a jamais pris l'argent de quelqu'un d'autre, il n'a jamais laissé une personne extérieure investir dans Mackenzie Metals ou en acquérir une participation. Il s'est battu pour empêcher les nations terrestres de nous transformer en colonie. Il s'est battu pour faire respecter et renforcer le Traité de l'espace. Il s'est opposé à la fondation de la Lunar Development Corporation, et quand on la lui a imposée, il a fait en sorte qu'elle jouisse d'un pouvoir trop fragmenté et trop dilué pour que les nations terrestres puissent un jour dicter leur politique aux travailleurs libres de la Lune. Jusqu'à sa mort, mon père a soutenu notre liberté et notre indépendance.

Conclusion : vous pouvez dire à Jonathon Kayode que Duncan Mackenzie le soutient. »

Abena voit Ariel Corta préparer sa réponse. Duncan Mackenzie lève la main. « S'il me soutient contre Bryce. »

Ariel regarde la goutte de condensation couler sur le verre de dry martini. La goutte hésite à l'intersection avec le pied, grossit, frémit sous son propre poids, et glisse jusqu'à la base.

« Magnifique, dit l'avocate. Il n'y a rien de plus beau dans ce demi-hémisphère. »

Le train atteint huit cents kilomètres-heure sur Palus Putredinis. La ligne polaire Aitken-Peary a été la première voie ferrée construite sur la Lune, afin de pouvoir exploiter les réserves de glace et d'hydrocarbures aux pôles, mais Équatorial Un lui a depuis ravi la prééminence. Ariel, Marina et Abena sont les seuls passagers dans la voiture d'observation du Polar Express. Abena ne se sent pas à l'aise, dans cette bulle de verre. Elle a l'impression d'être à découvert, à trop grande proximité du vide. Des radiations imaginaires lui causent des démangeaisons sur la peau. La vue est un paysage épuisé par les extractrices de Mackenzie Metals. Le moindre cratère est arasé, la moindre rille remplie de déblais, avec un peu partout des traces de pneus de rover, des machines abandonnées, des panneaux à lamelles, des caches et refuges désertés.

C'est plus intéressant que les pentes douces et monticules gris habituels.

Ariel fait glisser son verre sur la table en direction de la serveuse. « Enlevez-moi ça, maintenant, s'il vous plaît. »

La serveuse incline la tête et escamote le cocktail. Sans faire naître la moindre ridule à la surface du liquide ni perturber une seule goutte de condensation.

« Refais-moi ce coup, lance Ariel à Marina, et je t'écrase le verre sur la figure.

— Ça a marché, donc.

— Pareil si tu me félicites ou si tu essayes une de tes conneries de motivation, mon chou. »

Marina dissimule un rire tendu. Abena n'arrive pas à comprendre cette perpétuelle agressivité feutrée entre les deux femmes, ni le rire derrière la moindre flèche ou raillerie. Ariel manque de respect à Marina, la dénigre, voire l'insulte carrément, mais quand Abena a mis en cause l'intégrité personnelle d'Ariel, à Hadley, Marina s'en est prise à elle comme une escolta.

« Il tiendra parole ? demande Marina.

— Duncan a de l'honneur, répond Ariel en saisissant avec une habileté de championne de handball le ballon du changement de sujet. Pas comme sa saloperie de frère.

— Je ne vois toujours pas pourquoi on n'aurait pas pu faire ça par le réseau, dit Abena. On est allées à Hadley, au palais de Lumière éternelle… et on serait allées à Twé si Sewaa Lousika n'était pas à Méridien.

— Le droit est une affaire personnelle, répond Ariel. Avec des contrats personnels et des accords personnels, qu'on négocie personnellement. Quand on traite avec des Dragons, il faut leur proposer un trésor. Peut-être qu'ils le prendront, peut-être qu'ils te laisseront le garder. Il n'y a pas de plus grand trésor que sa propre vie.

— Tu sais où on n'est pas allées ? » demande

Marina. Abena fronce les sourcils. Ariel hoche la tête.

Prise de conscience. « Chez les Vorontsov !

— Personne n'a demandé de rendez-vous, dit Ariel.

— VTO soutient les membres du conseil de la LDC ? demande la jeune fille.

— Ariel le saurait, répond Marina.

— Elle le saurait, oui, confirme celle-ci. Mais elle ne connaît pas leur position et ça ne lui plaît pas. Alors elle va discuter avec quelqu'un qui pourrait en avoir une idée. »

La gravure est toute petite, pas plus grande que ses pouces côte à côte. Ariel doit se pencher dessus pour distinguer trois minuscules personnages : deux sont debout sur le limbe supérieur du monde courbe, le troisième pose le pied sur le premier barreau de l'échelle qui monte jusqu'au croissant de lune.

« *Je veux ! Je veux !* » lit-elle. Il y a une autre inscription sous ce titre microscopique, mais en écriture cursive, forme qu'elle n'arrive pas à déchiffrer.

« William Blake. » Vidhya Rao. « Un artiste et poète anglais des dix-huitième et dix-neuvième siècles. Visionnaire, prophète et mystique. Chose remarquable, il excellait dans les trois domaines. »

Ariel n'a jamais entendu parler de William Blake, mais elle connaît assez bien Vidhya Rao pour ne pas pécher par fausse érudition. Le déjeuner a été excellent, pour l'endroit. Les salles à manger de la Société sélénite sont de discrets salons privés – on peut les isoler du réseau –, mais Ariel sait d'expérience que dans les clubs, la cuisine est rarement bonne. Les rāmen étaient tout à fait comestibles pour des nouilles, le sashimi tellement frais qu'elle le soupçonne d'avoir été découpé sur un poisson vivant.

« Et nous avons sans doute le meilleur créateur de cocktails des deux mondes », a dit Vidhya Rao quand, venu accueillir Ariel dans le hall de la Société sélénite, eil a pris les poignées de son fauteuil roulant.

« J'ai bien trop à faire pour prendre un cocktail », a répondu la jeune femme. Consciente à présent qu'elle n'aurait peut-être plus jamais l'occasion d'en boire un.

À la petite table installée dans le discret salon privé, la gravure retient à nouveau l'attention d'Ariel. Le style en est simple, presque simpliste, le message clairement une parabole, mais elle attire l'œil et frappe l'imagination par sa vigueur et sa puissance.

« Ils demandent la Lune », dit Ariel. Les lèvres de Vidhya Rao se crispent. Elle l'a déçu.

« J'adore vraiment Blake, répond-eil. Il est toujours plus intéressant qu'il en a l'air.

— La surface sur laquelle se tiennent les personnages ressemble davantage à la Lune que la Lune elle-même. » Elle a remarqué que pour chaque table, il y a une petite gravure sur le mur juste au-dessus de la lampe. Beijaflor zoome : elles sont toutes du même style, du même artiste. Décorations, sujets de conversation.

« C'est une observation intéressante. Donc, de notre point de vue, ce pourrait être la Terre, vue de la Lune.

« Ce n'était pas concevable, au dix-neuvième siècle, contre-t-elle.

— Pour Blake, si. » Eil sort de son sac un étui à documents qu'eil place sur la table. Ariel regarde à l'intérieur.

« Du papier.

— Je trouve cela plus sûr.

— Quels noirs secrets êtes-vous en train de partager avec moi ?

— Vous vouliez savoir pourquoi VTO ne vous a pas demandé rendez-vous. »

Ariel n'a jamais été très douée en lecture. Elle se retient de bouger les lèvres pendant qu'elle déchiffre le résumé en haut du document. Le reste lui demande encore davantage d'efforts. Sa bouche s'ouvre. Elle repose le papier sur la table. « Ils vont nous mettre en pièces.

— Oui. Nous ne sommes pas des soldats. Nous n'avons pas de soldats, pas même de police. Nous sommes une colonie industrielle. Au mieux, nous avons des milices et des forces de sécurité privées.

— Ce sont vos Trois Augustes qui vous ont prévenu.

— En indiquant une probabilité de 89 %.

— Qui d'autre est au courant ?

— À qui le dirions-nous ? Nous n'avons aucun moyen de défense. Whitacre Goddard a commencé à se protéger en diversifiant et renforçant son portefeuille d'actions.

— Putains de banquiers. »

Vidhya Rao sourit.

« Tout est là. Nous n'avons aucune solidarité.

Nous sommes des individus, des familles et des entreprises ; chacun de nous agit dans son propre intérêt.

— Vous avez dit que les Sun avaient accès aux Trois Augustes par une porte dérobée. Ils sont au courant ?

— Je regarde quels schémas se dégagent et je m'efforce d'en tirer des conclusions. Leurs récents investissements et désinvestissements me laissent penser que non.

« Comment peuvent-ils ne pas voir quelque chose de ce genre ?

— Très simplement : ils n'ont pas posé les bonnes questions. »

Ariel étale les feuilles sur la petite table. « Ça demande d'énormes capacités de transport spatial.

— Dont les États-nations terrestres ne disposent pas.

— J'ai la réponse à ma question sur VTO, maintenant. Ce que je ne comprends pas, c'est pourquoi.

— Avoir une branche sur Terre rend VTO différent des autres Dragons. Et sensible aux pressions politiques.

— Grands dieux.

— Oui. Tous autant qu'ils sont et quel que soit leur nom ou leur nature. Désolé, Ariel. Du thé ? »

Elle manque éclater de rire tant la question est incongrue. Des feuilles de menthe écrasées dans un verre et recouvertes d'eau bouillante. Sucrées à votre goût. Le lubrifiant universel. Quelque chose de connu, de réconfortant. De précieux, un petit défi dans un verre. Quand les étoiles tombent, quand les mondes entrent en collision, quand pleurent devins et prophètes, il n'y a que ça. Un verre de thé.

« Oui, merci, à la réflexion. Une dernière question, Vidhya. » Ariel rassemble les papiers, les range avec soin dans l'étui. « On a combien de temps ?
— Oh, mais c'est déjà commencé, ma chère. »

La monotonie est le tueur qui rôde discrètement sur les verrières. Kilomètre après kilomètre, heure après heure : verre noir verre noir verre noir. L'attention se réduit et se délite, l'esprit se referme sur lui-même. Divertissements et jeux fournissent quelque chose sur lequel se focaliser, mais au prix d'un autre piège : la distraction. Les rovers de Taiyang sont équipés de multiples capteurs et alarmes pour prévenir de l'un ou l'autre des mille accidents internes comme externes susceptibles de conduire une équipe au désastre, mais aucun ouvrier de surface ne fait totalement confiance aux IA. Aucun ouvrier de surface qui veut continuer à vivre.

Wagner Corta a développé une manière à lui de travailler le verre. En accord avec ses deux aspects. Dans son aspect lumineux, son cerveau accepte de nombreuses sources de données à la fois, si bien qu'il peut observer le verre et l'horizon, surveiller les systèmes du rover, faire une partie de *Run the Jewels* et écouter simultanément deux flux musicaux. Dans son aspect sombre, où sa concentration est intense et monomaniaque, il peut fixer le verre noir du regard jusqu'à se retrouver dans un état de conscience et de présence profondes. Au-dessus des verrières, haute et immobile, la Terre bleue décroît et Wagner se transforme en son aspect sombre. En pleine lumière et pleine obscurité, les loups font des laodas sans pareil, mais la transition les rend vulnérables, ils peuvent commettre des erreurs.

Un message du centre de contrôle Tranquillité de Taiyang : contact perdu avec les niveleuses du côté d'Armstrong. Les gros bulldozers lunaires robotisés sont les troufions des verrières : ils se mettent à dix de rang en une ligne de samba qui peut niveler une bande de cent mètres de large de régolite jusqu'à la rendre lisse comme la peau. Ligne de samba : une vieille expression Corta Hélio.

Wagner active le canal commun. « Changement de plan. On quitte la verrière. Armstrong a perdu des niveleuses. » Les Lucky Eight Ball poussent des sifflets moqueurs. Les déclarations publiques de Taiyang sur la magnificence de son projet de ceinture solaire sont tellement éloignées de la réalité sur le terrain qu'elles ont dépassé le stade des plaisanteries entre ouvriers de surface pour atteindre le statut de légende lunaire. « On nous charge d'enquêter, d'intercepter et de réinitialiser. » Le centre de contrôle Tranquillité de Taiyang affiche les coordonnées sur la lentille de Wagner. Le jeune homme les transmet au rover et entame un long virage vers le sud-est sur les panneaux solaires. « Il y aura une prime. » Quelques hourras dans l'équipe.

On a des vues d'orbite, communique Taiyang Tranquillité. Wagner examine la surcouche cartographique. Une ligne de samba de bulldozers lunaires est presque visible de la Terre : dix doubles traces de chenilles, impeccablement espacées, s'enfonçant sans jamais changer de direction dans les plaines de Tranquilitatis Est.

« Quelque chose d'anormal là-dedans ? »

Leur algorithme de grégarité simple tend à les faire rester les unes avec les autres, répond TT. *L'anormal, c'est qu'elles se dirigent droit sur Kwabre.*

« C'est quoi ? »

Un nouveau cœur d'agrarium AKA. Une de leurs équipes d'ingénieurs en écosystèmes est en train d'y travailler. Un silence.

« Les bulls pourraient passer carrément à travers. » Wagner accélère. Ça va quand même être serré. « Vous les avez prévenus ? »

On n'arrive pas à les contacter. On a prévenu AKA, qui n'y arrive pas non plus.

On peut trouver une centaine d'explications à un problème de communication. Et seulement une dizaine à des bulldozers qui cessent d'obéir. L'intersection de ces explications fait peur à Wagner Corta.

« J'essayerai sur le réseau local une fois derrière l'horizon. »

Kwabre se situe à quarante kilomètres au sud de la ceinture solaire. Quand il en arrive à dix kilomètres, Wagner hisse l'antenne pour contacter l'agrarium. Pas même un début de murmure. À cinq kilomètres, les Lucky Eight Ball repèrent les niveleuses. En une irréprochable chorégraphie, les énormes bulldozers, cinq fois plus hauts et vingt fois plus longs que le rover, poussent du régolite sur les toits transparents des tubes agricoles de Kwabre.

Wagner n'a jamais rien vu de tel. Personne dans son équipe non plus. Ni personne sur la Lune.

Une fois surmonté le choc initial, le silence de Kwabre devient compréhensible. Les tours de comm sont tombées, les miroirs chargés de renvoyer la lumière dans les tubes agricoles ne sont plus que des cadres vides accrochés aux pylônes.

« Laoda, dit Zehra. Pour les tours, les niveleuses ont pu les faire tomber, mais les miroirs ont été brisés un par un.

— Je déclare SUTRA 1 », décide Wagner. C'est le plus haut niveau de menace en surface : danger de mort imminente, fournir toute l'assistance possible. « Zehra, avertis Twé. Prépare-toi à un code 901 pour VTO.

— Twé envoie trois équipes », signale Zehra.

Wagner fait lentement approcher le rover. Rester les sens en alerte, ne pas se limiter à la vue pour voir ni au toucher pour sentir. L'une des niveleuses se tourne face aux Lucky Eight Ball. Wagner cesse aussitôt d'avancer, puis oblique vers la droite. Le bulldozer pivote sur ses chenilles pour adapter sa vitesse et sa position aux leurs.

« Qu'est-ce que c'est que ce bordel ? demanda Zehra à Wagner sur leur canal privé.

— Zehra, relaye ça à Contrôle. »

À nouveau, Wagner change de direction. À nouveau, le bulldozer se positionne sur leur chemin.

« Je ne veux pas aller trop loin, dit Wagner.

— Mieux vaut éviter », convient Zehra.

Une niveleuse pousse un grand remblai de poussière qui s'écroule comme une vague sur le dernier dôme de verre, le recouvre, l'enterre. Les machines se remettent en formation : celle qui a tenu en respect l'équipe de vitriers Lucky Eight Ball les rejoint. La ligne de samba part vers le nord-nord-est.

« Laoda, Tranquillité nous a chargés de..., commence Zehra.

— On est en SUTRA 1, coupe Wagner. Danger de mort imminente. » Il conduit le rover tout près du sas principal. « Neile, Mairead, Ola, avec moi. Zehra, relaie à Twé les caméras de Neile.

— À Twé ?

— C'est la direction prise par les niveleuses. »

Les équipiers de Wagner quittent leur siège pour descendre sur le régolite. Zehra éclaire la zone avec le panneau de projecteurs qu'elle vient de hisser.

« Neile. » Wagner s'accroupit près de traces dans le régolite. « Filme ça.

— Des machines ?

— Des empreintes de robots. » Ce sont des traces fines et peu profondes laissées par des sabots à trois pointes, mais maintenant qu'il les a vues, Wagner en repère tout autour d'eux. « Regardez. » Il en a trouvé une série recouverte par des marques de chenilles.

« Ceux qui les ont faites étaient là avant les niveleuses », conclut Neile.

Wagner le loup se relève.

« Éclaire le sas principal, s'il te plaît, Zehra. »

Le panneau de projecteurs pivote pour se focaliser sur la fente de la porte extérieure, recouverte par un talus de frittage. Le sas est ouvert. La puissante lumière met en évidence quelque chose sur la rampe d'accès, juste à l'intérieur.

« Tu veux que j'y envoie une caméra ? demande Zehra.

— Non. On entre.

— Sois vachement prudent là-dedans, laoda », l'incite Zehra sur le canal privé. Elle n'ajoute pas, ce serait inutile, que jamais l'équipe de Wagner Corta n'a perdu un membre.

« Zehra, je veux que tu te tiennes prête à partir sur mon ordre. »

La dure lumière blanche se reflète sur les parois grises ; les mécanismes du sas projettent de grandes ombres. Wagner fait signe à son équipe de descendre la rampe en direction de la forme arrondie qui n'a pas sa place dans le fonctionnement de ces mécanismes. L'ombre des vitriers s'allonge loin devant eux.

« Qu'en pense le loup ? s'enquiert Zehra.

— Le loup a peur. »

Leurs faisceaux de casque vont et viennent sur l'objet. Le vide tue salement, mais ce n'est pas lui qui a tué cet homme-là. Les vitriers s'écartent pour laisser les projecteurs de Zehra éclairer la totalité du cadavre. Un jeune homme en veste multipoche et bottes imperméables d'ouvrier agricole, ouvert du sternum au nombril. Sang et intestins luisent.

« Bordel, lâche Ola tout bas.

— C'est bien transmis à Twé ? s'assure Wagner auprès du rover.

— Qu'est-ce qui a pu faire ça ? demande Zehra.

— Voyons voir. » Neile s'accroupit devant le mort. « Sa lentille contient peut-être encore assez d'énergie pour communiquer en champ proche. » Elle met sa visière en contact avec le front du mort, si bien que sa lumière se reflète sur les globes oculaires gelés. Une intimité glaçante, au goût de Wagner. Le baiser du cadavre. « Je vous l'envoie. »

Les fragments mémoriels récupérés sont brefs et fulgurants. Du mouvement, celui de l'homme qui court, puis tourne la tête, et quelque chose bondit en direction de la lentille, un assemblage de lames rapide et de petite taille. Un éclair argenté, suivi de la chute. Et des convulsions d'agonie. Dernière vision, du coin de l'œil : de jolis petits sabots métalliques trifurqués.

« Jesus Maria », dit Mairead en embrassant le dos de ses doigts gantés.

Wagner lève la main. *Silence.* Ses sens de loup ont vaguement capté quelque chose. Non un bruit – il n'y a pas de bruit dans le vide –, mais un frémissement dans le sol. Un mouvement.

« Zehra, éclaire-moi le coin au fond à gauche. »

Les ombres oscillent et diminuent. Dans l'obscurité derrière le rover de l'agrarium, quelque chose qui n'est pas un rover.

Les sens de loup de Wagner hurlent.

« Fuyez », lance-t-il.

La machine jaillit de sa cachette. Wagner aperçoit, tout au bord de son champ de vision, des membres, des lames, des capteurs sur des perches. De jolis petits sabots métalliques. Un reflet de projecteur sur du métal. Et c'est tout. Il est en train de courir. Mairead est à côté de lui. Ola juste devant, Neile juste derrière.

« Zehra ! » hurle-t-il. Elle est déjà en mouvement. Le rover bondit par-dessus la rampe, atterrit à mi-pente. Zehra lui fait faire un tête-à-queue sur le frittage poussiéreux. Wagner bondit vers les barres de sécurité au moment où le véhicule dérape dans sa direction, se glisse sur son siège.

« Neile ? » crie Mairead. Sur son affichage tête haute, Wagner voit le familier de Neile passer de rouge à rose et à blanc. Il regarde par-dessus son épaule, aperçoit le corps de Neile se détacher de trois lames de précision en titane. Et tomber en avant. Les lames l'ont transpercée, de la colonne vertébrale jusqu'au sternum, malgré la maille serrée de sa combiAS. Le sang gicle comme pulvérisé, s'évapore, gèle. Cette seconde d'hésitation, cette foulée de retard sur son laoda l'ont perdue. Les sens de Wagner, rapides, décryptent la chose derrière le cadavre. C'est un robot conçu uniquement pour tuer. Avec des pattes et non des roues. Ces sabots pointus servent d'armes, mais peuvent aussi se déployer en plaques pour courir dans la poussière. C'est rapide et sûr sur les divers sols lunaires. Quatre bras, dont trois en lame et un en grappin. Les lames sont plus rapides et plus efficaces que les projectiles. Une série de capteurs en guise de tête. Des batteries de forte capacité. Le robot enjambe le cadavre de Neile, braque ses capteurs sur la visière de Wagner. Le voit. Le connaît. Bondit à sa poursuite.

Derrière lui, la porte intérieure du sas s'ouvre.

Le rover Lucky Eight Ball atteint plein gaz le sommet de la rampe et s'envole sur dix, quinze, vingt mètres. Deux robots surgissent du sas ouvert. Le troisième se joint à eux. Dieux, qu'ils sont rapides. Le rover retombe brutalement sur le régolite en soulevant un nuage de poussière, semble vouloir passer cul par-dessus tête, mais Zehra l'en empêche. Elle conduit mieux qu'une IA. Wagner active les caméras arrière pour surveiller les tueurs. Ils courent sans s'écarter du sol, calmes, en chasse.

« Je fais venir des secours, informe-t-il Zehra sur le canal privé.

— Ça serait plus rapide d'aller à Twé.

— Je ne veux pas que ces trucs approchent de Twé. Je leur donne rendez-vous à cet endroit. » Il transmet le code GPS à Zehra et lance deux fois l'appel de détresse, d'abord sur le réseau d'urgence VTO, ensuite à Taiyang Tranquillité. Il consulte l'état du rover sur son affichage tête haute. Il doit partir du principe que ces choses à ses trousses ont davantage de réserves d'énergie qu'eux. Batteries à 40 %. Ils sont plus légers, sans Neile. Wagner met en balance une vie et les réserves d'énergie, sans émotion, un calcul de loup. Il revoit le corps de Neile se détacher lentement des lames meurtrières. Il a vu des gens mourir. Il a assisté à des morts accidentelles, à des morts stupides, à des morts horribles, à des morts pour pas grand-chose, mais il n'a vu qu'une seule personne mourir par la volonté d'une autre. C'était dans le bois ciré et la chaleur de vieux sang de la cour de Clavius, non sur la rampe du sas d'un agrarium mort. La lame homicide appartenait à Hadley Mackenzie, qui s'était fait égorger avec par Carlinhos. *Qu'est-ce que je fais ici, frangin ?*

Batteries à 35 %. Les tueurs les rattraperont à dix kilomètres du lieu de rendez-vous. Pourquoi est-ce que VTO n'a pas répondu ? Wagner demande à Sombra une liste des zones d'extraction possibles, mais toutes renvoient la même réponse : impossible de semer les robots. Il est obligé de les affronter.

On est une équipe de vitriers. On s'occupe de panneaux solaires. On a des machines à fritter, des lèvepanneaux, du câblage de circuit et des robots de maintenance. Pour combattre trois machines à tuer.

Retourne leurs armes contre elles.

« Zehra, passe-moi les commandes. » Wagner récupère l'affichage tête haute de conduite. « Cramponnez-vous. »

Zehra est la meilleure conductrice de l'équipe, mais seul le loup peut faire ce qui doit être fait à présent. Wagner serre les dents en déviant brutalement le rover. Qui dérape en soulevant des arcs de cercle de poussière vieille d'un milliard d'années. Un instant, Wagner croit qu'ils vont verser, mais Taiyang construit des rovers stables et sûrs. Il fonce à pleine puissance sur les tueurs. Qui s'égaillent rapidement sur leurs pattes pointues. Mais pas assez rapidement. Wagner en percute un de biais, qui boule sur une centaine de mètres en agitant pattes et lames. La roue avant gauche coince un sabot, l'écrase. Le robot chancelle. Wagner freine, passe en marche arrière. Son torse s'écrase contre le harnais. L'impact secoue le véhicule : le bot en passe par-dessus entouré d'une pluie de débris. Dents toujours serrées, Wagner effectue un nouveau tête-à-queue pour se jeter sur l'autre robot endommagé. Celui-ci se remet maladroitement sur ses sabots, ajuste ses capteurs, lève ses lames. Trop lent. Beaucoup trop lent. La proue contondante le précipite sous les roues motrices. Le rover tressaute, l'équipe de vitriers Lucky Eight Ball pousse cris et ululements.

« Ça fait deux », compte Zehra.

Et le familier de Jeff devient blanc.

« Zehra, à toi ! » Il lui transmet les commandes, qu'elle récupère sans la moindre hésitation. Ola hurle sur le canal commun. Wagner écrase le débouclage d'urgence, se met debout sur son siège. Seuls ses sens de loup lui font éviter la lame qui vise le sommet de son casque.

« Il est sur le toit !

— Tu veux qu'on s'arrête, laoda ? »

Ola hurle, mais son familier reste bien rouge. Le rouge, c'est la vie.

« Si on s'arrête, on meurt. »

Le rover cahote et tressaute. Wagner siffle de concentration en assurant son équilibre sur le siège. De sa main libre, il extrait la pelle du râtelier à outils près de lui et la lève d'un grand geste brusque. Elle heurte la lame du robot avec une telle violence qu'il la ressent jusque dans ses poignets. Durant la fraction de seconde que met la chose à se reprendre, Wagner se hisse et s'accroupit sur le toit.

Le robot tueur s'y tient pattes écartées, griffes-sabots crochés dans l'armature. Une de ses lames est plongée jusqu'à la garde dans le casque et le crâne de Jeff. L'autre tente encore et encore d'atteindre Ola, qui esquive comme il peut dans la cage de ses barres de sécurité. La dernière lame vise Wagner. La machine n'arrivant pas à dégager celle enfoncée dans le crâne de Jeff, elle est elle-même coincée. Ses capteurs sont parsemés de gouttelettes noires de sang ayant gelé dans le vide. C'est elle qui a tué Neile. Tout cela, Wagner le sent dans le bref instant qu'il lui faut pour parer la lame avec la pelle et, profitant que son adversaire se reprend, sectionner du tranchant de celle-ci le câblage d'un des sabots. Les griffes se desserrent d'un coup. Le robot braque tous ses capteurs sur Wagner. Il attaque en remuant trop vite ses lames pour qu'un humain parvienne à les parer. Les yeux de loup détectent la prise de décision dans les objectifs de la machine juste avant que le cerveau électronique agisse : Wagner s'aplatit hors de portée de la lame.

« Zehra, tête-à-queue ! »

Wagner s'agrippe de toutes ses forces. Ce qui pourrait ne même pas suffire, Zehra les lançant dans une grande et brutale glissade. L'armature vibre sous les côtes de Wagner : il glisse, glisse par-dessus bord. Se retrouve à pendre sur le flanc du rover. Il prend le risque de lâcher prise d'une main pour rattraper la pelle au moment où elle passe à son tour par-dessus bord. Déséquilibré, le robot bascule. Sa lame coincée dans le casque de Jeff se libère. Wagner donne un grand coup de pelle, atteint sa cible, frappe encore et encore. La machine tueuse tombe sur le régolite en agitant ses épées.

« Zehra ! »

La soudaine accélération lui déboîte presque l'épaule. Il s'accroche aux barres de sécurité, se tourne comme il peut vers le robot, le voit se relever, replier sous son ventre son pied inutilisable et se lancer à leur poursuite.

« Mais meurs, putain, meurs ! » hurle Wagner.

Un autre rover jaillit par-dessus le rebord d'un petit cratère, ses six roues en l'air. Il retombe, rebondit. Le robot endommagé fait volte-face. Trop tard. Le rover le percute de plein fouet. Pattes, lames, nacelles de capteurs explosent. Le véhicule dérape, aveugle de poussière les Lucky Eight Ball. Quand celle-ci se dissipe, le dernier robot est un enchevêtrement de métal sur le régolite et le rover inconnu roule à côté du leur. Ses flancs sont décorés des motifs géométriques complexes d'AKA. Son pilote leur fait signe de s'arrêter. Wagner se laisse tomber à la surface, puis à genoux. Il n'arrive pas à se lever, à parler. À s'empêcher de trembler. Une main se pose sur son épaule.

« Lobinho. » Seule Zehra a le droit d'utiliser son surnom d'avant, de l'époque Corta Hélio. « Du calme, Petit Loup. Du calme.

— Bilan ? » Wagner oblige le mot à franchir le barrage des dents qui s'entrechoquent. Il est froid comme la mort.

« On est mobiles.

— Je veux dire…

— Jeff est mort.

— Et Neile.

— Et Neile, oui.

— Je n'ai jamais perdu personne, dit Wagner. Personne. L'équipe de vitriers Lucky Eight Ball n'a jamais perdu personne. »

La chef d'équipe AKA s'accroupit devant lui. « Ça va ? »

Sombra affiche son nom : Adjoa Yaa Boakye. Wagner hoche la tête.

« Qu'est-ce que c'était que ces trucs ? demanda Adjoa.

— Ça ne se voit pas qu'il est en état de choc ? crache Zehra.

— Je veux juste être sûre qu'il n'y en a pas d'autres dans les parages. » Le reste de son équipe de blackstars, des ouvriers de surface, quittent leur siège pour descendre sur le régolite.

Wagner secoue la tête.

« Il a besoin d'aide », insiste Zehra. Seule sa main sur l'épaule de Wagner empêche celui-ci de s'effondrer. « Où est notre vaisseau, bordel ?

— VTO ne répond pas, explique Adjoa.

— Ce n'est pas possible. »

Wagner est glacé. Terriblement, horriblement glacé. Une obscurité tourbillonnante de particules rouge sang engloutit et régurgite casques, combinaisons et corps.

« Infirmier ! » crie Adjoa. Un de ses blackstars s'agenouille à côté de Wagner, sort d'une poche de mollet une injection qu'il déballe et prépare.

« Tenez-le ». Zehra et Adjoa agrippent les épaules de Wagner. L'homme plante l'aiguille à travers combiAS, peau et chair. Wagner est pris de spasmes, comme si on lui avait enfoncé une ligne à haute tension dans l'aorte, puis une vague de bien-être le submerge et son cœur, sa respiration, son flot sanguin retrouvent leur rythme habituel. « Ça devrait le stabiliser. » Wagner sent les deux femmes le soulever et l'attacher sur son siège.

« Kwabre est fichu, chuchote-t-il. Les niveleuses sont en route.

— Qu'est-ce qui s'est passé ? demande Adjoa.

— Je n'arrive toujours pas à joindre VTO, dit Zehra. C'est quoi, ce bordel ? »

Puis l'éclair lumineux.

La secousse dans le sol.

La pluie de métal.

La bite de Lucasinho est longue, courbe, surmontée d'un gland épais. Les mains d'Abena descendent le long de la hampe pour envelopper les couilles pleines et lisses, puis remontent sur son ventre parfait jusqu'à ses seins. Qui sont fermes, pointés vers le haut, et avec de grands mamelons. Parfaits.

Abena soupire.

Elle roule les mamelons de Lucasinho entre ses pouces et ses index. Il ronronne. Entrouvre ses lèvres pleines et recouvertes de gloss. Elle colle sa poitrine et son ventre aux siens. La bite rigide vient loger son extrémité dans son nombril. Elle passe les mains dans la brillante chevelure noire qui descend jusqu'aux fesses, attire la bouche pour un baiser.

Cela fait une lunaison qu'elle lui met un habillage de futanari. La première fois qu'il a soulevé son adorable petit tutu de bonne et enlevé sa culotte de fille, elle a joui en voyant sa bite en jaillir. Les deuxième et troisième fois qu'elle a baisé par réseau avec Futa Lucasinho ont été pimentées par le fait qu'il ignorait ce qu'elle avait fait à son avatar. Les quatrième à sixième fois, c'est le contrôle qu'elle avait sur lui qu'elle a trouvé galvanisant. Elle pouvait le transformer à sa guise. Lui plastifier la peau. Le doter de nombreux seins, comme une déesse. Lui donner une bite d'extraterrestre. Ses haptiques réagiraient. Là, c'est la septième fois, et elle remarque qu'elle lui a fait des seins bien plus beaux que les siens.

Elle renverse Lucasinho sur le matelas et le chevauche : cela lui permet de regarder ses seins bouger pendant qu'elle le baise. Cette bite est de dessin animé, de manga. Il est formidable avec, via cette liaison par câble à Twé, même s'il ne sait pas ce dont elle l'a doté. Elle adore son Luca fille à bite.

Une fois qu'ils ont enfin terminé, elle s'écarte de

lui et reste allongée sur le flanc pour observer son œuvre d'art.

« Kojo et Afi ont raison, lance Lucasinho. J'ai vraiment de plus beaux seins que toi.

— Et merde.

— Tu aurais pu demander.

— Ça te gêne ?

— Non, mais le problème n'est pas là. »

Les relations sexuelles à distance, comme toute autre expression sexuelle humaine, sont affaires de consentement. En modifiant l'avatar de Lucasinho à son insu, Abena a commis une faute.

« Kojo et Afi n'auraient pas dû te le dire.

— Afi t'en voulait. Un truc de colloque.

— Ça ne lui donne pas le droit de te raconter mes secrets.

— Alors, tu me l'aurais dit ?

— Bien sûr », ment Abena. Maintenant qu'il est au courant, le frisson de la clandestinité a disparu. « Elle t'a montré ?

— Eh oui.

— Ça te plaît ?

— J'adore la bite.

— Il n'y a pas de quoi. Et les nichons ?

— Je n'ai pas fini de m'y habituer. Ils t'excitent ? »

La jeune fille hésite. « C'est Grigori Vorontsov qui m'a donné l'idée. Tu te rappelles, c'était un homme-ours à la Vorontsov. Eh bien, ça a changé. » Elle désigne de la tête l'avatar de Lucasinho.

« Futa ?

— Dans la vraie vie.

— Ouaouh. » Lucasinho se redresse. *Oh mon Dieu, ce cul que je t'ai donné !* s'émerveille Abena in petto. *On dirait un abricot.* Il répète : « Ouaouh. Depuis quand ?

— Ça remonte à Capricorne. Il a mis du temps à cicatriser.

— Grigori. Je n'aurais jamais imaginé.

— Il est superbe », dit Abena. L'avatar de Lucasinho s'assied jambes ballantes à l'extrémité du matelas. À l'autre bout de la Lune, dans une cabine de sexe en réseau de Twé, son corps physique doit être en train de faire de même. « Luca, demande Abena, ça t'arrive d'habiller mon avatar ? »

Grigori Vorontsova est stupéfiante. Abena avait raison sur toute la ligne. Le jeune Russe roux et potelé qui désirait Lucasinho Corta en permanence est un futanari mince, roux, aux hanches larges et aux yeux de manga.

« Olá, Luca, dit-elle. C'est sympa de donner des nouvelles.

— Euh, bafouille Lucasinho. Tu es…

— Superbe ? T'es gentil. Et toujours aussi sexy. »

Dans sa chambre de l'abusua Oyoko à Twé, à un quartier de Lune de Méridien, Lucasinho Corta rougit. Grigori Vorontsova a toujours su l'atteindre.

« Alors, tu as une préférence ?

— De quoi tu parles ? balbutie Lucasinho.

— Le Grigori d'avant ou celle de maintenant ? Je vais t'aider à décider. » Elle s'éloigne de l'objectif. Elle porte une robe à tutu, un boléro, des mitaines, de fins leggings Capri et des ballerines. Elle s'est accroché des crucifix et des icônes de la Théotokos de Konstantin autour du cou, s'est mis un nœud doré dans les cheveux. Une couche de vêtements après l'autre, elle se déshabille. Quand le soutien-gorge tombe, elle regarde la caméra d'un air de défi. Lucasinho en a le souffle coupé.

« Tu n'as encore rien vu, Lucasinho Alves Mão de Ferro Arena de Corta. »

Elle glisse les doigts sous l'élastique de sa culotte, la fait descendre.

Les lumières s'éteignent. Grigori Vorontsova disparaît de la lentille de Lucasinho. La pièce tremble, de la poussière tombe du plafond, et, dehors, des hurlements s'élèvent.

À l'abri sous le rover, Wagner examine les environs. La pluie de roche et de métal a cessé plusieurs minutes auparavant, laissant le sol parsemé de petits cailloux et de gouttes de métal fondu.

« Au rapport », exige-t-il.

Laoda, répond Zehra. Tout comme Mairead, puis Ola.

L'équipe de vitriers Lucky Eight Ball sort de sous le rover. Constate que celui-ci a beaucoup souffert : il y a une centaine d'éraflures et de fissures. Zehra examine les dégâts, rétablit les connexions endommagées, rebouche les canalisations indispensables perforées. Wagner et son homologue AKA se rejoignent sur le terrain vérolé entre les deux véhicules.

« Qu'est-ce que c'était ? demande Wagner.

— D'après Twé, une explosion à la centrale de Maskelyne G.

— Le réacteur à fusion ? » Wagner sent son abdomen et ses couilles se crisper, fait afficher par Sombra les pics de radiation. De nouveaux instincts câblés dans les natifs de la Lune : protéger l'ADN des radiations.

« Si Maskelyne G avait explosé, nous ne serions pas là, fait remarquer Adjoa. Quelque chose a traversé les cinquante mètres de régolite, percé les enveloppes extérieure et intermédiaire, et fissuré le caisson intérieur. »

Des murmures sur le canal commun.

« Un impacteur ? demande Wagner.

— VTO nous aurait prévenus, estime Adjoa.

— VTO était censé venir nous chercher », rappelle Zehra depuis le toit du rover Lucky Eight Ball.

Les mystères s'accumulent. Wagner n'aime pas trop ça. Les mystères tuent. Il y a trop de morts dans Tranquillité Est. Le seul endroit sûr est dans les profondeurs, dos tourné vers le ciel sous une bonne épaisseur de roche.

« Quel manque de chance, un impacteur aussi précis, lance Zehra en continuant ses réparations.

— C'est-à-dire ?

— Que Maskelyne était visé, répond-elle. J'ai fait quelques calculs de masse et de vélocité. La centrale a été percutée par un objet soit gros, sauf que nous l'aurions vu, soit petit et rapide.

— Quelqu'un a vu quelque chose ? » interroge Adjoa. Blackstars et vitriers de Lucky Eight Ball répondent par la négative. Rien sur les caméras.

« En tout cas, continue Zehra, ces robots qu'on a démolis n'ont été construits ni par nous, ni par AKA. Les Mackenzie se battent sur tout ce demi-hémisphère, mais ils ne sont pas assez stupides pour impliquer Sun ou AKA. Quelqu'un a attaqué Maskelyne. VTO a une catapulte magnétique là-haut au point L_2. Quel que soit l'endroit visé, c'est un canon.

— Mais pourquoi est-ce que… »

Zehra interrompt la chef d'équipe. « Pourquoi on serait au courant ? On n'est que des troufions, des ouvriers de surface. Des dommages collatéraux.

— On est mobiles ? s'enquiert Wagner.

— À peu près. » Zehra saute du toit, ce qui contrevient à tous les protocoles de sécurité, atterrit doucement sur le régolite. « On a perdu deux ou trois panneaux solaires. Je ne voudrais pas avoir à distancer quoi que ce soit.

— Suivez-nous à Twé », lance Adjoa avant de remonter à bord de son rover.

Au milieu des années 2060, un groupe de robots excavateurs s'est aventuré dans le sud de la mer de la Tranquillité. Ils ont déployé des générateurs solaires et se sont mis à l'œuvre. Ils ont creusé avec prudence et précision une spirale qui s'enfonçait dans le fond de Mare Tranquilitatis. Là où le régolite était fracturé, ils le frittaient, là où ils tombaient sur du basalte, plus dur, ils continuaient à forer centimètre par centimètre. Au bout de deux lunaisons, un puits de cent mètres aux parois dotés de trois rampes hélicoïdales s'ouvrait à l'ouest du cratère Maskelyne. Alors ils ont excavé des abris et attendu.

Par-dessus l'horizon est arrivée Efua Asamoah et sa caravane de travailleurs en contrat courte durée. Ils ont garé leurs remorques d'habitation, les ont protégées avec du régolite. Des plateaux de leurs véhicules, ils ont déchargé des structures de construction universelle, une extractrice qui produisait de l'eau en faisant passer de l'hydrogène dans une couche de régolite, et deux tonnes de pisse et de merde venues de Reine-du-Sud.

Efua Asamoah avait dépensé jusqu'à son dernier sou pour ce cylindre creusé dans la mer de la Tranquillité. La merde lui avait coûté particulièrement cher. Elle s'est mise au travail. Les structures de construction ont été assemblées en un pylône qui courait sur toute la profondeur du puits et dépassait encore de cent mètres à la surface. Avec le régolite, les machines à fritter ont produit des miroirs de verre noir qu'un à un Efua Asamoah et son équipe ont accrochés au pylône. Les robots ont posé un toit de carbone antichoc transparent sur le puits et étanchéifié le tout. Sous ce toit, Efua Asamoah a créé un écosystème. Elle a introduit à la main la merde dans les déblais pulvérisés de l'excavation jusqu'au jour où, prenant un peu de sol dans sa main, elle a su en le goûtant qu'il était bon. Ses ouvriers ont répandu manuellement cette terre sur les corniches hélicoïdales. Ils ont installé des générateurs d'eau, des systèmes d'irrigation, un échangeur de gaz pour gérer le surplus d'oxygène, des moteurs pour guider les miroirs et un dispositif à lumière rose. Puis Efua Asamoah a tracté une caravane de semis sur tout le chemin depuis Reine-du-Sud, et sous la lumière rose, ses fermiers et elle ont entrepris dans la longue nuit lunaire de planter, toujours à la main, les semis sur les corniches en spirale.

Construire une ferme, nourrir le monde, avait dit Efua Asamoah à ses investisseurs. Le risque était énorme. Elle leur demandait d'accepter que la Lune se développe le long de l'équateur et non autour du pôle. Que sa ferme de conception radicale, à base de lumière solaire et de régolite lunaire, fonctionnerait et s'avérerait même non seulement moins coûteuse, mais plus efficace que les fermes à râtelier existantes. La plupart ont passé leur chemin. Seuls deux sont venus le jour où Efua Asamoah a ouvert les volets pour envoyer le soleil levant sur les miroirs dans le puits, tirant du sommeil un jardin sous la mer de la Tranquillité.

Ce jardin clos est devenu deux, puis cinq, a développé des racines et des tunnels, est devenu cinquante, devenu la ville-jardin de Twé : trois cents dômes en verre sur les plaines de Tranquilitatis.

Désormais assiégés.

L'équipe de vitriers Lucky Eight Ball et les blackstars d'Adjoa Yaa Boakye s'arrêtent au sortir de la petite rille à l'ouest de Twé. Wagner Corta voit à présent où sont passées ses niveleuses manquantes. Cent bulldozers recouvrent patiemment de régolite lunaire les coupoles de Twé.

Si vous empêchez la lumière d'entrer, si vous privez d'électricité l'éclairage artificiel, les récoltes meurent. Wagner comprend en un instant. Si vous détruisez une ferme, vous affamez le monde.

Wagner rejoint Adjoa au bord de la petite crête. Son esprit obscur fait défiler idées et stratégies, qu'il rejette l'une après l'autre. Quelques ouvriers de surface contre une armée de bulldozers tueurs.

« On pourrait peut-être déhacker les niveleuses, ou poser des charges destructrices dessus, suggère Adjoa.

— On n'arriverait jamais assez près, répond Zehra. Laoda… »

Wagner bondit déjà sur son siège. S'élançant de leurs fosses, tranchées et autres cachettes autour de Twé, vingt robots les chargent, lames brandies.

8

Scorpion 2105

Les deux rovers traversent à fond de train et sans bruit la partie australe de la mer de la Tranquillité. Devant eux à l'ouest, de l'autre côté de l'horizon, il y a Hypatie. Et derrière eux, vingt robots lancés à leur poursuite.

Hypatie est un espoir, un refuge. Ils pourraient y arriver, si leurs batteries tiennent assez longtemps. Peut-être y a-t-il là-bas quelque chose capable d'affronter autant de robots tueurs. Peut-être croiseront-ils en chemin quelque chose qui les sauvera.

À moins que leurs batteries les lâchent, même s'ils les ménagent au maximum. Alors les robots bondiront sur eux et les anéantiront. Toutes les dix minutes, Wagner hisse le mât radar pour jeter un coup d'œil par-dessus l'horizon. Ils sont toujours là. Et ils ne cessent de se rapprocher. Aucune chance de les semer : les deux véhicules laissent des traces indélébiles, braquées telles des flèches sur Hypatie.

Trop d'espoirs et de conditions, dont une trop importante proportion le conduit à finir transpercé par une lame, mais toutes les peurs et craintes de

Wagner tournent autour de Robson. La mort n'est rien ; que sa dernière émotion puisse être l'échec le fige d'horreur. Les communications sont HS sur tout le demi-hémisphère, le ciel reste muet. Il n'arrive pas à joindre Taiyang Tranquillité. La Lune a été complètement chamboulée : plus aucun paramètre n'est respecté et Wagner n'arrive à penser à rien d'autre qu'au garçon de treize ans qu'il a laissé à Méridien. Il imagine Robson attendre, ne pas savoir, attendre, interroger Amal, ne pas savoir, interroger de plus en plus de monde, sans que personne sache.

Les écouteurs de Wagner déversent un bruit assourdissant dans son oreille interne. Sa visière flamboie d'un blanc si lumineux qu'elle l'aveugle. Il sent sous lui le rover s'immobiliser. Les comms ne fonctionnent plus. Il essaye d'obtenir Sombra. Rien. Il recouvre la vue, mais entachée de noir luisant et de jaune fluorescent. Ses oreilles bourdonnent. Il cligne des yeux, sans aucun effet sur la zone aveugle apparue au centre de son champ de vision. Sa lentille est morte.

Impossible.

Il tente d'obtenir l'affichage tête haute. Rien. Aucune information ne lui est fournie sur sa combiAS, son équipement de survie, sa température et ses signes vitaux, son équipe. Wagner commande au rover de bouger, de lui répondre, et quand celui-ci ne bouge ni ne répond, il lui ordonne de relever les barres de sécurité et de le déposer à la surface. Rien. Il n'a pas accès à la moindre commande. Il jette un coup d'œil à ses équipiers. Aucun nom, aucune balise, aucun familier.

Il y a forcément un déblocage manuel. Tout mécanisme utilisé à la surface de la Lune est muni de redondances multiples. Wagner essaye de se rappeler ses séances de formation au rover Taiyang XBT. Une main se lève, bascule un commutateur. Les barres de sécurité remontent, le siège tombe brutalement sur le sol. Zehra plaque son casque à celui de Wagner.

« On est en panne dans la poussière. » La voix de Zehra est un vague cri au loin, assourdi par l'air et l'isolation des casques.

« Les bots ne sont pas loin derrière, beugle Wagner. Qu'est-ce qui s'est passé ?

— Impulsion électromagnétique. Rien d'autre ne pourrait tout éteindre à la fois. »

De la poussière s'élève à l'est au-dessus de l'horizon. Quelques secondes plus tard, une escouade de rovers arrive, décorée des motifs géométriques AKA. Des blackstars se laissent tomber sur le sol. Ils portent en bandoulière de longs objets sombres munis d'une corde. Lorsqu'il reconnaît ces objets, Wagner les trouve tellement incongrus qu'ils deviennent presque comiques. Des arcs. Comme dans les vieilles histoires sur la Terre et ses héros que racontaient les madrinhas. Des arcs et des flèches. Tandis que le rover de tête hisse un mât radar pour voir derrière l'horizon, une douzaine d'archers prennent position, flèche encochée. Ces appareils ont beau être complexes et haut de gamme, tout en poulies et en poids stabilisateurs, ils n'en restent pas moins des armes médiévales terrestres. Les flèches sont équilibrées, lestées et terminées par un petit cylindre. L'intelligence sombre de Wagner se frotte à cette incongruité. La balistique du tir à l'arc est aussi précise que celle du BALTRAN. Davantage encore : le vent solaire a moins d'effet, sur un petit projectile. Les arcs sont faciles à imprimer et n'ont besoin que de muscles humains pour tirer. Les IA permettent de viser avec précision : sous gravité lunaire, les archers AKA peuvent atteindre une cible située derrière l'horizon. Ce qui vaut mieux, quand la charge tirée est une bombe électromagnétique.

Pas bête.

Les couleurs sur la combinaison du chef des archers s'assemblent pour former des mots.

REMONTEZ.

Elles disparaissent, en affichent d'autres. DANS LES.

ROVERS.

Les membres de l'équipe AKA qui ne montent pas la garde attellent déjà les rovers HS aux leurs. Les doigts de Wagner cherchent à nouveau la commande manuelle. Zehra l'actionne pour lui : il imagine son sourire derrière la visière quand son siège se lève pour se verrouiller au châssis. Les barres de sécurité redescendent.

NE SONT PAS.

TOUS MORTS, prévient la combiAS.

C'est le problème, pense Wagner tandis que les archers AKA regagnent en hâte leurs véhicules. Les impulsions électromagnétiques sont efficaces à distance, mais si vous vous trouvez dans leur rayon d'action, comme cela venait d'arriver à son homologue AKA et à lui-même, vous êtes aussi vulnérables que vos cibles.

Les roues s'emballent. Wagner est brutalement secoué dans son harnais quand les câbles de remorquage se tendent, mettant d'un seul coup le rover Lucky Eight Ball en mouvement. Isolé dans sa combiAS, coupé de son monde, de son équipe, de son familier, de sa meute et de ses amours, de son garçon, Wagner Corta lève les yeux vers le croissant de Terre. Il en laisse la faible lumière traverser sa visière. Sans que personne en soit conscient, sans qu'il y ait eu la moindre déclaration ni mobilisation, il est devenu soldat dans une guerre suspecte.

Un baiser.

« Tu ne viens pas avec nous ? » demande Luna Corta. Malgré les crampes dans ses vieux mollets, madrinha Elis s'accroupit à la hauteur de la fillette.

« Il n'y a pas assez de places dans le train, anjinho.

— Je veux que tu viennes. »

Le berçário tremble à nouveau. Là-haut, tonne après tonne, les machines accumulent du régolite sur les fenêtres de Twé, l'enterrent, l'étouffent. Le courant électrique a été coupé et rétabli trois fois en autant d'heures.

« Lucasinho s'occupera de toi.

— Promis. Luna, je t'emmènerai là-bas. »

Usant de toute l'influence du Tabouret doré, Lousika Asamoah a obtenu une place pour les deux cousins à bord du train. Madrinha Elis sait que pour avoir ces places, Lousika les a prises à deux autres réfugiés en les obligeant à attendre le train d'après. Mais elle ne le dira jamais à Luna, ni même à Lucasinho.

« J'ai peur, Elis.

— Moi aussi, coração.

— Qu'est-ce qui va se passer ? demande la fillette.

— Je ne sais pas, coração. Mais tu ne risqueras rien, à Méridien.

— Et toi, ça ira ?

— Il faut qu'on y aille », intervient Lucasinho, ce pour quoi Elis a envie de l'embrasser jusqu'à la fin des temps. Elle lui fait deux baisers. Amour et chance.

« Partez. Lucasinho ? »

Il est tellement vulnérable. Là se situent les frontières de la responsabilité d'Elis : un pays glacé d'événements et de pouvoirs insensibles au dévouement comme à l'amour.

« Prends soin de toi. »

Au moment où elle referme la porte du berçário, Twé tremble à nouveau. L'éclairage hésite, se stabilise à mi-puissance.

« Lucasinho, demande Luna, tu veux bien me tenir la main ? »

Les lumières s'éteignent. Twé hurle. Cent vingt-cinq mille voix, piégées sous la surface dans le noir. Lucasinho attire sa cousine contre lui, la tient serré, joue contre torse, laissant des familles prises de panique les bousculer dans l'étroit tunnel, à la recherche de la gare, du train, du train qui sera leur salut. La clameur ne cesse pas. Des corps de diverses tailles le percutent. Pourquoi les gens se déplacent-ils quand la raison commande de rester là où on est en attendant l'éclairage de secours ? L'éclairage de secours va s'activer. Il ne fera défaut que si l'alimentation électrique d'urgence ne fonctionne plus. C'est madrinha Flavia qui le lui a dit. Et si l'alimentation d'urgence ne fonctionne plus ? Il retourne Luna contre le mur, se place entre elle et le sauve-qui-peut.

« Qu'est-ce qui se passe, Lucasinho ?

— Une nouvelle panne de courant. » Bousculé et heurté par les corps, il tient Luna contre lui en s'efforçant de ne pas considérer l'obscurité comme une chose lourde et pleine. S'il n'y a plus du tout d'électricité, vont-ils continuer à avoir de l'air ? Sa poitrine se crispe, il réprime la panique qui veut lui faire inspirer une goulée. Et parvient à une décision dans la nuit oppressante.

« Viens… » Il prend Luna par la main, la traîne derrière lui, remonte à contre-courant le tunnel dans une obscurité totale. Des voix crient le nom d'enfants qu'elles ont perdus, des enfants et des parents s'appellent les uns les autres. Lucasinho se fraie un chemin entre les corps aveugles et désorientés.

« On va où ? » demande Luna. Sa main est si petite, si légère dans la sienne. Elle pourrait si facilement glisser. Il resserre sa prise. « Tu me fais mal ! glapit de douleur la fillette.

— Pardon. On va à João de Deus.

— Mais madrinha Elis nous a dit de partir en train retrouver Lousika.

— Anjinho, personne ne prendra le train. Aucun train ne partira. On va aller en BALTRAN à João de Deus. Les sœurs prendront soin de nous. Jinji, passe en infrarouge. »

Mes excuses, Lucasinho, mais le réseau n'est pas accessible pour le moment.

Aveugle dans une obscurité plus profonde que Twé l'obscure.

« Jinji, murmure Lucasinho, il faut qu'on trouve la gare du BALTRAN. »

Je peux calculer un itinéraire à partir de ta dernière localisation en me basant sur mes cartes internes et sur la longueur moyenne de ton pas, répond son familier. *Il y aura une marge d'erreur.*

« Guide-moi. »

Avance de 112 pas et arrête-toi.

Il va se mettre en marche quand une main tire la sienne.

« Je ne trouve plus Luna. »

Dans le noir, le bruit et la peur, il ne comprend pas ce que dit cette voix d'enfant juste derrière lui. Comment Luna peut-elle ne pas trouver Luna ? Il lui revient alors que le familier de sa cousine porte le même nom qu'elle. Vanité qui ne manquait jamais de susciter une moue désapprobatrice de grand-mère Adriana, tout autant que le choix par sa petite-fille d'un papillon-lune vert citron – un animal – comme habillement pour son familier.

« Le réseau ne marche pas, anjinho. Reste près de moi. Ne me lâche pas. Je nous emmène dans un endroit sûr où il y a de la lumière. »

112 pas, puis s'arrêter. Il avance dans le noir. *Un pas, deux, trois, quatre.* Le tunnel semble moins encombré – les collisions sont moins nombreuses, les voix plus éparses – mais chaque fois qu'il frôle quelqu'un, Lucasinho s'immobilise pour se répéter mentalement son dernier comptage. À la cinquième halte, Luna l'interroge : « Pourquoi on s'arrête tout le temps ? »

Le nombre de pas parcourus s'envole comme des papillons de carnaval. Il se retient de hurler sa frustration à la fillette.

« Luna, je compte les pas, il faut absolument que t'évites de m'interrompre. » Mais le chiffre s'est volatilisé. Lucasinho frissonne de peur. Perdus dans le noir.

Quatre-vingt-cinq, souffle Jinji.

« Tu veux m'aider ? » Il sent, au minuscule mouvement des muscles dans son bras, qu'elle hoche la tête. « On va en faire un jeu. Compte avec moi. Quatre-vingt-six, quatre-vingt-sept... »

L'air sur son visage lui apprend qu'ils ont atteint l'intersection. Les bruits empruntent d'autres itinéraires. Il y a une odeur de moisi, d'eau, de feuilles pourries : la sueur de Twé. L'air qui vient du plus profond de la ville plongée dans le noir est glacé. Le chauffage ne fonctionne plus. Il ne veut pas y penser trop longtemps.

Tourne de 90 degrés à droite, conseille Jinji.

« Ne me lâche pas », enjoint Lucasinho, et la main de Luna se resserre sur la sienne, mais ils font face à un danger. Si mesurer les pas ne pose aucune difficulté à son familier, changer de direction est plus délicat. Un angle inexact pourrait faire perdre à Lucasinho l'itinéraire calculé. Il pivote le pied droit en gardant le talon contre son cou-de-pied gauche. Une fois que les deux pieds lui semblent perpendiculaires, il remet le gauche parallèle au droit et inspire à fond.

« Ça y est, Jinji. »

Dans 208 pas, prends le deuxième couloir.

Deux couloirs.

« On va longer le mur, annonce-t-il en marchant en crabe jusqu'à ce que le bout de ses doigts tendus rencontre un matériau lisse. Tu sens ça ? Tends ton petit bras. T'as trouvé ? »

Un silence, puis elle répond : « J'ai hoché la tête, en fait.

— Compte avec moi. Un, deux, trois… »

À 105, Luna s'arrête net. « Des lampes ! » s'écrie-t-elle.

L'électricité statique lui a mis le bout des doigts tellement à vif qu'il a du mal à les laisser sur le mur de frittage. Ils sont aussi sensibles, aussi vulnérables que des mamelons. Il plisse des yeux dans l'obscurité insondable.

« Qu'est-ce que tu vois, Luna ?

— Rien du tout. Mais je sens des lampes. »

Un vague effluve de l'odeur d'herbe et de moisi caractéristique des biolampes parvient à présent à Lucasinho. Il comprend. « Elles sont mortes, dit-il.

— Elles ont peut-être juste besoin d'eau. »

Il la sent le tirer, la suit dans le noir sans compter. *Fais douze pas vers la gauche et continue sur l'itinéraire*, ordonne Jinji. Lucasinho entend un froissement de tissu, sent la main de Luna descendre et, comprenant que sa cousine s'accroupit, il en fait de même juste à côté d'elle. Il ne voit rien. Pas un photon.

« Je peux les faire marcher, assure-t-elle. Ne regarde pas. »

Un autre bruit de tissu, celui d'un liquide qui coule, l'odeur chaude de l'urine. Revivifiées, les biolampes répandent une lueur verte. Qui peine à laisser distinguer la moindre forme, mais croît de seconde en seconde, les bactéries se nourrissant de l'urine de la fillette. Un autel de rue dédié à Iemanjá, minuscule icône imprimée en 3D, au milieu d'une auréole de biolampes collées au sol et au mur. La lumière suffit à présent pour dévoiler les deux intersections mentionnées par Jinji, ainsi qu'un corps allongé contre le mur entre celles-ci. Lucasinho aurait trébuché dessus, se serait étalé et perdu dans le noir.

« Tiens. » Luna détache quelques biolampes qu'elle lui tend. Il sent leur tiédeur et leur humidité, manque les lâcher de dégoût. Luna pince les lèvres, contrariée. « Comme ça. » Elle se colle les petites lampes en forme de disque sur le front, les épaules et les poignets.

« C'est une chemise Malihini, proteste Lucasinho.

— À la mode aujourd'hui, au désassembleur demain.

— Qui t'a appris ça ?

— Madrinha Elis. »

Main dans la main, ils contournent le corps, puis empruntent le couloir indiqué. Des bruits au-dessus de leurs têtes font trembler le tunnel, ceux de lourds et lents déplacements à la surface. Les vents trompeurs de Twé leur apportent parfois des voix, des chocs métalliques et des cris, mais aussi un ronflement grave et rythmique. À gauche à cet endroit-là, monter par cette rampe, suivre cette route périphérique courbe. Ils tournent à droite, se retrouvent sur le chemin d'une foule qui s'agite dans le couloir obscur. Luna fait volte-face. « Ils vont voir nos lumières ! » souffle-t-elle. Lucasinho se retourne à son tour pour dissimuler celles qu'il porte.

« Ils nous barrent le chemin du BALTRAN.

— On n'a qu'à retourner au 25e, en montant de là-bas, on trouvera un vieux tunnel qui y mène, dit Luna. T'es grand, mais tu devrais passer.

— Comment tu connais ça ?

— Je connais tous les chemins secrets. »

En plein jour, Lucasinho n'aurait pas craint de se contorsionner pour passer derrière, dessous ou entre les machineries saillantes et la vieille roche brute du chemin secret de Luna, mais ne disposant que de son corps comme source de lumière, ne sachant ni jusqu'où va ce tunnel, ni quelles surprises il pourrait recéler, ni dans quelles proportions il va s'élargir ou se rétrécir, il sent la panique le gagner. La terreur de se retrouver piégé dans le noir, avec ses biolampes qui déclinent, hésitent, s'éteignent ; impossible de voir quoi que ce soit, de bouger. Des mégatonnes de roche au-dessus de la tête, le cœur de la Lune loin sous ses pieds.

Il sent le frittage contre ses épaules et son dos courbé, se fige. Il est coincé. Impossible d'avancer comme de reculer. De futures générations le retrouveront peut-être, momie desséchée. En chemise Malihini. Il faut qu'il sorte, qu'il se libère. Mais s'il panique et avance brusquement d'un coup, il ne parviendra qu'à se coincer davantage. Il faut pivoter, glisser une épaule comme cela, ensuite l'autre, puis ses hanches et ses jambes.

« Viens », l'appelle Luna, dont les biolampes bougent devant lui, étoiles vert tendre. Il enfonce son épaule gauche. Le tissu s'accroche et se déchire. À João de Deus, il s'offrira une nouvelle chemise. Une chemise de héros. Deux pas, et il a franchi l'obstacle. Vingt, et il se retrouve sur la 2e Rue, au sortir d'une crevasse dont il n'avait jamais remarqué l'existence. Main dans la main, les deux cousins descendent à grands pas le couloir conduisant au BALTRAN. La gare dispose d'une alimentation électrique indépendante. Twé, qui nourrit la Lune, est bien équipé en lanceurs BALTRAN. Ils franchissent le sas, débouchent sur un quai de chargement assez vaste pour accueillir des camions de transport.

« Jinji », appelle Lucasinho. Devant lui, sur cent mètres de haut dans le silo de lancement, sont accrochées des rangées et des colonnes de capsules BALTRAN.

Le réseau local est disponible, répond son familier.

« Gare BALTRAN João de Deus », indique Lucasinho.

Jinji fait descendre jusqu'à la zone de chargement une capsule de transport de voyageurs. Celle-ci demande une destination.

J'ai établi un itinéraire, annonce Jinji. *Mais comme le réseau BALTRAN est en service, ça ne sera pas direct.*

« Combien de sauts ? »

Huit. Je vous fais passer par la face cachée de la Lune.

« Qu'est-ce qui se passe ? » demande la fillette au moment où la capsule s'ouvre devant eux. Elle regarde avec appréhension l'intérieur rembourré, les sangles et harnais, les masques à oxygène.

« On va devoir faire huit sauts pour arriver à João de Deus, lui explique Lucasinho. Mais ne t'inquiète pas. Ça prendra juste un peu plus de temps. Il faut qu'on y aille, viens. »

Luna ne bouge pas. Il tend la main. Sa cousine la prend et ils entrent dans la capsule.

« Tu as encore tes lumières », rappelle la fillette. Il se les détache du corps. Les parties autocollantes laissent des cercles sales et poisseux sur sa chemise

Malihini. Il abandonne les petits disques luisants sur le sol. Elles les ont fidèlement servis et il est d'une loyauté superstitieuse envers les objets. Jinji lui montre comment attacher Luna. Lucasinho boucle ensuite son propre harnais et sent la mousse à mémoire de forme se ramollir, apprendre et s'adapter à son corps.

« Parés, Jinji. »

Séquence de prélancement, annonce son familier. *Après le décollage, je serai hors ligne jusqu'à notre arrivée à João de Deus.*

La porte se referme. Lucasinho sent les joints s'étanchéifier. La climatisation bourdonne. La lumière est douce et dorée, teinte chaude, paisible et réconfortante. Qui évoque la maladie, pour Lucasinho Corta.

« Tiens-moi la main », dit-il en agitant les doigts pour les sortir du harnais. Luna n'a aucun mal à libérer sa main et à la glisser dans la sienne. Il y a un à-coup et ils tombent.

« Ouaouh ! » lâche-t-il.

Capsule dans le tunnel de lancement, signale Jinji.

« Ça te plaît ? » crie Lucasinho dans les bourdonnements et bruits de ferraille qui résonnent désormais autour d'eux.

Luna hoche la tête. « C'est marrant ! »

Ça ne l'est pas du tout. Lucasinho ferme les yeux et surmonte sa peur tandis que les rails maglev les conduisent au lanceur. Une secousse au moment de leur passage dans la chambre de lancement.

Attendez-vous à une accélération brutale, prévient l'IA de bord.

« Ça va secouer genre montagnes russes ! » prévient Lucasinho sans conviction, puis le lanceur saisit la capsule, l'accélère, et tout ce qu'a Lucasinho en lui de sang, de bile et de foutre se précipite dans ses pieds et son aine. Ses yeux lui font mal, qui s'enfoncent dans leurs orbites, ses couilles sont des sphères de plomb. Il sent chacun de ses os essayer de lui percer la peau. Le harnais de suspension est un ensemble de câbles en titane en train de le découper en morceaux frémissants, sans même lui laisser la possibilité de hurler.

Et voilà que ça s'arrête.

Lucasinho se retrouve sans poids ni direction, sans haut ni bas. Son estomac se soulève. Si celui-ci avait contenu davantage que le thé du matin, ce serait en train de flotter dans une constellation de bile. Son visage lui semble enflé et bouffi, ses mains récalcitrantes et encombrantes, avec de gros doigts qui remuent sans lâcher Luna. Il entend le sang circuler dans son cerveau. Certains des amis d'Abena ont pris le BALTRAN pour baiser en chute libre. Il n'imagine pas comment on peut avoir des relations sexuelles là-dedans. Il ne voit rien d'agréable à ce qu'il vient de vivre. Et il faut qu'il recommence sept fois.

« Ça va, Luna ?

— Je pense, oui, et toi ? »

Elle a exactement le même air que d'habitude : petite, réservée mais d'une curiosité insatiable pour ce qu'elle découvre du monde, cosmologique, personnelle. Il se demande si elle se rend compte qu'elle passe à grande altitude au-dessus de la Lune à l'intérieur d'une boîte de conserve rembourrée et pressurisée qui suit une trajectoire aboutissant à une lointaine gare de réception, une trajectoire impossible à modifier et entièrement basée sur la précision de calculs balistiques effectués par des machines.

Préparez-vous à la décélération, informe la capsule. Déjà ? Le temps aurait à peine suffi pour arriver aux pré-préliminaires, encore moins au foutre en chute libre que tous les garçons ont décrit avec force détails et enthousiasme.

« On arrive », lance Lucasinho.

Sans prévenir, quelque chose le saisit par la tête et les pieds pour essayer de le raccourcir de dix centimètres. La décélération est plus brutale que l'accélération, mais elle dure moins longtemps : des points rouges dansent devant ses yeux, puis il se retrouve, le souffle court, à l'envers dans son harnais. Le halètement se transforme en aboiement, puis en rire. En fou rire. En un grand rire violent qui tire sur chaque muscle et tendon douloureux. Un rire à s'en décrocher la mâchoire. Luna se joint à lui. Ils crient et gloussent tandis que le lanceur BALTRAN les accueille et les retourne pour le saut suivant. Ils sont arrivés. Ils ont survécu.

« Prête à recommencer ? »

Luna hoche la tête.

La porte s'ouvre. Ce n'est pas normal. Lucasinho et Luna sont censés rester hermétiquement enfermés jusqu'à la fin du dernier saut.

Veuillez sortir de la capsule, les enjoint Jinji.

De l'air glacé et chargé de poussière pénètre par l'ouverture.

Veuillez sortir de la capsule, répète le familier. Lucasinho défait son harnais et pose le pied sur les grilles du sol. Il en sent le froid sous la semelle de ses mocassins. Il devine que l'endroit vient à peine de sortir du sommeil. Les ventilateurs de la climatisation tournent à toute vitesse, mais l'éclairage est faible.

« Où on est ? » demande Luna un quart de seconde avant lui.

Relais BALTRAN de Lubbock, murmurent leurs familiers. Jinji montre l'endroit à Lucasinho sur une carte. Ils se trouvent sur la rive ouest de la mer de la Fécondité, à quatre cents kilomètres de João de Deus.

« Jinji, prépare un lancement à destination de João de Deus », ordonne Lucasinho.

Pardon, mais je ne suis pas en mesure d'accéder à ta demande.

« Pourquoi ? »

Les restrictions énergétiques m'empêchent de procéder au moindre lancement de capsule. La centrale de Gutenberg ne produit plus d'électricité.

Tout ce que Lucasinho vient de subir en heurts, secousses et accélérations pour passer en chute libre, puis pendant le freinage électromagnétique, n'est rien comparé au vide nauséeux qu'il sent se creuser dans son ventre.

Ils sont piégés au beau milieu des badlands.

« Combien de temps avant que le courant soit rétabli ? »

Je ne suis pas en mesure de répondre, Lucasinho. L'accès au réseau a été compromis. Je tourne sur l'architecture locale.

« Quelque chose ne va pas ? demande Luna.

— Le système est en train de se mettre à jour », ment son cousin qui, sous le choc, ne sait pas quoi faire. Luna a peur, et toutes les réponses qu'il obtient de Jinji ne feront que l'effrayer davantage. « Comme on va peut-être rester là un moment, si tu allais voir ce que tu peux nous trouver à manger et à boire ? »

Luna regarde autour d'elle, s'entoure étroitement le corps de ses bras pour se protéger du froid. Lubbock n'est pas Twé, avec ses multiples lanceurs et quais de chargement, mais un relais isolé, un nœud sans équipage. Une équipe de maintenance vient y passer un ou deux jours toutes les six lunaisons. Lucasinho voit la majeure partie du relais depuis la plateforme, mais ne repère rien qui semble conçu pour stocker eau ou nourriture.

« Il fait peur, cet endroit, déclare Luna.

— Tout va bien, anjinho, il n'y a que nous, ici.

— C'est pas les gens qui me font peur », réplique la fillette, qui part néanmoins d'un pas rapide explorer son petit nouveau monde.

« On a combien de temps ? » chuchote le jeune homme.

Le relais puise dans ses réserves d'énergie. Si le courant n'est pas rétabli dans les trois jours, vous allez vivre une dégradation environnementale significative.

« Significative ? »

Principalement des pannes de chauffage et d'alimentation en air.

« Appelle au secours. »

Je diffuse depuis notre arrivée un signal de détresse sur le canal d'urgence. Aucun accusé de réception pour le moment. Les communications semblent impossibles sur toute la face visible.

« Comment ça se fait ? »

Nous sommes attaqués.

Luna revient avec un bidon d'eau. « Pas de nourriture. Désolée. Tu peux monter le chauffage ? J'ai vraiment très froid.

— Je ne sais pas faire, anjinho. »

Il ment. Jinji pourrait s'en occuper en un clin d'œil. Lucasinho a fini par reconnaître qu'il ne sera jamais un intellectuel, mais même lui peut faire le calcul : un degré de température supplémentaire représente une heure d'air en moins. Il ôte sa Malihini dont il glisse les bras de Luna dans les manches. Sur la fillette, le vêtement ressemble à une cape, à un déguisement.

« Qu'est-ce que tu as trouvé d'autre ?

— Il y a un scaphandre. Comme le vieux à Boa Vista. »

La joie de l'adolescent ressemble à un flash chimique. Un scaphandre. Simple. Il suffit de sortir avec.

« Montre-moi. »

Luna l'emmène au sas extérieur. Qui est petit, conçu pour une seule personne à la fois. À l'intérieur, un scaphandre de survie, capable de s'ajuster à tout un éventail de morphologies, orange vif. Comme celui dans lequel il est allé de Boa Vista à João de Deus. Rien qu'une petite marche sur la surface. *Un* scaphandre. Luna avait bien dit *un*. Il n'avait pas écouté. Il faut qu'il écoute. Il faut qu'il garde tous ses sens et tous ses nerfs en éveil, qu'il évite de se précipiter sur des hypothèses ou de prendre ses désirs pour des réalités. Les hypothèses les tueraient, là où ils sont.

Deux faits qui sont quant à eux une certitude : il n'a que trois jours d'air et qu'un seul scaphandre.

« Luna, il va sans doute falloir dormir ici. Tu peux aller voir si tu trouves de quoi nous faire des couvertures ? »

Elle hoche la tête. Il ne sait pas si ses diversions la convainquent vraiment, mais il préfère qu'elle ne soit pas là quand il pose des questions difficiles à son familier.

« Jinji, où est l'installation habitée la plus proche ? »

La plus proche est Messier, cent cinquante kilomètres à l'est.

« Merde. » C'est bien au-delà de l'autonomie d'un scaphandre. La possibilité de partir à pied chercher de l'aide s'effondre.

« La station contient-elle d'autres appareils capables d'évoluer à la surface ? » Il avait entendu Carlinhos prononcer cette phrase un jour. Elle sonne puissant et responsable. Mão de Ferro.

Aucun autre que le scaphandre d'urgence, répond Jinji.

« Fais chier ! » Il lance son poing dans le mur. L'explosion de douleur manque le mettre à genoux. Il lèche le sang sur ses phalanges.

« Ça va ? » Luna est revenue avec une couverture isothermique. « C'est tout ce que j'ai trouvé, malheureusement.

— On a des ennuis, Luna.

— Je sais. Le relais n'arrive pas à faire sa mise à jour.

— Non : le courant est coupé. Je ne sais pas quand il reviendra. »

Luna comprend vite et ne pose aucune question. Lucasinho n'a aucune réponse. Il a trois jours d'air ainsi qu'un scaphandre, et le refuge le plus proche se trouve à cent cinquante kilomètres. Une distance qu'un rover pourrait couvrir en une heure.

Peut-être y en a-t-il un garé juste à côté de la station sans qu'il le voie.

« Jinji, tu as accès à l'historique des événements ? »

Rien de plus simple.

« Je veux tous les mouvements de rovers depuis… » Il cherche un chiffre raisonnable. « … trois lunaisons. »

Le familier projette sur la lentille du jeune homme une surcouche de visites de maintenance, de prospecteurs, d'équipes de vitriers. Si Lucasinho ne connaît pas très bien ses lettres et ses chiffres, il excelle dans l'interprétation d'informations visuelles. Sa capacité à repérer une personne, un objet ou un fil narratif dans une foule ou un paysage de données mouvantes a toujours stupéfait Abena, qui sait lire et compter.

Une anomalie, une tangente aux orbites et boucles des rovers de service.

« Zoome sur celle-là, tu veux bien ? » Jinji isole la trace, celle d'un petit rover, qui vient des badlands et part vers le nord entre les solides cratères de Taruntius. « Montre-moi celui-là. » Séquence vidéo, à présent : le rover évolue aux limites du champ de la caméra extérieure, il vient des cratères Gutenberg pour s'enfoncer dans les badlands. Sans avoir de destination : dans cette direction, il n'y a aucune installation à moins de mille kilomètres. Lucasinho estime qu'il roule à trente, peut-être quarante kilomètres-heure. « Spécs, s'il te plaît. » Jinji obéit.

Grâce, là encore, à sa perception visuelle, Lucasinho extrait du fouillis des données techniques l'information dont il a besoin. À vitesse optimale, le rover peut parcourir trois cents kilomètres, davantage que cela s'il recharge ses batteries en chemin avec ses panneaux solaires. La vidéo permet à Lucasinho d'estimer que le rover ne roulait pas tout à fait à sa vitesse de pointe.

Vu sa trajectoire, l'installation la plus proche dont il a pu partir est Gutenberg. Lucasinho essaye de calculer l'autonomie. Les chiffres sont aussi rétifs que du métal. « Jinji, fais le calcul. » Il n'a pas fini sa phrase que le résultat s'affiche sur sa lentille : un arc de cercle de localisations possibles pour le rover, en fonction de son rayon d'action, de sa vitesse et de sa direction. Les distances vont de dix à vingt-cinq kilomètres. « Zoome, s'il te plaît. » Le petit rover arbore le M et le H entrelacés emblèmes de Bryce Mackenzie. Quelqu'un en combiAS est assis à califourchon dessus. Le soleil est haut, le code temporel indique dix jours.

Un rover. Une combiAS. Lucasinho a une ultime question pour le relais BALTRAN de Lubbock. Une dernière occasion de tout voir s'effondrer entre ses mains.

« J'ai combien de temps, Jinji ? »

Cette fois, il n'obtient pas d'affichages ou de graphiques intelligents. Mais des chiffres, froids, implacables et impersonnels. Le temps manque pour espérer, attendre, peser ses décisions, évaluer les possibilités. S'ils veulent partir à pied du relais BALTRAN de Lubbock, il doit sortir tout de suite. Chaque seconde passée à tergiverser coûte des watts d'électricité, des goulées d'air et des gorgées d'eau. Espérer sans rien faire ou agir en gardant espoir.

Ce n'est pas une décision. Impossible, avec ces chiffres.

« Jinji. »

Lucasinho.

« Active le scaphandre. »

La fenêtre côté intérieur du sas encadre Luna à la perfection. Elle lui fait au revoir. Lucasinho lève une main en titane. Il est un monstre, un déserteur. Un voleur. Il a rempli son scaphandre avec l'eau, l'air et l'électricité de Luna. Et s'il échoue ? S'il ne revient pas ? Il imagine Luna en train de trembler sur les grilles du sol, de souffrir toujours plus du froid et de la soif en espérant qu'il va revenir, que l'électricité va être rétablie.

Il ne peut pas se permettre de telles pensées. Il ne peut se permettre de penser qu'à ce qu'il doit faire, d'y penser avec netteté et précision.

« C'est bon, Jinji, je suis prêt à sortir. »

Lucasinho effleure l'icône de Dame Lune près de la porte extérieure. Pour se porter chance, et par défi. Il a déjà battu Dame Lune une fois, et sans rien sur le corps. Mais comme chacun le sait, la Dona ne pardonne jamais une offense. Le rugissement de la dépressurisation diminue, se tait. La porte extérieure s'ouvre. Il sort sur le régolite. Jinji le guide jusqu'aux traces laissées par le rover Mackenzie. De là, la piste est facile à suivre vers le nord. Lucasinho ne sait pas sur quelle distance, pendant combien de temps, mais il saura où il va. Les muscles n'oublient jamais et Lucasinho adopte le rythme de la marche en scaphandre. Il faut se garder de trop grands mouvements. Les haptiques sont sensibles, même sur cet ancien modèle VTO bon marché. Il faut laisser le scaphandre faire le travail.

Toutes les autres traces divergent bientôt, ne lui laissant à suivre que la double trace de pneus du rover Mackenzie. Le soleil est haut dans le ciel, la surface brillante, la Terre un pâle éclat bleu. Lucasinho chante dans sa tête pour empêcher son esprit de vagabonder. Le scaphandre dispose de jeux, de musique, de saisons de vieilles télénovelas, mais les systèmes de divertissement consomment de l'électricité. Sa chanson se cale sur ses pas, tourne et résonne dans sa tête comme des hallucinations. Il s'aperçoit qu'il chante ses propres paroles sur la mélodie.

Lucasinho, c'est l'heure de prendre contact, l'avertit Jinji.

« Olá Luna ! »

Connexion audio uniquement, pour économiser l'énergie.

« Olá Luca ! »

La voix de Luna, séparée de son corps, de sa présence, de son image, sonne bizarrement aux oreilles de son cousin. Il écoute un être humain, mais plus élevé, plus rare, plus sauvage et plus sage. Anjinho, comme il l'appelle, terme affectueux de tradition dans la famille. Petit ange. C'est à cela que sa voix fait penser Lucasinho.

« Ça va ? Tu as bu ton eau ? » Une gorgée toutes les vingt minutes, lui a-t-il laissé comme instruction. Cela évite à la fillette de se rendre compte qu'elle n'a rien mangé depuis le petit déjeuner pris à l'appartement.

« Oui, oui. Tu reviens quand ? Je m'ennuie.

— Dès que possible, anjinho. Je sais que tu t'ennuies, mais ne touche à rien.

— Je ne suis pas idiote.

— Non, je sais bien. Je te rappelle dans une heure. »

Il poursuit sa progression dans les badlands de Taruntius. Un air de marche on ne peut plus exaspérant s'est logé sous son crâne. Lucasinho pourrait demander à Jinji quelle distance il a parcouru et pour combien de temps il devrait encore en avoir, mais la réponse risque d'être décourageante. Les traces continuent toujours plus loin. Dans son scaphandre rouge et or, Lucasinho continue lui aussi toujours plus loin.

Quelque chose. Le seul point positif de cette fastidieuse marche à la surface est qu'elle lui a donné une excellente connaissance du paysage de Taruntius, au point que toute variation dans sa monotonie lui saute aux yeux.

« Jinji, zoome. »

La visière lui montre l'antenne et les mâts d'un rover derrière l'horizon proche. Quelques minutes plus tard, ce rover apparaît et Lucasinho se retrouve soudain à côté. La personne en combiAS qu'il avait vue par les caméras du relais est toujours assise bien droite sur la selle. Une femme, à en juger par la forme de la combinaison. Un instant, Lucasinho est pris de peur : elle va se jeter sur lui et fracasser sa visière avec un rocher. Impossible. Personne ne peut survivre aussi longtemps en combiAS. Encore moins, voit-il en contournant le rover, en combiAS ouverte au couteau sur vingt centimètres, à peu près du mamelon droit à la hanche. Ce qui pose un problème. Un de plus. Dont il s'occupera plus tard.

« Où est le point de connexion ? » demande-t-il en déroulant son câble réseau. Jinji met le port en évidence et Lucasinho se branche dessus. Comme il s'en doutait, le rover est aussi mort que sa passagère. Il serre les dents et relie le véhicule à son scaphandre par un câble d'alimentation, sent l'électricité couler de ses batteries à celles du rover comme si une guérison surnaturelle sortait de lui. Il ne peut pas se passer de la puissance nécessaire pour le faire rouler jusqu'au relais, mais il a besoin que son IA soit active. Des données se déversent sur sa lentille, dans lesquelles il plonge à la recherche de ce qui lui faut. Les freins ne sont pas serrés. La direction est déverrouillée. La manette qui libère le câble de remorquage est à cet endroit-*là*. Lucasinho le déroule, se le jette sur l'épaule et l'attache à son harnais.

« Luna ? Je rentre. » Il commence à tirer. Le rover lui résiste un instant, puis l'haptique fournit de la puissance aux moteurs du scaphandre et surmonte l'inertie. Lucasinho tracte le rover en suivant les traces qu'il a laissées en venant.

Les traces ne s'effacent jamais, sur la Lune. La surface est un palimpseste de trajets.

Revenir dure toujours moins longtemps que sortir.

Lucasinho laisse le rover s'immobiliser. Jinji lui montre le poste de charge du relais. Recharger les batteries du rover va consommer la quasi-totalité de l'électricité disponible, mais c'est devenu un passage obligé dès que Lucasinho est sorti du sas. Le couplage se fait, une dizaine de minuscules voyants et signaux lumineux attestent du réveil du véhicule.

La combiAS, à présent. C'est de cette manière-là qu'il faut la considérer : comme un dispositif de survie à réparer avant de pouvoir s'en servir. Sans penser à la morte à l'intérieur. Lucasinho réfléchit au meilleur moyen de la descendre de la selle. Elle est complètement gelée. Il détache le pack de survie de la morte, ouvre la porte extérieure du sas.

« Je t'envoie un truc, prévient-il Luna.

— Je sais faire fonctionner un sas, répond-elle. Et j'ai pris mon eau. »

Lucasinho bascule doucement la morte sur le dos, la soulève, genoux pliés, un bras la maintenant, l'autre sur le panneau de contrôle. Il porte le cadavre jusqu'au sas. Qu'ils doivent franchir ensemble : il ne peut pas demander à Luna d'en sortir un cadavre gelé. Celui-ci serait trop lourd, et encore trop froid, elle se brûlerait. Et puis c'est un cadavre. Il entre à reculons jusqu'à ce que le dos de son scaphandre heurte la porte du fond. Il tire la morte à l'intérieur, opération complexe qui le fait souffler de frustration : il faut qu'il la manipule pour qu'elle passe contre lui, qu'il trouve une place pour sa propre tête et son propre torse dans cette géométrie de membres et de torse. Lucasinho finit sur le dos avec la tête entre les genoux du cadavre dont le front se niche contre l'entrejambe de son scaphandre. Un soixante-neuf avec un cadavre gelé. Lucasinho lâche un rire triste et apeuré que lui seul peut entendre. Personne d'autre ne saura jamais cette plaisanterie.

« Luna, j'entre. Reste loin du sas. Fais juste ce que je te dis de faire. »

Jinji équilibre le sas. Lucasinho n'a jamais rien entendu d'aussi agréable que ce hurlement de plus en plus sonore. Il s'extrait du sas sur le dos, le cadavre dans les bras. Il le tracte jusqu'à la capsule BALTRAN vide, l'enferme à l'intérieur. Il ne veut pas penser aux horreurs qu'il trouvera une fois le corps dégelé, mais au moins, Luna ne le verra pas, comme ça, et il y a d'autres capsules en réserve, quand le courant reviendra… s'il revient.

Il s'extirpe maladroitement du scaphandre. Il est à bout de forces. Il ne s'est jamais senti aussi fatigué, dans son esprit, ses muscles, son squelette ou son cœur. Ce n'est pas terminé. Ça n'a même pas vraiment commencé. Il y a tant à faire, et il est le seul à pouvoir s'en charger, alors qu'il meurt d'envie de s'allonger contre le mur sans plus se soucier de toutes ces tâches qui l'attendent, en les suppliant de le laisser dormir un peu.

« Luna, je peux avoir un peu de ton eau ? »

Il ignore d'où elle sort, mais elle lui passe sa flasque et il se retient de tout boire d'un coup pour se laver la bouche du goût du scaphandre. Dans les scaphandres, l'eau n'oublie jamais qu'elle était peu auparavant de la pisse.

« Je peux me serrer contre toi, Luna ? »

Elle hoche la tête et se blottit contre lui. Elle porte le reste des vêtements de son cousin, ce qui lui donne l'air d'une enfant abandonnée habillée ample à la mode des années 1980. Lucasinho la prend dans ses bras en essayant de se sentir à son aise sur les grilles du sol. Il craint d'être trop fatigué pour dormir. Il frissonne. Le froid s'est insinué au fond de lui. Il te reste tant à faire, c'en est même démentiel, et il y a encore mille choses qui pourraient te tuer, mais au moins, c'est commencé.

« Jinji, ne me laisse pas trop dormir, chuchote-t-il. Réveille-moi quand elle aura dégelé.

— Hein ? » murmure Luna, once de chaleur lovée contre son ventre.

« Rien, répond-il. T'inquiète. »

Il se réveille, essaye de bouger. La douleur lui transperce les côtes, le dos, l'épaule et le cou. Les grilles du sol ont laissé leur empreinte sur sa joue. Il a la tête lourde et confuse, le bras raide et engourdi, Luna s'étant endormie dessus. Il le dégage sans la réveiller. Elle dort d'un sommeil de plomb. Il a besoin de pisser. Sur le chemin des toilettes lui vient une idée plus judicieuse.

« Qu'est-ce que tu fais ? » Luna s'est réveillée et le regarde se vider la vessie dans le scaphandre.

« C'est pour la recycler. Tu auras besoin de l'eau. » Son urine, peu abondante, est sombre et trouble. Ce qui n'est pas normal.

« Ah, d'accord.

— On a quoi à manger ?

— Quelques barres.

— Mange-les toutes, ordonne-t-il.

— Et toi ?

— Ça ira », assure-t-il alors que le creux dans son estomac lui indique le contraire. Il n'a encore jamais connu la faim. C'est donc ça que ressentent les pauvres. La faim, la soif, le souffle court. Le souffle court, cela viendra. « Je vais nous récupérer une combiAS et on partira d'ici sur le rover.

— C'est la morte, dans la capsule ?

— Oui. Tu as regardé ?

— J'ai regardé. »

La suite de son plan lui fait peur. Les opérations à effectuer pour récupérer la combiAS lui ont valu des accès de panique qui n'ont cessé de le tirer de son sommeil épuisé. Occupe-t'en vite et bien, sans te laisser le temps de réfléchir. Il ouvre la capsule BALTRAN, sort le cadavre en le tirant par le bras. La morte est bizarre, les membres raides. Lucasinho sent à travers la combinaison qu'elle n'a pas complètement dégelé. Il la tourne sur le ventre et commence par le déverrouillage du casque. La puanteur manque lui soulever l'estomac. Tout le monde pue, en combiAS, mais il n'a jamais rencontré une telle pestilence. Réprimant ses haut-le-cœur successifs, il met le casque de côté et détache le tissu compact. Il ouvre la fermeture hermétique, les mains tremblantes. Une autre bouffée infecte, qu'il comprend être la mort. Il a déjà vu la mort, mais il ne l'a jamais sentie. Quand les zabbalins enlèvent les cadavres, dans leurs chariots à pneus mous, il n'y a ni désordre, ni saleté, ni odeur.

Il retient sa respiration pour descendre la combinaison. La femme a la peau si blanche. Il la touche presque, s'immobilise en sentant le froid qui en monte. Un passage délicat. Il doit sortir un bras d'une manche. Une fois cela fait, le deuxième devrait être plus facile. Le gant retient les doigts et le coude lui résiste. Il jure, s'assied par terre, détourne le visage du cadavre et, un pied calé sur l'épaule de celui-ci, dégage la manche. Se dépêche de répéter l'opération sur la deuxième. Il doit à présent faire rouler le corps pour descendre la combinaison jusqu'aux hanches, puis libérer les jambes l'une après l'autre.

Il se relève et tire sur la combiAS. Le cadavre tressaute. Il met la poitrine et le ventre à nu, barbouillant la petite convexité de l'abdomen avec le sang sorti par l'affreuse blessure au couteau. Il continue, dénude les fesses, découvre une fleur tatouée sur celle de gauche. Lucasinho s'effondre et se roule en boule avec des cris et des sanglots. Le tatouage est trop dur à supporter.

« Je suis vraiment, vraiment désolé », murmure-t-il.

Il saisit un pied des deux mains. La jambe gauche se libère, puis la droite. Il se retrouve avec la combiAS dans les mains, comme une dépouille. Allongée sur le dos, la femme barbouillée de sang a les yeux fixés sur les lumières.

Maintenant, il faut qu'il enfile cette combinaison. Il ôte la doublure de scaphandre. La met au désassembleur. Les jambes dans les jambes, vite fait bien fait, un tortillement et le voilà dans la combiAS jusqu'au torse. Ne pense pas à cette humidité sur ta peau. Un bras, les deux. Il attrape le cordon de fermeture. Il tire sur les sangles de serrage. La combinaison est trop petite pour lui. Cette tension dans les épaules, les orteils et les doigts deviendra douleur. La plomberie est prévue pour une femme. Il faudra qu'il supporte cela aussi. Quand il ramasse le casque, l'imprimante a fini de produire une nouvelle doublure, neuve, rose, de la taille de Luna. Cela grève lourdement leurs maigres ressources mais, sans doublure, la fillette ne pourra pas interagir avec le scaphandre.

« Anjinho, j'ai besoin d'un coup de main. »

Luna apporte le rouleau de ruban adhésif du sas, referme la déchirure de la combiAS avec et applique trois couches en tournant autour de Lucasinho.

« N'en utilise pas trop, on pourrait en avoir encore besoin, la réprimande-t-il. Allez, enfile la doublure, je vais charger ma combinaison et ton scaphandre.

— Qu'est-ce que je fais des habits ? »

Lucasinho manque lui dire de les laisser là, puis prend conscience que cela reviendrait à abandonner des matériaux précieux, des matières organiques susceptibles de faire la différence entre la vie et la mort dehors dans les Pyrenaeus.

« Balance-les dans le désassembleur en lui demandant de les recycler en ruban adhésif.

— D'accord. »

Lucasinho ne pense pas plus d'une seconde à cette autre réserve de précieuses matières organiques allongée sur le dos par terre.

Luna revient en doublure rose et avec un petit rouleau d'adhésif à la main. Elle se penche sur le scaphandre ouvert, grimace. « Ça sent le pipi. » Elle entre, et le scaphandre ajuste le squelette haptique interne autour de son petit corps. « Oh ! lâche-t-elle quand il se referme sur elle.

— Ça va ? » Luna ne s'était encore jamais retrouvée à l'intérieur d'un scaphandre.

« C'est comme le refuge dans lequel on m'a sortie de Boa Vista, mais en plus petit. Et en mieux, parce que je peux bouger. » Elle avance de quelques pas qui résonnent sur les grilles du sol.

« Je fais deux pas, et après le scaphandre me rattrape.

— C'est vraiment facile, il se tape tout le boulot », répond Lucasinho.

Réserves d'électricité, d'eau et d'air à 100%,

annoncent les familiers. Chaque goulée d'air, chaque gorgée, chaque pas doit être pesé, à présent.

« Je sors en premier, indique Lucasinho. Je t'attends de l'autre côté du sas. »

Ce qu'il fait sur les marches, et il a l'impression que le sas met une éternité à s'équilibrer, une éternité pendant laquelle il se demande si le ruban adhésif collé à la déchirure de sa combiAS volée va tenir ; il l'imagine se vider d'un coup de son air parce que la réparation lâche. L'adhésif tiendra. Il est conçu pour cela. Lucasinho a pourtant du mal à y croire vraiment, et, déjà, la combinaison trop petite le gêne aux doigts et aux orteils. Les voyants clignotent, le sas s'ouvre, Luna sort.

Lucasinho déroule une longueur de câble de données, le connecte à la prise sur le scaphandre de Luna. « Tu m'entends ? »

Un silence, puis un gloussement. « Pardon, j'avais hoché la tête.

— On utilisera moins d'électricité en restant branchés l'un à l'autre. »

Il est fier de ce qui va suivre. Il y a réfléchi pendant qu'il remorquait le rover jusqu'à Lubbock. Un rover, un siège. Il assied Luna en scaphandre sur la selle, puis s'installe sur ses genoux. Le scaphandre est tellement lisse que Lucasinho risque de tomber. Si cela lui arrive alors que le rover roule à pleine vitesse, il mourra. Il n'avait pas pensé à cela. Au même moment, la solution lui apparaît. Il déchire plusieurs longueurs de ruban adhésif, s'attache avec à Luna, mollets, cuisses, torse. Il entend sa cousine glousser sur le canal de comms.

« Parée, anjinho ?

— Parée, Lucasinho.

— Alors en route. »

Jinji est déjà interfacé avec l'IA du rover. Une pensée, et voilà que Luna et Lucasinho, collés et connectés l'un à l'autre, s'éloignent rapidement des cornes dressées du relais Lubbock sur le régolite de Mare Fecunditatis.

Duncan Mackenzie a beau ne pas avoir mis les pieds à la surface depuis dix ans, il refuse le scaphandre. Jackaroo un jour, jackaroo toujours. La combiAS est neuve, imprimée pour le profil corporel d'un homme d'âge mûr dont la forme physique laisse à désirer, mais les gestes pour verrouiller le casque et resserrer les attaches sont aussi familiers qu'un rituel religieux. Les vérifications pré-surface sont de petites prières.

Il monte par la rampe. Dans son dos, la grande ziggourat de Hadley est une pression physique, sombre et imposante. Ses premiers pas soulèvent de la poussière comme ceux d'un amateur, mais il retrouve son ancienne démarche de jackaroo avant d'atteindre le champ de tir. Ça lui a manqué. Cinq personnes l'accueillent. La séance de tir aura lieu sur une des voies de service entre les rangées de miroirs.

« Montrez-moi. »

Une jackaroo en scaphandre décoré d'une peinture d'orc de l'espace s'empare du long appareil qu'elle porte sur son dos, le braque sur la cible. Duncan Mackenzie zoome pour bien voir celle-ci au bout de la voie de service.

« Si elle abîme un de mes miroirs…, plaisante-t-il.

— Aucun danger », assure Youri Mackenzie.

La femme tire. La cible explose. Le fusil éjecte une pastille de dissipateur thermique. La tireuse se tourne vers Duncan Mackenzie pour attendre ses instructions.

« C'est plus ou moins le même fusil magnétique qu'on a utilisé dans la guerre de Mare Anguis, on a juste augmenté l'accélération. On peut tirer à vue ou activer l'assistance IA pour atteindre quelque chose derrière l'horizon.

— Dommage qu'il faille un scaphandre, estime Duncan.

— Le recul est assez violent, avec cet accélérateur plus puissant, explique Youri. Le scaphandre offre davantage de stabilité. Et une certaine protection, si le pire se produit.

— On a vingt secondes au lieu de dix », ajoute Vassos Palaeologos. Duncan se tourne aussitôt vers lui.

« Aucun Mackenzie n'a jamais fui le combat.

— Boss, il n'a pas tort, intervient Youri. Ce n'est pas notre combat. Les Asamoah n'ont jamais été nos alliés.

— Et nous pensions que les Vorontsov l'étaient, rappelle Duncan.

— Sauf votre respect, insiste Youri, nous sommes dans une position de vulnérabilité unique. VTO est en train de détruire toutes les centrales du demi-hémisphère oriental. Hadley ne résisterait pas à une frappe orbitale. Même une attaque sur les miroirs nous forcerait à cesser nos activités. Je peux vous montrer des simulations.

— Imprimez-en cinquante, ordonne Duncan Mackenzie sur le canal commun. Prenez sous contrat tous les Joe Moonbeam qui étaient dans l'armée. Je vais aussi avoir besoin de scaphandres. Sans ces conneries dessus. » Son doigt ganté se tend vers les crocs, flammes et crânes qui décorent celui de la tireuse. « Je veux quelque chose qui dira à tout le monde qui on est et ce qu'on incarne. »

Il tourne les talons, repart entre les miroirs brillants jusqu'à la fente noire de la porte extérieure du sas. Au-dessus de lui, le faîte de Hadley brille du feu de dix mille soleils.

« Un gâteau est le cadeau idéal à faire à quelqu'un qui a déjà tout », énonce Lucasinho Corta.

Parti une heure auparavant de Lubbock, Coelhinho descend la pente douce de la paroi nord-ouest de Messier E. C'est Luna qui l'a baptisé ainsi. Les rovers doivent avoir un nom, a-t-elle soutenu. Histoire de faire passer les kilomètres, Lucasinho a répondu que c'était idiot. Les machines étaient des machines. *Les familiers ont un nom*, a contré Luna. Et le rover a gardé le sien. Lucasinho a alors suggéré qu'ils chantent des chansons, puis a essayé de se souvenir d'une histoire que madrinha Flavia lui racontait pour l'endormir, mais Luna la connaissait mieux que lui. Ils ont joué aux devinettes, mais là encore, elle l'a emporté sur lui. À présent, il discourt sur les gâteaux.

« Un objet, c'est facile. Si t'en veux un et que t'as assez d'allocation carbone, tu l'imprimes. Les *choses* ne sont absolument pas spéciales. Pourquoi offrir à quelqu'un un truc qu'il pourrait imprimer lui-même ? Les cadeaux n'ont de spécial que ce que tu as mis comme pensée dedans. Le véritable cadeau, c'est l'idée derrière ce que tu offres. Pour être spécial, il faut que ce soit rare, cher ou que tu te sois beaucoup investi dedans. Une fois, pai a offert du café à vó Adriana, parce qu'elle n'en avait pas bu depuis cinquante ans. C'était rare et cher, ce qui fait deux critères sur trois, mais ce n'est pas aussi bien qu'un gâteau.

« Pour faire un gâteau, tu prends des matières premières, non imprimées, genre œufs d'oiseau, matière grasse, farine de blé, et tu y mets du temps et du cœur. Tu prévois chaque gâteau : génoise ou quatre-quarts, un gros à couches ou un tas de petits gâteaux, pour quelque chose de personnel ou pour une fête ? À l'orange, à la bergamote, au chai ou même au café ? Avec meringue ou glaçage ? Dans un carton ou avec des rubans noués autour, à livrer par robot volant, avec une surprise au milieu, est-ce qu'il va s'allumer ou chanter ? Faut-il te montrer sérieux ou comique, intégrer des considérations d'allergie, d'intolérance ou de religion ? Qui d'autre sera présent au moment où on le découpera ? Qui en aura ou pas une part ? Est-ce pour partager, d'ailleurs, ou bien un gâteau personnel, passionné ?

« Un gâteau, c'est subtil. Un cupcake, au bon endroit et au bon moment, peut dire à lui tout seul : *Il n'y a que toi qui comptes dans tout l'univers et je t'offre cet instant de douceur, de texture, de goût, de sensation.* Il y a aussi des fois où rien ne conviendra à part quelque chose d'énorme et d'idiot, du genre dont je surgis complètement maquillé, avec des papillons et des oiseaux en sucre glace, plus des petits robots qui chantent du soap-opera, et ça met fin aux blessures de cœur comme aux brouilles.

« Les gâteaux ont un langage. Un saupoudrage de citron signifie *Cette relation a un goût amer pour moi.* Pareil pour l'orange, mais avec une touche d'espoir. Le quatre-quarts dit que tout va bien, tout roule de manière équilibrée, avec les Quatre Fondamentaux en harmonie. La vanille indique prudence et ennui, la lavande espoir ou regret. Parfois les deux à la fois. Les pétales de rose confits : *Je pense que tu me trompes*, mais un glaçage rose : *Passons un contrat tout de suite.* Les fruits bleus pour les jours de blues, quand on sent vraiment le vide au-dessus de soi et qu'on a besoin de copains, ou juste d'un corps amical. Les fruits rouges et roses : sexe. Tout le monde le sait. La crème ne peut jamais être mangée seule. C'est la règle. La cannelle est l'attente, le gingembre le souvenir, le clou de girofle s'utilise pour la blessure, physique ou sentimentale. Le romarin exprime le regret ; le basilic, qu'on a raison. *Tu vois, je te l'avais bien dit* : c'est le basilic. La menthe est une horreur. Un mauvais gâteau. Le café est le plus dur, il dit : *Je déplacerais la Terre dans le ciel pour faire ton bonheur.*

« Ça, c'est le côté social du gâteau. Après, il y a le côté scientifique. Tu savais que sur la Lune, un gâteau est meilleur ? Si t'allais en manger un sur Terre, tu serais vraiment déçue. Il serait plat, lourd, massif. C'est lié à la taille des pores et à la structure granulaire, la structure granulaire est tellement meilleure sur la Lune. Chaque gâteau fait intervenir trois sciences : la chimie, la physique et l'architecture. La physique pour la chaleur, l'expansion gazeuse et la gravité. Ta poudre à lever s'oppose à la gravité. Moins il y a de gravité, plus ça lève et plus la structure granulaire est bonne. Du coup, on pourrait se dire que le gâteau parfait ne peut être réalisé qu'en apesanteur, non ? Eh bien non. Il se dilaterait dans toutes les directions et tu te retrouverais avec une grosse boule de préparation pour gâteau pleine de bulles. Quand tu mettrais ton gâteau à cuire, la chaleur aurait beaucoup de mal à atteindre le milieu. Tu te retrouverais avec un cœur pâteux.

« Ensuite, il y a la chimie. Comme nous, les gâteaux ont Quatre Fondamentaux. Les nôtres sont l'air, l'eau, les données et le carbone. Les leurs : la farine, le sucre, la matière grasse, les œufs ou un autre genre de liquide. Tu prends 250 grammes de farine, 250 de sucre, 250 de beurre et 250 d'œufs, ce qui en fait à peu près 5. Voilà ce qu'il faut pour le quatre-quarts tout bête. Tu bats le sucre et le beurre. Moi, je fais ça à la main. Pour que ce soit personnel. Le gras emprisonne les bulles d'air, si bien que ça mousse. Après, tu incorpores les œufs. Ils contiennent des protéines qui enrobent tes bulles d'air, du coup elles n'éclatent pas et ne crèvent pas quand tu les chauffes. Ensuite tu ajoutes la farine. Sans la battre, sinon tu étires le gluten.

« Le gluten est une protéine du blé, et elle est élastique. Sans elle, tout ce que tu fais cuire serait plat. Si tu l'étires trop, tu obtiendras du pain. Pain et gâteau sont les deux directions complètement opposées que peut prendre le blé. Je me sers de farines levantes de blé tendre spéciales au contenu protéinique faible. Ça veut dire qu'elles contiennent un agent qui réagit en créant du gaz qui gonfle les bulles de gluten. C'est pour ça que mes gâteaux sont légers, sablés et croustillants.

« La cuisson, c'est un peu comme construire une ville : il s'agit de piéger et de garder l'air. Le gluten forme des colonnes et des cellules qui supportent le poids du sucre et de la matière grasse. Il faut que ça monte et que ça reste comme ça en protégeant et en alimentant en air et en eau tout ce qu'il y a à l'intérieur. Tu dois créer une coque pour que le gâteau reste humide et léger. C'est le sucre qui fait ça : il permet à la croûte de se teinter et de durcir à une température moins élevée qu'à l'intérieur du gâteau. Tout repose sur la caramélisation. C'est comme le pare-gaz qui empêche notre air de s'échapper dans la roche.

« Donc, la cuisson se fait en trois étapes : levage, prise et brunissement. Au fur et à mesure que la température du gâteau augmente, tout l'air que tu as introduit par battage dilate et étire le gluten. Ensuite, à environ 60 degrés Celsius, tes agents de levage se mettent à libérer du CO_2 et de la vapeur d'eau de tes œufs, et pouf, ton gâteau monte à sa hauteur finale. Vers 80 degrés, les protéines de l'œuf se rassemblent et le gluten perd de son élasticité. Pour finir, la réaction de Maillard prend le relais – c'est le brunissement dont je te parlais – et ferme la surface. Ce qui piège l'humidité à l'intérieur… si tu as tout fait comme il faut.

« Vient alors la partie la plus difficile… décider du bon moment pour sortir le gâteau du four. La réponse dépend de pas mal de tout petits trucs : humidité, courants d'air, pression atmosphérique, température ambiante. Tout l'art est là. Quand tu penses que c'est prêt, tu le sors, tu le laisses reposer une dizaine de minutes pour qu'il se détache du moule, tu le mets sur une grille et tu le laisses refroidir. Essaye de ne pas en prendre un morceau dès sa sortie du four.

« Passons aux considérations économiques. Tu sors le gâteau du four. On n'a pas de fours. En général, on n'a pas de cuisine : on mange des trucs pris au hot-shop. Les fours de hot-shops sont très différents de ceux qu'on utilise pour la cuisson des gâteaux. Il faut en faire construire un sur mesure, et il y a peut-être vingt personnes sur toute la Lune qui savent en construire un correct.

« Bon, les Quatre Fondamentaux : farine, sucre, beurre, œufs. La farine est obtenue en réduisant en poudre les graines des plants de blé. C'est une espèce d'herbe. Là-bas sur Terre, c'est une des principales sources de glucides, mais on ne s'en sert pas beaucoup ici sur la Lune, parce qu'elle consomme beaucoup d'énergie et de ressources pour ce qu'elle fournit en énergie. Il faut mille cinq cents litres d'eau pour faire pousser cent grammes de blé. Ici, on tire nos glucides des pommes de terre, des ignames et du maïs, qui transforment l'eau en nourriture avec un rendement bien meilleur. Si bien que pour avoir de la farine, il faut cultiver exprès du blé, puis récolter les graines et les moudre en une poussière très fine. Moudre du blé est encore plus difficile que construire un four à gâteaux : il y a au mieux cinq personnes sur ce monde qui savent comment fabriquer un moulin à blé.

« Le beurre est une matière grasse solide dérivée du lait. Je ne me sers que de beurre fait avec du lait de vache. On a des vaches, principalement pour les gens qui aiment manger de la viande. Et si tu trouves que la culture du blé consomme beaucoup d'eau, sache que pour obtenir un kilo de produit laitier, il en faut cent fois plus.

« Les œufs. Ce n'est pas si difficile : on en mange beaucoup. Mais ici, ils sont moins gros que sur Terre, parce qu'on élève des oiseaux plus petits. Du coup, il faut tâtonner un peu pour trouver le bon nombre d'œufs à utiliser.

« Le sucre, facile : on peut le faire pousser ou le fabriquer, mais un gâteau a besoin de plein de sucres différents. De sucre de canne non raffiné, de sucre standard, de sucre en poudre, de sucre glace… et pour certains, de tous ceux-là à la fois. Donc, tu vois, même pour un quatre-quarts tout simple, tu te sers de choses et de compétences plus rares et plus exceptionnelles que des pierres précieuses. Quand tu goûtes un gâteau, tu goûtes l'ensemble de nos vies.

« Voilà pourquoi, puisque n'importe qui peut imprimer ce qu'il veut, un gâteau est le cadeau idéal.

— Luca, appelle Luna.

— Qu'est-ce qu'il y a, anjinho ?

— On est arrivés ?

— Pas encore, ce n'est pas ce cratère, c'est le suivant.

— Promis ?

— Juré. »

Coelhinho gravit le petit rebord du cratère Messier A.

« D'accord, déclare Luna. Mais arrête avec les gâteaux. »

Les gâteaux, et en parler, c'est ce qui permet à

Lucasinho Corta de rester éveillé et vigilant malgré le froid qui s'insinue par l'entaille de la combiAS, malgré le ruban adhésif. Il a réussi à réparer l'étanchéité de la combinaison, mais n'a rien pu faire pour les éléments chauffants endommagés. Lucasinho a beau savoir, depuis son entraînement pour la course lunaire, que les corps humains perdent peu de chaleur dans le vide, il sent le froid continuel extraire celle-ci de son sang et de son cœur. Le froid s'approche à pas de loup, vous met à l'aise, vous engourdit, vous déconnecte. Lucasinho a dû mobiliser toutes ses forces pour ne pas claquer des dents pendant qu'il parlait pâtisserie.

Au moment où Coelhinho arrive au sommet de la paroi extérieure du double cratère de Messier A, un gros rover à six places jaillit du cratère intérieur, rebondit deux fois, fonce vers eux et s'arrête en dérapant en travers de leur chemin. Lucasinho freine brutalement en priant Ogum pour que leur propre rover, au centre de gravité assez haut, ne parte pas en tonneau.

Trois personnes occupent le rover. Elles se laissent tomber sur le régolite dès que les barres de sécurité se relèvent. Chacune d'elles porte une combiAS frappée du logo de Mackenzie Helium, chacune prend sur le râtelier à outils quelque chose que Lucasinho reconnaît sans l'avoir jamais vu. Un fusil.

Un jackaroo approche, l'arme à la main, fait le tour complet de Coelhinho et s'approche tout près de Lucasinho, sa visière devant la sienne.

« Qu'est-ce qui se passe ? demande Luna.

— Ça va aller », assure son cousin avant de sursauter quand le jackaroo Mackenzie plaque brutalement sa visière à la sienne.

« Active tes comms, galah de merde. » La voix est un cri étouffé transmis par contact physique.

Jinji ouvre le canal demandé.

« Pardon, je manque d'électricité, dit Lucasinho en globo.

— Tu ne manques pas que de ça », réplique le jackaroo. Maintenant que les comms sont établies, un identificateur apparaît au-dessus de l'épaule des trois inconnus : Malcolm Hutchinson, Charlene Owens-Clarke, Efron Batmanglij.

« On a besoin d'électricité, d'eau et de nourriture. J'ai très très froid.

— Deux ou trois petites questions, d'abord. » Malcolm braque son fusil sur Lucasinho. L'arme est longue, conçue à la diable, assemblage sommaire de longerons, stabilisateurs, chargeurs et réceptacles à cartouches électromagnétiques hâtivement imprimés. « Comme le genre humain n'a jamais été aussi fluctuant que dans notre société, il n'est pas impossible que Nadia ait changé de sexe, mais je n'ai jamais entendu dire que ça vous faisait grandir de dix centimètres. »

Dès l'établissement des communications, comprend Lucasinho, sa combiAS a dû transmettre l'identificateur de sa propriétaire. Les deux autres fusils pivotent dans sa direction.

« Lucasinho, j'ai peur, dit Luna sur leur canal privé.

— Ne t'inquiète pas, anjinho. Je vais nous sortir de là.

— La combi et le rover de Nadia. Vu la quantité de scotch sur cette combi, elle s'est mangé un coup fatal.

— Si j'avais voulu la lui prendre, vous croyez que je l'aurais autant endommagée ? demande Lucasinho.

— T'es sûr de vouloir répondre de cette manière ? »

Sur tous les indicateurs vitaux que Lucasinho voit affichés sur son casque, les barres flirtent avec le rouge.

« Je vous jure que je ne l'ai pas tuée. On était coincés au BALTRAN de Lubbock. J'ai remonté la piste de cette femme, j'ai ramené sa combi et son rover, et je les ai retapés.

— Qu'est-ce que vous foutiez au BALTRAN de Lubbock ?

— On essayait de partir de Twé.

— En BALTRAN. » Lucasinho déteste la manière dont ce Malcolm Hutchinson semble trouver chacune de ses réponses d'une stupidité sans nom. « Mon gars, le BALTRAN est mort. Tout le demi-hémisphère oriental est mort. Les dieux seuls savent ce qui se passe à Twé. Les Vorontsov ont arrêté tous les trains et font sauter la moindre centrale électrique qu'ils repèrent. La moitié de mon équipe a été liquidée par des putains de cauchemars avec des putains de couteaux à la place des mains, alors tu comprendras que je sois un peu sur les nerfs. Bref, vous allez où et vous êtes qui, bordel ? »

Lucasinho a l'estomac douloureusement vide, mais pourrait rendre de l'acide dans son casque.

« Laisse-moi parler, demande Luna.

— La ferme. Je gère.

— Ne me dis pas de la fermer. Laisse-moi lui dire. S'il te plaît. »

Les jackaroos Mackenzie sont agités. En leur parlant, Lucasinho risque de se faire tirer dessus dans les secondes qui viennent. Possible qu'une voix d'enfant leur fasse baisser leurs armes.

« D'accord. »

Le familier de Luna ouvre le canal commun.

« On essaye d'aller à João de Deus », lance la fillette.

Les jackaroos tressaillent. « T'as une gamine dans ce truc, dit Malcolm.

— Il n'y avait qu'un seul scaphandre à Lubbock, explique Lucasinho. J'ai suivi la piste du rover, et j'ai en effet volé la combi. » Il se souvient du nom. « La combiAS de Nadia. Je ne l'ai pas tuée.

— Tu fais traverser Fecunditatis en scaphandre à une gamine.

— Je ne savais pas quoi faire d'autre. Il fallait qu'on parte de Lubbock.

— Vous êtes loin de João de Deus, dit la jackaroo à l'identificateur "Charlene".

— Pour le moment, il faut qu'on aille à Messier, répond Lucasinho.

— On en arrive, intervient le troisième jackaroo, Efron. On a laissé trois morts, là-bas. Les robots vous découperont en morceaux.

— Eh, y a une gamine, ici, Efron, rappelle Charlene.

— Inutile de cacher la vérité, répond celui-ci.

— On a besoin d'air et d'eau, insiste Lucasinho. Le rover n'a presque plus de jus et on n'a pas mangé depuis je ne sais plus quand.

— J'ai vraiment très faim », renchérit Luna.

Lucasinho entend Malcolm jurer tout bas.

« Il y a un vieux bivouac Corta Hélio à Secchi. C'est le point de ravitaillement le plus proche. On va vous y conduire.

— C'est derrière nous, à mi-chemin de Taruntius, objecte Lucasinho.

— Bon, eh bien, mourez de faim ou d'asphyxie, alors, réplique Malcolm. Ou de froid, dans ton cas. Efron. » L'interpellé détache de son pack de survie un petit objet qu'il lance à Lucasinho. C'est une pochette chauffante : un gel exothermique à action lente, sous verre. « Ça te tiendra chaud. Le seul problème… » Du canon de son arme, il tapote l'adhésif sur le torse de Lucasinho « … c'est qu'il faut le mettre à l'intérieur de ta combi.

— Hein ?

— Tu peux retenir ta respiration pendant combien de temps, mon gars ? »

Lucasinho a la tête qui tourne. De faim, d'épuisement, de froid. Et il lui faut maintenant exposer une nouvelle fois sa peau à la surface glacée de Dame Lune. « J'ai un badge de coureur de Lune, balbutie-t-il.

— Ouaouh. Génial, le plein aux as. La course lunaire dure dix à quinze secondes. Là, il faut qu'on enlève l'adhésif, qu'on mette la pochette à l'intérieur et qu'on referme. Quarante, peut-être soixante secondes ? »

La manipulation pourrait le tuer. Le froid va le tuer. Hypothèse contre certitude. Une fois encore, Dame Lune prend les décisions pour lui. « Je peux y arriver, assure-t-il.

— C'est bien, petit. Hyperventile-toi pendant une minute, et après, dépressurise ton casque. Il faut que je me connecte à l'IA de ta combi.

— J'ai de l'adhésif, indique Luna tandis que son cousin se détache de son scaphandre.

— Génial. Charlene, Efron. »

Jinji bascule l'alimentation de la combi en oxygène pur. Lucasinho a l'impression de prendre un coup de hache. Il vacille, des mains se tendent pour le soutenir. Il respire à fond, toujours plus à fond, surchargeant d'oxygène son cerveau et son sang. Il a fait la course lunaire. Il a couru quinze mètres à la surface sans rien sur le corps. C'est facile. Facile. Mais pour la course lunaire, on l'avait passé en micro-pression sur une durée d'une heure. Là, ce sera instantané. *La peau humaine est une excellente surface de confinement de pression*… leçon n° 1 de combiAS. Il faut juste quelque chose de tendu pour maintenir cette pression, contenir l'eau et retenir la chaleur.

Dépressurisation de la combinaison dans cinq…

Lucasinho se vide les poumons. Comme il faut le faire dans le vide pour ne pas qu'ils éclatent.

… *deux, un*…

« Ne bouge plus », ordonne Malcolm.

Évacuation. Le sifflement de l'air, puis le silence : Jinji a vidé la combinaison. Lucasinho hurle en silence quand la douleur lui transperce soudain les oreilles. Charlene approche lame au poing, découpe soigneusement et décolle l'adhésif.

« Ne bouge pas, petit, empêchez-le de bouger.

— Fini. »

Une chaleur intense quand Malcolm glisse la pochette à l'intérieur. Lucasinho doit respirer. Il le doit. Son cerveau s'éteint cellule après cellule. Il se débat. Une voix féminine, faible, aiguë comme celle d'une sainte, crie : *empêchez-le de bouger*. Lucasinho ouvre la bouche. Il n'y a rien. Dilate ses poumons. Rien. Voilà comment on meurt dans le vide, tout se referme, se replie, palpite. Les minuscules voix au loin, les poignes inflexibles qui le maintiennent, tout brûle.

De minuscules voix au loin…

Et le voilà de retour. Lucasinho bascule en avant. Des barres de sécurité le retiennent. Il est sur un siège du rover Mackenzie. De l'air. L'air est merveilleux. L'air est magique. Il prend dix profondes respirations, en inspirant vite et en expirant lentement, en inspirant lentement et en expirant vite. Bouche, nez ; nez, bouche. Nez. Bouche. Merveilleuse respiration. Tiédeur. Chaleur. Il sent une douleur à gauche sous ses côtes : la pochette chauffante, bien plaquée par la combiAS et le ruban adhésif. Elle laissera un bleu, mais cette douleur plaît à Lucasinho : elle signifie qu'il n'a pas d'engelure.

« Luna ? croasse-t-il.

— Ah, te revoilà, dit Malcolm sur le canal commun.

— Je suis là, dit Luna. Ça va ?

— S'il parle, oui », conclut Malcolm.

Lucasinho tourne la tête dans les deux sens, regarde les câbles et tubes qui le relient au rover. Il pense *eau* et la tétine lui accorde un véritablement rafraîchissement glacé. Sa petite exclamation de plaisir sur le canal commun suscite l'hilarité parmi les jackaroos. « C'est toujours de la pisse recyclée, mais au moins, c'est celle de quelqu'un d'autre, lance Malcolm. Il y a même de la merde nutritive. J'imagine que t'as assez la dalle pour en manger. » Efron attache en remorque du gros rover le monoplace que s'est approprié Lucasinho, puis remonte sur son siège.

« Bon, dit Malcolm, si tu n'y vois pas d'objections, on va à Secchi. »

Il y a quelque chose devant son visage. Lucasinho s'éveille avec une sensation de claustrophobie, lâche un cri paniqué. Il est dans la combiAS, la même combiAS de merde. La salive qui lui a coulé de la bouche pendant qu'il dormait a séché sur sa joue en couche cristalline. Il sent l'odeur de son visage à l'intérieur du casque.

« T'es réveillé, constate Malcolm. Tant mieux. On a un problème. »

Jinji affiche une carte : le convoi et le bivouac de Corta Hélio sont très visibles, tout comme la ligne de contact entre les rovers et la sécurité.

« Ce sont des…

— Je sais ce que c'est, petit.

— Vous ne pouvez pas les contourner ?

— Si, mais ils nous fonceront dessus dès qu'ils nous verront. On est gros et lourds, et j'ai vu à quelle vitesse bougeaient ces saloperies.

— On fait quoi ?

— La gamine et toi, on vous laisse là. Foncez droit sur le bivouac avec l'autre rover – il est suffisamment rechargé pour ça. Nous, on va essayer de détourner l'attention des robots.

— Mais vous venez de dire que vous ne pouviez pas les distancer ?

— Aie un minimum de foi, bordel, petit, tu veux bien ? Sans vous, on arrivera peut-être à semer ces saloperies. Et peut-être même à en descendre quelques-unes. Nos fusils sont plutôt efficaces pour ça. Ce que je sais, c'est que si on reste ensemble, on meurt ensemble. »

Les packs de survie sont remplis d'eau et d'air, les cellules énergétiques chargées. Luna enfourche la selle. Lucasinho se sert de ruban adhésif pour l'attacher soigneusement au rover, puis s'attacher à elle. Il lui a expliqué le danger de manière simple et franche, aussi sait-elle quoi faire sans avoir besoin de réponses ni d'instructions. Jinji démarre le monoplace. Malcolm porte l'index à son casque : un salut avant la bataille. Il met les gaz, et le gros rover fait demi-tour avant de disparaître en quelques secondes derrière l'horizon. Lucasinho attend que la poussière se redépose avant de partir.

Pas de comms, a dit Malcolm. *On se retrouve à Secchi ou dans le monde d'après.*

Vous savez qui on est, pourquoi vous nous aidez ? lui a demandé Lucasinho sur un canal privé.

Quoi qu'il sorte de tout ça, notre bonne vieille Lune ne sera plus jamais comme avant, a répondu Malcolm.

« Luna », appelle le jeune homme. Ils sont à nouveau connectés, à la fois pour garder le silence radio et pour l'intimité.

« Quoi ?

— Tu as pris de l'eau ?

— Oui, j'en ai pris.

— On sera bientôt arrivés. »

Analiese Mackenzie attend à la porte intérieure du sas. Qui met une éternité à s'ouvrir, mais ils arrivent enfin, noirs de poussière malgré les jets d'air, casques et packs de survie au bout des doigts. Leurs bottes sont de pierre, leurs combinaisons de plomb. Le moindre tendon, glacé d'épuisement. Les guerriers passent devant elle le pas traînant et les yeux baissés. Ils ont livré bataille aux portes d'Hypatie. Les charges explosives ont eu raison des trois robots ayant survécu au déluge de flèches AKA, mais sept blackstars l'ont payé de leur vie.

Des missions suicide. Et la rumeur veut que d'autres arrivent déjà sur Tranquillité Est pour prêter main-forte, rétrofusées bégayant dans le ciel.

Main-forte. Comment se fait-il qu'elle connaisse ce mot ?

Il arrive, le pas tout aussi traînant.

« Wagner. »

Il tourne la tête en entendant son nom. Il la connaît. Il ne peut pas l'oublier, pas dans son aspect sombre, le seul Wagner Corta qu'elle a jamais connu. Ce doute, cette réticence à faire le premier pas vers elle n'est pas de la crainte de ne pas la reconnaître, mais de la culpabilité. Il a fui à Méridien. Elle lui a dit de ne pas revenir chez eux à Théophile, mais il sait qu'il l'a laissée affronter seule sa propre famille. Les Mackenzie n'ont jamais pardonné aux traîtres. Ils lui ont fait payer. Wagner a survécu pendant que sa famille à elle détruisait sa famille à lui. Il a gardé un profil bas et survécu. Il a l'air de la mort, à présent. Il a l'air vaincu.

Il regarde son équipe. Une belle femme aux traits marqués lui adresse un signe de tête. *Je prends le relais, laoda.*

« Analiese. »

Il ne comprend pas ce que lui montrent ses yeux. Elle habite à Théophile, que fait-elle à Hypatie ?

« Viens, Petit Loup. »

Le lit occupe tout le box. Wagner occupe tout le lit, étalé, vautré, dans un endroit plus profond que le sommeil. Analiese s'estime chanceuse d'avoir obtenu ne serait-ce que ce compartiment minuscule. Quand le réseau ferré a cessé de fonctionner, le nœud ferroviaire le plus fréquenté du demi-hémisphère qu'était Hypatie s'est transformé en camp de réfugiés, avec des gens qui dormaient en pleine rue ou se relayaient sur des couchettes, naufragés qui s'installaient dans la chaleur des conduits d'échange thermique.

Elle s'appuie au mur du couloir pour regarder le loup. Il est dans un sale état. La peau contusionnée et entaillée par les plis d'une combiAS portée trop longtemps. Le duvet qu'elle aimait effleurer est gris et terne de fatigue. S'il n'a jamais été masse et muscles, le voilà devenu os et ligaments. Cela doit faire deux ou trois jours qu'il n'a rien mangé. Il est horriblement déshydraté. Il empeste.

De ce lit, ses souvenirs remontent à leur première rencontre, quand leurs regards se sont croisés au 15e Symposium de paralogique organisé par l'université de Farside, pendant un atelier sur la doxastique et les autres logiques de croyance. Il a détourné le regard avant elle. Pas encore remise de la première nuit de beuverie, elle s'est penchée sur sa collègue Nang Aein pour lui demander : *C'est qui ?* Son familier aurait pu lui trouver son nom dans la liste des participants, mais elle faisait exprès, elle voulait qu'il la voie en train de se renseigner sur lui.

« C'est Wagner Corta, a répondu Nang Aein.

— Corta comme dans…
— Comme dans les Corta.
— Il a des cils à tomber.
— Il est bizarre. Même pour un Corta.
— J'aime bien quand c'est bizarre.
— Et quand ça fait peur ?
— Je n'ai pas peur des Corta.
— Et des loups ? »

La séance a été interrompue à ce moment-là pour que tout le monde aille boire un thé, et elle n'a pas lâché des yeux le Corta qui faisait peur, tenant à voir à quel moment il se retournerait pour la regarder. Et il s'est retourné, au niveau de la double porte du hall du colloque. Elle n'avait jamais vu d'yeux aussi noirs et aussi tristes. De la glace sombre datant de la naissance du monde et conservée dans l'ombre perpétuelle. Enfant, elle avait blessé tous ses jouets afin de pouvoir les soigner et les guérir. Elle l'a rejoint alors que, un verre de thé dans les mains, il se tenait au point de stabilité gravitationnelle entre trois groupes en pleine discussion.

« Je n'ai jamais aimé ça non plus. » Elle avait toujours été très douée pour détecter les faits minuscules permettant d'engager une conversation : il n'avait pas touché à son thé. « Ce n'est pas une vraie boisson.

— Et qu'est-ce qu'une vraie boisson, pour vous ?
— Je pourrais vous montrer. »

Au troisième moccatini, il lui a parlé du loup.

Au cinquième, elle a dit *d'accord.*

Au bout d'une nuit, d'une journée et d'une autre nuit de sommeil, le petit loup s'éveille en un instant, chaque sens en alerte. Ses premiers mots : *mes équipiers.*

Ils vont bien, répond Analiese, mais il ne la croit pas sur parole, il appelle le bureau Taiyang d'Hypatie. Zehra s'est occupée du débriefing et a mis en permission les vitriers de Lucky Eight Ball. Taiyang peut lui fournir un familier standard, mais les sauvegardes complètes de Dr Luz comme de Sombra se trouvent à Méridien et il n'y a toujours aucun moyen de communiquer d'un bout à l'autre de la face visible. Voir Wagner sans familier, numériquement nu, excite Analiese Mackenzie.

Une nuit plus une journée et une autre nuit, c'est une éternité, en pleine guerre. Là où les informations manquent, les rumeurs prospèrent. Twé est toujours assiégé, enterré, réduit au silence, plongé dans un crépuscule qui fait périr ses agraria par manque de lumière. Reine-du-Sud n'a plus que cinq jours de vivres, Méridien, trois. Des hot-shops ont été attaqués, des imprimantes 3D hackées. Les codeurs de Taiyang ont réussi à récupérer le contrôle de certaines des niveleuses possédées, mais toute tentative de les regrouper pour s'attaquer au blocus provoque une riposte depuis l'orbite. Avec de la glace. VTO leur lance de la glace avec sa catapulte magnétique. Les Vorontsov ont un noyau de comète amarré là-haut, ce qui leur fournit assez de munitions pour organiser un nouveau Grand Bombardement tardif. Les trains sont immobilisés dans les gares, le BALTRAN ne fonctionne plus et tout rover qui s'aventure en surface attire des robots aux pieds équipés de lames. Un Équatorial express entier est coincé en plein milieu de Mare Smythii. Il n'a plus d'eau depuis la veille. Les passagers boivent leur propre pisse. L'alimentation en air a lâché. Ils s'entre-dévorent.

Rumeurs et bruits. Duncan Mackenzie a envoyé 20, 50, 100 ou 500 tireurs – des soldats Joe Moonbeam du premier au dernier – pour mettre fin au siège de Twé. Soutenus par des archers AKA, ils vont donner l'assaut sur les sas de Twé et libérer la ville. L'armée Asamoah-Mackenzie s'est fait tailler en pièces, leurs morceaux sont éparpillés sur la mer de la Tranquillité. Méridien est assiégé. Méridien n'a plus d'électricité et plus de lumière nulle part. Méridien est occupé. Méridien a déjà capitulé.

Il faut que j'aille à Méridien, dit Wagner.

Il faut que tu te remettes, Lobinho.

Elle loue une cabine privée dans une bania. Trois heures devraient suffire. Il y a un générateur de vapeur, une dalle et un petit bassin. Luisant de sueur, Wagner s'allonge à plat ventre sur la dalle de pierre frittée. Analiese récure sa peau avec un strigile courbe, ôtant saleté, poussière, sueur séchée.

« Tu m'attendais, dit Wagner, la tête tournée, la joue plaquée à la pierre lisse et chaude.

— Je rentrais d'un concert à Twé, explique Analiese. J'ai été coincée quand les trains ont cessé de rouler.

— Tu m'as aidé à m'échapper et je t'ai abandonnée. »

Analiese se met à califourchon sur le dos de Wagner pour racler lentement la poussière collée au cou par la sueur. « Ne dis rien. Donne-moi ton bras. » Cela fait encore mal, quand elle arrache une croûte qu'elle croyait guérie depuis longtemps. Du sang frais.

« Je suis désolé », dit Wagner.

Analiese donne une tape sur son petit cul étroit. « Viens par là. »

Elle le fait entrer, propre et luisant, dans l'eau chaude du bassin. Wagner a un sursaut de surprise, sa peau le picote. Analiese se glisse près de lui. Ils s'appuient l'un contre l'autre. Elle écarte des cheveux mouillés de son propre visage. Wagner les repousse derrière l'oreille de son oko, puis descend le doigt jusqu'au pâle tissu cicatriciel qui est tout ce qui reste du lobe gauche.

« Qu'est-ce qui s'est passé ?

— Un accident, ment-elle.

— Il faut que j'aille à Méridien.

— Tu es en sécurité, ici.

— Il y a un garçon, là-bas. Il a treize ans. Robson. »

Analiese connaît ce nom.

« Tu n'es pas encore assez fort, Lobinho. »

Elle n'arrive pas à le persuader. Elle n'y est jamais arrivée. Elle affronte des forces qui dépassent celle des humains : les deux natures de Wagner, la lumineuse et la sombre, ainsi que la meute. La famille. Plongée jusqu'au cou dans l'eau chaude et thérapeutique, au beau milieu d'une guerre, elle frissonne.

Secchi est un abri de survie, un tube de fritté recouvert de régolite et pas plus large que le sas à chaque extrémité. Lucasinho et Luna tiennent à l'intérieur comme des jumeaux dans le ventre de leur mère. Le jeune homme ne voit pas comment ils pourraient le partager avec les jackaroos. Mais il y a de l'air, de l'eau, de la nourriture, du régolite au-dessus de leurs têtes, et assez de place pour que Luna puisse s'extraire du scaphandre. Lucasinho est tellement emmailloté d'adhésif qu'il ne pourrait ôter sa combiAS sans le découper. La pochette chauffante est un rectangle de douleur sourde et tiède qui s'enfonce à gauche dans son abdomen. Pour s'allonger confortablement, il n'a d'autre solution que se mettre face au mur sur son flanc droit. Il s'installe donc ainsi sur la natte, qui sent encore l'imprimante ; vidé dans chaque articulation et chaque muscle, mais incapable de se détendre pour se laisser emporter par le sommeil. Dans sa combiAS poussiéreuse et trop petite, les yeux sur le frittage courbe du mur en se représentant l'épaisseur de régolite étalé dessus, le vide derrière, les radiations qui traversent l'espace, le sol, le fritté, Lucasinho Corta tend l'oreille : un bruit à l'intérieur du sas signifierait que les jackaroos de Malcolm sont revenus, ou que les robots – qu'il n'a jamais vus, mais dont il a imaginé les moindres détails capables de trancher et transpercer – viennent les tuer dans leur sommeil.

« Luca. Tu dors ?

— Non. Tu n'arrives pas à dormir, hein ?

— Non.

— Moi non plus.

— Je peux venir contre toi ?

— Je suis vraiment crado, anjinho. Et je pue.

— Je peux ?

— D'accord. »

Il sent la petite chaleur compacte du corps de Luna se coller à son dos.

« Hé.

— Quoi ?

— On est bien, là, non ?

— Le repas était bon, tu trouves pas ? »

Les réserves de nourriture du bivouac sont à base soit de tomate, soit de soja. *Tomate*, a décidé Luna, qui souffre d'une légère intolérance au soja. Lucasinho ne voulait pas du moindre incident digestif dans un abri de six mètres sur deux. Ils ont préparé les repas autochauffants l'un après l'autre, tant le bruit que faisait le récipient en s'ouvrant une fois la nourriture réchauffée leur paraissait appétissant. L'odeur de sauce tomate sur les gnocchis de pommes de terre a eu un effet douloureux sur les glandes salivaires de Lucasinho.

« Pas vraiment, répond la fillette dans son oreille. Il avait un goût de poussière. » Elle se met ensuite à glousser, d'abord tout bas, puis de plus en plus ouvertement, jusqu'à ce qu'elle ne puisse plus se retenir et contamine Lucasinho, si bien que tous deux rient sur la natte comme ils ont ri après leur premier saut BALTRAN, ils rient à en avoir le souffle court, les muscles douloureux et des larmes sur le visage.

Lucasinho.

Lucasinho, réveille-toi.

Il faut te réveiller.

Il bondit hors du sommeil, se cogne la tête au plafond bas. Le bivouac. Il est dans le bivouac. Il a dormi deux heures. Deux heures. C'est Luna, là, contre lui. Elle est déjà réveillée. Leurs familiers les ont réveillés. Mauvaises nouvelles, donc.

Contacts multiples en approche.

« Merde. Combien ? »

Quinze.

Ce ne sont donc pas les jackaroos Mackenzie.

« Tu peux les identifier ? »

Ils sont en silence communications.

« Ils arrivent dans combien de temps ? »

À leur vitesse actuelle, dix minutes.

Fermer ta combiAS, mettre Luna en scaphandre, sortir, démarrer le rover. Bons Dieux.

« Luna, il faut que tu retournes dans le scaph. »

Elle est lente, abrutie de sommeil. Il la soulève et la glisse à l'intérieur du scaphandre. Elle se réveille pour de bon quand l'infrasquelette se referme sur elle.

« Qu'est-ce qui se passe, Luca ?

— Il faut qu'on sorte d'ici. »

Il faut qu'ils sortent de toute urgence. Il y a un truc pour ça : il l'a vu dans une télénovela et a demandé à Jinji si c'était vraiment possible. Ça l'est. Ça leur fera gagner la précieuse minute que met le sas à s'équilibrer. Une minute, c'est la vie.

Les casques se verrouillent, la combi s'équilibre, feu vert.

« Luna, accroche-toi à moi. »

Les bras de son scaphandre sont assez longs pour envelopper le corps maigre de son cousin. Les gants cliquettent sur son pack de survie.

« Dans trois, deux, un… »

Jinji fait sauter le sas. Décompression explosive de l'abri. Lucasinho et Luna sont projetés de Secchi dans un jet de literie, de repas au soja et à la tomate, de baguettes, d'articles de toilette et de cristaux de glace. Ils percutent le sol. Le choc vide les poumons du jeune homme. Des choses se fendent. La pochette chauffante est un poing en acier. Ça ne s'était absolument pas passé de cette manière dans la télénovela.

Ils roulent sur eux-mêmes. Luna s'écrase contre leur rover, et lui contre Luna.

« Ça va ? souffle-t-il.

— Ça va.

— Allons-y. »

Il se retient de crier de douleur pendant qu'il les attache à Coelhinho avec du ruban adhésif, Luna et lui. Il s'est abîmé. Qu'a-t-il fait subir à sa combiAS ?

« Accroche-toi. »

Les doigts gantés de Luna se crispent sur le châssis. Il lance le véhicule à sa vitesse maximale. Les roues avant se soulèvent. S'ils se retournent à cet endroit-là, ils sont morts. D'instinct, la fillette se penche en avant. Nouvel élancement dans les côtes et les muscles de Lucasinho. Coelhinho s'éloigne à toute allure de Secchi. Ses volutes de poussière se verront sur presque tout Fécondité Ouest. Du moment que Lucasinho arrive à garder de l'avance sur les robots. Comment est-ce que Malcolm les appelait ? Des saloperies. Ce sont des saloperies. Du moment que les batteries de ces saloperies se vident avant la sienne. Il a pu recharger pendant des heures. Les saloperies n'ont pas eu aussi longtemps. Suppose-t-il. Leurs batteries à elles seront presque à plat. Suppose-t-il. Elles doivent avoir à peu près la même capacité que celles d'un rover monoplace de Mackenzie Metals. Suppose-t-il. Il suppose tant de choses. Saloperies.

« Jinji, ils sont là ? »

Ils sont là, Lucasinho.

« Ils approchent ? »

De plus en plus.

« Merde, lâche tout bas le jeune homme. Quelle vitesse ? »

À notre allure actuelle, nos trajectoires se croiseront dans 53 minutes.

Nos trajectoires se croiseront. Du vocabulaire de familier pour des lames et du sang.

« Jinji, si on coupe les capteurs, les comms externes, les balises et les identificateurs, ça permettra à nos batteries de tenir combien de temps en plus ? »

À notre allure actuelle, trente-huit minutes.

« Ce qui nous mènerait jusqu'où ? »

Jinji affiche une carte, en marquant d'un drapeau ce qui sera la dernière demeure du rover, à encore vingt kilomètres de João de Deus.

« Et si on ralentit à la même vitesse qu'eux histoire de consommer encore moins d'énergie ? »

Le drapeau se rapproche de dix kilomètres de la limite sud de la bande solaire équatoriale. Trop loin pour finir à pied. La décision est prise.

« Conduis-nous le plus près possible de João de Deus. »

Coelhinho fonce sur le régolite, et Lucasinho essaye de ne pas imaginer de lames sur sa nuque. Il en a assez d'avoir peur, vraiment plus qu'assez.

La ligne noire qui traverse le bord du monde est si absolue, si soudaine que Lucasinho est à un cheveu d'arrêter brutalement le rover. Il manque une partie du monde. Le noir s'étend de seconde en seconde, de mètre en mètre, avale le paysage.

« C'est les vitres », dit Luna. Ils ont atteint les limites de la ferme solaire équatoriale, le ruban de verre noir dont les Sun ceignent la Lune. La perspective change quand Lucasinho comprend : le noir est beaucoup plus près qu'il ne le pensait. Le verre va-t-il les ralentir ? Va-t-il se fendre, se briser et s'effondrer sous leurs roues ? Et merde. Il a quinze robots tueurs au cul.

« En avant ! » s'écrie-t-il, et Luna lui fait écho tandis qu'ils s'élancent à toute vitesse sur le verre.

Quand Lucasinho regarde en arrière, il ne voit plus Coelhinho. Pas même l'extrémité de son antenne. Cela fait à présent vingt minutes qu'ils n'ont pas repéré les robots à leur poursuite. Lucasinho et Luna sont seuls sur le verre, la blanche et souple combiAS, le pesant scaphandre rouge et or. Le verre : du noir lisse, uni, parfait dans toutes les directions. Du noir au-dessus, du noir au-dessous ; les cieux reflétés dans le miroir sombre. On pouvait perdre la raison à regarder son image en train de marcher patiemment. On pouvait tourner en rond jusqu'à la fin des temps. Jinji les guide à l'aide d'une carte hors ligne. João de Deus est une forme spectrale à l'intérieur du verre, plus bas derrière l'horizon, et ils semblent ne jamais en approcher. L'horizon : difficile de dire où s'arrête le ciel et où commence le monde.

Il imagine sentir sous ses semelles la chaleur de l'énergie stockée dans le verre. Il imagine sentir le toc-toc produit par les pattes pointues des robots sur le verre réfléchissant. Les pas deviennent des kilomètres, les secondes des heures.

« Quand on arrivera à João de Deus, dit-il, la première chose que je vais faire, c'est un gâteau spécial juste pour nous deux.

— Ah non, tu commenceras par prendre un bain, réplique sa cousine. Tu puais, à Secchi.

— Bon, d'accord. » Il se représente en train de se glisser jusqu'au menton dans un bain moussant bien chaud. De l'eau. Chaude. « Et toi, tu feras quoi ?

— J'irai prendre un jus de goyave au café Coelho. Madrinha Elis m'y emmenait, c'est le meilleur.

— Je pourrai en prendre un avec toi ?

— Oui, bien sûr. Glacé. » Une dizaine d'alarmes se déclenchent alors, voyants rouges à l'intérieur du casque de Lucasinho.

Le scaphandre de Luna a une fuite, signale Jinji de sa voix toujours calme et raisonnable.

« Luca !

— J'arrive, j'arrive. » Mais il voit la vapeur d'eau jaillir de l'articulation du genou gauche en cristaux de glace étincelants. Le frottement constant de la poussière a eu raison de la jointure ondulée. Le scaphandre est ouvert au vide.

« Retiens ta respiration ! » crie-t-il. L'adhésif. Le rouleau. Le rouleau d'adhésif supplémentaire qu'il a tenu à faire imprimer et emporter par Luna. Parce qu'ils pourraient en avoir besoin, et ils en ont besoin. Où est-il, où est-il ? Il ferme les yeux, le visualise entre les mains de la fillette. Où les met-elle ? Dans la poche de cuisse gauche du scaphandre. « J'arrive. »

Luna n'a plus que 3 % d'air, annonce Jinji.

« Ferme ta putain de gueule, Jinji ! » rugit le jeune homme. Il sort le rouleau de la poche, décolle l'extrémité du ruban, en entoure la jointure de genou. De la poussière s'envole de ses doigts, de la poussière lunaire, traîtresse et abrasive. Il continue à enrouler l'adhésif jusqu'à ce qu'il n'y en ait plus sur le rouleau. « Combien il lui reste, Jinji ? »

Je croyais que tu voulais que je ferme ma putain de gueule.

« Réponds-moi, puis ferme-la. »

La pression interne est stabilisée. Mais l'oxygène de Luna ne lui suffira pas pour atteindre João de Deus.

« Montre-moi comment lui transférer de l'air », crie-t-il. Une surcouche graphique recouvre de schémas le scaphandre. « Ça va ? demande Lucasinho en reliant par un flexible son pack de survie à celui de Luna. Dis quelque chose. »

Le silence.

« Luna ?

— Lucasinho, tu veux bien me tenir la main ? » Elle parle d'une toute petite voix apeurée, mais qui est une voix, une voix riche en oxygène.

« Bien sûr. » Il glisse sa main gantée dans celle du scaphandre. « Jinji, elle en a assez ? »

J'ai de mauvaises nouvelles, Lucasinho. Il n'y a pas suffisamment d'oxygène pour que vous arriviez tous les deux à João de Deus.

« Prête à repartir, Luna ? » Un léger tremblement entre ses doigts. « Tu as encore hoché la tête ?

— Oui.

— Allons-y, alors. Ce n'est pas loin. » Main dans la main, ils marchent sur le verre noir, foulant aux pieds des étoiles.

Tu as entendu ce que j'ai dit, Lucasinho ?

« Oui, j'ai entendu. » Les enjambées du scaphandre dépassent de cinquante centimètres les siennes. Il court à moitié sur les vitres. Ses muscles lui font mal ; il n'a plus de force dans les jambes. Il n'a qu'une seule envie : s'allonger sur le verre noir et tirer les étoiles sur son corps. « On avance parce qu'il faut qu'on avance. Qu'est-ce que je peux faire ? »

Rien. J'ai résolu les équations et tu seras à court d'oxygène au moins dix minutes avant le sas.

« Réduis ma respiration, alors. »

Mon calcul prenait déjà cela en compte.

« Réduis-la. »

Je l'ai fait il y a deux minutes. Tu pourrais récupérer un peu de l'oxygène de Luna…

« Pas question. » Déjà les mots sont comme du plomb dans ses poumons. Le moindre pas le brûle. « Ne dis rien à Luna. »

Promis.

« Il faut qu'elle continue. Qu'elle arrive à João de Deus. Il faut que tu le fasses pour moi. »

Son familier est en train de préparer ça.

« On ne sait jamais, en fait. Il se passera quelque chose. »

Je peux t'assurer que non, réplique Jinji. *Je n'arrive absolument pas à comprendre cet optimisme face à des faits irréfutables. Et je suis obligé de te conseiller de ne pas gaspiller le peu d'air qu'il te reste à me contredire.*

« C'est mon air, de toute manière, non ? »

Tu vas mourir, Lucasinho Corta.

Cette certitude le frappe, contourne tous ses efforts pour nier et masquer la vérité, plonge sa lame dans son cœur. C'est là que meurt Lucasinho Alves Mão de Ferro Arena de Corta. Dans cette combiAS trop petite, rapiécée et poussiéreuse. Les Mackenzie n'ont pas réussi à le tuer, les robots non plus. Dame Lune lui a réservé la mort la plus intime qu'elle connaisse : le baiser qui prive ses poumons de leur dernier souffle. Ce scaphandre rouge et or, les étoiles et leurs reflets partout sur le verre, ce croissant bleu de Terre, ces gants trop serrés… sont ses dernières perceptions tactiles et visuelles ; le sifflement du respirateur et le battement presque imperceptible de son cœur sont les derniers bruits à parvenir à son cerveau.

Ce qui n'a rien de vraiment dramatique, à présent la chose toute proche et inévitable. Ce qu'elle a toujours été. Telle est la leçon de Notre-Dame des Mille Morts. Tout ce qui importe désormais est la manière dont il l'accueille, avance dans sa direction, avec volonté et dignité. Ses poumons forcent. Il n'arrive pas à prendre suffisamment d'air. Continue à marcher. Ses jambes sont de plomb. Il n'arrive pas à mettre un pied devant l'autre. Dans son casque, tous les indicateurs sont rouges. Son champ de vision se réduit. Il voit le casque de Luna et sa main dans la sienne. Le cercle rétrécit. Il n'arrive pas à respirer. Il faut qu'il sorte. Il n'y a pas de dignité, à la fin. Il arrache sa main à celle de Luna, lutte contre son casque, sa combinaison, essaye d'en sortir. Son cerveau est en feu. Le rouge des indicateurs vire au blanc. Un gémissement dévorant lui emplit les oreilles. Il n'arrive plus à voir, à entendre, à respirer. À vivre. Il tombe dans les bras blancs de Dame Lune.

9

Lion – Vierge 2105

La famille monta huit volées de marches en portant Caio sur une civière improvisée avec une chaise de cuisine, deux bambous et du gros ruban adhésif. Comme le pape. Comme un invalide conduit à une cure de guérison par la foi. Elle l'installa sur le toit, au bord du jacuzzi, les pieds dans l'eau. Puis le laissa seul avec Alexia.

Alexia avait le trépied, elle avait l'écran, elle avait la crème glacée. Au caju. Ce n'était pas son parfum préféré, mais on faisait avec ce qu'on trouvait, et, de toute manière, elle l'avait prise pour Caio. Elle s'assit à côté de lui, les pieds dans le bouillonnement frais du jacuzzi, et ils se donnèrent l'un à l'autre des cuillerées de glace. Elle délogea et avala les fragments de noix coincés entre ses dents. Puis la Lune se leva, jetant des éclats d'argent sur l'océan, et Alexia la descendit du ciel pour la mettre sur son écran.

« Les zones sombres, on les appelle des mers, alors que les brillantes sont des monts », expliqua-t-elle en zoomant sur la mer de la Tranquillité. En quelques jours, elle était devenue la spécialiste de la Lune dans la tour. « À l'époque, les gens pensaient qu'il y avait de l'eau dedans. En fait, elles sont d'une autre sorte de roche, celle que produisent les volcans et qui s'écoule un peu comme de l'eau, si bien que les appeler "mers" ne doit pas être plus mal. Voilà celle de la Tranquillité, celle de la Fécondité, celle des Nectars, celle de la Sérénité et celle des Pluies. Il y a même un océan, dans l'Ouest… » Elle fit défiler l'image sur l'écran – le grossissement était assez impressionnant, pour un modèle économique. « L'océan des Tempêtes.

— Mais il n'y a pas de tempêtes, sur la Lune, protesta Caio.

— Ni rien du tout, sur le plan météorologique.

— Je peux voir la grosse bite, maintenant ?

— Sûrement pas. » King Dong était légendaire : une queue de cent kilomètres avec ses couilles, dessinées en traces de pneus de rover sur Mare Imbrium par des ouvriers de surface en manque de distractions. Le temps et les allées et venues avaient un peu estompé le dessin, qui demeurait malgré tout l'image la plus frappante de l'activité humaine sur la Lune. « Je veux te montrer le lièvre. » Alexia dézooma pour rendre visible la totalité de l'astre. Elle suivit du doigt les oreilles de Mare Nectaris et Mare Fecunditatis, puis la tête de Mare Tranquilitatis, ébauchant ainsi la silhouette du grand lièvre lunaire.

« Ce n'est pas très ressemblant, estima Caio.

— Eh bien, les gens n'arrêtent pas de voir des visages dans les choses. En Chine, on croit que le Lièvre de jade a volé la formule de l'élixir de longue vie et l'a emportée sur la Lune, si bien qu'on le voit en train d'écraser des herbes. » Elle montra Mare Nubium, qui pouvait ressembler à un mortier. Elle tourna les doigts sur l'écran pour faire pivoter l'image à 180 degrés. « Dans le Norte, ils voient un visage, ils l'appellent l'homme dans la Lune. Tu le vois ? »

Caio secoua la tête, sourcils froncés. Puis : « Ah oui ! Pas très ressemblant non plus.

— Des fois, ils voient aussi une vieille femme avec un fagot sur le dos, mais ça, je n'y suis jamais arrivée. Sur la Lune, ils voient un gant. Un gant de combinaison d'activité de surface.

— Comment peuvent-ils voir ça s'ils sont dessus ?

— Ils ont des cartes.

— Ah. Oui, bien sûr. »

Alexia esquissa le gant : Mare Nectaris pour le pouce, Mare Fecunditatis pour les autres doigts, Mare Tranquilitatis pour la paume.

« C'est plutôt ennuyeux », dit Caio. Ce dont Alexia fut bien obligée de convenir. « Même le lièvre est mieux que ça. » Le trépied a suivi le lever de la Lune. Une immense lumière tombait sur le toit et son jardin, entourés de rues à nouveau obscures, ce soir-là, des quartiers entiers étant privés d'électricité. *Nous allumons les lumières*, avait fanfaronné Corta Hélio.

« Caio, on m'a proposé un boulot, annonça Alexia. Un job formidable. Avec un salaire démentiel. Assez pour nous sortir tous d'ici, pour être sûrs de ne plus jamais avoir peur. Le problème, c'est qu'il est sur la Lune.

— Sur la Lune ?

— Ce n'est pas si farfelu que ça. Notre grand-tante Adriana y est allée. Elle habitait exactement le même appartement que nous, quand elle est partie là-haut.

— Toute sa famille s'est fait tuer.

— Non, pas toute. Les gens vont sur la Lune, Caio. Milton, par exemple.

— Milton s'est fait tuer. »

Alexia agita les pieds dans l'eau fraîche, en envoya un peu sur le garçon, mais il n'était pas d'humeur à jouer.

« T'as pris ta décision, pas vrai ?

— Je vais y aller, Caio. Mais promis-juré, j'engagerai ce qu'on peut trouver de mieux pour s'occuper de toi. Des médecins, des kinés, des professeurs particuliers. Je prendrai soin de toi. J'ai toujours tenu mes promesses, non ? » À peine eut-elle prononcé ces mots qu'elle les regretta.

« Je n'y peux pas grand-chose, pas vrai ?

— Je voulais te montrer à quoi ça ressemblait, pour te donner une idée.

— On ne te suffit pas, Lê ? »

Le cœur d'Alexia se fendit. « Bien sûr que si. Vous êtes tout, pour moi : toi, mãe et Marisa. Tia Iara, tia Malika et tio Farina. Mais cet endroit n'est pas assez bien, lui. Je veux davantage que ça, Caio. On mérite mieux. On était une famille importante, à l'époque de la grand-tante Adriana. Il y a un moyen d'échapper à Barra, ce que j'ai une chance de faire. Il faut que je la saisisse. »

La joue de Caio se crispa. Il regarda ses pieds plongés dans l'eau à présent immobile.

« Je reviendrai, promit Alexia. Deux ans, c'est la durée limite. Deux ans, ce n'est pas si long, si ? »

Il donna un coup de pied dans l'eau, aspergea l'écran. Alexia n'avait pas le droit de le réprimander.

« Il reste de la glace ?
— On a tout mangé. Désolée.
— Je peux voir la grosse bite, alors ? »

Le couloir était encombré d'étuis de transport en plastique et de cartons. Des hommes en bleu de travail orange avec un acronyme de trois lettres sur le dos manœuvraient des chariots. En Michael Kors et talons hauts Carmen Steffens, Alexia se glissa entre du volumineux matériel médical blanc et des piles de cartons. La suite s'ouvrit au contact de son pouce. Une confusion encore plus grande régnait à l'intérieur : d'autres types en combinaison de travail emballaient et empilaient, les employés de l'hôtel restant à l'écart avec une expression d'impuissance.

« Qu'est-ce qui se passe, ici ? voulut savoir Alexia.

— Étonnant, le nombre d'objets physiques que j'ai accumulés en trois mois », répondit Lucas Corta. Il louvoya en fauteuil roulant entre les gens qui s'activaient et les cartons qu'on déplaçait. Alexia lui fit deux baisers. « Ça m'a bien plu de posséder des choses. C'est tellement nouveau pour moi. Sur la Lune, on désassemble et on réimprime. Personne ne possède vraiment quoi que ce soit. Le carbone utilisé dans cette liasse de feuilles ne peut servir à rien d'autre. Du carbone bloqué. Mort. On est une planète de locataires. Je me demande si je ne suis pas devenu un peu avare, dans mon accumulation d'objets physiques. Maintenant que tout doit partir, je me rends compte que ça me chagrine. Ils vont me manquer.

— Non, dit la jeune femme. Qu'est-ce qui se passe, ici ?

— Je fais mes bagages, Alexia. Je repars sur la Lune.

— Attendez un peu. Votre assistante personnelle n'aurait-elle pas dû en être informée ? Genre avant tout le monde ?

— C'est sur mon ordre », intervint la docteure Volikova. Toujours la docteure Volikova. Alexia savait inutile d'attendre de la praticienne qu'elle la tienne informée des évolutions de l'état de santé de Lucas. Elle avait compris dès leur première rencontre que Volikova ne l'aimait pas, la prenait pour une sale petite opportuniste. Une malandra de Barra. Alexia avait veillé à lui faire savoir que cette antipathie était réciproque. Donne autant que tu reçois : la règle d'airain de Barra. Elle n'ignorait pas non plus que la femme médecin ne lui dirait pas spontanément pourquoi elle avait donné cet ordre.

« Je dois être prévenue de tout ce qui a une incidence sur le travail de Lucas. »

Les emballeurs et les déménageurs vêtus d'orange se figèrent. D'un coup d'œil, Lucas les remit au travail.

« Ma santé est surveillée par plus de douze IA médicales sur cinq continents, expliqua-t-il. Un tiers d'entre elles estiment que je dois quitter la Terre dans les quatre prochaines semaines pour garder au moins une chance sur deux de survivre à la montée en orbite.

— La physiologie du senhor Corta s'est dégradée ces quinze derniers jours, précisa la docteure Volikova.

— La Terre est une cruelle maîtresse [1], dit Lucas.

1. *Earth is a harsh mistress* en version originale, référence à *The Moon Is a Harsh Mistress*, le roman de Robert A. Heinlein publié en français sous le titre *Révolte sur la Lune*.

— Je peux vous parler en privé ?» lui demanda Alexia. Elle le suivit dans sa chambre, dont elle referma la porte. Les scanners et moniteurs qu'elle avait pris l'habitude de voir là avaient été repliés et éloignés, tout comme l'appareil respiratoire. Le lit à eau semblait faire cavalier seul, à découvert, à l'écart.

« Lucas, je suis bien votre assistante personnelle ?

— Bien sûr.

— Alors ne me traitez pas comme votre nièce, bordel. Je ne suis pas une nana que vous avez prise à votre service pour traîner en minijupe et talons hauts histoire de faire joli dans le décor. J'ai eu l'air idiote, à cause de vous, devant ces déménageurs. Qui les a engagés, d'ailleurs ? C'est mon boulot. Laissez-moi faire mon travail, Lucas, merde !

— J'ai fait une erreur. Désolé. J'ai du mal à déléguer.

— Je comprends bien, mais si je ne me trompe pas sur vos intentions, vous n'aurez pas beaucoup d'amis une fois de retour sur la Lune. Je serai à vos côtés, mais ne doutez pas de ma capacité à faire ce que j'ai dit que je ferai.

— Très bien. J'ai besoin que vous quittiez la Terre avec moi. »

T'essayes de me désarçonner, pensa-t-elle. Tu surveilles mes yeux, ma gorge, mes mains, ma bouche, mes narines pour voir si je suis choquée. Tu as préparé tout ce numéro pour voir comment je réagirais. Tu veux voir si j'ai ce qu'il faut. Regarde bien mes yeux. Ils ne fuient pas ton regard.

« Je pars à Manaus ce soir suivre une formation d'avant-vol. C'est le minimum nécessaire. Je peux discuter en ligne avec mes soutiens, mais il y a du travail à finir ici, à Rio.

— Qu'est-ce que vous attendez de moi ?

— J'ai besoin de terminer la conception des robots. Je ne vais pas pouvoir. Il faut que vous les voyiez physiquement, que vous constatiez ce dont ils sont capables. Insistez sur la livraison. VTO Manaus est d'accord pour les envoyer en orbite, mais en étant prévenu trois semaines à l'avance.

— Je m'en occupe, Lucas.

— J'aurai besoin de vous à Manaus cinq jours avant le lancement. Les examens médicaux et physiques sont très rigoureux. Votre billet est réservé. »

Merde. Il l'avait eue. Elle retint un sourire.

« Une dernière chose. » Il plongea la main dans sa veste Boglioli. Alexia admirait ses costumes. Elle ne l'avait jamais vu porter deux fois le même. Toujours une fleur à la boutonnière, toujours de couleur rose, toujours fraîche. Et toujours couverte de rosée, même quand la chaleur sur l'avenida Atlântica vous écrasait tel un marteau sur l'enclume. Une amulette en argent se balançait doucement au bout de ses doigts. « Vous permettez ? » Alexia s'agenouilla en inclinant la tête pour qu'il puisse la lui attacher autour du cou. Ce n'était pas un cadeau, ni un bijou. Mais un chevalier du Moyen Âge recevant une grâce. « C'est un code, lui apprit Lucas. Qui est dans ma famille depuis des générations. Ma mère me l'a donné, et moi, je vous le donne. S'il m'arrive quoi que ce soit, si je ne peux pas vous le demander, ou donner sous une forme ou une autre mon consentement à son utilisation, servez-vous-en.

— Mais comment… quand…

— Vous saurez. »

Alexia souleva l'amulette, une hache à double tranchant. « La hache de Xangô.

— Le seigneur de justice, compléta Lucas Corta. Ma mère vénérait les orixás. Elle n'y croyait pas, mais elle les honorait.

— Je crois que je comprends. Qu'est-ce que ça fait ?

— Ça fait tomber la foudre », répondit Lucas.

Elle laissa l'amulette retomber sur sa peau. « Comment pourriez-vous être incapable de me le demander ?

— Vous voyez ce que je veux dire. »

Alexia prit les poignées du fauteuil pour ramener Lucas dans la suite. Les déménageurs avaient mis les papiers dans des cartons, et empilé ceux-ci en plusieurs rangées.

« Une question.

— Je vous écoute.

— Toutes ces affaires, vous les gardiez où, bon sang ?

— Oh, je louais aussi la suite d'à-côté », répondit Lucas Corta.

« Viens », lança Alexia en baissant le hayon du pickup. Des coussins, une glacière d'Antarctica, un insectifuge branché sur la prise auxiliaire. Le sourire de Norton s'élargit devant le matelas en mousse. Alexia étala celui-ci sur le plateau, grimpa dessus et le tapota. Norton la rejoignit après avoir réglé la radio sur un programme nocturne de musique douce. Ils disposèrent les coussins autour d'eux, puis s'assirent côte à côte, les jambes sortant par le hayon et une bière à la main, pour contempler la grande lame luisante que formaient en contrebas les lumières de Recreio dos Bandeirantes et de Barra da Tijuca.

C'était presque par accident qu'Alexia avait découvert cet endroit caché en lisière de forêt, en pensant prendre un raccourci pour se rendre chez un client. Cela ne l'avait conduite nulle part, sinon à cet espace sur une voie de service s'enfonçant dans la réserve naturelle de Pedra Branca, ultime vestige de la forêt pluviale côtière, malmenée et décolorée par les changements dans l'environnement, accrochée aux collines qui surplombaient Recreio dos Bandeirantes. Alexia était descendue du pickup, avait tendu l'oreille, humé l'air, regardé au loin. Elle avait senti la fraîcheur à l'ombre des arbres, leur lente respiration. Elle avait vu un toucan voleter entre les hautes branches, le bec serré sur un oisillon qu'il venait d'attraper pour son dîner. Elle avait entendu les insectes, le ressac au loin, le vent. Le bruit incessant de la circulation se réduisait à un grondement de basse profonde.

Alexia avait beau adorer son espace secret, elle gardait son taser à la main. Les garçons devenaient sauvages, dans les environs : ils fuyaient la police, les gangs, l'armée, leur famille. La dernière fois qu'elle était montée à Pedra Branca, elle avait buté sur un tibia humain, rapporté par un charognard des profondeurs de la forêt.

Elle avait beaucoup réfléchi avant d'amener Norton.

Il gardait le silence, ce soir-là. Elle espéra que le panorama le privait de souffle et de mots. Elle espéra que ce silence n'était pas le même que celui des cinq jours où il n'avait voulu ni la voir, ni lui parler, ni prendre ses appels, ni lui ouvrir sa porte, quand elle lui avait annoncé qu'elle partait sur la Lune.

Elle souleva sa canette de bière. Norton choqua la sienne.

« Ils boivent de la bière, sur la Lune ?

— De l'alcool, oui, mais pas de la bière. Ils ne peuvent pas y cultiver d'orge. Ils ne mangent pas beaucoup de viande non plus. Et il n'y a pas de café.

— Tu ne vas pas survivre longtemps.

— J'essaye de me sevrer avant le départ. »

Si elle ne voyait qu'à peine son visage, elle savait qu'il venait de rouler à nouveau des yeux. Elle le sentit se caler plus confortablement dans les coussins.

« C'est très beau, dit-il. Merci. »

C'est un cadeau pour toi, pensa-t-elle. *Mon endroit spécial.* Elle se demanda qui il amènerait ici en premier, à l'arrière de sa moto. La mesquinerie de cette pensée la surprit.

« Norton.

— Je croyais qu'il y aurait quelque chose.

— On m'a donné une fenêtre de lancement.

— Quand ? »

Elle lui indiqua la date. Il y eut un nouveau long silence.

« J'ai peur, Norton. »

Norton était une masse muette, immobile, noire.

« Prends-moi au moins dans tes bras ou je ne sais quoi. »

Un bras. Alexia se laissa aller contre lui.

« Ce n'est que pour deux ans. » Du mouvement dans les broussailles : le pickup fit clignoter ses feux.

Une débandade de petites pattes effrayées par la lumière.

« Tu t'es décidée, pour ta boîte ? »

Il remettait ça sur le tapis. Il se croyait l'héritier naturel de Corta Água. Alexia s'était ingéniée à lui faire comprendre, sans le lui dire en face, qu'il mettrait l'entreprise sur la paille en un mois.

« Je la laisse à Seu Osvaldo. »

Elle le sentit se raidir de surprise et de colère.

« Seu Osvaldo dirige un gymnase gay. Il ne connaît rien à l'ingénierie hydraulique.

— Ses affaires sont florissantes.

— Bordel, Lê, c'est un gangster. »

Et toi, tu es quoi ?

« C'est quelqu'un de connu et de respecté dans la communauté.

— Il a tué des gens.

— Il n'a jamais tué personne, *lui*.

— Tu chipotes, Lê.

— Il sait quoi faire et comment le faire, Norton. Toi… » Elle s'interrompit.

« Toi, non. C'est ce que tu veux dire, pas vrai ? Norton de Freitas n'est pas capable de gérer ta boîte.

— Il faut y mettre un terme, Norton. » Il fallait une rupture franche. Qui ne laisse plus à Alexia la moindre attache sur Terre.

« C'est seulement pour deux ans. C'est ce que tu me dis.

— Norton, arrête.

— Tu t'en vas, un an passe, deux, puis trois, après ça, tu ne peux plus rentrer du tout. Je sais comment ça fonctionne, Lê. La Lune te grignote jusqu'à ce que tu sois piégée dessus, peu importe que tu meures d'envie de rentrer. »

Aucune promesse, aucun apaisement, aucune offrande ne pourrait être d'un quelconque secours.

« Je vais sur la Lune. Sur cette putain de Lune, Norton. On va me mettre dans une fusée qu'on va balancer dans l'espace, je crève de peur. »

Ils restèrent assis côte à côte à l'arrière du pickup à regarder par la brèche entre les arbres les lumières de la Cité merveilleuse. Ils ne se touchèrent pas, ne se dirent rien. Alexia ouvrit une autre bière, mais celle-ci avait un goût écœurant de poussière. Elle la lança au loin dans le noir.

« Putain de merde, Norton.

— Laisse-moi t'entraîner.

— Hein ?

— Je me suis renseigné. Il faut suivre un entraînement physique avant de pouvoir aller dans l'espace. Laisse-moi m'en occuper. »

La proposition était si incongrue, si stupide, si sincère qu'Alexia sentit un minuscule bourgeon éclore dans son cœur. Accepte le pardon quand tu le trouves. « Quel genre d'entraînement ?

— Gainage. Endurance. Haltères et musculation. Jogging.

— Pas de jogging. J'ai l'air idiote quand je cours. Ça gigote dans tous les sens. Je marche. Avec grâce et dignité. »

Elle le sentit rire, vrombissement grave dans le châssis du pickup.

« On n'a pas beaucoup de temps, mais je suis sûr de pouvoir te mettre assez en forme pour le lancement. Tu seras tonique, Lê. Avec des muscles. »

L'image qu'évoquaient ces mots plut beaucoup à Alexia. Elle laissa son doigt s'aventurer sous son haut jusqu'à son ventre. Qu'elle avait petit, mince, mais maigrichon. Dans une famille d'oncles et de tantes très charpentés – Caio était un gamin massif et carré, même Marisa avait du coffre –, Alexia était la fluette. La gringalette. La maigrelette. Des muscles dans ce coin-là. Des abdos.

« Tu ne pourrais pas me faire de meilleur cadeau d'adieu. » Elle insista sur le mot *adieu*. Elle ne voulait pas lui donner de faux espoirs.

« Il va falloir travailler dur.

— Ça ne me fait pas peur, Norton.

— Je passe te prendre demain. Tu as des chaussures correctes ?

— Mes bottes de travail.

— Bon, alors on commencera par du shopping.

— Ça c'est de l'entraînement comme j'aime. »

Norton se renversa sur le matelas, enrobé de l'odeur de citronnelle diffusée par l'insectifuge. Il se croisa les doigts derrière la tête en levant les yeux vers la cime des arbres. « Tu sais ce qui ferait un bon exercice ? »

C'était la même salle. Lucas regretta de ne pas avoir laissé quelques marques, du genre éraflures discrètes, qui lui auraient permis d'identifier à coup sûr l'endroit dans lequel on l'avait gardé en quarantaine quand il était tombé sur Terre. Les citernes d'eau, les panneaux solaires, les antennes paraboliques, la petite portion de béton jaune, le ciel bleu, les arbres marron cendré. Il y avait de la fumée dans le ciel, depuis quatorze jours. Lucas en sentait l'odeur, malgré le filtrage et le nettoyage opérés par les purificateurs d'air.

La Terre était des suites de pièces communicantes. Climatisées, couleur pastel, à l'éclairage optimisé, exemptes de poussière et servies par du personnel, imprégnées d'odeurs de détergent, de moquette trop foulée et de souvenirs de repas de room service. La Terre était une série de rapides entraperçus, de vues dans un cadre, maintenues à distance derrière un hublot d'avion, une vitre, un pare-brise. Contraintes et isolées.

Un jour, il s'était échappé de la suite, en brisant la fenêtre, quand Alexia l'avait emmené à Barra da Tijuca voir l'appartement natal de sa mère. Un ciel brut, de vastes perspectives. Du sable dans ses chaussures… il avait paniqué, ce dont il ne pouvait se souvenir sans rougir. La circulation, le ciel ouvert. L'odeur d'océan, de brûlure du soleil dans le sable ; pneus et batteries automobiles, cuisine, pisse, sperme, mort.

Lucas Corta se leva de son fauteuil roulant pour tituber jusqu'à la fenêtre et regarder l'étroite fente de Brésil.

Il vit son reflet dans la vitre, spectre sur celui du Brésil. Ce n'était ni le visage d'un vieillard, ni celui d'un jeune homme vieilli. Mais, plus horrible, celui d'un homme entre deux âges que la gravité tirait vers le bas. Le moindre pli, trait ou pore, la moindre ride, ses lèvres pleines, son nez retroussé, ses longs et sensuels lobes d'oreilles, ses poils de barbe, les plis de son cou, son menton, ses joues… accablés, tirés, étirés, estompés, atténués. Expurgés de toute vitalité, de toute vigueur par la gravité. Implacable, constante, elle érodait complètement tout ce qu'il y avait de vie, d'énergie et d'ardeur en lui.

Il avait hâte de retourner sur la Lune. Il n'arrivait plus à imaginer à quoi elle ressemblait.

La Terre, c'était l'enfer.

L'entraîneur n'était pas le type qui l'avait préparé pour le Brésil, mais une jeune femme maussade qui souhaitait la mort de Lucas chaque fois qu'elle le voyait dans sa bassesse. Les séances furent toutefois aussi déprimantes, et beaucoup plus difficiles. Au lancement, Lucas subirait jusqu'à quatre gravités terrestres. Vingt-quatre gravités lunaires.

Une équipe de réanimation se tiendra en alerte dans le cycleur, promit la docteure Volikova.

Vingt-quatre gravités. Aucun entraînement ne pouvait préparer le corps humain à de tels excès, et Lucas attendait ces minutes de combustion avec sérénité. Les probabilités penchaient en faveur de sa survie. Cela suffisait.

Il ne dormit pas, la nuit précédant le lancement. Des appels à passer, des réunions auxquelles assister, des détails à étudier et à vérifier. Ses alliés étaient perfides, il l'avait compris dès l'apparition, dans son espace de virtuconférence, des prudents représentants des pouvoirs terrestres. Ils avaient vu la richesse et la puissance de la Lune. Ils la voulaient. Ils avaient besoin d'un visage qui lui serait familier, de quelqu'un qui connaissait ce monde, ses lois et sa politique, ses coutumes et dessous. Lorsque Lucas cesserait de leur être utile, lorsqu'ils en sauraient suffisamment, ils se retourneraient contre lui. Pour l'instant, il avait besoin de survivre à vingt-quatre gravités.

Il passa le reste de cette dernière nuit à préparer une playlist de João Gilberto pour l'accompagner en orbite. Les accords de guitare chuchotés et les paroles murmurées, aussi coulants que des prières, feraient contrepoint aux tonitruantes énergies du vol dans l'espace.

Adriana avait adoré João Gilberto.

Il ne mangea rien, le matin du lancement. Il but de l'eau et nagea. Le jeune homme solennel en vilain costume qui l'avait transféré en fauteuil roulant de la navette à la Terre effectua cette même opération en sens inverse, d'abord par les couloirs desquels on apercevait de frustrants échantillons du monde usé, puis par le tube d'embarquement.

« Abi Oliviera-Uemura, dit Lucas. Je n'oublie jamais un nom. »

Il abandonna sa canne à poignée argentée à la jonction du tube et du sas.

Alexia et la docteure Volikova étaient déjà assises et sanglées. Le vol était complet : en plus des proches collaborateurs de Lucas, ses partenaires politiques envoyaient sur la Lune des diplomates et des spécialistes de situations délicates.

« Bonjour », salua-t-il Alexia, qui se força à produire un petit sourire. Elle était complètement terrorisée. « Le voyage spatial, c'est la routine, maintenant. »

Il lança sa playlist de João Gilberto.

Il n'agrippa pas les accoudoirs quand l'avion spatial se détacha puis s'éloigna du tube d'embarquement. Il ne regarda pas avec un peu d'appréhension la docteure Volikova sur sa gauche et Alexia sur sa droite lorsque l'appareil gagna le taxiway. Il ne se raidit pas au moment où, en bout de piste, les turboréacteurs rugirent à plein régime. Il n'eut pas le souffle coupé par l'immeuble de bureaux que l'accélération du lanceur orbital se précipitant sur la piste lui lâcha sur la poitrine. Aucun cri ne franchit ses lèvres quand l'appareil quitta le sol et leva de plus en plus le nez, jusqu'à donner à Lucas l'impression de se trouver au fond d'un canon spatial.

L'appareil grimpa haut au-dessus de l'Amazone. À quinze kilomètres, le moteur principal s'alluma. Les fusées les propulsèrent en direction de l'espace. Une planète s'écroula sur Lucas Corta. Un petit cri étouffé accompagna l'air arraché à ses poumons. Il n'arrivait pas à inspirer. Il voulut regarder la docteure Volikova, lui transmettre un petit SOS non verbal, mais il ne pouvait pas tourner la tête et elle était incapable de l'aider, enfoncée dans son siège par les multiples g, peau étirée autour des yeux et de la bouche.

À l'aide, appela Luca Corta en silence. Un poing de fer chauffé au rouge lui broyait le cœur, serrant davantage à chaque battement. Respirer était impossible. Il essaya de se concentrer sur la musique, d'identifier les changements d'accord, de se perdre comme quand le jazz lui avait permis de surmonter les souffrances atroces de l'entraînement suivi pour pouvoir descendre sur Terre. La gravité l'écrasait. Ses os se brisaient. Ses globes oculaires s'aplatissaient sûrement, son crâne cédait. Son cœur mourait et noircissait, petit bout par petit bout. Dans un des sièges centraux du lanceur orbital de VTO Manaus, Lucas Corta implosait. Jamais il n'avait connu pire douleur, c'en était même au-delà de la douleur.

C'était une annihilation. Qui continuait encore et encore.

Il vit Alexia tourner la tête vers lui, ses traits étalés et brouillés par l'accélération, encadrée d'un noir indistinct qui rétrécit le champ de vision de Lucas dans un sens, puis dans l'autre, jusqu'à ce qu'il n'en reste presque plus rien, une fente étroite remplie par la petite hache à double tranchant de Xangô. Alexia criait.

Un docteur ! Un docteur !

Chega de saudade murmurait dans les oreilles de Lucas Corta. Le lanceur orbital *Domingos Jorge Velho* grimpait sur des colonnes de feu. Le vent en dissipa la fumée sur les lambeaux de la forêt amazonienne.

Jorge-Maria apporta de la bière, Orbison de la glace, tia Ilia des doces et tia Malika des brochettes. Tio Mateo installa un barbecue sur le balcon, évalua très ostensiblement la force et la direction du vent, puis alluma le feu avec le moins de petit bois possible. Wuxu du 12e étage apporta la musique avec laquelle il faisait en permanence trembler tout l'immeuble et que personne ne voulait entendre, car on l'avait invité pour sa capacité à transmettre le flux vidéo sur tous les écrans de l'appartement. Il passa sa musique quand même.

On mit la glace dans le bac de douche, la bière dans la glace, les brochettes sur le barbecue et les doces sur des assiettes que Marisa fit circuler parmi les convives. Ceux-ci prirent place sur les canapés et le streaming vidéo de Wuxu prit place sur les écrans de toutes tailles. Le bruit dans l'appartement était extraordinaire. Parents, amis et voisins, depuis quatre étages plus bas jusqu'au sommet de la tour, s'entassèrent pour regarder la Reine des tuyaux quitter la Terre.

Chut chut chut ça commence.

Désormais monnaie courante, les lancements n'étaient plus diffusés que par une chaîne d'intérêt secondaire qui imposait une coupure publicitaire tous les quarts d'heure. L'appartement fit silence. Le boum-boum de la musique de Wuxu sortait de la pièce d'à-côté. Essen, qui habitait deux étages en dessous, saisit un couteau de cuisine et alla le voir. Le volume baissa, mais sans que la musique cesse, car personne ne pouvait arrêter la musique. L'avion spatial s'engagea sur la piste. La caméra le suivit jusqu'à ce qu'il se dissolve dans la brume de chaleur. Il ne se passa alors plus rien pendant si longtemps que quelqu'un demanda à Wuxu de vérifier si le streaming fonctionnait toujours. Puis une flèche noire apparut hors du frémissement argenté de la brume de chaleur. Elle se rua vers la caméra, décolla. On poussa des hourras dans tout l'appartement. Elle monta sur un panache de flammes. Ce fut l'heure de la coupure publicitaire, qui souleva un tollé général.

La mère d'Alexia pleura, inconsolable.

Wuxu ramena sa musique et tous les enfants au 12e étage où ils dansèrent jusqu'à la panne de courant du soir.

Contournant le limbe de la Terre, la navette pénétra dans le matin où elle s'embrasa de lumière, aiguille argentée qui, illuminée par le soleil, s'enfonçait dans l'aube à 28 000 kilomètres-heure. La Terre était bleue et prodigue, entourée de caillots de nuages ; le VTI, un minuscule fragment de technologie devant l'ample courbe de la planète. Mille kilomètres derrière lui, l'extrémité de la bride descendait en tournant d'une orbite supérieure, dissimulée dans l'éclat du soleil. Des ombres s'introduisirent par les fenêtres et hublots, passèrent rapidement sur le poste de pilotage, se réduisant du côté du zénith, grossissant vers le soir en quarante-cinq minutes. Le soir soudain. Le lanceur orbital traversa le Sahara, dunes roussies par le crépuscule. Les fermes solaires, cinq cents kilomètres plus bas, s'éteignirent après un dernier clin d'œil au soleil couchant. Devant, la nuit égyptienne brûlait le long du Nil, serpent de deux cents millions de lumières. Rien n'aurait pu plus clairement affirmer que l'Égypte était le Nil. L'obscurité tomba sur la mer Caspienne ; des voiles de lumière s'étendirent sur l'Asie centrale : grandes villes et principaux axes routiers, industries et lignes électriques.

Cent kilomètres avant le transfert. Le lanceur orbital ouvrit la soute contenant le module de transfert et ses propulseurs éjectèrent sans bruit quelques salves de plasma pour aligner ses vecteurs sur la bride. Le bras de la grue sortit le module de la navette. Des voyants passèrent au rouge, la grue se livra à d'ultimes petits ajustements tandis que la bride descendait. Au moment du transfert, leur vitesse relative serait nulle pendant quelques instants. Les voyants rouges passèrent au vert. L'extrémité de la bride se verrouilla magnétiquement au module de transfert tandis que la grue lâchait prise. En rotation de plus en plus rapide, la bride le catapulta loin du lanceur orbital, qui s'éloignait à présent dans la lueur bleue de ses propulseurs.

Au plus haut de la rotation, la bride relâcha le module, qui monta seul en arc de cercle vers le soleil levant. Une tache noire au cœur de celui-ci : le cycleur VTO *Saints Pierre et Paul.* La bride poursuivit son chemin autour de la planète bleue. Le module n'avait pas d'autres moyens de propulsion que ses réacteurs d'accostage. Si la bride l'avait jeté trop fort, il raterait le cycleur et ne pourrait qu'aller se perdre dans l'espace. Pas assez fort, et il retomberait vers le ciel du matin pour se consumer dans son atmosphère.

À vingt kilomètres de distance, la forme du cycleur devint reconnaissable : un axe central entouré d'anneaux, avec à une extrémité des réservoirs environnementaux et des moteurs de navigation, à l'autre une corolle d'ailes solaires. Une délicate fleur de Lune. L'accélération briserait comme des tiges les panneaux et membrures. Cinq kilomètres. La bride avait correctement lancé le module. Cela faisait soixante ans qu'elle tournoyait autour de la Terre sans commettre d'erreurs.

Des micro-salves de ses moteurs verniers firent pivoter le module pour le préparer à l'accouplement avec le sas du cycleur. Les deux appareils, comme des convives d'un mariage qui danseraient à contrecœur, sortirent de la nuit dans une nouvelle aube. Le soleil levant fit luire d'or les logos VTO sur le ventre du module. Les ultimes vérifications furent effectuées en restant chastement à distance. Nouveau déclenchement des réacteurs. La vitesse relative était de dix centimètres par seconde. Cycleur et module se rejoignirent puis s'amarrèrent au-dessus de la mer du Japon. Des crampons se refermèrent, des joints furent pressurisés. Dans le sas du cycleur, l'équipe médicale VTO se tenait prête.

On ne pouvait pas faire plus vite.

L'écoutille s'ouvrit.

L'équipe médicale se précipita à l'intérieur du module.

Trois jours après que le cycleur VTO *Saints Pierre et Paul* eut contourné la Terre pour repartir vers la Lune, Corta Água expédia une notification à tous ses clients. Avec le changement de direction, il allait falloir embaucher des ingénieurs d'affaires pour continuer à assurer une disponibilité et une pureté élevées. Ce qui signifiait malheureusement que les prix allaient augmenter. Juste un peu.

Le tournoiement des étoiles lui donnait le vertige.

Située au bout de l'axe de rotation du *Saints Pierre et Paul*, la bulle d'observation était un dôme de verre renforcé d'assez grandes dimensions pour permettre à deux personnes à la fois de regarder l'espace. Un binôme de jeunes femmes VTO en combinaison de vol moulante et brillante avaient monté Alexia Corta au hub, où elles lui avaient dit de patienter. *Attendez*, les avait-elle rappelées, mais ses deux accompagnatrices s'éloignaient déjà à coups de palmes souples le long du câble-guide central. *Il faut que je reste immobile par rapport au vaisseau, ou que je tourne en même temps que les étoiles ?* Si elle se plaquait au rebord de la bulle d'observation, les étoiles défilaient si vite qu'elle se sentait prise de vertige. Si elle s'en décollait, écartait bras et jambes pour tourner sur elle-même, elle n'arrivait pas à égaler la vitesse de rotation des étoiles et le pivotement apparent du vaisseau autour d'elle la laissait hébétée, incapable de se concentrer et à deux doigts de la nausée.

Chute libre et Alexia Corta ne faisaient pas bon ménage. Le gainage acquis grâce au méticuleux programme d'entraînement de Norton l'avait protégée des sévices du décollage, mais soit ces muscles-là en faisaient trop, soit ils souffraient de crampes quand elle voulait bouger en zéro g. Ses pieds, ses mains et, malheureusement, son visage, étaient gonflés et comme enserrés. Sa peau lui semblait tendue et sale, la pression atmosphérique assez basse à bord du cycleur lui provoquait des démangeaisons. Ses cheveux, incontrôlables, lui allèrent dans les yeux ou dans la bouche jusqu'à ce qu'un VTO lui donne un filet. Quand elle essayait de se déplacer, ses pieds et ses mains effectuaient des mouvements de petit chien en train de nager.

Alexia Corta s'agrippa au rebord du dôme pour se hisser à l'intérieur. Le spectacle lui coupa le souffle. Elle flottait dans l'espace. Des étoiles tournaient au-dessus de sa tête. En baissant les yeux, elle voyait les panneaux solaires répartis autour d'elle comme les pétales d'une fleur de Lune. Sous ceux-ci, on trouvait les anneaux concentriques d'habitation, et si Alexia se plaçait tout au bord du dôme, elle apercevait un bout des modules de comm et de navigation. Elle tournoyait dans l'espace sur un trône de verre.

« Il y a une ressemblance, j'imagine. »

Le spectacle était si fascinant que quelqu'un était arrivé sans qu'elle s'en rende compte. Ce nouveau venu flottait à un mètre du câble-guide, attaché par des filins et des mousquetons.

« Pardon ?

— Un air de famille Corta. Et une impudence Corta.

— Gospodin Vorontsov. »

L'homme haussa les épaules en grimaçant. Un homme, se dit-elle : il était si tordu, si diminué et élargi, si étiré dans des tubes et des attaches que le genre constituait la dernière identification. Était-ce des sacs de colostomie qu'elle voyait près de lui ?

« Je suis Alexia Corta. »

Le Vorontsov fit une nouvelle grimace sans saisir sa main tendue. Il avait discrètement changé d'orientation pour adopter la même que la jeune Terrienne. Étiquette de chute libre. Alexia s'en souvenait.

« Vous étiez ingénieure hydraulicienne. Admirable profession. Primordiale. Tout vient de l'eau et finit avec elle.

— Merci, monsieur.

— J'ai entendu dire qu'il survivrait.

— Il est resté sept minutes en état de mort clinique. Votre équipe de réanimation est arrivée juste à temps. Grave infarctus du myocarde.

— Je lui avais bien dit que la Terre lui broierait le cœur. Vous êtes donc la dernière Corta.

— Lucas est en train de se remettre, monsieur.

— Vous voyez ce que je veux dire. C'est moi qui pilotais ce vaisseau quand Adriana Corta est partie sur la Lune. Cinquante ans à attendre un Corta, c'est long.

— Cinquante ans dans l'espace, c'est long, monsieur. »

Les yeux de Valery Vorontsov luisirent.

« Écœurant et malsain. Des idiots consanguins, perclus de radiations. Leur ADN pourrit en eux. Pas comme nous. Absolument pas comme nous.

— Non, monsieur…

— C'est ce qu'ils pensent. Ils nous ont toujours méprisés. Les Asamoah nous prennent pour des barbares. Les Mackenzie, pour des clowns et des ivrognes. Les Sun, eux, ne nous considèrent même pas comme des humains. Dommage. J'aurais aimé le dire en face à Lucas. Du coup, je vous le dis à vous.

— Monsieur, je ne suis que…

— … la dernière Corta. Vous avez votre arme. »
Valery Vorontsov entama un laborieux demi-tour en se tenant au câble-guide, ses sacs d'urine et de colostomie flottant derrière lui.

« Monsieur ! »

Valery Vorontsov s'immobilisa.

« Lucas m'a donné quelque chose. Un code.

— Je suis bien trop âgé pour l'esprit de l'escalier. Je ne supporte tout bonnement pas les changements brusques. Dites-moi ce que vous avez à me dire.

— C'est un code de commande. Je ne sais pas ce qu'il fait.

— Qu'est-ce que Lucas a dit ?

— Qu'il fait tomber la foudre.

— Vous avez votre réponse.

— Il m'a dit que s'il était dans l'incapacité de me le demander, ou de consentir d'une manière ou d'une autre à son utilisation, je devais m'en servir. »

Valery Vorontsov poussa un gros soupir et termina sa manœuvre. Il se tira au câble, glissant de plusieurs mètres à chaque traction. Une fois devant l'ascenseur, il jeta par-dessus son épaule : « Vous croyez que les deux mondes ont besoin d'un peu de foudre ? »

Un tourbillon d'étoiles autour de la tête, Alexia Corta porta la hache de Xangô le Juste à ses lèvres pour l'embrasser.

Ne doutez pas de ma capacité à faire ce que j'ai dit que je ferai, avait-elle assuré. Mão de Ferro.

Alexia murmura les mots tout-puissants que lui avait enseignés Lucas.

« Pluie de fer. »

10

Scorpion 2105

240. Les chiffres se bousculent dans la tête de Luna Corta. 8. 1. 25. 8. 30. 3. Et davantage que n'importe lequel de ces petits nombres : 240.

240. Nombre de secondes pendant lesquelles un cerveau humain peut survivre sans oxygène.

8. Niveau en pour cent de la batterie du scaphandre de Luna Corta.

1. Degré Celsius. Température à laquelle Jinji a abaissé la combiAS de Lucas Corta, sa réserve d'air s'épuisant.

25. Degrés Celsius. Température à laquelle le réflexe d'immersion et l'hypothermie se déclenchent pour préserver au mieux le cerveau des effets de l'hypoxie.

8. Distance en kilomètres du plus proche sas de João de Deus.

30. Vitesse maximale en kilomètres-heure à laquelle peut courir sans risques un scaphandre VTO Mark 12.

« Luna : Lucasinho m'a donné de l'air, comment est-ce que je peux lui en rendre ? » demande Luna à son familier.

Vous n'avez pas suffisamment d'air pour atteindre tous les deux João de Deus, répond l'autre Luna.

« Je ne vais pas à João de Deus. »

3. Le dernier chiffre apparu sur l'affichage tête haute du casque de Luna Corta. Distance en kilomètres du sas de Boa Vista.

Vous n'avez pas suffisamment d'air pour atteindre tous les deux Boa Vista, dit Luna.

240. Nombre de secondes pendant lesquelles un cerveau humain peut survivre sans oxygène. 3 divisé par 30. C'est un calcul que Luna est incapable de faire, mais qui représente le temps qu'elle mettra pour atteindre Boa Vista en courant le plus vite possible, et il faut que ce temps soit inférieur à 240 secondes. Mais elle n'a que 8 % de batterie, il faut prendre en compte la masse supplémentaire, et le scaphandre laissera-t-il une fillette de neuf ans courir à toute vitesse ?

Laisse-moi me charger des chiffres, Luna.

Elle ordonne à son scaphandre de s'agenouiller. Il a de grosses mains maladroites, elle n'a guère utilisé d'haptiques dans sa vie et n'a jamais rien ramassé d'aussi précieux que ce qu'elle essaye à présent de soulever.

« Allez », chuchote-t-elle en glissant les gants sous le corps de son cousin avec une peur bleue de casser quelque chose. « Allez, je vous en prie. »

Elle tend les jambes pour se relever, Lucasinho dans les bras.

« Bon, le scaphandre, cours », ordonne-t-elle.

L'accélération la fait presque basculer en arrière. Luna crie de douleur en sentant ses articulations étirées et secouées. Ses jambes sont sur le point de se déboîter. Elles sont incapables de bouger aussi vite, rien ne peut bouger aussi vite. Les gyros du scaphandre la stabilisent, lui redonnent d'un coup son équilibre. Elle manque lâcher Lucasinho. Dans son scaphandre rouge et or, Luna Corta file à travers Mare Fecunditatis. Elle franchit la frontière entre vitres et poussière, et donc entre le noir et le gris. Ses pieds soulèvent le régolite, laissent dans leur sillage une trace de poussière qui retombe doucement.

190. C'est le nouveau nombre affiché dans son casque par son familier Luna. Celui des secondes qu'elle mettra pour atteindre le sas principal de Boa Vista. Sauf qu'une fois au sas, il faudra aller au refuge. Et il faudra d'abord que le sas s'ouvre. Qu'il la reconnaisse. Combien de secondes cela ajoutera-t-il aux 190 ?

« Luna », dit-elle, avant d'entonner une chanson qu'elle connaît depuis toujours : son paizinho la lui chantait tous les soirs quand il venait lui souhaiter bonne nuit dans la nursery des madrinhas. *Écoute ma chanson, anjinho. Chante-la avec moi.* Cette chanson active les protocoles d'urgence de Boa Vista.

Et si les machines sont cassées ? Si le courant est coupé ? Si l'une de la centaine de pannes possibles empêche le sas de s'ouvrir ? Si Boa Vista n'écoute pas sa chanson ?

Dans son scaphandre, les jambes prises de crampes et de douleurs articulaires, Luna Corta retient sa respiration.

J'ai un accusé de réception de Boa Vista, annonce son familier.

La fillette voit à présent s'allumer les gyrophares rouges placés sur des pylônes pour guider les gens perdus, les naufragés. Son cousin dans les bras, elle remonte en courant le V qu'elles dessinent. S'approche de la pente frittée conduisant au sas principal, qui commence à s'ouvrir en une fente obscure.

Ça fait mal mal mal. Jamais elle n'a eu aussi mal. Sur tout son affichage tête haute, les chiffres virent au blanc. Blanc pour inconscience. Blanc pour mort. Centimètre après centimètre, la fente obscure devient rectangle.

« Luna, montre-moi le refuge. »

Une carte jaune recouvre le gris et le noir : un plan de Boa Vista. Le refuge est un cube vert à dix mètres du sas. Luna se concentre dessus et son familier le remplit de chiffres. Dans lesquels Luna lit de l'air, de l'eau, de l'assistance médicale. Un abri, pour quelque temps.

La guillotine de la porte extérieure du sas n'a pas encore fini de se relever que Luna passe à toute vitesse dessous, et se retrouve dans les ténèbres.

Je n'ai pas assez d'énergie pour les lumières de casque, s'excuse Luna, mais le scaphandre prend, de mémoire, la bonne direction. Là, du vert dans la nuit, le vert tendre de l'éclairage de secours derrière le hublot. Gentil, adorable vert.

210 secondes.

« Du jus de goyave, Luca, dit Luna. Du jus de goyave au café Coelho. Servi glacé. »

Les lumières de casque jouent dans le tunnel, balayant verticalement les parois lisses et horizontalement la piste de guidage frittée, au gré des mouvements et du rythme des corps. Des silhouettes qui courent, qui courent aussi vite qu'elles l'osent dans cet endroit dangereux, à grandes enjambées bondissantes de plusieurs mètres : Geni, Mo, Jamal, Thor et Calyx. Leurs combiAS sont des festivals de couleurs et de motifs : chevrons jaune et blanc, insignes et autocollants d'équipes sportives, personnages de dessin animé gribouillés au marqueur rouge. Le visage impassible de Vishnou, d'une béatitude comique. Des points lumineux : celui-là effectue une déconcertante danse extraterrestre dans le tunnel obscur. Des instructions laconiques volent de casque en casque. Débris par ici. Toit effondré. Câble électrique à nu. Wagon de tramway abandonné. Ils marquent rapidement chaque obstacle d'une balise IA avant de repartir d'un bond. C'est une course.

Dix mètres.

Je capte la balise.

Là.

Celui en combinaison Vishnou glisse le vérin électrique qu'il portait à l'épaule entre les portes du sas. La dernière fois qu'ils sont venus, ils ont pris soin de ne laisser aucune trace, de ne profaner aucun souvenir, de bien refermer chaque portail et chaque barrière. Mais c'est une course. Aussitôt la fente assez large, ils se glissent un par un à l'intérieur, Geni, Mo, Jamal et Calyx. Thor coince le sas en position ouverte avec une poutrelle trouvée sur le sol et se remet le vérin en bandoulière. Les urbas franchissent la porte intérieure pour descendre l'escalier qui conduit dans Boa Vista ravagée.

Les dieux savent ce qu'il y a par là.

La balise s'est déclenchée.

Ces machines sont peut-être en route.

Mo, la balise s'est déclenchée.

Elle s'est déclenchée. Après des mois de silence. Après que l'équipe a commencé à s'intéresser plutôt à l'archéologie industrielle, aux ruines surprenantes et presque sculpturales des extractrices d'hélium 3 détruites au cours du bombardement par BALTRAN qui a marqué le début de la guerre Mackenzie-Corta. Après que la fureur de Lucasinho Corta dans le bar a transpercé leur certitude d'aimer être urbas. Une balise s'est déclenchée. Ils avaient convenu de ne plus retourner à Boa Vista : l'ampleur des dégâts était oppressante, la destruction trop récente, les visages des orixás trop accusateurs, la culpabilité de la transgression trop forte. Il n'y a pas de fantômes sur la Lune, mais la roche se souvient. Avant de partir, ils avaient éparpillé quelques balises détectrices de mouvement dans le palais mort. En pensant à des pilleurs, à des historiens, à d'autres urbas. À des pieds profanes. Ou aux souvenirs de la roche qui se promenaient.

Quelque chose avait bougé dans le mausolée de Boa Vista. Éveillant la balise qui a alerté Geni.

Et si c'est un robot ?

Geni a transmis au familier de sa coéquipière les images fournies par la balise. Vu la faible puissance de celle-ci, elles sont granuleuses et instables, mais suffisent à reconnaître quelqu'un en scaphandre. Avec on ne sait quoi dans les bras.

Ce n'est pas un robot.

Les lumières de casque d'une combiAS ont une portée insuffisante pour éclairer un imposant écosystème comme Boa Vista, et la glace comme les débris, de maçonnerie ou d'autre chose, rendent dangereux l'intérieur du vieux tunnel de lave. Geni, Mo, Jamal, Thor et Calyx louvoient entre les pavillons effondrés et franchissent par les rochers glissants la rivière qui a gelé instantanément, guidés par leur réseau de balises et les surcouches de réalité augmentée de leurs lentilles, mais surtout par la vague lueur vert pâle à l'extrémité nord de l'habitat, près du sas principal.

On amène un rover ici et on fonce à l'intérieur par le sas. Les doigts dans le nez.

Ah ouais. Et ces robots qui t'inquiétaient tellement ?

Merde.

On y va à l'ancienne. Par le tunnel du tram.

La lueur verte est l'éclairage de secours d'un refuge bientôt à court d'électricité et de ressources. Les urbas courent à travers les jardins morts de Boa Vista en contournant les obstacles ou en sautant par-dessus. Geni, Mo, Jamal, Thor et Calyx se regroupent autour du hublot de la porte du refuge. Les traînées de condensation leur permettent tout juste de distinguer, dans la lumière verte, quelqu'un assis par terre en scaphandre, dos à la porte, casque ôté. C'est une gamine. C'est une putain de gamine qu'il y a dans ce truc.

« Calyx. »

Le neutro relie son pack de survie au port auxiliaire d'alimentation en air et en injecte dans le refuge.

Il y a quelqu'un d'autre, allongé par terre en combiAS blanche.

Geni connecte son câble de comm. « Ohé. Vous m'entendez ? Ici Geni, Mo, Jamal, Thor et Calyx. On va vite vous sortir de là. »

Ils ont fondu sur lui depuis les gréements du monde par des bonds, des jaillissements et des sauts périlleux. Couleurs électriques, T-shirts à slogan, bandeaux au front et au poignet, larges traits bleus sur les pommettes et les lèvres. Un afflux de corps, en train de courir sur les rambardes, de sauter par-dessus les canalisations et tuyaux, de s'envoler depuis les poutrelles, de plonger entre les passages de câbles. Des mouvements et trucs que Robson Corta ne peut égaler, seulement jalouser. Il y arrivera, avec de l'entraînement. En s'entraînant sans relâche. Il décortique leurs mouvements caractéristiques comme on le fait de tours de magie. Chaque mouvement utilise un vocabulaire simple. En l'apprenant, on apprend la magie. Il n'a jamais vu un truc qu'il n'a pas essayé de décortiquer et de s'approprier.

Ils sont venus de loin, les traceurs de Méridien, de chacun des trois quadras de la ville, coupant à travers l'architecture de son toit, courant plusieurs kilomètres dans les hauteurs, se découpant par instants en silhouette sur la lueur éblouissante de la ligne solaire.

Le Cercle d'or.

Réseau HS, trains à l'arrêt, BALTRAN indisponible, Twé assiégé, robots, niveleuses et autres largués d'orbite, et des rumeurs parcourant le monde sur de bruyantes pattes en titane, mais aussi un Cercle d'or dans le quadra Antarès, là-haut dans le toit de Tereshkova Prospekt.

Le Cercle d'or est une rencontre, un défi qui convoque tous les traceurs dans les hauteurs.

L'équipe de Méridien se laisse tomber autour de Robson Corta. Ses membres sont plus âgés, plus grands, plus forts. Plus cools. Ils le connaissent : c'est le gamin tombé du ciel. Le garçon de treize ans qui a foiré sa première course. Qui a lancé un Cercle d'or. Le Cercle est au-dessus de sa tête, sur la jonction de canalisations du 112e, en ruban adhésif fluorescent.

Personne ne dit rien. Tout le monde a les yeux fixés sur Robson.

« Vous avez quelque chose à manger ? » balbutie-t-il.

Un jeune homme en collants violets lui lance une barre énergétique, qu'il engloutit sans honte ni convenance. Cela fait deux jours qu'il a fui Denny Mackenzie dans les hauteurs de la ville. Il n'a rien mangé depuis, n'a bu que la condensation qu'il a pu lécher sur les citernes d'eau. Il peut survivre à une chute de trois kilomètres de haut, mais pour fuir, il craint. C'est alors qu'il s'est rendu compte qu'il ne pouvait pas se cacher en haut en attendant que les traceurs de Méridien viennent à son secours. Il fallait qu'il les appelle.

« Tu as affiché un Cercle d'or », dit une femme en collants gris chiné et bustier du même bleu que son maquillage. Chacun des traceurs porte du bleu d'une manière ou d'une autre. C'est la marque de Méridien. Robson devra apprendre à la faire comme il faut. Il y aura des règles à suivre.

« Je sais. Je n'aurais sans doute pas dû... » Il s'était interrogé et tourmenté pendant une demi-journée avant de trouver le courage de voler le rouleau d'adhésif fluorescent dont il avait besoin pour son Cercle d'or.

« Non, tu n'aurais pas dû, rétorque le type en violet.

— Pourquoi tu nous as fait venir, Robson Corta ? demande la femme bleue.

— J'ai besoin de votre aide. Je n'ai nulle part où aller.

— Tu as de l'argent, Robson Corta, dit Collants violets. Tu es un Corta.

— Je me suis enfui », répond le garçon, qui sent un grand froid l'envahir en se rendant compte que cela ne va pas forcément se dérouler comme il le souhaite. « Denny Mackenzie… »

Collants violets intervient. « Pas question, bordel, Hahana.

— Ton équipe, Robson Corta », dit la femme bleue, Hahana. « Les traceurs de Reine-du-Sud. Ceux qui t'ont appris à courir. Tu prends de leurs nouvelles, parfois ?

— J'ai essayé, mais je n'arrive pas à les contacter…

— Tu sais pourquoi tu n'y arrives pas, Robson Corta ? Parce qu'ils sont morts. »

La respiration du garçon se fige. Son cœur se soulève. Il est très haut et c'est une chute sans fin. De sa bouche sortent des bruits qu'il ne peut ni expliquer, ni contrôler.

« Tu sais comment ils sont morts, Robson Corta ? Les lames des Mackenzie les ont emmenés à Lansberg. Où elles les ont éjectés par le sas. Tous jusqu'au dernier. »

Il secoue la tête en essayant de dire non non non non, mais il n'a plus d'air dans les poumons.

« Tu es toxique, Robson Corta. Et tu nous parles de Denny Mackenzie ? De Denny Mackenzie ? On ne peut pas t'aider. Rien qu'être venus, c'est peut-être déjà trop. On ne peut pas t'aider. »

Hahana hoche la tête et le groupe de traceurs explose, s'éloignant de lui par des courses, des bonds, des sauts périlleux ou de chat, par une dizaine de mouvements différents, une dizaine de traces différentes dans le haut de la ville.

Baptiste qui lui a appris les formes et les noms des mouvements. Netsanet qui l'a entraîné jusqu'à ce que ces mouvements fassent partie de lui. Rashmi qui lui a montré les exploits dont son corps était capable. Lifen qui lui a donné de nouveaux moyens de percevoir le monde physique. Zaky qui a fait de lui un traceur.

Morts.

Robert Mackenzie avait promis de ne pas toucher à un seul de leurs cheveux. Mais Robert Mackenzie était mort et le monde jusque-là tellement certain, sur des rails si solides, avait fondu, explosé, été jeté dans le vide.

Il les a tués. Baptiste, Netsanet, Rashmi, Lifen et Zaky.

Robson est complètement seul.

Le deuxième jour, Zehra rejoint Wagner dans l'atelier de réparations. Le rover a subi des dégâts considérables, mais faciles à réparer. On extrait un module, on le remplace par un autre. Travail calme et répétitif, qui trouve sa propre allure et son propre rythme. Zehra et Wagner s'activent sans un mot, sans avoir besoin de mots. La concentration de Wagner est totale. Analiese vient le voir à l'atelier. Peut-être souhaiterait-il déjeuner. Ou faire une pause. Elle voit cette concentration sombre qu'elle connaît bien et qui peut rester des heures focalisée sur un seul et même objet. Elle se demande à quoi ressemble le Wagner lumineux. Le reconnaîtrait-elle seulement ? Le loup et son ombre. Elle repart de l'atelier sans qu'il se soit aperçu de son passage.

Trop petite pour une organisation en trois périodes, Hypatie se cale sur l'Heure Normalisée de Méridien. Le troisième jour à minuit, les réparations étant terminées, Wagner et Zehra peuvent relâcher leurs efforts. Le rover luit sous les projecteurs. Pour un œil profane, c'est le même six-roues déglingué arrivé à Hypatie en remorque et poussé dans l'atelier par son équipage épuisé. Cet œil-là ne voit pas la beauté des nouveaux modules et moteurs, le câblage et son acheminement refaits, les pièces conçues sur mesure par Wagner, imprimées une à une et installées à la main par Zehra.

« Tu pars quand ? demande cette dernière.

— Dès que les batteries sont rechargées et que j'ai terminé les tests. » Wagner fait le tour du rover. Son œil droit scintille de diagnostics. La lentille de rechange convient, mais la personnalité ennuyeuse et insipide du familier par défaut, avec son côté obstiné et indivisible, lui pèse chaque seconde davantage.

« Je t'accompagne.

— Pas question. Les dieux savent ce qu'il y a dehors.

— Tu ne sortiras pas de ce sas sans moi.

— Je suis laoda…

— Et j'ai introduit un code de déverrouillage dans la chaîne de commandement. »

Wagner a pris dès le début conscience que ses relations avec sa junshi reposaient non sur la hiérarchie, mais sur le respect. Quand il l'a rencontrée, elle était junshi de la première équipe de vitriers qu'il allait faire sortir par le sas principal de Méridien, et elle est restée sur le marchepied du rover tandis que des équipiers plus âgés et plus sales tentaient d'effrayer, d'intimider, de dérouter, de malmener le mignon petit Corta. Une fois leurs munitions épuisées, elle est montée sur son siège de l'autre côté du rover. Sans dire un mot. Il est arrivé que des équipes trouvent la mort à cause d'une hostilité entre leur laoda et leur junshi. La machine remontait lentement la rampe vers la porte extérieure du sas quand Zehra lui a dit sur le canal privé : *Tu ne sais pas ce que tu ne sais pas, petit Corta. Mais je suis avec toi.*

Les batteries sont chargées. Aucune des multiples vérifications n'a révélé le moindre problème sur le rover. Ceux qui vont partir avec sont en combinaison, bottes aux pieds, packs de survie pleins. Wagner soumet un plan de route. Zehra lui effleure le bras alors que le siège descend et que la barre se relève. « Tu as une fenêtre de dix minutes. Va lui dire au revoir. »

Wagner n'a pas besoin de son sale petit familier bon marché pour savoir qu'Analiese est dans la capsule. Du bout de la passerelle, il entend les harmonies sonores et vrombissantes, le bourdonnement apaisant du sitar. Elle est en train d'improviser : le moi sombre de Wagner parcourt les notes et trouve ses propres progressions, ses propres séquences. Il n'a pas le sens de la musique, ne l'a jamais eu, mais il comprend et redoute son pouvoir d'enchanter et d'orienter l'esprit, sa maîtrise du temps et du rythme. Lucas avait l'habitude de se perdre dans les subtiles complexités de la bossa-nova, un accord pour chaque note. Dans le ravissement de son frère, Wagner voyait quelque chose de comparable à l'ekata de la meute, mais sous forme de joie individuelle, atomisée. Une communion à une seule personne.

La musique s'interrompt en plein milieu : le familier d'Analiese l'a informée de la présence de Wagner à sa porte.

Il adore le soin avec lequel, avant toute chose, elle remet le sitar dans son étui.

« Cette combinaison te va très bien, jackaroo.

— Mieux qu'à mon arrivée.

— Beaucoup mieux. »

Quand leur embrassade prend fin, elle glisse dans sa main gantée un paquet entouré de papier bulle. « Je t'ai imprimé tes médicaments. » Elle l'empêche de le ranger dans une poche de la combinaison. « Je ne suis pas aveugle, Lobinho. Prends-en maintenant. »

Leur effet est si puissant et si précis que Wagner n'est pas loin de perdre l'équilibre. Il avait confondu un état dépressif avec la fatigue des combats et l'intensité de sa focalisation sur son besoin de retrouver Robson à Méridien. Il n'avait pas commis pareille erreur depuis plusieurs années. À la surface, elle pourrait les tuer, Zehra et lui.

« Merci. Non, c'est… "Merci" ne suffit pas.

— Reviens. Quand ce sera terminé… et quoi qu'il arrive.

— J'essayerai. »

En retournant au rover, il entend à nouveau pétiller les notes du sitar. Il a encore trois minutes avant que sa fenêtre de départ se referme.

« J'ai besoin de ce code, lance-t-il à Zehra une fois dos à dos avec elle installée dans son siège de junshi.

— Quel code ? »

Zehra s'enferme dans sa propre musique pendant les vingt premiers kilomètres. Wagner se réjouit de pouvoir tranquillement vivre cette expérience de retour à une médication complète. C'est un voyage dans une zone de guerre intérieure. Le monde physique oscille entre flou et netteté. Wagner pense intensément à un sujet, puis passe à une autre fascination. Il visualise l'oreille mutilée d'Analiese. Ce n'était pas un accident. Les accidents ne sont jamais aussi propres. Elle a payé pour sa trahison. La main qui tenait le couteau s'est montrée clémente : d'habitude, pour une trahison, les Mackenzie prennent un doigt. Ce qui aurait réduit à jamais au silence la joie lumineuse du sitar.

Depuis combien de temps Zehra est-elle en train de lui parler ?

« Pardon ?

— Je disais : j'aurais aimé que tu me demandes. »

Le trajet jusqu'à Méridien est facile, qui longe sur le verre la voie de chemin de fer Équatorial Un. Le mât radar du rover est hissé. Le casque de Wagner ne lui montre rien d'hostile entre lui et la cache à Silberschlag. Les communications passent bien avec Hypatie, les ingénieurs de Taiyang rapiècent et rafistolent le réseau. Le réseau ferré est opérationnel, du moins sur une ligne, avec un train : entre Sainte-Olga et Méridien. La guerre est terminée, elle est perdue, elle est gagnée, elle se poursuit, elle s'est transformée en autre chose : Wagner et Zehra traversent incertitudes et rumeurs. On peut se retrouver sans s'en rendre compte au beau milieu d'une guerre, songe Wagner. Une fois encore, son attention se relâche et il doit à nouveau s'excuser.

« Que je te demande quoi ?

— Tu vas à Méridien pour Robson. T'est-il venu à l'idée de me demander pourquoi je veux t'accompagner ? »

Ayant présumé qu'elle venait par loyauté personnelle, Wagner se rend compte à ce moment-là qu'il ne sait rien sur sa junshi.

« Pas du tout. J'ai eu tort.

— J'ai quelqu'un, là-bas. »

Il ne le savait pas. N'en avait pas la moindre idée.

« Ma mère, continue Zehra. Elle est vieille, elle est seule et la Lune s'écroule autour d'elle.

— Oh.

— Eh oui », conclut Zehra Aslan.

Le rover continue sa route sur le verre pur et parfait.

Wagner accélère et le rover atteint sa vitesse maximale. La ceinture solaire, c'est son terrain : lisse, sûr, sain et ennuyeux, ennuyeux, ennuyeux.

L'ennui, c'est bien. Ce n'est ni bonnes ni mauvaises surprises. C'est ce qui vous permet de rentrer retrouver les gens que vous aimez.

L'ennui, c'est le paysage du bavardage. En 150 kilomètres, Wagner en apprend davantage sur sa junshi que pendant leurs dix contrats. Zehra a un troisième nom : Altaïr. Aslan, son nom biologique, est celui qui figure dans les contrats. Altaïr est celui de sa famille, de sa véritable famille. Sa véritable mère, Nomathemba, est une Joe Moonbeam de

Johannesburg. Les Altaïr sont un flot d'éducation. Personne n'y est jamais né : on entre dans cette famille parce qu'elle vous adopte, vous recueille, ou vous accueille comme conjoint d'un de ses membres. Zehra a été adoptée à trois mois par Nomathemba. Elle a trois frères et sœurs, et deux co-mères. Depuis un an, Nomathemba meurt lentement de silicose : ses poumons durcissent, se transforment en roche lunaire. Zehra est en train d'adopter un petit garçon de Farside : Adam Karl Jesperson. Ce qui lui fiche une frousse bleue, mais les Altaïr sont résistants. Elle a besoin d'aller au bout du processus et de présenter la toute dernière bulle dans le flot à Nomathemba avant que l'haleine de celle-ci se pétrifie.

Des alarmes s'illuminent sur tout l'affichage tête haute de Wagner. Il freine si fort que le rover dérape. Zehra l'interroge aussitôt. Le rover s'immobilise. À une heure à l'ouest d'Hypatie. Wagner transmet l'anomalie sur la visière de sa junshi. Tous deux agrippent le mât de communication pour se hisser sur le toit et chercher du regard la bonne ou mauvaise surprise. Ils découvrent une concavité sur l'horizon noir et lisse.

« Un impact, dit Wagner.

— Et un violent. »

Ils s'en approchent doucement, même si le radar ne signale aucune activité. Pendant trois kilomètres, le rover traverse à vitesse réduite une étendue de débris de verre noir en forme de larmes, que ses roues écrasent sur les panneaux solaires. Les douze derniers mètres montent sur un petit tas d'éclats de verre. Au milieu desquels Wagner croit repérer des pièces de machines. Entre autres fragments. Le sommet du monticule offre une vue plongeante sur le plus récent des cratères de la Lune. Wagner et Zehra descendent à pied les quelques mètres qui les en séparent du rebord. Leurs viseurs leur indiquent ses dimensions : deux cents mètres de diamètre sur vingt de profondeur. Il ne figure pas sur la plus récente carte satellite de Flammarion.

« Grosse signature thermique, annonce Zehra. Sur le plan sismologique, l'endroit résonne encore comme un gong.

— Ça devait être important, pour que VTO prenne le risque de frapper aussi près d'Équatorial Un. Une idée ?

— Pas la moindre.

— Des Mackenzie, des Asamoah ?

— Des gens avec des contrats et des dettes. »

Ils ont trouvé la mort, leurs éléments ont fusionné avec le silicium fondu qui continue à rayonner dans l'infrarouge, mais ce qui choque Wagner plus que le reste, c'est ce trou dans le verre pur et parfait.

Ils tombent sur la première niveleuse renversée à cinquante kilomètres à l'ouest. La Lune est prodigue en épaves : depuis toujours, on abandonne sur place l'équipement obsolète ou endommagé. Les champs d'hélium de Fecunditatis et de Crisium, tout comme les mines de Procellarum où le régolite a été arraché sur deux cents mètres d'épaisseur, sont jonchés d'extractrices et de machines à fritter, de centrales solaires et de niveleuses. Le métal est omniprésent, le métal est bon marché. Ce sont les éléments de vie qui sont précieux. Une niveleuse à l'abandon n'a rien de surprenant. En trouver une démolie à ce point est plus étonnant. On dirait qu'elle a été larguée depuis l'orbite. Elle est couchée sur le flanc, ses panneaux enfoncés, ses entrailles éparpillées autour de son cadavre, sa suspension brisée, ses roues à des angles impossibles. La lame frontale est cassée en deux.

Cinq kilomètres plus loin, Wagner et Zehra en découvrent deux autres : mortes, détruites, l'une retournée, l'autre avec la lame enfoncée profondément dans le flanc de la première.

« Il y a des trucs qu'on peut récupérer ? demande Wagner.

— Oui, mais je ne vais pas plus près, répond Zehra.

— Il y a beaucoup de traces.

— Qui partent toutes vers Méridien. »

Derrière l'horizon, c'est l'hécatombe : on dirait un champ d'épaves, un cimetière de niveleuses. Des mastodontes de métal renversés, retournés, enchâssés l'un dans l'autre, comme un accouplement de monstres mécaniques. Trente-cinq niveleuses. Wagner imagine le jugement divin d'une énorme et lourde déité métallique. Les machines mortes sont fortement sculpturales et pitoyables.

« Elles ne sont pas toutes mortes », prévient Zehra. L'une d'elles tente désespérément de dégager sa lame enfoncée dans les moteurs de sa rivale. Ses roues patinent sur le verre noir.

La niveleuse sort de derrière un tas de débris tellement enchevêtrés et détériorés que Wagner n'arrive pas à croire qu'ils puissent provenir d'une machine ayant fonctionné. Elle s'immobilise devant le rover Lucky Eight Ball et abaisse sa lame.

« Zehra », crie Wagner. Elle accélère déjà en une

marche arrière aussi rapide que possible. Mais ce même verre perfide qui frustre tant la niveleuse agonisante trahit à présent les humains. Les roues patinent, le rover part en travers. La niveleuse charge.

Zehra fait virer le rover, qui valse sur le verre lisse. La lame le rate d'un petit mètre. Il part en un dérapage que Zehra essaye de contrôler. Une secousse accompagne son impact latéral sur une niveleuse HS.

« Elle revient ! lance Wagner.

— Je sais, putain, je sais ! » crie Zehra.

La niveleuse les prend en ligne de mire. Attaque. Meurt. Wagner voit ses feux s'éteindre sur son squelette d'acier. Plus de courant. Elle continue toutefois sur sa lancée, mastodonte que rien ne guide, qui rien ne pense, que rien ne peut arrêter. Qui fonce sur le rover. Zehra oriente celui-ci dans l'interstice entre la lame et la ferraille. Et les voilà ressortis du cimetière de machines, sur du verre désert et parfait.

« Les Sun ont dû en contre-hacker certaines, estime Wagner. Guerre civile entre niveleuses. Ça a dû être un sacré spectacle.

— Vends des places au premier rang, tant que t'y es. N'empêche, si ça se trouve, les Sun ont sauvé Méridien.

— Ça secoue un peu, là, à droite.

— J'ai une roue et un moteur HS à l'arrière droit, confirme Zehra. On a dû les bousiller quand on a dérapé dans les débris.

— Ça va avoir une incidence ?

— Non, à moins de tomber sur d'autres problèmes du même genre. Je vais la découpler, de toute manière. Elle sera en roue libre. »

Après ce champ de bataille, le reste du trajet se fait rapidement, sans incident ni obstacle. Wagner contacte Méridien sur son vilain petit familier générique. « Ici l'équipe de vitriers Lucky Eight Ball de Taiyang, Lucky Eight Ball, identifiant TTC1128, demandons accès immédiat au sas principal d'Orion Quadra.

— Lucky Eight Ball, restez en attente.

— Méridien, nous sommes endommagés et bientôt à court d'air et d'eau. »

Joli mensonge, laoda, dit Zehra sur le canal privé.

Simple exagération, répond Wagner. Mais il est en colère. Mille kilomètres, avec un massacre, un siège et une guerre, avec une attaque et une retraite, une victoire et une fuite, la mort et la terreur… et il doit attendre le contrôle du trafic de Méridien. Vous m'empêchez de retrouver ma meute, mes amours, mon garçon.

« Mets-nous en position », ordonne-t-il à Zehra. Elle fait passer le rover entre les balises lumineuses jusqu'au bord de la rampe d'accès à l'énorme porte grise du sas.

« Équipe de vitriers Lucky Eight Ball, libérez l'accès à la rampe, ordonne Méridien.

— Demandons accès d'urgence. Je vous répète qu'on manque d'O_2.

— Demande d'accès d'urgence rejetée, Lucky Eight Ball. Libérez l'accès à la rampe.

— Laoda », appelle Zehra et, au même instant, Wagner sent une ombre passer sur lui. Il lève les yeux, découvre à cinquante mètres au-dessus de lui les feux ventraux d'un vaisseau lunaire VTO. Entouré de sept autres en surplace. « Je bouge. »

Le rover s'écarte précipitamment, le vaisseau se pose sur la rampe. Wagner remarque une capsule de troupes. Des écoutilles s'ouvrent, des escaliers se déploient. Des scaphandres descendent, se placent devant le sas. L'appareil remonte, aussitôt remplacé par un autre qui débarque à son tour des troupes en scaphandre. La scène se répète pour chacun des vaisseaux.

« Toute la flotte lunaire est là, remarque Zehra.

— Sept cents personnes, donc. » La porte du sas se soulève et les scaphandres s'enfoncent dans l'obscurité. La porte redescend.

« Équipe de vitriers Lucky Eight Ball, appelle Méridien, vous pouvez accéder à la rampe.

— Il s'est passé quoi, là ? demande Zehra.

— Je crois que pendant qu'on était sortis, toi et moi, on a perdu la guerre », répond Wagner.

Les drones arrivent en premier. Une nuée, genre fléau biblique, s'élevant du hub de Méridien en un bouillonnement noir. Marina croit d'abord à de la fumée – la grande peur des habitants de la Lune : fumée égale feu ! Puis elle voit cette volute se diviser en flux moins importants qui se dirigent chacun vers un niveau. Elle se fige ; le groupe des candidats au retour avec lequel elle vient de sortir de réunion se fige ; Méridien se fige.

Qu'est-ce que c'est que ces trucs ?

Les flux forment de petits nuages, chacun suivant un des niveaux du quadra. La nuée englobe leur groupe. Marina se retrouve les yeux dans l'objectif d'un drone minuscule comme un insecte, que ses ailes invisibles maintiennent en surplace. Elle voit dans son œil droit un fourmillement laser. Son familier a été interrogé. Le drone s'éloigne alors d'un coup, avec toute sa nuée, remontant le 27e.

Ça va? se demandent les candidats au retour. *Ça va, toi? Et* toi, *ça va?*

Les nuées de drones se regroupent dans le hub du quadra en une volée tournoyante qui part s'occuper d'un autre prospekt.

Cela avait été confusion et nervosité, dans le groupe des candidats au retour. Dont le dogme – ils vont tous retourner sur Terre – a été lézardé par les informations inexplicables apparues dans leurs flux d'actualités et canaux Gupshup. Des niveleuses rebelles. Des robots tueurs. Twé assiégé. Des pénuries de nourriture, aucune pénurie. Des rationnements alimentaires, aucun rationnement. Des émeutes de la faim. Ou de simples manifestations. En allant à la réunion, Marina est passée à proximité d'une petite manifestation raisonnable sous les anciens locaux de la LDC. Les manifestants protestaient contre quelque chose qui ne s'était pas produit, auprès de quelque chose qui n'existait pas. Les trains sont arrêtés, le BALTRAN aussi. La boucle lunaire est arrêtée. Luna est fermée à l'univers. Certains des plus anciens candidats au retour sont coincés et paniquent à l'idée que leur visa physiologique est arrivé à expiration. Un jour ou deux n'y changeront rien, affirme Preeda l'animatrice. Et si ces un jour ou deux se transforment en semaines ou en mois? Et le retard pris, alors? La boucle lunaire a un nombre limité de capsules. Les cycleurs sont sur des orbites fixes.

L'horloge osseuse continue à tourner.

Après les drones viennent les robots. Marina voit l'onde approcher en bas sur 26e Est au moment même où l'information parcourt les réseaux. Des citoyens qui essayent de sortir des rues. Qui se ruent dans les magasins et les bars, se précipitent chez eux, dénichent un abri dans une fente ou une crevasse, empruntent un escalier ou un ascenseur les éloignant des rumeurs. *Ils sont dans la ville. Dans les rues. On ne risque rien en restant à l'intérieur. Ne sortez pas, ils poignardent tout le monde dans la rue.* On ramasse les enfants, on les emporte, des parents affolés essayent de contacter leurs adolescents, les appartements ferment leurs portes d'entrée et leurs fenêtres.

Je fais demi-tour, annonce Aurélia.

D'ici, je peux arriver chez moi, estime Marina. Elle habite dans la direction opposée au flot des fuyards. Elle dévale la ladeira de la 25e Rue. Se jette quasiment dans les bras du robot qui, au pied de l'escalier, exécute un lent et complexe menuet sur la 24e. C'est un tripède plein d'aspérités, aux membres à cran d'arrêt. Dont chaque partie est tranchante et pointue. Dont chaque partie peut se transformer en lame. Ses nombreux yeux repèrent Marina. Sa tête pivote pour l'observer.

Il y a des chocs si violents que le corps ne sait y réagir qu'en restant paralysé. Il ne s'agit pas de peur, même s'il serait juste d'avoir peur, mais du traumatisme qu'on ressent face à l'incompréhensible. Ce que Marina a devant elle est si inhumain, si disgracieux, si différent de tout ce qu'elle a connu dans son existence qu'elle ne parvient pas à comprendre ce qu'elle voit. Le choc de cette étrangeté l'abasourdit. Tout ce qui constitue cette chose est une offense à la sensibilité humaine. Marina n'arrive pas à bouger, à penser, à agir. La chose, elle, bouge, pense et agit. Marina voit de l'intelligence et de la résolution dans les yeux qui l'examinent des pieds à la tête, puis le robot cesse tout à coup de s'intéresser à la jeune femme. Il danse sur ses trois pattes cliquetantes et effilées. La peur arrive, à présent. Marina s'assied, toute tremblante, sur la première marche de la ladeira de la 24e Rue. Le Dieu de la Mort a posé les yeux sur elle et poursuivi son chemin. Le nouveau bouche-à-oreille arrive par le réseau : *rien à craindre, ils ne vous toucheront pas.*

On les a construits pour quoi, alors? se demande Marina.

La dernière vague, ce sont les scaphandres.

La majeure partie de la population d'Orion Hub est à son balcon, ou contre la rambarde de la rue. C'est là que Marina retrouve Ariel et Abena. De la gare arrive un détachement de scaphandres ornés de motifs heavy metal : crânes en feu, crocs, femmes à gros seins, hommes à grosse bite, démons, anges et chaînes. Des Vorontsov. Un autre détachement remonte Gagarin Prospekt depuis le sas. Ceux-là portent une cuirasse anti-impact noire et de petites armes à projectile noires. Ils avancent alignés et au pas. Dans le silence que la stupéfaction a fait tomber sur Orion Quadra, leurs bottes font un bruit épouvantable et intimidant.

« Ils marchent au pas, constate Marina.

— Ils viennent de la Terre, dit Ariel.

— Ce sont des fusils ? demande Abena.

— Ils vont avoir une sacrée surprise, quand ils vont vouloir s'en servir, estime Marina.

— Tu me pardonneras de ne pas avoir le recul de leurs armes au centre de mes préoccupations », dit Ariel.

Un troisième détachement sort des bureaux et boutiques d'impression, sans armes ni cuirasse, sans marcher au pas : ce sont simplement des gens – des gens de la Lune – en vêtements de tous les jours et veste orange. Ils se rassemblent par trois avant de gagner chaque rue et prospekt d'Orion Quadra. Marina ordonne à Hetty de zoomer sur leurs vestes, repère ainsi sur chacune un logo qui représente une lune survolée par un oiseau avec une brindille dans le bec. Un symbolisme qui lui est inconnu. Au-dessus figurent les mots : « Autorité du Mandat Lunaire ».

« *Paix, Productivité, Prospérité*, lit-elle sous le monde et l'oiseau. On a été envahis par des cadres moyens. »

Deux briques de jus de goyave et une empanada. Elles se balancent dans la sacoche de ceinture de Robson qui approche du 60e au cours de son escalade vers le conduit d'alimentation électrique d'Antarès Ouest. Il a semé le robot depuis une dizaine de niveaux : leur batterie limitée empêche les robots de grimper. Ils peuvent uniquement essayer de le suivre dans les rues et les escaliers pour le marquer comme recherché. Bonne chance pour y arriver, là-haut au-dessus de Bairro Alto. Le danger, c'est l'attention humaine qu'attirent ces petites machines, qu'on trouve à présent un peu partout en train de surveiller la moindre miette et la moindre tasse.

Robson a volé dans des hot-shops de chacun des

quadras – il y a toujours un endroit de Méridien où il fait nuit –, mais jamais dans Onzième Porte. Voler dans son propre hot-shop, c'est comme chier sur son paillasson.

Deux briques de jus de goyave et une empanada – au tilapia, il déteste ça – sont une bien piètre récompense pour une audacieuse descente nocturne du conduit d'Antarès Ouest. Robson a mis des jours à trouver un itinéraire sûr entre les câbles et les relais haute tension, itinéraire qu'il a marqué à l'aide de bande lumineuse dérobée dans le pack d'un lève-poussière venu après son quart prendre un thé dans un endroit très fréquenté. Il monte à présent en suivant un chemin de flèches et de traits brillants. Une flèche : saut de détente dans la direction indiquée. Un signe « supérieur à » : passe muraille. Un signe « inférieur à » : saut de fond avec réception sur une surface étroite. Un signe égal : saut de bras. Le même à la verticale : wall run. Une croix : saut de chat ou du voleur suivant l'orientation de l'axe de la croix. Une barre oblique descendante : under bar. Montante : reverse under bar. Un X : ne pas toucher. Un astérisque : danger de mort.

Robson boit sa première brique de jus de fruit sur la traverse du niveau 70. Une fois vide, il la fourre dans son sac. Les déchets peuvent tomber, se glisser dans les mécanismes, les déchets peuvent attendre perfidement que vous posiez les pieds dessus à la réception d'un saut. Il garde l'empanada pour le nid. Plusieurs jours de recherches dans les hauteurs lui ont été nécessaires pour trouver un endroit où il pourrait dormir au chaud et à l'abri, un endroit sans humidité ni condensation, mais avec un accès à de l'eau, et aucun risque de faire une chute fatale en bougeant dans son sommeil. Il l'a tapissé d'emballage de protection volé, puis il est descendu dans les bars fréquentés par les ouvriers de surface afin d'y dérober une couverture de survie.

Un voleur est toujours un magicien. Du temps, de l'attention, de la foi ; une couverture de survie.

Robson s'enfonce dans son nid de mousse d'impact et de papier bulle, mange son empanada. Il se réserve la deuxième brique pour plus tard. Il a appris à se rationner. Cela lui fera quelque chose à attendre. L'ennui est le sombre ennemi du réfugié. La branlette en est un autre, sous un masque différent, celui de l'amitié.

Robson aime à croire que son nid haut perché lui donne une vue philosophique sur le monde. Loin au-dessus de tout autre être humain, il peut méditer sur ce qu'il a sous les yeux. Si la nourriture est sous bonne garde, elle doit avoir une valeur supérieure à son usage ordinaire. Lorsqu'il part voler, il entend bavarder dans les hot-shops. Les trains ne fonctionnent plus, idem pour le BALTRAN. Ce sont les Vorontsov qui gèrent tout cela : pourquoi les arrêteraient-ils ? Twé a été enfoui sous du régolite. Ce qui doit réduire la production agricole. Les récoltes vont être faibles, voire nulles. Il arrive aux Asamoah d'être bizarres – tous ceux qu'il a connus l'étaient –, mais jamais ils ne feraient ça à leur propre capitale. Toujours est-il que si personne ne peut prévoir la date de la prochaine récolte, on comprend pourquoi la moindre empanada ou boîte à bento est surveillée par des robots.

Et puis il y a les histoires les plus curieuses de

toutes, celles qui le font s'attarder une seconde de trop, ralentissent un tout petit peu trop ses doigts sur ce qu'il compte voler. Ces histoires parlent de choses dans les mers et les montagnes. On a perdu des équipes entières, à cause de ces choses qui tuent, qui ont des lames à la place des doigts et des épées à la place des pieds. Des robots tueurs. Qui construirait ce genre de trucs ? Les Sun pourraient, mais pourquoi le feraient-ils ? Pourquoi quiconque construirait-il un appareil n'ayant d'autre but que d'effrayer, intimider, menacer et contrôler ?

Personne sur ce monde-ci, conclut l'adolescent. Blotti dans son nid, réchauffé par le bourdonnement d'un échangeur de chaleur, enveloppé dans sa couverture volée, Robson en déduit que, sans avertissement ni déclaration, sans que personne le sache, la Lune a été envahie. Par la Terre. La Terre bleue là-haut. Sauf que les Terriens ne pourraient pas le faire tout seuls, il leur faudrait quelqu'un pour transporter leurs machines, leurs gens. Les seuls à pouvoir le faire sont les Vorontsov. Les Vorontsov se sont alliés à la Terre pour prendre le contrôle de la Lune.

« Ouaouh », lâche Robson Corta.

Qui entend alors un tic-tic. Tic-tic-tac-tic. Une patte, d'une précision et d'une élégance d'outil chirurgical, apparaît au coin de l'échangeur de chaleur. Le sabot en acier cliquette sur la passerelle. Robson se fige. Un bras comme une fleur de lames apparaît à son tour, puis une tête. Robson pense que c'est une tête. Elle a six yeux et est articulée d'une manière dont il n'a jamais vu un membre l'être, mais il est certain que c'est une tête à sa manière de s'incliner dans un sens puis dans l'autre pour l'examiner.

Tic. Un autre pas, une autre patte. Un autre bras.

Robson s'en écarte lentement.

Le robot est intéressé, à présent. Tic tic tic. Il suit le mouvement du garçon. Qui bondit sur ses pieds. La machine se jette en avant. Bons Dieux qu'elle est rapide. Tic tic clac.

Le robot se fige, baisse les yeux. Un de ses sabots délicats s'est coincé dans la grille du sol. Sa tête s'incline d'un côté puis de l'autre pour évaluer la situation. Dans une seconde, il aura trouvé la solution. Robson n'a pas besoin de davantage. Seul quelqu'un qui pratique des tours de passe-passe est assez adroit et assez rapide. Seul un traceur, quelqu'un qui court dans la ville et est tombé de haut en bas de Reine-du-Sud a assez d'audace.

Robson saisit sa couverture de survie, qu'il lance autour du corps du robot. Au moment où celui-ci pivote, l'adolescent passe derrière lui en se baissant pour éviter les lames des bras. Il jette les extrémités de la couverture par-dessus la rambarde et soulève. Déséquilibrée, la machine titube. Robson se penche très bas, place une épaule à la jonction des pattes et du corps, hisse. L'effet de levier se charge du reste. Le robot vacille au moment où il libère son sabot, pattes et bras s'agitent, se déplient en un cauchemar de lames. Son poids et sa vitesse le font basculer par-dessus la petite rambarde. Il tombe, les lames tailladant l'air, s'écrase sur un passage cinq niveaux plus bas, vole en éclats. Ses débris pleuvent loin en dessous sur Tereshkova Prospekt.

Robson réintègre au plus vite la sécurité de son nid. Malgré sa couverture et l'échangeur de chaleur à température corporelle, il frissonne. Il n'arrive pas à croire à ce qu'il a accompli, à ce qu'il a osé. Le robot lui aurait-il fait du mal ? Ou l' aurait-il laissé tranquille ? Robson ne pouvait pas prendre ce risque. Il a fait ce qu'il avait à faire. Il s'en est sorti. Ce n'était pas gagné d'avance. Il ne peut pas penser à cela. Il tremble, à présent. Il a mal au cœur. L'empanada devait être avariée. Le tilapia, c'est toxique. Du liquide. Il lui faut du liquide. Il pleure. Il ne devrait pas. Robson serre davantage la couverture sur ses épaules et tète sa brique de jus de goyave.

Luna dispose d'autres lumières minuscules autour du lit. Les lumières de protection aux points cardinaux deviennent un cercle de défense qu'elle remplit de cercles plus petits. Des cercles de cercles autour du lit médical. L'idée lui vient d'ajouter des lignes sinueuses qui irradient du plus grand. Comme des rayons de soleil ou quelque chose du même genre. Par amour de la symétrie, elle commence par six rayons de soleil sinueux, un tous les 60 degrés. Elle n'a pas de quoi aller jusqu'au bout, siffle de frustration. Il faudra qu'elle récupère d'autres lumières. La Sororité n'est pas avare de biolampes.

Il est temps de les arroser, à présent. Accroupie, Luna fait le tour avec son petit broc. Un petit peu ici et là. La lueur verte s'intensifie.

Du bruit : c'est Mãe-de-Santo Odunlade Aboseda Adekola qui entre dans la chambre. Elle se croit discrète et mystérieuse comme un miracle, mais Luna la trouve aussi bruyante qu'un tunnelier, avec son pas lourd, sa respiration forte et ses petits marmonnements inconscients.

« Luna, on a besoin d'entrer pour le soigner », dit

la Mãe-de-Santo, une petite Yoruba ronde et âgée vêtue de blanc comme toutes les sœurs des Seigneurs du Présent. Ses perles, charmes et saints cliquettent. Elle sent un peu.

« Vous pouvez les enjamber », réplique la fillette d'un ton de défi. La vieillarde soulève sa robe et entre dans le cercle de lumières protectrices. Sans déranger la moindre biolampe. Elle est pieds nus. Luna n'avait jamais vu les pieds de la Sainte Mère.

« Nous avons contacté ta maman, dit celle-ci.

— Maaame ! » s'écrie la fillette qui bondit sur ses pieds en renversant son broc d'eau. Elle appelle son familier, même si les sœurs ne les aiment pas dans leur maison. « Luna, contacte ma maame !

— Oh, pas si vite, pas si vite. Le réseau continue à faire des siennes. Nous avons nos propres canaux. Ta mère te sait à João de Deus et bien portante. Elle t'embrasse et promet qu'elle viendra dès que possible te ramener chez toi. »

Luna a la bouche en o d'excitation retombée. Son familier Luna se dissipe en une explosion de pixels. « Et pour Lucasinho ?

— Ça prendra du temps. Ses blessures sont très graves. C'est un jeune homme très mal en point. »

Elle se penche sur le corps dans le lit. Tant de tubes y entrent et en sortent. Dans les poignets, les bras, le flanc. Ou dans la gorge. Celui-là, qui est plus gros, Luna ne peut pas le regarder longtemps, juste l'instant dont elle a besoin pour être sûre que Lucasinho continue à respirer. Un petit tube fin sort du trou de son zizi. Il la met mal à l'aise. Des câbles et des aiguilles. Des sacs et des bras capteurs. Il est nu, à découvert, les mains tournées vers le haut comme un saint catholique. Il est dans un endroit plus profond que le sommeil. *Coma artificiel*, disent les sœurs. Il ne bouge pas, ne rêve pas, ne se réveille pas. Il est loin, il voyage aux confins de la mort.

Si la Sororité n'avait pas d'aussi bonnes installations médicales. Si les urbas n'avaient pas été aussi curieux. Si elle avait mis trente secondes de plus à ouvrir le sas du refuge de Boa Vista.

Si si si si.

Luna ne sait toujours pas trop si l'odeur de mère Odunlade ne serait pas en réalité la sienne. La puanteur de combinaison vous reste dans la peau, comme un tatouage.

Diverses parties du corps de Lucasinho se soulèvent lentement avant de redescendre de même, le lit se gonflant et se dégonflant pour prévenir les escarres. Il respire, mais c'est la machine. Ses poils repoussent sur son visage, son ventre et son entrejambe. Il en a une petite ligne noire entre le nombril et les couilles.

« Vous allez le raser ? » demande Luna. Il est fascinant et horrible.

« Nous prendrons soin de lui de notre mieux, promet mère Odunlade.

— Vous croyez que maame pourrait venir pour qu'on reste tous ici avec vous ?

— Ta maame est quelqu'un de très important et de très occupé, mon cœur. Elle a beaucoup de travail.

— Je veux qu'il se réveille.

— Comme nous toutes. »

Les sœurs ont dit qu'il ne se réveillerait peut-être pas avant des jours, ou même des semaines. Des années. Comme dans les histoires que madrinha Elis racontait dans le berçário. Le beau prince qu'une malédiction condamne à dormir à jamais au fond d'une grotte secrète. En général, c'est un baiser qui le réveille. Elle essaye chaque jour, une fois toutes les sœurs parties. Un jour, ça marchera.

Mãe-de-Santo Odunlade remue sans bruit les lèvres en lisant les indications affichées par les écrans qui entourent la tête du jeune homme. Parfois, un mot lui échappe, ce qui permet à Luna de se rendre compte qu'il ne s'agit pas de chiffres, mais de prières.

« Oh, j'allais oublier. » La vieille femme farfouille sous sa robe blanche, ce que Luna n'est pas bien certaine qu'elle devrait voir. Elle produit un coffret en bois, grand et plat, gravé de motifs floraux si fins et si détaillés que la fillette en a mal aux yeux.

« C'est quoi ? demande-t-elle, toujours d'accord pour un cadeau.

— Ouvre-le. »

Le coffret est garni d'un tissu soyeux et brillant. Luna en trouve le contact très agréable. Les imprimantes de la maison de la Sororité ne sont pas d'excellente qualité, mais suffisent à produire de très jolies robes. *Adieu !* a crié Luna à l'horrible, horrible doublure de combinaison en la fourrant dans le désassembleur. Elle ne veut plus jamais rien porter d'aussi moulant.

Elle remarque alors les couteaux. Deux, nichés l'un contre l'autre comme des jumeaux. Sombres, durs, luisants. Si affûtés qu'ils coupent le souffle de qui les regarde. Du bout du doigt, Luna effleure une des lames. La trouve aussi lisse et aussi soyeuse que la garniture du coffret.

« Ils sont en acier lunaire, précise mère Odunlade. Forgés avec du fer météorique vieux d'un milliard d'années extrait à grande profondeur sous le cratère Langrenus.

— Ils ont l'air magnifiques et effrayants à la fois.

— Ce sont les poignards de combat des Corta. Ils appartenaient à ton oncle Carlinhos. C'est avec eux qu'il a tué Hadley Mackenzie à la cour de Clavius. Avec eux que Denny Mackenzie a tué Carlinhos quand João de Deus est tombé. Ils sont passés en notre garde. Nous n'aimons pas trop les avoir dans cet endroit spécial – ils ont trop répandu de sang –, mais par amour et par respect pour ta grand-mère, nous les avons protégés. En attendant l'arrivée d'un Corta audacieux et magnanime, sans lâcheté ni mesquinerie, qui se battra pour la famille et la défendra avec courage. Un Corta digne de ces lames.

— Il faudrait les donner à Lucasinho, déclare Luna.

— Non, mon cœur, répond Mãe-de-Santo Odunlade. Elles sont pour toi. »

11

Scorpion 2105

Les collants froissés en boule atteignent Marina à la joue.

« Prends des appels pour moi, bordel ! » crie Ariel.

L'appartement est une cellule de crise. Ariel dans sa chambre et Abena dans le coin cuisine parlent, parlent, parlent à leur familier. Installée dans le salon, Marina regarde par la porte ouverte le soleil passer sur Orion Quadra. Sans rien d'autre dans la tête que les mots *dis-lui dis-lui dis-lui.*

« Ce n'est pas ce qu'Abena est en train de faire ?

— Abena discute avec sa tante. J'ai Sun Zhiyuan en attente.

— Qu'est-ce que je peux faire ? »

Dis-lui dis-lui dis-lui.

« Raconte-lui une blague. Demande-lui des nouvelles de sa grand-mère. Ou de t'expliquer l'informatique quantique. Ça devrait prendre une demi-heure. »

Elle n'a pas pu le lui dire quand l'Aigle s'est débarrassé de la LDC. Elle n'a pas pu le lui dire quand les trains ont été immobilisés et le ciel fermé. Elle n'a pas pu le lui dire quand Twé a été recouvert de régolite, se retrouvant assiégé et dans le noir. Elle n'a pas pu le lui dire quand une équipe de combat Asamoah-Mackenzie a été anéantie à Flammarion. Elle n'a pas pu le lui dire quand, dans l'espace, un gros canon était braqué sur Méridien. Il se passait trop de choses historiques. Ce n'était jamais le bon moment.

« Et toi, qu'est-ce que tu fiches ?

— J'essaye de parler à Jonathon Kayode.

— Tu n'as pas un canal privé avec lui ?

— Il ne répond pas dessus, grosse maligne. Prends juste cet appel pour moi, Marina. Dieux du ciel, dommage que je ne boive plus. »

Hetty prend l'appel.

« Zhiyuan gexia ? Bonsoir. Marina Calzaghe, assistante personnelle d'Ariel Corta. Je crois comprendre que vous n'avez pas réussi à contacter les bureaux de l'Aigle de la Lune afin d'en obtenir des conseils sur le changement de régime. Ariel s'efforce en ce moment même d'entrer en contact avec l'Aigle… »

Et à présent, le régime a changé, les villes de la Lune sont occupées et la guerre Douce est terminée. Les trains roulent, la boucle lunaire monte fret et passagers en orbite, et Marina a reçu de VTO confirmation tant de sa réservation que de son horaire de départ. Son ascension est programmée et il continue à se passer trop de choses historiques. Ce n'est toujours pas le bon moment pour dire à Ariel qu'elle la quitte.

Adrian.

Voilà cinq ans qu'il attend cette voix dans la nuit. Adrian Mackenzie se réveille et saute du lit.

Ils sont là.

Jonathon ronfle. Il est horriblement difficile à réveiller. Il faut qu'il se réveille. Adrian le secoue sans ménagement.

« Jon. »

Il inspire une grosse goulée d'air, ce grand Terrien qui respire par la bouche. Il faut qu'il se réveille.

Ils ont atteint le hall. La sécurité de l'Aire est en train de bloquer les portes.

La deuxième série de secousses d'Adrian coïncide avec une alerte du familier de l'Aigle. Jonathon se réveille.

« Quelle heure est-il ?

— On est attaqués. Habille-toi. »

Calliope ouvre sur la lentille d'Adrian une fenêtre pour chaque caméra. Trois groupes. Un devant la porte, un qui entre par la sortie véhicules, le dernier qui descend par la terrasse supérieure. Ils savent où aller, à quoi s'en prendre et de quelle manière. Des charges creuses soufflent les portes comme du papier dans une dépressurisation. Le bruit sec de ces détonations au loin fait se figer l'Aigle de la Lune.

« Ma sécurité…

— C'est elle. » Comment auraient-ils pu savoir, sinon, pour la sortie par la terrasse supérieure ? C'était l'itinéraire qu'Adrian avait prévu de prendre pour s'échapper. Il a un plan B.

Jonathon Kayode enfile des chaussures et un short, essaye de mettre une chemise.

« Laisse tomber ! crie Adrian. Sers-toi de l'échelle de service du jardin. Ils n'ont rien qui monte d'en dessous. » Il retransmet à Calliope des mots qu'il a longuement répétés. Des panneaux sortent des murs.

Rangée avec soin à l'intérieur et baignant dans une vive lumière blanche : une cuirasse corporelle. Jonathon Kayode écarquille les yeux. « Mais…

— Tu ne sais pas tout sur cet endroit. » Les plaques de torse et de dos sont étroites. Adrian a pris du poids. Et du mou. Pas le temps pour les protège-tibias ou les brassards. Il met le casque. « Descends à la porte de service du niveau 50, Calliope y fait venir une lapa qui te conduira aux bureaux de Méridien de Mackenzie Metals. Là-bas, tu seras accueilli par des jackaroos qui te protégeront. Fonce ! »

Pour finir, Adrian Mackenzie sort de leur champ magnétique les poignards rangés en croix et laisse la lumière se refléter sur leur complexe damasquinage au tungstène. Ils sont sublimes. Il les enfonce dans les gaines placées à sa taille.

« Allez ! »

Calliope montre à Adrian trois groupes d'hommes armés et cuirassés qui convergent sur la chambre à coucher. Ils ont hacké la sécurité de l'Aire.

« Je les retarderai le plus possible.

— Adrian…

— Jamais un Mackenzie n'a fui le combat, Jon. »

Un baiser, bref comme une ondée. Adrian Mackenzie rabat sa visière.

Au mariage, en plein milieu des festivités, son père l'avait pris à part sur un balcon accroché loin au-dessus d'Antarès Hub. *Pour toi.* Dans le coffret, posé sur des coussins de laine de titane, des poignards assortis. Adrian avait grandi parmi les lames, il s'y connaissait en couteaux, et ceux-là ne ressemblaient à rien de ce qu'il avait connu. À rien de ce qui avait jamais été fait dans l'histoire de Mackenzie Metals. *Essayes-en un*, l'avait enjoint Duncan Mackenzie. La lame dans sa paume lui avait semblé une excroissance de ses propres os. Elle était si bien équilibrée, si sécurisante. Il s'était fendu, avait fait une feinte, tailladé l'air. Dans sa danse, la lame produisait une sorte de gémissement. *C'est l'air qui saigne*, avait dit Duncan. *Je suis très heureux pour toi, fils, mais un jour viendra où tu auras besoin d'un couteau. Garde-les pour ce jour-là.*

Des pieds. Des voix. Une explosion souffle la porte.

Les lames d'Adrian Mackenzie sortent en chantant de leur gaine.

L'Aigle de la Lune est un homme imposant, un homme en mauvaise condition physique, un homme dont les muscles de Joe Moonbeam se sont ramollis en graisse. Les lames le rattrapent alors que, la respiration sifflante, il entame en pantoufles et short la descente de l'échelle conduisant au niveau 50. Elles le remontent qui crie et gémit. Des mains s'emparent de lui, des mains le hissent. Il perd une pantoufle, puis l'autre. Des mains le transportent, des mains lui arrachent ses quelques vêtements. Le voilà nu et bredouillant de peur. Des mains, d'autres mains. Les lames le font passer entre les bergamotiers taillés avec soin. Voyant où elles l'emmènent, l'Aigle de la Lune se débat, hurle. Les mains le tiennent fermement. Elles l'emportent au petit pavillon qui surplombe Antarès Hub. Les cinq prospekts d'Antarès Quadra sont des voûtes de lumières.

En parfaite synchronie, les lames soulèvent

Jonathon Kayode qu'elles jettent loin dans l'air scintillant.

La pression atmosphérique est de 1 060 kilopascals, dans un habitat lunaire.

Jonathon Kayode tourne cul par-dessus tête durant sa chute. Cet Aigle ne sait pas voler et ignore comment tomber.

À la surface de la Lune, l'accélération de la pesanteur est de 1,625 mètre par seconde au carré.

Il pousse des hurlements, agite bras et jambes comme s'il pouvait grimper à une corde dans l'air vide, jusqu'à ce qu'il percute la rambarde du trente-troisième niveau. Un bras se fracasse, ballotte à un angle anormal. Fin des hurlements.

La vitesse terminale d'un objet en chute libre dans l'atmosphère est de soixante kilomètres-heure.

L'Aigle de la Lune mettra une minute avant d'achever sa chute dans le parc au centre d'Antarès Hub.

Il existe une propriété physique appelée énergie cinétique. Sa formule est $\frac{1}{2} mv^2$. Appelons-la *impact*. *Impactibilité*. Un objet massif qui se déplace lentement peut avoir un impact faible, une énergie cinétique réduite. Un petit objet lancé à grande vélocité a beaucoup d'énergie cinétique. Ainsi, un boulet de glace tiré d'une catapulte électromagnétique dans l'espace peut percer la calotte rocheuse d'un habitat lunaire.

Et inversement.

Un garçon de treize ans maigre comme un clou qui fait une chute d'un kilomètre, par exemple, n'a qu'une faible énergie cinétique.

Un quinquagénaire imposant, en surpoids et en mauvaise forme physique en a une plus importante.

Une minute, cela suffit pour calculer qu'un garçon de treize ans maigre comme un clou pourrait survivre à un impact à soixante kilomètres-heure sur Antarès Hub. Et qu'un quinquagénaire imposant, en surpoids et en mauvaise forme physique n'y survivra pas.

Hetty la réveille.

Marina, c'est le jour où tu pars.

Marina a programmé une alarme. Comme si elle pouvait oublier de se réveiller. Comme si elle pouvait dormir pendant sa dernière nuit sur la Lune.

Parmi ses maigres possessions, Marina hésite à emporter les glands de la Longue Course, les bandeaux et cordelettes verts de São Jorge. Ils pèsent plusieurs grammes, elle a le droit à quelques petits kilogrammes de bagages. Elle les pose sur le lit. Elle ne cesse de les voir du coin de l'œil pendant qu'elle s'habille, rapidement, en silence, l'appartement étant bondé. Ils sont de petites accusations : un départ devrait toujours être une coupure franche.

Franche, mais pas stérile.

Marina a passé des jours à se demander quelle note elle devrait laisser. Il fallait en laisser une, indiscutablement. Une note directe, personnelle, et qui ne laisserait aucune chance à Ariel de l'empêcher de partir.

Une note, manuscrite, laissée à un endroit où on ne pourrait pas ne pas la voir. Directe, personnalisée : un cadeau d'adieu.

Abena grogne et ouvre les yeux quand Marina

récupère la feuille de papier sur l'imprimante. Depuis l'occupation, la jeune fille est devenue une résidente permanente. « Qu'est-ce que tu fais ?

— Longue Course », ment Marina. C'est la seule réponse capable d'expliquer imparablement qu'elle sorte de l'appartement à quatre heures du matin. Il va lui falloir s'habiller de manière conforme à son alibi, du coup. Marina quittera la Lune en chaussures de course, haut court et short bêtement court.

« Amuse-toi bien », grommelle la jeune fille avant de se retourner sur son hamac. Ariel ronfle dans sa chambre. Marina s'accroupit sur son lit, genoux relevés, pour essayer d'écrire. Les lettres sont pénibles et mal formées. Les mots sont atroces. Elle gagne le réfrigérateur dans l'intention de se calmer les nerfs avec du gin. Idiote. Il n'y a plus ni gin, ni vodka, ni le moindre alcool fort depuis la chute de la Lune. Mais elle laisse la note coincée dans la porte.

Pour finir, Marina s'attache les bandelettes vertes autour des poignets, des biceps, des genoux et des cuisses. La décision sur les glands a été prise pour elle. Abena se réveille à nouveau quand Marina ouvre la porte de l'appartement.

« T'as pas froid, comme ça ? »

La peau pâle de Marina est hérissée de chair de poule, mais ce n'est pas à cause du froid.

« Rendors-toi. Tu as un monde à sauver, dans la matinée. »

Elle s'est habillée furtivement et elle a discrètement laissé un mot : elle sort à présent en silence avant de refermer la porte sans bruit.

Marina, il reste deux heures avant ton départ.

Elle ravale la boule dans sa gorge tandis qu'elle gagne la ladeira de la 25e Rue. La rue est presque vide, les quelques visages qui la saluent de la tête – et à qui elle rend leur salut – partagent l'agréable culpabilité de ceux qui s'affairent avant l'aube. Une femme fait du yoga devant son appartement ; deux hommes discutent tranquillement, appuyés à la rambarde ; un troupeau de gamins titubants rentre d'une boîte de nuit ou d'une fête : quand ils échangent un signe de tête avec elle, sentent-ils en elle un but bien spécial, une charge émotionnelle toute particulière ? Une vague lueur indigo à l'extrémité du quadra effleure murs et balcons. La ligne solaire s'allume pour une nouvelle journée.

Un robot et deux gardes VTO en lourde cuirasse métallique attendent au sommet de la ladeira. Le cœur de Marina se serre : elle craint qu'ils la reconnaissent si elle croise leur regard et qu'ils l'arrêtent pour comportement suspect sinon. *Vous êtes Marina Calzaghe, vous travaillez pour Ariel Corta. Nous avons quelques questions à vous poser. Vous êtes Marina Calzaghe, vous avez abandonné Ariel Corta. Vous croyez aller où, comme ça ?*

Elle opte pour un coup d'œil et un petit hochement de tête. Les gardes VTO ne la regardent même pas et un des adolescents, qui n'a plus tous ses esprits, examine le robot avec une intensité puérile, se mettant au défi d'approcher toujours davantage des lames à demi rengainées.

Une guerre a été livrée, une guerre a été gagnée et perdue, et rien n'a changé. Les ados se défoncent et s'envoient en l'air. Les hommes bavardent, les femmes font du yoga. Les Longs Coureurs se dirigent vers leurs points de rendez-vous. Une femme promène un furet en laisse. Le chib dans l'œil droit de Marina indique les prix des Quatre Fondamentaux et l'état de son compte. Il ne s'est produit qu'un simple changement de direction. Mais cela rend les morts gratuites. Les combattants tombés sous les lames qu'effleure à présent le gamin ne se battaient pas pour la valeur boursière. Ni par loyauté personnelle pour de riches et lointains Dragons. Personne ne pouvait se battre pour de telles choses. Ils défendaient leur monde, leur vie, leur culture, leur droit à ne pas se laisser dicter leur conduite par des étrangers.

Marina descend la ladeira. Il y a des gardes à chaque niveau. Pour se distraire, elle se lance dans un petit calcul mental : nombre de niveaux × nombre de ladeiras de chaque côté du prospekt × nombre de quadras. Cela fait beaucoup de robots et davantage encore de Vorontsov.

Sur la 3e Rue, une femme qui monte en escalator lui jette un coup d'œil. Elle est jeune, en tenue de course courte et révélatrice : des nattes jaunes autour des biceps, des bracelets jaunes aux poignets ; un cordon vert autour de son genou gauche : tout cela tranche avec sa peau sombre. Une participante à la Longue Course. Elle salue Marina de la tête : des Sœurs de Course. Le doute envahit Marina, qui se retourne et manque remonter l'escalator en descente afin de la suivre. Son cœur va éclater, il va certainement éclater. Elle veut accompagner cette coureuse. Elle veut faire demi-tour, revenir dans l'appartement, retrouver Ariel. Elle le veut plus que tout.

Les escaliers mécaniques les éloignent l'une de l'autre, déchirent l'instant.

En bas dans Orion Hub, elle trouve un banc au pied des grands arbres. Les ombres y sont plus épaisses. Elle s'en enveloppe. Il n'y a qu'elle dans le parc, ce matin-là, elle et des amants. L'indigo s'éclaircit, devient bleu foncé, transforme le bosquet en une palissade de troncs d'arbre. Marina reste assise sur ce banc jusqu'à ce que les douloureux sanglots dans sa poitrine s'apaisent en quelque chose qu'elle arrive à supporter, qui va passer, qui lui permettra de regarder un visage sans s'effondrer.

Ce n'est pas Ariel mais son frère, Rafa, qui a dit que la seule chose de belle sur la Lune, c'était les gens. De belle et de terrible. Comme Rafa, passionné, versatile et faible. Comme Ariel, vaniteuse, engagée et solitaire. Comme Carlinhos, beau, condamné et révolté. Comme Lucas, sombre, intense et loyal. *Vous travaillez désormais pour nous*, avait-il dit. Si elle n'avait pas accepté, si Lucas n'avait pas proposé. Si elle avait mis une fraction de seconde de plus à intercepter le robot-mouche. Si elle n'avait pas pris ce travail de serveuse à la fête de course-Lune de Lucasinho Corta.

Elle serait quand même sous cet arbre, à faire ce trajet à pied, à prendre la boucle lunaire pour rentrer.

C'est un monde épouvantable.

Tout en haut de Méridien Hub, là où les grands boulevards des trois quadras se rejoignent en une voûte haute de trois kilomètres, les premiers adeptes du vol descendent en piqué et tournent, s'enveloppant les uns les autres de spirales d'air. Leurs ailes luisent des dix mille lumières de l'aube. Ils déploient des plumes de nanocarbone pour prendre appui sur l'air, remontent progressivement jusqu'à n'être que des points éblouissants noyés dans le bleu.

Elle n'a jamais volé. À la fête donnée avant la formation au départ pour la Lune, elle était montée sur le bar pour promettre publiquement que cela, elle le ferait. *Les gens volent, là-bas.* Elle n'a jamais pu voler sur la Lune, elle n'a jamais pu aller faire du snowboard ce semestre-là, quand ses amis sont montés à Snoqualmie pendant qu'elle terminait sa dissertation. La Fille Qui A Laissé Passer Le Snowboard. La Fille Qui N'A Jamais Volé.

La gare de la boucle lunaire est située dans le contrefort sud-ouest de Méridien Hub. Bien que discrète, sans rien d'ostentatoire, c'est le pilier autour duquel s'articule Méridien. L'ascenseur était là, à l'endroit de la Lune le plus proche de la Terre, bien avant le creusement des premiers puits sous Sinus Medii. Marina n'a franchi ces portes que deux ans plus tôt, et elles n'ont rien de familier. Un nouveau monde, une nouvelle gravité, de nouvelles façons de bouger, sentir et respirer, le nouveau chib dans son œil qui facture la moindre goulée d'air.

La gare ne ferme jamais. La boucle lunaire ne cesse jamais de tourner sur elle-même autour du monde. Le personnel l'attendait. Il y a un ultime examen médical et quelques formalités. Peu nombreuses. Assise sur une grande chaise blanche à l'intérieur d'une petite salle blanche, Marina se voit demander de fixer un point noir sur le mur. Un éclair, une cécité momentanée, des images rémanentes violettes qui palpitent, semblent vrombir sur sa rétine, et quand elle recouvre la vue, les petits chiffres en bas à droite de son champ de vision ont disparu.

Marina n'a plus de chib.

Elle respire de l'air non régulé.

Elle s'emplit au maximum les poumons et la surdose d'oxygène manque la faire tomber de son siège. « Tout le monde fait ça », sourit la femme vêtue de blanc en l'escortant à l'extérieur de la petite pièce blanche.

Une fois le choc passé : le doute. Peut-être qu'elle se trompe ? Que quelque chose n'a pas été expliqué ? Qu'elle n'a pas le droit à cet oxygène dans son système sanguin ? Elle se met à respirer superficiellement, à prendre très peu d'air à la fois et à le retenir comme un enfant chéri.

« Tout le monde fait ça aussi, assure la femme en l'enjoignant à entrer dans la salle d'embarquement. Respirez tranquille. » Le vieux salut lunaire. « Jusqu'à ce que vous ressortiez de l'avion spatial, tout est compris dans votre ticket. »

C'est la partie à laquelle elle n'a pas vraiment réfléchi. Elle s'est imaginé le départ, encore et encore, dans ses moindres détails, jusqu'au moindre mouvement, à la moindre seconde près. Elle n'arrive pas à se représenter l'arrivée. Il pleuvra. C'est tout ce qu'elle voit. Derrière les rideaux de pluie grise et tiède, elle ne distingue rien de la planète.

Cinq passagers patientent dans la salle d'embarquement. Il y a du thé, il y a de l'alcool, mais ils ne boivent que de l'eau. Personne ne touche aux sushis qui accumulent les bactéries sur la plaque réfrigérante.

Comme elle s'y attendait, Amado, Hatem et Aurélia du cours pour les candidats au retour sont là. Aucun mot n'est échangé, un hochement de tête suffit. Personne n'accorde davantage qu'un coup d'œil à sa tenue de Longue Course. Personne n'ose croiser le regard des autres. Chacun s'assied le plus à l'écart possible. *Et tout le monde fait ça*, dirait sans doute l'employée. Marina a demandé à Hetty de lui passer la musique qu'elle aime, mais soit les morceaux qu'elle entend sont trop banals pour la situation, soit elle ne veut pas les contaminer en les associant à un événement aussi définitif.

« On attend encore quelqu'un, les informe l'employée avant de refermer la porte de la salle.

— Excusez-moi, lance Marina. J'ai le temps de… ? » Elle désigne les toilettes d'un geste. Elle sera peut-être à plusieurs mondes de distance avant de trouver un autre endroit confortable pour pisser.

Comme un bâillement, son besoin naturel se communique rapidement et sans bruit aux autres. Derrière elle, la file s'étend jusqu'à l'autre côté de la porte.

Voilà qu'arrive le dernier passager. Marina aurait parié sur Oksana, le dernier membre de son groupe de candidats au retour, une petite Ukrainienne renfrognée aux yeux plissés. Sauf que c'est un grand Nigérien qui les rejoint. Oksana a dû changer d'avis. Faire la paix avec elle-même après l'ultime réunion du groupe. Rouvrir sa porte et rentrer chez elle. Avoir contourné les gardes Vorontsov au pied d'une ladeira pour faire demi-tour. Rebroussé chemin à l'entrée de la gare de la boucle lunaire. Choisi la Lune. Et Marina est submergée d'un doute affreux. Elle pourrait encore le faire. Elle pourrait quitter ce canapé blanc, sortir de cette salle et rentrer.

Rentrer retrouver Ariel.

Elle n'arrive pas à bouger. Partir ou rester, l'indécision la paralyse.

Une porte s'ouvre alors au bout de la salle, une employée différente lance : « Nous sommes prêts pour l'embarquement », et Marina se lève comme les autres, franchit comme les autres le sas d'accès à la capsule de la boucle lunaire. Elle prend un des sièges disposés autour du noyau central. Les dispositifs de retenue qui se déploient autour d'elle dissipent tous les doutes. L'écoutille se referme. Le compte à rebours est de pure forme. Des centaines de capsules de ce genre arrivent et repartent chaque jour. Et pourtant Marina a peur, dans son haut court, son short et ses rubans. Elle repart comme elle est arrivée : pleine de peur.

La première étape de l'ascension consiste à monter à grande vitesse et à la verticale dans Méridien Hub. En quelques secondes, Marina se retrouve cinq cents mètres plus haut. La capsule de la boucle lunaire est un corps sous pression, construit sans fenêtres, mais les caméras extérieures fournissent des images à Hetty. Marina voit Méridien Hub comme un immense puits vide dans lequel brillent les lumières de dix mille fenêtres et que l'aube teinte de lilas. Elle arrive à présent encore plus haut que les gens qui volent… elle les voit qui, arrivés au sommet d'un thermique, redescendent en tournant dans le demi-jour cendré.

Elle quitte la Lune dans la lumière de plus en plus vive du matin.

Elle aperçoit les ventilateurs et les canalisations, les conduits d'alimentation électrique et échangeurs thermiques de la ville haute, puis les images s'interrompent, la capsule pénétrant dans le sas. Un choc, Marina sent la machinerie bouger, les verrouillages s'enclencher, elle entend le cri de la dépressurisation diminuer, devenir chuchotement, cesser. Au-dessus d'elle, il y a la tour d'ascension. La boucle lunaire tournoie autour de la Lune en descendant pour venir attraper Marina au sommet de la tour et l'envoyer dans l'espace.

Ça va faire mal, avait dit Preeda au groupe de candidats au retour. *Vous n'aurez jamais eu aussi mal.*

« Ariel. »

Toutes les lapas sont soumises à une limitation stricte de vitesse, mais quand on occupe la seule à rouler sur le prospekt dans la lueur lilas d'Orion Quadra en plein réveil, à filer entre les grands arbres sombres de Gagarin Prospekt, on a l'impression d'avancer à la vitesse de l'amour.

« Ariel, ça ne sert à rien. »

Dans le sommeil superficiel que lui permettait le hamac, Abena a une nouvelle fois remué en entendant la porte se refermer et le désassembleur bourdonner. Elle a ajouté deux et deux. Vu la note coincée dans la porte du réfrigérateur. Compris ce qui venait de se passer. Lu la note. N'a pas attendu d'en arriver au bout pour se ruer dans la chambre d'Ariel. « Marina est repartie sur Terre. »

Elle n'a pas encore fini d'aider Ariel à enfiler une robe fourreau qu'une lapa patiente devant la porte.

Arrange-moi le visage, a dit Ariel d'une voix glacée tandis que Beijaflor s'efforçait de localiser et contacter Hetty. Abena s'est agenouillée sur le siège pour appliquer avec soin du fard à paupières bicolore. La lapa a passé sans problème les checkpoints de la force d'occupation.

Je n'arrive pas à la joindre, a seulement dit Ariel. *Je n'arrive pas à la joindre.*

« Je n'arrive toujours pas à la joindre, dit à présent Ariel.

— Ariel, écoutez-moi. »

Elle a abandonné la note de Marina sur le sol de la cuisine. Abena se souvient parfaitement du moindre mot, comme si chacun lui avait été gravé au rouge sur la rétine.

Il faut que je quitte la Lune. Que je m'en aille.

« Ariel, sa capsule est partie il y a un quart d'heure. »

La lapa arrive dans Méridien Hub, s'ouvre.

« Ariel, elle est partie. »

L'avocate tourne soudain la tête vers Abena, qui frémit face à la chaleur claire de son regard. « Je sais. Je sais. Mais j'ai besoin de le voir de mes yeux. »

La capsule de retour descend sur la paroi de Méridien Hub, en provenance de l'espace. La boucle en largue une chaque fois qu'elle en prend une. Montée et descente, le carrousel sans fin.

« Je veux que tu t'en ailles, lance Ariel.

— Mais je peux vous aider à…

— Ta gueule ! hurle Ariel. Ferme-la, petite conne, arrête avec tes petits sermons désinvoltes, insensibles, insensés, enjoués, ignorants et bien intentionnés, bordel ! Je ne veux pas de ton aide, je ne veux pas de ton charme, je ne veux pas de ta thérapie. Je veux que tu t'en ailles. Va-t'en. Va-t'en. »

Secouée de sanglots, Abena s'éloigne comme elle peut du taxi. Elle se précipite sur un banc de pierres juste à côté d'une haie d'hibiscus. Le matin lilas vire à l'or, quelques personnes sont en train de voler là-haut dans l'air luisant, mais Abena trouve tout cela épouvantable. Qu'Ariel est odieuse. Méchante. Ingrate. Elle ne peut toutefois s'empêcher de regarder entre ses cheveux, entre deux sanglots frémissants, cette femme désespérée dans la lapa. Les portières sont déployées comme des pétales autour d'elle. Qui baisse la tête, à présent. Puis la rejette en arrière. Abena essaye de comprendre ce qu'elle voit. Elle se souvient de ce qu'elle ressentait chaque fois que Lucasinho couchait avec quelqu'un d'autre, fille ou garçon. Colère, trahison, besoin de faire souffrir aussi aveuglément qu'elle était blessée. Désir de s'en prendre à la personne qui l'a blessée, de la voir affectée. Là, il s'agit d'autre chose. D'une vie qui se déchire par le milieu. D'une perte complète, dévastatrice.

Son familier lui murmure à l'oreille. *Ariel.*

« Abena. Pardon. Ça va mieux, maintenant. »

Abena ne sait pas si elle peut lui faire face. Elle a vu une nudité plus totale que l'absence de vêtements. Elle a vu la vulnérabilité faire perdre son sang-froid à une femme pour qui celui-ci compte plus que tout. Elle se lève, lisse les vêtements qu'elle a passés à la hâte, prend de grandes goulées d'air jusqu'à ce que ses tremblements cessent. « J'arrive. »

C'est à ce moment-là que des lapas et des motos s'arrêtent autour du taxi d'Ariel.

Armés et cuirassés, les nouveaux venus descendent de moto et de lapa. Des Vorontsov en kevlar über-lourd anti-armes blanches, des mercenaires revêtus de la protection la moins chère que peut fournir une imprimante, de maladroits combattants terriens en exoarmures noires. Ils encerclent le véhicule d'Ariel.

Abena se fige.

Ariel a besoin d'elle.

« Laissez-la tranquille ! » crie-t-elle.

L'un d'eux se retourne : une petite femme à la peau brune, incongrument vêtue d'une robe Miuccia Prada et perchée sur dix centimètres de talons Sergio Rossi.

« Vous êtes ?

— Abena Maanu Asamoah. »

La voix d'Ariel monte du milieu du cercle d'hommes armés. « Laissez-la passer. Elle travaille pour moi. »

Sur un signe de tête de la femme en Prada, les guerriers cèdent le passage à Abena.

« Désolée que tu aies eu à assister à ça, lui murmure Ariel. Tu n'aurais pas dû le voir. »

Abena a cent réactions en tête, mais toutes sont désinvoltes, insensibles, insensées, enjouées, ignorantes et bien intentionnées. Banale, naïve et puérile, avait dit Ariel quand elles avaient fait connaissance à la Société sélénite. Tout ce qu'elle a, comprend Abena, tout ce qu'elle a jamais eu, ce sont des réactions.

« Nous venons pour Ariel Corta », annonce la femme en Miuccia Prada. Abena ne reconnaît pas son accent, mais son visage, ses yeux, ses pommettes lui laissent une troublante impression de déjà-vu. Les recherches sur le réseau ne donnent rien, et le familier de cette femme est une sphère gris étain filigranée. *Pourquoi ai-je l'impression de t'avoir déjà rencontrée, dans ce cas ?* « L'Aigle de la Lune demande à vous voir », ajoute-t-elle. Le globo n'est pas sa première langue.

« Les demandes de l'Aigle ne sont que rarement transmises par des imbéciles en armes », réplique Ariel. Abena se retient d'applaudir.

« Il y a eu un changement de direction. »

Ariel observe à présent les yeux, les pommettes, le pli de la bouche. Elle commence à les reconnaître, même si ce n'est pas possible. Et Abena retrouve quel visage lui rappelle ces traits : celui juste à côté d'elle.

« Qui diable êtes-vous ? » demande Ariel en portugais. La réponse se fait dans la même langue.

« Alexia Corta. »

Les robots de réparation ont fait diligence, mais les traces de fumée autour des chambranles, les empreintes de bottes poussiéreuses sur le fritté poli des sols n'échappent pas à une habituée des salles d'audience comme Ariel. De petits morceaux de verre brisé luisent, coincés par terre au bas des murs. Dans une pièce voisine, deux robots s'activent pour nettoyer une grosse tache sur la moquette.

Les détails sont bénéfiques. Ils sont des disciplines. Ariel est dans un tribunal et va à un procès. Tout peut y être mis à l'épreuve, y compris sa propre vie.

Son escorte a reçu l'ordre de rester au quai des véhicules. Les talons d'Alexia Corta claquent à un rythme militaire sur le revêtement dur. Ariel Corta lit la discipline et le contrôle dans chacun de ses pas. Les Joe Moonbeam vont trop loin, laissent trop de liberté à leurs jambes surpuissantes. Le nouvel arrivé fraîchement débarqué de la boucle lunaire qui fait des bonds sur Gagarin Prospekt, c'est en train de passer de plaisanterie à stéréotype. Cette jeune femme-là ne fait jamais un pas de travers. Même en talons Sergio Rossi.

Un autre détail. Une petite pièce de monnaie brillante qui reflète la lumière et tinte en tombant dans la fosse dans laquelle on l'a lancée.

La capsule de Marina a-t-elle accosté, ou poursuit-elle sa chute libre en direction de cette étoile brillante au loin ? Ariel pourrait le savoir en obtenant de Beijaflor quelques détails sur le vol.

Elle refocalise son attention. Concentre-toi sur l'endroit où tu es, sur des informations utiles. Alexia Corta se fait appeler la Main de Fer, comme Adriana à son époque. Elle prend modèle sur Adriana. Elle a de l'ambition et une haute opinion de son impitoyabilité.

« Veuillez attendre ici, enjoint celle-ci à Abena.

— Ne proposez pas de me pousser, prévient Ariel.

— N'ayez crainte, senhora Corta. »

Dès qu'Alexia s'est présentée, Ariel a su *qui* elle allait trouver derrière ces doubles portes, derrière cet inutile bureau à l'ornement stupide. Mais *ce* qu'elle trouve chasse complètement Marina de son esprit, réduit l'envahissante blessure actuelle à une douleur tenace sourde et en fin de compte supportable.

« Tu as une gueule de déterré, Lucas. » Ariel parle en portugais, la langue de l'intimité et de la rivalité, de la famille et des ennemis.

Il éclate de rire. Ariel trouve cela insupportable :

on dirait le bruit d'un mécanisme de précision coincé par du verre brisé.

« Normal, vu que je suis mort. Pendant sept minutes, à ce qu'il paraît. C'était décevant. Pas de vision de ce qui se passe autour de toi depuis le haut de l'armoire. Pas de lumière blanche et de musique de jacuzzi. Pas d'ancêtres qui m'appellent de la lumière au bout d'un tunnel. » Il place une bouteille de gin au milieu du grand bureau vide. « Ma vieille recette maison. Le réseau n'oublie jamais.

— Non merci. »

Elle adorerait ça. Elle voudrait plus que tout emporter cette bouteille dans une cachette pour la boire jusqu'à ce que tout devienne lisse, flou et indolore.

« Vraiment ?

— Seulement pour les occasions spéciales.

— Qu'une famille se retrouve, ce n'en est pas une ?

— Ne te gêne pas pour moi.

— Malheureusement, concernant l'alcool, mon équipe médicale m'a mis dans la même position que toi. »

Cette coquille creuse, blanchie, fissurée est une marionnette de son frère. Son teint, autrefois magnifique, est gris. On voit aussi du gris dans ses cheveux et sa barbe. Il a les yeux caves, la peau parsemée des grains de beauté et taches de vieillesse provoqués par son exposition directe au soleil. Ses os s'affaissent. Même en gravité lunaire, ses muscles peinent à le tenir droit derrière le bureau. Ariel remarque les béquilles appuyées au meuble. Elle a l'impression que, par l'effet d'une relativité inverse, trente ans se sont écoulés en gravité terrestre.

« On ne peut pas aller sur Terre. Notre mère la Terre te tuera. Et cætera. J'y suis allé, Ariel. Elle a essayé. J'ai fait une grosse crise cardiaque en remontant. Mais elle ne m'a pas tué. »

Ariel croise le regard d'Alexia. « Laissez-nous. »

Lucas hoche la tête. « S'il vous plaît, Alexia. »

Ariel attend que la porte se referme, même si Alexia serait idiote de ne pas écouter chacun des mots prononcés dans l'Aire de l'Aigle. « Et elle ?

— Elle est intelligente, elle en veut, elle est d'une ambition rafraîchissante. C'est peut-être la personne la plus impitoyable que j'ai rencontrée dans ma vie. Toi y compris, irmã. Elle dirigeait un petit empire, là-bas, production et vente d'eau propre et fiable à sa communauté. On l'appelait la Reine des tuyaux. Malgré tout, quand je lui ai proposé la Lune, elle est venue. Elle est la Main de Fer. Elle a le sang d'Adriana Corta.

— Elle te tuera, Lucas. Dès que ton influence et ton statut faibliront.

— La famille d'abord, toujours, Ariel. Lucasinho est à João de Deus. Il est en piteux état. La Sororité des Seigneurs du Présent le soigne. J'ai toujours considéré l'affection de ma mère pour les sœurs comme symptomatique de son déclin, mais elles semblent être le foyer de résistance à l'occupation de ma ville par Bryce Mackenzie. Je m'occuperai de ça en temps voulu. Lucasinho a fait traverser quatre cents kilomètres de Mare Fecunditatis à Luna. Tu le savais ? Il a donné son dernier souffle à sa cousine pour lui permettre d'arriver à Boa Vista. Pendant la course lunaire, il avait fait demi-tour pour aider un jeune Asamoah. Il est courageux et gentil, je veux qu'il aille bien et j'ai terriblement envie de le revoir. La famille d'abord, toujours. »

Le reproche est ancien, mais il vise juste et ne manque jamais de porter. Il s'enfonce profondément, ce jour-là, dans la chair déjà abîmée. Ariel a toujours préféré, préférera toujours, le monde à sa famille. Comme toute vérité facile, elle contient en son cœur, noyau fondu et tourbillonnant, une vérité plus profonde. Le monde préfère Ariel Corta. Le monde l'a toujours préférée, a mis partout sur elle ses mains obstinées et démunies. Peu de gens disposent du caractère et des talents suffisants pour satisfaire un monde. Il est dans le besoin, elle le nourrit. Il ne cesse jamais de réclamer, elle ne cesse jamais de donner, même s'il l'a protégée contre tout et tous ceux qui pourraient vouloir quelque chose d'elle.

« Je ne vais pas me laisser embringuer dans ta joyeuse petite dynastie, Lucas.

— Tu n'auras peut-être pas le choix. Tu crois qu'un Corta, quel qu'il soit, sera un tant soit peu en sécurité quand on saura qui contrôle l'Aire de l'Aigle ?

— Il faut croire qu'envoyer les Aigles de la Lune se faire foutre est en train de devenir ma spécialité », réplique Ariel, mais elle a conscience des pièges que Lucas dresse autour d'elle.

« Tu étais l' avocat-conseil de mon prédécesseur. J'aimerais que tu restes à ce poste. Vois ça comme un changement de direction.

— Ton prédécesseur est mort au fond d'Antarès Hub. » Beijaflor l'a informée des révolutions politiques survenues pendant que Marina Calzaghe la quittait. Défenestration. Cela la fait frissonner qu'un terme aussi précis, parfumé et poli existe pour désigner un tel meurtre.

« Je n'ai rien à voir avec ça, assure Lucas. Jonathon ne représentait aucune menace. Il était fini, Ariel. Il aurait terminé son existence dans une sinécure, par exemple en donnant des cours à l'université de Farside. Je ne voulais aucun mal à Jonathon Kayode.

— Tu es pourtant assis à son bureau, avec son titre, ses sceaux et ses autorisations, à m'offrir ton gin sur mesure qui sort de son imprimante.

— Je n'ai pas demandé à avoir ce poste.

— Tu m'insultes, Lucas. »

Il lève les mains comme en supplique. « L'Autorité du Mandat Lunaire avait besoin de quelqu'un qui connaissait la Lune.

— Ce n'est pas un simple remplacement d'un acronyme de trois lettres par un autre. Les redistributions au sein d'un conseil d'administration ne se font pas avec des canons électriques orbitaux.

— Ah bon ? » Quand Lucas se penche en avant, Ariel voit dans ses yeux enfoncés une lueur qu'elle avait oubliée. Une lueur qui n'éclaire pas, mais qui jette des ombres. « Vraiment ? Prends l'ascenseur jusque dans les niveaux tout là-haut pour demander aux gens s'ils savent ce que faisait la LDC, s'ils connaissent le nom de n'importe lequel des membres du conseil, s'ils savent même qui était l'Aigle de la Lune. Ce qui compte pour eux, c'est l'air dans leurs poumons, l'eau sur leur langue, la nourriture dans leur estomac, qui couche avec qui sur Gupshup et d'où va venir leur prochain contrat. Nous ne sommes pas un État-nation, ni une démocratie privée de l'oxygène de la liberté. Nous sommes une entité commerciale. Nous sommes une colonie industrielle. Nous faisons des bénéfices. Il ne s'est rien passé d'autre qu'un changement de direction. Et la nouvelle direction a besoin que l'argent coule à nouveau.

— Des représentants des gouvernements russe, indien, brésilien, américain, coréen et sud-africain. La République populaire de Chine a un siège au conseil de la LDC. Tu attends du palais de Lumière éternelle qu'il prenne ses ordres de Beijing ?

— L'Autorité du Mandat Lunaire est un corps multiorganisationnel. Il inclut des représentants de compagnies de la Terre comme de la Lune.

— VTO.

— Exact.

— Qu'est-ce que tu leur as promis, Lucas ?

— La sécurité sur Terre, la domination dans l'espace et le respect sur la Lune.

— C'est une invasion.

— Oui, bien sûr. Mais aussi de la bonne gestion commerciale.

— Est-ce que tu as détruit Creuset, Lucas ?

— Non. » Ariel ne réagit pas, en exige davantage par son silence. « Non, je n'ai pas détruit Creuset.

— Les miroirs ont été réorientés par un vieux hack Corta resté caché trente ans dans les systèmes de contrôle. Aucun code ne s'active tout seul. Il y a forcément quelqu'un qui l'a réveillé. Qui a envoyé l'instruction. C'était toi ?

— Je n'ai pas envoyé cette commande.

— 188 morts, Lucas.

— Je n'ai pas ordonné la destruction de Creuset.

— Je veux bien de ton gin, maintenant. »

Il en verse d'une main mal assurée dans un verre à cocktail, ajoute une dose homéopathique de vermouth, fait glisser le résultat sur le grand bureau de l'Aigle. Ariel a soulevé, savouré, purement et absolument apprécié un si grand nombre de cocktails. Du sexe personnel, intense et adulte, à l'intérieur d'un verre. Elle ne touche pas à celui-ci.

« Tu m'as demandé de te représenter.

— C'est vrai. Et tu ne m'as pas répondu. »

Le cocktail est glacé, perlé de condensation, et toujours fiable, toujours sûr. La famille ou le monde. Son dilemme depuis toujours. Que Lucas a fait voler en éclats. La famille et le monde. Accepte son offre et tu auras les deux. Ariel regarde longuement le verre posé sur le bureau de l'Aigle de la Lune et c'est facile. On ne peut plus facile. Comme toujours.

« Oui, hein ? dit-elle. Non. Non, je ne le ferai pas. Non. »

Au bout d'une heure, Dame Sun perd patience : elle soupire et lève sa canne qu'elle pointe sur Alexia Corta.

« Vous.

— Dame Sun. »

La Douairière a attentivement observé cette jeune femme installée derrière une petite table près des portes du bureau de l'Aigle. Chacun de ses muscles trahit une naissance sur Terre. Une Brésilienne. La famille. La légende veut qu'Adriana n'ait trouvé aucun des Corta digne de la rejoindre sur la Lune. Cette fille-là a de l'ambition, et la discipline pour la réaliser. On ne la voit pas passer son temps en distractions et futilités. Elle est assise correctement, reste bien immobile. Les jeunes sont si rares à comprendre comment rester immobile. Si Dame Sun la hèle, c'est en partie pour troubler son exaspérant sang-froid, en partie pour voir si elle va commettre un impair et se précipiter à l'autre bout de la pièce. Elle se déplace bien, avec une concentration qui saute aux yeux.

« On nous fait attendre », lance Dame Sun. Dans la confortable antichambre de l'Aire, les membres du conseil de Taiyang jouent diverses variations sur le thème de l'ennui.

« L'Aigle vous recevra dès que possible, assure Alexia Corta.

— Nous n'attendons pas. Nous ne sommes pas des sous-traitants.

— L'Aigle est très occupé.

— Il a trouvé du temps pour Yevgeny Vorontsov. » Le vieil ivrogne est entré trente minutes plus tôt avec son entourage de lourdauds en cuirasse. L'abruti n'a même pas eu la décence de sembler embarrassé. Ses gardes du corps, cela ne souffrait aucun doute pour Dame Sun, étaient la junte d'une génération plus jeune et plus dure qu'on disait contrôler VTO Moon. Ils se ressemblaient tous un peu. Du muscle et de la discipline. Les décorations de leurs cuirasses offensent la vue. Elles sont tape-à-l'œil et puériles. Darius adore la musique à l'origine de cette iconographie. La vieille femme trouve particulièrement humiliant que la police soit faite par des personnages d'un jeu vidéo de gamin.

La police. Qu'une telle notion puisse arriver sur la Lune.

« Le senhor Vorontsov fait partie de l'AML »,

explique Alexia Corta. Sur ces mots, les doubles portes s'ouvrent pour laisser sortir l'imposante masse de Yevgeny Vorontsov. Les jeunes femmes au visage dur et les hommes en cuirasse plus dure encore se pressent autour de lui. Ils le poussent presque à l'extérieur de la pièce.

« L'Aigle va vous recevoir », annonce Alexia Corta. Les Sun s'extraient de leur longue et fastidieuse attente.

Alexia Corta coupe le passage à Dame Sun. « Vous ne faites pas partie du conseil de Taiyang, senhora. »

Sun Zhiyuan se fige sur place. La délégation Sun s'arrête net. Dame Sun entre en premier. C'est la règle, la coutume, la place d'honneur. Alexia Corta campe sur ses positions.

« Il y a erreur, estime la vieillarde.

— Vous assistez au conseil, mais vous n'en faites pas partie.

— Vous faites attendre ma grand-mère pour lui dire ensuite qu'elle n'est pas la bienvenue ? lance Sun Zhiyuan d'une voix dans laquelle perce un peu de violence. Nous entrons avec elle ou pas du tout. »

Alexia Corta porte deux doigts à son oreille, geste caractéristique d'un nouvel arrivant qui n'a pas encore l'habitude des intimités inconscientes des familiers. « L'Aigle serait ravi de recevoir Dame Sun. » Des Ray-Ban Wayfarer dissimulent ses yeux et la Douairière ne détecte sur son visage ni le moindre embarras, ni la moindre éducation. C'est une jeune femme sûre d'elle jusqu'à l'arrogance.

Sun Zhiyuan s'écarte pour laisser sa grand-mère prendre la tête de leur délégation.

« Vous êtes une jeune femme insolente », crache celle-ci en passant. Elle n'a jamais été aussi humiliée. La fureur est un délice, une maladie brûlante, fiévreuse et dévorante, une chose qu'à son âge elle n'aurait jamais cru ressentir avec autant de force.

« Et toi, un vieux scorpion décati qui n'en a plus pour longtemps », murmure Alexia Corta en portugais. Les portes se referment derrière Dame Sun et le conseil de Taiyang.

Le souffle court, Jaime Hernandez-Mackenzie s'immobilise à l'entrée de l'appartement-terrasse pour s'appuyer au chambranle. Ses poumons crépitent de mille aiguilles de pierre. L'antique poussière est en train de le tuer. Les vieux jackaroos ne devraient pas être tirés du lit avant l'aube par une convocation à une réunion.

Les vieux jackaroos savent reconnaître une urgence.

Aucune autre lumière dans la pièce que celle déversée par la fenêtre, à laquelle se tient Bryce Mackenzie, masse noire sur le pointilliste fond nocturne de Kondakova Prospekt. Jaime plisse les yeux dans la pénombre. Son familier lui indique l'identité et la position de chacun des présents.

« Les Sun ont demandé le remboursement de leur prêt, indique Alfonso Pereztrejo, le directeur financier.

— Merde, répond avec déférence Jaime Hernandez-Mackenzie.

— Le plan d'amortissement est généreux, mais ils veulent récupérer leur argent, dit Rowan Solveig-Mackenzie. Fecunditatis et Crisium ne produisent encore qu'à 40 % et on n'a pas de réserves.

— Lucas Corta a demandé à nous rencontrer, précise Alfonso Pereztrejo.

— Pas question que je lui baise l'anneau, bordel, éructe Bryce en se détournant de la fenêtre. Pas question que je lâche ça à Lucas Corta.

— VTO peut nous mettre sous embargo, rappelle Rowan.

— Dans ce cas, la Terre n'aura plus de lumière, conclut Bryce. Je sais ce qu'il est en train de faire. Il va laisser Duncan nous conduire dans le désert pendant qu'on continue à garder les lumières allumées. Un territoire ici, un territoire là-bas : tout ce qui intéresse le nouveau conseil, AML ou je ne sais quoi, ce sont les vaisseaux d'hélium.

— Il me semble qu'on a besoin d'un accord avec l'Autorité du Mandat Lunaire, réagit Jaime, le souffle rauque.

— Pour ça, il faut passer par Lucas Corta, dit Rowan.

— Je sais ce que veut Lucas Corta, crache Bryce. Il veut récupérer sa ville. Je préférerais dépressuriser sa putain de ville avec tous ses habitants dedans plutôt que de le laisser la reprendre.

— J'ai une solution qui fait couler moins de sang, propose Jaime. Vous avez entendu parler de la Sororité des Seigneurs du Présent ?

— J'en ai entendu parler, oui, répond Bryce. Une espèce de culte brésilien démagogique et alarmiste.

— Les gens la respectent, continue Jaime. Et vous la respecterez peut-être un peu plus quand je vous aurai dit qu'à ce que j'ai entendu dire, elle donne asile à Lucasinho et Luna Corta. »

Bryce Mackenzie redresse le dos, enfle de manière visible devant les lueurs de la rue. « Ah oui ? »

Il arrive seul, à bord d'un autorail affrété, dans la citadelle de son ennemi. Dont il se trouve guidé jusqu'au cœur : seules les bonnes portes s'ouvrent ensuite devant lui.

Les béquilles de Lucas Corta claquent sur la pierre polie de Hadley.

Il était inévitable que Duncan aménage un jardin. Fern Gully a été une des merveilles de la Lune, assemblage par Robert Mackenzie de fougères et de frondes, d'ailes et d'eau. Duncan Mackenzie s'est servi quant à lui de roche et de sable, de vent et de bruissements. L'endroit fait cent mètres de large, avec un plafond assez haut pour vous rendre agoraphobe, dans l'oppressant Hadley. Lucas est à présent soulagé du poids de la roche qu'il a senti sur ses épaules. L'air est sec, très pur, avec une odeur de sable fin. Un chemin en dalles serpente entre des étendues de sable ratissé. De la lumière tombe par de hautes fenêtres sur les austères géométries de pierre et de sable.

Clac clac clac.

Espérance miroitant au-dessus de son épaule, Duncan Mackenzie attend dans le cercle de rochers verticaux. Ils sont de chaque type de minéral découvert sur la Lune, et beaucoup viennent de plus loin. Il y a des menhirs datant de la naissance du système solaire ; des fragments que de gigantesques impacts d'astéroïde ont arrachés à la Terre et à Mars, puis ont lancés dans l'espace ; les cœurs métalliques de météores qui se sont écrasés un milliard d'années plus tôt.

Il n'échappe pas à Lucas que chacune de ces pierres est moins grande que Duncan Mackenzie.

« J'aurais pu vous étriper dix fois », prévient celui-ci.

Lucas s'appuie sur ses béquilles. « Vous seriez un trou dans le régolite.

— Les catapultes électromagnétiques font de bonnes voisines.

— Je n'ai rien contre vous, Duncan.

— J'étais à Creuset. Je me suis enfui comme tout le monde quand les miroirs se sont braqués sur nous. J'ai entendu les gens taper à mains nues sur les portes des capsules de sauvetage. J'ai vu des gens brûler, et j'ai déposé le familier de mon père dans le tabernacle de Kingscourt.

— Rappeler les violences passées ne nous servira à rien. Bryce a João de Deus. Qui est à moi. Vous pouvez avoir son entreprise d'extraction d'hélium.

— Je ne veux rien de vous.

— Je ne vous donne rien. Continuez votre guerre territoriale avec Bryce, l'AML fermera les yeux.

— Et lorsque je récupérerai les activités de fusion, vous me les prendrez. Pour ressusciter Corta Hélio.

— Je n'ai aucun moyen de vous convaincre que l'hélium ne m'intéresse pas. Par contre, je veux João de Deus.

— João de Deus ne revêt aucun intérêt stratégique pour Mackenzie Metals. »

Lucas Corta se retient de sourire. Le marché est conclu.

« Nous nous comprenons. Je ne vous prendrai pas davantage de votre temps. »

Lucas repart sur les dalles du sentier sinueux, en parcourt la moitié avant de se retourner sur ses béquilles. « J'oubliais : au cas où vous décidiez de vous réconcilier avec votre frère, j'ai toujours une catapulte, comme vous l'avez fait remarquer.

— Ce sont les Vorontsov qui l'ont », réplique Duncan Mackenzie.

Il suit des yeux Lucas Corta qui s'éloigne dans le cliquetis de ses béquilles entre les cercles et spirales de sable ratissé.

Enfoiré de Corta. Enfoiré.

T'as un gros canon, mais tu oublies qu'on peut se protéger d'un gros canon en mettant quelque chose entre lui et soi.

Il attend que les portes se soient refermées pour appeler Denny Mackenzie. « Amène-moi Robson Corta. »

Enfoiré de Corta.

Les ascenseurs et ladeiras ne montent pas au-dessus du 85e niveau. Wagner Corta grimpe longuement par les escaliers non mécaniques et les échelles au sommet de la ville. Il grimpe dans Bairro Alto, avec ses surplombs et ses rebords, ses dégagements et chemins de câble, ses indigents et sans-contrat. Dans les endroits où l'air murmure au sortir des conduits, soupire en contournant les canalisations et antennes paraboliques, où le caillebotis métallique des passerelles qu'il emprunte trépide sous ses pieds au rythme des machines, si bien qu'au moindre changement de ce rythme, Wagner agrippe le garde-fou en s'obligeant à regarder droit devant lui. Jeter un coup d'œil à travers le caillebotis sous ses pieds serait s'exposer au vertige. Il y a deux kilomètres de vide entre Tereshkova Prospekt et lui.

Au-dessus du niveau 100, il n'y a même plus de garde-fou. Wagner se faufile le long de joints de soudure, de citernes d'eau perlées de condensation. Il s'assied dos à la tiédeur d'un empilement d'échangeurs de chaleur durant les cinq minutes qu'il met à trouver assez de cran pour passer par-dessus les trois mètres qui séparent deux unités de contrôle hygrométrique. Il finit par se lancer sur le rebord opposé en s'accrochant à pleines mains à un câble qui pend. Au risque de s'électrocuter, mais ce serait une mort plus rapide qu'en tombant. Il trouve de l'autre côté des signes d'occupation humaine : des bouteilles d'eau et des emballages de barres énergétiques ou protéiniques, emportés dans les fentes et fissures par les vents artificiels qui soufflent en permanence au sommet de Méridien. Même les zabbalins, qui font pourtant preuve d'un zèle légendaire pour recycler la moindre molécule de carbone, n'osent pas monter jusque-là. Au-dessus, il n'y a que la ligne solaire, que Wagner ressent comme une oppression continue et aveuglante. Le toit du monde brûle. Malgré tout, des symboles fluorescents, les idéogrammes des freerunners, pointent vers des chemins encore plus hauts.

Il a traversé des mers et des monts, affronté des monstres et des horreurs, été témoin d'actes de courage et de désespoir, côtoyé des énergies capables de percer le toit d'une ville pour la dépressuriser complètement. Il a souffert d'épuisement, de faim, de déshydratation et d'hypothermie, subi robots et radiations. Ces derniers cinq cents mètres de son voyage pour retrouver Robson et le mettre en sécurité sont pires que tout cela. Mettez-le devant mille kilomètres de verre, lâchez-le dans le tourbillon de lames d'une guerre de robots, bombardez-le de boulets de glace hyper-accélérés : il trouvera le moyen d'en sortir. Placez-le au bord d'une ouverture de trois mètres au-dessus de deux kilomètres d'air hurlant, et le voilà paralysé. Wagner a le vertige.

Le cœur à cent à l'heure, la respiration une succession de petits halètements, il s'enfonce au maximum dans l'interstice entre deux silos d'échange de gaz. L'air est notablement plus raréfié, au sommet du monde. Wagner inspire à fond pour surcharger son corps d'oxygène.

« Robson Corta ! »

Wagner appelle trois fois, puis s'effondre, le souffle court. Sa tête lui élance. Si seulement ce sale gamin avait laissé son familier actif. Mais la règle numéro 1, quand on veut disparaître, est de se déconnecter du réseau. Wagner n'avait pu remonter la trace de Robson dans le toit d'Antarès Quadra que grâce à de complexes systèmes de reconnaissance de forme et à des analyses de traces passives.

« Robson, c'est moi ! Wagner. » Il refait le plein de ses poumons pour ajouter : « Je suis seul, Robson. Il n'y a que moi. Promis. »

Sa voix résonne dans le titanesque paysage métallique des sommets d'Antarès. Il a toujours eu en horreur les voix fortes, qui crient, font du bruit. Qui attirent indûment l'attention sur lui. Les gens bruyants. Il est le loup qui ne hurle jamais.

Il est le loup qui a une frousse bleue, qui se cache de l'abîme dans un interstice d'acier.

« Robson ! » De nouveau, son appel résonne à trois reprises, se réverbère entre les plans de métal. Il déteste s'entendre.

« Wagner. »

La voix est si proche qu'il tressaille de surprise. Il s'extrait de la niche.

Et son cœur se crispe de terreur. Robson se tient sur une poutre large de dix centimètres, sans s'accrocher à rien. L'extrémité de ses chaussons d'escalade est repliée sur le rebord. Wagner et Robson ont deux kilomètres de vide transparent sous les pieds. Et entre eux, cinq mètres de rien. Aussi impossibles à franchir pour Wagner que le vide entre la Lune et la Terre.

« Ça va ? »

Le garçon est dans un état lamentable. Son short est troué et taché. Une manche à moitié arrachée pend mollement à son T-shirt trop grand. Rebelles et emmêlés, ses cheveux ressemblent presque à des dreads, sa peau crasseuse est marbrée de contusions et d'écorchures en cours de cicatrisation. Il n'a jamais été très épais, mais il est d'une maigreur de mort de faim. Ses clavicules se voient par la large encolure de son vêtement. Il a le regard brillant et sauvage.

« Et toi ?

— Oui. Non. Robson, il faut que je te dise, ça va aller.

— Je me suis battu contre un robot, raconte Robson. Je crois qu'il était juste en tournée d'inspection, mais il avait des lames. Je l'ai poussé dans le vide. Il n'a pas vu ce que je faisais. C'était comme un tour de magie. Il s'est écrasé sur la passerelle du 115e, là-dessous, et il s'est fracassé en morceaux. En petits morceaux qui se sont dispersés du 20e au 40e. Mais il y a eu une alerte débris, si bien que personne n'a été blessé.

— Robson, je viens te ramener à la maison.

— Je ne veux pas y retourner.

— Je sais. Amal m'a dit. Nè t'aime, c'est juste que bon, notre amour est différent. Nè a été salement blessé, Robson. En essayant de te protéger.

— Nè va bien ?

— Ça devrait s'arranger. » Rate éclatée, graves traumatismes abdominaux. *Ils avaient un Poing de Fer*, a dit Amal à Wagner à la clinique. « Nè essayait de te protéger.

— Je sais. Mais je ne peux pas être comme toi, Wagner.

— Je le sais, maintenant. On ne retournera pas à la maison de meute. Je te le promets.

— Tu vas faire quoi ?

— Rester avec toi.

— Tu as besoin de la meute. Tu n'es pas toi-même, sans elle. »

Là-haut sur cette passerelle, enfoncé dans une crevasse à peine assez large pour son maigre cul, les genoux remontés et les bras autour d'eux dans une position qui lui cache le plus possible l'effrayant vide, Wagner Corta a le cœur qui se déchire un peu.

« Je t'aurai toi.

— Tu étais dehors, non ? demande l'adolescent.

— J'ai vu des choses incroyables. Des choses que

personne n'a jamais vues, que personne ne devrait voir. Des choses dont je ne parlerai jamais. »

Un nouveau long silence.

« Robson, il faut que je te dise, toutes ces choses que j'ai vues, j'avais peur, mais pas comme maintenant. Je suis terrifié. Je ne peux pas rester là. J'ai l'impression de mourir. Je ne sais pas si je suis capable de bouger. Tu veux bien m'aider à redescendre ? »

Wagner ne voit pas le moindre effort physique, la moindre tension musculaire ni préparation, mais Robson bondit au-dessus du vide et referme la main sur un poteau. Il passe devant le silo d'échange gazeux, puis devant l'interstice dans lequel se blottit Wagner, agrippe un second montant et retombe pour atterrir dans une position sûre et équilibrée sur le portique d'accès.

Wagner s'avance à quatre pattes sur celui-ci. Robson tend le bras.

« Prends-moi la main. Ne regarde que mes yeux. »

Wagner continue petit à petit. Il a les jambes engourdies, ne pense pas pouvoir compter sur ses chevilles.

« Attrape ma main. »

Il tend la sienne. Une fraction de seconde, il tombe en avant et l'abîme s'ouvre devant lui. Puis Robson l'attrape et Wagner se rend compte qu'il n'a jamais touché cette main, serré ce corps dans ses bras. Il y a là de la force, de la douceur et de la chaleur. Une résistance obstinée. Wagner se relève tant bien que mal.

« Regarde-moi. »

Et en un rien de temps, il a contourné le deuxième

silo d'échange gazeux et s'engage sur la passerelle d'accès.

« Ça va ?

— Je me demande si je ne vais pas vomir.

— Ne le fais pas dans le vide. »

Wagner s'appuie à la rambarde, haletant, suant, pâle. À trois reprises, il sent la nausée enfler en lui, puis cela passe, le laissant le souffle court.

« Allons-y. Première étape : une bania. Tu pues, irmão. »

Le sourire de Robson pourrait figer des mondes sur leur orbite. « Tu n'es pas très frais non plus, Lobinho. »

Wagner reste longtemps dans la chaleur trouble de la pièce, allongé sur la roche lisse, agréablement picoté par la sueur qui perle, coule, extirpe l'immense fatigue de ses muscles. Des étoiles au-dessus de lui, incrustées dans les constellations immobiles du dôme. La pleine Terre en mosaïque bleue et blanche.

La Terre est croissante. Il le sent, même au fond des cavernes de la Lune. Il sait que c'est le remède, cela l'a toujours été, avec ses propres rythmes physiologiques et psychologiques, mais il sent sans le voir un croissant de Terre bleu au-dessus de Méridien. Il le sent qui le pousse à rejoindre l'unité de la meute. Il ne peut pas y aller. Il a un enfant. Allongé sur la dalle, blotti dans la chaleur, Wagner est pris de panique. À ce lever de Terre, mais aussi à tous ceux qui suivront, il sera séparé de la meute. Il ne sait pas comment il peut le supporter. Il le supportera. Il le faut. Il a un enfant.

Un tintement de Sombra.

Hé, j'ai fini.

Robson se juche sur un tabouret au bar à thé de la bania. Il s'est imprimé un haut gris marne qui dégage les épaules et dévoile le ventre, en a relevé les manchettes et le porte au-dessus d'un pantalon de survêtement à trois bandes. Sa chevelure est une magnifique vesse-de-loup auburn.

« Je sens meilleur ? » demande-t-il. Il resplendit.

« Tu sens l'eucalyptus, le menthol. Le genièvre. La bergamote, et un peu le bois de santal. » Un dernier coup de narine. « Et l'encens, mais juste un soupçon.

— Comment tu le sais ?

— Je sais beaucoup de choses, en sombre.

— Je veux te montrer un tour », déclare Robson en sortant son demi-paquet de cartes de la poche de son pantalon de survêtement. Il sélectionne une carte qu'il tourne un instant vers Wagner. Hop, la carte a disparu.

« Il la cache dans sa paume, lance quelqu'un. Coincée contre son pouce. Ça se voit de là où je suis. Moi, je la vois. »

La magie est l'art de détourner l'attention. La main attire l'attention *par-là* afin qu'on ne voie pas la carte se faire escamoter. Ou la Première Lame de Mackenzie Metals arriver.

Denny Mackenzie s'appuie au bar à thé. Il voit Wagner jeter un coup d'œil dans l'entrée pour vérifier qu'il n'y a pas d'autres lames. « Je suis seul, confirme-t-il. Bien joué, pour retrouver le garçon.

— Je m'appelle Robson, s'enflamme celui-ci. Pas *le garçon*, ni *Robbo*. Robson.

— C'est vrai. Mes excuses. Et toi – il s'adresse au vendeur de chai –, arrête tout de suite. Ta sécurité n'a aucune chance contre moi, mais personne ici n'a rien à craindre.

— Qu'est-ce que vous voulez ? demande Wagner.

— J'ai entendu dire que tu venais de Twé. On a perdu pas mal de jackaroos, là-bas.

— J'arrive de Twé, oui. Qu'est-ce que vous voulez ?

— Je voulais être à Twé, mais en tant que Première Lame, je suis coincé à Hadley. Sauf quand Duncan a besoin de moi pour faire ses commissions. Il veut Robson. »

Wagner s'avance pour lui barrer le chemin.

« Voilà un comportement digne d'éloges, Wagner, mais tu n'es vraiment pas un combattant, réagit Denny. Duncan veut un petit corps bien vivant à mettre entre ton frère et lui. Tu en restes bouche bée. Complètement abasourdi. Tu ne savais pas, alors ? Où étais-tu donc ? Ah, oui, bien sûr. Ton frère est l'Aigle de la Lune. Lucas Corta.

— Lucas est…, commence Wagner.

— À mon avis, tu vas te rendre compte qu'il n'est absolument pas mort. Duncan veut un otage et Lucas veut la tête de Bryce. Duncan est trop Mackenzie pour se rendre compte que Lucas n'est pas son ennemi. Il serait idiot de se mettre à dos l'Aigle de la Lune et la LDC, ou je ne sais comment elle se fait appeler maintenant. Même moi, je m'en aperçois, alors que je ne suis pas politicien. Mais il y a une porte de sortie, Wagner Corta.

— Vous avez une dette envers moi, Denny Mackenzie. Je réclame ma troisième et dernière faveur.

— Que je t'accorderai, Wagner Corta. » Denny Mackenzie glisse la main sous sa veste Armani et dégaine son couteau dont il embrasse la lame. « La dette est remboursée en totalité. » Il rengaine son arme. « Pars loin d'ici, Wagner Corta. Et tout de suite.

— Merci, dit Wagner en lui tendant la main.

— Je ne serre pas la main d'un enfoiré de Corta », rétorque Denny Mackenzie. Avant de sortir, il lance : « Robson, si tu peux faire un tour avec une carte, tu peux en faire avec une lame. Ne l'oublie pas.

— Tio Lucas est l'Aigle de la Lune ?

— Je ne comprends pas, répond Wagner. Mais je tirerai ça au clair. » *Pars loin d'ici*, a dit Denny Mackenzie. Loin des lames de Duncan Mackenzie, des machinations de Lucas Corta. Loin de l'amour, de la chaleur et de la confrérie de la meute. Pars dans un endroit éloigné, un endroit où attend une autre sorte d'amour. « Viens, petit louveteau. »

Aux yeux de Denny, ce jardin de sable est une affectation ridicule. Le genre de chose pour lequel les Sun gaspilleraient des ressources en se croyant civilisés et supérieurs. Mièvre et écœurant. Fern Gully lui donnait la chair de poule. Humidité, verdure, êtres vivants. Quand il y entrait, cela lui donnait chaque fois l'impression d'avoir la peau infestée d'il ne savait quoi. C'était Jade Sun qui avait eu l'idée. À l'époque où le vieux Bob commençait à perdre la tête. Les Mackenzie creusaient, les Mackenzie sentaient mauvais. Notre travail est notre jardin.

« Je t'ai demandé de m'amener un gamin de treize ans, rappelle Duncan.

— J'ai remboursé une dette.

— On avait besoin d'un moyen de pression sur Lucas Corta.

— J'ai remboursé une dette.

— À un enfoiré de Corta.

— J'ai remboursé une dette.

— Tu as manqué à ton devoir envers la famille. »

Denny Mackenzie lève sa main gauche. L'auriculaire manque. L'amputation a été brève et douloureuse, mais supportable. Ses assistants se sont empressés de stériliser et cautériser la plaie. Il n'a pas voulu d'anesthésie. La douleur est tolérable. Le plus irritant, c'est la perte de sensation à l'endroit où les nerfs ont été sectionnés.

« Tu crois que ça suffit ? demande Duncan. Une stupide dette d'honneur et il n'y a plus de problème ? Tous tes privilèges et droits d'accès sont révoqués. Tes pouvoirs et autorisations annulés. Tu es banni. Tu n'es plus un Mackenzie. Tu n'as pas de nom. Tu n'as pas de foyer. Tu n'as pas de père. »

Le coin des lèvres de Denny Mackenzie se contracte d'un coup. « Qu'il en soit ainsi. »

Ses talons résonnent sur les dalles tandis qu'il s'éloigne. Il pourrait traîner les pieds dans les cercles et vagues méticuleusement tracés dans le sable. Merde zen. Ce serait mesquin. Il continue sur le sentier. Les chiffres dorés sur son chib virent au vert. Il respire, pour l'instant. Tout ce dont il a besoin, c'est de respirer assez longtemps pour partir de Hadley.

Les jackaroos sont alignés le long des murs du couloir d'accès au jardin de pierre. CombiAS, tenue de travail ou de sport, leggings et capuchons classiques. Pas une once de mode rétro des années 1980. Ce sont des travailleurs. Denny avance entre les lames sans les regarder. À son passage elles se touchent le front pour le saluer. Derrière lui, une vague d'applaudissements croît qui le pousse en avant.

Il serre de toutes ses forces le poing gauche.

Il incline presque imperceptiblement la tête en entrant dans l'ascenseur. Dont les portes se referment.

Un billet l'attend à la gare. Première classe. Son chib est toujours vert. Denny sait qui a payé tout cela. Il prend place dans la voiture d'observation. Lorsque le train sort du tunnel, il se tourne en direction de Hadley. Il garde les yeux fixés sur cette grande pyramide jusqu'à ce que seul son sommet, brillant de la lumière de dix mille soleils, en soit visible. Puis cela aussi disparaît derrière l'horizon.

Toujours aucune sensation dans la plaie à sa main gauche.

Un éclat, une pelure, un infime rai de lumière terrestre brille derrière la fenêtre du train. Un peu de salive s'échappe de la bouche ouverte de Robson, qui, recroquevillé sur la banquette, dort profondément. Le sommeil est le grand véhicule de la guérison : il permet de traverser de grandes distances de renouveau et de régénération. Wagner n'arrive pas à dormir, mais ce n'est pas la lumière de loup qui l'en empêche. Il a focalisé les dernières bribes de concentration de son moi sombre sur les informations – lunaires et terrestres –, les commentateurs, les articles d'opinion, les forums et histoires politiques. Il commence à comprendre ce qui s'est passé pendant leur hégire à travers la mer de la Tranquillité, Zehra et lui, à comprendre ce que son frère a mis au point durant ces dix-huit lunaisons écoulées depuis la chute de Corta Hélio, la destruction de Boa Vista et son propre exil, depuis l'instant où deux mondes ont cru Lucas Corta mort.

Il voit que les guerres qui ont porté les Corta et les Vorontsov au pouvoir ne sont qu'escarmouches comparées aux batailles qui vont secouer la Lune jusque dans son cœur glacé. Des batailles philosophiques et politiques, des batailles de familles et de privilèges, de pouvoir et de dynastie, de loi et de liberté, de passés et d'avenirs.

Le loup sage va se terrer.

Trente minutes avant Hypatie, où ils prendront la navette locale jusqu'à Théophile, et jusqu'à Analiese.

Robson se retourne dans son sommeil. Puis pousse un petit cri en se blottissant contre Wagner. Qui l'entoure de ses bras. Le garçon est tellement mince et anguleux, sans rien de rond ni de tendre. Il s'enfouit plus profondément dans la chaleur du corps de Wagner, qui incline son siège, se détend en regardant le fragment de Terre traîtresse. Il pose la joue sur les cheveux de Robson. Eucalyptus, menthol. Genièvre. Bergamote, bois de santal, encens. Et il s'aperçoit que le sommeil n'est pas si difficile à trouver, après tout.

Les crampons se referment avec bruit sur la lapa. Dame Sun s'agrippe à une poignée et, d'un coup, Darius et elle s'élèvent à plusieurs dizaines de mètres le long du flanc de la tour. Le sol boisé de Reine-du-Sud se dérobe, et, encore un rien de temps plus tard, ils sont à des centaines de mètres de hauteur. Sans cesser de monter. Dans la bulle transparente, Darius regarde les centaines de tours qui se dressent jusqu'au toit de Reine-du-Sud. Après les lignes strictement horizontales de Creuset et le labyrinthe clair-obscur du palais de Lumière éternelle, un monde vertical est excitant. Il plaque ses mains sur la bulle. Un kilomètre d'altitude, à présent, un et demi. Le monte-charge ralentit et libère la lapa au 100e niveau. Le petit taxi avance de lui-même sur le rebord périphérique. Il n'y a aucune balustrade.

« Ici ? » La lapa s'est arrêtée devant une peu avenante porte roulante, objet industriel sans la moindre identification physique ou virtuelle. Qui a installé un entrepôt au 100e niveau de la tour Jinmao ?

« Ici », confirme Dame Sun avant d'attendre que Darius l'aide à descendre de lapa. Ce qu'il fait aussitôt et spontanément. Un petit homme à la peau olivâtre et à la barbe impeccablement taillée sort par une porte plus petite sertie dans la grande. Darius remarque sa robe. Soignée, classique, magnifiquement coupée. L'homme n'a besoin que de trois pas pour rejoindre ses visiteurs, mais ceux-ci sont effectués d'une manière réfléchie, gracieuse et économique, comme par un danseur.

« Dame Sun. » Il baise la main de la vieillarde.

« Mariano. » L'homme soigné s'incline. Darius serre la main qu'il lui tend, en éprouve la force et le tonus musculaire. Il sourit.

« Prudent, celui-là.

— Une caractéristique remarquable pour un Mackenzie, estime Dame Sun. Vous aurez d'autant plus de matière à travailler, à façonner.

— Mais qu'est-ce qui se passe ? » demande Darius. Il se trouve à cent niveaux de haut sur une chaussée sans rebords. Ses options de vol sont limitées. « Qui est cet homme ?

— Il se passe, mon petit, le lent travail délibéré de la rancune, explique Dame Sun. Les Corta m'ont humiliée. Je ne peux l'accepter. Les humilier en retour ne constitue pas une vengeance suffisante. J'ai besoin d'une arme qui va leur ouvrir la poitrine pour leur ôter le cœur, qui va les cautériser, les priver d'espoir et de succession, les éliminer de l'histoire. Je veux les regarder pendant qu'ils assistent à la mort de leurs enfants et à l'extinction de leur lignée. Je veux que tu sois mon arme, Darius. Cela prendra du temps, peut-être davantage qu'il ne m'en reste à vivre, mais je me console en pensant qu'après ma mort, ma vengeance viendra frapper à leur porte. Certains trouvent ce mot *vengeance* difficile à dire. Il leur paraît théâtral, mélodramatique. Pas du tout. Ce sont eux qui ont la langue trop tendre pour lui. Approprie-toi le mot. Goûte-le. »

L'homme élégant incline la tête. « Je suis Mariano Gabriel Demaria, le directeur de cet établissement. Je serai personnellement responsable de votre éducation, de votre formation et de votre prestance, Darius. Ici, nous fabriquons des armes. Bienvenue à l'École des Sept Cloches. »

Personne ne veut être le premier à briser le silence, mais il faut bien que quelqu'un prenne la parole, dans une situation aussi étrange que cinq étrangers enfermés dans une capsule pressurisée qui tombe en chute libre depuis qu'elle s'est détachée de l'extrémité d'une bride de transfert à inertie.

D'abord des gloussements. La culpabilité du

survivant. *On a réussi !* (Même si tout le monde est arrivé de la même manière, même si des dizaines de gens prennent chaque jour la boucle lunaire.) Puis les questions. *Ça va ? Moi, oui, et toi ? Tout le monde va bien ? Ouais, une vraie promenade. Et Marina ? Ça va ?*

Marina ? Marina ?

« Je vais bien », chuchote-t-elle. Sauf qu'elle ne va pas bien, n'ira jamais bien. Rien n'ira plus jamais bien. Elle a perdu la seule personne qu'elle ait jamais aimée et qui, elle le sait avec la certitude du firmament tandis que la capsule en orbite se dirige vers son rendez-vous avec l'énorme cycleur Vorontsov, l'ait jamais aimée.

La section descend la pente depuis le sas principal. Les longs faisceaux lumineux projetés par les casques balayent les lieux, créant dans les débris des ombres irrégulières et expressionnistes. Leur portée limitée ne fait qu'épaissir les ténèbres partout ailleurs.

Le scaphandre jaune lève une main. La section s'arrête : cinq lève-poussière en combiAS, plus un autre scaphandre.

« Allumez », ordonne Lucas Corta.

Des robots dévalent la pente pour s'enfoncer dans l'immensité obscure. De la lumière : le toit renversé d'un pavillon, des piliers brisés, des arbres nus, gelés jusqu'au plus profond de leur cœur puissant. Quelques instants plus tard, une autre lumière s'éveille : les lèvres pleines et sensuelles d'Iansã, un reflet de glace. Une autre encore : le canal rocheux d'une rivière morte, une pelouse ayant gelé d'un seul coup. En une minute, l'ensemble du tunnel de lave se retrouve éclairé. Les visages des orixás, en manque cruel de lumière, regardent de haut les ruines de Boa Vista.

Lucas Corta entend Alexia lâcher « Oh ! » sur le canal commun.

« Vous viviez ici ? lui demande-t-elle ensuite.

— C'était le palais de ma mère. »

Il trouve qu'elle s'en sort bien, en scaphandre, pour une Joe Moonbeam. Encore une de ses remarquables compétences. Lucas a quant à lui l'excuse que l'endosquelette soutient ce qui lui reste de musculature. C'est sa première sortie dans le vide depuis son enfance. Depuis que sa mère l'a emmené regarder les lumières de la Terre dans le ciel. Pas tout à fait, se reprend-il. Il a aussi fait cinq mètres sur Mare Fecunditatis, pour aller de son rover à la gare de boucle lunaire. Sans combinaison, sans oxygène, sans pressurisation. Sa course de Lune à lui.

Il continue à descendre la rampe, dépasse les refuges. Luna a emmené Lucasinho jusque-là et s'est débrouillée pour lui sauver la vie. Lucasinho a fait sortir Luna de Twé. Stupides et géniaux, ces gamins.

En bas de la rampe, il passe sur la pelouse desséchée. Ses bottes écrasent l'herbe gelée, la réduisent en poudre. La destruction est pire que ce qu'il imaginait : il prend conscience qu'il ne s'était jamais représenté Boa Vista morte, ne s'est jamais autorisé à penser à ce qui s'est passé le jour où les lames Mackenzie ont fait sauter le sas de secours et laissé l'atmosphère du palais se répandre dans le vide. La dévastation, la mort sombre et gelée dépasse ce qu'il imaginait, mais pas ce qu'il redoutait.

Il n'a jamais aimé Boa Vista, du moins comme

l'aimaient Rafa, Lousika, Luna, Lucasinho et Adriana. Il préférait João de Deus, sa distance avec les exigences et drames de la famille, son appartement avec son balcon au-dessus de Kondakova Prospekt, sa salle d'audition sans égale dans les deux mondes. À présent, cette coquille vide lui appartient et il la gardera. Le monde entier lui appartient.

Sa section se regroupe autour de lui : des escoltas triés sur le volet et ayant tous travaillé pour Corta Hélio.

« Senhor Corta ?

— On peut commencer quand ? »

GLOSSAIRE

On parle de nombreuses langues sur la Lune, où le vocabulaire emprunte allègrement au chinois, au portugais, au russe, au yoruba, à l'espagnol, à l'arabe et à l'akan.

Abusua : groupe de personnes ayant un ancêtre maternel commun. AKA se sert de ces groupes et de leurs tabous sur le mariage pour préserver la diversité génétique.

Adinkra : symboles visuels akans représentant des concepts ou des aphorismes. Très utilisés par les Asamoah.

Amor : amant/partenaire sexuel.

Amorat et *polyamorat* : une des nombreuses formes d'union et de mariage sur la Lune.

Anjinho : petit ange. Terme affectueux des Corta.

Bania : sauna et bain de vapeur russe.

Berçário : nursery dans laquelle, chez les Corta, les madrinhas élevaient les enfants.

Blackstar : ouvrier de surface AKA (d'après le surnom de l'équipe nationale de football ghanéenne).

Chib : sur une lentille de contact interactive, petit panneau virtuel présentant le solde des comptes du porteur pour les Quatre Fondamentaux.

CombiAS : combinaison pour Activités de Surface.

Coração : « Mon cœur ». Terme d'affection.

Ekata : l'unité, l'esprit collectif d'une meute de loups.

Escolta : garde du corps.

Futanari : terme japonais signifiant « hermaphrodite », mais qui désigne généralement un corps de femme doté d'un pénis.

Geixa : terme honorifique chinois qu'on pourrait traduire par « Votre Excellence ».

Galah : cacatoès australien à poitrine rose. Terme d'argot pour désigner un imbécile tapageur.

Globo : forme simplifiée de l'anglais qui sert de lingua franca sur la Lune et dont la prononciation codifiée est compréhensible par les machines.

Gupshup : principal canal de potins sur le réseau social lunaire.

Irmã/Irmão : sœur/frère.

Jackaroo : argot de Mackenzie Metals pour un ouvrier de surface, d'après un mot australien désignant un apprenti masculin dans un élevage de moutons.

Joe Moonbeam : littéralement Joe Rayon-de-Lune : nouvel(le) arrivé(e) sur la Lune.

Junshi : commandant en second d'une équipe de surface Taiyang.

Keji-oko : deuxième conjoint.

Kotoko : conseil d'AKA, avec roulement des membres.

Ladeira : escalier entre deux niveaux d'un quadra.

Laoda : chef d'une équipe de surface Taiyang.

Laowai : un non-Chinois, en argot mandarin.

Lapa : taxi automatique à trois roues.

Lève-poussière : terme général pour un ouvrier de surface chez Corta Hélio.

Maame : terme ghanéen pour « mère ».

Madrinha : mère porteuse. Littéralement « marraine ».

Mãe/mamãe : mère/maman.

Malandragem : art de l'escroquerie, arnaque.

Miúdo : gamin.

Nainai : terme d'affection pour sa grand-mère, « mamie ».
Nana : terme de respect ashanti pour s'adresser à un aîné.
Nikah : contrat de mariage. Terme d'origine arabe.
Oko : conjoint légal.
Omahene : PDG d'AKA. Change tous les huit ans.
Orixá : saint ou divinité dans la religion umbandaafro-brésilienne syncrétiste.
Qiansui : littéralement « vous qui avez mille ans », terme honorifique chinois pour s'adresser à des douairières ou des personnes importantes de la famille impériale.
Quatre Fondamentaux : air, eau, carbone et données : les biens de première nécessité sur la Lune, payés quotidiennement par le système du chib.
Santinhos : « petits saints », nom donné en argot aux résidents de João de Deus.
Saudade : mélancolie du mal du pays. Composant essentiel et raffiné de la bossa-nova.
Ser : formule de politesse pour s'adresser à un neutro.
Shouxi : PDG.
Sunzi : petit-fils.
Tia/tio : tante/oncle.
Zabbalin : récupérateur indépendant de substances organiques, qu'il revend à la LDC, propriétaire de tout ce qui est organique.
Zashitnik : mercenaire engagé pour les jugements par combat. Littéralement : défenseur, avocat.
Zengzumu : arrière-grand-mère.

DRAMATIS PERSONAE

CORTA

Ariel Corta : ex-avocate à la cour de Clavius.

Marina Calzaghe : assistante personnelle et garde du corps d'Ariel Corta.

Robson Corta : fils de Rafa Corta et de Rachel Mackenzie.

Luna Corta : fille de Rafa Corta et de Lousika Asamoah.

Lucas Corta : deuxième fils d'Adriana. Jonmu de Corta Hélio.

Amanda Sun : ex-oko de Lucas Corta.

Lucasinho Corta : fils de Lucas Corta et d'Amanda Sun.

Wagner 'Lobinho' Corta : cinquième enfant (renié) d'Adriana Corta. Analyste et loup lunaire.

Dr Carolina Macaraeg : médecin personnel d'Adriana Corta.

MADRINHAS

Flavia : mère porteuse de Carlinhos, Wagner et Lucasinho Corta.

Elis : mère porteuse de Robson et Luna Corta.

MACKENZIE METALS

Robert Mackenzie: fondateur et PDG à la retraite de Mackenzie Metals.

Jade Sun-Mackenzie: deuxième oko de Robert Mackenzie.

Alyssa Mackenzie: oko de Robert Mackenzie (†).

Duncan Mackenzie: fils aîné de Robert et d'Alyssa Mackenzie, PDG de Mackenzie Metals.

Anastasia Vorontsova: oko de Duncan Mackenzie.

Apollonaire Vorontsova: keji-oko de Duncan Mackenzie.

Adrian Mackenzie: fils aîné de Duncan et d'Apollonaire Vorontsova, oko de Jonathon Kayode, l'Aigle de la Lune.

Denny Mackenzie: benjamin de Duncan et d'Apollonaire Vorontsova. Première Lame après la mort de Hadley Mackenzie.

MACKENZIE HELIUM

Bryce Mackenzie: fils cadet de Robert Mackenzie, directeur financier de Mackenzie Metals, père de nombreux « adoptés ».

Hoang Lam Hung: adopté de Bryce Mackenzie, brièvement oko de Robson Corta.

Analiese Mackenzie: amor-sombre de Wagner Corta dans son aspect sombre.

ASAMOAH

Lousika Asamoah: omahene du Kotoko d'Aka.

Abena Asamoah: étudiante en sciences politiques et amor occasionnel de Lucasinho Corta.

Kojo Asamoah: collègue de colloque de Lucasinho Corta et coureur de Lune.

Adelaja Oladele : amor (passager) de Lucasinho Corta.
Afi : collègue de colloque d'Abena à Twé.

SUN

Dame Sun : la Douairière de Shackleton, grand-mère du PDG de Taiyang.
Sun Zhiyuan : PDG de Taiyang.
Sun Gian-yin : yingyun (vice-PDG) de Taiyang.
Sun Liwei : directeur financier de Taiyang.
Jade Sun : oko de Robert Mackenzie.
Tamsin Sun : chef des services juridiques de Taiyang.
Darius Mackenzie-Sun : fils de Jade et Robert Mackenzie.
Amanda Sun : ex-oko de Lucas Corta.

VTO

Valery Vorontsov : fondateur de VTO, PDG de VTO Space.
Yevgeny Vorontsov : PDG de VTO Moon.
Valentina Vorontsova : commandante du cycleur VTO *Saints Pierre et Paul.*
Dr Volikova : médecin personnel de Lucas Corta.
Grigori Vorontsov(a) : ex-amor de Lucasinho Corta.

LUNAR DEVELOPMENT CORPORATION

Jonathon Kayode : Aigle de la Lune. Président de la Lunar Development Corporation.
Vidhya Rao : économiste et mathématicien, membre du Lièvre variable et de la Société sélénite, militant pour l'indépendance.

SORORITÉ DES SEIGNEURS DU PRÉSENT

Madrinha Flavia : a rejoint la Sororité une fois chassée de Boa Vista.

Mãe-de-Santo Odunlade Abosede Adekola : sainte mère de la Sororité des Seigneurs du Présent.

Irmã Loa : sœur et ex-confesseur d'Adriana Corta.

MÉRIDIEN / REINE-DU-SUD

Mariano Gabriel Demaria : directeur de l'École des Sept Cloches, qui forme des assassins.

LES LOUPS

Amal : chef de la meute Loups Bleus de Méridien.

CALENDRIER LUNAIRE

Le calendrier lunaire est divisé en douze lunaisons qui portent chacune le nom d'un des signes du zodiaque : Bélier, Taureau, Gémeaux, Cancer, Lion, Vierge, Balance, Scorpion, Sagittaire, Capricorne, Verseau et Poissons, avec un jour de l'an au début de Bélier.
Dans une lunaison, chaque jour porte le nom d'une phase lunaire distincte dans le système hawaïen. Une lunaison a donc trente jours, sans concept de semaine.

1 : Hilo
2 : Hoaka
3 : Ku Kahi
4 : Ku Lua
5 : Ku Kolu
6 : Ku Pau
7 : Ole Ku Kahi
8 : Ole Ku Lua
9 : Ole Ku Kolu
10 : Ole Ku Pau
11 : Huna
12 : Mohalu
13 : Hua
14 : Akua
15 : Hoku
16 : Mahealani
17 : Kulua
18 : Lā'au Kū Kahi
19 : Lā'au Kū Lua
20 : Lā'au Pau
21 : 'Ole Kū Kahi
22 : 'Ole Kū Lua
23 : 'Ole Pau
24 : Kāloa Kū Kahi
25 : Kāloa Kū Lua
26 : Kāloa Pau
27 : Kāne
28 : Lono
29 : Mauli
30 : Muku

De plus, les grandes villes (à l'exception de Reine-du-Sud) fonctionnent selon un système de 3 périodes de 8 heures nommées mañana, tarde et noche. Midi dans mañana égale 8 heures du soir dans tarde et 4 heures du matin dans noche.

DU MÊME AUTEUR

Aux Éditions Gallimard Jeunesse

EVERNESS

Aux Éditions Denoël

Dans la collection Lunes d'encre

LA PETITE DÉESSE (Folio Science-Fiction n° 559)

LA MAISON DES DERVICHES (Folio Science-Fiction n° 515)

LE FLEUVE DES DIEUX (Folio Science-Fiction n° 463)

ROI DU MATIN, REINE DU JOUR (Folio Science-Fiction n° 432)

LUNA

LUNA, NOUVELLE LUNE (Folio Science-Fiction n° 639)

LUNA, LUNE DU LOUP (Folio Science-Fiction n° 677)

LUNA, LUNE MONTANTE

Aux Éditions du Bélial'

LE TEMPS FUT

Aux Éditions Bragelonne

BRASYL (Folio Science-Fiction n° 409)

Aux Éditions J'ai lu

NÉCROVILLE

Aux Éditions Robert Laffont

ÉTAT DE RÊVE

DESOLATION ROAD

Dans la même collection

575. Pierre Pevel	*L'Élixir d'oubli* (Le Paris des Merveilles, II)
576. Fabien Cerutti	*L'ombre du pouvoir* (Le Bâtard de Kosigan, I)
577. Lionel Davoust	*Port d'âmes*
578. Pierre Pevel	*Le Royaume Immobile* (Le Paris des Merveilles, III)
579. Jean-Pierre Boudine	*Le paradoxe de Fermi*
580. Fabrice Colin	*Big Fan*
581. Fabien Cerutti	*Le fou prend le roi* (Le Bâtard de Kosigan, II)
582. Jo Walton	*Hamlet au paradis*
583. Robert Charles Wilson	*Les Perséides*
584. Charles Yu	*Guide de survie pour le voyageur du temps amateur*
585. Estelle Faye	*Un éclat de givre*
586. Ken Liu	*La ménagerie de papier*
587. Chuck Palahniuk et Cameron Stewart	*Fight Club 2*
588. Laurence Suhner	*Vestiges* (QuanTika, I)
589. Jack Finney	*Le voyage de Simon Morley*
590. Christopher Priest	*L'adjacent*
591. Franck Ferric	*Trois oboles pour Charon*
592. Jean-Philippe Jaworski	*Chasse royale – De meute à mort* (Rois du monde, II-1)
593. Romain Delplancq	*L'appel des illustres* (Le sang des princes, I)
594. Laurence Suhner	*L'ouvreur des chemins* (QuanTika, II)
595. Estelle Faye	*Aylus* (La voie des Oracles, III)
596. Jo Walton	*Une demi-couronne*

597. Robert Charles Wilson	*Les affinités*
598. Laurent Kloetzer	*Vostok*
599. Erik L'Homme	*Phaenomen*
600. Laurence Suhner	*Origines* (QuanTika, III)
601. Len Deighton	*SS-GB*
602. Karoline Georges	*Sous-béton*
603. Martin Millar	*La déesse des marguerites et des boutons d'or*
604. Marta Randall	*L'épée de l'hiver*
605. Jacques Abeille	*Les jardins statuaires*
606. Jacques Abeille	*Le veilleur du jour*
607. Philip K. Dick	*SIVA*
608. Jacques Barbéri	*Mondocane*
609. Romain d'Huissier	*Les Quatre-vingt-un Frères* (Chroniques de l'Étrange, I)
610. David Walton	*Superposition*
611. Christopher Priest	*L'inclinaison*
612. Jacques Abeille	*Un homme plein de misère*
613. Romain Lucazeau	*Latium I*
614. Romain Lucazeau	*Latium II*
615. Laurent Genefort	*Étoiles sans issue*
616. Laurent Genefort	*Les peaux-épaisses*
617. Loïc Henry	*Les océans stellaires*
618. Romain d'Huissier	*La résurrection du dragon* (Chroniques de l'Étrange, II)
619. Romain Delplancq	*L'Éveil des Réprouvés* (Le sang des princes, II)
620. Jean-Philippe Jaworski	*Chasse Royale – Les grands arrières* (Rois du monde, II-2)
621. Robert Charles Wilson	*La cité du futur*
622. Jacques Abeille	*Les voyages du fils*
623. Iain M. Banks	*Effroyabl Angel*
624. Louisa Hall	*Rêves de Machines*

625. Jean-Pierre Ohl	*Redrum*
626. Fabien Cerutti	*Le Marteau des Sorcières* (Le Bâtard de Kosigan, III)
627. Elan Mastai	*Tous nos contretemps*
628. Michael Roch	*Moi, Peter Pan*
629. Laurent Genefort	*Ce qui relie* (Spire, I)
630. Rafael Pinedo	*Plop*
631. Jo Walton	*Mes vrais enfants*
632. Raphaël Eymery	*Pornarina*
633. Scott Hawkins	*La Bibliothèque de Mount Char*
634. Grégory Da Rosa	*Sénéchal*
635. Jonathan Carroll	*Os de Lune*
636. Laurent Genefort	*Le sang des immortels*
637. Estelle Faye	*Les Seigneurs de Bohen*
638. Laurent Genefort	*Ce qui divise* (Spire, II)
639. Ian McDonald	*Luna – Nouvelle Lune* (Luna, I)
640. Lucie Pierrat-Pajot	*Les Mystères de Larispem, I* (Le sang jamais n'oublie)
641. Adrian Tchaikovsky	*Dans la toile du temps*
642. Karin Tidbek	*Amatka*
643. Jo Walton	*Les griffes et les crocs*
644. Grégory Da Rosa	*Sénéchal II*
645. Saaf Z. Hossain	*Bagdad, la grande évasion !*
646. Al Robertson	*Station : La chute*
647. Pter Cawdron	*Rétrograde*
648. Fabien Cerutti	*Le Testament d'involution*
649. Yoon Ha Lee	*Le gambit du Renard*
650. Sabrina Calvo	*Toxoplasma*
651. Karoline Georges	*De synthèse*
652. George R. R. Martin / Lisa Tuttle	*Elle qui chevauche les tempêtes*
653. Katherine Arden	*L'Ours et le Rossignol*
654. Laurent Genefort	*Ce qui révèle*
655. Léo Henry	*Thecel*

Composition : IGS-CP à L'Isle-d'Espagnac (16)
Achevé d'imprimer par Novoprint
à Barcelone, le 11 février 2021
Dépôt légal : février 2021

ISBN : 978-2-07-292850-5 / Imprimé en Espagne

375774